Under the Whispering Door

TJ Klune

시간이 멈추는 찻집

휴고와 조각난 영혼들

TJ 클룬 장편소설

이은선 옮김

든

초판 1쇄 발행일 2023년 11월 20일
초판 3쇄 발행일 2024년 1월 30일
글 TJ 클룬
옮긴이 이은선
펴낸곳 든
출판등록 406-2019-000010호
주소 (10881) 경기도 파주시 문발로 119, 202호
메일 deunbooks@naver.com
블로그 blog.naver.com/deunbooks
인스타그램 www.instagram.com/deunbooks
ISBN 979-11-974614-7-7(03840)
값 18,500원

에릭에게

어느 날 눈을 떴을 때
네가 낯선 곳에 누워 있으면 좋겠다.

일러두기

■ 각주는 모두 옮긴이 주입니다.

■ '든'에서 출간된 모든 도서는 책날개를 뜯어 책갈피로 사용할 수 있게 디자인되었습니다.

■ 본문 맨 위쪽에 자리한 세로선 디자인은 지금까지 '든'에서 출간된 도서 권수를 의미합니다.

작가의 말

이 작품은 삶과 사랑뿐 아니라
상실과 슬픔을 다룹니다.

다양한 형태의 죽음을 이야기하기도 하죠.
조용한 죽음, 예기치 못했던 죽음 그리고 자살.

부디, 마음을 담아서 읽어주시길 바랍니다.

1장

퍼트리셔가 울었다.

월리스 프라이스는 누가 울면 싫었다.

살짝 눈물을 비치든 닭똥 같은 눈물을 뚝뚝 흘리든 온몸을 흔들며 흐느끼든 그건 중요하지 않았다. 울어봐야 소용없는 일인데 그는 시간만 낭비하고 있었다.

"어떻게 아셨어요?" 퍼트리셔는 눈물로 뺨이 젖은 채 월리스의 책상에 놓인 크리넥스 상자를 향해 손을 뻗으며 물었다. 그는 월리스가 인상 쓰는 모습을 보지 못했다. 차라리 잘된 일이었다.

"어떻게 모를 수 있지?" 월리스가 반문했다. 그가 오크나무 책상 위로 손깍지를 끼며 등받이에 몸을 묻자 아르퍼 아스톤 의자에서 끼익하는 소리가 났다. 월리스는 이 신파극이 금방 끝날 리 없겠다고 생각하며 표백제와 윈텍스 세정제 냄새에 얼굴을 찡그리지 않으려고 애썼다. 야간 근무 조 직원이 그의 방에 뭘 쏟았는지 탁하고 역겨운 냄새가 났다. 그는 전 직원을 상대로 자신은 코가 예민해서 이런 환경에서는 일할 수 없다고 알리는 공문을 발송해야겠다고 다짐했다. 이건 정말이지 야만적이었다.

월리스는 오후 햇살이 들어오지 않도록 사무실 창문에 달린 블라인드를 닫고, 에어컨을 온몸이 얼어붙을 만큼 세게 틀어 놨다. 덕분에 직원들은 계속 똘망똘망한 정신을 유지했다. 3년 전에 한 직원이 실내 온도를 21도로 높이면 안 되냐고 물었다. 그는 폭소를 터뜨렸다. 더우면 사람이 게을러지고 추우면 계속 움직이게 됐다.

월리스의 방 밖에서는 회사가 기름칠이 잘된 기계처럼 바쁘게, 엄청난 인풋이 없어도 자기 혼자 알아서 잘 돌아갔다. 딱 그가 바라던 대로였다. 그가 모든 직원을 일일이 직접 관리해야 했다면 이 정도로 회사를 키우지 못했을 것이다. 물론 지금도 계속 예의 주시하고는 있었다. 그의 직원들은 죽기 살기로 열심히 일해야 한다는 것을 알았다. 그들에게 제일 중요한 사람은 고객이었다. 월리스는 자신이 점프하라고 지시하면 모든 직원이 아무것도 묻지 않고 그냥 기계처럼 점프하길 원했다.

기계가 고장 나면 마땅히 부품을 교체해야 한다. 기계가 그냥 망가지게 내버려둘 수는 없으니까. 우리도 마찬가지다. 절대 실수를 범하지 않는 인간은 없고, 나사 빠진 자들을 그냥 두려고 지금까지 그렇게 열심히 일한 게 아니었다. 지난해에는 이 회사가 역사상 가장 엄청난 수익을 냈다. 올해는 심지어 그 액수를 능가할 조짐을 보이고 있었다. 세계정세가 어떻게 돌아가든 누군가는 항상 고소를 당했다.

퍼트리셔는 코를 풀었다. "대표님은 신경 쓰지 않으실 줄 알았어요."

윌리스는 퍼스리셔를 빤히 쳐다보았다. "도대체 왜 그런 생각을?"

퍼트리셔는 눈물 젖은 미소를 지었다. "그러실 타입이 아니니까요."

윌리스는 발끈했다. 감히 상사에게 그런 소리를 하다니. 10년 전에 법무사 면접을 보는 자리에서 퍼트리셔를 만났을 때 언젠가는 뒤통수를 맞는 날이 올 줄 알아차렸어야 했는데. 그는 명랑했지만 윌리스는 시간이 지나면 차분해질 거라고 생각했다. 로펌은 명랑하다는 단어와 어울리지 않는 곳이었다. 알고 보니 그보다 더한 착각이 없었다. "물론 나는—"

"요즘 너무 힘들어서요." 퍼트리셔는 윌리스가 말문을 여는 것을 아예 듣지도 못한 사람처럼 굴었다. "티를 내지 않으려고 애썼는데 대표님이 다 알고 계신 줄은 몰랐어요."

"그럼," 윌리스는 대화를 본궤도로 돌려놓으려고 했다. 얼른 해치울수록 두 사람 모두에게 좋았다. "나는 다 알고 있었어. 자, 이제—"

"진심으로 신경 써주고 계신 걸 저는 알아요. 지난달 제 생일에 꽃다발을 주셨을 때 느꼈어요. 축하 카드는 없었지만 대표님이 뭐라고 하고 싶어 하셨는지 알 수 있었어요. 저한테 고마우신 거죠? 저도 감사해요, 프라이스 대표님."

윌리스는 이게 다 무슨 소린지 영문을 몰랐다. 그는 뭐 하나라도 준 적이 없었다. 비서가 보낸 모양이었다. 나중에 비서에게 한마디 해야겠다. 꽃 같은 건 보낼 필요 없었다. 그런 건 아무 의미도, 쓸모도 없으니까. 처음에는 예쁘지만 시들면 이파리와 봉우리가 말라비틀어지고 썩어서 지저분해졌다. 애초에 보내지 않았으면 겪지 않아도 됐을 불편이었다. 그는 이런 생각을 하며 어처구니없게 비싼 몽블랑 만년필을 집어서 메모를 적었다. (공문용 아이디어: 식물은 끔찍하니 아무도 곁에 두지 말 것) "나는—"

"카일이 두 달 전에 정리 해고당했어요." 퍼트리셔가 말했다. 월리스는 그가 누굴 얘길 하는 건지 알아차리기까지 꽤 시간이 걸렸다. 카일은 퍼트리셔의 남편이었다. 월리스는 회사 행사에서 그를 만난 적 있었다. 그때 카일은 취한 얼굴이었다. 무어, 프라이스, 에르난데스 & 워싱턴이 또다시 성공적인 한 해를 보낸 기념으로 제공한 샴페인을 부어라 마셔라 한 모양이었다.

"안됐군." 월리스는 전화기를 책상에 내려놓으며 딱딱하게 말했다. "하지만 이제 우리가 당면한 문제를—"

"그래서 그이가 일자리를 찾고 있는데 어렵네요." 퍼트리셔는 휴지를 구기고 다시 한 장을 뽑아 눈을 닦았다. 화장이 처참하게 뭉개졌다. "타이밍이 이보다 더 안 좋을 수 없었어요. 저희 아들이 올여름에 결혼을 해서 비용을 절반 부담해야 하거든요. 막막하지만 방법을 찾을 수 있겠죠. 늘 그랬으니까요. 이건 그냥 살아가면서 만나는 걸림돌일 뿐이에요."

"행운을 빌지." 월리스는 퍼트리셔에게 아이가 있는지도 몰랐다. 그는 부하직원의 사생활을 캐묻는 사람이 아니었다. 아이가 있으면 일에 방해만 되니 아이를 절대 좋아할 수 없었다. 자녀가 있으면 부모들이, 그러니까 그의 부하직원들이 유치원 학예회다, 아이가 아프다, 하며 회사를 빠져서 다른 사람이 밀린 일을 떠맡아야 했다. 인사팀에서 그에게 가정을 꾸리겠다는 부하직원에게 딴죽을 걸면 안 된다고 조언했기 때문에(그냥 반려견이나 키우라고 하면 안 돼요, 프라이스 대표님!) 그는 아이가 토하는 소리 아니면 별 쓸데없는 걸 노래 한답시고 꽥꽥대는 소리를 들으러 오후 반차를 내겠다는 엄마, 아빠들을 이해하려고 노력해야 했다.

퍼트리셔는 휴지에 대고 다시 팽하고 코를 풀었다. 그 길고 기분 나쁘게 축축한 소리를 듣자 월리스는 살갗에 소름이 돋았다. "저희는 딸도 있거든요. 방향을 잃고 헤매서 저러다 먹을 것만 축내는 백수되는 거 아닌가 싶었는데, 회사에서 장학금을 준 덕분에 드디어 길을 찾았어요. 그것도 무려 경영대학으로. 정말 대단하죠?"

월리스는 실눈을 뜨고 퍼트리셔를 쳐다보았다. 파트너들과도 얘기를 좀 해야겠다는 생각이 들었다. 그들이 장학금까지 지급하는 줄은 몰랐다. "대단하다는 단어의 정의가 서로 다른 것 같군."

퍼트리셔는 고개를 끄덕였지만 월리스의 말을 듣고 있지 않은 듯했다. "이 일자리가 제게는 중요해요. 어느 때보다 더요. 이 회사 직원들은 가족이나 다름없어요. 서로 얼마나 응원한다고요. 그들이 없었다면 저는 지금 여기까지 오지 못했을 거예요. 더군다나 대표님께서 이상한 낌새를 느끼고 하소연할 수 있게 저를 이 방으로 불러주시다니 얼마나 감동적인지 모르겠어요. 다른 직원들이 뭐라 하든 대표님은 좋은 분이세요."

월리스는 퍼트리셔의 말이 선뜻 이해가 가지 않았다. "다른 직원들은 나를 두고 뭐라 하길래?"

그의 얼굴이 하얘졌다. "아, 험담은 아니에요. 어떤 식인지 아시잖아요. 대표님께서 이 회사를 설립하셨고 편지지 상단에도 대표님 성함이 적혀 있으니까요. 그냥 무서운 거죠."

월리스는 긴장을 풀었다. 기분이 괜찮아졌다. "아, 뭐, 그렇다면—"

"네, 맞아요. 사람들은 대표님이 냉정하고 계산적이라고, 일을 제때 처리하지 않으면 무서울 정도로 소리를 지른다고 하지만 다 몰라서 그래요. 비싼 양복 안에 다정한 남자가 꼭꼭 숨겨져 있다는 걸 저는 알아요."

퍼트리셔가 그의 안목을 알아보았다는 건 기쁜 일이었다. 그의 양복은 실제로 고급이었다. 최고만 대접받는 세상이고, 이 회사 직원이라면 걸맞은 복장을 갖춰 입어야 했다.

"대표님은 겉은 매정하지만 속은 마시멜로 같으시죠."

평생 이보다 더 모욕적인 발언은 들어본 적이 없었다. "라이언 부인—"

"퍼트리셔라고 불러주세요. 전에도 여러 번 말씀드렸는데."

맞는 말이었다.

"라이언 부인." 월리스는 단호하게 말했다. "열광적인 찬사는 고맙지만 이 자리에서 논의할 문제는 따로 있어."

"네." 퍼트리셔는 황급히 말했다. "그럼요. 대표님은 칭찬을 별로 안 좋아하시니까요. 다시는 그러지 않을게요. 저희가 대표님에 대해서 얘기하려고 만난 것도 아니고요."

월리스는 마음을 놓았다. "그렇지."

퍼트리셔의 입술이 떨렸다. "저에 대해서, 요즘 들어 상황이 얼마나 힘들어졌는지 얘기하려고 만난 거죠. 제가 비품 창고에서 울고 있는 걸 보고 대표님이 여기로 부르셨잖아요."

월리스는 퍼트리셔가 재고 파악을 하다가 먼지 때문에 알레르기 반응을 일으킨 줄 알았다. "다시 논의에 집중해야—"

"카일이 저를 건들지 않아요." 퍼트리셔는 다시 울 것만 같았다. "그이가 제 몸에 손을 안 댄 지 몇 년 됐어요. 결혼생활이 오래되다 보면 그럴 수 있다고 마음을 다잡아보려고 했지만 그게 다가 아닌 것 같은 생각이 자꾸만 들어요."

월리스는 움찔했다. "그런 부적절한 언행을… 가뜩이나 지금—"

"그러니까요!" 퍼트리셔는 흥분해 목소리가 커졌다. "어떻게 인간이 그럴 수가 있어요? 제가 요즘 일주일에 70시간씩 일하고 있는 건 알지만 남편으로서 의무를 다해야 하는 거 아닌가요? 혼인 서약에도 쓰여 있는데."

얼마나 끔찍한 결혼식이었을까. 그들은 아마 〈홀리데이 인〉에서 피로연을 치렀을 것이다. 아니다. 그보다도 못한 〈홀리데이 인 익스프레스〉에서 치렀을 것이다. 월리스는 그 생각에 몸서리쳤다.

"저는 야근해도 상관없어요." 퍼트리셔는 말을 이었다. "일의 일부잖아요. 이 회사에 입사했을 때부터 알고 있었어요."

아! 드디어 돌파구가 생겼다! "입사 얘기가 나왔으니 말인데—"

"저희 딸은 코 사이를 뚫었어요." 퍼트리셔가 처량한 목소리로

말했다. "황소 같아 보이더라고요. 그 쪼끄맣던 아이가 이젠 투우

사가 자길 쫓아와서 따먹어주길 바라다니."

"맙소사." 월리스는 진저리가 난 듯 한 손으로 얼굴을 문질렀다.

그는 이러고 있을 시간이 없었다. 30분 뒤에 시작될 회의 준비를

해야 했다.

"제 말이요! 카일은 커가는 과정이라고, 시행착오를 겪으며 아이

스스로 날개를 펴고 날 수 있게 돼야 한다고 하는데 그게 코에 빌

어먹을 링을 다는 거랑 무슨 상관이냐고요! 우리 아들 얘기는 시

작하고 싶지도 않아요."

"그래, 그럼 시작하지 말도록."

"세상에 결혼식 음식을 〈애플비스〉에 맡기겠대요! 〈애플비스〉

에!"

월리스는 충격으로 헉 소리를 냈다.

결혼식 준비를 후지게 하는 것도 유전이 될 줄이야.

퍼트리셔는 미친 듯이 고개를 끄덕였다. "우리가 그럴 여유가 되

는 줄 아나봐요. 땅 파면 돈이 나오는 것도 아니고! 아이들 경제 교

육을 나름 열심히 시켰지만, 젊었을 때는 뭐가 뭔지 잘 모르잖아

요. 게다가 예비 신부가 임신해서 저희가 도와주길 바라고 있어

요." 그는 요란하게 한숨을 쉬었다. "제가 아침에 일어날 수 있는

건 오로지 회사로 출근하면 그 모든 것에서 벗어날 수 있다는 걸

알기 때문이에요."

월리스는 가슴이 이상하게 뒤틀리고 속이 쓰려서 흉골을 문질

렀다. 칠리를 먹지 말았어야 했는데. "우리 회사가 피난처가 될 수 있다니 기쁘지만 그 일 때문에 부른 게 아니야."

"네?" 퍼트리셔는 훌쩍거리다 다시 미소 지었다. 이번에는 아까보다 더 확실하게 지었다. "그럼 어떤 일 때문에 부르셨나요, 프라이스 대표님?"

"라이언 부인, 당신은 오늘부로 해고야."

퍼트리셔는 눈을 깜빡였다.

월리스는 기다렸다. 이제는 퍼트리셔도 알아들었을 테고 그는 다시 일할 수 있을 것이다.

퍼트리셔는 당황한 얼굴로 좌우를 두리번거렸다. "무슨 리얼리티 프로그램인가요?" 그는 웃음을 터뜨렸다. 오래전에 사라진 줄 알았던 흥분기가 망령처럼 남아 있었다. "지금 저 녹화하고 계세요? 누가 폴짝 나와서 '서프라이즈'라고 외치는 건가요? 프로그램 제목이 뭐예요? 〈당신 해고야, 진짜는 아니고〉?"

"그건 아니지. 내가 촬영해도 좋다고 승인한 적 없으니까." 월리스는 퍼트리셔의 무릎 위에 놓인 핸드백을 내려다보았다. "녹음도 마찬가지고."

퍼트리셔의 표정에 웃음기가 사라졌다. "이해를 못 하겠는데요. 그게 무슨 말씀이신가요?"

"어떻게 더 명확하게 설명할 수 있지, 라이언 부인? 오늘부로 부인은 무어, 프라이스, 에르난데스 & 워싱턴의 직원이 아니라고. 이 방에서 나가면 부인이 소지품을 챙길 때까지 기다렸다가 경비가 건물 밖으로 안내해줄 거야. 인사팀에서 마지막 서류 작업 때문에 조만간 연락할 테고. 그… 그걸 뭐라고 하더라?" 그는 책상 위에 놓인 서류를 뒤적였다. "아, 여기 있네. 실업 수당을 신청해야 하는 경우를 대비해서. 실직했더라도 정부의 젖을 계속 빨아 먹을 수 있지. 내가 낸 세금으로." 월리스는 고개를 저었다. "그러니까 어떻게 보면 내가 계속 월급을 주는 셈이야. 여기서 일하면서 받는 것만큼 많지는 않겠지만, 그야 당연한 거고."

퍼트리셔는 이제 더 이상 웃지 않았다. "제가… 뭐라고요?"

"해. 고. 됐. 다. 고." 월리스는 천천히 다시 말했다.

뭐가 그렇게 이해하기 힘들지?

"왜요?" 퍼트리셔는 따져 물었다.

이제 말이 통했다. 오로지 사실만 나열해 이유를 설명하는 것이 월리스의 주특기였다. "코타로 사건의 전문가 소견서 때문이야. 마감 2시간 후에 제출했으니. 그래도 소견서가 채택된 이유는 스미스 판사가 나한테 신세를 진 적이 있기 때문인데, 하마터면 그걸로도 부족할 뻔했어. 내가 직접 기억을 환기시켜 주어야 했으니까. 애인으로 발전한 베이비시터와 그가 함께 있는 걸 봤다고, 어디서 봤는가 하면— 그건 됐고, 하마터면 우리 회사는 수천 달러를 날릴 뻔했어. 고객의 피해는 두말할 나위도 없고. 그런 식의 실수는 용납 못 해. 지금까지 오랫동안 무어, 프라이스, 에르난데스 & 워싱턴에 헌신해줘서 고맙지만 더는 필요 없겠어."

퍼트리셔가 벌떡 일어나자 의자가 딱딱한 나무 바닥을 긁는 소리가 났다. "저는 그 서류를 늦게 제출하지 않았어요."

"늦게 제출했어." 월리스는 차분하게 말했다. "서기실에서 입력한 타임스탬프가 여기 있는데 원하면 보여주지." 그는 책상 위에 놓인 서류 폴더를 손가락으로 톡톡 두드렸다.

퍼트리셔는 실눈을 떴다. 더 이상 울지 않았다. 분노라면 월리스도 상대할 수 있었다. 로스쿨 입학 첫날에 들은 이야기가, 변호사는 제대로 된 사회의 필수품이지만 항상 분노의 초점이 그들에게로 향할 거라는 말이었다. "제가 늦게 제출했다 하더라도 이전에는 그런 실수를 저지른 적이 없었어요. 이번 딱 한 번이었다고요."

"다시는 그런 실수를 저지를 일이 없겠다는 생각을 하면서 편히 쉬면 되겠군." 월리스는 덧붙여 말했다. "이제는 이 회사 직원이 아니니까."

"하지만 저희 남편은요, 아들은요, 딸은요!"

"맞아. 그 얘기를 꺼내줘서 고맙군. 딸이 우리 회사에서 장학금을 받고 있었다면 이제 중단될 거야." 월리스는 인터컴에 달린 버튼을 눌렀다. "셜리? 퍼트리셔의 딸이 이제는 우리 회사를 통해 장학금을 받지 않을 거라고 인사과에 전달해. 중단 시 내가 서명해야 하는 서류가 있으면 지금 당장 처리해주고."

비서의 목소리가 스피커에서 지직거리는 잡음과 함께 들렸다. "알겠습니다, 대표님."

월리스는 전직 법무사를 쳐다보았다. "자. 됐지? 전부 처리됐어. 우리 프로인 거 알지? 나가기 전에 어리석게 소리를 지르거나 뭘 집어 던지거나 중죄로 간주될 게 분명한 협박 같은 건 하지 말고. 아, 될 수 있으면 책상 정리할 때 회사 비품은 가져가지 말아. 후임이 월요일부터 출근할 텐데 스테이플러나 테이프 디스펜서가 없으면 어떤 상황이 벌어질지 생각하기도 싫거든. 물론 그동안 모아 놓은 잡동사니는 뭐가 됐든 부인 것이지만." 그는 회사 로고가 그려진 스트레스 볼을 책상 위에서 집어 들었다. "이 공, 참 물건이지? 부인이 회사 창립 7주년 기념일 때 하나 챙긴 게 기억나는 것도 같고. 내 축복을 담아서 줄 테니 받아. 나중에 쓸모가 있을지 모르잖아."

"진심이시로군요." 퍼트리셔가 떨리는 목소리로 말했다.

"심장 마비 일으킬 일 있어, 이런 거 가지고 농담하게? 자, 이제 실례하지. 할 일이 산더미ㅡ"

"이 괴물!" 퍼트리셔는 고함을 질렀다. "나는 사과를 받아야겠어요!"

어련하실까. "사과는 내가 뭔가를 잘못했을 때 하는 건데, 나는 잘못한 게 없어. 오히려 내가 사과받으면 모를까."

퍼트리셔의 악다구니에 사과하는 내용은 없었다.

윌리스는 여전히 침착하게 인터컴에 달린 버튼을 다시 눌렀다. "셜리? 경비 와 있어?"

"네, 대표님."

"좋아. 내 머리로 뭐가 날아오기 전에 들여보내."

윌리스 프라이스가 마지막으로 그를 보았을 때 퍼트리셔 라이언은 월리스가 협박죄를 두고 한 경고를 무시한 채 제랄도라는 이름의 거한에게 끌려가며 발길질하고 비명을 질렀다. 뜨겁게 달군 부지깽이를 목구멍에서 아랫도리—그가 쓴 표현이었다—까지 쑤셔 넣어 고통으로 몸부림치게 만들겠다는 퍼트리셔의 한결같은 투지는, 인정하기 싫지만 인상적이었다. "이겨낼 수 있을 거야!" 월리스는 그 층 전 직원이 듣고 있다는 걸 알았기에 자신의 방문 앞에서 외쳤다. 그에게도 배려심이 있다는 걸 알리고 싶었다. "문이 닫히면 창문이 열린다고들 하잖아."

엘리베이터 문이 스르르 닫히며 퍼트리셔의 독설을 중간에 잘랐다.

"아, 이제 좀 살겠네. 다들 다시 일에 매진합시다. 금요일이라고 해서 게으름 피워도 되는 건 아니야."

여기저기서 즉각적으로 반응했다.

완벽해. 기계가 다시 순조롭게 돌아가기 시작했다.

월리스는 방 안으로 들어가 등 뒤로 문을 닫았다. 그는 그날 오후 장학금 문제를 처리하겠다는 인사팀장의 이메일을 확인했을 때 말고는 퍼트리셔를 떠올린 적이 없었다. 가슴이 또 찌릿했지만 걱정할 만한 문제는 아니었다. 퇴근길에 텀스 제산제나 한 통 사면 됐다. 그는 흉통에 대해—그리고 퍼트리셔에 대해서도—다시 생각하지 않았다.

계속 전진하는 거야. 그는 이메일을 직원 고충 처리 폴더로 옮기며 속으로 주문처럼 외웠다.

계속 전진하는 거야.

월리스는 기분이 좋아졌다. 적어도 이제는 조용했다. 다음 주에 새 법무사가 출근하면 그는 실수를 용납하지 않는다고 똑똑히 알려주기로 마음먹었다. 나중에 무능함을 맞닥뜨리느니 일찌감치 공포감을 조성하는 편이 나았다.

하지만 그는 그럴 기회를 누리지 못했다.

월리스 프라이스는 이틀 뒤에 죽었다.

2장

월리스의 장례식에는 조문객이 거의 없었다. 그는 못마땅했다. 심지어 자기가 어쩌다 여기로 오게 됐는지도 알 수 없었다. 방금 전까지만 해도 자신의 시신을 내려다보고 있었는데, 눈을 감았다 떠보니 문이 열려 있고 종이 울리는 교회 앞에 서 있었다. 근처에 '월리스 프라이스의 생애를 기념하며'라고 적힌 큼지막한 팻말이 있었지만 전혀 도움이 되지 않았다. 그는 솔직히 그 팻말이 조금도 마음에 안 들었다. 이게 도대체 어떻게 된 일인지 안으로 들어가 보면 알려줄 만한 사람이 있을지 몰랐다.

월리스는 뒤쪽 신도석에 앉아 사람들이 좀 더 들어오길 기다렸다. 앞에 놓인 팻말 상으로 장례식은 9시 정각에 시작이었다. 장식용 벽시계(예수를 모티브로 한 듯 시침과 분침이 예수의 두 팔이었다)에 따르면 장례식 시작까지 5분밖에 남지 않았는데 교회 안에 다섯 명밖에 없었다.

그 중 네 명이 월리스가 아는 사람이었다.

1번은 전처 네이오미였다. 그들 부부는 지독한 이혼 소송을 거쳤다.

근거 없는 비난이 난무했고, 테이블을 사이에 두고 서로에게 고함을 지르는 그들을 말리느라 양측 변호사가 애를 먹었다. 네이오미는 월리스를 피해 이 나라의 반대편으로 이사했으니 비행기를 타고 왔을 것이다. 그는 아내의 선택을 비난하지 않았다. 대체로.

전처는 울고 있지 않았다. 월리스는 짜증이 나는데 그 이유를 설명할 수가 없었다.

흐느끼고 있어야 하는 거 아닌가?

2번, 3번, 4번은 무어, 프라이스, 에르난데스 & 워싱턴의 파트너였다. 월리스는 20년 전에 차고에서 창업한 회사가 그 주를 통틀어 가장 막강한 로펌으로 성장했으니 다른 직원들도 기다리면 오겠거니 했다. 적어도 그의 비서 셜리만큼은 손수건을 움켜쥐고 화장이 얼룩진 얼굴을 하고서, 그 없이 어떻게 살아가면 좋을지 모르겠다고 대성통곡하겠거니 생각했다.

하지만 셜리는 자리에 없었다. 월리스는 그가 뿅 하고 등장해 이럴 수는 없다고, 그에게는 월리스 같은 상사가 있어야 올바르게 살 수 있다며 울부짖게 해달라고 주문을 외는 데 온 정신을 집중했다. 아무 일도 벌어지지 않자 그는 미간을 찌푸렸다. 불안이 그의 머릿속 깊숙한 데서 스멀스멀 피어올랐다.

파트너들은 월리스의 자리와 가까운 교회 뒤편에 모여 앉아 나지막이 대화를 나눴다. 월리스는 자신이 바로 앞에 떡하니 앉아 있다고 알리려다 포기한 참이었다. 그들은 그를 보지 못했다. 그의 목소리도 듣지 못했다.

"슬픈 날이로군." 무어가 말했다.

"정말 슬픈 날이야." 에르난데스가 맞장구쳤다.

"최악이지." 워싱턴이 덧붙였다. "그런 식으로 월리스의 시신을 발견하다니, 가엾은 셜리."

파트너들은 하던 얘기를 잠깐 멈추고 교회 앞쪽을 쳐다보았다가 네이오미가 그들을 흘끗 돌아보자 정중하게 묵례했다. 네이오미는 그들을 보며 냉소를 짓고는 다시 앞쪽으로 고개를 돌렸다.

잠시 후.

"생각이 많아지네." 무어가 말했다.

"그러게." 에르난데스가 맞장구쳤다.

"누가 아니라나." 워싱턴이 덧붙였다. "생각이 아주 많아져."

"평생 독창적인 생각이라고는 한 번도 해본 적 없는 인간들이 왜 이래." 월리스는 그들에게 말했다.

잠깐 정적이 흐르자 월리스는 그들이 자신과 얽힌 가장 행복했던 추억을 떠올리고 있는 게 분명하다고 확신했다. 조금 있으면 그들은 과거를 애틋하게 회상하며, 반평생 동안 알고 지냈고 그들에게 엄청난 영향을 미친 사람에 얽힌 일화를 차례대로 이야기할 것이다. 어쩌면 눈물도 한두 방울 흘릴지 몰랐다. 월리스는 그래주길 바랐다.

"이 친구는 진상이었지." 마침내 무어가 말했다.

"진짜 진상이었지." 에르난데스가 맞장구쳤다.

"천하에 둘도 없는 진상이었어." 워싱턴이 덧붙였다.

그들은 교회가 쩌렁쩌렁 울리지 않도록 숨죽여 웃음을 터뜨렸다. 월리스는 두 가지 점에서 충격을 받았다. 첫째로 그는 교회에서, 그것도 장례식이 열리는 교회에서 웃어도 되는지 몰랐다.

이유는 몰라도 불법이라야 하지 않나? 교회에 발을 끊은 지 수십 년이 되었으니 그새 법이 바뀌었을 수도 있지만.

둘째로 그를 진상이라고 불러놓고 무사하다는 사실이 믿기지 않았다. 당장 그들에게 벼락이 내리지 않다니 실망스러웠다. "저들에게 벌을 내리세요!" 그는 천장을 노려보며 고함을 질렀다. "저들에게 벌을 내리세요! 지금 당장⋯." 그는 말을 하다 말고 멈추었다. 그의 말소리가 울리지 않았다.

이제 그만 슬퍼하기로 결정했는지 무어가 이렇게 말했다. "어제 저녁에 경기 봤어? 어휴, 로드리게스가 아주 날아다니던데. 그걸 경기라고 하다니."

예전 파트너가 가슴 위로 팔짱을 끼고 핏기 없는 얼굴로 눈을 감고 7천 달러짜리 새빨간 체리 나무 관에 누워 있는데, 그들은 스포츠 얘기로 넘어갔다.

월리스는 턱에 단단히 힘을 주고 단호하게 앞을 돌아보았다. 그들은 같은 로스쿨을 다녔고, 졸업하자마자 부모님들의 반대를 무릅쓰고 같이 로펌을 차렸다. 그와 파트너들은 처음에 젊고 꿈 많은 친구 사이로 출발했다. 세월이 흐름에 따라 친구 이상의 관계, 동료가 되었다. 월리스에게는 동료가 훨씬 중요했다. 친구에게는 할애할 시간이 없었다. 친구가 필요하지도 않았다. 그는 그 도시에서 가장 큰 고층 빌딩의 13층에서 일했고, 사무실은 수입 가구로 채웠다. 잠만 자고 나오는 아파트는 넓어도 너무 넓었다. 그는 모든 걸 가지고 있었다. 그런데 지금은….

뭐.

그래도 관은 비싼 거였다. 이 안에 들어온 뒤로 그쪽을 애써 외면하고 있었지만.

교회 안에 있는 다섯 번째 인물은 월리스가 모르는 사람이었다. 지저분한 검은색 머리를 짧게 자른 젊은 여자였다. 좁은 들창코와 핏기 없이 얇은 입술 위로 까만 눈이 자리 잡고 있었다. 양쪽 귀의 조그만 스터드 귀걸이가 유리창을 통과한 햇살에 반짝거렸다. 검은색의 말쑥한 핀 스트라이프 정장을 입었고 넥타이는 밝은 빨간색이었다. '파워 넥타이'라는 게 있으면 바로 그거였다. 월리스는 합격점을 내렸다. 그의 넥타이는 모두 파워 넥타이였다. 지금, 그는 파워 넥타이를 매고 있지 않았다. 그는 트레이닝팬츠에 후줄근한 롤링스톤스 티셔츠를 입고 조리 슬리퍼를 신고 있었다. 그다음 주를 준비하러 일요일에 아무도 없는 사무실로 출근했을 때의 옷차림이었다. 안타깝게도 그는 회사 사무실에서 숨을 거뒀고, 죽으면 꼴까닥하던 순간에 입고 있던 옷을 계속 입게 되는 듯했다. 그의 행색이 다소 우스꽝스러운 이유였다.

여자는 월리스의 말소리가 들리기라도 하는 듯이 그가 있는 쪽을 흘끗거렸다. 그는 모르는 사람이었지만 이 자리에 참석한 걸 보면 과거의 어느 시점에 그와 만난 적이 있는 듯했다. 그에게 고마워해야 하는 일이 있는 의뢰인일 수 있었다. 어느 순간 이후부터 의뢰인들이 한데 뭉뚱그려지기 시작했으니 생각이 안 나는 것일지도 몰랐다. 여자가 대기업을 상대로 뜨거운 커피 심부름이나 성희롱이나 뭐 그런 사안과 관련해 소송을 제기했을 때 월리스가 변호를 맡았고, 덕분에 엄청난 합의금을 받았을 수도 있었다.

그러면 당연히 고마워해야지. 누군들 그렇지 않을까?

스포츠를 주제로 신나게 잡담을 떨던 무어, 에르난데스, 워싱턴은 황송하게도 잠깐 중단하기로 마음을 먹었는지 침통한 표정을 짓고 교회 앞쪽으로 걸어갔다. 월리스 옆을 지나면서 그가 있는 쪽을 쳐다보지도 않았다. 양복을 입은 젊은 여자도 알은체하지 않고 네이오미 근처에서 걸음을 멈추더니 한 명씩 허리를 숙이고 조의를 건넸다. 네이오미는 고개를 끄덕였다. 월리스는 전처의 눈에서 눈물이 나오길 기다렸다.

지금쯤이면 터질 때가 됐을 텐데.

파트너들은 한 명씩 고개를 숙이고 관 앞으로 가서 섰다. 교회 앞에서 눈을 떴을 때부터 월리스의 마음에 가득 찼던 그 불안감이 끔찍한 불협화음을 일으키며 점점 자라났다. 그는 여기 이렇게 교회 뒤편에 앉아서 교회 앞쪽에 놓인 관 속의 자기 자신을 바라보고 있었다. 월리스는 스스로 잘생겼다고 생각한 적이 없었다. 너무 멀대 같이 키만 컸고, 광대뼈가 흉악하게 뾰족해서 핏기 없는 얼굴이 사시사철 더 음산해 보였다. 예전에 회사 핼러윈 파티가 열렸을 때도 아이들이 그의 코스튬을 보고 즐거워했고, 10대 초반의 한 용감한 아이는 그에게 사신을 똑 닮았다고 말했다.

핼러윈 코스튬을 입지도 않았건만.

파트너들이 월리스의 시신을 에워싸고 어색하게 움직이는 동안 그는 자리에 앉은 채로 자기 자신을 흘끗 쳐다보았다. 뭔가가 잘 못된 것 같은 끔찍한 느낌이 그를 잡아먹을 듯 밀려들었다. 그의 시신은 고급 양복을 입고 있었다. 톰 포드 샤크스킨 울 투피스였 다. 그의 호리호리한 몸에 잘 맞았고 그 양복을 입으면 초록색 눈 이 도드라져 보였다. 솔직히 지금은 눈이 감겨 있고 유명한 변호 사에게는 그다지 어울리지 않는 볼연지가 심하게 발려 있어 그 옷 이 별로 어울리지 않았다. 그의 이마는 이상할 만큼 창백했고, 번 드르르하게 빗어 넘긴 검은색의 짧은 머리는 위에서 비치는 불빛 을 받아 축축하게 번들거렸다.

마침내 파트너들은 눈물 한 방울 흘리지 않은 얼굴로 네이오미 의 건너편 신도석에 앉았다.

문이 열렸다. 월리스가 돌아보니 어처구니없는 가운을 입은 목 사(이 역시 월리스가 모르는 사람이었고 뭔가 어긋난 느낌, 뭔가 잘못된 느낌이 쇳덩이처럼 또다시 그의 가슴을 짓눌렀다)가 입구 홀을 걸어 들어왔다. 목사는 조문객이 이렇게 없는 게 믿기지 않 는 듯 눈을 두어 번 깜빡였다. 그는 가운 소매를 걷어 손목시계를 확인하고 고개를 저은 다음 고요한 미소를 머금었다. 월리스의 바 로 옆을 지나면서도 그를 알은체하지 않았다. "괜찮습니다." 월리 스는 목사의 뒤통수에 대고 외쳤다. "당신이 자기를 얼마나 중요한 사람이라고 생각하는지 아니까. 그러니 기성 종교가 이 모양이 꼴이겠죠."

목사는 네이오미 옆에서 걸음을 멈추고 전처의 손을 잡더니 고인의 죽음을 안타깝게 생각한다고, 주님은 신비로운 방식으로 일하신다고, 우리가 그분의 계획을 이해하지 못할 때도 있지만 그분은 계획이 있고 이것이 그 계획의 일부임을 확신한다고 진부한 얘기를 나지막이 늘어놓았다.

네이오미가 심드렁하게 말했다. "아, 그건 믿어 의심치 않아요, 목사님. 하지만 이제 쓸데없는 소리는 생략하고 슬슬 시작하시죠. 이이는 두 시간 안으로 묻히기로 되어 있고 저는 오늘 오후 비행기를 타고 돌아가야 하거든요."

윌리스는 눈을 굴렸다. "맙소사, 네이오미. 예의라는 걸 좀 보여주시지? 여기 교회잖아."

더군다나 내가 죽었잖아.

그는 이렇게 덧붙이고 싶었지만 그러면 자기가 죽었다는 게 진짜가 될 것 같아 참았다. 이 모든 게 진짜일 리 없었다. 진짜일 수 없다.

목사는 고개를 끄덕였다. "그러셔야죠." 그는 네이오미의 손등을 토닥이고 파트너들이 앉아 있는 건너편 신도 쪽으로 다가갔다. "고인의 죽음을 안타깝게 생각합니다. 주님은 신비로운 방식으로—"

"아, 그럼요." 무어가 말했다.

"아주 신비로운 방식으로요." 에르난데스는 맞장구쳤다.

"높으신 그분께는 나름의 계획이 있죠." 워싱턴이 덧붙였다.

누군지 모르겠는 그 여자가 코웃음을 치며 고개를 저었다.

월리스는 그를 노려보았다.

목사는 걸어가다가 관 앞에서 걸음을 멈추고 고개를 숙였다.

전에 월리스는 팔이 아프고 가슴이 타는 듯이 화끈거리고 속이 미친 듯이 메슥거린 적이 있었다. 그는 전날 저녁에 먹다 남긴 칠리를 먹은 게 화근이라고 거의 확신했다. 잠시 후 정신을 차리고 보니 그가 거액을 주고 구매해 사무실 바닥에 깐 페르시아산 카펫 위에 누워 로비에서 콸콸 쏟아지는 분수대 소리를 들으며 숨을 헐떡이고 있었다. "빌어먹을 칠리." 그는 헉헉대며 말했다. 그 말을 끝으로 월리스의 영혼이 그의 몸 밖으로 빠져나왔다. 그는 동시에 두 군데에 존재하는 느낌이었다. 천장을 올려다보는 동시에 위에서 자신을 내려다보는 느낌. 그 분리감은 어느 정도 시간이 지난 뒤 잦아들었고 입을 떡 벌린 월리스만 남았다. 목구멍에서 새어 나오는 건 바람 빠진 풍선처럼 가늘게 삑삑거리는 소리뿐이었다.

상관없었다. 월리스는 그냥 기절했을 뿐이다! 그게 다였다. 속이 쓰려서 바닥에서 잠깐 눈을 붙였을 뿐이다. 살다 보면 누구나 한 번쯤은 겪는 일이었다. 그는 요즘 들어 심하게 과로했다. 탈이 날 수밖에 없었다.

그렇게 결론을 내리고 나니 월리스는 트레이닝팬츠에 후줄근한 티셔츠, 조리 슬리퍼 차림으로 교회에서 열린 자신의 장례식에 참석해 불편하던 마음이 조금 편해졌다. 그는 심지어 롤링스톤스를 좋아하지도 않았다. 그 티셔츠가 도대체 어디서 났는지 모를 일이었다.

목사는 모인 몇 안 되는 사람들을 쳐다보며 헛기침을 했다. "성서에서 말씀하시길—"

"윽, 제발 좀." 월리스가 중얼거렸다.

모르는 여자가 캑캑거렸다.

목사의 설교가 웅얼웅얼 이어지는 동안 월리스는 고개를 휙 들었다. 여자는 웃음을 참으려는 듯이 손으로 입을 막고 있었다. 월리스는 발끈했다. 그의 죽음을 우습게 여길 거면 도대체 이 자리에는 왜 앉아 있는 걸까?

혹시, 아니다. 그럴 리는 없었다.

월리스는 여자를 빤히 쳐다보며 열심히 기억을 더듬었다.

여자가 그의 의뢰인이 맞는다면 어떻게 되는 걸까? 그가 바람직하지 못한 결과를 도출했다면?

아마 집단 소송이었을 것이다. 보상액이 여자가 기대했던 수준에 못 미쳤던. 월리스는 새로운 의뢰인이 생길 때마다 정의 구현과 어마어마한 액수의 금전적인 보상을 약속했다. 예전에는 의뢰인들의 기대를 누그러뜨렸을지 몰라도 이제는 승소할 때마다 점점 더 자신만만해졌다. 사람들은 법원의 신성한 복도에서 숭배하는 투로 월리스의 이름을 속삭였다. 그는 피도 눈물도 없는 상어였고, 누구든 그의 앞길을 가로막은 사람은 곧 대자로 뻗어 이게 도대체 무슨 일인가 하게 됐다.

어쩌면 그보다 더 심각한 일일 수도 있었다.

처음에는 전문 변호사와 의뢰인이었던 관계가 좀 더 비밀스럽게 발전했을까? 의뢰인이 비싼 양복으로 무장하고 법정을 호령하는 월리스의 모습에 반했을 수도 있었다. 자기 아니면 어느 누구도 월리스 프라이스를 차지할 수 없다고 다짐했을지 몰랐다. 의뢰인은 월리스를 따라다니며 밤이면 그의 집 창밖에 서서 그가 자는 내내 지켜보았고(월리스의 아파트가 15층이라도 상관없었다. 모르긴 몰라도 벽을 타고 그의 집 발코니까지 올라왔을 것이다), 월리스가 회사에서 일하는 시간에는 몰래 집 안으로 들어가 그의 베개를 베고 누워서 그의 체취를 마시고 월리스 프라이스 부인이 되는 날을 꿈꿨을 것이다. 월리스가 부지중에 의뢰인에게 퇴짜를 놔 그에게 품었던 사랑이 시커먼 분노로 변해버리기 전까지는.

바로 그거였다.

그렇다면 모두 설명이 됐다. 전례가 없지도 않았다. 월리스가 해고를 통보했을 때 드러낸 유감스러운 반응을 보면 퍼트리셔도 그에게 집착했을 가능성이 있었다. 모르긴 몰라도 둘은 공조 관계였는데, 월리스가 그런 짓을 저지르자 둘이서… 어쨌을까? 힘을 합쳐서? 잠깐. 좋다. 일의 순서가 좀 안 맞긴 하지만 그래도.

"─친애하는 월리스 씨에게 하고 싶은 말씀이 있는 분은 이제 앞으로 나와서 해주시기 바랍니다." 목사는 잔잔하게 미소 지었다. 아무도 나오지 않자 그 미소가 살짝 희미해졌다. "아무라도 좋습니다."

파트너들은 고개를 숙였다.

네이오미는 한숨을 쉬었다.

다들 감정이 북받쳐서 충만했던 그의 인생을 몇 마디로 정리하기 어려운 모양이었다. 그럴 만도 했다. 윌리스 프라이스라는 인물을 어떻게 감히 몇 마디로 정리할 수 있겠는가? 성공했지, 똑똑했지, 강박 수준으로 열심히 일했지, 기타 등등. 그들은 당연히 과묵해질 수밖에 없었다.

　"일어나." 윌리스는 교회 앞쪽에 앉아 있는 사람들을 뚫어져라 쳐다보며 중얼거렸다. "일어나서 내 칭찬을 좀 해봐. 얼른. 내가 명령한다."

　네이오미가 자리에서 일어나자 윌리스는 헉하고 숨을 토했다. "효과가 있었어!" 그는 열띤 목소리로 속삭였다. "예스. 예스!"

　목사는 네이오미를 향해 고개를 끄덕이고 한쪽 옆으로 비켜섰다. 그는 윌리스의 시신을 한참 동안 내려다보았다. 윌리스는 금방이라도 울음을 터뜨릴 것처럼 네이오미의 얼굴이 일그러지는 것을 보고 화들짝 놀랐다. 드디어. 감정 비슷한 걸 보이려는 사람이 드디어 등장했다. 네이오미가 관 위로 몸을 던지고는 어째서, 어째서, 어째서 인생이 이렇게 잔인할 수 있느냐고 묻고 윌리스, 나는 항상 당신을 사랑했어. 심지어 정원사와 자는 동안에도, 라고 하는 건 아닐까 싶었다. 왜 있잖아, 일할 때 셔츠 입는 걸 질색하는 것 같던 그 정원사 말이야, 그의 넓은 어깨 위로는 태양이 반짝였고 빌어먹을 그리스 조각상처럼 새겨진 복근 위로는 땀이 흘렀던. 당신은 보지 않는 척했지만 당신과 나 모두 알다시피 그건 헛소리지. 우리 둘 다 좋아하는 남자 스타일이 같았으니.

네이오미는 울지 않았다.

대신 재채기를 했다.

"죄송해요." 그는 코를 닦으며 말했다. "간질거린 지 좀 됐어요."

윌리스는 신도석으로 몸을 묻었다. 어째 예감이 좋지 않았다.

네이오미는 교회 앞쪽의 연단으로 다가가 목사 옆에 섰다. "윌리스 프라이스는 생생하게 살아 있었어요. 이제는 아니지만요. 아무리 생각해도 지금이 끔찍하다고는 말 못 하겠어요. 그는 좋은 사람이 아니었거든요."

"아니 이런." 목사가 말했다.

네이오미는 그의 말을 못 들은 척했다. "그이는 고집이 셌고 무모했고 자기밖에 몰랐어요. 저는 빌 니콜슨하고 결혼할 수도 있었는데 윌리스 프라이스 특급열차에 엮여서 끼니는 건너뛰고, 생일과 기념일은 잊어버리고, 깎은 발톱을 화장실 바닥에 방치하는 혐오스러운 습관이 있는 남자를 선택하게 됐네요. 아니, 쓰레기통이 바로 옆에 있는데. 어떻게 그걸 놓칠 수가 있어요?"

"끔찍하네." 무어가 말했다.

"그러게." 에르난데스가 맞장구쳤다.

"깎은 발톱을 쓰레기통에 버리는 거. 뭐 그리 어려운 일도 아니잖아." 워싱턴이 덧붙였다.

"잠깐." 윌리스는 큰 소리로 외쳤다. "당신 지금 그러고 있을 때가 아니야. 슬퍼해야지. 눈물을 닦으면서 내 어떤 점을 그리워할지 고주알미주알 얘기해야지. 무슨 장례식이 이래?"

네이오미는 그의 말을 듣지 않았다.

뭐, 솔직히 언제는 안 그랬나.

"소식을 듣고 지난 며칠 동안 둘이 함께 보낸 시간을 통틀어 후회하거나 무관심하지 않고, 태양을 밟고 서 있는 것처럼 이글거리는 분노가 느껴지지 않는 추억이 하나라도 있는지 열심히 찾아봤죠. 시간이 걸리긴 했지만 하나 찾았어요. 제가 아팠을 때 월리스가 한 번 수프를 가져다준 적이 있었거든요. 저는 고맙다고 했죠. 그이는 그 길로 출근하더니 6일 동안 코빼기도 비치지 않더군요."

"그게 다라고?" 월리스는 외쳤다. "지금 장난해?"

네이오미의 표정이 매정해졌다. "누가 죽으면 어떤 식으로 행동하고 어떤 감정을 느껴야 하는지 저도 알아요. 하지만 이 자리에서 말씀드리건대 사람들이 하는 얘기는 전부 헛소리예요. 죄송해요, 목사님."

"괜찮습니다, 성도님. 전부 쏟아내세요. 주님께서는—"

"아예 말을 말아야지. 그이는 가정을 일구는 것보다 일에 더 관심이 많았어요. 제가 배란일을 그의 근무용 달력에 표시해 놨거든요. 그랬더니 그이가 어떻게 했는지 아세요? 졸업을 축하합니다, 라고 적혀 있는 카드를 보냈더라고요."

"그걸 아직까지 마음에 담고 있다고?" 월리스의 목소리가 한층 더 커졌다. "심리 치료를 받는다더니 어떻게 된 거지, 네이오미? 내가 보기에는 환불받아야 할 것 같은데?"

"어휴." 신도석에 앉아 있던 여자가 탄식했다.

월리스는 그를 노려보았다. "뭐 보태고 싶은 얘기 있어요? 내가 매력적인 남자인 건 알지만 나한테 외면당했다고 해서 나를 죽일 권리가 생기는 건 아니에요!"

여자가 월리스를 똑바로 쳐다보며 제법 큰 목소리로 대꾸했을 때 그가 어떤 반응을 보였는지는 상상에 맡기는 편이 좋겠다. "글쎄, 너는 완전히 내 타입이 아닌데. 살인은 나쁜 짓이고."

네이오미는 이 이상한 여자가 한 말을 아예 듣지도 못한 듯 성전에서 월리스를 향한 중상모략을 이어 나갔다. 그는 신도석에서 굴러떨어졌는데, 다행히도 손톱으로 나무를 찍어 신도석 등받이를 간신히 붙잡았다. 두 눈을 부릅뜨고 등받이 위로 여자를 빤히 쳐다보았다.

여자는 웃으며 한쪽 눈썹을 치켜들었다.

월리스는 겨우 원래 목소리를 되찾았다. "내가, 내가 보여?"

그는 고개를 끄덕이고 등받이에 팔꿈치를 얹으며 앉은 자리에서 몸을 돌렸다. "응, 보이지."

월리스는 이러다 손가락이 부러지겠다 싶을 정도로 신도석을 으스러져라 부여잡고는 몸을 벌벌 떨었다. "어떻게. 이게 무슨. 아니— 이게 무슨."

"혼란스러운 거 알아, 월리스. 그리고 이게—"

"나는 이름을 알려준 적 없는데!" 그는 빽 하고 소리를 질렀다. 목소리가 갈라지는 것을 막을 방법이 없었다.

여자는 콧방귀를 뀌었다. "교회 앞에 네 사진이랑 그 위에 네 이름이 적힌 팻말이 있잖아."

"그건…" 뭘까? 정확히 무슨 말을 하고 싶은 걸까? 월리스는 허리를 꼿꼿하게 폈다. 마음과는 다르게 다리가 잘 움직여주지 않았다. "그 망할 팻말은 됐고 이게 다 무슨 일이지? 도대체 어떻게 된 거야?"

여자는 미소 지었다. "너는 죽었어."

월리스는 웃음이 터졌다. 그렇다. 관 속에 누워 있는 그의 시신이 보이기는 했지만 그건 아무 의미도 없었다. 어떤 착오가 있었던 게 분명했다. 여자가 정색하고 있다는 걸 알아차렸을 때 그는 웃음을 멈추고 힘없이 말했다. "뭐야."

"죽.었.다.고. 월리스." 여자는 얼굴을 찡그렸다. "잠깐. 사인이 뭔지 기억이 안 나서. 오늘이 첫날이라 내가 좀 긴장을 했거든." 그의 표정이 환해졌다. "아, 생각났다! 심장 마비."

그 순간 월리스는 이게 현실이 아니라는 것을 알아차렸다. 심장 마비? 말도 안 됐다. 그는 담배는 입에 대지도 않았고 최대한 잘 챙겨 먹었으며 틈틈이 운동도 했다. 가장 최근에 건강검진을 받았을 때도 혈압이 조금 높을 뿐 다른 데는 모두 아무 문제 없다고 했다. 그가 심장 마비로 죽었을 리 없었다. 그건 불가능했다. 그는 이제 이 소동은 정리되겠거니 확신하며 여자에게 이 모든 얘기를 전했다.

"푸하하하." 여자는 바보 대하듯 천천히 대꾸했다. "저기, 실망시켜서 미안한데 이거 진짜야."

"아니." 월리스는 고개를 저었다. "내가 몰랐을 리 없어. 이게 진짜라면 무슨 느낌이 있었겠지…."

어떤 느낌을 말하는 걸까? 팔이 아팠던 거? 가슴이 버벅거렸던 거? 아무리 열심히 숨을 쉬어도 계속 숨이 찼던 거?

여자는 어깨를 으쓱했다. "그런 경우였나보네." 그가 자리에서 일어나 자기 쪽으로 다가오자 윌리스는 움찔했다. 여자는 생각했던 것보다 키가 작아서 정수리가 그의 턱에 닿을까 말까 했다. 그는 최대한 뒤로 물러났지만 얼마 가지는 못했다.

네이오미가 윌리스는 기억도 나지 않는 포코노 산으로 여행을 갔을 당시 얘기를 늘어놓는 동안("그이는 여행 처음부터 끝까지 호텔 방에 틀어박혀서 전화로 회의를 했어요. 신혼여행이었는데 말이죠!") 여자는 살짝 거리를 두고 그의 옆에 계속 앉아 있었다. 여자는 심지어 그가 처음에 생각했던 것보다 더 동안이었다. 기껏해야 20대 초중반 정도로 보였고 그래서 더 끔찍했다. 피부색은 그보다 살짝 어두웠고, 입술을 옆으로 당겨 조그만 이를 드러내며 살짝 미소 짓고 있었다. 그는 손끝으로 신도석 등받이를 두드리고는 윌리스를 쳐다보았다. "윌리스 프라이스, 내 이름은 메이잉이지만 메이라고 부르면 돼. 5월을 뜻하는 그 단어처럼. 스펠링이 살짝 다르긴 하지만. 너를 집으로 데려가려고 왔어."

윌리스는 아무 말도 하지 못하고 메이를 빤히 쳐다봤다.

"하. 이 얘기를 듣고 입을 다물 줄 몰랐네. 처음부터 얘기할걸."

"나는 그쪽이랑 아무 데도 안 가." 윌리스는 이를 악문 채로 말했다. "그쪽이 누군지도 모르는데."

"모르는 게 당연해. 알면 아주 기괴한 일이 됐을 거야." 메이는 하던 애기를 잠깐 멈추고 곰곰이 생각했다. "적어도 지금보다는 더 기괴한 일이 됐겠지." 그는 교회 앞쪽을 턱짓으로 가리켰다. "그나저나 관 멋지네. 싸구려 같지 않아."

월리스는 발끈했다. "당연하지. 나는 오직 최고급만—"

"아, 어련하실까." 메이가 콧방귀를 꼈다. "기분이 영 그렇지? 저런 식으로 누워 있는 네 시신을 보고 있으려니까. 그래도 몸은 나쁘지 않네. 좀 마르긴 했지만 뭐, 사람마다 취향이 있는 거니까."

그는 눈을 흘기며 쏘아붙였다. "뭘 모르는 모양인데 마른 몸으로도 얼마든지— 아니다. 다른 데 정신 팔지 않겠어! 이게 무슨 상황인지 설명을 듣고 싶은데, 지금 당장."

"좋아." 메이는 조용히 말했다. "얼마든지. 받아들이기 어렵겠지만 너는 심장이 멈춰서 죽었어. 부검 결과 관상동맥이 막혀 있던 걸로 밝혀졌지. 원하면 가슴을 Y자로 절개한 걸 보여줄 수도 있지만 굳이 권하고 싶지는 않아. 처참하거든, 엄청. 부검하면 가끔 내장을 톱밥이랑 같이 봉지에 담아서 다시 넣고 꿰매는 거 알아?" 그의 표정이 환해졌다. "아, 나는 너를 데리러 온 사신이야." 이 정도로는 부족했는지 손바닥을 펼쳐 보이며 외쳤다. "짜잔."

"사신이라고." 월리스는 멍하니 중얼거렸다. "그게 뭐지?"

"그게 나라고." 메이는 그에게 좀 더 바짝 다가앉으며 말했다. "내가 사신이야. 사람이 죽으면 혼란스럽잖아. 이게 무슨 일인지 모르겠고 무섭기도 하고."

"나는 무섭지 않아!" 그건 거짓말이었다. 월리스는 평생 이보다 더 무서웠던 적이 없었다.

"좋아. 너는 무섭지 않다 이거지? 어쨌든 힘든 시기잖아. 과도기를 잘 넘어가려면 도움을 받아야지. 그래서 내가 필요한 거고. 네가 과도기를 최대한 매끄럽게 지날 수 있게." 그는 말을 잠깐 멈추었다가 다시 이었다. "됐다. 할 얘기는 다 한 것 같네. 이 일은 외워야 하는 게 엄청 많아서 군데군데 소소한 부분을 조금씩 빼 먹었을지 모르지만 요지는 그거야."

월리스는 입을 떡 벌리고 메이를 쳐다보았다. 뒤에서 네이오미가 그를 자각이라고는 눈곱만큼도 없는 이기적인 쓰레기라고 욕하며 소리를 지르고 있었지만 그의 귀에는 거의 들리지 않았다. "과도기라고?"

메이는 고개를 끄덕였다.

월리스는 그 단어가 마음에 들지 않았다. "어디로 넘어가는 과도긴데?"

메이는 씩 웃었다. "아, 그건 두고 보면 알아." 그는 손바닥을 위로 보이며 월리스를 향해 손을 들었다. 엄지손가락과 가운뎃손가락을 서로 퉁겼다.

서늘한 봄 햇살이 월리스의 얼굴 위로 쏟아졌다. 그는 비틀비틀 뒤로 한 발 물러나며 좌우를 미친 듯이 두리번거렸다.

묘지. 그들이 있는 곳이 묘지로 바뀌었다.

"미안." 메이가 월리스의 옆으로 등장했다. "내가 아직 서툴러." 그는 미간을 찡그렸다. "초짜다 보니."

"이게 어떻게 된 거야!" 윌리스는 메이를 향해 비명을 질렀다.

"네가 지금 묻히는 중이지." 메이는 명랑하게 종알거렸다. "가보자. 이거 꼭 봐야 해. 남아 있는 의심을 모두 떨쳐버리는 데 도움이 되거든." 그가 윌리스의 팔을 잡아당겼다. 윌리스는 자기 발에 걸려 비틀거렸지만 넘어지지는 않았다. 그는 조리 슬리퍼가 발뒤꿈치에 철썩거릴 정도로 빠르게 걸으며 가까스로 메이와 속도를 맞췄다. 메이에게서 벗어나 보려고 했지만 그가 잡은 손을 놓지 않았다. 보기보다 힘이 셌다.

"다 왔다." 메이가 걸음을 멈추며 말했다. "시간 딱 맞춰서 왔네."

윌리스는 메이의 어깨 너머를 바라보았다. 네이오미와 파트너들이 이제 막 직사각형 모양으로 파놓은 구덩이 주변에 서 있었다. 비싸게 주고 산 관이 땅속으로 들어가고 있었다. 아무도 울지 않았다. 워싱턴은 계속 손목시계를 확인하며 요란하게 한숨을 쉬었다. 네이오미는 휴대전화에 끊임없이 뭔가를 입력하고 있었다.

윌리스는 많은 게 눈에 들어왔지만, 그중에서도 비석이 없다는 사실에 충격을 받았다. "묘비는 어디 있지? 내 이름. 태어난 날. 내가 인생에 최선을 다했다는 감동적인 메시지."

"아, 그렇게 살았어?" 메이가 물었다. 빈정거리는 게 아니라 단순히 궁금해하는 투였다.

윌리스는 손을 홱 치우고 방어하듯 팔짱을 꼈다. "그래."

"멋지네. 비석은 대개 장례식이 끝난 다음에 등장해. 문구도 새겨 넣어야 하니까. 그게 다 패키지야, 걱정 마. 어? 이제 끝났나 보다. 잘 가라고 손 흔들어!"

월리스는 손을 흔들었다.

메이는 손가락을 꼼지락거리며 흔들었다.

"우리가 어떻게 여기로 이동했지?" 월리스는 물었다. "방금 전까지만 해도 교회에 있었는데."

"관찰력이 좋네. 아주 훌륭해, 월리스. 맞아, 좀 전까지만 해도 교회에 있었지. 그걸 알다니 대단한걸? 그러니까 뭐랄까, 내가 몇 단계를 건너뛰었다고 보면 돼. 시간이 없어서." 메이는 몸을 움츠렸다. "내 잘못인 거는 인정. 아니, 진짜 오해하지는 마. 일부러 그런 게 아니라 너를 데리러 오는 게 좀 늦었거든. 실수로 엉뚱한 데 다녀오느라." 그는 환하게 웃어 보였다. "괜찮지?"

"아니." 월리스는 메이를 향해 날을 세웠다. "안 괜찮아."

"아, 망했네. 미안. 다시는 그런 일 없게 할게. 이번을 교훈 삼아서. 그래도 나중에 내 서비스를 평가해달라는 설문 조사 문의가 들어오면 별 다섯 개로 부탁해. 그럼 엄청 힘이 될 거야."

월리스는 메이가 무슨 얘기를 하는 건지 도무지 알 수 없었다. 정신이 나간 쪽은 메이이고, 그가 상상으로 만들어낸 인물에 불과하다고 거의 확신했다. "3일이나 지났어!"

메이는 월리스를 보며 얼굴을 환히 빛냈다. "내 말이! 덕분에 일이 훨씬 수월해졌지 뭐야. 휴고가 나를 보면 얼마나 기뻐할까. 얼른 만나서 얘기해주고 싶네."

"그게 도대체 누구길래—"

"잠깐. 내가 제일 좋아하는 부분 시작한다."

월리스는 메이가 가리키고 있는 곳을 보았다. 파트너들이 네이오미를 맨 끝에 두고 한 줄로 서 있었다. 그는 그들이 한 명씩 허리를 숙여 흙을 한 줌 떠서 무덤 안으로 뿌리는 것을 지켜보았다. 흙이 관 뚜껑을 때리는 소리에 월리스의 손이 떨렸다. 네이오미는 묘한 표정으로 흙을 한 줌 쥐고 파놓은 무덤 앞에 서 있다가 고개를 젓더니 흙을 뿌린 뒤 휙 하니 몸을 돌렸고, 머리 위로 빛나는 햇살을 맞으며 미리 와 있던 택시를 향해 발걸음을 재촉했다. 월리스가 본 전처의 마지막 모습이었다.

"전부 제 자리를 찾는 느낌이네." 메이가 말했다. "동그란 원. 흙으로부터 왔으니 흙으로 돌아가라. 근사하지 않아?"

"이게 무슨 일이지?" 월리스는 어리둥절했다.

메이가 그의 손등을 건드렸다. 메이의 손은 차가웠지만 기분 나쁠 정도는 아니었다. "안아줘? 원하면 안아줄게."

월리스는 얼른 팔을 뒤로 뺐다. "그럴 필요 없어."

"선을 지키자고? 좋아. 존중해. 네 허락 없이 끌어안지 않을게."

월리스가 7살이었을 때 부모님이 그를 바닷가에 데려간 적이 있었다. 그는 파도를 맞으며 서서 발가락 사이로 모래가 밀려오는 것을 구경했다. 다리를 타고 배 속까지 이상한 느낌이 전해졌다. 점점 가라앉는 것 같았다. 소용돌이치는 모래와 하얀 거품을 머리에 인 파도가 한데 뭉뚱그려지자 더 그렇게 느껴졌다. 그는 무서워졌고 결국 부모님이 아무리 애걸복걸해도 다시는 바다 근처에 가지 않았다.

월리스는 그때 기분을 다시 느꼈다. 관 위로 흙이 떨어지는 소리 때문이었을까? 파놓은 무덤 옆에 그의 사진이 놓여 있고 그 아래에 화환이 달려 있기 때문이었을까? 이 사진에서 그는 딱딱하게 미소 짓고 있었다. 머리칼은 오른쪽으로 가르마를 타서 완벽하게 스타일링했고 두 눈은 반짝였다. 네이오미는 예전에 그를 보면 오즈의 허수아비가 생각난다고 한 적이 있었다. "뇌가 없는 게 안타깝네." 이혼 소송 중에 나온 말이었기 때문에 그는 자신에게 상처 주기 위해 한 말로 간주했다.

월리스는 바닥에 털썩 주저앉아 조리 슬리퍼 너머로 발가락을 구부렸다. 메이도 무릎을 꿇고 그의 옆에 앉아서 조그만 민들레를 뽑았다. 그걸 집어서 그의 입 가까이 들이밀었다. "소원을 빌어봐."

월리스는 소원을 빌지 않았다.

메이는 한숨을 쉬고 민들레 씨를 자기가 불었다. 민들레 씨가 하얀 구름처럼 퍼져 산들바람을 타고 무덤 주변을 빙글빙글 돌았다. "이해해야 하는 게 많다는 거 나도 알아."

"그래?" 월리스는 두 손에 얼굴을 묻고 중얼거렸다.

"엄밀히 말하면 아니고." 메이는 실토했다. "하지만 좋은 생각이 있어."

월리스는 실눈을 뜨고 그를 쳐다보았다. "오늘이 첫날이라고 했지?"

"맞아, 혼자 나온 건. 연수를 받았고 성적이 제법 좋았어. 공감이 필요해? 내가 공감해줄 수 있어. 화가 나서 뭘 치고 싶어? 그것도 내가 도와줄 수 있어. 나를 치라는 건 아니고, 벽이라면 모를까."

메이는 어깨를 으쓱했다. "아니면 여기 이렇게 앉아서 사람들이 조그만 불도저를 끌고 와 예전 네 몸을 흙으로 덮으며 모든 게 끝났다고 확증하는 순간을 구경할 수도 있어. 네 맘이야."

월리스가 메이를 빤히 쳐다보자 그는 고개를 끄덕였다. "맞아, 좀 더 아름답게 포장할 수도 있었는데. 미안. 아직 일이 서툴러서 그래."

"이게…?" 월리스는 울컥하고 치밀어오르는 뭔가를 애써 삼켰다. "이게 무슨 일이지?"

"이게 무슨 일인가 하면 너는 네 인생을 살았어. 할 일을 하면서. 이제 그게 끝난 거야. 적어도 살아 있던 삶의 부분만큼은. 네가 여길 떠날 준비가 되면 내가 휴고한테 데려다줄 거야. 나머지 부분은 그에게 설명을 들으면 돼."

"떠난다." 월리스는 중얼거렸다. "휴고와 함께."

메이는 고개를 젓다가 중간에 멈췄다. "뭐, 그렇다고 볼 수도 있겠네. 그가 사공이니까."

"뭐라고?"

"사공." 메이는 다시 한번 말했다. "너를 태우고 강을 건널 사람."

월리스의 머릿속이 미친 듯이 돌아가고 있었다. 뭐 하나에 집중할 수가 없었다. 너무 거대해서 이해하기 힘들었다. "하지만 나는 네가—"

"아우. 내가 마음에 들었구나? 고마워라." 메이는 웃음을 터뜨렸다. "나는 그냥 사신이야, 윌리스. 너를 사공한테 무사히 데려다주는 게 내 일이고, 나머지는 휴고가 알아서 할 거야. 두고 보면 알게 돼. 그를 찾아가면 기분이 좋아질 거야. 그는 사람들의 마음에 영향을 미치거든. 강을 건너기 전에 성가시고 찜찜한 부분을 그가 전부 설명해줄 거야."

"강을 건넌다." 윌리스는 머릿속이 멍해졌다. "…어디로?"

메이는 고개를 치켜들었다. "당연히 다음 단계로 건너가는 거지."

"천국으로?" 끔찍한 생각이 천둥처럼 윌리스를 강타하자 그의 얼굴이 새하얘졌다. "지옥으로?"

"그렇지."

"그 대답은 아무것도 설명하지 못하잖아."

"나도 알아. 이거 재밌네. 나 지금 무지 재밌는데. 너는 안 그래?"

아니, 윌리스는 전혀 재미없었다.

메이는 윌리스를 재촉하지 않았다. 그들은 하늘이 분홍색과 주황색으로 물들고 3월의 태양이 지평선을 향해 점점 저물 때까지 그 자리에 남아 있었다. 아래윗니로 담배를 물고 코로 연기를 내뿜는 여자가 능수능란하게 운전하는 불도저가 등장할 때까지. 무덤은 윌리스가 생각했던 것보다 금세 메워졌다. 여자가 작업을 끝냈을 무렵 샛별이 하나둘씩 모습을 드러내기 시작했지만 도시의 빛 공해 때문에 희미하게 보였다.

그것으로 끝이었다.

월리스 프라이스의 잔해라고는 봉분과, 벌레들의 먹이가 될 시신뿐이었다. 엄청나게 충격적인 경험이었다. 그럴 줄은 미처 몰랐고 정말 이상했다.

월리스는 메이를 쳐다보았다.

메이는 그를 보며 미소 지었다.

월리스는 "내가…"라고 입을 열었지만 어떤 식으로 말을 맺어야 할지 알 수 없었다.

메이는 월리스의 손등을 건드렸다. "맞아, 월리스. 이거 진짜야."

놀랍고 놀랍게도 월리스는 메이의 말을 믿었다.

메이가 물었다. "휴고 만나러 갈래?"

아니다. 월리스는 휴고를 만나고 싶지 않았다. 그는 도망치고 싶었다. 비명을 지르고 싶었다. 별을 향해 주먹을 들고 너무한 거 아니냐며 고래고래 소리를 지르고 싶었다. 그에게는 계획이 있었다. 목표가 있었다. 할 일이 너무 많이 남아 있었는데 이제는 절대 그걸 할 수가….

월리스는 눈물 한 방울이 뺨을 타고 흐르는 게 느껴지자 화들짝 놀랐다. "나한테도 선택권이 있나?"

"이승에서? 항상 그렇지."

"그럼 저승에서는?"

"저승에서는 좀 더 엄격하게 정해져 있지. 그건 다 당신을 위해서고. 진짜야." 그는 얼른 덧붙였다. "이런 일들이 벌어지는 데에는 이유가 있어. 휴고가 전부 설명해줄 거야. 휴고는 대단한 사람이야.

너도 보면 알겠지만."

그 말을 들어도 월리스의 기분은 나아지지 않았지만, 메이가 일어나 손을 내밀자 그는 1, 2초 정도 쳐다보다 그 손을 잡고 몸을 일으켜 세웠다.

월리스는 하늘 쪽으로 고개를 돌려 숨을 마시고 뱉었다.

메이가 말했다. "이번에는 느낌이 조금 이상할지 몰라. 거리가 아까보다 머니까 당연히 그렇겠지? 너도 모르는 새 끝날 거야."

월리스가 반응을 보이기도 전에 메이가 다시 손가락을 튕겼고, 모든 게 폭발했다.

3장

월리스는 숲 한가운데에 난 포장도로로 떨어졌을 때 비명을 지르고 있었다. 공기는 차가웠지만 그가 계속 소리를 질러도 입김이 나오지 않았다. 분명 그는 죽었는데 추위를 느꼈고, 자신이 숨을 쉬고 있는 건 아닌지 의문이 들었다.

아니다. 아니다. 집중. 여기에 집중해. 현재에 집중하자. 한 번에 하나씩.

"다 질렀어?" 메이가 물었다.

이제 보니 월리스가 계속 비명을 지르고 있었다. 입을 탁 다물었다가 혀를 썹자 선명한 통증이 느껴졌다. 어떻게 통증이 느껴질 수 있는지 신기했다.

"아니야." 그는 중얼거리며 메이에게서 뒷걸음질 쳤다. 생각들이 무한대로 얽히고설켰다. "그냥 이렇게—"

바로 그때 자동차가 월리스를 치고 지나갔다.

잠깐.

월리스는 차에 치였어야 했다. 차 한 대가 전조등을 환히 밝힌 채 달려오고 있었다. 그는 가까스로 두 손을 들어 제때 얼굴을 막았지만 그 차는 월리스를 그대로 관통했다. 그는 운전자의 얼굴이 자신의 얼굴 바로 앞으로 지나가는 걸 곁눈질했다. 아무런 느낌이 없었다.

월리스를 관통한 차는 도로를 계속 달렸고 미등을 밝히며 모퉁이를 돌아서 영영 사라졌다. 그는 두 손을 앞으로 내밀고 한쪽 다리를 들어 허벅지를 배에 댄 채 그대로 얼어붙었다.

메이가 깔깔대고 웃었다. "아, 뭐야. 지금 네 표정이 어떤지 너도 봐야 하는데. 으하하, 끝내주네."

월리스는 천천히 다리를 내렸다. 바닥을 그대로 통과할지 모른다고 생각했는데 아니었다. 바닥이 아래에서 단단히 발을 받쳐주었다. 그는 온몸이 떨리는 것을 멈출 수가 없었다. "어떻게. 뭐지. 왜. 뭐야, 뭐지?"

메이는 계속 쿡쿡거리며 눈물을 닦았다. "내 실수. 이럴 수 있다고 미리 경고했어야 하는데." 그는 표정을 가다듬었다. "그래도 신나지 않아? 봐, 이제는 차에 치일 일 없잖아. 얼마나 좋아?"

"이걸 보고 그런 생각이 들었단 건가?" 월리스는 믿기지 않는다는 듯이 물었다.

"생각해보면 엄청난 일이잖아."

"별로 생각하고 싶지 않아." 월리스는 쏘아붙였다. "전혀, 아주 조금도!"

메이는 알쏭달쏭하게 대답했다. "바란다고 다 이루어지진 않아."

메이가 길을 따라 걷기 시작하자 윌리스는 그의 뒤통수를 노려보았다. "그걸로는 아무것도 설명할 수 없잖아!"

"그야 네가 고집불통이라 그렇지. 좀 가볍게 마음을 먹어봐, 친구."

윌리스는 어딘지 모를 곳에 혼자 남겨지고 싶지 않아 얼른 메이를 쫓아갔다. 그가 쉴 새 없이 종알거렸고 윌리스는 끼어들 틈이 없었다.

"휴고가 격식을 차리는 성격은 아니니까 그 부분은 걱정할 필요 없어. 프리먼 씨라고만 부르지 마. 싫어하니까. 휴고야, 알겠지? 아니, 인상 좀 펴지? 그래 뭐, 네가 알아서 할 일이긴 하지만. 이래라저래라하지 않을게. 휴고는 네가…" 그는 어색하게 헛기침을 했다. "음, 휴고는 이게 얼마나 힘들고 어려운 일인지 아니까 그 부분도 걱정할 필요 없어. 궁금한 거 다 물어봐. 우리가 그런 일을 하려고 있는 거니까. 근데, 그거 아직 안 보여?"

윌리스는 도대체 무슨 소리를 하는 거냐고 물으려고 했지만 메이가 그의 가슴 쪽을 턱짓으로 가리켰다. 그는 인상을 쓰며 아래를 내려다보았다.

윌리스의 입에서 예리한 말대꾸 대신 비명이 터져 나왔다.

크기는 그의 손만 하고 낚싯바늘 비슷하게 생긴 구부정한 은색의 금속 조각이 윌리스의 가슴에 박혀 있었다. 아프지는 않았지만 뾰족한 끝이 흉골에 박혀 있어서 아파야 할 것만 같았다. 갈고리의 다른 쪽 끝에 달린 건 케이블이었다. 비닐처럼 보이는 얇은 밴드가 어두침침하게 번뜩거렸다. 케이블은 그들 앞으로 길게 이어졌다. 월리스는 가슴을 손바닥으로 쳐서 갈고리를 떨어뜨리려고 했지만 손이 갈고리를 그대로 통과해버렸다. 케이블에서 나오는 빛이 더 환해졌고 진동하는 갈고리에서 온기가 느껴지자 묘한 안도감이 들었다.

물론 그가 꼬챙이에 꿰였다는 사실이 떠오르자 그 느낌은 누그러들었지만.

"이게 뭐야?" 월리스는 가슴을 손바닥으로 계속 때리며 고함을 질렀다. "이거 떼, 이거 떼달란 말이야!"

"안 돼." 메이는 손을 내밀어 그의 손을 부여잡았다. "안 그러는 게 좋아. 도움이 된다는 내 말 믿어. 케이블이 있어야 해. 그게 너를 해치지는 않을 거야. 내 눈에는 안 보이지만 네 반응을 보니 다른 사람들이랑 똑같네. 안달복달할 것 없어. 휴고가 설명해줄 거야, 내가 장담해."

"이게 뭔데?" 월리스는 다시 따져 물었다. 살갗이 따끔거렸다. 그는 그들 앞의 길을 따라 길게 이어지는 케이블을 쳐다보았다.

"연결선." 메이는 월리스와 어깨를 부딪쳤다. "네가 흘러가지 않게 붙잡아주지. 휴고에게로 안내해주고. 그는 우리가 거의 다 왔다는 걸 알아. 가자. 너를 얼른 휴고에게 소개해주고 싶어."

마을은 조용했다. 길은 정중앙을 관통하는 대로 하나뿐인 듯했다. 신호등도 없었고 인도에 사람들이 북적거리지도 않았다. 차량도 거의 지나다니지 않았다. 도로 양쪽의 상점들은 이미 문을 닫아서 모두 불이 꺼졌고, 줄줄이 이어지는 가로등만이 따뜻하고 은은하게 사방을 비췄다. 도로에는 자갈이 깔려 있었고 아이들 몇 명이 자전거를 타고 월리스 옆을 지나갔다. 아이들은 그도 메이도 알은체하지 않고 웃으며 고함을 질렀다.

"이 마을 진짜야?" 월리스는 가슴 속에 박힌 갈고리가 점점 더 따뜻해지는 것을 느끼며 물었다. 걸음을 계속 옮겨도 예상과 다르게 케이블은 느슨해지지 않았다. 지금쯤이면 밟고 넘을 수 있을 줄 알았는데 맨 처음 케이블의 존재를 알아차렸을 때처럼 계속 팽팽했다.

메이는 월리스를 흘끗 쳐다보았다. "그게 무슨 소리야?"

그도 무슨 소리인지 몰랐다. "저 사람들, 여기 사는 사람들은 전부 죽었냐고."

"아. 응, 이 마을은 진짜야. 전부 죽지 않았고. 아마 다른 마을들이랑 비슷할 거야. 우리가 엄청 멀리 오긴 했는데 네가 도시 밖으로 여행하기로 마음먹고 혼자 오지 못할 만큼 멀리는 아니야. 너는 그 도시를 떠난 적이 거의 없는 것 같긴 하지만."

"너무 바빴어."

"이제는 시간 엄청 많네." 놀랍게도 그 말이 월리스의 정곡을 찔렀다. 가슴이 들썩였고 갑작스레 눈시울이 뜨거워졌다. 메이는 그가 잘 따라오는지 어깨 너머로 확인해가며 인도를 느릿느릿 걸었다.

월리스는 생경한 곳에 혼자 남겨지기 싫어 메이를 고분고분 따라갔다. 기묘하게 보이는 건물들이 이제는 그의 주변에서 불길한 기운을 풍겼고, 시커먼 유리창은 죽은 사람의 눈 같았다. 그는 발치를 내려다보며 한 발, 한 발 내딛는 데 집중했다. 시야가 좁아지고 살갗이 둥둥거리기 시작했다. 가슴에 박힌 갈고리가 점점 더 고집스러워졌다.

월리스는 평생 이렇게 무서웠던 적이 없었다.

"헤이, 헤이." 메이가 부르는 소리에 눈을 떠보니 그가 땅바닥에 웅크리고 앉아 두 팔로 배를 감싸고 손끝으로 살을 멍이 생길 정도로 세게 누르고 있었다. 이제는 멍이 생기지도 않겠지만. "걱정 마, 월리스. 내가 옆에 있잖아."

"그 말을 듣고 내가 안심해야 하는 건가?" 그는 목멘 소리를 냈다.

"다들 그렇게 힘들어해. 잠깐 여기 앉아도 돼. 재촉하지 않을게, 월리스."

월리스는 자신이 뭘 원하는지 알 수 없었다. 머릿속이 뒤죽박죽이었다. 그는 혼란 속에서 이해하고 붙잡을 수 있는 것을 찾으려 애썼다. 마침내 그의 안에서 잊고 있던 기억 하나가 유령처럼 떠올랐다.

월리스는 아홉 살이었고 거실에 있던 아버지가 잠깐 와보라고 불렀다. 학교에 갔다가 이제 막 돌아온 그는 부엌에서 땅콩버터와 바나나를 넣은 샌드위치를 만들고 있었다. 그는 아버지가 부르는 소리를 듣고 그대로 얼어붙어서 자기가 뭘 잘못했을지 열심히 기억을 더듬었다. 외야 관람석 뒤편에서 담배를 피운 적이 있지만 그건 몇 주 전 얘기였고 누가 고자질을 하지 않은 이상 부모님이 알 리 없었다.

그는 샌드위치를 조리대 위에 내려놓고 미리 변명을 생각했다. *다시는 안 그럴게요. 맹세해요. 그때 딱 한 번이었어요.*

부모님은 소파에 앉아 있었다. 어머니는 뺨에 눈물 자국이 난 채로 휴지를 똘똘 말아서 손에 쥐고 있었다. 콧물을 흘렸고 월리스를 보자 미소 지으려 했지만 어깨가 흔들려 표정이 떨리고 일그러졌다.

"무슨 일이에요?" 월리스는 뭘 어쩌면 좋을지 몰라 하며 물었다. 그는 위로라는 단어의 사전적 의미는 알았지만 실제로 뜻을 깊게 이해하거나 누군가의 마음을 달래본 적이 한 번도 없었다. 그들은 자유롭게 애정을 표현하는 가족이 아니었다. 그가 장한 일을 하면 아버지는 악수로 격려하고 어머니는 어깨를 세게 잡아주는 것이 고작이었다. 그는 그래도 상관없었다. 세상은 그런 거였다.

월리스의 아버지가 말했다. "너희 할아버지께서 돌아가셨다."

"아." 그는 나지막이 내뱉었다. 갑자기 온몸이 근질거렸다.

"죽는다는 게 뭔지 이해하니?"

아니, 월리스는 이해하지 못했다. 그게 뭔지는 알았고 그 단어의 뜻도 알았지만 그건 아주, 아주 멀리서 사는 다른 사람들에게나 벌어지는 막연한 사건이었다. 그가 아는 누군가가 죽을 수도 있다는 생각은 해보지 않았다. 할아버지는 4시간 거리에서 살았고 그 집에서는 항상 상한 우유 냄새가 났다. 움직이는 프로펠러가 달린 비행기, 조그만 고양이 등 버린 맥주 캔으로 무엇이든 만드는 걸 좋아하셨다.

이건 월리스가 받아들이고 이해할 수 있는 범위를 넘어서는 상황이었다. 그의 입에서 불쑥 이런 말이 튀어나왔다.

"살해당하셨어요?" 할아버지는 전쟁에서 어떻게 싸웠는지 얘기하는 걸 좋아하셨고, 언제나 마지막에는 극도로 인종차별주의적인 단어들을 내뱉으셨다. 어머니는 월리스에게 할아버지한테서 들은 단어는 절대 쓰면 안 된다고 했다. 그는 할아버지가 살해당하셨대도 이해할 수 있었다. 사실 아주 앞뒤가 맞았다.

"아니야, 월리스." 어머니는 목멘 소리를 냈다. "암이었어. 할아버지가 병에 걸려서 더는 버티지 못하셨어. 이제 끝났어."

그 순간 월리스 프라이스는 자기에게는 그런 일이 절대 벌어지지 않게 하겠다며 어린아이다운 거침없고 용감한 결심을 했다. 할아버지는 살아 있다가 어느 순간 그렇지 않게 됐다. 그의 부모님은 할아버지를 떠나보내고 심란해했다. 월리스는 심란하고 슬픈게 싫었다. 그래서 그 마음을 꾹꾹 다져서 상자 안에 넣고 굳게 잠가버렸다.

월리스는 천천히 눈을 깜빡이며 주변을 살폈다. 아직 그 마을이었고, 여전히 그 여자와 함께였다.

메이가 넥타이를 다리 사이로 대롱거리며 그의 앞에 쭈그리고 앉았다. "괜찮아?"

월리스는 말을 할 수 없을 것 같아 고개를 끄덕였지만 괜찮은 것과는 거리가 멀었다.

"이건 일반적인 현상이야." 메이가 손가락으로 자기 무릎을 두드리며 말했다. "죽은 모든 사람이 겪어. 앞으로 몇 번 더 이래도 놀라지 마. 받아들여야 하는 게 많거든."

"네가 어떻게 알지?" 월리스는 미심쩍었다. "오늘이 첫날이라며."

"혼자 나온 첫날이지." 메이는 바로잡았다. "그 전에 100시간 넘게 연수를 받았으니까 여러 번 봤어. 일어날 수 있겠어?"

일어날 수 없을 것 같았지만 월리스는 어찌어찌 두 다리를 세웠다. 조금 휘청거리기는 했지만 오로지 의지 하나로 똑바로 버텼다. 은색 갈고리는 여전히 그의 가슴에 박혀 있었고 케이블도 계속 희미하게 반짝거렸다. 순간 가벼운 당김이 느껴진 것 같았지만 확실하지는 않았다.

"좋아." 메이는 그의 가슴을 토닥였다. "잘하고 있어, 월리스."

그는 메이를 노려보았다. "나 어린애 아니야."

"아, 나도 알아. 어린아이는 더 수월해, 믿을지 모르겠지만. 문제는 대개 어른들이지."

월리스는 뭐라고 대꾸하면 좋을지 알 수 없어 아무 말도 하지 않았다.

"가자." 메이가 말했다. "휴고가 기다리고 있어."

그들은 잠시 후 마을 끝에 다다랐다. 건물들이 끊겼고, 길은 침엽수림 사이로 구불구불 이어졌다. 은은하게 밀려오는 솔 향기에 월리스는 크리스마스가 생각났다. 온 세상이 숨을 돌리며 아주 잠깐이나마 사는 게 얼마나 혹독한지 잊어버리게 되는 날이었다.

월리스가 얼마나 더 가야 하느냐고 물으려고 했을 때 마을 밖 흙길이 나왔다. 길옆 나무 팻말에는 어떤 단어들이 아주 정성스럽게 새겨져 있었다. 주변이 어두워서 좀 더 가까이 다가간 다음에서야 뭐라고 적혔는지 보였다.

카론의 나루터
차와 디저트

"카론˙?" 월리스는 반문했다. 처음 듣는 단어였다.

"그냥 웃자고 만든 이름이야. 휴고가 그런 장난을 좋아하거든." 메이가 말했다.

"뭐가 웃자는 건지 모르겠는데."

"당연히 그렇겠지. 신경 쓰지 마. 일단 찻집에 도착하면—"

"찻집?" 월리스는 경멸하는 눈빛으로 팻말을 쳐다보며 되물었다.

메이는 말을 하다 말고 멈췄다. "우와. 차를 싫어하나 보네? 그럼 일이 잘 안 풀리겠는데."

"싫어하진 않아. 그저 하느님을 만나러 가는 줄 알았는데 도대체 왜 하느님이—"

---

*그리스 신화에서 망자를 저승으로 실어 나르는 뱃사공

메이는 웃음을 터뜨렸다. "뭐라고?"

"휴고." 월리스는 당황한 목소리로 말했다. "아니면 누구든."

"으하하, 네가 뭐라 그랬는지 휴고에게 얼른 얘기해주고 싶다. 맙소사. 그의 뇌리에 바로 꽂힐 거야." 메이는 미간을 찡그렸다. "얘기 안 하는 게 나으려나?"

"뭐가 그렇게 재밌는지 모르겠네."

"알아. 그래서 재밌는 거야. 휴고는 하느님이 아니야, 월리스. 사공이지. 내가 얘기했잖아. 하느님은 인간적인 발상이야. 실제로는 그보다 조금 더 복잡해."

"뭐라고?" 월리스는 멍하니 물었다. 이미 죽은 몸이지만 두 번째 심장 발작을 일으킬 수도 있을지 궁금해졌다. 이제 더는 심장 박동을 느낄 수 없다는 데 생각이 미치자 몸을 공처럼 동그랗게 말고 싶은 충동이 다시금 스멀스멀 고개를 들었다. 그렇게 엄청난 이야기를 아무렇지도 않게 꺼내다니 그가 불가지론자이든 아니든 예상치 못했던 일이었다.

"안 돼." 메이는 월리스가 주저앉지 않게 한쪽 손을 붙들었다. "여기서 드러누우면 안 돼. 조금만 더 가면 되거든. 안으로 들어가면 좀 더 편안해질 거야."

월리스는 메이에게 몸을 맡긴 채 끌려갔다. 나무가 점점 빽빽해졌고 별이 반짝이는 하늘로 솟구친 오래된 소나무들이 땅에서 자란 손가락 같았다. 마지막으로 숲길을 걸어본 게, 특히 밤에 그래본 게 언제였는지 기억조차 나지 않았다. 그는 쇳덩이와 빵빵대는 클랙슨과 24시간 잠들지 않는 도시의 소음을 더 좋아했다. 소음이 있으면 그곳이 어디든 그가 혼자가 아니라는 뜻이었다. 여기서는 모든 걸 집어삼키는 정적이 숨 막히게 이어졌다.

모퉁이를 돌자 나무 사이로 따뜻한 불빛이 보였다. 그를 부르고 부르고 또 부르는 봉화 같았다. 그는 발로 바닥을 딛는 느낌이 거의 들지 않았다. 둥둥 떠다니고 있을지도 모른다는 생각이 들었지만 차마 아래를 내려다볼 용기가 없었다.

가까이 다가가면 갈수록 가슴에 박힌 갈고리가 점점 더 그를 잡아당겼다. 신경에 거슬리는 정도는 아니었지만 무시할 수도 없었다. 길을 따라 케이블이 계속 이어졌다.

윌리스가 메이에게 그곳에 대해 물어보려던 찰나, 앞쪽 길 위에서 뭔가가 움직였다. 그는 날카로운 송곳니와 이글거리는 눈이 달린 끔찍한 짐승이 어두컴컴한 숲속에서 기어 나온 게 아닌가 생각하며 움찔했다. 다행히 짐승이 아니라 어떤 여자가 총총히 길을 걸어왔다. 좀 더 가까이 다가오자 세세한 부분들이 눈에 들어왔다. 여자는 중년으로 보였고 외투를 단단히 여미며 입을 꾹 다물자 얇은 선이 되었다. 눈 아래가 불룩했고 다크서클은 얼굴에 문신으로 새긴 것 같았다. 여자는 그들 쪽을 쳐다보지도 않고 금발을 뒤로 흩날리며 옆으로 지나 빠르게 멀어졌다.

피곤해 보였던 메이의 표정이 고개를 흔들자 사라졌다. "가자. 더는 휴고를 기다리게 하면 안 돼."

월리스는 팻말을 읽은 후에 무엇을 기대했을까? 그는 찻집이라고 불리는 곳에 한 번도 들어간 적이 없었다. 아침이면 회사 앞 트럭에서 커피를 사 마셨다. 그는 트렌드에 민감한 남자가 아니었다. 패션 감각도 없었고 글을 읽을 때 쓰는 안경은 비쌌지만 실용적이었다. 찻집은 그와 어울리지 않았다. 찻집이라니 이 무슨 가당찮은 발상인가.

목적지에 도착했을 때 집처럼 생긴 찻집을 보고 월리스는 적잖이 놀랐다. 물론 그가 여태껏 봐왔던 집들과는 달랐지만 그래도 집은 집이었다. 나무로 된 현관이 전면을 감쌌고, 밝은 초록색 문 양옆에는 커다란 유리창이 달렸고, 촛불이라도 켜놓은 듯 안에서 불빛이 깜빡거렸다. 지붕 위에는 가느다란 연기가 피어오르는 벽돌 굴뚝이 달렸다.

월리스가 보았던 다른 집들과의 공통점은 그걸로 끝이었다. 그의 가슴에 박힌 갈고리에서 시작된 케이블이 계단을 지나 닫힌 문 너머로 사라졌다. 닫힌 문을 *관통해서*.

집 자체는 건축업자가 한쪽에서 공사를 시작해 반쯤 진행했다가 전혀 다른 쪽으로 집 방향을 틀어 완공한 것처럼 보였다. 월리스가 느끼기에 이 집에 가장 알맞은 설명은 어린애가 블록을 쌓아서 만든 아슬아슬한 탑 같다는 것이었다. 산들바람만 불어도 와르르 무너지게 생겼고, 굴뚝은 비뚤어졌다기보다 벽돌이 있을 수 없는 각도로 튀어나와 뒤틀린 쪽에 가까웠다. 1층은 튼튼해 보였지만 2층과 3층은 서로 정반대 편에 매달려 있었고, 정중앙에 자리 잡은

4층은 창문에 두툼한 커튼이 달린 작은 탑 같았다.

집 외부는 합판에 벽돌도 있었다.

그리고 저건 어도비 벽돌*인가?

한쪽 면은 예전에 오두막집이었는지 통나무로 만들어진 것처럼 보였다. 동화 속에나 있음직한, 숲속에 숨어 있는 특이한 집 같았다. 안으로 들어가면 친절한 나무꾼이나 윌리스를 화덕에 집어넣고 살이 까맣게 익어서 갈라질 때까지 구워 먹으려는 마녀가 살고 있을지 몰랐다.

"여긴 뭐지?" 현관 근처에서 걸음을 멈추었을 때 윌리스가 물었다. 제멋대로 화단에 핀 형형색색의 꽃들은 어둠 속에서 숨죽인 모습이었고, 그 옆에는 조그만 초록색 킥보드가 놓여 있었다.

"끝내주지?" 메이가 말했다. "안은 더 황당해. 여기저기서 사람들이 구경하러 오는 집이야. 엄청 유명하지. 누가 봐도 유명한 이유를 알겠지만."

메이가 현관 쪽으로 걸어가려고 하자 윌리스는 그에게 붙들려 있던 팔을 잡아 뺐다. "난 안 들어갈래."

메이는 어깨 너머를 흘끗 돌아보았다. "왜?"

윌리스는 집을 향해 손을 내저었다. "안전해 보이지 않거든. 정상적으로 지어지지 않았고. 금방이라도 무너질 거야."

"네가 그걸 어떻게 알아?"

---

*진흙과 짚을 섞은 뒤 굽지 않고 말려서 만드는 벽돌

월리스는 메이를 빤히 쳐다보았다. "우리 지금 같은 집을 보고 있는 거 맞지? 나는 저 집이 무너졌을 때 안에 갇히고 싶은 생각 추호도 없어. 조만간 소송 들어가는데, 소송은 내 전문이거든."

"흠." 메이는 다시 집을 올려다보더니 고개를 최대한 옆으로 기울였다. "하지만…."

"하지만 뭐?"

"너는 죽었잖아. 집이 무너져도 별 상관없지."

"그건…."

"내가 여기 사는 동안 아무 문제 없었어. 여태껏 무너지지 않았고, 오늘 무너질 것처럼 보이지도 않는데."

월리스는 입을 떡 벌리고 메이를 쳐다보았다. "여기서 살고 있다고?"

"응. 여기가 우리 집이야. 그러니까 너무 무시하지는 말래? 집 걱정은 하지 마. 자잘한 걸 계속 걱정하다보면 큰 그림을 놓칠 수 있거든."

"꼭 포춘 쿠키에 적혀 있음직한 말만 골라서 한다는 얘기 들어본 적 없나?"

"응. 왜냐하면 그건 인종차별적인 발언이거든. 내가 동양인이다보니."

월리스의 얼굴이 하얘졌다. "나는 그게 아니라― 그런 뜻에서 한 말이―"

메이는 월리스가 말을 더듬는 동안 한참 빤히 쳐다보고 있다가 말했다. "알았어. 그런 뜻에서 한 말이 아니라 이거지? 다행이네.

이 모든 게 처음이라는 건 알지만 생각 좀 하고 얘기해줄래? 가뜩이나 나는 너를 볼 수 있는 몇 안 되는 사람 중 한 명이잖아."

메이는 현관 앞 계단을 두 칸씩 올라가 문 앞에서 멈춰 섰다. 천장에 매달린 화분에서 기다란 넝쿨이 늘어뜨려져 있었다. 창문 앞에는 '개인 사정으로 오늘은 영업을 하지 않습니다' 라고 적힌 팻말이 놓여 있었다. 메이가 문에 달린 나뭇잎 모양의 오래된 철제 노커를 들어서 초록색 문에 대고 세 번 두드렸다.

"문을 왜 두드려? 여기 사는 거 아니었나?" 월리스가 물었다.

메이는 그를 돌아보았다. "아, 맞지만 오늘 밤은 다르거든. 원래 이렇게 하는 거야. 준비됐어?"

"나중에 다시 오는 게 좋을 것 같은데?"

메이는 재밌다는 듯이 미소 지었고 월리스는 뭐가 그렇게 재밌는지 도무지 이해가 안 됐다. "지금이 최고로 좋은 때야. 첫걸음만 떼면 돼, 월리스. 할 수 있어. 모르는 걸 맞닥뜨렸을 때 믿기 어렵다는 건 나도 알아. 하지만 나는 너를 믿거든. 너도 나를 살짝 믿어보는 건 어때?"

"나는 심지어 너를 알지도 못하는데?"

메이는 들릴락 말락 하게 웅얼거렸다. "하긴 그렇지. 하지만 그걸 해결할 수 있는 방법은 하나뿐인 거 알지?"

월리스는 메이를 노려보았다. "그런 멘트 날리려고 계속 준비하지, 맞지?"

메이는 유쾌하게 웃었다. "맞아." 그는 문고리에 손을 올려놓았다. "들어가는 거지?"

월리스는 걸어온 길을 되돌아보았다. 이제는 완전히 어둠이 깔렸다. 하늘은 별이 천지였다. 그는 이렇게 많은 별을 지금까지 본 적이 없었다. 작고 보잘 것 없는 존재가 된 느낌이 들었다. 길을 잃은 느낌이었다.

아, 길을 잃은 자여.

"첫걸음." 월리스는 혼잣말처럼 중얼거렸다.

그는 집 쪽으로 다시 고개를 돌렸다. 심호흡을 하고 가슴을 내밀었다. 계단을 올라가는 동안 조리 슬리퍼가 내는 우스꽝스러운 소리는 못 들은 체했다. 할 수 있었다. 그는 월리스 프라이스였다. 그의 이름을 들으면 사람들은 움츠러들었다. 경외하며 그의 앞에 섰다. 월리스는 냉정하고 계산적이었다. 그는 물속에서 계속 빙글빙글 맴을 도는 상어였다. 그는—

—맨 위 계단이 아래로 꺼지는 바람에 자기 발에 걸려서 앞으로 비틀거렸다.

"맞다!" 메이가 말했다. "마지막 계단 조심해. 저런, 미안. 휴고한테 그거 고치라고 얘기한다는 걸 자꾸 깜빡하네. 명상의 순간이었는지 뭔지 모르겠지만 방해할 생각은 없었어. 중요한 순간인 것 같던데."

"뭐 하나 마음에 드는 게 없네." 월리스는 이를 악물고서 말했다.

메이가 카론의 나루터로 들어가는 문을 열었다. 끼이익 하는 경첩 소리에 이어 따뜻한 불빛이 쏟아졌고 향신료와 허브의 진한 향이 그 뒤를 이었다. 생강과 계피, 민트와 카더멈이었다. 월리스가 무슨 수로 그걸 구분했는지 모르겠지만 아무튼 그런 향이 났다. 그의 집보다 더 친숙했고 세정제와 인공적인 공기 냄새를 풍기며 모든 게 쇳덩이에다 엉뚱한 구석이라고는 전혀 없었던 사무실과는 달랐다. 그는 그 고약한 냄새를 질색했지만 익숙해져 있었다. 그곳이 안전지대였고 현실이었다. 그가 아는 세상이었다. 놀랍게도 그곳이 그가 아는 세상의 전부였다. 그건 월리스가 어떤 인간이라는 증거일까?

월리스를 앞으로 부르는 듯 갈고리에 연결된 케이블이 다시 한번 부르르 떨렸다. 그는 걸음아 날 살려라 도망치고 싶었다.

하지만 월리스는 더 이상 잃을 것이 없었다.

그는 메이를 따라 안으로 들어갔다.

4장

　윌리스는 이 집의 내부도 외부처럼 뒤죽박죽일 거라고 짐작했고, 예상대로였다.

　벽에 달린 모양이 제각각인 조명과, 문 옆 조그만 테이블 위에 놓인 어처구니없도록 큼지막한 양초가 주변을 은은하게 밝혔다. 아치형 천장에 달린 라탄 바구니에는 덩굴식물이 매달려 있는데, 꽃은 한 송이도 피지 않았지만 벽에 스민 것 같은 독한 향신료 냄새와 한데 어우러져 상당히 부담스러운 향을 풍겼다. 바닥까지 늘어진 덩굴이 열어놓은 창문을 타고 불어온 산들바람을 맞고 살랑살랑 흔들렸다. 그는 문득 이파리를 만져보고 싶어서 손을 내밀었다가 막판에 손가락을 오므렸다. 냄새가 났으니 덩굴은 진짜로 눈앞에 존재했다. 메이도 그를 만질 수 있었다. 그는 메이의 손가락이 살갗에 닿았을 때 느낌을 분명히 기억하고 있었다.

　하지만 그게 다라면?

　널찍한 공간의 한복판에 방금 전에 닦은 것처럼 표면이 번쩍거리는 테이블이 열두어 개 놓여 있었다. 테이블 아래로 집어넣은 의자들은 낡았지만 허름하지는 않았다. 의자들도 모양이 제각각이라 어떤 건 앉는 부분과 등받이가 나무였고 또 어떤 건 색 바랜 두툼한 쿠션이 놓여 있었다. 심지어 한쪽 구석에 어렸을 때 이후로 처음 보는 문 체어도 하나 있었다.

월리스는 뒤에서 메이가 문을 닫는 소리도 거의 듣지 못했다. 벽에 시선을 빼앗겨서 자기도 모르게 걸음이 그쪽으로 향했다. 일부는 액자에 담겼고, 또 일부는 그냥 핀으로 꽂은 사진과 포스터가 벽을 뒤덮고 있었다. 폭포를 찍은 사진, 새파란 바다 위의 어느 섬을 찍은 사진, 거대한 피라미드 벽화, 화산 포스터를 담은 액자, 새하얗게 쌓인 눈에 반사돼 반짝거리는 한겨울의 어느 마을을 그린 그림 등 수많은 이야기가 펼쳐져 있었다. 이상하게도 모든 작품이 월리스를 울컥하게 만들었다. 전에 가본 적 없었고 앞으로도 갈 일이 없는 곳인데도 그랬다.

월리스는 고개를 저으며 걸음을 옮겨 오른쪽 벽의 절반을 차지한 흰색 돌로 만들어진 벽난로를 흘끗 쳐다보았다. 잉걸불에서 불똥이 튀자 장작이 부스럭거렸다. 오크 나무 선반 위에는 돌을 깎아서 만든 늑대, 솔방울, 말린 장미, 흰색 돌멩이가 담긴 바구니가 놓여 있었다. 벽난로 위에 달린 시계는 고장이 난 듯 분침이 움찔거리기만 할 뿐 앞으로 절대 움직이지 않았다. 벽난로 앞에는 등받이가 높은 의자가 놓였고 묵직한 담요가 팔걸이에 걸려 있어서 편안해 보였다.

월리스가 왼쪽으로 시선을 돌려보니 금전 등록기가 놓인 카운터가 있었고, 아무것도 없이 어두컴컴한 쇼케이스 유리에는 십여 종류의 패스트리를 홍보하기 위해 손 글씨로 쓴 쇼 카드가 테이프로 붙여 있었다. 카운터 뒤편 벽에는 단지 여러 개가 일렬로 놓여 있었다. 얇은 이파리가 가득 담긴 단지도 있고 다양한 색조의 가루가 담긴 단지도 있었다. 손 글씨로 적힌 라벨이 각 단지 앞에 놓여서 다양한 차의 정체를 알려주었다.

단지 위편, 둥근 창이 달린 스윙 도어 옆쪽에 큼지막한 칠판이 걸려 있었다. 메뉴 주변에 누군가가 초록색과 파란색 분필로 조그만 사슴과 다람쥐와 새를 그려놓았는데, 메뉴가 끝도 없이 이어졌다. 녹차, 허브차, 홍차, 우롱차, 백차, 황차, 발효차, 전차, 장미차, 센나, 루이보스차, 차가버섯차, 캐모마일, 히비스커스, 에시악차, 말차, 모링가차, 보이차, 쐐기풀차, 민들레차…. 이 지점에 이르자 월리스는 메이가 묘지에서 민들레를 뽑아서 후 불었을 때 조그맣고 하얀 솜털이 둥실둥실 날렸던 것이 생각났다.

정자로 적힌 이 모든 메뉴의 중심에 한 메시지가 있었다. 뾰족하고 비스듬한 서체로 적힌 메시지였다.

처음으로 차를 같이 마신 사람은 모르는 사람이다.
두 번 차를 같이 마신 사람은 귀한 손님이 된다.
세 번 차를 같이 마신 사람은 가족이 된다.

이 집 전체가 나쁜 꿈 같았다. 현실일 리 없었다. 현실이라고 하기에는 너무…. 월리스는 뭐라고 해야 할지 알맞은 단어를 찾지 못했다. 그는 쇼케이스 앞에서 걸음을 멈추고 칠판에 적힌 메시지를 쳐다보았다. 시선을 돌릴 수가 없었다.

개 한 마리가 갑자기 벽에서 튀어나오기 전까지는.

그는 비명을 지르며 비틀비틀 뒷걸음질 쳤다. 보고도 믿을 수가 없었다. 가슴에 흰색 별 무늬가 있는 커다랗고 시커먼 개가 귀청이 떨어지도록 짖으며 그가 있는 쪽으로 달려왔다. 꼬리를 미친 듯이 흔들며 메이 주변을 한 바퀴 돌더니 그에게 대고 몸을 부비며 궁둥이를 꿈틀거렸다.

"이 착한 아이가 누구야?" 메이는 월리스가 경멸하는 말투로 다정하게 속삭였다. "세상에서 제일 착한 아이가 누구야? 너야? 내가 생각하기엔 너 같은데."

그 개는 자기가 세상에서 제일 착한 아이라는 데 동의하는지 우렁차게 짖었다. 귀가 커다랗고 뾰족했지만 왼쪽 귀는 접혔다. 녀석이 메이의 앞에 털썩 주저앉더니 벌러덩 뒤로 누워 다리를 버둥거리자 메이는 무릎을 꿇고 앉아서—양복을 입고 있다는 걸 상관하지 않는 눈치였고 월리스는 경악했다—녀석의 배를 긁었다. 녀석은 혀를 빼서 늘어뜨리고 월리스를 쳐다보더니 몸을 다시 똑바로 굴려서 좌우로 흔들며 일어났다.

그러고는 월리스를 향해 달려들었다.

월리스가 막으려 두 손을 간신히 들었지만 녀석에게 들이받혀서 넘어졌다. 그는 뒤로 쓰러진 채 맨살을 미친 듯이 핥아대는 축축한 혀로부터 얼굴을 보호하려고 버둥거렸다.

"나 좀 도와줘!" 윌리스가 외쳤다. "이놈이 나를 죽이려고 해!"

"글쎄, 그 녀석이 설마 그러겠어? 아폴로는 죽이지 않아. 애정 공세를 퍼붓지." 메이는 미간을 찌푸렸다. "상당히 심하게 퍼붓고 있긴 하네. 아폴로, 안 돼! 사람들이랑 붕가붕가하는 거 아니야."

그때 건조한 쇳소리로 키득거리는 데 이어 갈라지는 저음이 들렸다. "그 녀석이 이렇게 흥분하는 건 거의 본 적이 없는데. 이유가 몹시 궁금하군?"

윌리스가 그 이유를 고민할 겨를도 없이 개가 그에게서 펄쩍 떨어지더니 카운터 뒤편의 닫혀 있는 스윙 도어를 향해 달려갔고, 문을 밀어서 열지 않고 그대로 통과했다. 윌리스는 꼬리 끝이 시야에서 사라지기 직전에 일어나 앉을 수 있었다. 그의 가슴에서 나온 케이블은 카운터를 휘감고 어디로 이어지는지 보이지 않았다.

"아까 그거 도대체 뭐야?" 윌리스는 집 안 어딘가에서 개가 짖는 소리를 들으며 따져 물었다.

"아폴로." 메이가 말했다.

"하지만 벽을 통과하던데."

"뭐, 당연하지. 저 아이도 당신처럼 죽었거든."

"뭐라고?"

"빠릿빠릿한 녀석을 데려왔군그래." 또 그 갈라지는 목소리가 들리자 윌리스는 벽난로 쪽으로 고개를 돌렸다. 등받이가 높은 의자 옆으로 고개를 내민 노인이 보이자 그는 꽥 하고 비명을 질렀다. 짙은 갈색 피부가 쭈글쭈글할 정도로 나이가 아주 많아 보이는 노인이었다. 그가 씩 웃자 튼튼한 치아가 벽난로 불빛에 비춰 보였다. 눈썹은 큼지막하니 숱이 많았고 아프로 헤어스타일의 백발이 성긴 구름처럼 정수리를 덮고 있었다. 그가 입을 다시며 다시 키득거렸다. "잘했어, 메이. 성공할 줄 알았지."

메이는 얼굴을 붉히며 꼼지락거렸다. "감사합니다. 처음에 살짝 문제가 있었지만 잘 해결했어요." 월리스는 발정 난 유령 개와 난데없이 등장한 노인에 대해 얘기하느라 메이가 한 말을 거의 듣지 못했다. "제가 생각하기에는요."

노인이 자리에서 일어났다. 그는 키가 150센티미터가 될까 말까 할 만큼 작았고 허리가 살짝 굽었다. 플란넬 잠옷을 입고 낡은 슬리퍼를 신었다. 지팡이가 의자 옆면에 기대어져 있었다. 노인이 지팡이를 짚고 느릿느릿 앞으로 걸어왔다. 메이 옆에서 걸음을 멈추고 바닥에 앉아 있는 월리스를 실눈으로 내려다보았다. 지팡이 끝으로 월리스의 발목을 두드렸다. "아. 이제 알겠군."

월리스는 그가 뭘 알겠다는 건지 알고 싶지 않았다. 메이를 따라 찻집으로 들어오는 게 아니었다.

노인이 말했다. "자네는 가만히 있질 못하는구먼?" 그러면서 지팡이로 월리스를 다시 한번 건드렸다.

월리스는 지팡이를 손으로 쳤다. "그러지 좀 말아주실래요?!"

노인은 그의 말을 듣지 않았다. 오히려 한 번 더 건드렸다. "자기 주장을 밝혀야 직성이 풀리고."

"도대체 누구시길래—" 순간 월리스는 알아차렸다. 이 노인은 휴고였다. 메이가 하느님은 아니고 사공이라고 한 남자. 월리스는 자신이 어떤 남자를 예상했는지 알 수 없었지만, 아마도 하얀 가운을 입고 긴 수염을 휘날리며 지팡이 대신 나무 봉을 짚고 눈부신 빛에 휩싸인 남자였을 것이다. 이 남자는 나이가 아무리 못해도 1,000살은 되어 보였다. 월리스로서는 콕 집어서 말할 수 없는 분위기를 풍겼다. 상대방을 진정시키는 분위기라고 해야 할까? 아무튼 그 비슷한 분위기였다. 어쩌면 이것이 메이가 과도기라고 표현한 과정의 일부분일지 몰랐다. 월리스는 자기가 왜 지팡이로 맞아야 하는지 이유를 몰랐지만 휴고가 그래야 한다고 생각한다면 어느 안전이라고 토를 달겠는가.

노인은 지팡이를 거두었다. "이제 알겠나?"

아니, 월리스는 알 수 없었다. "그런 것 같습니다."

휴고는 고개를 끄덕였다. "좋아. 일어나게, 일어나. 바닥에 앉아 있으면 쓰나. 외풍 때문에 썰렁한데. 그러다 감기 걸리면 어쩌려고." 그는 이보다 더 재밌는 농담은 없다는 듯이 킬킬거렸다.

월리스도 따라서 웃었지만 그야말로 억지웃음이었다. "하하, 그러게요. 정말 배꼽 빠지겠네요. 알겠습니다. 농담. 농담을 좋아하시는군요."

휴고는 즐거워하며 눈을 반짝였다. "웃고 싶지 않을 때라도 웃으면 도움이 되거든. 웃는데 슬퍼할 수는 없지 않은가. 대개는."

월리스는 앞에 있는 두 사람을 조심스럽게 눈에 담으며 천천히 자리에서 일어났다. 자기 모습이 얼마나 우스워 보일까 생각하며 몸에 묻은 먼지를 털었다. 허리에 힘을 주고 어깨를 폈다. 살아 있었을 때 그는 위협적인 남자였다. 죽었다고 해서 골탕 먹임이나 당할 생각은 없었다.

"저는 월리스―"

"키가 크군 그래?"

"어, 저 말씀이십니까?"

노인은 고개를 끄덕였다. "혹시 모르나 해서. 그 위쪽은 날씨가 어떤가?"

월리스는 그를 빤히 내려다보았다. "네?"

메이는 손으로 입을 가렸지만 월리스는 그의 얼굴 위로 웃음이 번지는 것을 이미 보았다.

휴고인지 하느님인지 모를 노인은 앞으로 걸어 나와 월리스의 다리를 다시 지팡이로 때리며 그의 주변을 한 바퀴 돌았다. "으흠. 오케이. 알겠어. 그래. 그렇군. 이건 고칠 수 있을 것 같고." 그는 손을 내밀어 월리스의 옆구리를 꼬집었다. 월리스는 꽥 비명을 지르며 그의 손을 쳐냈다. 휴고는 고개를 저으며 마저 돌고는 다시 메이 옆으로 가서 지팡이에 몸을 실었다. "메이, 엄청 힘든 케이스를 첫 번째 임무로 맡았군 그래."

"그렇죠? 하지만 조금씩 마음이 통하고 있다고 생각해요." 그는 인상을 쓰며 월리스를 쳐다보았다. "아마도요."

"뭘 했다고 마음이 통해?" 월리스는 쏘아붙였다.

"이 친구 골치 아프겠어. 두고 보면 알겠지만." 휴고가 씩 웃자 눈가에 엄청 깊은 주름이 잡혔다. "나는 골치 아픈 친구를 좋아하네."

월리스는 발끈했다. "제 이름은 월리스 프라이스입니다. 직업은 변호사—"

휴고는 그의 말을 무시하고, 메이를 보며 미소 지었다. "여행은 어땠나? 처음에 살짝 헤맸지?"

"네. 세상이 제가 기억하는 것보다 훨씬 넓더라고요. 혼자 나가니까 더요."

"대개 그렇지. 그게 묘미고. 이제 집으로 돌아왔으니 걱정할 것 없네. 당장 또 파견되지는 않으면 좋겠지만."

메이가 고개를 끄덕이고 두 팔을 위로 뻗어 기지개를 펴자 허리에서 요란하게 우두둑하는 소리가 났다. "집이 최고예요."

월리스는 다시 한번 시도했다. "듣자 하니 내가 심장 마비로 죽었다고 하던데, 정식으로 민원을 제기하겠습니다. 왜냐하면—"

"이 친구는 사후 세계에 적응을 잘하고 있군그래." 휴고가 월리스를 위아래로 훑어보며 말했다. "대개는 비명과 고함과 협박이 난무하는데 말이지. 이 친구들이 협박하면 재밌긴 하지만."

"아, 저 친구도 폭발한 순간이 있었죠. 하지만 대체로 나쁘지 않았어요. 제가 저 친구를 어디서 찾았는지 아세요?"

휴고는 월리스를 다시 위아래로 훑어보았다. "이 친구가 죽은 데서. 아니, 잠깐. 이 친구가 집에서 왜 아무것도 작동이 안 되는지 영문을 몰라 하고 있을 때 찾았나?"

"장례식장에서 찾았어요." 메이가 말했다. 월리스는 희희낙락하는 그의 말투에 기분이 나빠졌다.

"설마." 휴고는 나지막이 속삭였다. "정말?"

"신도석에 앉아 있더라고요."

"어이쿠. 당황스러웠겠군."

"나 여기 이렇게 멀쩡히 서 있습니다." 월리스는 쏘아붙였다.

"누가 아니라나." 휴고는 퉁명스럽지 않은 말투로 대꾸했다. "하지만 알려줘서 고맙네."

"저기, 휴고 씨. 메이 말로는 당신이 날 도와줄 거라던데요. 당신이 사공이고 당신에게 맡겨진 어떤 임무가 있어 나를 여기로 데려와야 한다고요. 솔직히 그 말을 한 귀로 듣고 한 귀로 흘렸지만, 그건 어차피 전혀 중요한 문제가 아닙니다. 여기서 당신이 어떤 돈벌이를 하고 있고 누가 당신에게 이 일을 맡겼는지 모르겠지만 나는 가급적이면 죽지 않아야 합니다. 해야 할 일이 엄청 많은데 이러면 정말 곤란합니다. 내가 맡은 의뢰인들이 있습니다. 이번 주말까지 반드시 제출해야 하는 변론 취지서도 있단 말입니다!" 그는 복잡한 머릿속을 달래며 꿍꿍거렸다. "금요일에는 심리가 있어서 반드시 법정에 출두해야 합니다. 내가 누군지 압니까? 내가 누군지 알면 이럴 시간이 없다는 것도 알 텐데. 나에게는 주어진 책무가 있습니다. 어마어마하게 중요해서 무시할 수 없는 책무가."

"당연히 자네가 누군지 알지." 휴고는 무덤덤하게 말했다. "월리스 아닌가."

여태껏 느낀 적 없는 안도감이 파도처럼 월리스를 덮쳤다. 그는 적임자를 찾았다. 메이는 누군지 혹은 뭔지 몰라도 똘마니인 것 같았다. 졸병인 것 같았다. 휴고가 권력자였다. 이득을 얻으려면 항상 관리자에게 얘기해야 하는 법이다. "좋습니다. 그럼 이러면 안 된다는 걸 아시겠죠. 뭐든 필요한 조치를 동원해 이 사태를 해결해주시면 감사하겠습니다." 그런 다음 이자가 하느님이 아니라고 백 퍼센트 확신할 수 없었기 때문에 이렇게 덧붙였다. "부탁드리겠습니다. 감사합니다, 선생님."

"흠. 조금 장황한 말 잔치로군."

"원래 좀 그래요." 메이가 옆에서 다 들릴 정도로 속삭였다. "변호사라 그런가 봐요."

노인은 월리스를 위아래로 훑어보았다. "나를 휴고라고 부르던데, 자네도 들었지?"

"네." 메이가 말했다. "아무래도 제대로 알려줘야—"

"휴고 프리먼이네. 뭐든 말하게." 그는 최대한 고개를 깊숙이 숙였다.

메이는 한숨을 쉬었다. "아니면 그냥 이대로 가든지요."

휴고는 코웃음을 쳤다. "즐기는 법을 좀 배우도록 해. 주야장천 우울하고 암울할 필요는 없잖는가. 자, 어디까지 얘기했더라? 아, 맞다. 나는 휴고이고 자네는 자네가 죽었다는 사실에 짜증이 나는데, 친구나 가족이나 뭐 그런 것 때문이 아니라 해야 하는 일이 있어서 곤란해졌기 때문이라 이거군?" 그는 하던 얘기를 멈추고 곰곰이 생각했다. "엄청 곤란해졌기 때문이라고."

월리스는 마음이 놓였다. 좀 더 실랑이를 벌여야 할 줄 알았더니 법적인 조치를 취하겠다고 협박할 필요가 없어서 다행이었다. "네. 바로 그겁니다."

휴고는 어깨를 으쓱했다. "알겠네."

"정말이십니까?" 그렇다면 집으로 돌아가는 데 시간이 얼마나 걸리느냐에 따라 늦어도 내일 오후 아니면 모레쯤 사무실로 복귀할 수 있을 것이다. 지갑이 없으니 메이에게 거기까지 데려가달라고 요구해야겠다. 여차하면 회사로 전화해 비서에게 비행기 표를 사달라고 해도 됐다. 물론 신분증이 없긴 했지만 그런 사소한 문제는 월리스 프라이스에게 걸림돌이 되지 못했다. 정 안 되면 버스를 타고 가도 됐지만 대중교통은 웬만하면 피하고 싶었다. 거의 일주일 치 일이 밀렸지만 그 정도 대가면 양호했다. 장례식과 그가 누워 있던 관을 설명할 방법을 찾아야겠지만 어떻게든 찾아내고 말 것이다. 네이오미는 유산을 한 푼도 받을 수 없어서 실망하겠지만 쌤통이었다. 장례식장에서 얼마나 못되게 굴었던가.

"좋습니다. 저는 준비됐는데 어떻게 하면 됩니까? 주문 같은 걸 외웁니까? 염소를 제물로 바치거나?" 그는 인상을 썼다. "염소를 제물로 바칠 필요는 없었으면 좋겠습니다. 제가 피를 보면 속이 울렁거려서."

"운이 좋구먼. 마침 염소가 똑 떨어졌거든."

월리스의 어깨에서 긴장이 풀렸다. "정말 다행입니다. 저는 다시 살아날 준비가 됐습니다. 교훈도 배웠고, 돌아가면 사람들에게 좀 더 잘하겠습니다. 이거니 저거니 다 약속하죠."

"그렇다니 기쁨이 한량없구먼. 두 팔을 머리 위로 들게나."

월리스는 휴고가 시키는 대로 했다.

"이제 위아래로 점프."

월리스가 점프하자 케이블도 덩달아 위아래로 움직였다.

"내가 하는 말을 복창하게. '나는 살고 싶다.'"

"나는 살고 싶다."

휴고는 마음에 들지 않았다. "진심을 담아야지. 나도 느낄 수 있게. 나도 믿을 수 있게 말일세."

"나는 살고 싶다!" 월리스는 두 팔을 위로 들고 위아래로 점프하며 큰 소리로 외쳤다. "나는 살고 싶다! 나는 살고 싶다!"

"그렇지! 뭔가 벌어지려는 게 느껴져. 정말 시작되려 하고 있네. 계속 뛰게! 동그랗게!"

"나는 살고 싶다!" 월리스는 동그랗게 점프하며 고래고래 소리를 질렀다. "나는 살고 싶다! 나는 살고 싶다!"

"이제 그만. 지금 자세 그대로 가만히 있게."

월리스는 두 팔을 위로 들고 조리 슬리퍼를 대롱거려가며 한쪽 다리를 올린 채 그대로 얼어붙었다. 효과가 있는 게 느껴졌다. 어찌된 영문인지는 모르겠지만 분명 느껴졌다. 조만간 시련은 끝나고 그는 다시 이승으로 돌아갈 수 있을 것이다.

휴고의 눈이 동그래졌다. "내가 됐다고 할 때까지 그대로 있게나. 눈도 깜빡이지 말고."

월리스는 눈도 깜빡이지 않고 그 자세 그대로 있었다. 이 사태를 바로잡을 수만 있다면 뭐든 할 수 있었다.

"좋아. 이제 내가 하는 말을 다시 복창하게. '나는 바보다.'"

"나는 바보다."

"나는 죽었다."

"나는 죽었다."

"내가 다시 이승으로 돌아갈 방법은 없다. 원래 그렇다."

"내가… 뭐라고요?"

휴고는 허리를 반으로 접고 쌕쌕거리며 쉰 목소리로 웃었다. "아이고. 아이고 배야. 자네 표정을 자네도 봤어야 하는데. 돈 주고도 못 볼 광경이군."

두 팔을 천천히 내리고 발을 다시 바닥으로 내려놓는 동안 월리스의 오른쪽 눈이 실룩거렸다. "뭐라고요?"

"자네는 죽었어." 휴고가 큰 소리로 외쳤다. "다시 이승으로 돌아갈 수 없다네. 세상에 그런 법은 없거든. 솔직히." 그는 팔꿈치로 메이의 옆구리를 찔렀다. "자네도 봤나? 이런 멍텅구리가 있나. 나, 이 친구 마음에 드네. 떠나보내기 아까울 정도야. 너무 재밌어서."

메이는 스윙 도어를 흘끗 확인했다. "이러다 저희 난처해질 수도 있겠어요, 넬슨 할아버지."

"흥. 죽었다고 꼭 슬퍼할 필요 있나. 웃어넘길 줄도 알아야—"

"넬슨." 월리스가 느릿느릿 말했다.

노인이 그를 쳐다봤다. "음?"

"메이가 당신을 넬슨이라고 불렀어요."

"그야 그게 내 이름이니까."

"휴고가 아니란 말이죠?"

넬슨은 손사래를 쳤다. "휴고는 내 손자네." 그는 실눈을 떴다. "다치고 싶지 않으면 지금 우리가 어쩌고 놀았는지 그 애한테는 비밀로 하는 게 좋을 걸세."

월리스는 입을 떡 벌리고 그를 쳐다보았다. "지금 진심이십니까?"

"심장 마비 일으킬 일 있나, 이런 걸로 농담하게?" 넬슨이 말하자 메이가 캭캭거렸다. "아차차. 너무 이른가?"

월리스는 버벅거리며 노인을 향해 한 걸음 다가갔다. 뭘 어쩌려고 그러는지는 알 수 없었다. 아무 생각도 할 수 없었고 아무 말도 떠오르지 않았다. 그러다 자기 발에 걸려 넬슨 쪽으로 쓰러졌고 그는 눈이 휘둥그레져서 문이 삐걱대는 소리를 냈다.

하지만 넬슨은 사라졌고 그는 넬슨이 아니라 바닥에 얼굴을 부딪치며 세게 넘어졌다. 월리스가 고개를 들어보니 넬슨이 눈 깜짝할 새 1, 2미터 멀리 있는 벽난로 근처로 이동해 모습을 드러냈다. 넬슨이 월리스를 향해 손가락을 꼼지락거렸다.

월리스는 몸을 굴리고 똑바로 누워서 천장을 올려다보았다. 가슴이 들썩였고(이제는 폐로 숨을 쉴 필요도 없는데 왜 이러는지 성가실 따름이었다) 살갗이 둥둥거렸다. "당신은 죽은 사람이로군요."

"확실히 죽은 몸이지. 사실 속이 후련했네. 이 늙은 몸이 기력을 다해서 아무리 애써도 더는 내 뜻대로 움직여주질 못했거든. 때로는 죽음이 축복일 때도 있다네. 자네가 지금 당장은 모를 수도 있지만."

그때 다른 사람의 목소리가 들렸다. 따뜻한 저음이었고 말 자체에 무게가 있었다. 그 목소리가 들리자 월리스의 가슴에 꽂힌 갈고리가 세게 당겨졌다. 아플 만도 했는데 아프지 않았다. 오히려 안심이 됐다.

"할아버지, 또 장난치고 계세요?"

월리스는 목소리가 들리는 쪽으로 고개를 돌렸다.

스윙 도어 사이로 어떤 남자가 등장했다.

월리스는 그 남자에게서 눈을 떼지 않았다.

남자가 말없이 미소 짓자 치아가 눈이 부시도록 하얗게 빛났다. 앞니 두 개가 살짝 삐딱한 게 묘하게 매력적이었다. 그는 월리스보다 키가 3, 4센티미터 작아 보였고 팔다리가 가늘었다. 청바지에 오픈 칼라 셔츠를 입고 그 위에 카론의 나루터라고 수놓아진 앞치마를 둘렀다. 배가 조금 나와서 앞치마가 살짝 불룩했다. 피부는 짙은 갈색이었고 눈은 초록색이 점점이 박힌 적갈색이었다. 헤어 스타일은 짧고 심하게 곱슬곱슬한 아프로 스타일로 노인과 비슷했지만 머리칼이 검은색이었다. 젊어 보였는데, 메이만큼은 아니지만 월리스보다는 확실히 어린 것 같았다. 그가 걸음을 옮길 때마다 마룻바닥이 삐걱거렸다.

남자가 들고 있던 쟁반을 카운터에 내려놓자 찻주전자가 커다란 찻잔에 부딪혀 달가닥거렸다. 냄새가 페퍼민트 차인 것 같았다.

그가 카운터를 돌아 나왔다. 월리스는 이름이 아폴로라고 했던 개가 이리저리 들락거리다가 남자의 다리를 그대로 통과하는 것을 보았다. 남자가 개를 보며 웃었다. "알겠어. 궁금하구나?"

개는 그렇다며 짖었다.

월리스는 다가오는 남자를 빤히 쳐다보았다. 그의 시선이 왜 남자의 손에 고정되어 있는지 모를 일이었다. 손가락은 묘하게 섬세했고 손바닥은 손등보다 하얬으며 손톱은 초승달 모양이었다. 남자는 손을 비비다가 월리스가 달려들 수도 있다고 생각하는 사람처럼 그와 어느 정도 거리를 두고 쭈그리고 앉았다. 월리스는 자신의 가슴에서 뻗어 나온 케이블이 이 남자와 연결되어 있다는 것을 그제야 알아차렸지만, 남자에게 갈고리는 보이지 않았다. 케이블은 남자의 흉곽 중에서도 정확히 심장이 있을 법한 지점으로 사라졌다.

"안녕하세요. 월리스 맞죠? 월리스 프라이스."

월리스는 아무 말도 하지 못하고 고개만 주억거렸다.

남자가 함박웃음을 짓자 월리스의 가슴에 박힌 갈고리가 불에 달구어지는 것처럼 느껴졌다. "저는 휴고 프리먼이에요. 사공이고요. 궁금한 게 많으실 텐데 제가 최선을 다해서 해결해드릴게요. 하지만 제일 먼저, 차 한잔 드릴까요?"

5장

월리스는 원래 차를 좋아하지 않았다. 누가 따져 물으면 왜들 그리 난리인지 모르겠다고 했을 것이다.

말린 이파리를 뜨거운 물에 넣어서 마시는 게 다 아닌가.

그가 휴고 프리먼이라는 남자를 계속 쳐다보느라 더욱 차 생각이 없었을 수도 있었다. 그 남자는 춤을 추고 있기라도 한 것처럼 우아하게 움직였고 모든 동작이 섬세했다. 월리스에게 손을 내밀어 일으켜 세우기보다 이제 그만 일어나라고 손짓했다. 월리스는 자리에서 일어났지만 계속 거리를 두었다. 메이가 뭐라고 얘기했건 간에 세상에 신이 존재한다면 이 남자일 것이다. 잘은 모르겠지만 그가 어떤 반응을 보이는지 살피는 테스트이거나 계략일 수도 있었다. 이 남자에게 목숨을 되돌려달라고 우길 참이면 앞으로 신중하게 움직여야 했다. 다만 두 사람의 거리가 얼마나 가까워지느냐에 따라 둘을 연결한 케이블이 늘어났다 줄어들었다 해서 그게 잘 되지 않았다.

아폴로는 카운터 방향으로 휴고의 발치에 앉아서 꼬리로 조용히 바닥을 두드리며 홀딱 반한 눈빛으로 그를 올려다보았다. 메이는 혼자서도 갈 수 있다고 구시렁대는 넬슨을 부축해 카운터 쪽으로 데려갔다.

월리스가 지켜보는 가운데 휴고가 김이 모락모락 나는 은백색 찻주전자를 집었다. 찻주전자를 얼굴까지 들어 올려 숨을 크게 들이마시더니 고개를 끄덕였다. "이 정도면 잘 우러났겠어요. 이제 마셔도 돼요. 유기농 잎 차라 내가 아는 당신의 정보와 어울리지 않을 것 같았지만 내가 그쪽 방면으로 실력이 아주 좋거든요. 당신은 유기농을 좋아할 것 같아요. 페퍼민트도."

"나는 뭐든 유기농은 좋아하지 않는데." 월리스는 중얼거렸다.

"괜찮아요." 휴고는 차를 따르며 말했다. "이건 마음에 들 거예요." 각기 다른 꽃무늬가 그려진 네 개의 잔이 있었다. 그는 월리스에게 장미가 옆면을 따라 안쪽으로 이어지는 찻잔을 권했다.

"내가 죽었나?" 월리스는 물었다.

휴고는 그를 보며 얼굴을 환히 빛냈다. "네. 네, 맞아요."

월리스는 이를 갈았다. "그건 내가— 됐고, 내가 무슨 수로 찻잔을 집지?"

휴고는 웃음을 터뜨렸다. 나지막한 천둥 비슷한 소리가 가슴에서 시작돼 입을 거쳐 나왔다. "아. 그러셨구나. 다른 데서는 그런 고민을 하셔야 할지 모르겠지만 여기서는 아니에요. 여기 있는 물건들은 괜찮아요. 한번 집어보세요. 실망하지 않으실 거예요."

그 말을 장담할 수 있는 사람은 없었다. 월리스가 지금까지 만질 수 있었던 것은 메이와 땅바닥뿐이었다. 아폴로도 있었지만 이건 말을 아낄수록 좋았다. 아무래도 이 상황이 테스트 같았다. 윌리스는 이 남자를 눈곱만큼도 믿을 수 없었다. 아니, 털끝만큼도 믿을 수 없었다.

윌리스는 한숨을 쉬고, 손이 그대로 통과하겠거니 생각하며 봤죠? 라고 묻는 눈빛으로 휴고를 노려볼 준비를 하고 찻잔을 향해 손을 내밀었다. 예상과 달리 온기가 느껴지면서 찻잔의 표면에 손끝이 닿았고 그는 헉하고 숨을 토했다. 단단했다.

단단했다.

윌리스는 찻잔을 픽 하고 들어 올리다 차가 넘쳐서 손가락 위로 쏟아지자 쉿소리를 냈다. 잠깐 화끈거렸다가 잠잠해졌다. 그는 손가락을 들여다보았다. 평소처럼 핏기 없이 하얗고 흠집 하나 없었다.

"이건 특별한 찻잔이에요. 당신 같은 사람들을 위해 만들어진 거죠."

"나 같은 사람들이라." 윌리스는 계속 손가락을 들여다보며 멍하니 반문했다.

"네." 휴고는 남은 찻잔에 차를 마저 따르고 주전자를 쟁반에 내려놓았다. "다음 생을 준비하기 위해 이전 생을 떠나온 사람들이요. 제가 이 일을 시작하게 됐을 때 받은 선물이에요."

"사공 일 말이지?"

"네." 휴고는 가슴에 수놓아진 문구를 손끝으로 두드렸다. 손가락이 케이블을 관통해 사라지는데도 모르는 눈치였다. "카론이 누군지 알아요?"

"아니."

"그리스 신화에서 사람이 죽으면 이승과 저승을 가르는 스틱스와 아케론강을 지나 하데스로 넘어갈 수 있게 태워다주는 사공이었어요." 휴고는 빙그레 웃었다. "신비로움이라고는 없는 이름이라는 거 알아요. 지금보다 젊었을 때 지은 거라서요."

"지금보다 젊었을 때라." 월리스는 웅얼거렸다. "지금도 젊어 보이는데." 그는 뭔가 중요한 일을 맡고 있는 게 분명한 신적인 존재를 모욕하는 발언인가 싶어서 얼른 덧붙였다. "적어도 겉보기에는 말이지. 아니, 나는 이 일이 어떤 식인지 모르니까—"

"고맙습니다." 휴고는 안절부절못하는 월리스가 재밌게 느껴지는지 입꼬리를 꿈틀거렸다.

"나 원 참." 넬슨이 찻잔을 집어서 가장자리를 따라 후루룩 마셔가며 툴툴거렸다. "저 아이도 이제는 늙은이일세. 나만큼은 아닐지 몰라도 거의 비슷하다고."

"이제 서른인걸요." 휴고는 덤덤하게 말하고 월리스 앞 테이블 위에 놓인 찻잔을 향해 손짓했다. "드세요. 뜨거울 때 마셔야 제일 맛있어요."

월리스는 차를 빤히 쳐다보았다. 위에 뭔가가 둥둥 떠 있었다. 마셔도 좋을지 확신이 없었지만 휴고가 지켜보고 있었다. 보아하니 메이와 넬슨이 멀쩡한 것 같길래 월리스는 조심스럽게 잔을 집어서 얼굴 가까이 들었다. 페퍼민트 향이 어찌나 강한지 눈이 부르르 떨리며 저절로 감길 정도였다. 아폴로의 하품 소리와 집의 뼈대가 자리를 잡는 소리가 들렸고, 바닥과 벽은 무너지고 지붕은 하늘을 향해 솟구치고 그는, 그는, 그는—

그는 눈을 떴다.

집이었다.

수입 가구가 놓였고 그림을 하나 걸까 고민 중인 빨간색의 포인트 벽이 있고 전망창 너머로는 쇳덩이와 유리로 이루어진 도시가 보이는 곳으로 지금 살고 있는 고층 아파트는 아니었다.

계단은 삐걱거리고 온수기에는 온수가 항상 부족했던, 어렸을 때 살던 집이었다. 월리스는 부엌으로 들어가는 입구에 서 있었고, 묵은 라디오에서는 빙 크로스비가 즐거운 성탄절 보내라며 동네방네 인사를 전하고 있었다.

"그때까지는 어찌어찌 버텨야지." 어머니는 부엌을 빙글빙글 돌며 노래를 불렀다.

밖에서는 눈이 내렸고 찬장 꼭대기와 창턱에는 화환이 걸려 있었다. 어머니는 조리대에서 눈사람이 그려진 오븐 장갑을 집었다. 문이 삐걱거리는 오븐을 열고 시트지 위에 놓인 지팡이 사탕을 꺼냈다. 어머니가 외할머니에게 배운 조리법으로 만드는 명절용 간식이었다. 외할머니는 몸집이 건장한 폴란드 출신이었고 월리스를 '포치에하'라고 불렀다. 페퍼민트 향이 집 안을 가득 채웠다.

어머니가 문 앞에 서 있는 그를 쳐다보았다. 월리스는 열 살인 동시에 마흔 살이었다. 트레이닝팬츠에 조리 슬리퍼를 신고 있는가 하면, 산발한 머리에 플란넬 잠옷을 입고 맨발로 차가운 바닥을 밟고 있었다. "이것 좀 봐." 어머니가 지팡이 사탕을 보이며 말했다. "지금까지 만든 것 중에 최고야. 마무샤가 대견하다고 하겠어."

그가 어머니에게로 한 발 다가간 순간 차가 목구멍을 지나 배 속으로 들어갔고 꽃이 피듯 온몸으로 따스하게 온기가 번졌다. 지팡이 사탕 냄새가 나듯 그 맛이 느껴졌다. 이 상황이 현실일 리 없어 너무 감당하기 힘들었고 신경에 거슬렸다. 월리스는 어머니가 눈앞에 실제로 있는 것처럼 지팡이 사탕 맛을 느낄 수 있었다는 사실에 "엄마?"하고 불렀다. 어머니는 대답 대신 라디에서 흘러나오는 노래가 빙 크로스비에서 프랭크 시나트라로 넘어갈 때까지 계속 흥얼거렸다.

그는 천천히 눈을 감았다 떴다.

그는 이제 찻집에 있었다.

그는 다시 눈을 깜빡였다.

그는 이제 어렸을 때 살았던 집의 부엌에 있었다.

월리스는 "엄마, 제가—"라고 말문을 여는 순간 예리한 뭔가로 찔린 듯 심장이 따끔거려서 끙 하고 신음을 토했다. 그의 어머니는 세상을 떠났다. 좀 전까지만 해도 계셨던 분이 바로 다음 순간 사라졌고, 아버지는 전화기에 대고 너무 급속도로 진행됐다고, 발견했을 때는 이미 늦었다고 퉁명스럽게 말했다. 나중에 어느 사촌이 그에게 말하길 폐로 전이가 됐다고 했다. 어머니는 월리스에게 알리고 싶어 하지 않았다. 거의 1년 동안 그와 대화가 끊긴 상태라 더욱 그랬다. 그는 어머니에게 화가 났다. 그 모든 것에 화가 났다.

페퍼민트 차의 맛이 이런 거였다. 추억, 고향 집, 젊음, 배신감, 달곰씁쌀한 동시에 따뜻함.

월리스가 눈을 깜빡여보니 그는 여전히 찻집에 있었고 손에 쥔 찻잔이 떨리고 있었다. 그는 차를 또 흘리기 전에 잔을 카운터에 내려놓았다.

휴고가 말했다. "궁금한 게 있으시죠?"

월리스는 떨리는 목소리로 대답했다. "궁금한 게 있지 않으냐니 인류 역사상 그보다 더 심한 축소 포장은 없을 것 같은데."

"저 사람은 뭐든 과장하는 성향이 있어요." 그 말 한마디면 모든 게 설명이 되기라도 하는 듯, 메이가 휴고에게 말했다.

휴고는 자기 찻잔을 들어 차를 한 모금 마셨다. 잠깐 미간을 찡그렸다가 폈다. "최대한 해소해드리겠지만 제가 모든 걸 아는 건 아니에요."

"모든 걸 아는 건 아니라고?"

"그럼요. 어떻게 제가 모든 걸 알 수 있겠어요?"

월리스는 부아를 냈다. "그럼 최대한 간단하게 묻지. 내가 여기 있는 이유가 뭐지? 이 모든 사태의 핵심은?"

메이는 실소를 참지 못했다. "그게 간단한 거야? 대단하다. 나 감동받았어."

"당신이 여기 있는 이유는 죽었기 때문이에요. 다른 질문에 대해서라면 제가 답변을 해드릴 수 있을지 모르겠네요. 당신이 원하는 수준으로 완전히 궁금증을 해소해줄 사람이 있을까 싶고요."

"그럼 당신의 존재 이유는?" 월리스는 따져 물었다.

"그건 알려드릴 수 있겠어요. 저는 사공이에요."

"제가 이미 알려줬는데 말이죠." 메이가 넬슨에게 속삭였다.

"죽은 직후에는 정보를 기억하고 있기가 힘들거든." 넬슨도 마주 속삭였다. "저 친구한테는 시간을 좀 더 줘야겠네."

"사공이 하는 일이 뭔데? 사공은 당신 한 명뿐인가?"

휴고는 고개를 저었다. "많아요. 사공은 음…. 이 일을 부여받은 사람이에요. 당신 같은 사람들을 돕는 일. 지금 느껴지는 감정을 이해할 수 있도록 돕는 일을요."

"나는 이미 심리 상담을 받고 있어." 월리스는 퉁명스럽게 말했다. "그 사람은 나한테 돈을 받는 대가로 자기 할 일을 하고, 나는 거기에 아무 불만이 없고."

"진짜?" 메이가 물었다. "불만이 없다고? 전혀 아무것도?"

"메이." 휴고가 다시 경고했다.

"알았어요, 알았어." 메이는 중얼거리고 자기 차를 한 모금 마셨다. 눈을 살짝 동그랗게 뜨더니 벌컥벌컥 세 모금 만에 잔을 비웠다. "우와, 맛있다." 그는 월리스를 쳐다보았다. "흠. 당신이 이런 취향일 줄 몰랐는데. 축하해."

월리스는 그게 무슨 말인지 전혀 짐작이 안 됐고 물어보고 싶 도 않았다. 가슴에 박힌 갈고리가 더 무거워진 것 같았고 갈고리 가 잡아당기는 느낌이 불쾌하지는 않았지만 점점 짜증이 나려고 했다. "여기는 산속이네."

"맞습니다." 휴고가 말했다.

"내가 살던 도시 근처에는 산이 없는데."

"없죠."

"우리가 먼 길을 왔다는 얘기네."

"그렇습니다."

"당신 말고 다른 사공도 있으면 이게 어떤 식으로 굴러가는 거지? 수시로 사람들이 죽잖아. 수백, 수천 명씩. 여기에 다른 사람들도 있어야 하는 거 아닌가? 문 앞에 줄 서서 말이지."

"그 도시에서 죽은 사람들은 대개 그 도시 안에 있는 사공에게 가요." 휴고가 말했다. 월리스는 신중하게 말을 고르는 듯한 그를 보고 불안해졌다. "가끔은 저한테 보내지기도 하고요."

"인원이 초과되면?"

"그런 거라고 보시면 돼요. 솔직히 당신 같은 사람이 제게로 보내지는 이유를 저도 잘 모르겠는 때도 있어요. 하지만 이유에 대해 궁금해하는 건 제 일이 아니니까요. 당신이 여기로 왔다, 중요한 건 그뿐이에요."

월리스는 입을 떡 벌리고 그를 쳐다봤다. "이유에 대해서는 궁금해하지 않는다고? 아니 왜?" 이유를 캐는 것이 월리스의 주특기였다. 그러다보면 누군가가 숨기려는 진실을 파헤칠 수 있었다. 월리스는 메이를 쳐다보았지만 그는 씩 웃고 그만이었다. 아무 도움이 되지 않았다. 넬슨은 달랐다. 넬슨은 월리스와 비슷한 처지였다.

쓸모가 있을지 몰랐다. "넬슨 씨는—"

"아니 이런." 넬슨은 아무것도 없는 자기 손목을 흘끗 쳐다보았다. "시간이 벌써 이렇게 됐군. 이제 그만 벽난로 앞으로 가서 앉아야겠네." 그는 지팡이에 몸을 기대고 느릿느릿 벽난로 쪽으로 걸음을 옮겼다. 아폴로도 그를 따라갔지만 휴고가 없어지지 않았는지 확인이라도 하려는 것처럼 중간중간 뒤를 돌아보았다.

이 상황에서 월리스의 기분이 풀릴 리 없었다. "누가 설명 좀 해줘. 안 그러면…." 그는 말을 어떻게 끝내야 할지 몰랐다.

휴고가 손을 들어 뒷덜미를 긁었다. "저기, 월리스— 월리스라고 불러도 되죠?" 그는 대답을 기다리지 않고 말을 이었다. "월리스, 죽음은 복잡하죠. 지금 어떤 생각들이 당신 머릿속을 스쳐지나가고 있을지 나는 상상도 못 하겠어요. 사람들은 모두 다르니까요. 살아 있을 때나, 죽었을 때나. 소리 지르고 악을 쓰고 협박하고 싶죠? 이해해요. 거래나 협상을 하고 싶죠? 그것도 이해하고요. 당신 기분이 좋아지는 일이라면 여기서는 뭐든 해도 돼요. 아무도 당신을 평가하지 않을 거예요."

"적어도 겉으로는." 넬슨이 자기 자리에서 말했다.

"당신은 심장 마비를 일으켰어요." 휴고는 조용히 말했다. "갑작스럽게. 당신이 막을 방법은 없었어요.. 월리스, 당신 잘못이 아니란 거예요."

"그건 나도 알아." 월리스는 신경질적으로 대답했다. "나는 아무 짓도 하지 않았어." 그는 잠깐 말을 하다 말고 멈췄다. "잠깐, 어떻게 내가 그랬다는 걸…." 그는 말끝을 흐렸다.

"저는 이런저런 것들을 안답니다. 아니, 이런저런 것들이 보인다고 해야 할까요? 희미할 때도 있어요. 대강만 보일 때도, 아주 분명할 때도 있어요. 드문 경우긴 하지만. 당신은 분명하게 다가왔어요."

"앞으로도 계속 그럴 거야." 월리스는 딱딱하게 말했다. "그렇다고 하니 말을 꺼내기가 좀 더 쉽네. 이보다 더 분명할 수 없을 테니까. 나를 돌려보내줘."

"그건 제 능력 밖의 일이에요."

"그럼 그럴 능력이 되는 사람을 찾아줘."

"그것도 안 됩니다. 이 일의 이치가 그렇지가 않거든요, 월리스. 강물은 한 방향으로만 흐를 수가 있죠."

월리스는 복잡한 머릿속을 달래려 애썼다. 그의 말을 귀담아듣는 사람이 없었다. 여기에서는 아무 도움도 받을 수 없었다. "그럼 이쯤에서 작별 인사를 하고 나를 그 도시로 돌려보내줘. 당신이 도와줄 수 없다면 나 혼자 방법을 알아낼 테니까." 어떻게 해야 할지 몰랐지만 여기서 중언부언하는 이 세 명의 바보를 상대하느니 뭐라도 하는 편이 나았다.

휴고는 고개를 저었다. "당신은 여기서 나갈 수 없어요."

월리스의 눈이 커졌다. "지금 내가 여기 갇혔다는 거야? 내 뜻과 상관없이 나를 붙잡아 놓겠다고? 이건 납치야. 내가 당신들 모두 법의 심판을 받게 하겠어. 못 할 줄 알아?"

"당신 지금 서 있죠?"

"뭐라고?"

휴고는 바닥을 턱으로 가리켰다. "바닥이 느껴져요?"

월리스는 발가락을 꼼지락거렸다. 그의 발바닥이 누르고 있는 나무 바닥이 얇은 싸구려 조리 슬리퍼 밑창을 넘어 느껴졌다. "느껴지는데."

휴고는 쟁반에서 숟가락을 집어 카운터에 내려놓았다. "그 숟가락을 집어보세요."

"왜지?"

"내가 부탁하는 거니까요. 집어보세요."

월리스는 그러고 싶지 않았지만 왈가왈부하지 않고 카운터 쪽으로 물러나 작디작은 숟가락을 내려다보았다. 손잡이에 꽃무늬가 새겨져 있었다. 그는 손을 내밀어 떨리는 손가락으로 손잡이를 감싸 쥐고 숟가락을 들었다.

"좋아요. 이제 다시 내려놓으세요."

월리스는 들릴락 말락 하게 구시렁거리며 휴고가 시킨 대로 했다. "이제 뭘 어쩌려고?"

휴고는 그를 쳐다보았다. "당신은 유령이에요, 월리스. 죽었죠. 숟가락을 다시 집어보세요."

월리스는 눈을 부라리며 다시 숟가락을 집으려고 했지만 손이 그대로 숟가락을 통과해버렸다. 그냥 통과한 정도가 아니라 카운터 안으로 들어가버렸다. 피부가 웅웅거리며 오싹한 느낌이 들자 그는 불에 데기라도 한 것처럼 얼른 손을 뒤로 뺐다. 손가락은 모두 무사했고 웅웅거리던 느낌은 사라졌다. 그는 다시 한번 시도해보았다. 두 번. 세 번. 번번이 그의 손은 숟가락을 지나쳐 카운터 안으로 들어갔다.

휴고가 어느 정도 거리를 두고 월리스의 손 쪽으로 손을 내밀었다. "당신이 처음에 숟가락을 집을 수 있었던 건 늘 할 수 있던 일이었기 때문이에요. 전에도 됐으니까 이번에도 될 거라고 생각했으니까요. 그런데 내가 당신은 죽은 사람이라는 사실을 환기시키니까 숟가락을 건드릴 수 없게 됐어요. 생각이 달라져서. 아무 생각도 하지 말았어야 하는데." 그는 자기 옆통수를 손끝으로 톡톡 두드렸다. "모든 게 마음먹기에 따라, 어떤 식으로 집중하느냐에 따라 달라져요."

월리스는 공포에 사로잡혔다. 목이 막히고 손이 벌벌 떨렸다. "무슨 말도 안 되는 소리야!"

"지금 현실을 받아들이기 힘든 이유는 평생 한 방향으로 생각하도록 길들여졌기 때문이에요. 이제는 모든 게 달라졌어요."

"누구 맘대로." 월리스는 다시 숟가락을 향해 손을 내밀었지만 또다시 그냥 통과하자 팔을 휙 위로 들었고, 어떨결에 찻잔을 쳐서 엎고 말았다. 찻잔에 담겨 있던 차가 카운터 위로 쏟아졌다. 그는 눈을 동그랗게 뜨고 이를 부득부득 갈며 비틀비틀 뒷걸음질 쳤다. "나는 여기 못 있겠어. 집으로 돌아가야겠어. 집으로 보내줘."

휴고가 미간을 찌푸리고 카운터를 돌아 나왔다. "월리스, 진정해요.

숨을 한번 크게 쉬어봐요.”

“진정하라고 하지 마!” 월리스는 격분했다. “나더러 죽었다면서 왜 숨을 크게 쉬라는 거야? 그건 불가능하잖아.”

“저 친구 말도 일리가 있네요.” 메이가 두 번째 잔을 비우며 말했다.

휴고가 한 발 다가올 때마다 월리스는 그만큼 뒤로 물러났다. 넬슨이 아폴로의 머리 꼭대기에 손을 얹은 채 의자 너머로 내다보았다. 녀석은 소리 없는 메트로놈처럼 박자에 맞춰서 꼬리로 바닥을 때렸다.

“가까이 오지 마.” 월리스는 휴고를 향해 경고했다.

휴고는 달래듯 두 손을 들었다. “당신 해치려는 거 아니에요.”

“그걸 어떻게 믿어. 가까이 오지 마. 나는 여기서 나갈 거야. 나를 막을 방법이 없을걸?”

“으악, 안 돼.” 메이가 찻잔을 내려놓고 월리스를 쳐다보았다. “그건 절대 좋은 생각이 아니야, 월리스. 여기서 나가면—”

“이래라저래라 하지 마!” 월리스가 메이에게 소리를 지르자 벽쪽 조명에 달린 전구가 탁탁거리는 소리와 함께 나갔고 유리가 박살났다. 월리스는 그쪽으로 고개를 핵 돌렸다.

“어이구.” 넬슨이 속삭였다.

월리스는 몸을 돌려서 달렸다.

6장

첫 번째 장애물은 문이었다.

윌리스는 문고리를 잡으려고 했지만 손이 그대로 통과해버렸다.

그는 목이 졸린 듯한 소리를 지르며 문을 향해 달려들었고, 그대로 통과했다. 눈을 떠보니 찻집 현관 앞 베란다였다. 그는 아래를 내려다보았다. 온몸 구석구석 다친 데는 없는 듯했지만, 갈고리와 케이블이 여전히 달려 있었고 케이블은 찻집으로 길게 이어졌다. 뭔지 모를 묵직한 것이 천둥소리와 함께 문을 향해 달려오고 있었다. 그는 현관에서 자갈이 깔린 마당으로 뛰어내렸다. 머리 위 하늘에서 별들이 깜빡거렸고 숲은 맨 처음 여기 도착했을 때보다 더 음산하게 느껴졌다. 허리를 숙이고 살랑거리며 그를 부르는 듯했다. 그는 머리에 뿔이 달린 거대한 짐승이 저 멀리 왼쪽 나무 사이에서 자신을 지켜보고 있는 것처럼 느껴져 휘청거렸지만 정신을 차리고 다시 보니 나뭇가지뿐이었다.

윌리스는 좀 전에 메이와 함께 걸어왔던 길을 되짚어갔다. 마을에서 도움이 될 만한 사람을 찾을 수 있을지 몰랐다. 그는 마을 사람들을 만나면 숲속 한가운데 찻집에 정신병자들이 산다고 알려줄 작정이었다.

가슴에 박힌 갈고리가 갑자기 홱 당겨지면서 케이블이 팽팽하게 그의 옆구리를 눌렀다. 그는 하마터면 무릎을 꿇으며 넘어질 뻔했지만 조리 슬리퍼로 발바닥을 때려가며 간신히 넘어지지 않고 버텼다.

도대체 왜 조리 슬리퍼를 신은 걸까?

월리스가 어깨 너머로 찻집을 돌아보았을 때 메이와 휴고가 현관 앞 베란다로 뛰쳐나와 그를 향해 외쳤다. 메이는 "하고 많은 바보짓 중에"라고 했고, 휴고는 "월리스, 월리스, 이러면 안 돼요, 밖에 뭐가 있는지 모르잖아요—"라고 했지만 그는 오히려 있는 힘껏 달렸다.

그는 평생 달리기는커녕 조깅도 제대로 한 적이 없었다. 사무실에 러닝 머신을 두고 종종 화상 회의를 하는 동안 걷긴 했다. 다른 운동은 할 시간이 전혀 없었다.

놀랍게도 숨이 차지도, 옆구리가 결리지도 않았다. 심지어 조리 슬리퍼를 신었는데도 달리는 속도에 별로 지장이 없는 듯했다. 공기가 묘하게 고여 있어서 답답하고 숨이 막혔지만 평생 경험한 적 없을 만큼 빠르게 달리고 있었다. 그는 아래를 내려다보았다가 다리를 보고 충격을 받았다. 길바닥에 발이 닿지 않았고 거의 안개처럼 흐릿했다. 그는 실성한 듯 크게 웃었다. 반쯤 정신 나간 사람처럼 미친 듯이 낄낄거렸다. 평생 그런 적은 처음이었다.

월리스는 어깨 너머를 다시 돌아보았다.

아무도 그를 쫓아오지도, 그의 이름을 부르지도 않았다. 어딘지 모를 목적지로 이어지는, 시커멓고 인적 없는 길만 있을 따름이었다.

기분이 좋아졌어야 하는데.

그렇지 않았다.

그는 봉화처럼 나트륨등을 밝히고 있는 저 앞의 주유소를 향해 있는 힘껏 달렸다. 나방들이 그 등을 에워싸고 펄럭거렸다. 낡은 밴이 한 주유기 옆에 주차돼 있었고 그 안에서 이리저리 움직이는 사람들이 보였다. 그는 그쪽을 향해 달려가다가 자동문 앞에서 멈춰 섰다.

문이 열리지 않았다. 그는 자동문 앞에서 팔을 흔들며 펄쩍펄쩍 뛰어보았지만 소용없었다.

"문 좀 열어주세요!" 월리스는 소리도 질렀다.

카운터를 지키고 있는 남자는 지겨워하는 표정으로 휴대전화만 계속 두드렸다. 가게 뒤편의 음료용 냉장고 앞에 서 있던 여자가 하품을 하며 턱을 긁었다.

그는 온 힘을 다해 문을 비틀어 열어보려고 손을 내밀었다. 손이 문을 그대로 지나갔다.

"아, 맞다. 내가 죽었지? 젠장."

그는 문을 통과해 들어갔다.

그가 들어가자마자 천장에 달린 형광등이 화르륵 밝아지며 웅웅거렸다. 카운터를 지키는 알바생—눈썹 숱이 어마어마하고 얼굴에 여드름이 우다다 난 어린애였다—이 미간을 찌푸리며 고개를 들었다. 그러더니 어깨를 으쓱하고는 다시 휴대전화로 시선을 돌렸다.

월리스는 알바생의 손에 들린 휴대전화를 쳐서 떨어뜨리려고 했다.

소용없었다.

알바생의 얼굴을 잡아보려고도 했지만 역시 부질없었다. 엄지손가락이 알바생의 눈 속으로 들어가자 월리스는 움찔했다. "진짜 한심하네." 그는 중얼거리며 계속 냉장고를 쳐다보고 있는 뒤편의 여자에게로 별 기대 없이 다가갔다. 여자는 월리스의 소리를 듣지도, 모습을 보지도 못했다. 2리터짜리 마운틴 듀를 집어들 뿐이었다. "으웩. 생각이 없네. 그 안에 뭐가 들었는지 알기나 해?" 월리스의 의견은 고스란히 무시당했다.

자동문이 스르르 열렸다.

"어, 휴고 씨. 오늘은 늦게 오셨네요?" 알바생이 말을 마치자마자 월리스는 얼른 몸을 숙였다.

"잠이 안 와서요. 이것저것 좀 사다놓을까 해서 왔어요."

월리스는 감자 칩이 진열된 선반에 몸을 납작하게 붙이려고 했지만 뒤로 넘어져 선반 안으로 들어갔다. 그가 몸을 홱 일으키며 도망칠 준비를 했을 때 문이 다시 스르르 열렸다. 카운터를 지키는 알바생의 말에 그는 그 자리에서 얼어붙었다. "어, 메이 씨. 메이 씨도 잠이 안 와요?"

"사회생활이 어떤 식인지 알잖아요. 상사가 깨어 있으면 나도 깨어 있을 수밖에요."

그 알바생은 메이를 볼 수 있었다.

그 말은 곧—

그 말은 곧 무슨 뜻인지 윌리스로서는 도무지 알 수 없었다.

그가 이 새로운 정보를 뇌에서 처리하기도 전에 신기한 현상이 벌어졌다. 사방에서 먼지구름이 일었다.

그는 미간을 찌푸리고, 자신의 눈앞을 지나 천장으로 올라가는 먼지구름을 지켜보았다. 신기하게도 먼지가 살색과 비슷한 색깔을 띠었다. 그는 조금 큼지막한 입자를 건드려보려고 손을 내밀었다가 먼지의 출처를 확인한 순간 그대로 얼어붙었다.

윌리스의 팔이었다. 그의 피부가 조금씩 벗겨져 표피가 둥실둥실 날아가고 있었다. 그는 꽥하고 비명을 지르며 미친 듯이 팔을 털었다.

"찾았다." 그의 옆으로 등장한 메이가 말했다. "이런 망할. 윌리스, 아무래도—"

그는 냉장고 안으로 뛰어 들어가 알아들을 수 없는 소리를 지르며 줄줄이 진열된 탄산음료와 시멘트벽을 통과해 주유소 옆쪽으로 빠져나갔다. 그가 두 손으로 팔을 쓰다듬는 동안에도 살갗은 계속 벗겨져 나갔다. 가슴에 박힌 갈고리가 격하게 몸부림쳤고 케이블은 그가 뚫고 나온 벽 속으로 연결됐다. 그는 주유소 뒤편으로 달려갔다. 끝없어 보이는 밤하늘 아래로 텅 빈 들판이 이어졌다. 그 너머는 또 다른 동네였다. 그는 팔을 계속 미친 듯이 문질러가며 새로운 동네를 향해 걸음을 옮기기 시작했다.

그는 벌판을 지나 두 집 사이로 들어갔다. 오른쪽 집에서 음악 소리가 요란하게 울려 퍼졌다. 왼쪽 집은 고요하고 어두컴컴했다. 그는 오른쪽 집의 담벼락을 통과해 방으로 곧장 들어갔다. 빨간 가죽으로 된 전신 수트를 입은 여자가 승마용 채찍으로 자기 손바닥을 때리며 일체형 잠옷을 입은 남자를 쳐다보고 있었다. 남자가 말했다. "오늘 아주 끝내줄 거야."

"으악 맙소사." 월리스는 쉰 목소리로 꺽꺽대며 그 집에서 천천히 뒷걸음으로 빠져나와 집 앞 도로 쪽으로 몸을 돌렸다.

그는 인도에 발이 닿자 잠시 걸음을 멈췄다. 어느 쪽으로 가면 좋을지 갈피를 잡지 못했고 이제는 다리의 피부가 각질처럼 벗겨져 트레이닝팬츠를 타고 발등으로 쏟아졌다. 귀가 울렸고 색깔들이 한데 뭉뜽그려져서 세상이 부옇게 빛났다. 케이블이 격하게 번쩍거렸고 갈고리는 흔들거렸다.

그는 후닥닥 인도를 걸어갔다. 가능한 한 멀리 도망치고 싶었다. 하지만 조리 슬리퍼 바닥이 녹아버리기라도 한 것처럼 콘크리트에 자꾸 들러붙었다. 물속을 걷는 것처럼 걸음을 옮기기가 점점 힘들어졌다. 그는 끙끙대며 한 발, 한 발 움직였다. 귀가 점점 더 크게 울렸고 집중할 수가 없었다. 그는 이를 악물고 버텼다. 오른쪽 새끼손가락의 손톱이 스르르 떨어져나와 분해됐다.

그는 주먹을 쥐고 고개를 들었다. 도로 한복판에 어떤 남자가 서 있었다. 어딘지 모르게 이상해 보였다. 남자는 월리스를 등지고 웃통을 벗은 채 몸을 웅크리고 있었다. 상반신은 피부색이 환자 같은 납빛이었고 등뼈가 뾰족하게 튀어나왔으며 토하고 있는 것처럼 어깨를 들썩였다. 바지는 골반에 낮게 걸쳐졌다. 운동화는 흠집투성이에 지저분했다. 두 팔은 양옆으로 힘없이 늘어뜨렸다.

앞으로 다시 한 걸음 내딛는 순간 월리스의 등골이 오싹해졌다. 온몸에서 뒤로 물러나라고, 남자가 고개를 돌리기 전에 도망치라고 신호를 보냈다. 남자의 얼굴이 어떻게 생겼는지 확인하고 싶지 않았다. 다른 곳처럼 끔찍할 게 뻔했다. 귀를 솜으로 틀어막기라도 한 듯 모든 소리가 약해졌다. 말을 하려고 하자 다른 사람이 내는 소리처럼 목소리가 갈라졌다. "안녕하세요? 저기, 제 목소리 들리십니까?"

남자가 핵 하니 고개를 들자 팔이 씰룩거렸다. 양쪽 손목에서부터 팔뚝을 따라 T자 모양으로 시뻘겋게 부어오른 자국이 있었다.

그가 천천히 고개를 돌렸다.

월리스는 거의 컴퓨터처럼 분석적이었다. 법정 진술이나 1차 면담 때 남들은 놓치는 디테일, 누가 얼결에 한 말을 포착하는 것이 그의 전공이었다. 이런 자질 덕분에 그는 앞에 서 있는 남자의 특징을 조목조목 머릿속에 담을 수 있었다. 윤기 없이 축 처진 머리칼, 시커먼 이를 드러내며 벌린 입, 무표정하고 섬뜩한 눈빛. 그자는 인간의 형상을 하고 있었지만 거칠고 위험해 보였다. 월리스는 한 번도 경험하지 못했던 강렬한 공포를 느꼈다. 실수였다. 뭔지 모를 이것에게 말을 걸다니. 월리스는 피부가 계속 바스러지는 와중에도 뒤로 한 걸음 물러나려고 했지만 다리가 말을 듣지 않았다.

남자가 월리스를 향해 움직였지만 무릎 관절이 얼어붙기라도 한 것처럼 동작이 어색했다. 한 발, 한 발 걸을 때마다 몸이 좌우로 움직였다. 그가 한쪽 팔을 들어 한 손가락만 월리스 쪽을 가리키고 나머지 손가락은 모두 땅으로 향하게 했다. 다시 입을 벌렸지만 아무 말도 나오지 않았고 짐승처럼 끙끙대는 소리만 들렸다. 월리스의 머릿속이 공포로 하얘졌고, 남자가 그를 건드리면 그의 피부가 종잇장처럼 얇고 푸석푸석해지는 대참사가 벌어질 거라는 것을 알 수 있었다. 월리스는 하느님은 없다고 생각했지만 처음으로 기도를 드렸다. 유성처럼 포물선을 그리며 그의 머릿속을 가로지르는, 헐떡이며 죽어가는 생각 한 줄기를 외쳤다.

도와주세요, 제발 저 정체 모를 것을 막아주세요!!

잠시 후에 번쩍하고 등장한 휴고가 월리스를 등지고 그들 둘 사이에 섰다. 지금까지 한 번도 느껴본 적 없는 안도감이 월리스의 몸속 전체에 퍼졌다. 케이블은 길이가 몇십 센티미터로 줄어들어 월리스와 휴고의 가슴을 연결했다.

휴고가 말했다. "캐머런, 안 돼. 그러지 마. 이 자는 네 것이 아니야."

둔탁하게 달가닥거리는 소리가 이어졌고 월리스는 남자를 보지 못했지만 이를 부딪치는 소리라고 짐작했다.

"알아. 하지만 이 자는 네 몫이 아니야. 원래부터 그랬어."

메이가 옆으로 등장하자 월리스는 고개를 움찔했다. 그는 미간을 찌푸리고 발끝으로 서서 휴고의 어깨 너머를 내다보았다. "젠장." 메이는 발뒤꿈치를 내리고 왼 손바닥을 하늘 쪽으로 보이며 두 손을 가슴 근처로 들어 올렸다. 오른 손가락으로 왼 손바닥을 스타카토로 두드렸다. 거기서 조그만 빛이 발사되자 그는 손을 뻗어 윌리스의 팔을 붙잡았다.

"윌리스를 집으로 데려가요."

"당신은 어쩌고요?" 메이가 윌리스를 반대편으로 잡아당기며 물었다. 그의 손목 피부가 손가락 사이로 바스러지자 메이는 우거지상을 썼다.

"뒤따라갈게요." 휴고는 앞에 서 있는 남자를 똑바로 쳐다보며 말했다. "캐머런을 이 자리에 붙잡아놓은 다음에."

메이는 걱정스런 표정이었다. "바보 같은 짓은 하지 말아요. 오늘은 이 정도로 충분하니까."

윌리스는 메이에게 이끌려 모퉁이를 돌기 직전에 뒤를 한 번 흘끗 돌아보았다. 캐머런이 내리는 눈을 먹으려는 것처럼 얼굴을 하늘로 치켜들어 입을 벌리고 하얀 혀를 내밀고 있었다. 나중에 윌리스도 깨달았다시피 캐머런이 받아먹은 건 눈송이가 아니었다.

윌리스는 돌아가는 내내 아무 말도 하지 않았다.

하지만 메이는 들릴락 말락 하게 계속 투덜댔다. 맨 처음 배정받은 사람은 역시 골칫덩어리라야 제격이라는 둥, 자기는 지금 시험을 받고 있는 거라는 둥, 이것이 마지막 임무가 되더라도 해내고야 말겠다는 둥 했다.

월리스는 머릿속에서 소용돌이가 쳤다. 찻집에 가까워질수록 가루로 부서지던 피부가 점점 원래 상태로 돌아가자 공포가 더러 섞인 경외감이 느껴졌다. 카론의 나루터 앞 흙길로 접어들자 팔에 털이 곤두서 있기는 했지만 몸에서 가루는 더 이상 날리지 않았다. 갈고리와 케이블은 여전히 그의 몸에 달려 있었고 찻집으로 이어졌다.

메이가 월리스를 끌고 현관 앞 계단을 올라가 가게 안으로 떠밀었다. "여기 가만히 있어." 그는 이 말과 함께 월리스의 면전에 대고 문을 쾅 닫았다. 월리스는 창가로 다가가 밖을 내다보았다. 메이는 현관 앞 베란다에 서서 양손을 맞잡고 비틀며 어둠을 응시하고 있었다.

"뭐지?" 월리스는 당혹스러웠다.

"어떤 녀석을 봤구먼그래."

그는 고개를 홱 돌렸다. 넬슨이 벽난로 앞 의자에 앉아 있었다. 이제는 거의 잉걸불만 남아서 새까맣게 탄 장작이 빨간색과 주황색으로 이글거렸다. 아폴로가 의자 앞에 배를 까고 누워서 허공으로 발길질을 하다가 콧방귀를 뀌며 옆으로 몸을 돌리더니 입을 쩍벌려 하품하고는 눈을 감았다.

"뭘 봤다고 하시는 건지."

넬슨은 지팡이로 몸을 받치고 끙끙대며 자리에서 일어났다. 월리스는 왜 이제야 알아차렸는지 모르겠지만 넬슨의 슬리퍼에는 펠트로 만든 깜찍한 토끼가 달려 너덜너덜한 귀를 펄럭거리고 있었다. 그는 창밖을 다시 돌아보았다. 메이가 어두컴컴하고 인적 없는 찻집 앞 도로를 왔다 갔다 걷고 있었다.

넬슨은 쩔쩔거리며 비척비척 그를 향해 걸어와 위아래로 훑어본 뒤 창밖을 내다보았다. "그래도 멀쩡하구먼, 다행인 줄 알게."

월리스는 과연 멀쩡하다고 해도 될지 자신이 없었다. 정신이 그의 신체 다른 부분과 함께 바람에 날아가 버린 듯한 느낌이었다. 정신을 집중할 수 없었고 추웠다. "제게 무슨 일이 벌어진 겁니까? 그 남자. 캐머런이라고 하던데."

넬슨은 끌끌 혀를 찼다. "딱한 것 같으니라고. 요즘도 이리저리 배회하는 모양이로군."

"그자가 왜?"

"그 친구는 죽었네. 2, 3년 전인가? 하여간 그쯤에. 여기서는 시간이 이상하게 흘러. 꾸물꾸물 기어가다가 멈출 때도 있고 그러다 풍덩풍덩 점프할 때도 있고. 사공이랑 같이 살려면 적응해야 하지. 그나저나 프라이스 씨, 이제—"

"월리스입니다."

넬슨은 올빼미처럼 눈을 껌뻑였다. "그래, 월리스. 이제 자네한테 계속 집중해야 하네. 캐머런은 신경 쓰지 말고. 그 친구를 위해서 자네가 할 수 있는 일은 아무것도 없으니 말일세. 어디까지 갔을 때 그 현상이 벌어졌나?"

월리스는 그게 무슨 소리인지 모르는 척할까 고민하다 대답했다. "주유소요."

넬슨은 낮게 휘파람을 불었다. "생각보다 멀리 갔구먼." 그는 말을 잠깐 끊고 머뭇거렸다. "그쪽은 살아 있는 사람들을 위한 세상이라 더 이상 죽은 우리들의 것이 아니네. 거기서 버티려는 사람들은 자기 자신을 잃어버리게 되어 있지. 미쳐버린다고 할까, 또 다른 형태의 죽음을 맞이한다고 할까. 아무튼 저 문밖으로 나가는 순간 그 증상이 시작된다네. 그들의 세상에서 머무는 시간이 길수록 심각해지고."

월리스는 경악하며 외쳤다. "제가 거기 머물러 있었습니다. 며칠 동안. 메이가 장례식 때까지 찾아오지 않는 바람에."

"카론의 나루터에 발을 들여놓는 순간부터 가속도가 붙는다네. 여기서 나가려고 했다가는 자네도 캐머런처럼 될 걸세."

월리스는 발끈했다. "저는 여기 갇혔군요."

"갇혔다기보다—"

"갇힌 거 맞지 않습니까. 여기서 나가면 안 된다면서요. 메이가 저를 납치해서 여기로 끌고 왔습니다. 저는 빌어먹을 포로 신세란 말입니다!"

"무슨 헛소리인가. 이 가게 뒤편에 있는 계단으로 4층에 올라가면 문이 있다네. 그 문밖으로 나가면 이 모든 게 전부 사라질 걸세. 이곳과는 이별하고 평화만이 남을 거야."

바로 그때 여태 생각해본 적 없는 사실이 월리스를 강타했다. 불 보듯 뻔했는데 왜 진작 알아차리지 못했는지 모를 일이었다. "노인장은 계속 여기 남아계시죠."

넬슨은 경계하는 눈빛으로 그를 보았다. "그렇네."

"돌아가셨는데도 말입니다."

"자네, 눈치가 빠르구먼."

"노인장은 강을 건너지 않았습니다." 월리스의 언성이 점점 높아졌다. "노인장이 하는 얘기가 다 헛소리라는 겁니다."

넬슨이 월리스의 팔에 손을 얹고 뜻밖일 정도로 세게 쥐었다. "아니. 이 문제에 있어서 만큼은 거짓말이 아닐세. 여기에서 나가면 자네는 캐머런처럼 되고 마네."

"노인장은 안 그렇지 않습니까."

"그렇네. 여기에서 나간 적이 없으니까."

"언제부터 여기—"

넬슨은 코를 벌름거렸다. "제삼자의 죽음에 대해 묻는 건 예의 바른 행동이 아니지."

월리스는 그답지 않게 당황하는 바람에 얼굴이 하얘졌다. "저는—"

넬슨은 피식 웃었다. "어이, 농담일세. 기회가 있을 때마다 재밌게 놀 궁리를 해야 하거든. 죽은 지는 몇 년 됐지."

월리스는 휘청거렸다. "그런데도 계속 여기 계시군요." 그는 희미하게 말했다.

"응. 그러는 이유가 있지만 자네는 알 것 없네. 내가 여기 남아 있는 건 내 선택일세. 나는 어떤 위험이 따르는지 아네. 그게 뭘 의미하는지도 알고. 저들이 나를 옮기려고 했지만 내가 아주 혼쭐을 냈지." 넬슨은 고개를 저었다. "이게 자네의 선택에 영향을 미쳐서는 안 되네. 천천히 고민하게, 월리스. 서두를 필요 없어. 여기를 끝으로 강을 건너게 된다는 것만 알고 있으면 돼. 그게 자네에게는 최선이라는 것도. 그러면 아무 문제 없을 걸세. 아. 그 아이가 오는군."

월리스는 창문 쪽을 다시 돌아보았다. 휴고가 앞치마 주머니에 손을 넣고 고개를 숙인 채 길을 걸어오고 있었다.

"참 착한 녀석이지." 넬슨이 애정 어린 목소리로 말했다. "어렸을 때부터 지나치다 싶을 정도로 이해심이 넘쳤다네. 온 세상을 어깨에 짊어지게 됐지. 저 아이 말을 귀담아듣고 저 아이를 보며 배우도록 해. 그보다 나은 본보기가 없을 테니. 비난을 퍼붓기 전에 그걸 명심하게."

메이는 현관 앞 베란다에서 휴고를 기다렸다. 그는 피곤한 미소를 지으며 고개를 들고 메이를 쳐다보았다. 두 사람은 나지막이 대화를 나눴지만 뭐라고 하는지 똑똑히 들렸다. "다 잘 끝났어요. 캐머런은… 뭐. 캐머런이니까. 월리스는요?"

"안에 있어요. 이 일로 관리자가 찾아올까요?"

휴고는 고개를 저었다. "아마 아닐 거예요. 이보다 더 희한한 일들도 벌어진 적 있으니까. 관리자가 찾아오더라도 설명하면 되죠."

"관리자?" 월리스는 조그맣게 속삭였다.

"으으, 어떤 인간인지 자네는 모르는 편이 좋아." 넬슨은 중얼거리며 지팡이를 짚고 다시 의자 쪽으로 비척비척 걸어갔다. "내 말 믿어도 되네. 메이와 휴고의 상사인데 고약한 작자거든. 만날 일

없길 기도하게. 만나게 되거든 그자가 시키는 대로 하고." 아폴로
가 일어서자 그는 녀석의 등을 쓰다듬었다. 아폴로는 힘차게 짖으
며 문 앞을 왔다 갔다 하다가 문이 열리자 뒤로 물러났다. 쉴 새 없
이 종알거리는 메이에 이어 휴고가 들어왔다. 아폴로가 두 사람을
가운데에 두고 뱅글뱅글 돌았다. 휴고가 손을 내밀었다. 아폴로가
쿵쿵거리며 손가락을 핥으려고 했지만 혀가 손을 그대로 통과했
다.

"괜찮아요?" 메이는 윌리스를 노려보았지만 휴고는 이렇게 물었다.

윌리스는 괜찮지 않았다. 이 모든 게 괜찮을 수 없었다. "내가 포
로라는 걸 왜 알려주지 않았지?"

"할아버지." 휴고가 맥 빠진 목소리로 말했다.

"왜 그러냐? 애초에 저 친구한테 제대로 겁을 주었어야 했어." 넬
슨은 잠깐 말을 멈추고 곰곰이 생각했다. "너는 그런 것에 대해서
전혀 모르겠구나. 게이라—"

"할아버지."

"나는 늙은이라 뭐든 말하고 싶은 대로 해도 돼. 너도 알잖니."

"하여간 골칫덩어리라니까." 휴고는 불평하는 듯한 말투였지만
잔잔한 미소를 머금고 있었다. 갈고리가 윌리스의 가슴을 따뜻하
고 부드럽게 잡아당겼다. 휴고는 미소가 가신 얼굴로 윌리스를 쳐
다보았다. "따라오세요."

"그 문은 넘어가지 않을 거야." 윌리스는 불쑥 내뱉었다. "아직 마
음의 준비가 되지 않았어."

"문이요?"

"계단 꼭대기에 있는 거."

"할아버지."

"뭐라고?" 넬슨은 오므린 손을 자기 귀에 갖다 댔다. "안 들려. 귀가 먹으려는 건가. 아아, 슬프구나. 안 그래도 사는 게 힘든데. 이제 아무도 나한테 말 걸지 말거라. 마음 좀 추스르고 싶으니까."

"그러다 큰일 나요, 할아버지."

넬슨은 콧방귀를 뀌었다. "애가 뭘 잘 모르는구먼."

휴고는 월리스를 쳐다보았다. "그 문 앞으로 데려가지는 않을 거예요. 당신이 마음의 준비가 될 때까지. 약속해요."

왠지 모르겠지만 월리스는 그 말에 믿음이 갔다. "그럼 어디 가려고?"

"보여줄 게 있어서요. 금방이면 돼요."

메이가 계속 그를 노려보고 있었다. "또 도망치면 머리채를 잡아서 끌고 올 거야."

월리스는 전에도 협박을 숱하게 당했지만—사실 그것이 변호사의 일상이었다—믿어지기는 이번이 처음이었다. 메이는 아담한 체구에도 불구하고 상당히 무시무시했다.

월리스가 뭐라고 대꾸할 겨를도 없이 휴고가 말했다. "메이, 내일 장사 준비 마저 끝내줄래요? 많이 남지는 않았을 거예요. 나가 있는 동안 내가 거의 해놨어요."

메이는 중얼중얼 계속 협박을 늘어놓으며 휴고의 옆을 지나 카운터 뒤편의 스윙 도어 안으로 들어갔다. 문이 앞뒤로 흔들리는 틈새로 넓은 주방, 철제 가전제품, 네모반듯한 타일로 덮인 바닥이 보였다.

휴고는 가게 뒤편의 복도를 턱으로 가리켰다. "가요. 이거 보면 분명 마음에 들 거예요."

월리스에게는 대단히 미심쩍은 발언이었다.

7장

아폴로는 그들의 행선지를 아는지 꼬리를 흔들며 복도를 경중경중 앞서 뛰어갔다. 그러다 이따금 뒤를 흘끗 돌아보며 휴고가 따라오는지 확인했다.

휴고는 윌리스가 따라오는지 돌아보지 않고 다른 문으로 들어갔다. 방 오른쪽에 달린 문 뒤로 조그만 사무실이 보였다. 골동품 컴퓨터 옆에 종이로 뒤덮인 책상이 놓여 있었다.

왼쪽 문은 닫혀 있었는데 주방으로 가는 또 다른 통로인 것 같았다. 안에서 메이가 그릇을 달그락거리며 자기가 태어나기도 전에 발표된 록 노래를 우렁차게 부르는 소리가 들렸다.

오른쪽에 달린 또 다른 문을 지나자 간이 화장실이 나왔다. 문에 **신사, 숙녀, 그리고 제삼의 성별인 여러분**이라고 적힌 팻말이 달려 있었다. 그 너머로 계단이 보였다. 윌리스의 심장이 아직 뛰고 있었다면 분명 쿵쾅거렸을 것이다.

하지만 휴고는 본체만체하고 계단을 지나 복도 끝에 달린 문 쪽으로 걸음을 옮겼다. 아폴로는 그가 문을 열어줄 때까지 기다리지 않고 그대로 통과해 들어갔다. 월리스는 그때 자신이 그런 데 익숙하지 않다는 사실을 알아차렸다. 그 역시 문을 통과할 수 있을 게 분명했지만 그래도 휴고가 문을 열어줄 때까지 기다렸다.

어두컴컴한 밖이 나왔다. 월리스는 머뭇거렸지만 휴고가 나가자고 손짓했다. "걱정 말아요. 그냥 뒷마당이에요. 아무 일도 없을 거예요."

안보다 훨씬 더 추웠다. 월리스는 부르르 떨며 몸이 이렇게 떨리는 이유에 대해 또다시 궁금해했다. 저 앞에서 아폴로의 꼬리가 보였지만 눈이 어둠에 적응하는 데 어느 정도 시간이 걸렸다. 휴고가 문 옆에 달린 스위치를 켜자 그는 나지막이 헉 소리를 냈다.

머리 위에 줄줄이 매달려 있던 전등이 일제히 깨어났다. 그들은 뒤편 덱 비슷한 곳에 나와 있었다. 테이블이 몇 개 더 있고 의자를 뒤집어서 그 위에 얹어놓았다. 덱 난간과 머리 위 처마를 따라 조명이 줄줄이 매달려 있었다. 같이 매달린 화분에서 아래로 늘어진 산뜻한 꽃은 밤이라 꽃잎을 오므리고 있었다.

"자. 보세요." 휴고가 덱 가장자리에 난 계단 근처로 가며 말했다. 그가 나무 기둥에 달린 또 다른 스위치를 켜자 덱 아래에 설치된 조명이 켜지면서 모래가 섞인 푸석푸석한 흙과….

"차밭이에요." 월리스가 묻기도 전에 휴고가 말했다. "최대한 직접 키우고 여기 날씨를 못 버티는 찻잎만 수입하고 있어요. 직접 키운 이파리로 우려서 마시는 차만큼 기가 막힌 것도 없거든요."

월리스는 아폴로가 고랑을 터벅터벅 걷다가 잠깐씩 멈춰서 이파리에 대고 코를 쿵쿵거리는 것을 지켜보았다. 아폴로가 뭐든 실제로 냄새를 맡을 수 있는지 궁금해졌다. 월리스는 냄새를 맡을 수 있었다. 짙은 흙냄새가 뜻밖에도 안정감을 주었다.

"찻잎이 땅에서 자라는 줄 몰랐네." 월리스는 실토했다.

"그럼 어디서 나는 줄 알았어요?" 휴고는 재밌어하는 투로 물었다.

"음, 진지하게 생각해본 적 없는 것 같아. 그런 데 쓸 시간이 없어서." 그는 그 말을 내뱉자마자 어떻게 들릴지 깨달았다. 평소 같으면 두 번 다시 생각하지도 않았을 일이지만 요 며칠은 평소와 달랐다. "허접한 일이라는 게 아니라…."

"하루하루 그냥 지내다보면요." 휴고는 이렇게 얘기하고 그만이었다.

"뭐, 그렇지. 왜 하필 차야?"

월리스는 휴고를 따라 계단을 내려갔다. 차나무는 키가 컸다. 가장 크고 가장 오래된 나무는 그의 허리까지 왔다. 그는 이런저런 생각을 하던 와중에 케이블이 자신과 휴고를 팽팽하게 잇고 있다는 사실을 얼결에 알아차렸다.

휴고가 허리를 숙여 가장 키가 큰 나무의 이파리를 건드리자 그도 걸음을 멈추었다. 이파리 자체는 작고 납작하고 파릇파릇했다. 휴고는 손끝으로 한 이파리의 가장자리를 잠깐 어루만졌다. "이 나무는 몇 살이게요?"

"글쎄." 월리스는 다른 나무들을 이리저리 훑어보았다. "6개월? 1년?"

휴고는 빙그레 웃었다. "그보다 좀 더 오래됐어요. 내가 맨 처음 심은 나무거든요. 다음 주면 열 살이에요."

윌리스는 눈을 깜빡였다. "뭐라고?"

"차나무는 아무나 키울 수 없어요. 대부분 3, 4년은 지나야 숙성이 되거든요. 그전에도 잎을 딸 수는 있지만 풍미나 향이 떨어져요. 시간을 투자하고 인내심을 발휘해야 하죠. 너무 서둘렀다가는 나무가 죽어서 처음부터 다시 시작해야 해요."

"우리가 지금 표면상으로는 차나무 이야기를 하지만 속뜻은 따로 있는, 그런 대화를 나누는 중인가?"

"나는 그냥 차나무 얘기를 하는 건데요. 무슨 고민 있어요?"

윌리스는 그를 믿어도 좋을지 자신이 없었다. "고민이야 많지."

"가을이 되면 몇몇 나무에 꽃이 피어요. 가운데는 노랗고 꽃잎은 하얀 꽃이요. 향이 얼마나 좋은지 몰라요. 숲 향기와 한데 어우러지면 그렇게 황홀할 수가 없어요. 1년 중에서 내가 가장 좋아하는 계절이죠. 당신은 어떤 계절을 가장 좋아하나요?"

"그걸 왜 물어보는데?"

"그냥 궁금해서 그래요, 윌리스."

윌리스는 그를 빤히 쳐다보았다.

휴고는 더 이상 캐묻지 않았다. "가끔 나는 나무들에게 말을 걸어요. 이상하게 들리겠지만 다독여주면 나무들이 반응한다는 연구 결과도 있어요. 단어 자체보다는 목소리의 느낌이 중요하대요. 조만간 스피커를 설치해서 나무들에게 음악을 들려줄까 생각 중이에요. 당신은 나무에게 말을 걸어본 적이 있나요?"

"아니." 나무들은 서로 1미터 남짓의 간격을 두고 심겼고 이파리가 별빛을 받고 반질반질하게 빛나는데 어찌나 톡 쏘는 향을 풍기는지 콧잔등이 찡그려질 정도였다. 기분 나쁜 냄새였다기보다(사실은 정반대였다) 너무 압도적이었다. "그건 실없는 짓이잖아."

휴고는 미소 지었다. "조금 그렇긴 하죠. 그래도 나는 말을 걸어요. 나쁠 것 없잖아요?" 그는 앞쪽의 나무를 내려다보았다. "잎을 딸 때도 조심해야 해요. 너무 함부로 따면 나무가 죽을 수도 있거든요. 제대로 따려면 시간이 오래 걸려요. 내가 서두르는 바람에 따놓은 이파리를 얼마나 많이 버려야 했는지 몰라요."

"이 나무들은 살아 있네."

"맞아요. 우리와는 다르게 자기들만의 방식으로요."

"유령 나무도 있나?"

휴고는 입을 떡 벌리고 그를 쳐다보았다.

월리스는 그를 향해 인상을 썼다. "그런 표정으로 쳐다보지 마. 궁금한 게 있으면 물어보라며."

휴고는 입을 다물고 고개를 저었다. "아뇨, 없어요. 그런 식으로 생각해본 적은 한 번도 없어서요. 희한해라." 그는 실눈을 뜨고 월리스를 쳐다보았다. "당신의 그런 생각 좋네요."

월리스는 눈을 돌렸다.

"유령 나무는 없을 거예요. 있으면 신기하겠지만. 이 나무들은 살아 있고 애정을 쏟으면 반응할지 몰라요. 반응한다는 게 어쩌면 이 세상을 실제보다 더 신비롭게 포장하려고 사람들이 그냥 지어낸 이야기일 수도 있고요. 다만 내가 알기로 나무들에게 영혼은 없어요. 그게 인간과 나무들의 차이죠. 나무들은 죽으면 그걸로 끝이에요. 우리는 죽으면—"

"자신의 의지와 상관없이 어느 외딴 찻집으로 끌려오게 되지." 윌리스는 쓸쓸하게 말했다.

휴고는 포기하지 않고 말을 이었다. "화제를 돌려볼게요. 살아 있는 게 좋았나요?"

윌리스는 놀라워하며 말했다. "당연하지." 그의 표정이 굳어졌다. "좋았어. 당연히 좋았지." 그가 듣기에도 거짓말 같았다.

휴고는 앞치마에 대고 손을 닦으며 천천히 일어섰다. "어떤 점이 좋았는데요?" 그는 계속 고랑을 따라 걸음을 옮겼다.

윌리스도 어쩔 수 없이 그를 따라갔다. "다들 살아 있는 걸 좋아하지 않나?"

"대부분 그렇겠죠. 내가 모두를 대변할 수는 없으니까요. 하지만 당신은 대부분에 속하지 않고 여기 다른 사람은 없으니 물어보는 거예요."

"당신은 어떤 점이 좋은데?" 윌리스는 질문으로 되받아쳤다. 점점 짜증이 나서 심사가 사나워졌다.

"많죠." 휴고는 어렵지 않게 대답했다. "먼저 나무. 내가 딛고 서 있는 땅. 이 찻집. 여긴 달라요. 단순히 내 성격이나 내가 하는 일 때문이 아니라 한동안 숨을 쉴 수가 없었거든요. 꼭 숨이 막히고

짓눌린 느낌이었어요. 어마어마한 짐이 어깨 위에 얹혀 있는데 그걸 내려놓을 방법을 모르는 사람처럼." 그는 월리스를 슬며시 돌아보았다. "어떤 기분인지 알겠어요?"

월리스는 어떤 기분인지 알았지만, 이 자리에서 안다고 실토할 일은 없었다. 지금은 물론이고 마지막까지. "당신이 내 심리 상담사도 아니잖아."

"맞아요, 아니죠. 정식으로 교육을 받은 적도 없고요. 하지만 가끔 내가 심리 상담도 해요. 그게 다 일의 일부거든요."

"일이라."

"차를 파는 거요. 손님들 중에 자기가 뭘 마시고 싶은지 모르는 분도 더러 있거든요. 그러면 내가 그분들을 파악한 다음 어떤 차가 가장 좋을지 추천해드려요. 발견해나가는 과정이죠. 대부분은 잘 알아맞히는데 백 퍼센트는 아니에요."

"페퍼민트."

"페퍼민트. 내가 제대로 골랐나요?"

"나를 만난 적도 없었잖아."

"가끔 예감이 느껴질 때가 있거든요."

"예감이라." 월리스는 말투에서 묻어나는 경멸의 기미를 감추려는 시도조차 하지 않았다. "그게 어떤 식으로 들리는지 모르나?"

"알죠. 하지만 그냥 차잖아요. 뭐 그리 흥분할 일이 아니라."

월리스는 비명을 지르고 싶었다. "페퍼민트라는 예감이 느껴졌다 이거지."

"맞아요." 휴고는 다른 나무 앞에서 걸음을 멈추고 쭈그리고 앉아 땅바닥에 떨어진 낙엽을 주웠다. 바스러뜨릴까봐 걱정이라도 되는지 조심조심 주운 낙엽을 앞치마 주머니에 넣었다. "틀렸나요?"

"아니." 월리스는 떨떠름하게 말했다. "틀리지 않았어." 그는 페퍼민트가 자기에게 어떤 의미냐고 휴고가 설명을 부탁하겠거니 생각했지만 아니었다.

"다행이네요. 내가 족집게라면 좋겠지만 아까도 얘기했다시피 적중률이 백 퍼센트는 아니라 신중을 기해야 해요. 나무에 집착하느라 숲을 보지 못하면 안 되니까요."

월리스로서는 그게 무슨 뜻인지 알 도리가 없었다. 모든 게 뒤죽박죽이었고 가슴에 박힌 갈고리가 다시 그를 잡아당겼다. 그는 어떻게 되거나 말거나 갈고리를 잡아 뜯고 싶었다. "나는 살아 있는 게 좋았어. 그래서 다시 살고 싶어."

"퀴블러 로스."

"뭐?"

"엘리자베스 퀴블러 로스라는 학자가 있어요. 이름 못 들어봤어요?"

"응."

"정신과 의사였고—"

"어이구."

"죽음과 임사 체험을 연구했어요. 자기 몸을 두고 일어나 눈부신 하얀 빛을 향해 간다, 뭐 그런 거요. 그보다는 좀 더 복잡하지 않나 싶지만요. 이해하기 어려운 부분이 많죠." 휴고는 턱을 문질렀다.

"퀴블러 로스는 자아 초월과 시공간의 경계에 대해 애기했죠. 복잡해요. 나는 사실 복잡한 사람이 아니고요."

"복잡한 사람이 아니라고?" 월리스는 못 믿겠다는 듯이 물었다.

"조심해요, 월리스." 휴고가 입술을 얄궂게 뒤틀었다. "그거 거의 칭찬처럼 들렸거든요."

"칭찬 아니었는데."

휴고는 그의 말을 못 들은 체했다. "그는 여러모로 유명했지만 가장 큰 업적은 퀴블러 로스 모델을 정립한 거예요. 그게 뭔지 아세요?"

월리스는 고개를 저었다.

"명칭만 몰랐지 들어봤을 거예요. 후에 그의 이론과 맞아떨어지지 않는 연구 결과가 나오기는 했지만 논의를 시작하기에는 좋은 출발점이라고 생각해요. 상심을 다섯 단계로 나눴거든요."

월리스는 안으로 들어가고 싶었다. 휴고는 다시 일어나 그를 마주보았다. 휴고는 더 이상 다가오지 않았지만 월리스는 그래도 꼼짝할 수 없었고 입 안은 거의 아플 정도로 바짝 말랐다. 그는 그 자리에 뿌리 박혀 있지만 아직 수확할 수 있을 만큼 여물지 않은 차나무였다. 그들을 연결한 케이블이 둥둥거렸다.

"나는 이 일을 오래 해서 퀴블러 로스의 주장이 맞는다는 걸 알아요. 부정, 분노, 타협, 우울, 수용. 누구나 그 순서대로, 누구나 5단계를 거치는 건 아니에요. 예를 들어 당신만 해도 부정 단계를 건너뛴 것 같거든요. 완전히 분노로 넘어갔고 거기에 타협이 살짝 섞였죠. 어쩌면 살짝 이상일 수도 있고."

월리스는 뻣뻣해졌다. "그건 죽은 사람이 아니라 남겨진 사람을 위해 만든 모델이잖아. 내가 내 죽음을 두고 상심할 수는 없으니까."

휴고는 천천히 고개를 흔들었다. "당연히 상심할 수 있죠. 우리는 살아 있건 아니건 크고 작은 일을 놓고 자주 상심하잖아요. 다들 항상 조금씩 슬퍼하고요. 맞아요, 퀴블러 로스는 살아 있는 사람들을 다뤘어요. 하지만 당신 같은 사람들에게도 딱 들어맞지 않나요? 어쩌면 더 잘 들어맞을지도요. 그의 사후는 어땠을지 궁금할 때가 많아요. 그도 그 과정을 거쳤는지 아니면 놀랄 거리가 남아 있었는지. 어땠을 것 같아요?"

"무슨 소릴 하는 건지 전혀 모르겠는데."

"좋아요."

"좋아요?"

"네. 식물 좋아하세요?"

월리스는 휴고를 노려보았다. "저것들이 식물이잖아."

"쉿. 저 아이들 앞에서 그런 소리하지 말아요. 아주 예민하거든요."

"제정신이 아니로군."

"나는 내가 특이한 사람이면 좋겠어요." 휴고는 다시 미소 지었다. "적어도 이 마을 사람들은 그렇게 생각해요. 이 찻집에 유령이 산다고 생각하는 사람도 있어요." 그는 혼자 웃음을 터뜨렸다. 월리스는 지금까지 남들 웃음소리에 신경을 써본 적이 없었는데, 뭐든 처음이 있는 법이었다. 휴고는 온몸을 울리며 중저음으로 웃었다.

"그래도 상관없다고?"

"네. 뭐 하러 신경을 써요? 맞는 말인데. 당신이 유령이잖아요. 할아버지와 아폴로도 마찬가지고. 당신이 처음도 아니고 마지막도 아닐 거예요. 카론의 나루터에는 항상 유령이 살아요. 대부분의 사람들이 생각하는 그런 식은 아니지만. 누가 쇠사슬을 덜커덩거리거나 소동을 벌이지는 않으니까요." 휴고는 미간을 찌푸렸다. "뭐, 대개는요. 위생 검사관이 뜨면 할아버지가 조금 고약해지긴 하지만 유령이 나오는 집 분위기는 풍기지 않으려고 해요. 장사하는 데 도움이 안 되니까요."

"노인장과 아폴로는 계속 여기서 살고 있지."

휴고는 월리스를 빙 돌아서 다시 찻집 쪽으로 걸음을 옮겼다. 그가 가장 큰 나무 꼭대기를 손끝으로 훑자 나무들은 허리를 숙였다가 다시 발딱 고개를 들었다. "맞아요."

월리스는 그를 뒤따라갔다. "왜지?"

"제가 할아버지를 대신해서 대답할 수는 없어요. 할아버지께 직접 물어보세요."

"물어봤어."

휴고는 놀란 표정으로 뒤를 흘끗 돌아보았다. "뭐라셨어요?"

"내가 상관할 문제가 아니라고 하던데."

"할아버지다우시네요. 그런 쪽으로 고집이 세세요."

"그럼 아폴로는?"

녀석은 자기 이름이 들리자 걸걸한 목소리로 날카롭게 짖으며 그들 왼쪽 고랑을 따라 와다다다 달려왔다. 발이 땅에 닿아도 먼지나 흙이 일지 않았다. 녀석은 현관 근처에서 걸음을 멈추더니 등을 활처럼 구부리고 코와 수염을 실룩거리며 어두컴컴한 숲속을 응시했다.

"그것도 내가 답을 드릴 수 있을지 잘 모르겠네요." 휴고는 월리스가 뭐라고 대꾸할 겨를도 없이 이렇게 덧붙였다. "답을 피하고 싶어서가 아니라 나도 잘 몰라서요. 걔들은 사람과 달라요. 그 녀석들은 우리와 다르게 순수해요. 그전에는 저승으로 건너갈 수 있게 도와달라고 찾아온 개가 한 마리도 없었어요. 어떤 동물을 전담하는 사공이 있다는 얘기를 들은 적 있지만 나는 그런 사공이 아니거든요. 하지만 좋아요. 동물은 인간처럼 복잡하지 않아서."

"그럼 저 녀석이 왜ㅡ" 월리스는 말을 하다 말고 멈추었다. "당신이 키우던 반려견이었군."

휴고는 계단이 시작되는 곳에서 걸음을 멈추었다. 아폴로가 바보 같은 웃음을 지으며 초롱초롱한 눈빛으로 그를 빤히 올려다보았다. 숲속을 바라보고 있었던 이유는 까맣게 잊은 듯했다. 휴고는 아폴로의 주둥이를 향해 손을 내밀었다. 녀석은 그의 손가락을 킁킁거렸다. "맞아요. 지금도 내 반려견이고요. 안내견 아니, 안내견 지망생이었어요. 대부분의 훈련을 통과하지 못했지만 괜찮아요. 그래도 나는 이 아이를 사랑하니까요."

"안내견이라고 하면…." 월리스는 말을 어떻게 맺으면 좋을지 고민했다.

"아, 당신이 생각하는 그런 종류는 아니에요. 나 참전용사 아니에요. PTSD도 없고요." 휴고는 어깨를 으쓱했다. "내가 어렸을 때 사는 게 힘들었거든요. 며칠 동안 침대에서 일어나지 못하고 그랬어요. 우울증, 불안증, 기타 등등 어떻게 해결하면 좋을지 알 수 없었던 여러 증상을 겪었죠. 병원에 가고 약을 먹고 '이렇게 해, 휴고, 저렇게 해, 휴고, 너 스스로 괜찮아지는 걸 허락해야 괜찮아질 수 있어.' 그는 씁쓸하게 웃었다. "그 당시 나는 지금과 달랐어요. 지금 아는 걸 그땐 몰랐죠. 당시 기억은 영원히 내 안에 남아 있겠지만." 그는 아폴로를 턱으로 가리켰다. "비가 내리던 어느 날 내 방 창문 밖에서 뭔가 낑낑대는 소리가 들렸어요. 몇 주째 계속 그랬던 느낌이었어요. 그 소리를 들었을 때 못 들은 체 이불을 머리끝까지 덮어쓰고 모든 걸 차단하고 싶었어요. 그런데 왠지 모르겠지만 일어나서 밖으로 나갔죠. 우리 집 옆 덤불 아래에서 개 한 마리가 부들부들 떨고 있는데 어찌나 앙상한지 갈비뼈를 셀 수 있을 정도였어요. 나는 녀석을 안아서 집으로 데리고 들어갔어요. 털을 말리고 먹을 것을 줬고요. 이후로 녀석은 절대 내 곁을 떠나지 않았어요. 재밌죠?"

"잘 모르겠는데."

"몰라도 돼요. 우리는 어차피 아는 게 많지도 않고 앞으로도 계속 그럴 거니까. 나는 녀석이 어쩌다 우리 집까지 왔는지, 어디서 있다 왔는지 전혀 몰랐지만 안내견으로 키우면 괜찮을 것 같았어요. 똑똑해 보였거든요. 아폴로는 정말 똑똑했어요. 아니, 지금도 똑똑해요. 훈련이 잘되지 않았지만. 집중을 거의 못 했거든요. 그렇다고 누가 뭐라 할 수 있겠어요? 중요한 건 녀석이 최선을 다했다는 거, 그거잖아요. 아폴로가 모든 문제의 해답은 아니었지만 거기에서부터 시작됐어요. 녀석은 멋지게 살았어요. 내 욕심만큼 오래 살지는 못했지만 그래도 멋지게 살았어요."

"하지만 여기 있군."

"맞아요."

"여기 갇혀서." 월리스는 말하며 주먹을 불끈 쥐었다.

"아뇨. 아폴로에게는 선택권이 있었어요. 내가 몇 번을 계단 꼭대기 문 앞으로 데려갔는지 몰라요. 다음 세상으로 넘어가도 된다고, 절대 잊지 않을 거고 함께해줘서 고마웠다고 얘기도 했고요. 녀석은 남기를 선택했어요. 할아버지도 마찬가지였고요." 그는 월리스를 돌아보았다. "당신에게도 선택권이 있어요, 월리스."

"선택권?" 월리스는 성을 냈다. "여기서 벗어나봐야 그것들이 기다리고 있잖아. 밖으로 나가면 내 몸이 먼지로 바뀌고. 내 가슴에 박혀 있는 이 어이없는 물건은 또 어떻고." 월리스는 그들 둘 사이를 연결하고 있는 케이블을 내려다보았다. 케이블이 한 번 반짝거렸다. "이건 뭐지?"

"메이는 그걸 운명의 붉은 실이라고 부르죠."

"붉은색 아닌데. 실도 아니고."

"알아요. 하지만 적절한 비유라고 봐요. 메이가 어떤 식으로 표현했더라? 아, 맞다. 중국 신화에 따르면 신이 서로 만날 운명, 서로 돕기로 되어 있는 아이의 발목에 붉은 실을 매어준대요. 깜찍하지 않아요?"

"전혀." 월리스는 무뚝뚝하게 대답했다. "이건 족쇄 혹은 사슬이야."

"밧줄일 수도 있죠." 휴고가 애정이 담긴 투로 말했다. "그렇게 느끼지 않는 것 같지만 여기 있는 동안 당신을 붙잡아주잖아요. 당신이 길을 잃으면 내가 당신을 찾을 수 있게 도와주고요."

설명을 들어도 그의 기분은 조금도 나아지지 않았다. "내가 이걸 없애면 어떻게 되지?"

휴고는 엄숙한 표정을 지었다. "날아가요."

월리스는 깜짝 놀랐다. "뭐라고?"

"찻집 근처에서 없애려고 하면 위로 떠오를 거예요. 도중에 멈출 수 있을지 나도 잘 모르겠어요. 찻집 근처가 아닌 데서 없애려고 하면 인간성을 잃고 껍데기만 남을 때까지 조각조각 바스러질 테고요."

월리스는 식식대며 말했다. "아니, 말도 안 돼! 도대체 누가 만든 원칙이지?"

"아마도 우주겠죠? 나쁜 게 아니에요, 월리스. 덕분에 내가 당신을 도울 수가 있으니까요. 당신이 여기 있는 동안 내가 할 수 있는 건 어떤 길을 선택할 수 있는지 하나씩 보여주는 것뿐이에요. 두려워할 이유가 전혀 없다는 걸 당신이 이해할 수 있게 거드는 것뿐이에요."

월리스의 눈이 따끔거렸다. 그는 휴고의 시선을 피하며 눈을 빠르게 깜빡거렸다. "당신이 그런 소리를 하면 안 되지. 당신은 이게 어떤 건지 모르잖아. 너무하는군, 정말."

"뭐가요?"

"이거!" 윌리스는 두 팔을 마구 흔들며 외쳤다. "이 모든 거. 몽땅 다. 나는 이렇게 있게 해달라고 한 적 없어. 여기 있고 싶지 않아. 나는 해야 할 일이 있어. 책임이 있지. 인생이 있고, 캐머런처럼 되든지 저 빌어먹을 문을 통과하든지 둘 중 하난데, 어떻게 선택의 자유가 있다고 할 수 있지?"

"부인하는 단계를 건너뛴 게 아니었군요."

윌리스는 그를 노려보았다. "당신 마음에 안 드는군." 심통 사납고 못된 발언이었지만 윌리스는 상관하지 않았다.

휴고는 미끼를 물지 않았다. "괜찮아요. 다 잘될 거예요. 당신이 원하지 않는 일을 강요하지는 않을게요. 나는 가이드로서 여기 있는 거니까요. 나를 한번 믿어봐요. 그거 하나만 부탁할게요."

윌리스는 울컥하는 심정을 달래며 침을 삼켰다. "왜 그렇게 신경을 쓰지? 왜 그 일을 하려고 해? 어떻게 그 일을 하려고 해? 이 모든 것의 목적이 뭔데?"

휴고는 씩 웃었다. "그렇게 시작하는 거예요. 당신에게도 아직 희망이 있을지 모르겠네요."

그는 그 말을 끝으로 현관 앞 계단을 올라갔고 아폴로가 그의 옆에서 총총 따라갔다. 그는 문 앞에서 걸음을 멈추고 차나무 사이에 계속 서 있는 윌리스를 돌아보았다. "안 들어와요?"

윌리스는 고개를 떨어뜨리고 터벅터벅 계단을 올라갔다.

휴고는 등 뒤로 문을 닫으며 하품을 했다. 졸린 듯 눈을 깜빡이고 턱을 문질렀다. 앞쪽에 달린 시계가 째깍, 째깍, 째깍 움직이는 소리가 들렸다. 월리스가 아까 찻집에서 도망치기 전에는 분침이 고장 나서 덜덜거리다 멈추는 것 같았는데 지금은 고쳐졌는지 다시 정상으로 돌아왔다. 월리스는 그 의미를 가늠하기 어려웠다.

"시간이 늦었네요. 여기서는 하루가 일찍 시작돼요. 패스트리를 굽고 차를 우려야 하니까요."

월리스는 뻘쭘하고 불안했다. 이제 어떻게 하면 되는지 알 수 없었다. "알겠어. 내가 쓸 방을 알려주면 당신을 그만 놓아주지."

"당신이 쓸 방이요?"

월리스는 이를 악물었다. "아니면 담요 한 장 줘. 바닥에서 잘게."

"당신은 잠을 잘 필요가 없어요."

월리스는 움찔했다. "뭐라고?"

휴고는 궁금해하는 눈빛으로 그를 빤히 쳐다보았다. "죽은 이후로 잔 적 있어요?"

음, 없었다. 한 번도 없었다. 하지만 그럴 시간이 없었다. 이게 무슨 헛소동인지 파악하느라 너무 혼란스러웠다. 정신을 차려보니 자신의 장례식장이었고 모든 게 조금 정리가 되었을 때도 잠을 잔다는 생각 자체가 머릿속에 떠오른 적이 없었다. 잠시 후에는 메이가 등장해 그를 여기로 끌고 왔다. 그러니까 맞다, 그는 잠을 잔 적이 없었다. "해야 할 일들이 있었거든."

"당연히 그랬겠죠. 그래서 피곤한가요?"

희한하게 피곤하지 않았다. 기진맥진했어야 하는데, 그 많은 일들이 벌어졌으니 기운이 쪽 빠져서 느릿느릿 움직였어야 하는데 아니었다. 이보다 더 정신이 또렷했던 적이 없었다. "아니. 말이 안 되네."

"죽었잖아요." 휴고가 환기시켜 주었다. "앞으로 잠 걱정은 제일 쓸모없는 걱정이 될 거예요. 나는 사공으로 일하는 동안 잠을 자는 유령을 한 번도 본 적이 없어요. 당신이 잠을 자면 최초가 될 거예요. 시도는 해볼 수 있겠죠. 결과는 나중에 알려줘요."

"그럼 내가 뭘 어째야 하는 거지?" 윌리스는 따져 물었다. "여기 가만히 서서 당신이 일어날 때까지 기다려야 하나?"

"그래도 되긴 해요. 편안하게 기다릴 수 있는 다른 데도 많지만."

윌리스는 그를 험상궂게 노려보았다. "재미없는데."

"아주 없지는 않잖아요. 뭐든 해도 돼요, 찻집 근처에서 나가지만 않으면. 또 추격전을 벌이고 싶지는 않으니까."

"뭐든?"

"네."

윌리스는 찻집에 도착한 이래 처음으로 미소 지었다.

"메이."

"저리 가."

"메이."

"몇 신데?"

"메이. 메이. 메이."

메이는 이불을 허리 근처까지 젖히며 침대에서 일어나 앉았다. 그는 프리드리히 니체의 얼굴이 프린트된 오버사이즈 티셔츠를 입고 있었고 고개를 휙휙 흔들다 방 한쪽 구석에 서 있는 월리스를 보았다. "뭐야? 뭔데? 왜 그래? 누가 쳐들어왔어?"

"아니. 지금 뭐해?"

메이는 그를 빤히 쳐다봤다. "자려고 하던 중이었는데."

"아, 그래? 잘되고 있나?"

메이는 얼굴을 찌푸리기 시작했다. "별로."

"나는 두 번 다시 잘 수 없는 거 알아?"

"응."

"그렇군." 그는 몸을 돌려서 메이의 방 벽을 통과했다.

"우우우우우!" 월리스는 있는 힘껏 우는 소리를 냈다. "우우우우우우우!" 그는 1층 복도를 왔다 갔다 걸으며 아무리 애써도 쿵쾅거리는 소리를 낼 수 없다는 데 살짝 당황스러워했다. 손으로 벽을 쳤다가 계속 벽을 통과해 넘어질 뻔했다. 그가 공포영화에서 본 온갖 귀신 소리를 요란하게 내는 이유였다. 절거덕거릴 쇠사슬이 없어서 아쉬웠다. "나는 죽었다아아아. *죽었다아아아아아아아! 아아, 슬프다아아아.*"

"제발 조용히 좀 할래?" 메이가 자기 방에서 외쳤다.

"어디 한번 내 입을 막아보시지." 월리스는 마주 고함을 지르고 볼륨을 두 배로 올렸다. 그는 16분 더 이러다 지팡이로 머리를 얻어맞았다.

"아야!" 그는 뒤통수를 문질렀다. 홱 몸을 돌려보니 넬슨이 미간을 잔뜩 찌푸리고 그의 앞에 서 있었다. "지금 뭐하시는 겁니까?"

"얌전히 좀 있게! 나한테 한 대 더 맞기 싫으면."

그는 넬슨의 지팡이를 뺏어서 던지려고 손을 앞으로 내밀었다가 아무것도 잡지 못하고 휘청거리며 앞으로 한 발 내디뎠다. 넬슨이 온데간데없이 사라져버린 것이다.

월리스는 눈을 동그랗게 뜨고 아무도 없는 찻집 안을 미친 듯이 두리번거렸다. "음, 저기요? 지금 어디 계십니까?"

"왁." 누가 그의 귀에 대고 속삭였다.

월리스는 꺅 하고 비명을 질렀고 고개를 홱 돌리다 하마터면 넘어질 뻔했다. 넬슨이 하얗고 숱이 많은 눈썹을 치켜뜨고서 그의 뒤에 서 있었다. "어떻게 하신 거죠?"

"나는 유령이야." 넬슨이 심드렁하게 말했다. "거의 뭐든 할 수 있지." 넬슨이 월리스를 다시 한 대 칠 듯이 지팡이를 들자 그는 뒷걸음질 쳤다. "이제 좀 괜찮아졌군. 황당한 짓은 그만하면 됐네. 자네가 여기 있는 게 싫다고 해서 우리까지 그것 때문에 고생해도 되는 건 아닐세. 입 다물기 싫으면 나를 따라오게."

"내가 왜 노인장을 따라갑니까?"

"글쎄. 이 찻집에 자네 말고 인간인 유령은 나밖에 없으니까? 나는 죽은 지 오래돼서 자네보다 아는 게 훨씬 많으니까? 아니면 만에 하나, 정말이지 만에 하나 나도 잠을 잘 수 없어서 같이 밤샐 사람이 있으면 좋을지 모르니까? 마음에 드는 걸로 하나 골라봐, 친구. 뭐 고르지 않아도 되네. 내가 지팡이 맛을 다시 보여주기 전에 이 가증스러운 소음을 멈추기만 하면."

"왜 저를 돕고 싶어 하십니까?"

넬슨의 눈썹이 위로 솟구쳤다. "이게 자네를 위한 일이라고 생각하나?" 그는 콧방귀를 뀌었다. "아니야. 내 손자를 도우려는 거지. 그걸 절대 잊지 말게." 그는 월리스를 밀치고 가게 앞쪽을 향해 비척비척 걸어갔다. 슬리퍼에 달린 조그만 토끼 귀가 펄럭거렸다. "자기를 위한 일인 줄 알다니." 그가 중얼거렸다. "흥."

월리스는 그의 뒷모습을 빤히 쳐다보았다. 다시 소동을 시작할까 고민했지만 지팡이가 동원된 협박이 별로 유쾌하지 않았다. 그는 얼른 노인을 뒤따라갔다.

넬슨은 끙하는 소리를 내며 벽난로 앞 자기 의자에 앉았다. 아폴로는 가슴을 천천히 들썩이며 벽난로 앞에 옆으로 누워 있었다. 누군가가 아까 깨졌던 유리 전구를 치웠고 조명의 강도를 낮춰놓았다.

"의자 하나 들고 오게." 넬슨이 월리스를 쳐다보지 않고 말했다.

월리스는 내키지 않았지만 그가 시키는 대로 했다. 적어도 그렇게 해보려고 시도는 했다.

월리스는 가장 가까운 테이블로 가서 거꾸로 엎어놓은 의자를 집으려고 했지만 손이 의자 다리를 그대로 통과하자 인상을 썼다.

그는 콧김을 내뿜으며 다시 시도해 보았지만 결과는 마찬가지였다. 한 번 더, 두 번 더, 세 번 더 해도 마찬가지였다.

넬슨이 웃는 소리가 들렸지만 윌리스는 못 들은 체했다. 넬슨이 의자에 앉을 수 있다면 그도 할 수 있을 것이다. 방법만 알아내면 됐다.

몇 분이 지나도 의자를 건드릴 수가 없었다. 그는 점점 부아가 치밀었다.

"수용."

"네?"

"자네는 자네가 죽었다는 걸 받아들였네. 적어도 조금은. 그래서 세상과 육체적인 상호작용을 할 수 없다고 생각하는 거야. 자네 머리가 자네를 속이고 있는 거지."

윌리스는 콧방귀를 뀌었다. "다들 내가 그러길 바라지 않았습니까? 죽음을 받아들이길?"

넬슨의 얼굴 위로 미소가 번지는 것을 보고 그는 불안해졌다. "이리 와보게."

윌리스는 그가 시키는 대로 했다.

넬슨은 자기 앞 바닥에 앉으라고 손짓했다. 윌리스는 선택의 여지가 없었다. 그는 바닥에 털썩 주저앉아 책상 다리를 하고 근질거리는 두 손을 무릎 위에 얹었다. 아폴로가 고개를 들고 그를 쳐다보며 꼬리로 바닥을 치다 윌리스 쪽으로 몸을 돌리고 똑바로 누워 다리를 들고 버둥거렸다. 누가 봐도 자기 배를 긁어달라는 신호였는데 월리스가 무시하자 녀석은 애처롭게 낑낑거렸다.

"안 돼. 그럼 못써."

아폴로는 대답 대신 길고 우렁차게 방귀를 뀌었다.

"맙소사." 월리스는 머리를 쥐어뜯었다. 밤샐 기운이 있을지 자신이 없었다.

"우리 착한 아이 어디 있나?" 넬슨이 달콤하게 속삭였다. 아폴로는 칭찬을 듣고 꿈틀거리다 하마터면 월리스를 쓰러뜨릴 뻔했다.

"저 도와주실 겁니까, 안 도와주실 겁니까?"

"좋은 말로 부탁하게." 넬슨이 다시 의자에 앉으며 말했다. "죽었다고 예의까지 밥 말아 먹을 필요는 없잖은가."

"부탁드립니다." 월리스는 이를 악물고 말했다.

"뭘 부탁하나?"

월리스는 둘 다 살아 있어서 넬슨을 죽일 수 있으면 좋겠다고 생각했다. "저를 좀 도와주세요."

"훨씬 낫구먼. 바닥은 어떤가? 편안한가?"

"아뇨."

"자네는 지금 바닥에 앉아 있지. 그러려니 하고서. 바닥은 항상 거기 있으니까 굳이 생각하질 않아. 하지만 지금은 생각하고 있지?"

맞는 말이었다. 바닥이 자꾸만 생각났다.

그의 몸이 갑자기 바닥을 통과해 가라앉기 시작한 것도 그때부터였다. 그는 더 깊숙이 가라앉기 전에 붙잡을 만한 것을 찾느라 손을 내밀고 허우적거렸다. 그가 바닥 밑으로 가슴까지 내려갔을 때 넬슨이 킬킬대며 지팡이를 내밀었다. 월리스는 생명줄이라도 되는 것처럼 지팡이를 붙잡고 몸을 다시 끌어올리려고 했지만, 거의 곧바로 다시 가라앉기 시작했다.

"바닥 그만 생각하게나."

"그게 안 됩니다!" 그의 머릿속은 온통 바닥 생각뿐이었다. 심지어는 그의 몸이 바닥을 완전히 통과해 그 아래 지면에 닿고 땅마저 통과하면 어떻게 될지 궁금해졌다.

그가 지구의 내핵으로까지 추락해 (아마도) 뜨거운 액체와 함께 소멸되기 전에 넬슨이 물었다. "죽었을 때 아팠나?"

그는 눈을 깜빡이며 지팡이를 단단히 쥐었다. "네?"

"죽었을 때 말이야. 아팠느냐고."

"어, 조금요. 금방 끝났습니다. 좀 전까지만 해도 멀쩡히 살아 있었는데 다음 순간 보니까 아니었고, 이게 무슨 일인지 모르겠더라고요. 그런데 그게 무슨 상관인지―"

"멀쩡히 살아 있다가 아니게 됐을 때 맨 처음 든 생각이 뭐였나?"

"이게 진짜일 리 없다는 생각. 무슨 착오가 생긴 게 분명하거나 아니면 끔찍한 꿈일 수도 있겠다고 생각했습니다."

넬슨은 예상한 대답인 듯 고개를 끄덕였다. "뭘 계기로 꿈이 아니라는 걸 알게 됐나?"

그는 지팡이를 꼭 쥔 채 머뭇거렸다. "생각난 게 있었습니다. 어디서 듣거나 읽은 거였는데, 꿈에서는 자기 얼굴을 선명하게 볼 수 없다고 했거든요."

"아. 그런데 자네는 선명하게 볼 수 있었군그래."

"아주 또렷하게요. 독서용 안경을 쓰고 있어서 코에 눌린 자국과 뺨과 턱에 까칠하게 자란 수염까지 보였습니다. 그때 처음으로 이게 꿈이 아닐 수도 있겠다는 생각이 들었죠. 그다음에는…." 그는 침을 꿀꺽 삼켰다. "장례식장에서요. 메이가 저는 처음 보는 얼굴이었거든요."

"그렇지. 인간의 정신세계는 참 희한하네. 꿈을 꿀 때 우리의 무의식은 본 적 없는 얼굴을 아무 근거 없이 창조하지 못하지. 꿈속에 등장하는 인물은 전에 스치고 지나가면서라도 봤던 사람인 게야. 깨어 있을 때는 눈으로 보니까 모든 게 선명하잖나. 귀로 듣고 코로 냄새를 맡기도 하니까. 그런데 죽으면 그렇지 않아. 맨땅에 헤딩해야 하지. 예상하지 못했던 걸 믿도록 자기 자신을 속이는 법을 터득해야 하고. 그리고 그것 보게. 자네가 해냈네. 그게 시작이지."

윌리스는 아래를 내려다보았다. 그가 다시 바닥에 앉아 있었다. 바닥이 든든하게 그를 받쳐주는 느낌이었다. 그는 또다시 바닥을 통과해 떨어지는 생각이 떠오르기 전에 말했다. "제 주의를 다른 데로 돌리셨군요."

"효과가 있었지?" 넬슨은 지팡이를 거두어 의자에 기대어놓았다. "내가 있어서 다행인 줄 알게."

"그렇습니까?" 윌리스는 아무리 봐도 미심쩍었다.

"그럼. 나는 죽었을 때 모든 걸 혼자서 알아내야 했다고. 휴고는 나를 달가워하지 않았지만 투덜거리지 않고 최대한 자제했지. 이러니저러니 해도 죽은 사람을 욕하면 안 되니까. 시간이 걸렸지. 걷는 법을 처음부터 다시 배우는 것과 비슷했네." 그는 빙그레 웃었다. "여기저기서 상당히 여러 번 비틀거렸어. 찻잔도 몇 개 깨 먹어서 휴고를 경악시켰고. 그 아이는 자기 찻잔을 애지중지하거든."

"차에 비정상적으로 심취한 눈치던데."

"나한테 물려받은 걸세." 넬슨이 말하자 월리스는 하마터면 자책할 뻔했다. 하마터면. "그 아이가 아는 건 전부 나한테서 배운 거네. 집중할 게 필요했는데 차나무를 키우는 게 딱이었지."

"왜 저를 도와주십니까?"

"도와주면 안 될 이유가 없지 않나? 그게 인간으로서 도리인데."

월리스는 당황스러웠다. "그 대가를 받을 수 있는 것도 아니잖습니까. 저는 아무것도 못 드립니다. 이런 상황에서는요."

넬슨은 답답해했다. "그것 참 이상한 사고방식이로군. 내가 자네를 돕는 이유는 뭘 바라서가 아닐세. 이것 봐, 월리스. 가장 최근에 아무 대가를 바라지 않고 뭐든 했던 게 언제였나?"

2006년이었다. 그때 월리스는 주머니 속 잔돈을 거추장스러워하던 참이었고, 마침 사무실 근처 길모퉁이에서 구걸하고 있었던 노숙자가 눈에 띄었다. 그는 남자의 동냥 그릇에 잔돈을 넣었다. 74센트였고 남자는 고맙다고 했다. 10분 만에 월리스는 노숙자의 존재를 잊어버렸고 지금까지 잊고 있었다.

"잘 모르겠습니다."

"흠. 그렇다면 그런 거겠지. 자네가 그래도 한 항목에서만큼은 나보다 시작이 빨랐네."

"그렇습니까?"

넬슨은 벽에 달린 조명을 턱으로 가리켰다. "저기 달린 전등에 합선을 일으켰잖아. 전구를 깨뜨리고. 나는 한참이 지난 다음에서야 그만한 에너지를 소환할 수 있었는데 말이지."

"작정하고 한 건 아니었습니다." 월리스는 실토했다. "제가— 화가 났었거든요."

"그런 것 같더구먼." 그는 다시 미간을 찌푸렸다. "가능한 한 분노는 자제하도록 하게. 피하는 게 상책인 온갖 상황을 불러일으킬 수 있거든."

월리스는 눈을 감았다. "말처럼 쉬운 게 아닐 것 같은 예감이 드네요."

"맞아. 하지만 할 수 있게 될 걸세. 그 전에 저 문을 넘어가겠다고 마음먹으면 모를까."

월리스는 눈을 번쩍 떴다. "그건 싫—"

넬슨은 두 손을 들었다. "때가 되면 자네도 알게 될 거네. 이렇게 야심한 시각에 대화를 나눌 상대가 있으니 좋군그래. 시간도 잘 가고."

"몇 년. 노인장께서는 세상을 떠난 지 몇 년 됐다고 하셨죠."

"그렇다네."

월리스는 속이 묘하게 뒤틀렸다. 가슴에 박힌 갈고리와 느낌이 비슷했지만 그보다 더 화끈거렸다. "그동안 매일 밤마다 여기 혼

142
°

자 계셨습니까?"

"매일은 아니고 대부분." 넬슨은 부드럽게 바로잡았다. "어쩌다 한 번씩 자네 같은 친구가 등장하긴 하지만 오래 있지는 않네. 과도기니까. 한 발은 이승에, 다른 발은 저승에 걸치고 있는."

월리스는 벽난로 쪽으로 고개를 돌렸다. 불이 거의 꺼져가고 있었다. "그 얘기는 더 이상 하고 싶지 않습니다."

"당연히 그렇겠지. 그럼 어떤 얘기를 하고 싶나?"

월리스는 대답하지 않았다. 그는 바닥에 누워서 두 팔로 가슴을 감싸고 무릎을 가슴까지 끌어올려서 몸을 웅크렸다. 가슴에 박힌 갈고리가 떨렸고 그 느낌이 싫었다. 그는 눈을 감으며 모든 게 이해됐던 때로 돌아갔으면 좋겠다고 생각했다. 짐작했던 것보다 상처가 컸다.

"알았네. 그래도 돼. 서두를 것 전혀 없어, 월리스. 자네가 마음의 준비가 될 때까지 우리는 여기서 기다리고 있겠네. 그렇지, 아폴로?"

아폴로는 왈왈 짖으며 꼬리로 소리 없이 바닥을 때렸다.

8장

월리스는 2층 어딘가에서 알람이 울리는 소리를 듣고 눈을 떴다. 밖은 아직 어두컴컴했고 벽난로 위에 달린 시계는 새벽 4시 반을 가리키고 있었다.

그는 잠을 자지 않았다. 아무리 애써도 긴장을 풀 수 없었다. 전혀 피곤하지 않아 더 그랬다. 그는 졸지도 못하고 이런 생각, 저런 생각을 했다. 죽기 직전을 머릿속에서 몇 번이고 재생하며 뭔가를 바꿀 수 있었을지 궁금해했다. 아무것도 생각나지 않았고 더 우울해졌다.

누군가가 2층에서 샤워기를 틀자 벽에 묻힌 배관이 삐걱거렸다. 물이 쏟아지는 소리에 월리스는 다시금 비참해졌다. 그는 두 번 다시 샤워를 하지 못했다.

메이가 먼저 계단을 내려왔다. 아폴로가 꼬리를 흔들며 그를 반갑게 맞이했다. 그는 턱에서 쩍 소리 나게 하품을 해가며 아폴로의 귀 사이를 긁어주었다. 어제와 다르게 양복이 아니라 검은색 바지에 빳빳한 칼라가 달린 흰색 셔츠를 입고, 그 위에 휴고와 똑같은 앞치마를 둘렀다.

넬슨은 자기 의자에 없었다. 월리스는 그가 자리를 옮기는 소리도 듣지 못했다.

"왜 바닥에 누워 있어?" 메이가 물었다.

"우리가 어떤 일을 하는 이유가 뭘까?" 월리스는 멍하니 대답했다. "아무 의미가 없는데."

"나 원 참. 꼭두새벽부터 그런 존재론적인 고민이라니? 그런 골치 아픈 질문을 하려거든 잠이라도 좀 깰 때까지 기다려주라."

월리스는 눈을 감았다. 그랬다가 누군가가 그의 위에 서 있는 것이 느껴져 눈을 다시 떴다.

휴고가 어제와 같은 옷을 입고 나와서 그를 내려다보고 있었다. 유일한 차이점은 밝은 분홍색 반다나를 머리에 둘렀다는 것뿐이었다. 그는 휴고가 다가오는 소리조차 듣지 못했다. 그는 둘 사이를 연결하는 케이블을 노려보았다.

휴고가 미소 지었다. "이건 뭔가요?"

"어떻게 그렇게 소리 없이 움직이지?"

"연습의 결과죠." 휴고는 뿌듯한 표정으로 비스듬히 나온 자기 배를 두드렸다. "아니면 당신이 정신을 딴 데 팔고 있었던가요. 자, 일어나요."

"왜지?" 월리스는 다리를 더욱 힘껏 끌어안았다.

"주방을 구경시켜주고 싶어서요."

"주방은 다 같은 주방 아닌가? 하나를 보면 전부 본 거나 다름

없잖아."

"장단 좀 맞춰줘요."

"그러고 싶은 생각이 있는지 잘 모르겠군."

"좋을 대로 해요, 아폴로."

개가 벽장 문을 통과해서 달려 나오자 윌리스는 꺅 하고 비명을 질렀다. 녀석은 휴고 주변을 한 바퀴 돌며 그의 발과 다리에 대고 킁킁거렸다. 그렇게 점검을 마친 뒤에 한쪽 귀를 뒤집고 휴고 옆에 앉았다.

"착하지." 휴고는 턱으로 윌리스 쪽을 가리켰다. "핥아."

"뭐라고? 아니, 잠깐! 싫어! 핥는 건—"

아폴로는 아주 열심히 핥았다. 윌리스의 얼굴을 핥다가, 그가 제지하려고 하자 팔을 핥았다. 그는 녀석을 밀쳐내려고 했지만 너무 무거웠다. 입 냄새도 지독해서 순간 윌리스는 자기 입 냄새가 궁금해졌다. 며칠 동안 이를 닦지 않았다. 꼬리에 꼬리를 물고 이어지던 생각이 잠시 후 급격하게 궤도를 이탈했다. 소리를 지르려고 입을 벌렸을 때 아폴로의 혀가 그의 혀를 훑고 지나갔기 때문이다.

"으웩! 안 돼! 왜 그래! 왜."

"아폴로." 휴고가 가만히 말했다.

아폴로는 당장 뒤로 물러나 다시 휴고의 옆에 자리를 잡고 앉아 이 상황에서 진상은 윌리스라는 듯한 눈빛으로 그를 내려다보았다.

"갈까요?"

"당신이 아끼는 걸 전부 박살 내버리겠어." 월리스는 협박했다.

"그런 협박이 통한 적 있어요?" 휴고는 진심으로 궁금해하는 투였다.

"그럼. 번번이 통했지." 물론 정확히 그 단어를 쓴 적은 없었지만 사람들은 그에 대한 공포를 습득했다. 부하직원뿐 아니라 부하직원이 아닌 경우도 그랬다. 동료, 판사, 몇몇 아이들. 그 부분에 대해서는 말을 아낄수록 좋았다.

"오, 뭐. 그럼 박살 내기 전에 가서 내 스콘을 보여줄게요. 내가 자랑스럽게 여기는 작품이거든요."

"내 스콘이라고?" 주방에서 메이가 외쳤다. "어디서 감히 그런 주장을!"

휴고는 웃음을 터뜨렸다. "내가 어떤 상황을 감당해야 하는지 알겠죠? 일어나요, 월리스. 가게 문을 열면 거기 그렇게 누워 있고 싶지 않을 거예요. 사람들이 막 밟고 지나갈 텐데 그러면 다들 싫지 않겠어요? 당신이 제일 싫을 테고."

휴고는 몸을 돌려서 카운터를 빙 돌아 스윙 도어를 열고 들어갔다. 아폴로가 그의 꽁무니를 따라갔다.

월리스는 그 자리에 가만히 있을까 심각하게 고민하다 결국 일어났다.

스스로 내린 선택이었다.

주방은 생각보다 훨씬 넓었고 중간에 테이블 없이 양옆으로 주방 가구를 배치한 스타일이었다. 한쪽에 놓인 업소용 오븐 두 개와 크기가 서로 다른 화구 여덟 개가 달린 스토브는 모두 사용 중이었다. 반대쪽에는 조리대와 월리스가 지금까지 본 적 없을 만큼 거대한 냉장고가 자리했다. 주방 맨 끝에는 차밭이 내다보이는 퇴창 옆에 테이블을 둔, 조그만 간이식사 코너가 있었다.

이마에 밀가루를 묻힌 메이가 주방을 양옆으로 오가며 스토브 위에서 부글거리는 냄비를 보고는 심각하게 중얼거렸다. "이렇게 하는 게 맞나?" 그러더니 어깨를 으쓱하고는 오븐을 하나씩 들여다보았다.

월리스는 천장 위 라디오에서 쏟아져나오는 헤비메탈 음악을 듣고 충격을 받았다. 시끄럽고 끔찍했고, 독일어인가 싶었다. 엎친데 덮친 격으로 메이가 정이 안 가는 걸걸한 목소리로 따라부르고 있었다. 꼭 사탄을 소환하는 것 같았다. 월리스가 보기에 그는 사탄을 소환하고도 남았다. 이런 생각이 들자 떠올리고 싶지 않은 상념이 꼬리에 꼬리를 물고 이어졌다.

월리스는 넬슨이 지팡이에 손을 얹고 테이블 앞 의자에 앉아 있는 것을 보고 화들짝 놀랐다. 옷을 갈아입어 잠옷과 토끼 슬리퍼는 사라지고 이제는 황갈색 바지 위에 파란색의 두툼한 스웨터를 입고 찍찍이가 달린 구두를 신고 있었다. 그도 가사를 전부 외운 사람처럼 소리 높여 노래를 따라 불렀다.

"그거 어떻게 한 겁니까?" 월리스는 따져물었다.

다들 하던 일을 멈추었고, 휴고는 앞치마를 묶다 말고 그를 빤히 쳐다보았다.

"뭘?" 메이는 손을 위로 뻗어 라디오 볼륨을 줄이며 물었다.

"너한테 물은 거 아니야. 노인장, 그거 어떻게 한 겁니까?"

넬슨은 주방 안에 동명이인이 있기라도 한 것처럼 좌우를 두리 번거리다가 없는 걸 확인하고는 되물었다. "나 말인가?"

어쩌면 바닥 아래로 가라앉는 것도 괜찮은 선택일지 몰랐다. "네. 옷을 갈아입었잖습니까!"

넬슨은 자기 몸을 내려다보았다. "갈아입으면 안 되나? 잠옷은 밤에 입는 거잖나. 그걸 모른단 말인가?"

"하지만—그게 아니라—우린 죽었잖아요."

"이제 그 사실을 받아들였단 말이지. 훌륭해." 메이는 다시 냄비 를 하나씩 차례대로 미친 듯이 젓기 시작했다.

"그런데? 죽었다고 후줄근하게 입고 다녀야 하는 건 아니잖나." 넬슨는 구두를 벗어서 들고 발가락을 꼼지락거렸다. "이거 훌륭하 지 않나? 쩍쩍이네. 구두끈은 쩐따들이나 하는 거지."

월리스가 보기에는 훌륭하지 않았다. "그거 어떻게 한 겁니까?"

"아!" 넬슨은 명랑하게 외쳤다. "간밤에 자네가 바닥 아래로 가라 앉은 이후에 우리 둘이 얘기했듯이 아무 생각도 하지 않으면 할 수 있네."

"뭘 어쩐 이후에요?" 휴고가 미간을 잔뜩 찌푸리고서 물었다.

월리스는 그의 말을 못 들은 체했다. "저도 할 수 있습니까?"

"글쎄. 할 수 있을까?" 넬슨이 지팡이를 들어 바닥을 내리치자 옷이 월리스의 벽장에 걸려 있는 것과 비슷한 핀 스트라이프 양복으로 바뀌었다. 지팡이로 다시 바닥을 내리치자 이번에는 청바지와 묵직한 여름용 재킷으로 바뀌었다. 한 번 더 내리치자 이번에는 턱시도로 바뀌었고 머리에는 실크해트가 삐딱하니 경쾌하게 얹혔다. 지팡이로 다시 내리치자 이번에는 원래 착용했던 찍찍이 달린 구두와 옷차림으로 돌아갔다.

월리스는 입을 떡 벌리고 그를 쳐다보았다.

넬슨은 우쭐거렸다. "내가 뭐든 아주 잘하는 편이네."

"할아버지." 휴고가 경고했다.

넬슨은 눈을 부라렸다. "쉿, 너는 가만히 있거라. 나도 좀 놀아보게. 월리스, 이리 와보게."

월리스는 그의 앞으로 갔다. 넬슨은 자기 앞에 선 그를 위아래로 뜯어보았다. "으흠. 그래. 알겠어. 그렇군. 이건 좀 너무한데." 그는 눈을 가늘게 뜨고 월리스의 발을 쳐다보았다. "조리 슬리퍼라니. 내 평생 조리 슬리퍼는 신어본 적이 없네. 발톱이 너무 길거든."

월리스는 인상을 썼다. "그런 정보는 공개하지 않아도 됩니다."

넬슨은 어깨를 으쓱했다. "이 집에서는 서로 비밀이 없다네."

"있어야 하겠어." 휴고는 구시렁거리며 한쪽 오븐에서 스콘이 담긴 쟁반을 꺼냈다. 두툼하고 폭신하며 초콜릿이 살짝 흘러나오고 있었다. 다른 때 같으면 월리스가 스콘에 좀 더 관심을 기울였을지 모르지만, *자유자재로 옷을 갈아입을 수 있다*는 사실에 완전히 정신이 팔려버렸다.

"어떻게 하면 됩니까?"

넬슨은 얼굴을 일그러뜨렸다. "정말 간절하게 원해야 하네."

월리스는 그 능력을 무엇보다 간절히 원했다. 거의 그랬다. "좋습니다. 그리고 또?"

"그게 다네."

"지금 저랑 장난치시는 겁니까?"

"그럴리가." 넬슨은 그를 안심시켰다. "어떤 옷을 입고 싶은지, 그걸 입으면 어떤 느낌이겠는지, 어떻게 보이겠는지 상상해보게. 눈을 감고."

월리스는 살짝 뻘쭘한 기분을 달래며 눈을 감았다.

"이제 옷 하나를 머릿속에서 그려보게나. 처음에는 간단한 옷에서부터. 바지와 셔츠. 아직은 여러 겹 겹쳐 입으려고 하지 마. 그건 차차 될 걸세."

"알겠어요." 월리스는 속삭였다. "바지와 셔츠. 바지와 셔츠."

"자네 모습이 그려지나?"

그려졌다. 그는 자신의 아파트 침실 문 뒤편에 걸린 거울 앞에 서 있었다. 벽장 문이 열려 있었다. 아래 길거리에서 클랙슨이 울렸고 안전모를 쓴 인부들이 소리를 지르며 웃음을 터뜨렸다. 길모퉁이에서는 길거리 첼로 공연이 펼쳐졌다. "네. 그려집니다."

"이제 그걸 현실로 만들어보게."

월리스는 표독스럽게 한쪽 눈을 떴다. "그걸로 끝입니까?"

그는 정강이 위쪽을 지팡이로 얻어맞고 꺅 하고 비명을 질렀다.

"집중해."

그는 다시 눈을 감고 숨을 들이마신 뒤에 천천히 내뱉었다. "집중. 바지와 버튼업 셔츠. 바지와 버튼업 셔츠."

그러자 아주 신기한 일이 벌어졌다.

미미한 전류가 흐르기 시작한 것처럼 그의 피부가 따끔거렸다. 발가락에서부터 시작돼 다리를 타고 가슴으로 올라왔다. 갈고리—원통하게도 그는 계속 같은 자리에 박혀 있는 그 갈고리에 점점 익숙해져가고 있었다—가 살짝 돌아갔다.

"아이고." 넬슨이 말했고 메이는 캑캑거렸다.

월리스는 눈을 떴다. "왜요? 성공했습니까?"

"음." 넬슨은 헛기침을 했다. "아마…도? 종종 그렇게 입고 다니는 모양이지? 물론 평가하려는 건 아니네. 자네가 집에서 어떻게 지냈는지는 내가 상관할 바 아니니까. 다만 그 차림새가 찻집에 적합할지는 잘 모르겠군."

"그게—" 월리스는 아래를 내려다보았다.

그는 옷을 갈아입었다. 트레이닝팬츠와 티셔츠와 조리 슬리퍼가 사라졌다.

대신 상상의 여지를 거의 남기지 않는 줄무늬 비키니가 등장했다. 그는 그 모습에 목 졸린 소리를 냈다. 비키니 팬티만 입고 있는 게 아니었다. 목뒤로 끈을 묶어서 등으로 대롱대롱 늘어뜨린 비키니 탑까지 가슴에 걸치고 있었다. 맨발이었지만 그건 전혀 중요한 문제가 아니었다. "이게 뭡니까?!" 그는 비명을 질렀다. "나한테 무

152
○

슨 짓을 저지른 겁니까?"

넬슨은 발끈했다. "나하고는 전혀 상관없는 일이네. 전부 자네 탓이지." 그는 가는눈을 뜨고 월리스를 쳐다보았다. "집에서 이런 옷을 입고 있었나? 조금… 껴 보이는데. 뭐, 이번에도 평가하려는 건 아니네." 누가 봐도 거짓말이었다. 그는 상당히 평가하는 말투였다.

월리스는 이때부터 손이 두 개만 남는 쪽으로 인간의 진화가 이루어진 것을 한탄하기 시작했다. 한 손으로 사타구니를 가리고 다른 손으로는 가슴을 덮으려고 해도 아무 소용이 없었다.

메이가 휘파람을 불었다. "생각보다 잘 어울리는데? 솔직히 살짝 질투가 나려고 해. 엉덩이가 귀여워서."

그는 이제 양손으로 엉덩이를 가리며 몸을 홱 돌려서 메이를 노려보았다. 메이는 다정하게 미소 지어 보였다.

"할아버지." 휴고가 말했다.

"내가 그런 거 아니야. 나는 솔직히 성공할 줄 몰랐어. 나는 옷 갈아입는 법을 알아내기까지 몇 달이 걸렸으니까. 이 친구가 한 번만에 성공할 줄 어찌 알았겠어? 유령으로 지내는 데 상당히 재능이 있군그래." 그는 월리스를 빤히 쳐다보며 얼굴을 찌푸렸다. "어쩌면 너무 재능이 넘치는지도 모르겠고."

월리스는 허허벌판의 기우뚱한 찻집 주방에서 비키니만 입고 있는 신세로 전락한 현실이 그의 삶의(그리고 죽음의) 어떤 단면을 반영하게 될지 궁금해졌다.

"괜찮아요." 월리스가 몸을 가릴 만한 것을 찾느라 두리번거리다 그는 아무것도 건드릴 수 없다는 사실을 기억해냈을 때 휴고가 다정하게 말했다. "항상 첫 번째 시도에 성공하는 건 아니에요. 살짝 삐끗했을 뿐이에요."

"삐끗했다고?" 월리스는 으르렁거렸다. "지금 이게 점점 올라가서— 어떻게 하면 바로잡을 수 있지?"

"그게 가능할지 모르겠군." 넬슨이 심각한 투로 말했다. "여기 있는 내내 그렇게 지내야 할 수도 있네. 어쩌면 그 이후까지."

휴고는 손을 내저었다. "아니에요. 할아버지가 농담하시는 거에요. 할아버지가 맨 처음 옷을 갈아입으려고 했을 때 어떻게 바뀌었는지 당신도 봤어야 하는데. 부활절 토끼 코스튬을 완벽하게 장착했거든요."

"심지어 조그만 플라스틱 달걀이 담긴 바구니까지 있었네." 넬슨이 맞장구쳤다. "어찌나 우스꽝스럽던지. 달걀 안에 콜리플라워가 가득 들었더라고, 그 토 나오는 채소가."

"노인장은 이렇게 될 줄 알고 계셨군요." 월리스는 쏘아붙였다.

"당연히 몰랐지. 나는 자네가 얼굴을 구겨가며 족히 30분 동안 거기 서 있다가 포기할 줄 알았네." 그는 싱긋 웃었다. "이편이 훨씬 재미있구먼. 자네가 와줘서 얼마나 반가운지 몰라. 분위기를 살리는 법을 확실히 안다니까?" 그의 표정이 더 밝아졌다. "캐치했나? 분위기를 살린다고 한 거? 자네는 죽은 사람인데 말이지. 아, 말장난일세. 나는 자네가 아주 마음에 드네."

월리스는 법률적인 관점에서 노인 구타는 지탄의 대상이 되는(게 다가 법에 저촉되는) 사안이라는 것을, 문제의 그 노인이 맞아도 싼 인물이더라도 마찬가지라는 것을 상기해야 했다. "나를 원래대로 돌려놔요!"

넬슨이 입을 열 겨를도 없이—월리스가 생각하기에 그랬으면 분명 상황이 더욱 악화됐을 것이다—휴고가 말했다. "월리스, 나를 봐요."

월리스는 휴고가 시키는 대로 했다. 그는 거의 속수무책인 심정이었다. 두 사람을 연결하고 있는 케이블이 둥둥거렸다.

"괜찮아요. 살짝 사고가 벌어진 거예요. 그럴 수 있으니 당황할 것 없어요."

"당신은 비키니를 입고 있지 않으니까 그렇게 얘기할 수 있겠지."

휴고의 입가에 미소가 번졌다. "그러게요. 그럴지도 모르죠. 뭐 그리 흉하지 않아요. 다리가 예뻐서 잘 어울리네요."

휴고는 월리스의 가슴 쪽으로 손을 들어서 10, 20센티미터 떨어진 곳에 손가락과 손바닥을 두었다. 갈고리가 가볍게 떨렸다. 월리스는 숨을 들이마셨다. 굴욕감과 더불어 분노도 서서히 사라졌다. 기분이 점점 차분해졌다. "지금 뭐하는 거지?"

"도와주려고요." 휴고는 집중하며 말했다. "눈 감아요."

월리스는 눈을 감았다.

그러자 있을 수 없는 일인데도 불구하고 이상하게 휴고의 손에서 열기가 느껴지는 것 같았다. 월리스는 아폴로도 건드릴 수 있었고, 넬슨과 메이(하고 많은 사람들 중 하필이면)도 건드릴 수 있었지만 휴고에게는 손을 댈 수 없었다. 정해진 원칙이 있는 것 같았고, 그는 어처구니없는 원칙일지언정 하나씩 배워나가는 중이었다. 그의 피부가 다시금 이 끝에서 저 끝까지 따끔거렸다. "다 땅에서부터 시작돼요. 에너지, 삶, 죽음. 그 모든 게. 우리는 일어나고 넘어지고 다시 한번 일어나죠. 우리는 각자 다른 길을 걷지만 죽음은 공평하게 모든 이를 찾아가요. 차이를 만드는 건 죽음을 맞이하는 태도죠. 집중해요, 윌리스. 내가 어딜 보면 되는지 가르쳐줄게요. 배울 수 있을 거예요. 그냥 조금— 자, 됐죠?"

월리스는 눈을 뜨고 아래를 내려다보았다.

조리 슬리퍼. 트레이닝팬츠. 낡은 티셔츠. 예전과 똑같았다.

"어떻게 한 거야?" 그는 티셔츠를 잡아당기며 물었다.

"나는 아무것도 하지 않았어요. 당신이 한 거지. 나는 방향을 찾을 수 있게 돕기만 했어요. 이제 좀 괜찮아졌죠?"

훨씬 괜찮아졌다. 조리 슬리퍼를 다시 보고 이렇게 안심이 될 줄이야. "그런 것 같아."

"당신은 방법을 찾을 거예요. 나는 믿어요." 그는 한 걸음 뒤로 물러났다. "한동안 여기서 지낸다면." 수상한 표정이 그의 얼굴을 스치고 지나갔지만 월리스가 정체를 파악하기도 전에 사라져버렸다. "다음 세상은 어떤 곳일지 몰라도 그 부분에 대해서는 걱정할 필요 없을 거예요."

어쩐지 불길했다. "아니— 거기서는 옷을 벗고 다니나? 천국에서는? 사후 세계에서는? 뭐라고 불러야 하는지도 모르겠네."

넬슨은 웃음을 참지 못했다. "아, 어쩌어찌 알게 될걸세. 모르긴 몰라도 거대한 나체촌이겠지."

"그럼 지옥이겠군요." 월리스는 중얼거렸다.

"저 스콘 어때 보여요?" 휴고는 스토브 위에 놓인 쟁반을 턱으로 가리키며 물었다.

월리스는 힘이 빠졌다. "나는 저거 못 먹지?"

"네."

"그럼 내가 뭐하러 저 스콘이 어때 보이는지 신경 써야 하지?" 그는 갓 구운 빵 냄새가 나고 스콘이 두툼하고 따뜻해 보인다는 말은 하지 않았다. 외로워졌다. 스콘을 만질 수 없다는 걸 알면서도 손을 내밀어보고 싶다니 희한한 일이었다.

휴고는 스콘을 내려다보았다가 다시 월리스에게로 시선을 돌렸다. "맛있어 보이니까요. 무엇을 가질 수 있고 없는지보다 거기에 쏟은 노력이 중요할 때도 있잖아요."

월리스는 손을 들었다. "그렇다고 해서— 알았어. 스콘처럼 생겼네."

"고마워요." 휴고는 진지하게 말했다. "그렇게 얘기해줘서."

월리스는 앓는 소리를 냈다.

카론의 나루터는 오전 7시 30분 정각에 영업을 시작했다.

월리스는 휴고가 앞문을 열고 창문에 걸린 팻말을 **영업 종료**에서 **영업 중! 들어오세요!**로 바꾸는 것을 지켜보았다. 앞으로 어떤 일이 벌어질지 알 수 없었다. 찻집이 시내에서 멀리 떨어져 있으니 손님이 온다 한들 하루 종일 드문드문 찾아오지 않을까 싶었다. 하지만 잠금장치가 탁하고 풀리는 소리와 함께 문이 열리자마자 사람들이 찻집으로 쏟아져 들어왔다. 그는 깜짝 놀라 입이 떡 벌어졌다.

그중 일부는 카운터 앞에 줄을 서서 오랫동안 알고 지낸 사이라도 되는 듯 휴고와 인사했다. 또 일부는 테이블에 앉아서 하품을 하며 졸린 눈을 비볐다. 그들은 비즈니스 정장 아니면 회사 유니폼을 입고 있었다. 비니를 쓰고 어깨에 가방을 걸친 청년들도 있었다. 놀랍게도 당장 노트북을 꺼내거나 휴대폰을 들여다보는 사람이 하나도 없었다.

"와이파이가 안 되거든." 그가 물어보자 메이는 이렇게 대답했다. 메이는 능숙한 솜씨를 발휘하며 주방에서 바삐 움직이고 있었다. "여기 찾아오는 손님들은 휴대폰 화면만 들여다보지 말고 서로 대화를 나누면 좋겠다는 게 휴고의 바람이야."

"어련하시겠어. 그게 요즘 힙스터 문화지?"

메이는 천천히 고개를 돌려서 그를 똑바로 쳐다보았다. "부탁인데 내가 옆에 있을 때 휴고한테 그렇게 얘기해줘. 힙스터라고 불리면 휴고가 어떤 표정을 짓는지 보고 싶으니까. 반드시, 꼭."

휴고는 구닥다리 금전 등록기로 주문을 받고, 조그만 봉투에 패스트리를 담고, 테이블에 주문한 차를 가져다주는 동안에도 절대 미소를 잃지 않았다. 윌리스는 주방에 머물며 둥근 창을 통해 그를 구경했다. 밖으로 나갈까 고민도 했었지만 그냥 그 자리에 있었다. 거치적거리지 않기 위해서라고 스스로를 다독였다.

그가 거치적거릴 일은 없었지만.

넬슨은 다시 벽난로 앞 자기 의자로 돌아갔다. 이제 보니 그 자리에 그가 앉아 있다는 걸 모를 텐데도 손님들은 아무도 벽난로 앞 의자에 앉지 않았다. 아폴로는 아무도 알아봐주지 않는데도 이 테이블에서 저 테이블로 옮겨 다니며 꼬리를 신나게 흔들었다.

9시가 다 됐을 때 찻집 문이 다시 열렸고 여자 하나가 들어왔다. 묵직한 코트의 단추를 목 끝까지 채웠고 얼굴에는 핏기가 없었다. 눈 아래에 자리한 다크서클 때문에 피곤해 보였다. 그는 카운터로 가지 않고 벽난로 근처 빈 테이블로 가서 앉았다.

월리스는 미간을 찌푸리며 창문을 내다보다가 한참 후에야 여자를 어디에서 보았는지 기억해냈다. 어젯밤에 메이가 그를 카론의 나루터로 데려왔을 때 마주친 여자였다. 그때 여자는 찻집에서 나와 빠르게 걸어가던 중이었다.

"저 여자 누구야?" 월리스가 물었다.

"누구?" 메이는 문 앞으로 다가와 그의 옆에서 까치발을 하고 둥근 창을 내다보았다.

"넬슨 옆에 앉은 여자. 어젯밤에 우리가 여기에 도착했을 때 만났잖아. 우리 바로 옆을 지나서 걸어갔는데."

메이는 한숨을 쉬며 발뒤꿈치를 내렸다. "낸시야. 젠장, 오늘은 일찍 왔네. 보통은 오후에 오는데. 간밤에 잠을 설쳤나 보다." 그는 앞치마에 대고 손을 닦았다. "나 이제 나가서 금전 등록기 맡아야 해. 계속 여기 있을 거야?"

"왜─" 메이가 그를 밀치고 문밖으로 나가자 월리스는 뒤로 물러났다. 그는 메이가 휴고에게 다가가 귓속말하는 모습을 지켜보았다. 휴고는 벽난로 근처 테이블에 앉아 있는 여자를 보고 고개를 끄덕였고, 찻주전자와 찻잔 한 개를 쟁반에 담은 뒤 카운터를 돌아나가 여자에게로 갔다. 휴고가 쟁반을 테이블에 내려놓아도 여자는 알은체하지 않았다. 무릎에 올려놓은 핸드백을 꼭 쥐고 계속 창밖만 내다보았다.

휴고는 테이블 맞은편의 빈 의자에 앉았다. 말은 하지 않았다. 그가 찻잔에 차를 따르자 가느다랗게 김이 피어올랐다. 그는 주전자를 쟁반에 내려놓고 잔을 들어서 여자 앞에 놓았다.

여자는 찻잔도 그도 못 본 체했다. 휴고는 불쾌하게 여기지 않고 테이블 위로 손깍지를 끼고 기다렸다.

월리스는 이 여자도 유령인지 궁금했다. 그때 어떤 남자가 테이블로 다가와 휴고의 어깨에 손을 얹고 말을 건넸다. 남자는 턱으로 여자를 가리키고는 앞문으로 나갔다.

휴고와 여자는 그렇게 거의 1시간 동안 앉아 있었다. 여자는 휴고가 따라놓은 차를 마시지도 않고 말을 꺼내지도 않았다. 휴고도 마찬가지였다. 그들은 한 공간에 있지만 같이 있지 않은 사람처럼 서로를 대했다.

카운터가 한가해지자 메이가 주방으로 돌아왔다. "저 두 사람 뭐 하는 거야?"

메이는 딱 잘라 말했다. "그건— 내가 함부로 얘기할 수 있는 사안이 아니야."

월리스는 콧방귀를 뀌었다. "여기서 뭐 그리 대단한 얘기를 주고받지도 않으면서."

"주고받거든?" 메이가 식료품 저장실 문을 열고 개별 포장된 설탕과 크림이 가득 담긴 플라스틱 통을 꺼내며 말했다. "네가 듣고 싶어 하는 얘기가 아니라서 그렇지. 받아들이기 힘들 수도 있다는 건 알지만 세상 모든 게 네 위주로 돌아가지는 않아, 월리스. 너에게는 너만의 사연이 있지. 저 여자에게는 저 여자만의 사연이 있고. 그게 뭔지 네가 알게 될 운명이라면 알 수 있겠지."

월리스는 제대로 야단맞은 느낌이었다. 게다가 메이의 말에도 일리가 있었다.

메이는 신중히 말을 이었다. "질문해도 돼. 사실 질문을 하면 좋아. 하지만 저 여자의 일은 저 여자와 휴고가 해결할 문제야." 그는 통을 들고 문 쪽으로 걸어왔다. 월리스는 옆으로 비켜섰다. 그는 밖으로 나가기 전에 걸음을 멈추고 월리스를 올려다보며 잠깐 머뭇거리다 말했다. "물어보면 휴고가 자세히 알려줄지 모르지만 저 여자도 여기 있는 이유가 있다는 걸 명심해. 내가 처음으로 맡은 단독 케이스가 너인 거 알지?"

월리스는 고개를 끄덕였다.

메이는 아랫입술을 깨물었다. "휴고는 나 이전에 다른 사신이랑 같이 지냈어. 휴고가 사공으로 일을 시작했을 때부터 같이 지낸 사이였지. 그런데 복잡한 문제가 생겼어. 캐머런 말고도 여러 가지로, 그 사신이 선을 넘고 실수를 저질렀거든. 나는 그를 모르지만 얘기는 들어서 알고 있어." 그는 앞머리를 쓸어서 넘겼다. "우리가 존재하는 이유는 휴고와, 여기로 데려오는 사람들을 돕기 위해서야. 그 사신은 그 본분을 잊어버렸고, 자기가 휴고보다 잘났다는 착각에 빠졌어. 결국 결말이 좋지 못했지. 관리자가 개입하게 됐거든."

월리스는 그 단어를 들은 적이 있었다. 넬슨이 고약한 작자라고 했었다. "관리자?"

"관리자하고는 모르는 사이인 게 제일 좋아." 메이는 얼른 말했다. "우리 상사야. 나를 휴고의 파트너로 배치하고 사신 일을 가르쳐준 사람. 여기 들락거리지 않는 편이 좋아. 그에게 주목받으면 곤란해져."

월리스의 목덜미 털이 곤두섰다. "그자가 어떤 일을 하는데?"

"관리. 걱정할 것 없어. 너와는 아무 상관없고, 네가 그를 만날 일은 없을 테니까. 그러길 바랄 따름이야." 그 말을 끝으로 그는 문을 밀고 나갔다.

월리스가 둥근 창밖을 다시 내다보았을 때 마침 낸시라는 여자가 말을 꺼내려는 듯한 기미를 보이고 있었다. 여자는 핏기 없는 입을 벌렸다가 양옆으로 길게 당기며 다물었다. 그러더니 의자로 바닥을 쓸며 벌떡 일어났다. 웅성거리던 찻집이 한순간 조용해졌고 모든 손님의 시선이 여자에게 쏟아졌다. 여자는 휴고만 바라보고 있었다. 윌리스는 여자가 짓고 있는 분노의 표정을 보고 움찔했다. 이러다 휴고를 한 대 치는 건 아닐까 싶었지만 여자는 테이블을 지나 문 쪽으로 걸어갔다.

휴고는 떠나는 여자를 향해 처음 입을 뗐다. "나는 이 자리에 있을게요, 항상. 언제든 마음의 준비가 되면 얘기해요."

여자는 그 말에 잠시 걸음을 멈추더니 어깨를 늘어뜨리고 카론의 나루터를 나섰다.

휴고는 멀어져가는 여자를 창문 너머로 지켜보았다. 메이가 테이블로 다가가 그의 어깨에 손을 얹었다. 메이가 조용히 말을 건넸지만 윌리스의 귀에는 제대로 들리지 않았다. 휴고는 한숨을 쉬며 고개를 젓고는 찻잔을 도로 쟁반에 담았다. 메이는 뒤로 물러났고, 그는 한 손으로 쟁반을 들고 일어나 주방 쪽으로 다시 걸어왔다.

윌리스는 엿보고 있었던 걸 들키지 않으려고 얼른 옆으로 비켰다. 문이 열리고 휴고가 주방으로 들어왔을 때 그는 가전제품을 들여다보는 척했다. 카론의 나루터는 다시 웅성거리기 시작했다.

"밖에 나와 있어도 돼요."

윌리스는 어색하게 어깨를 으쓱했다. "거치적거릴까 봐." 그는 그 말이 얼마나 황당하게 들릴지 알았지만, 사람들이 없는 존재 취급하며 그의 옆을 지나가거나 그를 통과해 지나갈 때 느끼는 감정을 어떤 말로 표현하면 좋을지 알 수 없었다.

휴고는 쟁반을 개수대 근처에 내려놓았다. "같이 지내는 동안 여기는 우리 집인 동시에 당신 집이기도 해요. 여기를 감옥처럼 여기지 말았으면 좋겠어요."

"하지만 그렇게 여겨지는데." 월리스는 케이블을 턱으로 가리키며 말했다. "잊어버린 건 아니지? 어젯밤에 어떤 난리 법석이 벌어졌는지."

"기억하죠." 휴고는 잔에 담긴 차를 내려다보며 고개를 저었다. "그래도 여기서 지내는 동안 이 주변은 어디든 마음대로 오갈 수 있어요. 그건 알고 있었으면 해서요."

"내가 이곳을 감옥처럼 여기거나 말거나 무슨 상관이지?"

휴고는 그를 빤히 쳐다보았다. "왜 상관이 없겠어요?"

그는 답답해서 미칠 것 같았다. "이해를 못 하겠네."

"당신은 나를 모르잖아요." 상처를 주려고 하는 말이 아니라 그냥 사실을 있는 그대로 전하는 거였다. 그는 월리스가 뭐라고 쏘아붙이기 전에 한쪽 손을 들었다. "내 말이 어떻게 들릴지 알아요. 건방 떨려는 거 아니에요, 믿어줘요." 그는 손을 내리고 쟁반을 내려다보았다. 차는 시커멓게 식었다. "빙글빙글 돌며 추락하도록 자기 자신을 방치하긴 쉬워요. 나는 한참 동안 그렇게 추락했어요. 그러지 않으려고 애썼지만 그랬어요. 예전에는 상황이 지금과 달랐어요. 카론의 나루터가 없었고 내가 사공이 아니었죠. 실수도 저질렀고요."

"실수를 저질렀다고?" 왜 이렇게 못 믿겠다는 투로 반문하는지 월리스도 모를 노릇이었다.

휴고는 천천히 눈을 깜빡였다. "당연하죠. 내가 어떤 사람이고 어떤 일을 하건 인간일 수밖에 없으니까요. 나는 수시로 실수를 저질러요. 아까 나랑 같이 앉아 있었던 그 여자, 낸시는…." 그는 고개를 저었다. "나를 믿고 의지하는 사람들이 있다는 걸 알기 때문에 나는 훌륭한 사공이 되려고 노력해요. 그러는 수밖에 없지 않을까요? 나는 과거에 저지른 실수를 통해 배워나가고 있어요. 앞으로 계속 새로운 실수를 저지르겠지만."

"그 말을 듣고 내가 기뻐해야 하나?"

휴고는 환하게 웃었다. "절대 실수하지 않겠다고 약속할 수는 없지만 여기서 평화롭고 평온한 시간을 지낼 수 있게 돕고 싶어요. 당신은 그럴 자격이 있어요. 그렇게 엄청난 일들을 겪었으니."

윌리스는 시선을 돌렸다. "당신은 나를 모르잖아."

"그렇죠. 그래서 우리가 지금 이러고 있는 거예요. 당신을 제대로 도울 수 있는 방법을 찾으려고 당신에 대해 알아나가는 중이에요."

"당신 도움은 필요 없어."

"그렇게 생각한다는 거 알아요. 하지만 혼자서 헤쳐 나갈 필요는 없다는 걸 알아줬으면 좋겠어요. 내가 뭐 하나 물어봐도 돼요?"

"싫다면?"

"그럼 싫다고 해요. 아직 마음의 준비가 되지 않은 일로 부담을 줄 생각은 없으니까."

그는 더 이상 잃을 것도 없다는 생각이 들었다. "좋아. 뭐가 궁금한데?"

"당신은 행복한 인생을 살았나요?"

월리스는 고개를 홱 들었다. "뭐라고?"

"여기로 건너오기 전에요, 행복한 삶을 살았느냐고요."

"행복하다는 단어의 정의가 뭔데?"

"애매하게 얼버무리고 넘어가려고 하는군요."

맞는 말이었고 자신의 의도를 그렇게 쉽게 간파당하다니 싫었다. 온몸이 가려웠다. 평생 보여주고 싶지 않았던 부분을 드러내 전시한 듯한 심정이었다. 일부러 애매하게 얼버무리려고 했던 게 아니라 그런 고민을 해본 적이 한 번도 없었다. 해가 뜨면 일어나 출근했다. 회사에서 끊임없이 일했다. 그것도 아주 잘했다. 가끔 패소할 때도 있었지만 많지 않았다. 회사가 그 정도로 승승장구한 데에는 이유가 있었다. 성공이 아니면 인생에 또 뭐가 있을까? 사실 아무것도 없었다.

그는 친구가 없었다. 가족도 없었다. 반려자도 없었고, 그 한심한 교회 전면에 놓인 비싼 관에 누워 있는 그를 보고 슬퍼하는 사람도 없었다. 하지만 그게 행복한 인생의 유일한 척도는 아니지 않을까? 관점에 따라 달라질 수 있으니 말이다. 그는 중요한 일을 했고 결국 어느 누구도 그에게 현재 이상을 바랄 수 없는 경지에 이르렀다.

"나는 잘 지냈어."

"맞아요." 휴고는 계속 찻잔을 손에 쥔 채로 말했다. "하지만 내가 그걸 물어본 게 아니잖아요."

윌리스는 얼굴을 일그러뜨렸다. "내 심리 상담사도 아니면서 왜 그러지?"

"전에도 그렇게 얘기한 적이 있었죠." 그는 잔을 들어서 싱크대에 차를 버리며 가슴 아파하는 듯한 표정을 지었다. 시커먼 액체가 개수대에 튀었고 휴고는 수도꼭지를 틀어 남은 찌꺼기를 씻어냈다.

"다른 사람들한테도 이런 식으로 접근하나?"

휴고는 수도꼭지를 잠그고 찻잔을 조심스럽게 개수대 안에 넣었다. "인간은 저마다 다르죠. 이 일에 정해진 방법은 없어요. 당신처럼 여기로 들어오는 모든 이에게 적용할 수 있는 획일적인 원칙도 없어요. 그런 원칙이 있을 수가 없죠. 당신과 다른 사람들은 같지 않으니까. 모두가 다르니까요." 그는 개수대 위에 달린 창문 밖을 내다보았다. "나는 당신이 누구고 어떤 사람인지 잘 몰라요. 알아나가고 있는 중이에요. 당신이 무서워하고 있다는 거 알아요. 그럴 권리가 있다는 것도요."

"당연하지. 어떻게 무섭지 않을 수 있겠어?"

휴고는 말없이 미소 지으며 윌리스를 돌아보았다. "여기 도착한 이래 가장 솔직한 발언일 수도 있겠는데요? 그것 봐요. 당신 지금 발전하고 있어요. 훌륭해요."

칭찬을 듣고 필요 이상으로 기분이 좋아져버렸다. 바라지도 않았던 거라 더욱 과분하게 느껴졌다. "메이가 그러는데 이전에 다른 사신이 있었다며?"

휴고의 얼굴에서 미소가 사라지고 표정이 딱딱하게 굳었다. "맞아요. 하지만 그 얘기는 논의 금지예요. 당신과는 상관없는 일이기도 하고요."

월리스는 한 발 앞으로 다가갔다. 기억할 수 없을 만큼 오랜만에 사과하고 싶어졌다. 기분이 묘했고 말을 꺼내기가 힘들어서 더 끔찍했다. 그는 얼굴을 구기며 겨우겨우 말했다. "미안해."

휴고는 개수대 앞 싱크대에 손을 얹은 채 어깨를 축 늘어뜨렸다. "내가 물어보는 것처럼 당신에게도 똑같이 그럴 권리가 있는데. 아직은 얘기하고 싶지 않은 문제들이 몇 개 있어서 그래요."

"그럼, 당신도 말하고 싶지 않은 내 마음을 이해할 수 있겠군."

휴고는 놀란 표정으로 그를 올려다보았다. 미소가 돌아왔다. "아, 그렇죠. 좋아요. 알겠어요. 그래야 공평하겠네요."

그 말을 끝으로 휴고는 몸을 돌려서 밖으로 나가버렸고, 그는 그 자리에 남아서 휴고의 뒷모습만 바라보았다.

9장

카론의 나루터는 거의 하루 종일 제법 바빴다. 오후 중반에 소강 상태로 접어들었다가도 파란 하늘 위로 어둠이 조금씩 엄습하기 시작하자 손님이 늘었다. 월리스는 계속 주방에 남아서 들고 나는 손님들을 구경했다. 꼭 관음증 환자가 된 것 같았다.

놀랍게도(메이의 말마따나) 노트북을 켜거나 휴대전화를 들여다보는 손님이 한 명도 없었다. 심지어 혼자 온 사람들도 가만히 앉아서 찻집의 소음 속으로 젖어드는 눈치였다. 그는 그날이 무슨 요일인가 따져보다가 전혀 모르겠다는 사실을 깨달았을 때 신기하면서도 섬뜩했다. 날짜를 되짚느라 시간이 걸렸다. 그는 일요일에 죽었고 장례식이 열린 날이 수요일이었다.

체감상으로는 몇 주가 지난 것 같지만 그날은 목요일이었다. 그가 아직 살아 있었다면 퇴근을 몇 시간씩 미뤄가며 사무실에 있었을 것이다. 그는 항상 탈진할 정도로 바쁘게 지냈다. 집에 들어가면 침대 위로 고꾸라졌고 다음 날 아침 일찍 알람이 요란하게 울리면 다시 똑같은 하루를 시작했다.

그 모든 업무, 그가 한 모든 일, 그가 구축했던 삶. 그게 중요한 부분이었을까? 의미가 있었을까? 알 수 없었고 생각하면 가슴이 아팠다. 그는 이런 생각들로 복잡한 머릿속을 달래며 계속 관음증 환자 역할에 충실했다. 달리 할 일이 없었다.

메이가 계속 주방을 들락거리며 자기는 가능하면 주방에 있고 싶다고 말했다. "휴고는 사교적인 성격이라 이 사람, 저 사람과 얘기하는 걸 좋아하지만 난 아니거든."

"그렇다면 직업을 잘못 골랐네."

"나는 산 사람보다 죽은 사람이 더 좋아. 죽은 사람들은 대부분 살다보면 생기는, 자질구레하게 골치 아픈 일에 신경 쓰지 않거든."

그는 죽었지만 그렇게 생각하지 않았다. 그 소소하게 골치 아픈 일을 다시 경험할 수 있다면 뭐든 포기할 수 있었다. 뒤늦은 깨달음은 짜증, 그 자체였다.

넬슨은 거의 하루 종일 벽난로 앞 자기 의자에 앉아 있었다. 그렇지 않을 때는 테이블 사이를 돌아다니며 자기가 낄 수 없는 대화를 엿듣고 고개를 끄덕였다.

아폴로는 찻집을 안팎으로 들락거렸다. 다람쥐에게 완전히 무시당하자 화가 나서 사납게 짖는 소리가 월리스의 귀에까지 들렸다.

월리스가 가장 열심히 지켜본 쪽은 휴고였다.

휴고는 그의 관심을 원하는 사람이 있으면 누구에게든 아낌없이 시간을 내주었다. 이른 오후에는 할머니들이 시끌벅적하게 몰려와 그를 보며 비행기를 태우고 혀 짧은 소리를 냈고 그의 볼을 꼬집었다가 그가 얼굴을 붉히자 깔깔댔다. 그는 할머니들의 이름을 모두 알았고 그들은 진심으로 그를 예뻐했다. 모두 김이 모락모락 나는 종이컵을 들고 웃으며 가게 문을 나섰다.

할머니들뿐만이 아니었다. 누구든 그랬다. 아이들이 안아달라고 하면 그는 손을 쓰지 않았다. 잔근육이 잡힌 팔에 아이들을 매달아서 들어 올렸고 아이들은 허공에 대고 발길질하며 요란하게 까르르거렸다. 젊은 여자들은 눈을 깜빡거리며 그에게 추파를 던졌다. 남자들은 그의 손을 꽉 잡고 팔을 위아래로 흔들며 격하게 악수했다. 다들 그를 이름으로 편하게 불렀다. 그를 만나서 기뻐하는 듯한 분위기였다.

휴고가 창문에 걸린 팻말을 영업 종료 쪽으로 바꾸고 문을 잠글 무렵 윌리스는 녹초가 됐다. 휴고와 메이가 날이면 날마다 어떻게 이러고 지내는지 알 길이 없었다. 죽으면 모두에게 어떤 운명이 기다리는지 알면서 삶의 생생한 현장을 접하는 것이 너무 부담스럽게 느껴진 적은 없는지 궁금해졌다.

"왜 다른 사람은 없어?" 메이가 지저분한 행주가 가득 담긴 빨래통을 들고 들어오자 윌리스가 물었다. 스윙 도어 사이로 휴고가 빗자루를 들고 의자를 뒤집어 테이블 위에 올려가며 바닥을 쓰는 것이 보였다.

메이는 개수대 옆 조리대에 빨래통을 가볍게 내려놓았다. "뭐라고?"

"다른 사람, 유령, 아니면 뭐든."

"왜 있어야 하는데?" 메이는 그날 들어 여섯 번째로 식기 세척기에 그릇을 넣으며 물었다.

"사람들은 계속 죽잖아."

메이는 헉 소리를 냈다. "그래? 맙소사, 그렇다면 이로써 모든 게 달라지는데. 믿을 수가 없네, 나는—와, 지금 네 표정 장난 아니다."

윌리스는 우거지상을 썼다. "너더러 재밌다고 한 사람이 있으면 거짓말한 거야. 그러니까 너 기분 나빠해야 해."

메이는 딱 잘라 말했다. "기분 나쁘지 않아. 전혀."

"전전전혀?"

"우리 둘이 같은 사람을 만난 모양인데?"

"뭐라고?!"

"다른 유령이 없는 이유는 우리가 아직 새로운 임무를 배정받지 못했기 때문이야. 배턴 터치하듯 도착해서 서로 겹칠 때도 있고, 아예 아무도 없을 때도 있고 그래." 메이는 그를 흘끗 쳐다보고는 다시 식기 세척기에 그릇을 넣기 시작했다. "장기 투숙객은 없는 편이야. 넬슨과 아폴로는 예외고. 제일 많았을 때가 그 둘을 빼고 세 명이 있었던 것 같은데. 조금 번잡했지."

"당연히 그 둘은 예외겠지." 윌리스는 조그맣게 혼잣말을 중얼거렸다. "제일 오래 있었던 사람은 얼마나 있었는데?"

"왜? 여기 눌러앉게?"

그는 방어하듯 팔짱을 꼈다. "아니. 그냥 궁금해서."

"아, 그렇군. 내가 알기로는 예전에 휴고 옆에 2주 동안 있다간 사람이 있었어. 힘든 케이스였지. 자살은 대개 그래."

월리스는 침을 꿀꺽 삼켰다. "그런 케이스를 처리해야 한다니 나로서는 상상이 안 되네."

"내가 그걸 처리하는 건 아니야." 메이는 날카롭게 반응했다. "휴고도 마찬가지고. 우리가 이 일을 하는 이유는 사람들을 돕기 위해서야. 우리가 여기 있는 건 어쩔 수 없어서가 아니라 그러기로 선택했기 때문이야. 그 차이를 기억하라고, 알았어?"

"알았어, 알겠다고. 무슨 의도를 가지고 한 말은 아니야." 그는 생각지도 못하게 메이의 심기를 건드리고 말았다. 말조심을 해야 했다.

메이는 마음을 풀었다. "네 심정을 이해한다고 얘기할 생각은 없어. 내가 무슨 수로 이해하겠어? 이해할 것 같다는 건 착각일 수 있지. 사람마다 다르니까. 너 이전에 여길 거쳐 간 사람들과 이후에 여길 거쳐 갈 사람들은 저마다 다른 감정을 느낄 거 아냐. 그렇다고 해서 내가 아무것도 모르는 채로 이 일을 하는 건 아니고."

"신참이라며." 월리스는 짚고 넘어갔다.

"맞아. 너를 배정받기 전에 연수를 2년밖에 못 받았어. 사신 역사상 가장 짧은 기간이었지."

그의 기분을 바꾸는 데 도움이 될 만한 대답은 아니었다. 월리스는 화제를 바꿨다. 예전부터 상대방의 허를 찌르고 싶을 때 동원하던 수법이었다. 뭘 노리고 그런 건지 그도 잘 몰랐다. 습관적으로 나온 반응이었다. "편의점에서 말이지."

"편의점에서 뭐?" 메이는 식기 세척기 문을 닫아 기대고서 그의 대답을 기다렸다.

"그 알바생은 너를 볼 수 있었잖아. 여기 사람들도 너를 볼 수 있고."

"그렇지."

"하지만 내 장례식장에 참석했던 사람들은 안 그랬어."

"그래서 묻고 싶은 게 뭐야?"

그는 이마에 힘을 주며 메이를 노려보았다. "항상 그렇게 사람 부아를 건드려야 직성이 풀리는 모양이지?"

"사람에 따라 달라."

"너는 인간인가?" 그는 이 질문이 얼마나 우습게 들릴지 알았지만 메이는 손가락을 한 번 퉁기면 그를 눈 깜빡할 새 수백 킬로미터 이동시킬 수 있는 여자였다.

"그렇다고 볼 수 있지." 메이는 조리대 위로 올라가 줄줄이 이어지는 나무 찬장 아래로 다리를 대롱거리며 걸터앉았다. "아니, 예전에 인간이었다고 해야 하나? 아직 신체 각 부위는 인간이야. 그런 뜻에서 물은 건지는 모르겠지만."

"그런 뜻에서 물은 건 아니고. 네 신체 부위는 궁금하지 않거든."

메이는 콧방귀를 뀌었다. "나도 알아. 그냥 장난친 거야. 긴장 좀 풀어. 이제는 걱정할 일이 뭐 그리 많지도 않잖아."

그 말은 인정하기 싫을 정도로 그의 가슴을 후벼팠다. "그건 아니라고 보는데." 월리스는 딱딱하게 말했다.

메이는 진지해졌다. "아, 그렇지. 나는 그런 뜻에서 한 말이 아니라— 월리스, 질문해도 돼. 아무 질문도 하지 않았다면 오히려 걱정됐을 거야. 이것저것 궁금한 게 당연해. 지금까지 한 번도 겪어보지 못한 일이잖아. 당연히 이게 어떻게 된 일인지 당장 알아내고 싶겠지. 원하는 걸 듣는 데 익숙했던 네가 답을 얻지 못하니 얼마나 답답하겠어. 모든 질문에 답을 줄 수 있으면 좋겠지만 나도 모르는 게 많거든. 세상에 모르는 게 없는 사람이 있으려나?" 메이는 조심스럽게 그의 표정을 살폈다. "내 설명이 도움이 됐어?"

"뭐라고 대답하면 좋을지 모르겠네."

"다행이야."

그는 어리둥절하며 눈을 깜빡였다. "다행이라고?"

"응, 나만 그런지 몰라도 이 세상에 내가 모르는 게 있다는 걸 알게 되면 안심되더라. 그 사실을 모르면 건강하지 않은 거 아니야?"

"맞아. 내가 죽은 걸 보면." 그는 멍하니 대답했다.

메이는 폭소를 터뜨렸다가 자기가 그랬다는 데 충격받은 표정을 지었다. "그러네. 아무튼 억지로 알아내려고 하지 마, 월리스. 때가 되면 알게 될 테니까. 내 경험상 적당한 타이밍이 되면 그렇다는 느낌이 올 거야."

그는 메이가 표면적인 대화보다는 그 이면에 초점을 맞추고 있다는 생각이 들었고 맨 꼭대기 층에 달렸다는 문이 떠올랐다. 아직은 그 문을 찾으러 나서기는커녕 물어볼 용기조차 나지 않았다.

"여기서는 시간이 좀 다르게 흘러. 알아차렸는지 모르겠지만—"

"그 시계."

메이는 한쪽 눈썹을 추어올렸다. "시계?"

"어젯밤에 우리가 여기 도착했을 때. 분침이 움찔거리고 있었어. 앞뒤로 움직이거나 가끔은 아예 움직이지도 않으면서."

메이는 감동받은 눈치였다. "그걸 알아차렸단 말이지?"

"알아차리지 못할 수가 없지. 늘 그런 식인가?"

메이는 고개를 저었다. "너 같은 손님이 있을 때만, 그것도 도착한 첫날에만 그래. 너에게 적응할 시간을 주는 거지. 지금 어떤 상황인지 파악할 시간을. 대개는 가만히 앉아서 너 같은 사람이 말을 꺼낼 때까지 기다리는 시간을 의미해."

"나는 오히려 도망쳤지."

"맞아. 당신이 여기서 나가자마자 시계가 정상적으로 움직이기 시작했어. 이런 데서는 늘 그래."

"넬슨은 여길 간이역에 비유하던데."

"훌륭한 비유네. 나는 대합실이라고 생각하는 편이지만."

"뭘 기다리는 대합실인데?" 월리스는 지금 질문이 얼마나 의미심장한지 알았다.

"그걸 결정할 사람은 너야. 억지로 해서 될 일은 아니고, 여기서 너에게 마음의 준비가 안 된 일을 강요할 사람은 없어. 잘되기만을 바랄 뿐."

"별로 안심이 되지는 않네."

"지금까지는 다 잘됐어. 대부분."

캐머런. 그는 아직 캐머런의 얘기를 꺼낼 준비가 되지 않았다. 그자가 그를 보았을 때 낸 알아들을 수 없었던 소리가 아직도 귓가에 생생했다. 여전히 꿈을 꿀 수 있다면 그 소리 때문에 악몽을 꾸었을 것이다. "이 일을 하는 이유가 뭐지?"

"그건 좀 개인적인 질문인데."

"아, 아무래도 그렇겠지. 대답하기 싫으면 하지 않아도 돼."

"그게 왜 궁금한데?" 속내를 전혀 알 수 없는 말투였다.

월리스는 뭐라고 대답하면 좋을지 고민하다가 결정했다. "노력 중이거든."

메이는 그를 순순히 놓아주지 않았다. 그는 속으로 조금 감탄했다. "뭘 노력 중인데?"

그는 자기 손을 내려다보았다. "좀 더 괜찮은 사람이 되려고. 당신들이 그럴 수 있게 도우려는 거 아닌가?"

메이의 신발 뒤꿈치가 아래쪽 찬장을 때리자 문이 덜컹거렸다. "우리의 임무는 너를 좀 더 괜찮은 사람으로 바꾸는 게 아니야. 그 문을 건너게 하는 거지. 마음 편하게 떠날 수 있도록 준비할 시간은 주겠지만 그 밖의 다른 모든 건 네가 알아서 해야 해."

"알았어. 기억하지." 그는 당황하며 말했다.

메이는 한참 동안 그를 빤히 쳐다보다가 말을 꺼냈다. "나는 여기 오기 전까지 빵을 만들 줄 몰랐어."

월리스는 어리둥절했다. 그게 지금 하는 얘기와 무슨 상관이지?

"배워야 했어. 어렸을 때 우리 집에서는 빵을 만들지 않았거든.

오븐을 안 썼어. 식기 세척기도 있었지만 절대 사용하지 않았어. 직접 설거지를 한 다음 건조대 대신 식기 세척기에 넣었지." 메이는 얼굴을 구겼다. "달걀 거품 내 본 적 있어? 어우, 얼마나 힘들게? 나 때문에 식기 세척기에서 거품이 넘쳐서 부엌 바닥으로 흐른 적도 있었어. 그때는 좀 속상하더라."

"나는 잘 몰라." 그는 실토했다.

"그렇겠지." 메이는 웅얼거리며 손으로 얼굴을 문질렀다. "문화가 다르니까. 우리 가족은 내가 다섯 살이었을 때 이 나라로 이민을 왔어. 우리 엄마는… 음. 미국인이라는 단어에 황홀해했지. 중국인도 아니고, 중국계 미국인도 아니고. 그냥 미국인. 엄마는 자기 과거를 싫어했어. 20세기 중국은 전쟁과 기근, 압제와 폭력으로 가득했거든. 문화혁명 때는 종교가 금지됐고 누구든 반항하면 맞거나 죽임을 당하거나 혹은 그냥 흔적도 없이 사라졌어."

"상상이 안 되는데."

"그래, 당신은 상상이 안 되겠지." 메이는 퉁명스럽게 말했다. "우리 엄마는 그 모든 현실에서 탈출하고 싶어 했어. 7월 4일이면 폭죽을 터뜨리고, 말뚝 울타리를 치고, 남들과 다른 사람이 되고 싶어 했지. 나도 그렇게 되길 바랐고. 하지만 이 나라로 건너온 뒤에도 엄마가 계속 믿는 것들이 있었어. 머리를 감고서 안 말리고 자면 감기 걸린다. 사람 이름을 빨간색으로 쓰면 안 된다." 메이는 시선을 돌렸다. "나는… 증상이 나타나기 시작했을 때 나한테 문제가 생긴 줄 알았어. 내가 병에 걸린 줄 알았어. 없는 게 보이니까.

엄마는 귀를 닫아버리더라." 그는 공허한 웃음을 터뜨렸다. "너는 이해하지 못하겠지만 우리 가족끼리는 그런 얘기를 잘 안 하거든. 천성적으로. 엄마는 나를 병원에 데려가려고 하지 않았어. 엄마가 아무리 미국인이 되고 싶어 했어도 지켜야 할 선이라는 게 있었으니까. 아니, 소문이라도 나면 동네 사람들이 뭐라고 하겠어?"

"그래서 어떻게 됐는데?" 월리스는 조심스럽게 물었다.

"엄마는 나를 숨기려고 했어. 집 안에 가두어놓고 나더러 이상한 연극을 한다고, 나한테는 아무 문제도 없다고 그러면서. 자기는 나를 열심히 키운 죄밖에 없는데 자기한테 도대체 왜 이러냐면서." 그는 서글프게 미소 지었다. "그래도 소용이 없으니까 나더러 둘 중 하나를 선택하라더라. 자기 말을 듣든지 아니면 집에서 나가라고. 엄마는 그렇게 얘기하면서 엄청 뿌듯해했어. 이거야말로 완전히 미국식이었거든."

"저런. 그때 넌 몇 살이었는데?" 월리스는 나직이 속삭였다.

"열일곱. 지금으로부터 거의 10년 전 얘기지." 그는 다리 양쪽 옆의 조리대를 꼭 붙잡았다. "나는 그 길로 독립했고 좋은 선택을 했어. 가끔 좋지 못한 선택을 한 경우에는 나름의 교훈을 얻었고. 엄마는, 글쎄? 전보다 나아지지는 않았지만 내가 보기에는 노력 중인 것 같아. 예전 관계를 회복하려면 시간이 걸릴 테고 그게 과연 가능할까 싶지만 그래도 한 달에 몇 번씩 전화 통화를 해. 사실 먼저 연락한 사람도 엄마였어. 휴고하고도 이 문제로 의논했었는데, 그게 화해하자는 제스처일 수도 있지만 결국에는 내가 결정할 문제라고 하더라." 그는 입술을 잘근잘근 썹었다. "나는 엄마가 보고 싶었어. 나를 내쳤어도 엄마 목소리를 들으니까 좋았고. 작년 연말에는 엄마가 심지어 집으로 놀러 오라고 하더라. 나는 아직은 그럴 마음의 준비가 되지 않았다고 했어. 엄마가 전에 내게 한 말을 아직 기억한다고. 엄마는 실망했지만 이해한다면서 강요하지 않았어. 그런다 한들 내가 보이는 게 달라지지는 않지."

"도대체 뭐가 보이는 건데?"

"너 같은 사람들. 유령. 길을 아직 찾지 못하고 방황하는 혼령." 그는 이마를 살짝 긁더니 말을 이었다. "전기 벌레 퇴치기가 어떤 건지 알지? 현관에 달아놓고 달려드는 벌레를 태워서 죽이는 그 파란색 전등."

월리스는 고개를 끄덕였다.

"내가 그 장치랑 비슷하다고 보면 돼. 벌레가 아니라 유령을 잡고, 가까이 왔을 때 전기로 튀기지는 않는다는 것만 다를 뿐. 나는 맨 처음 유령이 보이기 시작했을 때 어떻게 하면 그걸 멈출 수 있는지 몰랐어. 그러다가…."

"그러다가?"

그의 눈에서 초점이 스르르 풀렸고 허공을 멍하니 응시했다. "어떤 사람이 나를 찾아와서 같이 일하지 않겠느냐고 하더라. 내가 누구이고 어떤 사람인지, 그리고 알맞은 훈련을 받으면 내가 어떤 능력을 발휘할 수 있는지 가르쳐주면서. 그가 나를 여기로 데리고 와서 휴고와 쿵짝이 잘 맞을지 확인했지."

"관리자 얘기로군."

"응. 관리자를 걱정할 건 없어. 우리가 감당할 수 없는 사람은 아니니까."

"그런데 왜 그렇게 무서워하는 것처럼 보이지?"

그는 흠칫 놀랐다. "나는 아무것도 무서워하지 않아."

월리스는 그 말을 믿지 않았다. 그의 말마따나 메이가 인간이라면 항상 뭔가 무서워할 수밖에 없었다. 인간이 원래 그랬다. 적절한 양의 공포는 생존 본능의 기반이었다.

"관리자를 경계하는 거지. 성격이 불같거든. 아주 좋게 말해서. 나를 여기로 데리고 와 자기가 아는 노하우를 가르쳐줘서 고맙지만 옆에 없는 게 나아."

관리자에 대해 지금까지 들은 정보를 종합해보면 월리스 입장에서도 그를 영영 만나지 않는 편이 나을 듯했다. "그자가 어떻게 했는데? 너를 지금 이런 식으로 만들었나?"

"아니, 이미 내재돼 있던 걸 미세 조정했을 뿐이야. 나는 영매 비슷하다고 보면 돼. 그 단어가 어떻게 들릴지 아니까 가만히 입 다물고."

그는 메이가 시키는 대로 했다.

"나는⋯." 메이는 말을 하다 말고 잠깐 멈췄다. "문 앞에 서 있는 거랑 비슷해. 한 발은 안에, 한 발은 밖에 걸치고. 양 공간에서 동시에 존재하는 셈이지. 그게 바로 나야. 관리자는 안으로 들어갔다가 다시 밖으로 나오는 법을 가르쳐줬어."

"어떻게 그럴 수가? 어떻게 노상 죽은 사람들에게 둘러싸여 지내면서 영향을 받지 않을 수가 있지?" 월리스는 문득 자기가 아주 시시한 존재가 된 것 같은 기분이 들었다.

"사람들을 돕고 싶은 마음이 굴뚝같기 때문이라고 대답하고 싶지만 그건 거짓말이고. 나는 사는 법을 몰랐어. 그때까지 배운 것들을 얼마나 많이 머릿속에서 지웠어야 했나 몰라. 휴고가 맨 처음 나를 안아줬을 때 나는 마주 안지도 않았어. 그전까지 한 번도 그래본 적이 없었거든. 신체적인 접촉, 특히 애정 표현이 굉장히 낯설었어. 어느 정도 시간이 지난 다음에서야 스킨십의 진가를 이해할 수 있었지." 메이는 그를 보며 씩 웃었다. "지금은 최우수 안아주기상 후보지만."

월리스는 맨 처음 메이가 손을 잡아주었을 때 어떤 기분이었는지, 얼마나 엄청난 안도감이 그를 휩쓸고 지나갔는지 기억났다. 평생 그 감정을 모르고 살아가는 인생은 상상이 되지 않았다.

메이가 말을 이었다. "어떻게 보면 너도 비슷해. 지금까지 알아왔던 것들을 머릿속에서 지워야 해. 내가 스위치를 꺼주면 좋겠지만 그런 식으로 되는 게 아니거든. 시간을 두고 과정을 거쳐야 하는 일이야, 월리스. 나는 진실을 마주하고 나서부터가 시작이었어. 그게 나를 바꿨지. 그 자리에서 당장은 아니었지만." 메이는 조리대에서 폴짝 뛰어내렸지만 그와 어느 정도 거리를 유지했다. "내가 지금 이 일을 하는 이유는 네가 평생 이보다 더 혼란스럽고 불안했던 적이 없었다는 걸 알기 때문이야. 내가 그걸 조금이나마 덜어줄 수 있으면 좋으니까. 죽음은 최종 마침표가 아니야, 윌리스. 한 시기가 끝나고 새로운 시작을 위한 마침표지."

그는 눈물 한 방울이 뺨을 타고 흘러내리는 것을 느끼고 충격을 받았다. 그는 메이에게서 시선을 거두고 눈물을 닦았다. "너는 정말 특이한 사람이군."

메이는 웃음기를 머금고 말했다. "고마워. 지금까지 너에게 들은 말 중에 최곤데? 너도 정말 특이한 사람이야, 윌리스 프라이스."

윌리스가 주방 밖으로 나가보니 휴고가 벽난로 앞에서 넬슨에게 잔소리를 들어가며 장작을 넣고 있었다. 아폴로는 쪼그리고 앉아서 혀를 내밀고 헉헉대며 둘을 번갈아 쳐다보고 있었다. "좀 더 높게. 아주 큼지막하게 쌓아. 뼛속까지 시려. 추운 밤이 될 거야. 봄이 되면 언뜻언뜻 보이는 초록색과 햇빛 때문에 속아 넘어가기 십상이라니까?"

"네네, 분부대로 거행하겠습니다. 할아버지께서 감기에 걸리면 안 되니까요."

"그렇고말고. 내가 독감에 걸리면 네가 어떻게 되겠니?"

휴고는 손사래를 쳤다. "상상하기도 싫네요."

"착한 내 새끼. 오, 됐네, 됐다." 불길이 점점 커지고 환해졌다. "내가 얘기했잖니, 따뜻한 불과 좋은 친구가 있으면 더 이상 필요한 게 없다고."

"어? 언제 그런 말씀을 하셨어요?"

넬슨은 콧방귀를 뀌었다. "내 말을 안 듣고 있었구먼. 수도 없이 얘기했는데. 나는 연장자다, 휴고. 너는 내가 무슨 말을 하는지 귀 담아듣고 한마디도 토를 달지 말아야 해."

"그러고 있어요. 제가 아무리 애쓴다 한들 할아버지를 무슨 수로 무시할 수 있겠어요." 휴고는 그를 안심시키며 자리에서 일어났다.

"두말하면 잔소리지." 그가 지팡이로 바닥을 두드리자 차림새가 다시 잠옷과 토끼 슬리퍼로 바뀌었다. "이제 살겠군. 월리스, 거기 서서 그렇게 멍하니 구경하고 있지 말게나. 볼썽사나우니까. 이리 와서 얼굴 좀 보여주게."

월리스는 두 사람 쪽으로 걸어갔다.

"별일 없죠?" 월리스가 넬슨의 의자 옆에서 어정쩡하게 걸음을 멈추자 휴고가 물었다.

"잘 모르겠는데."

휴고는 월리스가 뭔가 심오한 말이라도 한 것처럼 그를 보며 얼굴을 환히 빛냈다. "훌륭해요."

월리스는 의아했다. "훌륭하다고?"

"아주요. 아는 척하는 것보다 솔직하게 모른다고 말하는 게 낫거든요."

"그렇게 생각하신다면야."

휴고는 씩 웃었다. "그렇게 생각해요. 나 대신 할아버지 옆에 잠깐 있어줄래요? 금방 다시 올게요."

그는 월리스가 어디 가느냐고 물을 겨를도 없이 주방으로 향했다.

넬슨은 고개를 길게 빼고 주방 문이 닫힐 때까지 기다렸다가 월리스를 쳐다보았다. "밥 먹으러 가는 거네." 그는 엄청난 비밀이라도 폭로하듯이 은밀하게 속삭였다.

월리스는 그를 내려다보았다. "네?" 얘기를 듣고 보니 음식 냄새가 그의 콧구멍을 간질였다. 미트로프인가? 맞다, 미트로프였다. 곁들여진 음식은 구운 브로콜리.

"저녁. 우리 앞에서는 먹지 않지. 그건 예의가 없는 행동이니까."

"그래요?" 월리스는 의아해했다. "음식을 씹으면서 말을 하는 모양이죠?"

넬슨은 눈을 부라렸다. "우리는 못 먹으니 우리 앞에서 먹지 않는 걸세. 휴고는 그건 마치 개 눈앞에서 뼈다귀를 흔들었다가 치워버리는 거나 다름없다고 생각하거든."

뼈다귀라는 단어에 아폴로의 귀가 꿈틀거렸다. 녀석은 넬슨에게 간식을 받아먹으려고 작정한 듯 자리에서 일어나 그의 무릎에 코를 대고 쿵쿵거렸다. 넬슨은 귀 사이를 긁어주고 그만이었다.

"우리는 먹지 못합니까?"

넬슨은 그를 빤히 보았다. "자네 배가 고픈가?"

그는 배가 고프지 않았다. 심지어 그날 아침에 오븐에서 나오는 스콘을 보고도 먹고 싶다는 생각조차 안 들었다. 맛있는 냄새가 났고 가볍고 폭신하게 입 안에서 녹아내릴 것이 분명했지만 거의 나중에 한 생각이나 다름없었다. "우리는 먹지 못하는군요."

"맞아."

"잠도 자지 못하고요."

"그렇지."

월리스는 한탄했다. "그럼 우리가 할 수 있는 게 도대체 뭐가 있습니까?"

"비키니를 흔드는 거. 자네 그거 완벽하게 해냈지 않나."

"앞으로도 계속 잊을 만하면 그 얘길 꺼내실 거죠?"

"당연하지. 자네가 살아 있었을 때 털 미남이었다는 걸 알게 돼서 얼마나 큰 깨달음을 얻었는지 모르네. 자네가 여기서 지내는 동안 팬티 속의 토피어리 정원이 방치될 걸 생각하면 가슴이 아플 따름일세."

월리스는 입을 떡 벌리고 그를 쳐다보았다.

넬슨은 지팡이로 바닥을 두드렸다. "앉게나. 사람들이 위에서 나를 내려다보는 거 싫네."

"저는 바닥에 앉지 않습니다."

"그렇군. 그럼 의자를 하나 가지고 오든가."

월리스는 의자를 가지러 몸을 돌려 제일 가까운 테이블까지 반쯤 갔다가 자신은 의자를 들 수 없다는 사실을 기억해냈다. 그는 짧은 탄식을 하고 넬슨에게 시선을 돌렸다. "재미없습니다."

넬슨은 새초롬하게 그를 쳐다보았다. "재미있으라고 한 거 아니네. 장난친 게 아니라고. 내가 정말로 재밌는 얘기 하나 들려줄까?"

그는 듣고 싶지 않았다. "괜찮습니다. 그러실 것ㅡ"

"유령이 제일 좋아하는 과일이 뭔줄 아나?"

여기가 지옥이었다. 메이나 휴고가 뭐라고 얘기했건 간에 여기가 지옥인 게 분명했다. "저는 사실—"

"부베리*."

월리스는 한쪽 눈이 실룩이는 것을 느낄 수 있었다. "그냥 바닥에 앉겠습니다."

"유령은 어떤 길에서 사는지 아나?"

"관심 없습니다."

"막다른 길**."

정적이 흘렀다.

"흠. 감흥이 없나? 전혀? 내가 아는 것 중에서 제일 재밌는 얘긴데." 그는 무척이나 신중해 보였다. "그럼 결정타를 날려야겠군. 유령은 차에 타면 뭘 하는지 아나? 시트 벨트***를 매지."

월리스는 바닥에 털썩 주저앉았다. 아폴로가 신이 나 월리스 옆에 엎드렸다가 배를 까고는 그를 똘망똘망하게 쳐다봤다. "이제 그만요, 제발. 뭐든 시키시는 대로 하겠습니다." 그는 멍하니 손을 내밀어 아폴로의 배를 긁어주었다.

"뭐든? 반드시 기억하고 있어야겠네." 넬슨은 기분 좋은 목소리로 말했다.

*유령 소리를 뜻하는 'boo'에 열매를 뜻하는 'berry'를 붙여서 만들어낸 단어
**영어로 'dead end'는 막다른 길을 의미한다
*** 'seat belt'가 아닌 'sheet belt'로 시신 위에 덮는 시트를 넣어서 만든 단어

"진짜로 그러겠다는 건 아니고요."

"진짜로 그러겠다는 것처럼 들렸는데. 공수표는 남발하지 말라는 게 내가 입버릇처럼 하는 말이네."

월리스는 미심쩍어하며 장작불을 쳐다보았다. 온기가 느껴졌지만 어떻게 가능한지 믿을 수가 없었다. "무슨 수로 견디십니까?"

"뭘 말일세?" 넬슨이 의자에 몸을 묻으며 물었다.

"이곳에 계속 머물러 계시는 거요."

"여기도 뭐 그리 나쁘지는 않네. 굳이 분류하자면 제법 훌륭한 편이지. 이보다 못한 곳도 얼마나 많다고."

"아뇨, 저는— 그런 뜻에서 드린 말씀이 아니었습니다."

"그럼 무슨 뜻에서 한 말인지 설명해보게. 그게 뭐 그리 어려운 일도 아닐 테니."

"그러고 보니 생각났는데 어르신은 옷을 갈아입을 수 있죠." 월리스는 멍하니 내뱉었다.

"어렵지 않네. 집중만 하면 돼."

월리스는 고개를 저었다. "어르신께서 지금 이런 모습으로 지내시는 이유가 뭡니까?"

"이런 모습이라면, 육체적으로? 아니면 철학적으로? 만약 후자라면 사연이 긴데. 내 나이가 무려—"

"육체적으로요. 왜 계속 노인으로 지내십니까?"

"나이가 많으니까. 정확히 여든일곱. 아무튼 됐겠을 때 그 나이였네."

"왜 더 젊은 나이로 변신하지 않으시죠? 어르신은 영원히 이런 모습으로 지내야 합니까?" '어르신은'이라고 했지만 사실 묻고 싶었던 말은 '우리는'이었다.

넬슨이 껄껄대며 웃음을 터뜨리자 그는 놀라서 움찔했다. 고개를 들어보니 넬슨이 눈물을 닦고 있었다. "아, 자네는 정말이지 귀한 보물이로군. 핵심을 정확히 간파하다니. 나는 앞으로 최소 1, 2주는 걸릴 줄 알았는데. 아니면 7주."

"제가 어르신의 예상을 뛰어넘었다니 기쁘네요."

"이유는 단순하다네." 넬슨이 입을 떼자 월리스는 얼른 대답을 듣고 싶은 마음을 애써 감췄다. "나는 나이가 많은 게 좋거든."

그가 예상한 대답이 아니었다. "왜죠?"

"젊은 사람다운 대답이구먼."

"제가 그렇게 젊지는 않은데요."

"나도 아네, 눈가의 주름살을 보면. 입가에는 주름살이 전혀 없는 걸 보니 웃을 일이 별로 없었던 모양인가봐?"

몰라서 묻는 게 아니었다. 몰라서 묻는 것이었다 한들 그가 변명처럼 들리지 않게 대답할 방법은 없었다. 월리스는 대답 대신 손을 들어 눈가를 건드렸다. 평생 그런 걱정을 한 적이 없었다. 비싼 옷을 입었고 4인 가족의 일주일 식비에 해당하는 돈을 주고 머리를 잘랐다. 겉을 으리으리하게 포장했어도 그 안에 담긴 자기 자신에 대해서는 별로 고민한 적이 없었다. 그런 데까지 신경 쓰기에는 너무 바빴다. 침실 거울 속에 비친 자신의 모습을 흘끗 볼 기회가 있었다고 해도 앞으로 젊어질 일은 없다는 생각을 하는 게 전부였다.

좀 더 신경을 썼더라면 지금 이 자리에 없었을까. 생각이 여기까지 미치자 그는 떨쳐내려 애썼다.

"나는 외모를 바꿀 수 있을 걸세. 아마도, 시도해본 적 없어서 될지, 안 될지는 모르지만. 원하지 않으면 죽었을 당시의 모습을 고수할 필요는 없네."

월리스는 조심스럽게 바닥을 내려다보았다. 가라앉지 않고 있었으니 그것이 시작일 수 있었다.

"아무도 모르는 얘기를 하나 들려주겠나?"

"왜 그래야 합니까?"

"알고 싶으니까. 싫으면 하지 않아도 되지만 마음속에 꽁꽁 담아 두느니 큰 소리로 터뜨리면 도움이 되더군. 자, 얼른. 고민하지 말고 맨 처음 생각나는 걸로."

"제가 생각하기에 저는 외로웠던 것 같습니다." 월리스는 갑작스레 튀어나온 말에 스스로 놀라워했다. 그는 얼굴을 찡그리며 고개를 저었다. "음, 이 말을 하려던 게 아니었는데. 왜 이게 불쑥 나왔는지 모르겠습니다. 신경 쓰지 마세요."

"자네가 그러자고 하면야." 넬슨은 더는 캐묻지 않았다.

월리스는 넬슨을 향한 애정이 샘솟는, 낯설고 따뜻한 기분을 느꼈다. 느낌이 묘했다. 최근 다른 사람에게 마음을 쓴 적이 언제였는지 기억나지 않았다. 그는 자신이 어떤 삶을 살아왔는지 의구심이 들었다. "저는… 이런 게 없었습니다."

"이런 거라니?"

월리스는 이리저리 손을 흔들었다. "이런 곳. 어르신 주변의 이런 사람들이요."

"아하." 넬슨은 마치 논리적으로 완벽한 얘기를 듣기라도 한 것처럼 대꾸했다.

월리스는 단 몇 마디로 많은 얘기를 전달하는 넬슨이 신기할 따름이었다. 원래부터 월리스는 말을 잘하기도 했지만 관찰력이 동료들과 비교가 안 될 정도로 탁월했다. 그는 사람들이 슬프거나 행복하거나 심란할 때 어떤 식으로 움찔거리는지 쉽게 알아차렸다. 사람들이 거짓말을 할 때 보통 시선을 내리깔고 눈동자를 좌우로 움직이며 입을 실룩거린다는 사실을 놓치지 않았고, 이를 알아챌 때마다 자부심을 느꼈다. 그런데 어떻게 그 능력을 자신에게는 활용하지 못했는지 신기할 따름이었다. 현실을 부정하느라 그랬을까? 이런 깨달음이 그에게는 아무 도움이 되지 않았다.

넬슨은 전혀 외로워 보이지 않았고 월리스는 자신이 생각했던 것보다 더 초라해졌다. "전에는 그런 걸 못 느꼈습니다." 그는 고백하고 손으로 얼굴을 문질렀다. "저는 특권층이었거든요. 특권층의 삶을 살았습니다. 내가 원하는 건 모두 가진 줄 알았는데 이제 보니…." 그는 말끝을 흐렸다.

"이제는 그 모든 게 떨어져 나가고 자네만 남았지. 뒤늦은 깨달음은 강렬하다네. 우리는 우리 눈앞에 놓인 것들의 진가를 알아차리기는커녕 그걸 전혀 보지 못할 때도 있지. 돌이켜보고 나서야 처음에 놓쳤던 걸 뒤늦게 알아차리고. 나는 완벽한 사람인 척하지 않겠네. 거짓말이 될 테니까. 하지만 내가 생각보다 괜찮은 사람일지 모른다는 건 알게 됐다네. 누구나 그러면 충분하지 않을까? 외로움을 쫓고 싶을 때 도움을 받을 만한 사람이 있었나?"

없었다. 그는 모든 게 무너지기 전에는 어땠는지, 네이오미가 어떤 식으로 눈을 반짝이고 입꼬리를 살짝 들어 올리며 그를 바라보았는지 애써 기억을 더듬었다. 네이오미가 처음부터 그를 경멸한 건 아니었다. 예전에는 서로 열렬히 사랑하던 사이였다. 윌리스는 그걸 당연하게 여겼고 아내가 항상 그 자리에 있어줄 거라고 생각했다.

혼인 서약에도 그렇게 적혀 있지 않았나? 죽음이 우리를 갈라놓을 때까지.

하지만 그들 부부는 죽음이 윌리스에게 들이닥치기 훨씬 전에 갈라섰고, 그들이 함께 일구었던 삶의 조각들은 아내와 함께 사라졌다. 네이오미가 떠나자 그는 일에 매진했다. 사실 아내가 곁에 있었을 때도 별반 다르지 않았다. 그는 파경에 이르기 직전의 어느 날, 네이오미가 그의 앞을 가로막고 이런 생활은 도저히 못 하겠으니 선택하라고 냉랭한 눈빛으로 말하던 것이 생각났다.

그는 아무 말도 하지 않았고, 아내는 그의 침묵에서 답을 얻었다. 아내는 잘못한 게 없었다. 그가 뭐라고 자신을 속이려 했건 간에 네이오미는 잘못한 게 아무것도 없었다. 지난한 이혼 소송을 거쳤지만 그래야 좀 더 쉽게 모든 걸 훌훌 털어버릴 수 있다고 생각했다. 하지만 죄책감이 그를 갉아먹고 있었다는 사실을 이제는 알았다. 그때는 자존심을 세우느라 그게 어떤 감정인지 들여다보지 않았지만.

"아뇨. 없었던 것 같습니다." 그는 맥없이 말했다.

넬슨은 그럴 줄 알았다는 듯이 고개를 끄덕였다. "그렇군."

월리스는 더 이상 그 생각을 하고 싶지 않았다. "아무도 모르는 얘기 하나 들려주세요."

넬슨의 입꼬리가 올라갔다. "좋아." 그는 생각에 잠긴 표정으로 턱을 문질렀다. "아무한테도 얘기하지 말게나."

월리스는 몸을 앞으로 기울이며 자신의 열띤 반응에 놀라워했다. "그럼요. 약속하겠습니다."

넬슨은 주방 쪽을 흘끗 쳐다보고는 다시 월리스를 내려다보았다. "여기 오는 손님 중에 위생 검사관이 있다네. 아니꼬운 인간이지. 어깨에 뽕을 넣고 다니는. 자기가 아주 대단한 인물인 줄 아네. 그래서 그자가 오면 내가 장난을 좀 치지."

"네?"

"그냥 소소하게. 그자가 쥐고 있는 펜을 쳐서 떨어뜨린다든지 앉으려고 하면 의자를 움직인다든지 하는 식으로."

"그런 걸 할 수 있으십니까?"

"내가 할 수 있는 게 얼마나 많은데. 그 인간이 우리 손자를 괴롭히거든. 그래서 내가 똑같이 갚아주는 걸세."

월리스가 좀 더 캐물을 겨를도 없이 아폴로가 몸을 돌리더니 주방을 향해 고개를 들었다. 잠시 후에 휴고가 메이를 뒤에 달고 문밖으로 나왔다.

"두 분이서 무슨 얘기하세요? 제가 걱정할 필요는 없는 거죠?"

"해야 할걸?" 넬슨은 월리스를 향해 윙크하며 말했다. "우리가 못된 짓을 꾸미고 있었거든."

휴고는 다정한 미소를 띠었다. "월리스, 같이 갈래요? 보여주고 싶은 게 있는데."

월리스가 넬슨을 쳐다보자 그는 고개를 끄덕였다. "다녀오게. 나는 메이랑 아폴로랑 같이 있으면 되니까."

월리스는 눈을 굴리며 일어났다. "또 심리 치료받을 시간인가?"

휴고는 여유 있게 말했다. "심리 치료라고 생각하고 싶으면 그래도 돼요. 그냥 두 사람이 서로를 알아가는 과정일 수도 있고요. 거의 친구처럼."

월리스는 들릴락 말락 하게 투덜거리며 휴고를 따라나섰다.

그들은 다시 차밭이 내려다보이는 뒤편 덱으로 나갔다.

"할아버지랑 얘기 재밌게 나눴어요?" 그는 계단 근처의 월리스 옆에 서며 물었다.

"그런 것 같아."

"할아버지가 좀 지나치게 밀어붙일 때도 있거든요. 할아버지가 하라는 대로 따를 필요는 없어요." 그는 겸연쩍게 말했다. "특히 법에 저촉되겠다 싶을 때는."

"지금 이런 마당에 그건 아무 상관없지 않나?"

"맞아요. 상관없겠죠. 그래도 좀 봐줘요. 내 마음의 평화를 위해서." 그는 손을 위로 올려서 분홍색 반다나를 반듯하게 폈다. "꼬박 하루 동안 여기서 지낸 첫날이었는데 어땠어요?"

"계속 주방에 있어서."

"봤어요." 그는 난간에 기댔다. "그럴 필요 없는데."

"그거 나 기분 좋으라고 하는 얘기인가?"

"글쎄요. 기분 좋아졌어요?"

"심리 치료사 자격증도 없는 사람이 진짜 심리 치료사처럼 구네?"

휴고는 이가 보이게 웃었다. "이 일을 시작한 지 제법 됐거든요."

"이 일의 일부라는 거지?"

휴고는 그가 자신이 한 이야기를 기억하고 있다는 데 기뻐하는 눈치였다. 그게 왜 그렇게 중요한지 월리스로서는 모를 일이었다. 그가 가슴을 긁자 갈고리가 살짝 당겨졌다.

"바로 그거예요."

"나한테 보여주고 싶은 게 뭐지?"

"위를 봐요. 뭐가 보여요?"

"하늘."

"또 다른 건요?"

처음 보는 여자와 나란히 흙길을 걸었던 어젯밤처럼 별들이 환하게 반짝거렸다. 어렸을 때 그는 별이 모두 몇 개인지 알아내고야 말겠다고 결심한 적이 있었다. 그래서 날마다 창밖을 내다보며 하나씩 별을 세다가 금세 잠이 들었고, 다음 날 아침이 되면 전날보다 한층 전의를 불태웠다.

"별이 보여." 월리스는 묘한 기분이 들었다. 이 찻집에 오기 전 마지막으로 고개를 들고 하늘을 올려다본 게 언제였는지 기억이 잘 나지 않았다. "온통 별빛이야." 도시는 정반대였다. 빛이나 공해 때문에 밤하늘에 무엇이 걸려 있는지 아주 희미한 흔적밖에 보이지 않았다. "별이 정말 많네." 그는 작아지는 느낌이 들었다.

"여기가 그래요. 도시와 워낙 떨어져 있어서. 당신이 살던 곳은 어땠을지 상상이 안 되네요. 내가 여기 말고 다른 곳에 대해서는 잘 모르거든요."

월리스는 그를 쳐다보았다. "왜? 여기서 나간 적이 없는 거야?"

"사실 나갈 수가 없죠. 당신 같은 사람이 언제 찾아올지 모르니까요. 항상 준비하고 있어야 해요."

"여기 갇혀 지내는 건가? 도대체 왜 그러고 있어?" 월리스는 경악하며 물었다.

"갇혀 지내는 거 아니에요. 그건 선택의 여지가 없었다는 뜻이 되잖아요. 이건 내가 선택한 길이에요. 사공이 되라고 강요한 사람은 없었어요. 내가 선택한 거지. 아예 나갈 수 없는 것도 아니에요. 시내를 노상 들락거리는걸요. 스쿠터를 타고 나가서 머리도 식히고 숨도 돌리고 그래요."

"스쿠터를 탄단 말이네."

휴고는 한쪽 눈썹을 추켜세웠다. "네. 왜요?"

"아, 글쎄." 월리스는 두 손을 허공으로 던졌다. "그러다 사고라도 나면 죽지 않을까 싶어서."

"그럼 내가 사고를 내지 않아서 다행이네요." 그는 입술을 실룩거렸다. "조심해서 다니고 있지만 고마워요. 나를 그렇게 걱정해주다니."

월리스는 기뻐하는 휴고의 모습에 마음을 뺏기지 않으려 했지만 처참한 실패로 돌아갔다. "걱정해주는 사람이 한 명은 있어야 하니까." 그는 이 말이 입에서 떨어지자마자 다시 집어넣고 싶어졌고, 앞을 빤히 쳐다보며 어색하게 화제를 돌렸다. "그래도 여기는 감옥이야."

"그래요? 왜요? 나는 필요한 게 별로 없어요. 예전부터 그랬어요. 내가 원하는 건 모두 여기에 있고요."

"그래도 그건…." 그래도 그건, 뭐랄까? 특이하다? 그는 이 정도로 현재에 만족하는 사람을 본 적이 없었다. "괴롭지 않아? 이 많은 죽음을 늘 겪어야 하니."

"무슨 뜻에서 하는 얘긴지 알지만 나는 그렇게 생각하지 않아요. 나는…." 그는 신중하게 말을 고르려는 듯 잠시 멈췄다. "죽음을 항상 두려워해야 하는 건 아니에요. 죽음은 전부도 아니고 끝도 아니니까요."

월리스는 메이가 했던 말이 생각났다. "마침표지. 새로운 시작을 의미하는."

"맞아요. 점점 배워나가고 있네요? 죽음도 얼마든지 근사할 수 있어요. 당신은 왜 그렇게 생각하지 않는지 알겠지만." 그는 별을 올려다보았다. "대부분의 사람들이 그 문을 통과할 때 느끼는 안도감이 가장 큰 증거죠. 그 경지에 도달하기까지 시간이 걸리는 경우도 있지만 늘 그랬어요." 그는 머뭇거렸다. "어떤 식인지, 내가 본 걸 가르쳐줄 수도 있어요. 문이 열리는 순간, 저쪽에서 나는 속삭임을 듣는 순간 사람들이 어떤 표정을 짓는지. 내가 그걸 제대로 설명할 수 있을까 싶지만. 무슨 말이든 수박 겉핥기가 될 테니까요. 그 과정을 보게 되면 생각이 달라져요, 월리스. 예상치 못했던 방향으로. 적어도 내 경우에는 그랬어요. 그걸 믿음이라고 해도 좋고 증거라고 해도 좋아요. 나는 경외와 감탄으로 가득한 그 사람들의 표정을 봤기 때문에 내가 옳은 일을 하고 있다고 확신할 수 있어요. 그들에게 들리는 속삭임이 내 귀에는 들리지 않을지 몰라도 나는 그들이 듣고 싶었던 이야기를 모두 들었다고 믿겠어요."

"당신은 그걸 듣지 못해도 괜찮고?"

"언젠가는 나도 들을 테니까요. 그때까지는 여기서 내 할 일을 할거예요. 어떤 속삭임인지 직접 알아볼 수 있게 당신을 준비시키는 일이요."

월리스도 그의 말을 믿고 싶었지만 아직 어떻게 생겼는지조차 모르는 문을 떠올리기만 해도 공포가 엄습했고, 소름이 돋았다. 그는 자신이 아는 유일한 방식으로 화제를 돌렸다. "어쩌다 사공이 됐어?"

"윽. 이제는 막 찔러보겠다 이건가요?"

"그럴지도 모르지."

"그럴지도 모른다." 휴고는 그의 말을 따라했다. "어쩌다 보니 그렇게 됐어요. 믿어질지 모르겠지만."

믿어지지 않았다. 전혀. "어쩌다 보니 어딘지 모를 곳으로 건너갈 수 있게 혼령을 돕는 사람이 됐다고?"

"흠, 그런 식으로 표현하면 황당하게 들릴 수도 있겠네요."

"자기 입으로 그렇게 얘기해놓고!"

휴고는 그를 쳐다보았다. 월리스는 눈을 돌리지 않기로 마음먹었다. 생각보다 어렵지 않았다. "부모님이 돌아가셨어요."

"미안해." 월리스는 예전보다 미안하다는 말이 더 쉽게 나오는 것을 느낄 수 있었다.

휴고는 손사래를 쳤다. "고맙지만 미안해할 것 없어요."

"그래도 이럴 땐 미안하다고 해야 하지 않나?"

"그렇다고들 하는데 이유를 모르겠어요. 진심을 담아서 한 말이었어요?"

"아마도?"

"훌륭하네요. 부모님과 함께 살 때였어요. 여기서 몇 킬로미터만 가면 나오는 집에서. 어젯밤에 당신도 여기까지 짧은 여행을 하는 동안 그 집을 지나쳤을 거예요."

그는 다시 미안하다고 해야 하는지 알 수 없었기 때문에 잠자코 있었다.

"눈 깜빡할 새 벌어진 일이었어요." 휴고는 어둠을 응시하며 말했다. 두 손은 난간 아래로 늘어뜨려져 있었다. "도로가 미끄러웠어요. 하루 종일 진눈깨비와 얼음 비가 내렸고 부모님은 데이트를 하러 나가던 길이었어요. 두 분은 그냥 집에 있을까 고민도 했지만 내가 나가시라고 했어요. 조심하기만 하면 된다면서. 두 분 다 워낙 열심히 사셨고 하룻밤 좋은 시간을 보낼 자격이 충분했거든요. 그래서 내가 등을 떠밀었어요. 나가시라고." 그는 고개를 저었다. "희한하죠? 나는 그때가 부모님을 마지막으로 뵙는 순간이 될 줄 몰랐어요. 아버지는 내 어깨를 꽉 잡아주셨고 어머니는 내 뺨에 입을 맞춰주셨죠. 나는 내가 아직도 어린애인 줄 아느냐며 구시렁거렸고요. 어머니와 아버지는 웃으며 두 분께 나는 언제까지고 어린애일 수밖에 없다고 하셨죠. 어린애를 졸업한 지 한참이었지만. 두 분은 그날 돌아가셨어요. 자동차가 땅이 언 부분을 지나면서 도로 밖으로 미끄러져서 굴렀대요. 순식간에 끝났다고 들었지만 내게 남은 충격은 오래갔어요. 가끔 아직도 충격에서 벗어나지 못한 것처럼 느껴질 때도 있어요."

"맙소사." 월리스는 숨을 토했다.

"소파에서 잠이 들었다가 누군가가 나를 내려다보고 있는 걸 느끼고 잠에서 깼어요. 눈을 떠보니 부모님이었어요. 좋은 옷을 입고 가만히 서서 나를 내려다 보시더라고요. 아버지는 넥타이를 매면 목이 졸리는 것 같다고 질색했지만 그래도 어머니가 매게 했죠. 잘생겨 보인다면서. 내가 몇 시냐고 물었는데 두 분이 뭐라고 하셨는지 알아요?"

월리스는 고개를 저었다.

휴고는 눈물 섞인 웃음을 터뜨렸다. "아무 말씀도 하지 않으셨어요. 전혀 아무 말씀도 없이 보였다 안 보였다 하며 깜빡거리길래 나는 내가 꿈을 꾸는 줄 알았어요. 그런데 잠시 후에 사신이 등장하더라고요."

"말도 안 돼."

"그러니까요. 그건 뭔가 차원이 다른 사건이었어요. 사신이 부모님의 손을 잡았고 나는 그에게 누구냐고, 우리 집에서 뭐하는 거냐고 따져 물었어요. 그 사신의 충격받은 표정을 나는 영원히 잊지 못할 거예요. 내 눈에 그가 보이면 안 되는 거였거든요."

"그런데 어떻게 본 거야?"

"모르겠어요. 나는 메이하고 다르게 그전까지 유령이나 뭐 그런 걸 한 번도 느끼거나 본 적이 없었어요. 그냥 평범한 아이였어요. 그런데 처음 보는 사람에게 끌려가는 부모님을 붙잡으려는데 내 손이 계속 부모님을 그대로 통과하는 거예요. 할 수 없이 누군지 모르는 남자에게로 손을 뻗었고 잠깐 그 작전이 효과가 있었어요. 그 남자가 느껴졌거든요. 머릿속에서 눈부시도록 환한 폭죽이 터지는 것처럼 아프더군요. 캄캄했던 눈앞이 다시 밝아졌을 무렵에는 부모님이 사라지고 보이지 않았어요. 나는 내가 상상한 거라고 애써 마음을 다독였지만 10분 뒤에 누군가가 우리 집 현관문을 두드렸고 이번에는 절대 내 상상일 수 없었어요. 경찰이 내가 듣고 싶지 않은 말을 전했거든요. 나는 착오일 거라고, 분명 착오일 수밖에 없다며 나가라고 비명을 질렀어요. 잠시 후에 할아버지가 오셨길래 나는 사실대로 얘기해달라고 애원했어요. 할아버지는 사실대로 말씀해주셨죠."

"몇 살 때 벌어진 일이야?"

"스물다섯 살이요."

"맙소사."

"네. 아주 엄청난 일이었죠. 그러고 얼마 안 있어 관리자가 나를 찾아왔어요." 그의 목소리가 살짝 냉랭해졌다. "부모님의 장례식이 끝나고 3일 뒤에. 방금 전까지 집 안을 정리하면서 중고 용품점에 기증할 물건을 찾고 있었는데 어느 순간 관리자가 내 앞에 서 있더라고요. 그가 여러 가지 얘기를 들려줬어요. 삶과 죽음에 대해. 영원히 끝나지 않을 둘의 사이클에 대해. 관리자가 말하길 상심이 기폭제라고 했어요. 변화의 기폭제. 그러면서 이 일을 제안했죠."

"그 제안을 받아들였다고? 그자의 말을 믿고?"

휴고는 고개를 끄덕였다. "관리자에게는 여러 모습이 있고, 내가 설명할 수 없는 면모가 대부분이지만 거짓말은 하지 않아요. 그는 진실만을 얘기해요. 우리가 듣고 싶어 하지 않을 때조차도. 나도 단박에 그를 신뢰하지는 않았어요. 솔직히 지금도 그를 신뢰하는지 잘 모르겠고요. 하지만 그는 내게 많은 것을 가르쳐 주었어요.

그가 없었다면 배울 수 없었을 것들을요. 죽음에도 좋은 면이 있어요. 우리가 그걸 알지 못하는 이유는 보려고 하지 않기 때문이에요. 그럴 만도 하죠. 죽으면 우리가 아는 모든 걸 두고 떠나야 하는데 뭐 하러 그런 데 관심을 두겠어요? 우리 눈에 보이는 게 다가 아니라는 걸 무슨 수로 이해할 수 있겠어요?"

"뭐라고 대답하면 좋을지 모르겠군. 전부 다." 월리스는 정답을 알고 있어야 할 것만 같아 심란했다. 정답이 뭔지 생각날 듯 말 듯 했다.

"믿음이요." 휴고가 말하자 월리스는 질색했다. "아, 그럴 것 없어요. 나는 지금 종교나 하느님이나 뭐 그런 걸 말하려는 게 아니라 믿음이라고 해서 항상, 믿음이 꼭 그런 것만은 아니에요. 내가 당신에게 강요할 수 있는 건 더더욱 아니고요. 당신은 내가 믿음을 강요하려 한다고 생각할 수도 있겠지만."

"아닌가?" 월리스는 애써 침착한 목소리로 물었다. "내게 믿고 싶지 않은 걸 믿게 하려고 하는 중이잖아."

"그러는 이유가 뭐라고 생각해요?"

월리스는 전혀 짐작이 가지 않았다.

휴고는 그대로 넘어가려는 듯했다. "관리자는 나더러 이기적이지 않아서 후보로 선정됐다고 했어요. 나에게 선한 면이 보인다면서요. 나는 그의 면전에 대고 소리 내 껄껄거렸어요. 부모님을 다시 살릴 수만 있다면 뭐든 할 수 있는데 어떻게 욕심이 없다고 말하겠어요? 나는 그가 우리 부모님과 다른 사람을 내 앞에 데려다놓고 누구를 살릴지 선택하라고 하면 조금도 망설이지 않고 부모님을 선택할 거라고 했어요. 이기적이지 않은 사람은 그러지 않잖아요."

"어째서?"

휴고는 놀란 표정을 지었다. "나는 내가 행복해지는 쪽을 선택할 테니까요."

"그렇다고 당신이 이기주의자가 되는 건 아니야. 세상에 자기 욕심을 한 번도 부려본 적 없는 사람이 어디 있어? 당신은 상심을 달래던 중이었고 그러니까 당연히 그렇게 얘기했겠지."

"관리자도 똑같이 얘기하더군요."

월리스는 그 말을 어떤 식으로 받아들여야 할지 고민했다. 어떻게 보면 그도 생전에 일종의 관리자였다고 볼 수 있는데, 그런 식으로 비교당하자 마음이 불편해졌다. "그런데도 이 일을 맡겠다고 했군."

휴고는 천천히 고개를 끄덕이며 난간의 전등을 연결하는 줄을 잡아당겼다.

"곧바로 그랬던 건 아니에요. 관리자는 고민할 시간을 주겠지만 언제까지고 기다려줄 수는 없다고 했어요. 어느 정도 시간이 지나고 나는 거절하려고 했어요. 어떤 조건이 수반되는지 들었거든요. 남들처럼 평범하게 살 수 없었어요. 아니, 그렇게 살 수 없을 거라고 했어요. 무엇보다 일이 우선시될 거라고. 일단 수락하면 숨을 쉬는 동안에는 벗어날 수 없는 책무가 될 거라고요."

월리스는 생전에 여러모로 욕을 먹었지만 이기적이지 않다고 욕을 먹은 적은 없었다. 그는 거치적거리지 않는 이상 주변 사람들에게 관심을 거의 두지 않았다. 거치적거린 사람은 각오해야 했지만. 뜻밖에도 휴고와 월리스는 어떤 일을 선택하고, 그 일을 무엇보다 우선시했다는 점에서 비슷한 구석이 있었다. 하지만 그게 끝이었다. 월리스도 눈을 반짝이던 청년 시절에는 고귀한 이상으로 똘똘 뭉쳤겠지만 그건 금세 내팽개쳐졌다. 항상 중요한 건 최종 결과였고 회사에 어떤 이익이 되는지였다. 월리스, 자기 자신에게 어떤 의미가 되는지였다.

어떤 부분에서는 표면적으로 그와 휴고가 비슷해 보일지 몰라도 실제로는 휴고가 그보다 훨씬 나은 인간이었다. 휴고라면 그와 같은 선택을 내리지 않았을 것이다. "그런데 왜 생각을 바꿨지?"

휴고는 손으로 머리칼을 쓸어 넘겼다. 아주 사소한 동작, 그것도 놀라우리만치 평범한 동작이었지만 월리스를 멈칫하게 했다. 휴고의 모든 행동이 그랬다. 그는 이 남자와, 이 남자에게서 뿜어져 나오는 고요한 힘에 매료됐다. "아마도 호기심? 발악에 가까운, 이해하고 싶은 욕망? 이 일을 하면 내 안에 존재하는지도 몰랐던 의문의 해답을 찾을 수 있을지 모른다는 생각이 들었거든요. 나는 올해로 이 일을 5년째 하고 있는데, 아직까지 의문이 남아 있어요. 예전과는 다른 내용이지만 질문을 멈출 날이 없을 것 같아요." 그는 나지막하게 숨을 죽인 채 웃기 시작했다. "두 분을 다시 만날 수 있을지 모른다는 기대도 품었었는데."

"못 만난 거지?"

휴고는 차밭을 내다보았다. "네. 이미 떠나버리셨거든요. 여기 머물지 않았어요. 예전에는 그것 때문에 화가 났는데 이 일을 하면 할수록, 힘든 순간에 놓인 사람들을 도우면 도울수록 두 분이 왜 그랬는지 이해가 돼요. 두 분은 행복한 삶을 살았어요. 자기 자신에게도, 아들에게도 부끄럽지 않은 삶을. 그래서 여한이 없었으니 건너가셨을 수밖에요."

"당신은 지금 나 같은 사람들에게 발목이 붙들려 있고."

휴고는 다시 미소 지었다. "이것도 뭐 그리 나쁘지는 않아요. 비키니 사건은 훌륭했고요."

월리스는 입을 비죽였다. "나는 하나부터 열까지 싫은데."

"나는 그 말 손톱만큼도 안 믿어요. 당신은 자기가 하나부터 열까지 싫어한다고 생각할지 몰라도 실제로는 아닐걸요? 따지고 보면?"

"뭐, 그 사건은 싫어."

휴고는 난간에 올려놓은 월리스의 손을 향해 팔을 뻗었지만 이내 거두고는 주먹을 쥐었다. "우리는 살아가요. 숨을 쉬면서. 죽어서도 숨을 쉬고 싶어 하죠. 항상 내가 발 딛은 세상에서 더 이상 숨 쉬지 못하는 거대한 죽음만 겪는 건 아니에요. 상심 같은 자그마한 죽음도 있어요. 내가 작은 죽음을 겪었을 때 관리자는 스스로 넘어서도록 도와줬어요. 나에게서 죽음을 거두어 가지 않았어요. 그건 내 몫, 오롯한 나만의 몫이었으니까요. 그의 정체가 무엇이든, 내가 그의 선택에 동의하든 하지 않든 그때 일 만큼은 잊지 않을 거예요. 당신은 내가 이곳의 포로라고 생각하죠. 덫에 갇혔다고. 당신도 덫에 갇혔고요. 어떻게 보면 정말 그럴지도 몰라요. 하지만 난 여기 아닌 다른 곳은 싫은데, 그래도 감옥일까요?"

"그림, 사진, 가게 벽에 걸린 포스터."

휴고는 그를 쳐다볼 뿐 아무 말도 하지 않았다. 그들 사이에 흩뿌려져 있는 작은 퍼즐 조각을 윌리스 스스로 맞출 때까지 가만히 기다렸다.

"당신은 그런 곳에 갈 수가 없어. 두 눈으로 직접 감상할 수가 없다고. 그 사진과 그림들은 기념품인가?" 기념품이라는 단어는 어쩐지 어울리지 않게 느껴졌다. "당신만의 문인가? 또 다른 세상으로 나가게 해주는?"

휴고는 긍정했다. "내가 상상조차 할 수 없는 공간들을 촬영한 사진이에요. 바깥에는 넓은 세상이 펼쳐져 있지만 나는 이 손바닥만 한 사진과 그림을 통해서만 언뜻 볼 수 있어요. 거길 두 눈으로 직접 감상하고 싶으냐고요? 물론이죠. 그래도 나는 그때로 돌아가면 몇 번이고 같은 선택을 할 거예요. 이 세상에는 바다가 내려다보이는 절벽 위에서 무너져 가고 있는 성곽보다 더 중요한 일들이 있으니까요. 나도 오랜 시간이 지난 다음에서야 그걸 깨달았어요. 지금 생활이 행복하다고는 못 하겠지만 마음 편히 받아들이게 됐어요. 이 일이 얼마나 중요한지 아니까요. 요즘도 계속 그 작품들을 들여다봐요. 보고 있으면 만사 앞에서 우리가 얼마나 하찮은 존재인지 깨닫거든요."

월리스는 가슴을 문질렀다. 갈고리가 욱신거렸다. "나는 여전히 이해가 안 되는군."

"아직은 나를 잘 모르니까요. 많이 복잡한 사람은 아니에요."

"절대 못 믿겠어."

휴고는 한참 동안 그를 쳐다보았다. 미소가 그의 얼굴 위로 서서히 번졌다. "고마워요, 월리스. 칭찬으로 받아들일게요."

월리스는 얼굴을 붉히며 난간을 세게 붙잡았다. "외로울 때는 없어?"

휴고는 눈을 깜빡였다. "외로울 이유가 없잖아요. 가게도 있고, 가족도 있고, 다른 사람들에게 도움을 줄 수 있는, 보람찬 일도 있고. 이 이상 뭘 더 바라겠어요?"

월리스는 다시 하늘을 올려다보았다. 별빛이 정말 차원이 다르게 아름다웠다. 지금껏 몰랐다는 사실이 의아할 정도였다. "하지만…." 그는 헛기침을 했다. "여자친구나 부인이나 뭐 그런…."

휴고는 초롱초롱한 눈으로 그를 바라봤다. "나는 게이에요. 여자친구나 부인은 별로 필요 없죠."

월리스는 당황했다. "그럼 남자친구 아니면 파트너." 그는 자기 손을 내려다보았다. "무슨 뜻에서 하는 얘긴지 알잖아."

"알아요. 그냥 장난친 거예요. 긴장 풀어요, 월리스. 매사에 그렇게 심각할 필요 없잖아요." 그의 표정이 진지해졌다. "언젠가는 가능할지도요. 잘은 모르겠지만. 내 찻집이 사실은 죽은 사람들과 지적인 척 대화를 나누는 아지트라고 설명하려면 쉽지 않겠죠."

월리스는 콧방귀를 뀌었다. "내가 얼마나 지적인 사람인지 증명해 보여야겠네."

"그래요? 그런 줄 몰랐는데."

"재수 없어."

"맞아요. 내가 가끔 그래요. 안 그러려고 노력하는데, 당신 앞에서는 그게 잘 안 된단 말이죠. 당신은 어때요?"

"뭐가?"

휴고는 어깨를 으쓱하며 난간 위에 얹은 손가락을 씰룩거렸다. "결혼했었잖아요."

월리스는 의기소침해졌다. "아주 오래전에 끝났어."

"메이 말로는 부인이 장례식에 참석했다던데요."

"참석했지. 아내가 뭐라고 했는지 메이가 얘기하던가?"

휴고의 입술이 실룩거렸다. "단편적으로요. 상당히 재밌었겠던데요."

월리스는 손등에 머리를 얹었다. "어떻게 보면."

"부인이 보고 싶으세요?"

"아니." 그는 머뭇거렸다. "보고 싶다고 한들 그럴 자격이 없어. 내가 다 망쳐놨거든. 난 아내에게 좋은 사람이 아니었어. 아내 곁에 내가 없는 편이 나아. 아마 요즘도 그 정원사랑 자고 있을 거야."

"설마요."

"진짜야. 하지만 아내를 비난하지는 않으려고. 그 정원사가 엄청 섹시하거든. 만약 그 사람이 나한테 관심 있는 눈치를 보였다면 나도 같이 잤을 거야."

"우와. 그런 발언은 뜻밖인데요? 당신 안에는 여러 가지 면모가 있군요, 월리스. 놀랐어요."

월리스는 새침하게 콧방귀를 뀌었다. "뭐, 나도 보는 눈이 있으니까. 그 정원사는 웃통을 벗어 던지고 일하는 걸 좋아했어. 아마 우리 동네 여자들 절반과 놀아났을 거야. 나도 몸이 그 정도로 좋았다면 똑같이 그랬을 테지."

휴고가 그를 위아래로 훑어보자 월리스는 불편해하며 꼼지락거렸다. "당신도 뭐 그리 나쁘지는 않아요."

"제발 그만. 너무 다정해서 못 견디겠네. 그런 무기를 갖추고 있으면서 왜 아직 싱글인 거지?"

휴고는 장난기 가득한 얼굴이었다. "내가 뭐라고 대답할 것 같아요?"

비상. 비상. 비상. "음. 글쎄?"

"여러 가지 면모가 있다니깐." 그는 이거면 모든 게 설명이 되지 않으냐는 듯이 아까 했던 말을 반복했다.

월리스는 그를 흘끗 쳐다보았다. 다행히 그는 어색해하는 월리스를 모르는 척하고 있었다. "그게 좋은 건가?"

"아마도요."

월리스는 난간의 칠이 벗겨진 부분을 멍하니 잡아 뜯었다. "나는 지금까지 어느 누구에게도 놀랍다는 얘기를 들은 적이 없어."

"모든 일에는 처음이 있는 법이죠."

반짝이는 별빛이 하늘 위에서 끝없이 이어지고 있었기 때문일까?

솔직하고 허심탄회하며, 가공된 삶의 모든 비바람과 소음이 제거된 진솔한 대화를 나눠본 적이 없었기 때문일까? 아니면 그가 내면의 진실을 찾아가고 있었기 때문일까? 이유가 뭐였는지 몰라도 그는 이런 말이 튀어나왔을 때 막지 않았다. "당신 같은 사람을 예전에 만났더라면 좋았을 걸 그랬어."

휴고는 한참 동안 아무 말도 하지 않다가 이렇게 물었다. "예전에요?"

월리스는 휴고의 시선을 피하며 대답했다. "죽기 전에. 그럼 상황이 달라졌을 수도 있는데. 우리 둘이 친구처럼 지냈을 수도 있고." 뭔가 고요하고 어마어마한 비밀처럼 느껴졌다.

"지금 친구처럼 지내면 되잖아요. 그러지 못할 이유가 전혀 없는데."

"그러네. 죽은 거, 그거 하나만 빼면."

휴고가 단단히 결심한 표정을 짓고 난간에서 뒤로 물러나자 그는 화들짝 놀랐다. 월리스는 휴고가 자신을 향해 손을 내미는 것을 지켜보았다. 그 손을 빤히 쳐다보다가 휴고를 올려다보았다. "뭐야?"

휴고는 손가락을 꿈틀거렸다. "저는 휴고 프리먼이에요. 만나서 반갑습니다. 우리, 친구처럼 지내요."

"나는—" 그는 고개를 저었다. "나는 악수를 할 수 없는 거 알잖아."

"알아요. 그래도 손을 내밀어봐요."

월리스는 손을 내밀었다.

그들은 별빛의 바다 아래에 마주보고 서서 서로를 향해 손을 내밀었다. 손바닥과 손바닥이 살짝 떨어져 있었고 여전히 둘 사이에

끝을 알 수 없는 간극이 존재하는 느낌이었지만 월리스는 순간 뭔가를 느꼈다고 확신했다. 휴고의 손이 가까웠지만 그의 체온은 아니었다. 월리스는 휴고를 따라서 악수를 하듯 손을 위에서 아래로, 아래에서 위로 흔들었다. 둘을 연결하는 케이블이 환하게 반짝거렸다.

월리스는 사무실에서 숨이 끊긴 그의 시신을 내려다보던 그 순간 이후 처음으로 걷잡을 수 없을 만큼 거대한 안도감을 느꼈다.

이제 시작이었다.

그는 미치도록 겁이 났다.

10장

며칠 밤이 지났을 때 월리스는 단단히 마음을 먹었다. 짜증이 났어도 단단히 마음먹었다.

그는 의자 앞에서 걸음을 멈추었다. 넬슨이 테이블 위에 얹혀 있던 의자 하나를 꺼내서 매장 한가운데 놓고 앉아 있었다. 하루를 마감하느라 삐걱거리고 신음하는 소리가 가게 안 곳곳에서 들렸다. 메이가 자기 방에서 코를 고는 소리도 들렸다. 휴고도 위층 어딘가에서 마찬가지로 코를 골고 있겠지만, 그는 알 수 없는 이유로 아직 감히 그의 방까지 찾아가보지 못했다. 그 문 때문이겠지만 휴고도 어느 정도 원인 제공자였다.

깨어 있는 쪽은 죽은 사람들뿐이었고, 현재 그중 3분의 2가 월리스의 심기를 건드리고 있었다. 넬슨은 조용히 그를 지켜보고 있었고 아폴로는 특유의 바보 같은 표정을 지으며 넬슨의 의자 옆에 누워 있었다.

"좋아. 자, 내가 아까 뭐라고 했지?"

월리스는 이를 부득부득 갈았다. "의자라고요."

"또?"

"머릿속을 비우라고요."

"그리고?"

"억지로 하면 안 된다고요."

"바로 그거야."

"그렇게 해서 될 리가 없잖습니까."

"그러게." 넬슨은 천연덕스럽게 말했다. "어떻게 하면 되는지 자네가 아주 제대로 알고 있는데 내가 무슨 생각으로 나섰는지, 원."

월리스는 답답해서 안절부절못했다. 실패하다니, 이렇게 대차게 실패하다니 좀처럼 없던 일이었다. 넬슨이 유령 생활의 고급 기술을 가르쳐 주겠다고 했을 때 월리스는 지금까지 다른 모든 일에 그래왔던 것처럼 무엇이 그의 앞을 가로막든지 대성공을 거둘 줄 알았다. 1시간 동안은 그렇게 생각했다. 이제는 5시간이 지났고 의자는 그를 조롱하며 계속 그 자리를 지키고 있었다.

"부러진 거 아닙니까? 다른 의자로 해봐요."

"좋네. 그럼 다른 의자를 테이블에서 내리게."

"그 문을 건너가고 싶지 않으신 거 확실하십니까? 제가 지금 당장 휴고를 깨워서 문 앞까지 바래다 드리게 할 수도 있는데."

"그럼 내가 너무 보고 싶을걸?"

"계속 그렇게 착각하고 계세요." 그는 숨을 한 번 크게 들이마시고 천천히 내뱉었다. "마음을 비우자. 비우자. 비우자."

그는 의자를 향해 손을 내밀었지만 손이 의자를 그대로 지나쳤다.

짜증이 나서 폭발할 것 같았다. 그는 맹렬하게 의자를 향해 손을 거듭 휘둘렀지만, 의자가(아니면 그가) 없는 것처럼 번번이 손이 나무를 그대로 통과해버렸다. 그는 고함을 지르며 발길질을 했지만 발도 똑같이 의자를 관통했다. 그 여파로 다리가 위로 들렸고 그는 뒤로 기우뚱했다가 바닥으로 엉덩방아를 찧었다. 그는 천장을 올려다보며 눈을 깜빡거렸다.

"성과가 아주 좋군 그래. 이제 속이 후련한가?"

그는 아니라고 대답하려다 입을 다물었다. 신기하게도 정말 속이 후련했다.

"바보짓이 따로 없네요."

"그렇지? 맞는 말씀."

윌리스는 그에게로 고개를 돌렸다. "비법을 전부 터득하기까지 얼마나 걸리셨습니까?"

넬슨은 고개를 갸우뚱했다. "전부 터득했는지 그건 잘 모르겠지만 솔직히 일주일은 넘게 걸렸지."

윌리스는 몸을 일으켰다. "그럼 저는 왜 다를 거라고 생각하십니까?"

"자네한테는 내가 있지 않나. 일어나게. 다시 한번 해봐." 넬슨은 눈에 힘을 준 뒤 의자를 턱으로 가리켰다.

윌리스는 바닥에서 일어나 주먹을 쥐었다. 넬슨이 할 수 있다면 그도 할 수 있었다. 물론 넬슨이 어떻게 하면 되는지 구체적으로 알려주지는 않았지만 그는 마음을 단단히 먹었다.

그는 의자를 한 번 쳐다보고 나서 눈을 감았다. 집중하면 할수록 결과가 좋지 않을 테니 머릿속에 둥둥 떠다니는 생각을 지워버리려 애썼다. 하지만 눈꺼풀 안쪽에서 별똥별처럼 조그맣게 빛이 깜빡거렸고 그 사이로 기억 하나가 떠올랐다. 특별하지 않은, 사소한 기억이었다.

그와 네이오미가 데이트를 시작했을 때였다. 윌리스는 네이오미와 함께 있으면 불안했다. 네이오미는 그에게 과분한 상대였고 아주 예리했다. 무슨 생각으로 그를 만나고 있는지, 애초에 그들이 어쩌다 썸을 타게 됐는지 모를 일이었다. 어렸을 때 그는 부끄럼이 많고 자신감이 없었다. 고등학교를 졸업할 즈음과 대학생 시절에 몇 번 엉큼한 수작을 부려보기는 했다. 뭘 아는 척 여자들과 침대에서 뒹굴고, 남자와 어두컴컴한 구석에서 어색하게 더듬으며 묘하고 짜릿한 흥분을 느낀 적도 한두 번 있었다. 네이오미에게 그의 성적 지향을 밝혔을 때 네이오미는 상관없다며 그에게 있는 그대로의 모습을 보여주면 된다고 했다.

그가 있는 그대로의 모습을 보여줄 수 있었던 건 6개월이 지난 다음이었다. 두 번째인가 세 번째로 데이트를 하는 날이었고 장소는 비싼 레스토랑이었다. 그의 형편으로는 무리였지만 네이오미가 좋아할 게 분명했다. 그들은 근사하게 차려입었고(이때 근사하다의 기준은 상대적이었다. 그의 양복 소매는 너무 짧았고 바짓단은 짤따래서 발목까지 올라왔지만, 파랗고 파랗고 파란 원피스를 입은 네이오미는 모델 같았다), 주차요원은 눈썹 하나 까딱하지 않고 그의 고물차를 건네받았다. 그가 차 문을 열어주자 네이오미는 쉰 목소리로 나지막하게 웃음을 터뜨렸다. "어머, 고마워. 이렇게 친절할 수가."

지배인은 레스토랑 뒤편 테이블로 그들을 안내했고 코를 톡 쏘는 진한 해산물 냄새 때문에 월리스는 속이 뒤틀렸다. 지배인이 행동을 취할 겨를도 없이 그가 얼른 테이블을 돌아가 네이오미를 위해 의자를 빼주었다. 네이오미는 다시 웃음을 터뜨렸고 얼굴을 붉힌 채 시선을 돌리며 자리에 앉았다. 그는 네이오미가 정말 예뻐 보였다.

지금 그들의 관계는 산산이 부서졌다. 두 사람 모두 폭발 반경 안에 있어도 아랑곳하지 않고 비난을 수류탄처럼 주고받았다. 그들은 서로 사랑했고 행복한 시절을 보냈지만 그걸로는 부족했다. 월리스는 한참 동안 그 어떤 비난도 인정하지 않았다. 정원사와 바람을 피운 쪽은 네이오미였다. 그에게 일이 얼마나 중요한지 아는 사람이 네이오미였다. 그의 부모님은 그러다 1년 만에 빈털터리로 길거리에 나앉을 거라고 섬뜩한 경고를 했지만 창업에 모든 걸 쏟도록 부추긴 사람도 네이오미였다.

월리스는 변호사 사무실에서 변호사가 네이오미에게 의자를 빼주는 것을 지켜보며 일이 이렇게 된 건 아내 때문이라고 속으로 되뇌였다. 네이오미는 변호사에게 고맙다고 인사했다. 그때 입고 있었던 원피스도 파란색이었다.

그리고 지금, 그가 알고 있었던 세상과 한참 떨어진 여기 이 찻집에서 그가 가지고 있었던 모든 것, 그가 잃어버린 모든 것을 떠올리자 슬픔이 파도처럼 밀려들었다. 의자. 고작 의자 하나를 제대로 잡지 못하고 있었다. 네이오미를 실망시킨 것도 놀랄 일은 아니었다.

"그것 보게." 넬슨이 조용히 말하는 소리가 그의 귀에 들렸다.

윌리스는 눈을 떴다. 그가 의자를 손에 들고 있었다. 나뭇결이 손끝으로 느껴졌다. 그는 너무 놀라서 의자를 떨어뜨렸다. 의자가 쿵 하고 바닥으로 떨어졌지만 쓰러지지는 않았다. 그는 눈을 휘둥그레 뜨고 넬슨을 쳐다보았다. "제가 성공했습니다!"

넬슨은 남아 있는 이를 빛내며 씩 웃었다. "이제 알겠나? 인내심을 조금 발휘하기만 하면 된다니까. 한 번 더 해보게."

그는 한 번 더 해보았다. 이번에는 그의 손이 의자를 붙들기 직전에 묘하게 탁탁거리는 소리가 났다. 벽에 달린 조명에서 순간 불길이 화르륵 일었고, 의자가 가게를 가로지르며 로켓처럼 날아가 반대쪽 벽에 부딪히더니 바닥에 떨어져 다리 하나가 부러졌다.

윌리스는 입을 떡 벌리고 의자를 쳐다보았다. "제가… 일부러 그런 거 아닙니다."

넬슨마저 충격을 받은 눈치였다. "이게 대체?"

위에서 천장이 삐걱거리자 아폴로가 짖기 시작했다. 잠시 후 휴고와 메이가 사방을 미친 듯이 두리번거리며 계단을 달려 내려왔다. 메이는 목이 늘어나서 한쪽 어깨가 다 보이는 후줄근한 티셔츠에 반바지를 입었고 머리칼은 쑥대밭이었다.

휴고는 잠옷 반바지만 입고 있었는데 짙은 갈색 피부가 끝도 없이 이어졌다. 얇은 가슴과 두툼한 복부 반대편에 아주 흥미진진한 볼거리가 있었다.

"무슨 일이에요?" 메이가 따져 물었다. "누가 쳐들어왔어요? 문을 따고 들어오려는 사람이 있었어요? 어디 내 손에 걸리기만 해봐."

"월리스가 의자를 내동댕이쳤어."

메이와 휴고는 월리스를 빤히 쳐다봤다.

"배신자." 월리스는 투덜거리고는 다시 말을 이었다. "내가 내동 댕이친 게 아니야. 그냥 긍정적인 발상의 힘으로 의자를 들어서 저쪽으로 던졌다고 할까?" 그는 부러진 의자를 힐끗 바라봤다. "아마도."

메이는 내동댕이쳐진 의자 옆에 쭈그리고 앉아서 동강난 다리를 손가락으로 찔렀다. "헐."

휴고는 의자 쪽으로 고개를 돌리지 않았다.

계속 월리스를 빤히 쳐다봤다.

"왜 그래?" 월리스는 몸을 작게 움츠리며 물었다.

휴고는 천천히 고개를 저었다. "역시 여러 가지 면이 있다니까요." 그 말 한마디면 모든 게 설명이 된다는 식이었다. 그는 넬슨 쪽으로 눈을 흘겼다. "사람들한테 제 의자 망가뜨리는 법을 가르치지는 마세요."

"흥." 넬슨은 손을 흔들며 말했다. "의자야 의자고 의자일 뿐이지. 저 친구는 의자를 거의 건드리지도 않았어. 나는 촉감을 느낄 수 있게 될 때까지 몇 주가 걸렸는데." 그는 묘하게 뿌듯해하는 말투였고 월리스는 가슴을 내밀고 싶었지만 꾹 참아야 했다. "저 친구가 이 유령 생활에 아주 잘 적응하고 있어."

"제 가구를 부숴가면서 말이죠." 휴고가 비꼬는 투로 말했다. "할아버지께서 무슨 계획을 세우고 계신지 모르겠지만 당장 머릿속에서 지워버리세요."

"지금 무슨 소릴 하는 건지 모르겠구나. 내가 무슨 계획 같은 걸 세울 리 있나."

월리스조차 그 말을 믿을 수가 없었다. 그는 넬슨이 무슨 꿍꿍이를 꾸미고 있길래 그렇게 음흉한 표정을 짓고 있는지 알고 싶지 않았다.

메이가 의자를 집어 들었다. 다리 하나가 바닥으로 떨어졌다. "할아버지 말씀에도 일리가 있긴 해요, 휴고. 며칠 만에 이런 사람 본 적 있어요?"

휴고는 계속 월리스를 쳐다보며 고개를 저었다. "아뇨. 못 본 것 같아요. 신기하네요, 그죠? 어떻게 한 거예요, 월리스?"

"그게 어떤 기억이 떠올랐어. 젊었을 때 기억이."

그는 휴고가 어떤 기억이었냐고 묻길 기다렸지만 휴고는 대신 이렇게 물었다. "좋은 기억이었나요?"

좋은 기억이었다. 이후에 벌어진 그 모든 일과 그가 저지른 그 모든 실수에도 불구하고 월리스가 네이오미의 의자를 빼주었던 순간의 기억은 오랫동안 떠올린 적 없었지만 그의 머릿속에 남아 있었다. "아마도."

휴고는 미소 지었다. "웬만하면 내 의자는 박살내지 말아줘요."

"약속은 못 하지. 저 친구에게 또 어떤 능력이 있을지 얼른 알아보고 싶구먼. 그 와중에 의자 몇 개가 희생된다 해도 어쩔 수 없어. 감히 우리를 억압할 생각은 하지 마라, 휴고. 내가 용납하지 않을 테니까."

휴고는 길게 한숨을 내뱉었다. "어련하시겠어요."

그들은 일종의 시간표 비슷한 체계를 갖추게 됐다. 아니, 그들이 이미 따르고 있던 시간표에 월리스가 추가됐다고 보는 편이 더 정확했다. 메이와 휴고는 동이 트기 전에 게슴츠레한 눈을 깜빡이고 하품을 하며 계단을 내려와 카론의 나루터에서 다시 하루를 시작할 준비를 했다. 처음에 월리스는 어떻게 그게 가능한지 이해가 안 됐다. 찻집은 심지어 주말에도 쉬지 않았고 오직 메이와 휴고 두 사람이 모든 걸 감당했다. 메이는 주로 주방을 맡았고 휴고는 카운터를 지키고 차를 끓였다. 그들은 한 팀을 이루고서 춤을 추는 것처럼 유기적으로 움직였고 월리스는 그 모습을 보고 있으면 가슴에 박힌 갈고리가 가볍게 잡아당겨지는 느낌을 받았다.

처음 며칠 동안 월리스는 주방에 머물며 메이가 틀어놓은 끔찍한 음악을 듣고, 둥근 창으로 휴고를 구경했다. 휴고는 거의 모든 손님의 이름을 알았고, 구닥다리 금전 등록기의 버튼을 누르며 그들의 친구와 가족의 안부를 물었다. 그들과 함께 웃었고, 손님의 장광설이 아무리 길어도 고개를 끄덕이며 진득하게 들어주었다.

그러다 한 번씩 주방 문을 흘끗 돌아보았고 내다보는 윌리스와 눈이 마주치면 살짝 싱긋하고는 다시 고개를 돌려 다음 손님을 맞았다.

찻집에 온 지 8일째 되던 날 윌리스는 결정을 내렸다. 그는 거의 오전 내내 용기를 그러모으며 자신이 이렇게 뜸을 들이는 이유에 대해 궁금해했다. 찻집 손님들은 그를 보지도 못할 뿐더러 그의 존재조차 알지 못했다.

메이가 옆에서 차를 끓이려다 하마터면 주방을 홀라당 태울 뻔한 이후로 찻잎에는 손도 대지 못하게 됐다는 얘기를 하고 있었다. "휴고가 기겁했거든." 그는 허리를 숙이고 오븐에 넣은 쿠키를 살펴보며 말했다. "누가 봤으면 내가 등에다 칼이라도 꽂은 줄 알았을 거야. 아무래도 내가 이거 태운 것 같은데. 아니면 원래 이 색인가?"

"그러게." 윌리스는 딴 데 정신이 팔린 목소리로 말했다. "나 이제 나갈 거야."

"그치? 아니, 그 정도로 심각하지는 않았어. 그냥 연기가 좀 났을 뿐인데. 잠깐, 뭐라고?"

"나 이제 나갈 거라고." 그는 다시 말하고, 메이의 대답을 기다리지 않은 채 문을 지나 매장으로 나갔다.

윌리스는 모든 손님이 하던 얘기를 멈추고 천천히 그를 돌아보지 않을까 생각하는 마음이 없지 않았다. 그는 의자를 움직일 수는 있게 됐을지 몰라도(잘못해서 있는 힘껏 발로 차는 바람에 천장이 움푹 파이기는 했지만 추가로 부러뜨린 의자는 두 개밖에 안 됐다) 아직 옷을 갈아입을 줄은 몰랐다. 바닥을 찰싹찰싹 때리는 조리 슬리퍼와 후줄근한 티셔츠와 트레이닝팬츠 때문에 묘하게 불안했다.

하지만 아무도 그에게 신경 쓰지 않았다. 그가 아예 있지도 않은 것처럼 다들 하던 일을 계속했다. 그는 안도해야 할지 실망스러워해야 할지 헷갈렸다. 마음의 결정을 아직 내리지 못했을 때 그를 쳐다보는 시선이 느껴져 카운터 쪽으로 고개를 돌렸다. 체구가 아담한 노파가 자기가 먹을 머핀에는 견과류가 들어가면 안 된다고, 견과류와 접촉만 해도 그는 목구멍이 오그라들어서 끔찍한 죽음을 맞이할 거라고 종알대고 있었다. *휴고, 내가 전에도 이 얘기한 적 있는 거 알지만 심각한 문제거든.*

"그럼요." 휴고는 대답하면서도 시선은 월리스를 향해 있었다.

"드디어 나왔다고 야단법석 부리지 말아줘."

"안 그럴게요."

이후로 월리스는 거의 하루 종일 매장에 나와서 시간을 보냈다.

넬슨은 환호했다. "세상 희한한 얘기들을 주워들을 수 있다니까?" 그는 월리스와 함께 테이블 사이를 걸으며 말했다. "사람들이 공개적인 자리에서 비밀스러운 얘기를 할 때 별로 조심하지 않거든. 사실 이건 엿듣는 것도 아니라네."

"글쎄요, 제가 보기에 그건 아닌데요. 전혀."

넬슨은 단호하게 말했다. "우리도 어디에선가 재밌게 놀거리를 찾아야 하지 않겠나. 끼어들지만 않으면 휴고도 상관하지 않는 눈치야."

"상관 많이 해요." 쟁반을 들고 창가에 앉은 커플에게 가던 휴고가 그들 옆을 지나치며 속사포로 말했다.

"쟤가 말은 저렇게 하지만 진심은 아니라네." 넬슨이 소곤거렸다. "아, 저기. 벤슨 부인이 친구들이랑 같이 왔구먼. 저 여자들은 계속 궁둥이 얘기밖에 안 하거든. 가서 들어보자고."

그들은 실제로 궁둥이 얘기를 했다. 휴고의 궁둥이까지 들먹였다. 그를 지켜보며 자기들끼리 키득거렸고 그가 지나가다 필요한 건 없는지 묻자 속눈썹을 깜빡거렸다.

"아, 저 손길에 내 몸을 맡기고 싶어라." 휴고가 오늘의 새로운 특별 메뉴를 적으려고(레몬밤 차였다) 카운터 위에 달아놓은 칠판으로 손을 뻗자 한 여자가 탄식을 내뱉었다. "손이 어쩜 저렇게 고울까."

다른 여자가 말했다. "우리 어머니가 봤다면 피아니스트의 손이라고 했겠어."

"내 피아노를 쳐달라고 해야겠다." 벤슨 부인이 화려한 결혼반지를 돌리며 말했다. "피아노가 뭘 말하는가 하면—"

"아, 왜 이러셔." 또 다른 여자가 말했다. "저이는 게이야. 저이의 손가락 연주를 감상하고 싶겠지만 그러기에는 주요 부위 몇 군데가 모자란다고."

"잘 봐." 넬슨은 월리스의 배를 팔꿈치로 찌르며 소곤대더니 큰 소리로 고함을 질렀다. "휴고야! 휴고야. 이 할머니들이 네 손가락으로 어쩌고저쩌고 하면서 또다시 이상한 얘기를 하는 바람에 월리스 얼굴이 벌게졌다."

그가 홱 하니 고개를 돌리자 손에 쥐고 있던 분필이 으스러졌고 카운터 위에 놓여 있던 찻잔이 덜거덕거렸다. 손자가 다른 손님들의 호기심 어린 시선을 못 본 체하고 그들 둘을 노려보자 넬슨은 킬킬거렸다. 잠시 후에 휴고가 말했다. "죄송합니다. 살짝 미끄러졌어요."

"저 얼굴 벌게지지 않았습니다." 월리스는 볼멘소리를 냈다.

"좀 벌게졌어. 아직까지 얼굴을 붉힐 수 있을 줄 몰랐는데 말이지. 흥. 어디까지 벌게지는지 내가 한번 알아볼까?"

월리스는 주방 밖으로 나온 것을 후회했다.

낸시라는 여자는 계속 다시 왔다. 날마다는 아니었고 어떤 날은 오전에, 또 어떤 날은 늦은 오후로 접어들어 해가 저물기 시작할 무렵에 왔다.

항상 똑같았다. 낸시가 창가 테이블에 가서 앉으면 메이가 주방에서 나와 카운터를 맡았다. 휴고는 쟁반에 찻잔 하나를 담아서 들고 가 테이블에 내려놓고, 맞은편에 앉아서 깍지 낀 손을 테이블 위에 올려놓은 채 기다렸다. 낸시는 휴고를 본체만체했지만, 월리스는 휴고가 맞은편 의자에 앉을 때 그의 눈가에 힘이 들어가는 것을 알아차렸다.

그는 어떤 날에는 눈을 번뜩이고 푹 꺼진 뺨에 힘을 주어 가며 불같이 화를 냈다. 또 어떤 날에는 어깨를 축 늘어뜨리고 고개를 거의 들지도 않았다. 더 이상 잠을 잘 수 없게 된 유령처럼 항상 피곤해 보였다. 월리스는 심장이 묘하게 뒤틀렸고 휴고가 무슨 수로 그 상황을 견디나 싶었다.

월리스는 두 사람과 멀찌감치 거리를 두었다. 넬슨도 마찬가지였다. 여자가 의자로 바닥을 긁어가며 일어날 때까지 가만히 지켜보았다.

"나는 이 자리에 있을게요. 항상. 언제든 마음의 준비가 되면 얘기해요." 낸시가 테이블을 돌아나가면 휴고는 늘 똑같은 말을 했다. 낸시는 매번 그의 말을 귀담아듣는 것처럼 걸음을 멈췄지만 한마디도 하지 않았다.

휴고는 대부분 한숨을 쉬고 쟁반을 챙겨서 다시 주방으로 향했다. 그가 주방에 잠깐 있는 동안 메이는 걱정하는 표정으로 문을 응시했다. 휴고는 그러다 결국 아무 일도 없었던 것처럼 다시 나왔다.

오늘은 달랐다. 오늘은 문이 덜커덩거릴 정도로 세게 닫혔다. 휴고는 낸시가 어깨를 늘어뜨리고 찬 공기에 코트를 여며가며 숲길을 걸어가는 것을 창문 너머로 바라보았다. 그가 보이지 않을 때까지 가만히 서 있다가 쟁반을 챙기는 대신 카운터 뒤편으로 가서 서랍을 뒤지더니 열쇠를 꺼냈다. "잠깐 나갔다 올게요."

메이는 고개를 끄덕였다. "천천히 와요. 요새는 우리가 지키고 있을 테니까. 무슨 일이 생기면 연락할 테니까 걱정 말고요."

"고마워요, 메이."

휴고가 다른 말 없이 가게를 나서자 월리스는 이상하게 불안해졌다. 그는 창가에 서서 휴고가 스쿠터 쪽으로 걸어가는 것을 지켜보았다. 휴고는 한 다리를 들어서 스쿠터에 올라탔다. 엔진에서 굉음이 났고 그는 먼지구름을 일으키며 멀어졌다.

월리스는 휴고의 스쿠터 뒤에 올라타 그의 등으로 바람을 막고 두 손으로 그의 허리를 부여잡은 채 함께 달리면 어떤 기분일지 궁금해졌다. 이런 서글픈 상상은 치밀어오르는 묘한 공포에 밀려났다.

"지금 휴고가 떠나는 겁니까?" 월리스는 고음의 거친 목소리로 물었다. 케이블이 계속 늘어났고 휴고는 모퉁이로 사라졌다. "설마 떠날 수 있을 줄은 몰랐는데…." 그는 침을 꿀꺽 삼켰다. 휴고의 꽁무니를 쫓아가고 싶은 마음을 참기 힘들었다. 케이블이 끊길 줄 알았더니 그러지는 않았다.

"멀리 가지는 않을 걸세." 넬슨이 의자에 앉은 채로 말했다. "절대 그럴 일 없어. 그냥 머리 식히러 나간 걸세. 돌아올 거야, 월리스. 저 아이는 떠나지 않아."

"떠날 수가 없으니까요." 월리스는 심드렁하게 말했다.

"떠나고 싶지 않아서네. 그거랑 그거는 다르지."

월리스는 달리 할 일이 없어 창가에서 휴고를 기다렸다. 마지막 손님이 카론의 나루터에서 나가자 메이가 팻말을 **영업 종료**로 돌렸지만 모른 체했다. 아폴로가 그의 손가락을 쿵쿵거리는 것도, 넬슨이 벽난로 앞에 앉아 있는 것도 모른 체했다.

휴고는 해가 진 다음에서야 돌아왔다.

월리스는 문 앞으로 나갔다.

"왔네."

"네. 미안해요, 내가—"

월리스는 고개를 저었다. "설명할 필요 없어." 그는 이상하게 불안한 느낌이 들자 자기 발치를 내려다보았다. "당신이야 어디든 가고 싶은 대로 가도 되니까." 그는 자기가 한 말에 움찔했다. 사실이 아니기 때문이었다.

잠깐 정적이 흐르고 휴고가 말했다. "우리, 밖으로 나가요."

그들은 그날 저녁에 대화를 나누지 않았다. 대신 어깨를 거의 맞대고 서 있었다. 월리스는 무슨 말이라도 하려고 입을 벌렸다가 번번이 참았다. 무슨 말이든 전부 하찮고 시시하게 느껴졌다. 그는 아무 말도 하지 않으며 자신은 왜 항상 정적을 깨야 할 것 같은 강박에 시달리는지 의문을 품었다. 그는 휴고를 곁눈질하며 나란히 서 있는 것만으로 충분하길 바랐다.

다시 안으로 들어가기 전에 휴고가 말했다. "고마워요, 월리스. 그게 필요했어요." 그는 손마디로 덱 난간을 두드리고는 안으로 걸음을 옮겼다.

월리스는 울컥하고 치밀어 오르는 뭔가를 애써 삼키며, 그의 뒷모습을 멍하니 바라보았다.

11장

   월리스가 카론의 나루터에 머문 지 13일째 되던 날, 두 가지 의미심장한 사건이 벌어졌다.

   그 중 첫 번째는 예기치 못했던 사건이었다. 두 번째도 마찬가지였지만 그 이후에 벌어진 대환장 쇼는 메이 때문이었고, 누가 뭐래도 월리스는 그렇다고 확신했다. 실은 대부분 그의 잘못이었지만.

   곧 알람이 울리며 새로운 하루의 시작을 알릴 이른 아침이었다. 휴고와 메이는 아직 자고 있었고 월리스는 격하게 여기가 아닌 다른 데로 가고 싶었다.

   "저 좀 그만 치실래요?" 그는 지팡이로 한 백 번쯤 얻어맞은 것처럼 느껴지는 팔을 거세게 문질렀다.

   "지금 제대로 안 하고 있잖나. 실패하는 걸 좋아하지 않게 생겨놓고 왜 그렇게 실패를 밥 먹듯 하는 건가?"

   "내가 지팡이를 하나 만들어서 그걸로 때려드릴 테니까 어떤지 느껴보시죠."

"아이고, 무서워라. 얼른 해보시지. 지팡이를 만들어보게나. 여기 이렇게 서서 자네가 옷 갈아입는 법을 터득할 때까지 기다리는 것보다는 그편이 훨씬 낫겠네. 그러면 뭐라도 생길 테니까." 넬슨은 요란하게 한숨을 쉬었다. "괜히 시간만 날렸네. 자네는 다를 줄 알았는데. 아무래도 그 의자가 요행이었어."

월리스는 격한 말이 나오려는 걸 참았을 때 발바닥이 간질거리는 것을 느꼈다. 아래를 내려다보니 조리 슬리퍼가 사라지고 보이지 않았다.

"우와. 어떻게?" 그는 얼떨떨했다.

"자네는 분노에 제일 쉽게 반응하는 모양이로군." 넬슨이 명랑한 목소리로 말했다. "희한한 성격이긴 하지만 내가 뭐라고 왈가왈부하겠나? 도움이 되는 것 같으면 내가 한 대 더 때려줄 수도 있네."

"아뇨, 됐습니다. 그냥 잠깐만요." 그는 최대한 집중하며 자기 발을 내려다보았다. 발뒤꿈치에 닿는 바닥을 느낄 수 있었다. 발가락 사이에 과자 부스러기가 있었다. 그는 직장인 평균 월급보다 비싼 그의 벨루티 스크리토 가죽 구두를 떠올렸다.

구두는 등장하지 않았다. 대신 그의 발에 토슈즈가 신겨 있었다.

"흠." 넬슨이 월리스의 발을 같이 빤히 쳐다보며 말했다. "확실히 달라지긴 했네. 자네가 춤을 추는 줄은 몰랐구먼." 그는 천연덕스럽게 월리스를 올려다보았다. "그 다리에 어울리긴 하는군."

"제 다리 가지고 다들 왜 그러십니까?" 월리스는 얼굴을 붉힌 뒤 대답을 기다리지 않고 다시 말했다. "이게 어떻게 된 일인지 모르겠네요."

"그러게. 비키니가 등장했을 때도 어떻게 된 일인지 모르겠다고 했지? 그 말 믿네, 백 퍼센트."

월리스가 그를 향해 날을 세운 순간 토슈즈가 헌 운동화로 바뀌었다. 그러다 다시 토슈즈로 바뀌었다가 다시 조리 슬리퍼로 변했다. 그다음에는 박차가 달린 카우보이 부츠, 파란색 양말과 갈색 샌들로 잇달아 바뀌었다.

그는 어쩔 줄 몰라하며 이 발에서 저 발로 껑충껑충 뛰었고, 아폴로는 흥분해서 깽깽 짖으며 그의 주변을 빙글빙글 돌았다. "오 마이 갓, 이거 멈추려면 어떻게 해야 합니까? 왜 멈추질 않죠?"

넬슨이 희한하다는 듯 그의 발을 쳐다보았을 때 샌들과 양말이 사라지고 무대 위에서 춤을 추며 지폐를 뿌리는 이국적인 댄서에게나 어울리는 하이힐이 나타났다. 그의 키가 10센티미터 정도 슈욱 커졌다가 하이힐이 옆에 오리가 달린 노란색 고무장화로 바뀌자 퓨욱 작아지며 다시 아래로 내려왔다.

"내가 도와주겠네." 넬슨이 월리스의 정강이를 지팡이로 후려쳤다.

"아야." 월리스는 비명을 지르며 허리를 숙이고 정강이를 문질렀다. "그러실 것까지는—"

"멈추지 않았나, 그치?"

그랬다. 월리스는 이제 스파이크가 달린 축구화를 신고 있었다. 그는 평생 축구를 한 번도 해본 적이 없었다. 당연히 축구화도 신어보지 않았다. 물론 뾰족구두나 비키니도 처음이긴 했고 희한한 선택이었다. 선택이라는 표현이 적절한지는 모르겠지만.

"황당하네요." 월리스는 어처구니가 없었다. 아폴로는 그의 축구화에 대고 코를 킁킁거리다가 아주 꼴 보기 싫게 재채기를 했다.

"그러게. 자네의 취향이 그렇게 다양한 줄 누가 알았겠나. 자네의 잠재된 진정한 욕구가 이런 식으로 드러난 것일 수도 있어."

"그건 절대 아니라고 봅니다." 월리스는 익숙지 않은 축구화로 조심스럽게 한 발 내디뎠다. 축구화가 다른 걸로 바뀌나 했지만 그러지 않았다. 그는 안도의 한숨을 내쉬며 눈을 감았다. "이제 끝난 모양이네요."

"음. 그런가?"

어째 불길했다. 월리스는 다시 눈을 떴다. 트레이닝팬츠가 사라졌다. 롤링 스톤스 티셔츠도 사라졌다. 아, 축구화는 남았다. 그 소소한 배려에 고마워해야겠지만 이제 그는 상상의 여지라고는 전혀 없는 쫄쫄이 점프슈트를 입고 있었다. 그냥 평범한 점프슈트가 아니었다. 월리스의 사후 생활이 얼마나 폭소 유발이 되려는지, 3월 말밖에 안 됐는데도 핼러윈 코스튬 복장처럼 점프슈트 위에 해골 뼈대가 그려져 있었다.

바로 그 순간 월리스는 이 모든 게 얼마나 끔찍한지를 깨달았다. 그는 비참하게 쫄쫄이를 잡아당겨 죽 늘어나는 모습을 구경했다. 아폴로가 달려들어 잡아 뜯으려고 하자 손을 저으며 내쫓았다.

"이만하길 다행이네." 넬슨이 적어도 열다섯 개 주에서 불법으로 간주될 게 분명한 눈빛으로 그를 위아래로 훑어보며 말했다. "그래도 자네 아랫도리에 대해서는 축하 인사를 건네야겠구먼. 당연히 크기는 중요하지 않지. 그래도 그 부분에 있어서는 걱정할 필요가 없겠군."

"고맙습니다." 월리스는 영혼 없이 대답했다. 그동안 아폴로는 혀를 늘어뜨리고 바보같이 헤벌쭉거리며 그의 다리 사이를 지나가려고 했다. "잠깐, 뭐라고요?"

휴고와 메이가 내려왔을 때 월리스는 이제 자기가 밝은 색 삼각팬티에 허벅지까지 오는 인조 가죽 부츠를 신고 있는 걸 보고 공황을 일으킨 참이었다. 넬슨은 서서히 평정심을 잃었고, 월리스는 앞으로 절대 트레이닝팬츠와 조리 슬리퍼를 두고 투덜거리지 않겠다고 맹세하며 휘청휘청 걸어다녔다. 그러다 휴고와 메이가 게슴츠레한 눈으로 그를 응시하고 있는 것을 보고 걸음을 멈추었다.

"설명할게." 월리스는 최대한 몸을 가리며 말했다. 아폴로는 그러지 말라는 듯이 월리스의 손을 가볍게 깨물고 잡아당겼다.

"아침 댓바람부터 무슨 짓이람." 메이는 주방으로 향하며 새로운 놀림거리를 찾았다는 듯 그를 실컷 구경했다.

"밤새 바빴겠네요." 휴고는 조심스럽게 말했다.

월리스는 그를 노려보았다. "어떻게 보일지 알지만 그런 게 아니야."

휴고는 웃음을 참았다. 아폴로는 그의 다리 주변을 빙글빙글 돌았다. "나야 속사정을 모르니 보이는 대로 판단할 수밖에요."

"내 부활절 코스튬은 댈 게 아니네." 넬슨이 눈을 훔치며 말했다.

휴고가 옆구리 근처에서 손가락을 실룩거리며 자신을 향해 다가

오자 월리스의 얼굴이 하얘졌다. 그는 이제 휴고에게 놀림을 당하려나 보다고 생각했지만 아니었다.

"요령을 터득하게 될 거예요. 쉽지 않다고 들었지만 당신은 할 수 있어요."

그는 월리스를 향해 손을 내밀다 말고 멈추었다. "얼마나 더 여기 머무는지에 따라 달라지겠지만요." 그는 딱딱하게 미소 지었다.

드디어 등장했다. 월리스가 열심히 피하고 있었던 주제가. 처음 며칠 이후로는 다른 세상으로 건너가는 것이나 문이나 월리스가 찻집에서 누리는 절반의 삶 너머에 뭐가 있는지에 대해 더는 언급이 없었다. 고마웠지만 월리스는 경계를 늦추지 않았다. 휴고가 다그칠 게 분명했다. 그런데 그는 다그치지 않았고 월리스는 그가 잊어버렸다고 거의 확신하기에 이르렀다. 당연히 휴고가 잊어버렸을 리 없었다. 그의 일이었으니까. 이런 상태는 영원하지 않았다. 절대 그럴 수 없는데 그렇게 생각했다니 월리스가 바보 같았다. 그는 할 말을 잃었다. 휴고가 이제 어떻게 할 작정인지 두려웠다.

"이제 그만 일을 시작해야겠네요." 말투가 이상하게 퉁명스러웠다. 그는 주방 쪽으로 몸을 돌렸고, 아폴로가 쫄랑쫄랑 휴고를 따라 문지방을 넘어갔다.

"아, 이런." 넬슨이 말했다.

"왜요?" 월리스는 휴고의 뒷모습을 한참 바라보며 물었다. 가슴에 박힌 갈고리가 그 어느 때보다 무겁게 느껴졌다.

넬슨은 머뭇거리다 입을 뗐다. "내가… 아무것도 아닐세. 걱정

말게."

"뭐에 대해서 걱정하지 말라고 하면 정말 걱정을 안 하게 되더라고요."

넬슨은 혀를 찼다. "집중하게. 지금 입고 있는 옷에 만족하는 게 아니라면."

그들은 다시 연습을 시작했다. 해가 떠오르자 서늘한 빛이 바닥과 벽 위로 길게 늘어졌다.

두 번째 의미심장한 사건은 찻집에서 지낸 지 13일째 되던 날에 벌어졌다. 윌리스는 청바지와 소매가 손을 덮을 정도로 긴 오버사이즈 스웨터로 간신히 갈아입은 상태였다. 부츠는 사라졌고 로퍼가 그 자리를 대신했다. 그는 양복을 시도해볼까 하다가 한참 동안 고민한 끝에 마음을 접었다. 양복은 힘을 과시하고 싶을 때 입는 옷이었다. 양복을 제대로 입으면 위압적인 분위기를 풍기고, 중요한 사람인 척하고, 아무것도 모르면서 뭘 아는 것처럼 포장할 수 있었다.

하지만 여기서는 양복을 입은들 무슨 소용이 있을까.

아무 소용이 없지. 윌리스는 생각했다. 그러니까 청바지와 스웨터로.

아직 12시가 되지도 않았는데 점심 손님이 벌써 들이닥치기 시작해 가게가 시끌벅적했지만 윌리스는 자뻑에 젖어서 알아차리지 못했다. 새 옷이라는 사소한 변화가 이렇게 엄청난 평화를 선물하다니 믿기지 않았다. "자." 10분이 지나자 요행이 아니라는 확신이 들었다. "이제 좀 괜찮아졌네요, 그렇죠?"

"그야 누구한테 묻느냐에 따라 답이 달라지지."

월리스는 예상치 못한 반응에 놀랐다. "네?"

"자네 예전 옷차림을 더 좋아하는 사람도 있을지 모른다고."

월리스는 그 말을 어떻게 받아들이면 좋을지 알 수 없었다. "아, 흠, 고맙습니다. 그렇게 말씀해주시니 기분이 좋네요, 하지만 어르신과 제가—"

넬슨은 콧방귀를 뀌었다. "그래, 아마 그럴 거네. 자네는 눈앞에 있는 걸 못 볼 때도 있고 그런가 보구먼, 변호사 양반?"

"제 눈앞에 뭐가 있는데요?"

넬슨은 의자에 몸을 묻고 천장 쪽으로 머리를 들었다. "의미심장한 질문이로군. 거기에 대해서 자네 스스로도 고민을 자주 하나?"

"아뇨."

넬슨은 웃어 보였다. "신선해. 답답하지만 신선하네. 휴고와의 대화는 어떻게 돼가고 있나?"

갑작스럽게 화제가 바뀌자 월리스는 당황했다. 넬슨이 그에게 전문적인 기술을 하나 배웠나 하는 생각이 들었다. "그냥 잘되고 있습니다." 잘되고 있는 정도가 아니었다. 지난 며칠 동안 그들은 이런저런 대화를 나눴다. 간밤에 스크래블*을 할 때, 특히 상대방

---

*철자가 적힌 플라스틱 조각을 가지고 단어를 만드는 보드게임

이 여러 나라 말을 할 줄 알 때 어떤 경우에 사기를 쳐도 되는지를 놓고 거의 1시간 동안 옥신각신했다. 그들의 대화가 어쩌다 그런 방향으로 흘러갔는지 모르겠지만 휴고가 잘못 알고 있는 것만큼은 분명했다. 여러 나라 말을 할 줄 아는 사람과 스크래블을 할 때는 항상 사기를 쳐도 됐다.

"도움이 되고 있나?"

"잘 모르겠습니다." 윌리스는 솔직히 말했다. "제가 뭘 어째야 하는지도 모르겠고요."

넬슨은 이해하는 눈치였다. "때가 되면 알게 될 걸세."

"꼭 저렇게 말을 애매하게 한다니까." 윌리스는 불평했다. "어르신은 제가—" 그는 말문을 맺지 못했다. 뭔가가 그의 머릿속 깊은 곳을 간질였기 때문이었다. 그는 고개를 들고 좌우를 두리번거렸다.

모든 게 평소와 같아 보였다. 김이 모락모락 나는 차와 커피잔을 손으로 감싸 쥐고서 테이블에 앉아 있는 손님들이 웃고 떠드는 소리가 사방에 둔탁하게 울렸다. 카운터 앞에 짧은 줄이 생겼고, 휴고는 정비공 유니폼을 입고 손끝에 기름얼룩이 묻은 젊은 남자가 주문한 페스트리를 봉지에 담고 있었다. 주방 문 사이로 라디오 소리가 들렸다. 조리대를 오가는 메이가 둥근 창 너머로 언뜻 보였다.

"왜 그러나?" 넬슨이 물었다.

"모르겠습니다. 느껴지세요?"

넬슨은 몸을 앞으로 숙였다. "뭐 말인가?"

윌리스도 뭔지 알 수 없었다. "음…." 그는 앞문 쪽을 쳐다보았다. "뭔가가 올 것 같은 느낌입니다."

앞문이 열렸고 두 남자가 들어왔다. 둘 다 검은 양복을 입고 윤이 나는 구두를 신고 있었다. 한 명은 성장기 때 보이지 않는 천장에 막혀 위가 아니라 옆으로 자라기라도 한 듯 땅딸막했다. 이마는 땀으로 번들거렸고 작은 눈을 반짝이며 이리저리 휙휙 움직였다.

나머지 한 명은 이보다 더 다를 수가 없었다. 차림새는 비슷했지만 아주 비쩍 말랐고 키가 거의 윌리스만 했다. 양복이 헐렁하게 늘어져 뼈와 거죽밖에 안 남은 것처럼 보였다. 모서리가 닳고 깨진 낡은 서류 가방을 한 손에 들고 있었다.

땅딸이와 홀쭉이는 입구 양쪽으로 움직여 꼼짝 않고 섰다. 모두 하던 얘기를 멈추고 새롭게 등장한 인물들을 돌아보았다.

"으, 안 돼." 넬슨이 경악했다. "또야? 메이가 질색하겠군."

윌리스가 물어보기도 전에 세 번째 인물이 문 앞에 등장했다. 특이하게 생긴 여자였다. 나이는 휴고와 비슷하거나 그보다 어려 보였다. 체구는 작아서 정수리가 땅딸이의 어깨에 닿을까 말까 했다. 두 눈에 힘을 주고 당당하게 움직였고, 부자연스럽게 빨갛고 부스스한 머리 위로 밴드에 까마귀 깃털이 꽂힌 구식 페도라를 쓰고 있었다. 검정과 빨강이 섞인 색에 무거워 보이는 원피스는 허리를 단단히 조였고 종아리까지 내려왔다. 네크라인이 깊게 파여서 핏기 없고 풍만한 가슴이 훤히 드러났다. 검은색 스타킹에 굵은 끈이 달린 앵클부츠를 신었고, 장갑은 어깨에 두른 파시미나 숄과 같은 흰색이었다. 마치 19세기 초에 유행했던 차림새였다.

모두 그 여자를 빤히 쳐다봤다. 그는 그들을 못 본 체하고 한 손가락씩 장갑을 벗기 시작했다. "좋아." 그가 뜻밖의 저음으로 말했다. 걸음마를 시작한 이래 날마다 하루에 담배를 최소 두 갑씩 피운 사람 같은 목소리였다. "오늘은 분위기가 다르게 느껴지네?"

"그러게요." 땅딸이가 말했다.

"맞습니다." 홀쭉이가 말을 이었다.

그는 왼쪽 장갑을 벗고 손바닥을 위로 돌려서 손을 앞으로 내밀고는 손가락을 꼼지락거렸다. "아주 달라. 오늘은 우리가 찾으려는 걸 찾을 수 있을 거라고 봐." 그는 손을 내리고 카운터 쪽으로 움직였다. 걸음을 내디딜 때마다 마룻바닥이 삐걱거렸다.

남자들이 발맞춰 뒤따라가자 가게 안의 손님들이 수군거리기 시작했다. 셋은 월리스와 넬슨 앞을 지나면서 그들 쪽을 흘끗 쳐다보지도 않았다. 이 여자가 누군지 몰라도 월리스가 두려워하던 관리자는 아니었다. 월리스는 살갗 위로 벌레가 기어 다니는 기분이 들었지만 애써 무표정을 유지했다.

휴고는 월리스처럼 동요한 것 같아 보이지 않았다. 그보다는 체념한 표정이었다. 여자가 다가오자 카운터의 손님들이 좌우로 흩어졌다. "이렇게 금세 다시 왔어요?" 휴고가 침착한 목소리로 물었다.

"휴고." 여자가 인사를 건넸다. "내 일 방해하지 않을 거지, 응?"

휴고는 떨떠름해 보였다. "언제나 환영이라는 거 알잖아요, 트리플손 씨. 카론의 나루터는 누구에게나 열려 있어요."

"아유, 이 한심한 바람둥이가 말도 참 예쁘게 하지. 누구에게나 열려 있다고? 그게 무슨 뜻이야?"

"무슨 뜻인지 알잖아요."

여자가 몸을 앞으로 숙였다. 월리스는 예전에 자연 다큐멘터리에서 본 극락조가 생각났다. 깃털을 쫙 펼치는 것이 녀석들의 짝짓기 습관이었다. 그는 풍만, 그 이상인 자신의 신체적인 특징을 너무나 잘 알고 있었다. "알지. 너도 내가 무슨 뜻에서 하는 말인지 알잖아? 나를 속여넘겼다고 착각하지 마. 내가 전 세계를 돌아다니며 어떤 광경을 보았는지 알면 네 심장 한가운데에 공포가 꽂히고도 남을 테니까." 그는 카운터 위에 놓인 휴고의 손등을 손끝으로 훑었다.

"그렇겠죠. 이 가게의 다른 손님들을 건드리지 않고—"

"에이 씨, 뭐야." 누군가가 성질을 부렸다. 카운터 뒤편의 문이 홱 열렸다가 쾅 하고 닫히자 찻잎이 가득 담긴 병들이 덜거덕거렸고 행주를 쥔 메이가 주방에서 성큼성큼 걸어 나왔다.

"—메이만 방해하지 않으면 별일은 없을 거예요." 휴고가 말을 이었다.

"메이." 여자가 적지 않은 경멸을 드러내며 말했다.

"데스데모나." 메이는 이를 갈았다.

"계속 주방에 처박혀 있네? 잘 생각했어."

메이가 카운터를 뛰어넘으려고 했지만 휴고가 그전에 붙잡았다.

그 여자—데스데모나 트리플손이라니 이름 한번 길고 복잡했다—
는 눈 하나 깜빡하지 않았다. 장갑으로 자기 손바닥을 때리며 무
시하는 눈빛으로 메이를 올려다보았다. "그 성질머리 좀 어떻게
해야겠어, 아가씨. 숙녀답지 못하게 그게 뭐야? 네 수준이 낮긴 하
지만. 휴고, 차는 늘 앉던 테이블에서 마실게. 얼른 가져다주겠어?
오늘은 여기 분위기가 뒤숭숭해서 기회를 놓치고 싶지 않으니까."

메이는 가만 있지 않았다. "차를 끓여다가 네—"라고 했다가 말
을 마치지 못한 채 휴고에게 주방으로 끌려갔고 그가 어떤 협박을
하려고 했는지는 상상에 맡겨졌다.

데스데모나는 몸을 돌려서 자기를 빤히 쳐다보고 있는 손님들을
일일이 쳐다보고는 입꼬리를 올려서 비웃는듯한 표정을 지었다.
"하던 일들이나 계속하지? 너희 인간들이 이해할 만한 일이 아니
니까. 쯧."

모두 거의 곧바로 고개를 돌렸고 수군거림이 극에 달했다.

넬슨이 윌리스의 손을 잡고 주방으로 끌고 갔다. 그가 문을 통과
하기 전에 뒤를 돌아보니 여자와 두 남자가 피라미드 포스터 액자
가 걸린 벽 근처 테이블로 걸어가고 있었다. 여자는 한 손가락으
로 테이블 윗면을 문지르고는 고개를 저었다.

"—허락만 해주면 저 여자가 마실 차에다 독극물을 살짝 탈게요."
주방으로 들어가보니 메이가 휴고에게 흥분한 목소리로 얘기하고
있었다. 아폴로가 메이 옆에 앉아서 귀를 펄럭이며 둘 사이를 번
갈아 쳐다보았다. "죽일 수 있을 정도는 아니지만 중죄로 여겨져

서 내가 징역형을 받을 수는 있을 만큼. 이야말로 윈-윈이잖아요."

휴고는 경악한 표정을 지었다. "그런 식으로 차를 망치면 되겠어요? 한 잔, 한 잔이 특별한데 독극물을 섞으면 맛이 망가지잖아요."

"무맛인 독극물을 쓰면 돼요. 어디서 읽었는데 비소는 아무 맛도 안 난대요." 메이가 반박하다 말고 잠깐 멈췄다. "지금 당장 어디서 비소를 구할 수 있을지 그걸 모르겠네. 젠장. 지난번에 알아봤어야 하는 건데."

"우리는 사람을 살해하지 않아요." 휴고가 단호하게 말했다. 보아하니 메이에게 전에도 똑같은 말을 한 적이 있는 눈치였다.

"그럼 불구로 만드는 건 어때요?"

"그것도 마찬가지예요."

메이는 팔짱을 끼고 입을 내밀었다. "그 무엇도 우리를 막을 수 없어요. 꿈을 이룰 수 있게 항상 노력해야 한다면서요?"

"살인을 염두에 두고 한 말은 아니었어요. 꿈도 아니고요." 휴고가 무덤덤하게 말했다.

"그릇이 이렇게 작을 수가. 인생은 한 방인데." 메이는 월리스를 흘끗 쳐다봤다. "휴고한테 얘기 좀 해줘. 너는 내 편이지? 우리 중에서 네가 법을 제일 잘 알잖아. 죽어도 싼 인간을 죽이면 법적으로 어떻게 돼?"

"불법이야."

"백 퍼센트 불법은 아니지 않아? 정당한 살인이라는 것도 있잖아."

"심신 미약으로 무죄를 주장할 수 있긴 하지만 입증하기가 어려워서—"

메이는 열심히 고개를 주억거렸다. "그거야. 그렇게 변론해야겠다. 완전히 미쳐서 저 여자가 마실 차에 비소를 넣었을 때 내가 무슨 짓을 저지르고 있는지 몰랐다고."

"사전 모의가 있었다고 내가 불리한 증언을 할 수 있는 것도 아니고."

"도움이 안 되네요." 휴고는 기운이 빠졌다.

그럴지 몰라도 월리스가 보기에 메이가 실제로 누굴 죽일 것 같지는 않았다. 적어도 그가 바라기로는 그랬다. "저 여자가 무슨 잘못을 저질렀길래? 누군데? 이름이 이상한 거 말고 다른 문제가 있어?"

메이가 내뱉듯이 말했다. "자칭 영매래. 휴고를 짝사랑하고."

휴고는 힘없이 반박했다. "아니에요."

넬슨이 말했다. "맞아. 대부분의 사람이 그 여자처럼 카운터에 자기 가슴을 얹거든. 자연스러운 행동이지."

"그 여자는 신경 쓸 것 없어요." 휴고는 월리스를 설득하려는 듯이 말했다. "몇 달에 한 번씩 와서 교령회*를 열려고 할 뿐이에요. 그때마다 아무 일도 벌어지지 않아서 그냥 가죠. 오래 하지도 않고 아무도 다치지 않아요."

"지금 당신이 무슨 말을 하는지 알고는 있어요?" 메이가 외쳤다.

월리스는 짝사랑이라는 단어에 꽂혔다. 그 단어를 듣고 생각지도 못하게 발끈했다. "당신이 게이인 줄 알았는데."

---

*죽은 사람의 혼령과 접촉을 시도하는 모임

휴고는 눈을 깜빡였다. "맞는데요?"

"그럼 저 여자가 왜 치근덕거려?"

"글쎄요?"

"그야 끔찍한 인간이기 때문이지. 그야말로 전 세계를 통틀어 가장 끔찍한 인간이거든." 메이는 주방을 왔다 갔다 걷기 시작했다. "그 여자 때문에 나 같은 사람들이 오해를 받아. 사랑하는 사람들과 접촉할 수 있도록 도와주겠다며 사기를 쳐서 돈을 뜯어내고. 교령회랍시고 하는 것도 엉망진창이야. 헛된 희망을 심어주고, 사람들이 듣고 싶어 하는 말을 들려주는 게 전부거든. 저 여자는 내가 어떤 일을 겪었는지 전혀 모르고, 안다고 하더라도 멈추지 않을 거야. 자기가 여기 주인인 것처럼 한들한들 들어와서는 우리가 하는 모든 일을 비웃기나 하지."

휴고는 한숨을 쉬었다. "그렇더라도 그냥 내쫓을 수는 없어요, 메이."

"왜 안 되는데요?" 메이는 성을 냈다. "엄청 간단해요. 가만히 보고 있어요. 내가 지금 당장 가서 내쫓고 올 테니까."

휴고는 메이가 문을 박차고 나가지 못하게 붙잡았다.

잠깐 동안 월리스는 이게 다 연극인 줄 알았다. 메이가 맡은 배역을 연기하느라 호들갑을 떠는 줄 알았다. 그런데 그가 입술을 비틀며 조금 전만 해도 멀쩡했던 눈을 번뜩였다. 한 번도 본 적 없는 모습이었다. 어렸을 때 그가 뭔가 이상하다고 말하려 해도 아무도 들어주지 않아서 얼마나 괴로웠는지 모른다고 했던 얘기가 생각났다.

"저 여자가 뭘 하길래?" 월리스는 물었다.

넬슨이 답했다. "위저 보드. 그 여자 말로는 1800년대에 사탄 숭배자들이 썼던 위저 보드를 앤티크 숍에서 찾았다나. 해즈브로에서 2004년에 만들었다는 스티커가 바닥에 붙어 있는데 말이지."

"입만 열면 헛소리거든." 메이가 툴툴댔다.

"맞네. 모든 걸 촬영해서 인터넷에 올리고. 메이가 전에 찾아본 적이 있거든. 데스데모나 트리플손의 섹시한 교령회라는 유튜브 채널을 운영하고 있더군." 넬슨은 인상을 썼다. "고급 콘텐츠는 아니었네. 내가 뭘 알겠느냐마는."

"하지만…." 월리스는 머뭇거리다가 말했다. "사람들에게 듣고 싶어 하는 얘기를 들려주는 게 전부라면 나쁠 건 없지 않아?"

메이가 눈을 번뜩거렸다. "거짓말을 하는 거잖아. 그 얘기를 듣고 사람들의 기분이 좋아진다 하더라도 그게 거짓말이라는 사실에는 변함이 없어. 저 여자는 우리가 하는 일이나 사후 세계에 대해 아는 게 전혀 없고. 당신은 거짓말에 속아도 상관없어?"

상관없지 않았다. 하지만 그는 다른 관점에서 바라볼 수 있다고 생각했다. 그 여자에게 돈을 주고 위안을 얻겠다면 그건 그 사람들이 알아서 할 일이었다. "그러고 돈을 받나?"

메이는 고개를 끄덕였다. 휴고가 한 팔로 메이를 감싸 안았지만 그는 뿌리쳤다. "저 여자가 낸시한테 그런 짓을 저지른 걸 보고 당

---

*심령술에서 쓰는 점괘 판

신이 정신 차린 줄 알았는데. 내가 착각했네요."

휴고는 의기소침해졌다. "나는…." 그는 한 손으로 얼굴을 문질렀다. "그건 낸시의 선택이었어요, 메이."

"저 여자가 낸시한테 무슨 짓을 저질렀길래?" 월리스는 물었다.

모두 그를 빤히 쳐다보았고 숨 막히는 정적이 흘렀다. 월리스는 자기가 이번에는 또 무슨 지뢰를 건드렸는지 궁금해졌다.

"저 여자가 낸시를 찾았어. 낸시가 저 여자를 찾았을 수도 있고. 어느 쪽인지 모르겠고 상관도 없어. 중요한 건 데스데모나가 낸시의 머릿속을 헛소리로 가득 채웠다는 거야. 이 세상에는 혼령이 떠다니고 자기는 그들과 접촉할 수 있다는 헛소리로. 그런 식으로 낸시에게 헛된 희망을 심어주는 잔인한 짓을 저질렀어. 데스데모나가 도와줄 수 있다고 하니까 낸시는 그 말을 믿었지. 그 말을 듣고 낸시의 얼굴에 얼마나 생기가 돌았는지 몰라. 하지만 아무 일도 벌어지지 않았고 낸시는 절망했지. 데스데모나는 그래도 돈을 챙겼고." 말을 마쳤을 때쯤 메이의 뺨은 울긋불긋했고 입에서 침이 튀었다.

월리스가 낸시에게 무슨 일이 생겼길래 데스데모나 같은 사람과 말을 섞었느냐고 물어볼 겨를도 없이 휴고가 이어 말했다. "그건 내가 변호하려는 건 아니지만, 메이. 당신이 무슨 말을 하고 싶은 건지는 알아요. 하지만 그건 낸시의 선택이었어요. 낸시는 누가 됐건—"

바로 그때 월리스는 결정을 내렸다. 메이의 표정을 더는 보고 있을 수 없었다. 그 여자가 휴고에게 치근덕거렸던 것과는 절대 무관했다.

이제 그의 손으로 문제를 해결할 시점이었다. 그는 몸을 돌려 뒤에서 부르는 사람들의 소리를 무시한 채 문밖으로 걸어 나갔다.

데스데모나 트리플손이 테이블에 앉아 있었다. 땅딸이와 홀쭉이가 그 옆에 서 있었다. 서류 가방이 열려 있었고 촛불이 테이블 위에 놓여 있었다. 누가 사과 한 바구니를 먹고 토한 다음 그걸 계피로 덮은 것처럼 역겹고 불쾌한 향이 풍겼다. 손님들은 대부분 나갔지만 몇 명이 남아서 그 여자를 예의 주시하고 있었다.

전에는 없었던 까만색 천으로 테이블을 덮고 그 위에 위저 보드를 올려놓았다. 그 연극 같은 분위기에 월리스의 얼굴이 찌푸려졌다. 보드 위에 나무 플랑셰트*가 놓여 있었지만 데스데모나가 거기에 손을 얹지는 않았다. 위저 보드 옆에는 깃털 펜이 몇 장의 종이 위에 놓여 있었다.

데스데모나는 의자에 꼿꼿하게 앉아서 삼각대에 놓인 카메라를 응시하고 있었다. 카메라 꼭대기에서 조그만 빨간색 불빛이 깜빡거렸다. 누가 시키지도 않았는데 땅딸이가 앞으로 나와 그의 어깨에서 숄을 벗겨 조심스럽게 접었다. 홀쭉이는 서류 가방에서 어떤 액체가 든 병과 유리 스포이트를 같이 꺼냈다. 액체를 데스데모나의 양쪽 손에 각각 두 방울씩 떨어뜨리고 병을 옆으로 치웠다. 그

*두개의 작은 고리와 연필이 하나 달린 심장 모양의 판. 손을 얹어 점을 치는 데 쓰인다

가 손등에 대고 액체를 비볐다. 라벤더 향이 퍼졌다.

"그래." 홀쭉이의 작업이 끝나자 그가 숨을 토했다. "느껴져. 여기 누가 있어. 어떤 존재가. 가서 혼령 상자 들고 와. 당장." 그는 카메라를 향해 눈을 번뜩였다. "구독자 여러분들도 알다시피 저는 소통할 때 위저 보드를 가장 좋아하지만 혼령들이 허락해준다면 오늘은 새로운 걸 시도해보고 싶네요." 그는 한 손가락으로 깃털 펜을 훑었다. "자동 기술이요. 만약 혼령이 그럴 생각이 있다면 내 손을 내줄 테니 전하고 싶은 메시지를 적어달라고 하겠어요. 재밌을 것 같지 않아요?"

땅딸이가 서류 가방 안에서 월리스가 지금까지 본 적 없는 기계를 끄집어냈다. 리모컨과 크기 및 생김새가 비슷했고 꼭대기에 조그만 전구가 달린 뻣뻣한 철사가 꽂혀 있었다. 땅딸이가 옆에 달린 스위치를 누르자 기계가 초록색으로 반짝이며 켜졌고 높고 날카롭게 지지직거리는 소리를 냈다. 땅딸이가 눈을 휘둥그레 뜨고 기계를 내려다보다가 자기 손바닥에 대고 탁탁 쳤다. 비명 소리가 죽고 불빛도 희미해졌다.

"이상하네." 땅딸이가 고개를 갸우뚱했다. "지금까지 이런 적은 한 번도 없었는데."

"지금 너 때문에 분위기가 엉망 되고 있잖아." 데스데모나가 카메라를 계속 쳐다본 채 한쪽 입꼬리만 움직이며 다그쳤다. "충전한 거 맞아?"

땅딸이는 이마에 난 땀을 닦았다. "분명히 충전했어요. 배터리

백 퍼센트였어요." 그는 기계를 왔다 갔다 흔들었다. 윌리스는 옆으로 비켰다. 그가 바로 옆을 지나가도 그 기계는 거의 깜빡거리지조차 않았다.

"지금 뭐하는 건가?" 그의 옆에서 누군가가 속삭였다. "뭐하려는 건지 몰라도 나도 끼워주게. 특히 사고 치려는 거라면 대환영일세." 고개를 돌려보니 넬슨이 음흉하게 웃고 있었다. 윌리스도 따라서 입꼬리가 올라갈 수밖에 없었다. "저 여자한테 장난치려고요."

"우우. 대찬성이네."

홀쭉이가 눈썹을 꿈틀거렸다. "무슨 소리 못 들으셨어요?"

"듣기 싫은 내 목소리밖에 못 들었는데?" 데스데모나는 몇 명 안 남은 손님들마저 일어나 나갈 때까지 그들을 노려보았다. "말 좀 줄이고 더 집중."

홀쭉이는 입을 꾹 다물었고 땅딸이는 의자 위에 서서 천장을 향해 기계를 들었다.

"혼령들이여!" 데스데모나가 높고 날카롭게 외쳤다. "대화를 나누어 주소서! 여기 있다는 것을 알고 왔으니." 그는 플랑셰트 위에 두 손을 얹었다. "이 보드를 쓰면 우리 서로 대화를 나눌 수 있어요. 알겠어요? 걱정할 건 아무것도 없어요. 나는 당신과 대화를 나누고 싶을 뿐, 해칠 생각은 전혀 없어요. 펜과 종이가 더 좋겠다면 알려주세요. 내 안으로 들어오세요. 내가 당신의 목소리가 될게요."

아무 일도 벌어지지 않았다.

데스데모나는 가늘게 눈을 떴다. "천천히 하세요."

전혀 아무 일도 벌어지지 않았다.

"언제까지고 기다려 드릴— 위에서 그만 좀 얼쩡거려! 네가 다 망치고 있잖아!"

홀쭉이가 얼른 허리를 펴며 옆으로 물러났다.

"이상하네." 땅딸이는 혼잣말을 하며 벽난로 근처에서 걸음을 멈췄다. 그가 넬슨의 의자 위로 기계를 휙 움직이자 다시 삐익 하는 소리가 났다. "꼭 뭔가가 여기 있는 것 같아요. 혹은 있었거나. 아니면 있을지도? 어쩌면 절대 아닐 수도 있고요."

"당연하지. 내가 준 파일을 열심히 안 읽었어? 휴고의 할아버지가 죽기 전에 여기서 살았잖아. 오늘 느껴지는 게 그의 혼령일 가능성이 제일 커. 아니면 여기가 예전에 연쇄 살인범이 살던 집이라 끔찍하게 사지가 잘려 살해당한 피해자들이 무덤 밖으로 손을 내미는 것일 수도 있고." 데스데모나는 어깨를 꿈틀거리고 가슴을 올렸다 내리며 카메라를 쳐다보았다. 월리스는 그의 립스틱 색깔이 새빨갛다는 걸 왜 진작 알아차리지 못했는지 의아했다. "작년에 헤링 하우스에 갔을 때 그랬잖아? 그 가엾고 가엾은 혼령들."

"흠. 저 여자가 정말로 뭔가를 느낄 수 있는 걸지도 모르겠네."

"주방으로 다시 들어가세요." 휴고가 찻잔이 담긴 쟁반을 들고 넬슨과 월리스 옆을 지나며 재촉했다. 월리스가 주방 쪽을 흘끗 돌아보니 메이가 둥근 창 너머로 그들을 죽일 듯이 노려보고 있었다.

"뭐야? 방금 뭐랬어, 휴고?" 데스데모나는 다시 카메라를 쳐다보았다. "구독자 여러분, 지난번에 만났던 휴고 기억하시죠? 이 친구가 여러분들 사이에서 인기가 많다는 거 알아요." 그는 키득거렸고 휴고는 쟁반을 위저 보드 옆에 내려놓았다. 월리스는 그의 눈알을 후벼파고 싶었다. "귀여운 친구예요." 데스데모나가 한 손가락으로 휴고의 팔을 쓸고 내려오자 그는 팔을 치웠다. "여기 남아서 같이 볼래? 금세기 최고의 초자연적인 사건이 될 텐데. 내 바로 옆에 앉아도 돼. 상관없어. 원하면 한 의자에 앉아도 되고."

"다음번에요. 또 필요한 거 있으신가요, 트리플손 씨?"

"아, 있지. 하지만 애들도 내 영상을 보니까. 그 귀한 마음을 오염시키고 싶지 않아."

"오 마이 갓. 무슨 인간이 저래요?" 월리스는 경악했다.

휴고는 거칠게 기침을 했다. "그럼, 알겠습니다." 그는 뒤로 물러났다. "더는 필요한 게 없다고 하시니 이만 비켜드릴게요. 이 가게 안에 세 분 말고 다른 누군가가 있다면 똑같이 얘기하고 싶네요. 이만 비키시라고."

월리스는 콧방귀를 뀌었다. "아, 그래? 알겠습니다. 잘 봐, 휴고. 보고 있어? 내가 얼마나 잘 비키는지 보라고."

휴고는 그를 흘끗 쳐다보았다.

월리스는 가운뎃손가락을 들어 보였다.

넬슨은 킬킬거리며 똑같이 따라했다.

휴고는 재밌어하지 않았다. 그는 카운터 뒤편으로 다시 들어가 행주를 꺼내서 카운터를 닦으며 월리스와 넬슨을 노려보았다. 데스데모나와 두 수행원이 딴 데 정신을 팔자 두 손가락으로 자기 눈을 겨누었다가 윌리스를 겨누며 그만해요, 라고 입 모양으로 말했다.

"뭐라고?" 윌리스가 언성을 높여서 물었다. "뭐라는지 안 들리네!"

휴고는 혹사당한 사람 특유의 지친 한숨을 내쉬고는 뭐라 뭐라 웅얼대며 카운터를 북북 닦았다. 메이가 아직까지 창문 앞에 매달려 눈을 까뒤집고 혀를 늘어뜨리고 커다란 고기 칼로 자기 목을 긋는 시늉을 하는 것도 도움이 되지 않았을 것이다.

땅딸이가 찻집 안을 걸어 다니는 동안 (휴고가 노려보자 카운터 뒤편에는 들어가지 않겠다고 얼른 말했다) 홀쭉이는 서류 가방에서 메모지와 만년필을 꺼내 받아 적을 준비를 갖추고 데스데모나 옆에 섰다. 아폴로가 바로 옆에서 다리를 들고 자기 구두 위에 오줌을 누는데도 알아차리지 못했다. 윌리스가 김이 모락모락 나는 오줌 줄기에 잠깐 정신을 판 사이 데스데모나가 플랑셰트에 다시 손을 얹고 헛기침을 했다.

"혼령들이여!" 그가 다시 외쳤다. "나는 당신들의 도구입니다. 나를 통해 사후 세계의 비밀을 알려주세요. 나는 당신들을 돕기 위해 이 자리에 왔으니 아무 걱정도 하지 말고요." 그는 어깨를 꿈틀거리며 플랑셰트 위로 손가락을 펼쳤다.

윌리스는 그 모습이 아니꼬웠다. 그는 목을 좌우로 돌리고 손마디를 꺾어 소리를 냈다. "좋아. 그렇게 간절히 원하는 유령 체험을 하게 해주지."

"우." 데스데모나는 신음을 토했다. "느껴져요." 그는 아랫입술을 깨물고 빨았다. "따뜻하고 간질간질해요. 누가 나를 어루만지는 것처럼. 우. 우."

월리스는 심호흡을 하고 손을 흔든 다음 깃털 펜이 아닌 플랑셰트의 반대편에 손을 얹었다. 처음에는 손가락이 그대로 통과하자 그는 짜증이 스멀스멀 올라왔다. "마음을 비우자." 그는 속삭였다. "마음을 비우자."

플랑셰트가 그의 손 아래에서 점점 단단해졌다. 그는 놀라서 움찔하느라 플랑셰트를 쳐서 살짝 옆으로 밀었다.

데스데모나가 헉 소리를 내며 얼른 자기 손을 뺐다. "아까, 아까 그거 봤어?"

홀쭉이가 눈을 동그랗게 뜨고 고개를 끄덕였다. "어떻게 된 거죠?"

"나도 모르겠어." 그는 허리를 숙이고 위저 보드 앞으로 얼굴을 들이밀다 촬영 중이라는 사실을 기억해내고는 다시 카메라를 올려다보며 말했다. "시작됐습니다. 혼령들이 대변인을 선택했어요." 그는 다시 플랑셰트에 손을 올려놓았다. "아, 친애하는 망자여. 나를 쓰세요. 나를 최대한 써주세요. 당신의 메시지를 전해주시면 온 세상에 널리 알리겠습니다."

월리스는 데스데모나 트리플손이 마음에 들지 않았다. 그는 플랑셰트를 밀어서 움직이려고 했지만 데스데모나가 단단히 붙잡고 있었다. "움직인다." 그가 입꼬리만 움직이며 속사포로 말했다. "준비해. 이 영상으로 조회수 400만은 거뜬하고 TV 출연 계약까지 따내게 될 테니까."

홀쭉이는 고개를 끄덕이고 메모지에 뭐라고 끄적였다.

"뭐라고 얘기할까요?" 월리스는 넬슨에게 물었다.

넬슨은 얼굴을 구겼다가 다시 펴고는 사악하게 두 눈을 번뜩거렸다. "끔찍한 대사를 생각해봐. 위저 보드로 네, 아니오 하는 건 건너뛰고. 그건 재미없잖아. 악마인 척, 이 여자의 목구멍뿐 아니라 영혼까지 거두어가겠다고 하게."

"그건 안 돼요." 휴고가 큰 소리로 외쳤다.

데스데모나, 홀쭉이, 땅딸이가 일제히 그를 돌아보았다. "뭐라고?" 데스데모나가 물었다.

휴고의 얼굴이 하얘졌다. "그게… 부리토 보울을 팔까 고민 중이라서요."

"내 찻집에서는 절대 안 돼!" 메이가 주방에서 외쳤다. 그는 어느새 다른 칼을 찾았는데, 첫 번째 칼보다 더 컸다. 둥근 창 너머로 보이는 모습이 정말이지 섬뜩했다. 월리스는 감명받았다.

"저 여자 말이 맞아." 데스데모나가 휴고에게 말했다. "이 집 메뉴랑 어울리지 않아. 아니, 이 가게 고객층을 생각해보라고." 그는 다시 위저 보드 쪽으로 고개를 돌려서 손끝으로 플랑셰트를 단단히 눌렀다. "혼령들이시여! 그 심령체로 저를 채우소서! 그 어떤 것도 우연에 맡기지 마소서. 내가 당신들의 관능적인 목소리가 되게 하소서. 당신들의 비밀을 알려주소서. 우우."

"받으시지, 아주머니." 월리스는 플랑셰트를 움직이기 시작했다. 생각했던 것보다 훨씬 집중력이 필요했다. 옷을 갈아입는 거나 의자를 움직이는 것과는 차원이 달랐다. 크기가 작은데도 예상외로 훨씬 더 어려웠다. 그는 끙끙거렸다. 죽어서도 땀이 날 수 있었다면 이마에서 뚝뚝 떨어졌을 것이다. 플랑셰트가 좌우로 움직이다가 천천히 돌아가기 시작하자 데스데모나는 깜짝 놀랐다.

"원하는 글자에서 멈춰야 하네." 넬슨이 말했다.

"저도 압니다." 윌리스는 욱했다. "이게 보기보다 어렵다고요." 그는 이마를 찡그리고 혀를 내밀어가며 집중했다. 좀 더 천천히 움직이며 단 몇 초 만에 요령을 터득했다.

"H." 데스데모나가 속삭였다.

"H." 홀쭉이가 복창하며 메모지에 적었다.

"I."

"I."

윌리스는 여기에서 멈췄다.

데스데모나는 실망했다. "이걸로 끝이라고?" 그는 홀쭉이를 올려다보았다. "뭐라고 한 거지?"

홀쭉이는 하얘진 얼굴로 손을 벌벌 떨며 메모지를 데스데모나 쪽으로 돌려서 보여주었다. 그는 실눈을 뜨고 메모지를 쳐다보았다가 허리를 꼿꼿하게 폈다. "안녕. 안녕이라고 하네. 세상에. 이거 진짜야. 진짜, 진짜야." 그는 거칠게 기침을 했다. "아니, 물론 진짜죠. 저도 그런 줄 알았답니다. 당연히." 그는 카메라를 보며 활짝 웃었지만 전보다 표정이 훨씬 뻣뻣했다. "혼령들이 우리에게 말을 걸고 있어요." 그는 다시 한번 헛기침을 했다. "안녕하세요,

혼령님. 메시지 잘 받았어요. 누구세요? 원하는 게 무엇인가요? 혹시 끔찍하게 돌아가셨나요? 치정극에 휘말려 망치로 죽을 때까지 얻어맞은 건 아니고요? (상표 등록 중인) 데스데모나 트리플손의 섹시한 교령회의 진행자, 데스데모나 트리플손만이 도울 수 있는 미해결 사안이라도 있나요? 범인이 누구예요? 이 자리에 있는 사람인가요?"

"내가 너를 당장 죽여주마!" 메이가 주방에서 소리를 질렀다.

"그래." 월리스가 플랑셰트를 움직여 '네'라고 하자 데스데모나가 말했다. "역시 살해당했군요. 그럴 줄 알았어요! 오, 위대하신 혼령님. 당신을 살해한 범인이 누군지 알려주세요. 제가 당신을 대신해 정의를 구현할게요. TV 출연 계약이 성사되면 절대 당신을 잊지 않을게요. 이름을 알려주세요."

플랑셰트가 다시 움직였다.

"D." 데스데모나는 나지막이 속삭였다. "E. S. D. E. M. O. N—"

홀쭉이가 목이 졸린 듯한 소리를 냈다. "DEMON이면 악마라는 뜻인데요."

"정말이지 이 둘은 최악이네." 넬슨이 천장을 향해 기계를 들고 의자 위에 서 있는 땅딸이를 빤히 쳐다보며 말했다.

"A." 플랑셰트가 이제 더는 움직이지 않았다. "악마 아니야. 악마라고 하기엔 글자 수가 너무 많잖아. 다 받아적었어?"

홀쭉이가 천천히 고개를 위아래로 움직였다.

"그래서? 뭐라는데?"

그가 다시 메모지를 보여주었다.

거기에는 네모반듯한 글씨체로 이렇게 적혀 있었다.

DESDEMONA(데스데모나).

그는 가만히 그 이름을 쳐다보았다가 위저 보드를 거쳐 다시 메모지를 보았다. 그동안 홀쭉이는 몸을 돌려서 카메라를 향해 그 단어를 가리켜보였다. "저건 내 이름인데." 그는 핏기가 가신 얼굴로 플랑셰트에서 손을 거두었다. "지금 내가 당신을 살해했다는 건가요?" 그는 어색하게 웃음을 터뜨렸다. "그건 있을 수 없는 얘기에요. 나는 아무도 죽인 적이 없어요."

그가 건드리지도 않았는데 플랑셰트가 돌아가기 시작하자 홀쭉이와 데스데모나는 그대로 얼어붙었다. 그는 윌리스가 지목한 글자를 얼른 외쳤고 홀쭉이는 그걸 받아적었다.

"네가 완전히 나를 죽였잖아." 데스데모나는 메모지에 적힌 문구를 읽고는 눈을 껌뻑였다. "뭐라고? 아니야. 이봐요, 누구세요? 대체 무슨 장난인 거지?" 그는 허리를 숙여 테이블 아래를 살피고는 다시 제대로 앉았다. "자석은 없는데. 휴고, 휴고, 이거 네가 하고 있는 거야? 나는 이런 식으로 장난치는 거 싫은데."

"당신은 지금 이해조차 못 하는 힘을 가지고 장난치고 있어요." 휴고가 엄숙한 목소리로 말했다.

플랑셰트가 다시 움직였다.

"하, 하." 홀쭉이가 받아 적은 단어를 낭독했다. "너 재수 없어."

"자네, 초등생인가?" 넬슨은 웃음이 나오려는 걸 애써 참았다. "좀 더 무섭게 해야지. 자네는 사탄이라고, 간을 먹어버리겠다고 하게."

"나는 사탄이다." 플랑셰트가 움직이는 대로 홀쭉이가 말했다. "네 난을 먹어버리겠다."

"간이네." 넬슨이 말했다. "간!"

"압니다." 월리스는 이를 악물고서 말했다. "미끄러워서 그래요!"

"내 난?" 데스데모나는 어리둥절해하며 반문했다. "나는 난을 키워본 적이 없는데."

플랑셰트가 다시 움직였다. "미안." 홀쭉이가 새로운 메시지를 받아적으며 읽었다. "바보 같은 자동 수정. 간을 먹어버리겠다고."

휴고는 두 손에 얼굴을 묻고 앓는 소리를 냈다.

데스데모나는 의자로 바닥을 긁어가며 벌떡 일어나 사방을 미친 듯이 두리번거렸다. 홀쭉이는 메모지를 가슴에 대고 움켜쥐었고, 어느덧 땅딸이도 그들 자리로 합류해 위저 보드 위로 기계를 들었다. 아까보다 더 시끄럽게 삑삑거리는 소리가 났고 위에 달린 전구에 환하게 불이 들어왔다.

"우리가 이해하지 못할 일에 휘말리게 됐어." 데스데모나는 손등을 이마에 대고 가슴을 들썩이더니 카메라를 쳐다보았다. "여러분도 보셨죠? 사탄이 여길 찾아왔고 제 간을 먹어버리겠대요. 하지만 나는 소심해지지 않겠어요." 그는 손을 내렸다. "사탄이 됐건 다른 악마가 됐건 여긴 네가 있을 곳이 아니야! 여긴 과자로 바가지를 씌우는 평화로운 공간이라고."

"이봐요!" 휴고가 외쳤다.

월리스는 좀 더 빠르게 플랑셰트를 움직였다. "여기 있으면 안 되는 사람은 아줌마 너야." 그는 중얼거렸고 홀쭉이도 같은 말을 큰 소리로 낭독했다. "꺼져. 다시는 오지 마." 그는 잠깐 멈추고 고민했다. "메이한테 함부로 하지 마. 내가 네 뇌를 먹어버리기 전에."

"이걸 보세요." 땅딸이가 떨리는 손으로 가리키며 말했다.

월리스가 고개를 돌려보니 넬슨이 벽에 달린 조명 근처에 서 있었다. 그가 손을 조명에 대고 누르자 안에 달린 전구들이 깜빡이기 시작했다. 넬슨이 그를 보고 눈을 찡긋거리자 월리스는 씩 웃었다. 이제는 전구들이 덜거덕거렸다.

"나가." 월리스는 중얼거리며 플랑셰트를 더 빨리 움직였다. "나가. 나가. 꺼지라고!" 하고 싶은 말이 끝나자 그는 플랑셰트를 있는 힘껏 밀어서 가게 저편으로 날렸다. 플랑셰트는 벽난로 안으로 떨어져 불길에 휩싸였다. 위저 보드는 와장창 소리와 함께 바닥으로 떨어졌다.

"나는 이런 황당한 일 하겠다고 한 적 없어요." 땅딸이가 천천히 뒷걸음질 치다가 의자에 부딪히자 꽥 소리를 지르며 휙 하니 몸을 돌렸다.

넬슨은 조명에서 카메라 쪽으로 자리를 옮겨 기계를 유심히 들여다보다가 고개를 끄덕였다. "비싸 보이네." 그러곤 카메라를 쳐서 넘어뜨렸다. 카메라는 바닥에 부딪혀 렌즈에 금이 갔다. "아차차."

휴고는 다시 한번 한숨을 쉬었고 윌리스는 신이 나 말했다. "잘했어요, 어르신. 잘했어요."

"여기서 나가야겠어요." 홀쭉이는 흥분한 목소리로 말하고는 문 쪽으로 걸음을 옮기기 시작했다. 윌리스가 차서 날린 의자가 바닥을 미끄러져가 홀쭉이의 정강이를 때렸다. 그는 비명을 지르며 하마터면 넘어질 뻔했고, 메모지가 바닥에 흩어졌다.

"더 이상 참지 않겠어!" 데스데모나가 소리를 질렀다. "이런다고 우리가 겁먹을 줄 알아? 나는 데스데모나 트리플손이야. 구독자 수가 5만 명이라고. 내가 명령하는데ㅡ"

데스데모나가 뭐라고 명령하려고 했건 간에 메이가 머리 위로 칼을 치켜들고 날뛰며 문을 벌컥 뛰쳐나오자 모두 묻혀버렸다. "나는 사탄이다! 나는 사탄이다!"

윌리스가 마지막으로 본 데스데모나와 홀쭉이와 땅딸이의 모습은 카론의 나루터에서 꽁지 빠지게 줄행랑치는 뒷모습이었다. 홀쭉이와 땅딸이는 동시에 빠져나가려다가 문에 끼었고 데스데모나에 들이받혀서 현관 앞 베란다로 쓰러졌다. 그가 원피스 자락을 거의 음란한 수준으로 들어 올리고 둘의 등과 팔을 무자비하게 밟고 지나가자 그들은 비명을 질렀다. 그는 계단을 정신없이 뛰어 내려가 한 번도 뒤를 돌아보지 않고 진입로로 질주했고, 홀쭉이와 땅딸이는 주섬주섬 일어나 그를 뒤쫓아갔다.

카론의 나루터에 정적이 내려앉았지만 오래 가지 않았다. 넬슨이 처음에는 조그맣게, 그러다 점점 더 크게 키득거리기 시작했다.

메이도 처음에는 딸꾹거리며 기침하다 훌쩍이며 코웃음을 쳤고 이내 칼을 내리며 낄낄거렸다.

그때 지금까지 한 번도 들린 적 없었던 소리가 찻집 구석구석을 채웠다. 이 소리에 넬슨과 메이는 잠잠해졌고, 휴고는 카운터를 천천히 돌아 나왔다.

월리스의 웃음소리였다. 그는 한 팔로 배를 감싸고 다른 쪽 손으로 무릎을 때려가며 처음으로 크게 웃었다. "봤어? 아까 그 사람들 표정 보셨어요? 와, 이렇게 엄청날 수가." 그는 계속 웃었다. 가슴 속에서 뭔가가, 얽히고설켜 있는 줄도 몰랐던 뭔가가 풀렸다. 그는 가벼워졌다. 자유로워졌다. 어깨를 흔들며 허리를 숙이고 괜히 숨을 헐떡였다. 폭소가 나지막한 키득거림으로 바뀌어도 가벼워진 느낌은 계속 남았다. 오히려 더 밝게 이글거렸고, 그 빌어먹을 갈고리가 드디어 처음으로 그를 한곳에 붙잡아놓는 족쇄처럼 느껴지지 않았다. 그는 어쩌면 난생처음으로 대가 없이 좋은 일을 한 게 아닐까 하는 생각이 들었다.

왜 진작 이럴 생각을 하지 못했을까?

그는 눈물을 닦으며 허리를 펴고 일어섰다.

넬슨이 감탄하는 표정을 짓고 있었다. 그의 손자도 마찬가지였다.

맨 먼저 입을 연 사람은 메이였다. "내가 으스러져라 끌어안아 줘야겠네."

월리스는 깜짝 놀랐다. 메이가 신체 접촉에 대해 한 말을 기억하고 있기 때문이었다. "그 말을 협박으로 쓸 수 있는 사람이 너 말고 또 있을까?"

메이는 가장 가까운 테이블에 칼을 내려놓고 손가락으로 다른 손바닥을 두드렸다. 그들을 감싼 공기가 조그맣게 펄떡거리는가 싶더니 다음 순간 메이가 윌리스를 덮쳤다. 메이가 그의 허리를 두 팔로 감싸고 꼭 끌어안았다. 그는 하마터면 넘어질 뻔했고 놀라서 그대로 얼어붙었지만 한순간이었다. 금방이라도 깨질 듯 아슬아슬한 느낌이었고, 윌리스는 누가 자신을 안아준 게 얼마 만인지 기억조차 나지 않았다. 그는 조심스럽게 팔을 위로 올려 두 손을 메이의 허리에 얹었다.

"좀 더 세게 안아도 돼." 메이가 그의 목에 대고 말했다. "그런다고 내가 부러지지 않아."

그의 눈이 화끈거렸다. 이유는 몰랐다. 하지만 윌리스는 메이가 시킨 대로 그를 있는 힘껏 끌어안았다.

눈을 떠보니 휴고가 묘한 표정으로 윌리스를 치켜보고 있었다. 그들은 한참 동안 서로를 바라보았다.

12장

그날 저녁에 월리스가 케이블을 따라가 보니 휴고가 뒤편 덱 난간에 기대고 서 있었다. 날이 흐려서 별이 보이지 않았다. 그는 환영받을지 자신이 없어서 문 앞에서 걸음을 멈추었다. 묘한 죄책감이 그를 휩쓸고 지나갔지만 더는 커지지 못하게 막았다. 메이가 미소 지었으니 보람이 있었다.

그가 몸을 돌려서 안으로 들어가려는 찰나 휴고가 인사를 건넸다. "왔어요?"

그는 뒷덜미를 긁었다. "응."

"별일 있는 건 아니죠?"

"응. 혹시 혼자 있고 싶어? 방해하고 싶지는 않은데."

휴고는 계속 앞을 바라보며 고개를 저었다. "아뇨, 괜찮아요."

월리스는 난간 앞으로 다가가 휴고와 조금 거리를 두고 섰다. 휴고가 자기에게 화가 났을까봐 걱정이 되긴 했지만, 위저 보드로 사기꾼을 내쫓는 그런 하찮은 일로 기분 나빠하지는 않을 것 같았다. 휴고의 감정을 가지고 그가 이래라저래라할 입장은 되지 못했지만. 가뜩이나 여기는 휴고의 가게이고 그의 집이 아닌가.

"사과해야 하나 고민 중이죠?"

"그 정도로 빤히 보였어?"

"조금요. 하지 말아요."

"사과하지 말라고?"

휴고는 고개를 끄덕이고 그를 흘끗 쳐다보았다가 찻밭을 내다보았다. "잘했어요."

"그 여자한테 나는 사탄이고 간을 떼서 먹겠다고 했어." 그는 멋쩍어했다. "내가 그런 말을 하게 될 줄은 몰랐는데."

"뭐든 처음이 있는 법이죠. 뭐 하나 물어봐도 돼요?"

"그래."

"왜 그랬어요?"

월리스는 표정이 굳어지며 팔짱을 꼈다. "그 사람들을 그런 식으로 건드린 거?"

"네."

"할 수 있으니까."

"그게 다예요?"

뭐, 그건 아니었다. 데스데모나가 휴고에게 집적대는 게 싫었다는 얘기는 죽어도 할 수 없었다. 중요한 건 그거였다 한들 얼마나 황당하게 들릴까. 그 여자가 집적댄다 하더라도 그걸 어쩔 방법은 없었고 월리스는 그에게 딴마음이 생긴 것처럼 들릴 만한 말은 하고 싶지 않았다. 생각만으로도 당황스러워서 온몸이 오그라들고 얼굴이 화끈거렸다. 사실 그건 바보 같은 짓이었다. 그렇다 한들 어쩔 것인가. 월리스는 죽은 몸이었고 그는 아니었다.

월리스는 맨 처음 생각난 단어를 불쑥 내뱉었다. "메이." 놀랍게도 그 이름을 내뱉고 보니 그게 진심이었다.

"메이가 왜요?"

월리스는 한숨을 쉬었다. "아니, 메이가 씩씩댔잖아. 데스데모나가 메이를 깔보는 투로 말하는 게 싫었어. 꼭 메이를 아랫사람 대하듯 하면서. 그런 취급을 당해도 되는 사람은 없어." 그는 죽었어도 천성은 어쩔 수 없었기 때문에 이렇게 덧붙였다. "뭐, 메이가 엄청난 범행을 저지르고 싶어 하긴 했지만 괜찮은 인간 같아 보이거든."

"엄청난 칭찬인데요?"

"내 말이 무슨 뜻인지 알잖아."

휴고의 반응은 뜻밖이었다. "알 것 같아요. 친구라고 생각하는 사람이 어떤 일을 당하는 걸 보니까 개입하고 싶어진 거잖아요."

"친구라고 하진—"

"월리스."

그는 끙 하는 소리를 냈다. "그래. 알겠어. 우린 친구야." 생각보다 쉽게 이런 말이 나왔다. 그가 스스로 일을 어렵게 만드는 타입인가 하는 생각이 들었다. "왜 그걸 가만 내버려뒀어?"

휴고는 어리둥절한 표정을 지었다. "그게 무슨 소리예요?"

"그 여자가 여길 찾아온 게 이번이 처음이 아니라면서. 데스데모나 말이야."

"맞아요. 전에도 왔었어요."

"메이가 그 여자를 얼마나 싫어하는지 당신도 알잖아. 특히 그 여자가 낸시를 건드렸을 때."

"맞아요."

"그런데 왜 못 하게 막지 않은 거야?" 그는 힐난조로 들리지 않게 조심했다. 휴고에게 화는 나지 않았지만 이해가 되지 않았다. 그는 솔직히 이 이상을 기대했다. 그 기대감이 언제부터 시작됐는지는 모르겠지만 아무튼 있었다. "메이는 당신 친구이기도 하잖아. 메이가 그것 때문에 얼마나 열받아하는지 못 느꼈어?"

"사실은 내가 더 열받아하는 게 맞겠죠." 휴고는 가게를 에워싼 어두컴컴한 숲을 물끄러미 응시했다.

"메이의 사연을 알지?" 월리스는 자기가 왜 이렇게 집요하게 물고 늘어지는지 모를 일이었지만 중요한 문제 같았다. "메이한테 무슨 일이 있었는지. 예전에 말이야."

"메이가 당신한테 얘기한 모양이로군요."

"맞아. 난 아무도 그런 일을 겪지 않으면 좋겠어. 아무도 자기 말을 귀담아듣지 않으면 그 심정이 어떨지 상상이…" 그는 말을 하다 말고 멈췄다. 사무실에서 쓰러졌을 때 아무라도 들어주길 바라며 소리를 질렀던 게 생각났다. 누구라도, 아무라도 그를 봐주길 얼마나 바랐던가. 그는 투명 인간이 된 심정이었다. "그건 옳지 않아."

"맞아요, 옳지 않죠." 그의 턱에 힘이 들어갔다. "메이한테 사과했어요. 그 지경에 이르도록 방치하지 말았어야 하는 건데." 휴고는 고개를 저었다. "하지 말라고 해놓고 당신이 어떻게 하는지 보고 싶은 마음도 있었던 것 같아요."

"왜?"

"당신 능력을 확인하고 싶어서요. 당신은 죽었어요, 월리스. 여전히 존재하기는 하죠. 당신이 그걸 알아차린 줄 오늘에서야 알았어요."

휴고가 하는 말이니 어쩌면 믿을 수 있을지 몰랐다. "그래도 메이한테 그러면 안 돼. 데스데모나가 낸시를 그런 식으로 휘두르도록 내버려둬서도 안 되고."

"맞아요. 이제는 알겠어요. 나도 완벽하진 않아요. 완벽하다고 생각한 적도 없고. 최선을 다하긴 하지만 남들처럼 여전히 실수를 저지르죠. 사공이라고 해서 인간의 한계를 초월할 수 있는 건 아니거든요. 오히려 더 심화되죠. 내가 실수를 저지르면 사람들이 다칠 수 있으니까. 앞으로는 좀 더 잘하겠다고, 다시는 그런 일이 없게 하겠다고 약속하는 수밖에요." 그는 서글픈 미소를 지었다. "데스데모나가 다시 올 것 같지는 않네요, 적어도 당분간은. 당신 덕분이에요."

"지당하신 말씀." 월리스는 가슴을 앞으로 내밀었다. "내가 본때를 보여줬지."

"우리 할아버지하고 그만 좀 노닥거려요."

"뭐. 나는 어르신 좋은데. 내가 그러더라고 전하지는 말아. 그럼 앞으로 계속 시달려야 하니까." 윌리스는 휴고의 손을 잡으려고 했다가 그럴 수 없다는 걸 깨달았다. 그는 얼른 자기 팔을 치웠다. 휴고는 아무 반응도 보이지 않았다. 윌리스는 고마웠지만 메이가 자신을 있는 힘껏 끌어안았을 때 어떤 기분이 들었는지 기억났다. 그가 언제부터 이렇게 스킨십에 목을 맸는지 모를 일이었다.

그는 열심히 할 말을 생각해냈다. 분위기를 바꿀 만한 말이 필요했다. "나도 실수 많이 했어. 예전에." 그는 잠깐 멈췄다. "아니다, 그렇게 말하면 안 되겠네. 나는 아직도 실수해."

"왜요?"

그러게 왜일까. "인간은 누구나 실수하기 마련이니까? 당신 같지는 않았어. 나는 실수했다고 괴로워하지 않았거든. 반성했어야 하는데, 모르겠어. 항상 남 탓을 하고 내 실수가 아니라 남의 실수를 보고 배우려고 했어."

"그게 어떤 의미인 것 같아요?"

마주하기 힘든 진실이었다. 이걸 대면할 마음이 준비됐는지 자신이 없었다. "내가 좋은 사람이었는지 잘 모르겠어." 그가 씁쓸하게 내뱉은 말이 허공에 맴돌았다.

"좋은 사람의 조건이 뭔데요? 행동? 동기? 이타심?"

"모두 다겠지. 모두 다 아닐 수도 있고. 사람들이 저 문을 건널 때 어떤 표정을 짓는지는 알지만 저 문 너머에 뭐가 있는지는 모른다고 했지? 그런데 천국이나 지옥이 아니라는 걸 무슨 수로 장담해?

내가 저 문을 통과하면 그동안 저지른 잘못으로 평가받게 되는데, 잘한 일보다 잘못한 게 훨씬 많으면? 내가 뭔가에 평생을 바친 사람과 한 공간에 있을 자격이 있을까? 예를 들면 수녀님이나 그런 분."

"수녀님이라." 휴고는 애써 웃음을 참으며 말했다. "수녀님이랑 자길 비교하다니."

"시끄러." 월리스는 투덜거렸다. "내가 무슨 뜻에서 하는 말인지 알잖아."

"알죠." 그는 놀리는 투로 말했다. "수녀복을 입은 당신의 모습을 볼 수 있다면 거의 뭐든 내줄 수 있는데."

월리스는 입을 비죽였다. "신성모독일 게 분명해."

휴고는 코웃음을 치다가 정색했다. 뭔가를 곰곰이 생각하는 눈치였다. 월리스는 다그치고 싶지 않아서 가만히 기다렸다. 마침내 휴고가 입을 열었다. "내가 뭐 하나 얘기해도 돼요?"

"그럼. 뭐든지."

"원래는 이렇지 않았어요." 휴고는 숨죽인 목소리로 말했다. "나는 생각이 확고하다고 당신에게 말할 수도 있겠지만 그건 백 퍼센트 진실은 아닐 거예요. 마치 이 찻집과 같아요. 여긴 튼튼하고 기초가 단단하지만 별것 아닌 충격에도 와르르 무너질 거예요. 땅이 흔들린다든지. 지진이 생긴다든지. 그럼 벽이 바스라지고 바닥에 금이 가고 돌무더기와 먼지밖에 남지 않겠죠."

"지진을 겪은 적이 있군."

"맞아요. 사실 두 번 겪었어요."

그는 알고 싶지 않았다. 화제를 바꾸고 싶었다. 휴고가 지금처럼 비참한 표정을 지을 필요 없게 다른 얘기를 하고 싶었지만 그는 끝까지 아무 말도 하지 않았다. 둘 중에서 어느 쪽이 더 비겁한 태도일까?

"캐머런은 나를 찾아왔을 때 불안한 상태였어요. 나는 그가 내 사신을 따라 문지방을 넘는 순간 그렇다는 걸 알 수 있었어요."

"메이 말고 다른 사신 말이지?"

"맞아요. 메이가 오기 전에 있었던 일이에요." 그는 괴로워 보였다. "이 사신은 메이와 달랐어요. 우리는 같이 일하는 사이였지만 의견 충돌이 잦았어요. 나는 그래도 그가 뭘 제대로 알고 있겠거니 생각했거든요. 내가 사공으로 일한 기간보다 그가 사신으로 일한 기간이 훨씬 길었으니까. 아는 게 더 많지 않겠느냐고 생각했어요. 나는 신참이기도 했고요. 문제를 일으키고 싶지 않았고 내쪽에서 자중하면 될 거라고 여겼죠.

그가 캐머런을 데려왔어요. 캐머런은 여기 있고 싶어 하지 않았고 자기가 죽었다는 사실을 믿지 않으려고 했어요. 어찌나 분노로 이글거리던지 거의 피부로 느껴질 정도였어요. 물론 예상할 수 있는 반응이었죠. 자기가 알던 세상이 영영 사라져버렸는데 새로운 현실을 받아들이기가 어디 쉽겠어요? 캐머런은 내가 하는 얘기를 들으려 하지 않았어요. 여긴 감옥이나 다름없다고, 자긴 여기에 갇힌 포로라고 했죠."

월리스는 외면하고 싶었지만 죄책감이 그의 심장을 할퀴었다.

"나는…."

"알아요. 당신은 캐머런과 달라요. 원래 달랐어요. 나는 시간을 주면 당신이 깨달을 줄 알았어요. 당신이 동의하지 않더라도, 마뜩찮게 여기더라도 이해는 할 거라고. 아직은 당신이 그 경지에 도달하지 못한 것 같지만 결국에는 도달할 거예요."

"그걸 어떻게 알았어?"

"페퍼민트 차요. 내가 지금까지 당신 같은 입장의 사람에게 페퍼민트처럼 맛이 강한 차를 끓여준 적이 거의 없거든요. 당신은 화가 난 게 아니었어요. 무서워서 화가 난 척하는 거였지. 둘은 다르잖아요."

월리스는 부엌에서 오븐으로 지팡이 사탕을 만들던 그의 어머니를 떠올렸다. "캐머런은 어쩌다 그렇게 된 거야?"

"여기서 나갔어요. 나는 어떤 방법으로도, 어떤 말로도 그를 말리지 못했죠." 그의 말투가 점점 딱딱해졌다. "사신은 나더러 내버려두라고 하더군요. 스스로 겪어봐야 한다고, 자기 피부가 벗겨져 떨어져 나가기 시작하면 득달같이 돌아올 거라고. 나는 달리 어쩔 도리가 없어서 사신 말대로 했어요."

월리스는 살갗을 뚫고 전해지는 몸의 떨림을 느낄 수 있었다. "그런데 돌아오지 않았군."

휴고는 고통스러워했다. 표정을 보면 알 수 있었다. "네. 돌아오지 않았어요. 나는 사전에 경고를 들었어요. 당신 같은 사람이 떠나면 어떻게 되는지. 어떤 식으로 변하는지. 속도가 그렇게 빠를 줄은 몰랐어요. 나는 그에게 돌아오겠다고 스스로 결정할 여지를 주고 싶었어요. 사신은 나더러 시간 낭비라고 하더군요. 내가 애초에 찾으러 나선 이유도 우리 둘 사이의 연결 고리가 끊어졌기 때문이었거든요. 어떻게 보면 사신의 말이 맞았어요. 내가 캐머런을 찾았을 무렵에는 이미 엎질러진 물이었으니까요." 그는 망설이다가 말했다. "우리는 그런 사람들을 허스크*라고 불러요."

월리스는 미간을 일그러뜨렸다. "허스크? 어떤 의미에서?"

휴고는 고개를 숙였다. "사실 적절한 표현이죠. 예전의 모습은 없어지고 빈껍데기만 남았으니까. 인성이 모두 사라졌죠. 그를 그 사람이게 했던 모든 것, 모든 기억, 모든 감정이 그냥 사라져버렸어요. 내가 그를 되돌릴 방법은 없었어요. 그게 내가 사공으로서 맨 처음 경험한 지진이었어요. 내가 누군가의 기대에 부응하지 못했던 것."

월리스는 그를 향해 손을 내밀었다가—위로하려고 그랬을까?—그를 만질 수 없다는 사실을 기억하고는 멈칫했다. 그는 손가락을 오므리며 손을 떨어뜨렸다. "그래도 일을 그만두지 않았네?"

"네. 어떻게 그만둘 수 있었겠어요? 나는 속으로 되뇌었어요. 내가 실수를 저질렀다고, 비록 끔찍한 실수이긴 하지만 다른 사람에게도 그걸 되풀이하는 건 용납할 수 없다고. 관리자가 왔어요. 그것도 이 일의 일부분이라고, 내가 캐머런을 도울 방법은 없다고 하

*곡물의 껍질이나 깍지

더군요. 그가 선택한 거라고. 안타까운 사건이었다며 다시는 그런 일이 벌어지지 않도록 최선을 다해야 한다고. 나는 그 말을 믿었어요. 하지만 2, 3개월 뒤에 사신이 어린 여자아이를 데려왔을 때 비로소 내가 아는 게 얼마나 적은지 알 수 있었죠."

어린 여자아이라니.

월리스는 눈을 감았다. 낸시가 어둠 속에 있었다. 피곤한 눈빛이었고 얼굴에 진 주름이 도드라져 보였다.

"그 아이는 생기발랄했어요." 월리스는 그의 얘기를 그만 듣고 싶었다. "머리칼은 마구 헝클어져 있었지만 원래 그랬던 게 아닐까 싶어요. 쉴 새 없이 재잘거리면서 질문을 하고 또 했어요. '아저씨는 누구예요? 여긴 어디예요? 이건 뭐예요? 나는 언제 집으로 돌아갈 수 있어요?'" 그의 목소리가 갈라졌다. "'우리 엄마는 어디 있어요?' 사신은 대답해주지 않았어요. 그는 메이 같지 않았거든요. 메이는 천성이 착하잖아요. 조금 까칠한 면이 있긴 해도 사명감이 있어요. 이게 얼마나 중요한 일인지 알아요. 우리가 트라우마를 더하면 안 된다는 것도, 다정하게 대해야 한다는 것도. 살아서든 죽어서든 사람이 이보다 더 예민한 시기가 없거든요."

"그 아이는 어쩌다 죽었는데?" 월리스는 조심스럽게 물었다.

"유잉육종. 뼈에 생기는 암이요. 그 아이는 끝까지 싸웠어요. 다들 점점 좋아지고 있는 줄 알았죠. 어쩌면 잠깐은 정말 좋아졌을 수도 있어요. 결국 더는 감당할 수 없게 됐지만." 월리스가 감았던 눈을 떠보니 휴고가 코를 훌쩍이며 얼굴을 훔치고 있었다. "그 아이는 6일 동안 여기에 있었어요. 그 아이가 마신 차는 생강 쿠키 비슷한 맛이 났죠. 아이 말로는 자기 엄마가 생강 쿠키로 세상에서 제일 예쁜 집과 성을 만들어줬기 때문이래요. 동그란 젤리로 문을 만들고 쿠키로 탑을 쌓고. 해자는 파란색 아이싱으로. 그 친구는 놀라웠어요. 화를 낸 적은 한 번도 없고 호기심이 가득했어요. 애들은 어른들처럼 무서워하지 않아요. 적어도 죽음을 무서워하지는 않아요."

"이름이 뭐였어?"

"리요."

"이름이 예쁘네."

"맞아요. 애가 얼마나 자주 웃었는지 몰라요. 할아버지가 그 아이를 예뻐했죠. 우리 모두 그랬어요."

월리스는 알고 싶지 않은데도 불구하고 "그런데?" 하고 물었다.

휴고는 고개를 숙였다. "아이들은 달라요. 삶과의 연결 고리가 더 강해요. 아이들은 온 마음을 다해서 삶을 사랑하거든요. 다르게 사는 법을 모르니까. 리의 몸은 몇 년에 걸쳐 만신창이가 되었어요. 막판에는 병실 밖 구경을 한 적이 없었죠. 리는 거의 매일 아침마다 창가로 날아왔던 참새 얘기를 들려줬어요. 거기서 가만히 자길 지켜봤다고. 항상 다시 왔다고. 리는 그 문을 건너가면 날개가 생기는지 궁금해했어요. 나는 뭐든 원하는 대로 될 수 있다고 얘기해주었죠. 그랬더니 리가 나를 쳐다봤어요, 월리스. 나를 쳐다보면서 이렇게 말했어요. '모두 다는 아니죠. 아직은요.' 그리고 나는 그게 무슨 말인지 알았어요."

"자기 엄마 말이군."

"여기에 머문 그 짧은 시간 동안 워낙 눈부시게 빛났기 때문에 한참 동안 여운이 남는 사람들도 있어요. 내가 자는 동안 리는 자기 엄마를 생각했죠. 그 마음이 낸시에게 전해진 거예요. 수백 킬로미터 떨어져 살았는데요." 그의 말투가 씁쓸하게 바뀌었다. "낸시가 무슨 수로 우리를 찾았는지 그건 잘 모르겠어요. 이곳으로 들이닥쳐서는 자기 딸을 내놓으라고 하더군요." 그는 괴로워하는 표정으로 이렇게 덧붙였다. "경찰까지 호출해가며."

"아, 저런."

휴고는 목이 졸린 사람 같은 목소리로 바뀌었다. "당연히 경찰에서는 아무것도 찾지 못했죠. 낸시의 딸이 어떻게 됐는지 알게 된 후에는 뭐, 낸시가 정신줄을 놓았나보다고 생각했고요. 어느 누가 낸시를 나무랄 수 있었겠어요? 리가 바로 옆에서 엄마를 부르고, 비명을 지르고 있었는걸요. 아무도 몰랐을 뿐. 조명이 박살 났고 찻잔이 깨졌어요. 리는 집에 가고 싶다고 했어요. 나는 그를 말리려고 했죠. 사신을 말이에요. 그가 리의 손을 잡았을 때, 그가 리의 손을 잡고 계단 위로 끌고 갔을 때, 억지로 그 문을 건너가게 하려고 했을 때, 말리려고 했어요. 리는 떠나고 싶어 하지 않았고, 애원했어요. '저는 사라지고 싶지 않아요.' 이러면서."

윌리스의 몸이 차갑게 식었다.

"사신이 리에게 그 문을 건너게 했어요." 휴고의 목소리에서는 이제 괴로움이 뚝뚝 묻어났다. "내가 미처 도착하기도 전에 문이 쾅 하고 닫혔죠. 문을 다시 열려고 했지만 꿈쩍도 하지 않더군요. 목적을 달성했으니 다시 열릴 이유가 없었던 거예요. 아, 월리스, 나는 정말 화가 났어요. 사신은 해야 할 일을 한 거라고 하더군요. 그대로 뒀다가는 두 사람 모두에게 더 심한 상처를 줄 수 있었다고. 관리자도 우리가 그러길 바랐을 거라고. 우리더러 그렇게 해야 한다고 그러지 않았느냐고. 나는 사신의 말을 믿지 않았어요. 어떻게 믿을 수가 있었겠어요? 마음의 준비가 되지 않은 사람을 억지로 끌고 가면 안 되는 거잖아요. 우리가 하는 일은 그게 아니에요. 우리는 살아 있다는 게 삶의 전부가 아니라는 걸 알려주기 위해 존재해요. 삶에는 여러 부분이 있고, 죽은 뒤에도 계속 이어져요. 아플 때도 아름답고요. 리는 거기에 도달했을 거예요. 그걸 이해하게 됐을 거예요."

"그 사람은 어떻게 됐어?" 월리스는 물었다. "사신 말이야."

휴고의 얼굴이 차갑게 굳었다. "망했죠. 그는 사신에게 필요한 자질을 갖추고 있지 않았어요. 하지만 내가 뭘 알 수 있었겠어요?" 그는 울분에 찬 목소리였다. "그는 어쩔 수가 없었다고, 결국에는 나도 이해하게 될 거라고 했어요. 그 말을 듣고 나는 더욱 화가 났고 얼마 안 있어 관리자가 등장했어요."

월리스는 좀 더 큰 그림이 그의 눈앞에서 서서히 그려지기 시작하는 것을 느낄 수 있었다. "관리자는 어떤 사람이지?"

"문을 지키는 수호자, 작은 신, 아니면 이 세상에서 가장 오래된 존재. 아무거나 마음에 드는 걸로 골라요. 다 맞는 말이니까. 그의 말로는 자칭 혼돈 속의 질서래요. 자기 질서가 어그러지면 싫어하는 냉혈한이기도 하고요. 그가 찻집으로 찾아왔어요. 사신은 변명을 하려고 했죠. '얘기해줘, 휴고. 내가 해야 할 일을 했다고, 필요한 조치였다고.'"

"그래서 그렇게 했어?"

"아뇨." 휴고의 목소리는 윌리스가 지금까지 들어본 적 없을 만큼 냉랭했다. "그렇게 얘기하지 않았어요. 사공을 돕는 게 사신의 역할이긴 하지만 건너갈 준비가 되지 않은 사람에게 뭘 강요할 권리는 없거든요. 물론 질서라는 게 있고 관리자는 정해진 규율을 따르는 걸 좋아하지만 이런 일에는 시간이 걸린다는 것도 알아요. 어느 순간 사신이 내 옆에 서서 자기 말을 좀 들어 달라고 애원하는데, 꼭 리 같다는 생각밖에 들지 않더라고요. 잠시 후에는 그가 사라졌어요. 그냥 존재가 지워져버렸어요. 관리자는 손가락 하나 까딱하지 않았는데. 나는 충격을 받고 경악했죠. 또 얼마나 엄청난 죄책감을 느꼈는지 알아요, 윌리스? 내가 그런 거잖아요. 내 탓이잖아요."

"그건 아니지." 윌리스는 갑자기 정체를 알 수 없는 분노가 치밀었다. "당신은 할 만큼 했어. 당신이 망친 거 아니야, 휴고. 그 사람이 그랬지."

"그 사람은 그렇게 돼도 할 말이 없다고 생각해요?"

윌리스의 얼굴이 하얘졌다. "그건…."

"관리자는 그렇다고 했어요. 그게 최선이었다고. 죽음은 하나의 과정이고 그 과정을 어그러뜨리는 건 뭐든 나쁜 거라며."

"낸시는 모르지?"

"네." 휴고의 목소리가 떨렸다. "몰라요. 전혀 아무것도 몰라요. 낸시는 몇 주 동안 호텔에 묵으며 날마다 여길 찾아왔지만 말수가 점점 줄었어요. 분위기가 전과 달라졌다는 걸 알아차린 것 같았어요. 여기서 느껴졌던 딸의 존재감을 더 이상 찾을 수 없었던 거죠. 리가 사라져버렸으니까요. 받아들일 준비가 되지 않은 낸시에겐 결정타였어요. 자기 딸이 죽은 건 우연한 실수라고 믿고 있었으니까. 아직 이 땅에 있다고 믿고 있었으니까. 어떻게 보면 낸시의 짐작이 맞았죠, 어느 정도까지는. 이후 그 초롱초롱하던 눈빛이, 리와 같았던 그 눈빛이 퍼더덕거리며 꺼지기 시작했어요."

"그런데 계속 여기 남아 있네." 월리스가 목격했던 그 여자는 자신과 다를 게 없어 보였다. 유령 같았다.

"맞아요. 원래는 몇 달 동안 안 보이길래 그걸로 끝인 줄 알았어요. 다행히도 상처가 치유되기 시작했나보다고. 관리자가 메이를 데려왔고 나는 잘된 일이라고 나 자신을 설득했죠. 새로 배정된 사신을 열심히 알아가고 전임자와 다른 부류인지 확인했어요. 메이를 신뢰할 수 있게 되기까지 오랜 시간이 걸렸죠. 메이한테 물어보면 처음에는 내가 왕재수였다고 할 테고 어쩌면 그 말은 맞을지 몰라요. 다시 사신을 신뢰하기가 쉽지 않았거든요."

"결국에는 신뢰하게 됐네?"

휴고는 수긍했다. "메이가 노력한 결과예요. 메이는 다른 사신들과 달라요. 우리가 하는 일이 얼마나 중요한지 알고 이 일을 당연하게 여기지 않아요. 무엇보다도 정이 많아요. 따뜻한 마음이 얼마나 의미 있는 덕목인지 제대로 설명할 방법이 있을지 모르겠네요. 이런 생활은 쉽지 않죠. 밤낮으로 죽음에 둘러싸여 지내니까요. 죽음과 더불어 사는 법을 배우든지 아니면 죽음에 파괴당하든지 둘 중 하나예요. 내게 배정된 첫 번째 사신은 그걸 몰랐어요. 그 대가를 상처받은 영혼들이 치렀죠. 아무 죄 없는 사람들이 당해도 되지 않을 일을 당했어요." 그는 어둠 속에서 초점 없는 눈빛으로 자기 손을 내려다보았다. "낸시가 다시 왔어요. 시내에 아파트를 빌려놓고 거의 날마다 여길 찾아요. 아무 말도 하지 않고 같은 테이블에 앉아 있다가 가요. 내가 보기에는 기다리고 있는 것 같아요."

"뭘 말이야?"

"뭐든요. 사랑하는 사람들은 결코 영원히 사라지지 않는다는 증거. 낸시는 길을 잃었고 내가 할 수 있는 일은 낸시가 다시 말을 할 수 있게 됐을 때 옆에 있어 주는 거예요. 내가 그 정도는 해야 한다고 생각해요. 절대 다그치지 않을 거예요. 준비되지 않은 일을 하도록 절대 몰아세우지 않을 거예요. 내가 어떻게 그럴 수 있겠어요? 이미 한 번 실망을 시켰는데. 두 번 다시 반복하고 싶지 않아요."

"당신 잘못이 아니었어. 당신은—"

"내 잘못 맞아요." 휴고가 말을 가로챘지만 월리스는 움찔하지 않고 간신히 참았다. "내가 더 잘할 수 있었어요. 더 잘했어야 했어요."

"어떻게? 그 이상 뭘 더 어떻게 할 수 있었는데?" 휴고가 뭐라고 반박할 겨를도 없이 월리스는 말을 이었다. "당신이 리를 문밖으로 떠민 것도 아니잖아. 그 아이의 죽음을 초래한 것도 아니고. 당신은 누군가가 가장 필요했을 때 그 아이의 곁에 있어 주었고 지금 그 아이의 엄마를 위해서 똑같이 그러고 있어. 더 이상 뭘 어떻게 할 수 있지, 휴고?"

휴고는 난간 위로 몸을 축 늘어뜨렸다. 입을 열었지만 아무 말도 나오지 않았다. 월리스는 휴고를 위로하고 싶은 마음에 무의식적으로 다시 손을 뻗었다. 그의 손은 휴고의 어깨를 그대로 지나쳤다.

그는 찡그린 표정으로 손을 치운 뒤 조그맣게 말했다. "난 여기 없는 사람이야."

"당신은 여기 있어요."

단 세 마디였지만 월리스는 그보다 더 심오한 말을 들은 적이 있을까 싶었다. "그런가?"

"네."

"그게 무슨 뜻이야?"

"설명은 못 하겠어요. 나도 설명을 할 수 있으면 좋겠지만 내 일은 그저 당신 앞에 어떤 길이 놓여 있는지 보여주고 당신 스스로 선택할 수 있도록 거드는 게 전부예요."

"내가 잘못된 선택을 하면?"

"그럼 처음부터 다시 시작하면 되죠. 이번에는 잘될 수 있길 바라면서."

월리스는 진저리쳤다. "또 그 믿음 어쩌고저쩌고 시작한다."

휴고는 폭소를 터뜨렸다가 놀란 표정을 지었다. "네, 그러게요. 당신은 특이한 사람이에요, 월리스 프라이스."

퍼뜩 떠오르는 기억이 있었다. 그가 메이를 가리켜 이상하다는 표현을 썼던 기억이었다. "그게 나한테는 칭찬에 가장 가까운 말일지 몰라."

"그래요? 기억하고 있을게요." 휴고의 얼굴에 그늘이 졌다. "힘들 것 같아요. 당신이 떠나면."

월리스는 침을 꿀꺽 삼켰다. "왜?"

"당신은 내 친구니까요." 휴고는 세상에 그보다 더 단순한 논리는 없다는 듯이 말했다. 월리스로서는 처음 들어보는 말이었고 억장이 무너졌다. 여기서 막판에 친구가 생기다니.

그는 넬슨이 했던 말을 떠올렸다. "여기 생활이 잘 맞네."

"맞아요. 당신은 여기 생활이 잘 맞아요. 그럴 줄 몰랐는데."

"편견을 가질 게 아니라 머릿속을 비워야지."

휴고는 다시 폭소를 터뜨렸고 그들은 나란히 서서 좌우로 흔들리는 차나무를 지켜보았다.

집 안은 잠잠했다. 월리스는 바닥에 앉아 아폴로의 머리를 무릎에 얹고 꺼져가는 벽난로 불씨를 물끄러미 바라보았다. 생각에 잠긴 채 멀뚱히 녀석의 귀를 긁어주었다. 그의 입에서 자기도 모르게 이런 말이 튀어나왔다. "저는 늙어보지도 못했네요."

"그러게." 넬슨이 자기 의자에서 말했다. "그랬겠네. 이런 말이 위로가 될지 모르겠지만 뭐 별로 좋은 경험은 아니야. 여기저기 어쩌나 아프고 괴로운지 모르거든. 아무한테도 권하고 싶지 않다고 말하고 싶지만 그러면 거짓말이 되겠지."

"저는 그 생활을 좋아하지 않았을 거예요."

"아마도." 넬슨은 지팡이로 윌리스의 어깨를 톡톡 두드렸다. "겪어보지 못해서 아쉽나?"

그건 쉽게 답할 수 있는 문제가 아니지 않을까? "제 예전 상태로는 아니요."

"자네 예전 상태가 어땠길래?"

"별로였죠." 윌리스는 쓸쓸히 말했다. 무릎에 얹어놓은 자기 손을 내려다보았다. "모질고 이기적이었어요. 나 말고는 아무것도 안중에 없었고요. 하나마나 한 짓이네요."

"뭐가 말인가?"

"이거요." 윌리스는 치밀어오르는 짜증을 참으며 말했다. "바꿀 방법이 없다는 걸 알면서 예전의 내가 어땠는지 돌아보는 거 말입니다."

"바꿀 방법이 있으면 어떻게 하고 싶나?"

그게 핵심 아닐까? 뭐라고 대답하든 그가 인생의 거의 모든 측면에서 낙제점을 기록했다는 방증만 될 따름이었다. 무엇을 위해 그랬던가? 결국에 그는 무엇을 손에 쥘 수 있었던가? 근사한 양복과 으리으리한 사무실? 그가 지시를 내리자마자 재깍 실행에 옮기는 사람들? 그가 뛰어내리라고 했으면 그들은 뛰어내렸을지도 모른다. 그에 대한 충성심 때문이 아니라 보복에 대한 두려움, 그의 기대를 저버리지 못하면 무슨 짓을 당할지 모른다는 두려움 때문에.

사람들은 그를 무서워했다. 그는 사람들을 상대로 그 두려움을 악용했다. 스스로 자신의 온갖 암울한 면들을 비추는 것보다 그편이 훨씬 쉬웠기 때문이다. 공포는 강력한 자극제였고 이제 그도 공포가 뭔지 알았다. 무서운 게 너무 많았고 그중에서도 최고는 미지의 대상이었다.

월리스는 불현듯 미지에 대한 공포가 일었고 단호한 표정으로 바닥에서 벌떡 일어났다. 손이 부들부들 떨리고 몸에 소름이 돋았지만 그는 멈추지 않았다.

넬슨이 가는눈으로 그를 올려다보았다. "지금 뭐하는 건가?"

"가서 그 문을 보려고요."

넬슨은 눈을 부릅뜨고 의자에서 일어나려고 했다. "뭐라고? 잠깐, 월리스. 안 돼, 그러지 마. 휴고가 같이 가줄 때까지 기다리게나."

"아닙니다. 건너가려는 게 아니라 그냥 보기만 할 거예요."

넬슨은 진정하지 않았다. 다급하게 일어나 지팡이를 짚었다. "이 친구야, 중요한 건 그게 아니야. 조심스럽게 접근해야 한다고. 머리를 써, 월리스. 살아생전에 했던 것보다 더 열심히."

그는 계단 쪽을 쳐다보았다. "그러고 있습니다."

그는 툴툴거리는 넬슨을 뒤에 거느리고 계단을 올라갔다. 그들은 노란색 벽에 밟아도 소리가 나지 않는 나무 바닥이 깔린 2층에서 걸음을 멈추고, 아폴로가 맨 끝에 달린 강렬한 초록색 문을 향해 복도를 총총 걸어가는 것을 지켜보았다. 녀석은 꼬리를 흔들며 문을 통과해 사라졌다.

"휴고 방이네."

윌리스도 알고 있었지만 안에 들어가본 적은 없었다. 복도의 다른 쪽 끝은 메이의 방이었다. 이쪽의 흰색 방문도 닫혀 있었고 삐딱하게 걸린 팻말에는 이렇게 적혀 있었다. 멋진 하루 보내기로 약속. 그는 여기 도착한 첫날 메이를 깨우러 왔을 때 말고는 2층에 발을 들인 적이 없었다. 다시 내려가서 알람이 울리고 다시 하루가 시작될 때까지 기다릴까 하는 생각이 들었지만 그는 몸을 돌려서 3층으로 올라갔다.

한 걸음, 한 걸음 올라갈 때마다 가슴에 박힌 갈고리가 진동했다. 갈고리가 거의 뜨겁게 느껴질 정도였고 열심히 집중하면 허공의 속삭임을 들을 수 있을 것도 같았다.

그는 그때 깨달았다. 그가 생각했던 것과 달리 이 속삭임은 휴고에게서 나는 게 아니었다. 아니, 오로지 휴고 단 한 명에게서 나는 소리가 아니었다. 아, 물론 그 안에 휴고도 있고 메이와 넬슨과 아폴로와 이 이상한 집도 있었다. 하지만 그게 다가 아니었다. 그가 생각했던 것보다 훨씬 엄청난 뭔가가 있었다. 허공이 가사를 알아들을 수 없는 노래 같은 속삭임으로 가득 찼다. 어서 위로 올라오라며 그를 부르고 있었다. 그는 눈시울이 뜨거워지자 열심히 눈을 깜빡거렸다.

리도 자기 손목을 우악스럽게 잡은 사람에게 반항하며 문 쪽으로 끌려갔을 때 이 소리를 들었을까?

3층 층계참에 다다르자 그는 숨을 헐떡였다. 오른쪽은 사방이 트인 고미다락이었고 하나뿐인 창문을 통해 달빛이 쏟아져 들어왔다. 수백 권의 책이 빽빽이 꽂힌 책꽂이가 벽을 덮었다. 천장에는 금색, 파란색, 노란색, 분홍색 꽃이 핀 화분이 매달려 있었다.

왼쪽은 닫힌 문들이 줄줄이 이어지는 복도였다. 벽에는 사진들이 걸려 있었다. 하얀 모래사장 위로 지는 저녁놀, 오래된 숲 위로 송이송이 쏟아지는 눈, 스테인드글라스 유리창 하나만 빼고 온통 이끼로 뒤덮인 교회의 모습이었다.

"내가 여기 살았었지." 넬슨이 지팡이를 움켜쥐며 말했다. "복도 끝 방이 내 방이네."

"그리우세요?"

"그 방이?"

"살아 있었던 시절이요." 월리스는 무언가에 정신을 빼앗긴 듯했다. 갈고리가 그를 앞으로 잡아당겼다.

"어떤 날은. 하지만 적응하는 법을 배웠지."

"여기 계속 계시니까요."

"맞아. 그렇지."

"저거 느껴지세요?" 그는 소곤소곤 물었다. 그는 무중력 상태로 허공을 떠다니는 느낌이었고 그 노래가, 그 속삭임이 그의 귀를 가득 채웠다.

넬슨은 심란한 표정이었다. "응, 하지만 이제는 다르다네. 나는 그래. 예전 같은 느낌이 아니야."

월리스는 처음으로 넬슨이 거짓말을 하고 있다는 생각이 들었다.

그는 계속 계단을 올라갔다. 계단은 갈수록 좁아졌고 그는 메이와 여기 맨 처음 왔을 때 언뜻 보았던 그 이상한 탑을 향해 올라가고 있다는 것을 알았다. 왕과 왕비와 공주가 탑에 갇히는 그런 동화에나 나올 것 같은 탑이었다. 거기에 문이 있을 것 같았다. 다른 곳은 그림이 그려지지 않았다.

그는 한 발, 한 발 천천히 내디뎠다. "그 사람을 말리려고 해보셨어요?"

"누굴?"

월리스는 뒤를 돌아보지 않았다. "사신이 리를 데려갔을 때요."

넬슨의 얼굴에 슬픔이 서렸다. "그 아이가 자네한테 얘기했구먼."

"네."

"당연하지." 넬슨의 말이 그들 둘 사이에 엄청난 거리가 존재하는 것처럼, 가장자리가 얇은 막으로 감싸진 흐릿한 꿈처럼 멀게 들렸다. "있는 힘을 다해 말렸지. 내 힘이 부족했네. 그 사신은 들은 척도 하지 않았고. 나는 최선을 다했네. 휴고도 마찬가지였고."

계단이 휘어졌다. 월리스는 무의식적으로 난간을 붙잡았다. 나무가 반질반질했다. "그 사람이 왜 그랬을까요?"

"글쎄. 그러는 게 옳다고 생각했겠지."

"그랬습니까?"

"아니. 절대. 그 아이를 절대 건드리지 말았어야 했네. 리를 여기 데려온 걸로 그자의 일은 끝났어. 그럼 더는 관여하지 말았어야 지. 월리스, 정말 괜찮겠나? 확실해? 다시 내려가도 돼. 휴고를 깨 워도 되네. 그 녀석은 짜증 내지 않을 걸세. 녀석이 이 자리에 있어 야 한다고."

월리스는 확실하지 않았다. 이제는 뭐든 확실하지 않았다. "제 눈으로 반드시 확인해야겠어요."

그는 위로 올라갔다. 벽을 따라 창문이 줄줄이 이어졌다. 밖에서 는 보지 못한 창문이었다. 창문으로 햇빛이 쏟아져 들어왔다. 그 는 한밤중이라는 걸 아는데도 웃음이 터졌다. 그는 어느 창문 앞 에서 걸음을 멈추고 밖을 내다보았다. 창문 저편으로 광활한 숲이 이어지고 저 멀리 언뜻 마을이 보여야 할 텐데 그 대신 눈에 익은 부엌이 그를 맞았다. 캐럴이 어렴풋이 창유리 사이로 흘러나왔고 어떤 여자가 오븐에서 지팡이 사탕을 꺼냈다.

그는 계속 걸음을 옮겼다. 계단 꼭대기까지 시간이 얼마나 걸렸 는지 가늠이 안 됐다. 몇 시간처럼 느껴졌지만 기껏해야 1, 2분이 었을 것이다. 이전에 거쳐 간 사람들도 전부 이랬을까 싶었고, 휴 고가 옆에서 손을 잡고 인도해주면 좋겠다는 생각이 들었다. 참 깜찍한 발상이기도 하지. 그는 속으로 중얼거렸다. 휴고의 손을 잡는 상상만 해도 즐거워졌다. 휴고에게 진작 알고 지낸 사이였다 면 좋았겠다고 한 말은 거짓말이 아니었다. 그랬더라면 왠지 몰라도 상황이 달라졌을 수도 있을 것 같았다.

4층이 나왔다. 온 사방에는 커튼이 쳐진 창문이 있었고, 조그만 테이블과 의자가 나란히 놓여 있었다. 테이블 위에는 찻주전자와 두 개의 잔으로 이루어진 찻잔 세트가 자리했다. 잔 옆에는 빨간색 꽃이 가득 담긴 꽃병이 있었다.

어디에도 문은 없었다.

그는 좌우를 두리번거렸다. "문이 어디 있나요?"

넬슨이 한 손가락을 들어 위를 가리켰다. 월리스는 고개를 들었다. 머리 위 천장에 문이 달려 있었다.

그의 예상과 완전히 달랐다. 그의 공포가 빚은 상상 속 문은 검은색으로 불길했고, 커다란 철문이었고, 묵직하면서 흉측한 잠금장치가 달려 있었다. 그는 절대 용기 있게 그 문을 통과하지 못할 것 같았다.

현실은 그렇지 않았다. 그냥 평범한 문이었다. 천장에 달려 있기는 했지만 평범했다. 나무로 만들어졌고 문틀은 흰색이었다. 문고리는 투명한 초록색 크리스털이었는데, 한가운데가 찻잎 모양이었다. 그를 계속 따라왔던 속삭임이 사라졌다. 그를 계속 잡아당기던 갈고리도 잠잠해졌다. 이 집 자체가 숨을 참고 있는 것 같은 정적이 그를 감쌌다.

"별거 아니네요, 그죠?"

"음. 별거 아닌 것처럼 보이겠지만 겉모습에 속으면 안 돼."

"왜 문이 천장에 달려 있습니까? 천장이라니 좀 생뚱맞은데. 처음부터 저기 달려 있었나요?" 이 집 자체가 이상하게 생겼으니 원래 그런 구조였다 한들 놀랄 일은 아니었지만 문을 열면 지붕 말고는 나올 게 없어 보였다.

"관리자가 휴고를 사공으로 선택했을 때 천장에 문을 달았다네. 휴고가 문을 열면 우리가 저 너머로 들려 올라가게 되지."

"제가 열면 어떻게 되는데요?" 월리스는 문을 계속 빤히 쳐다보며 물었다.

넬슨은 놀란 목소리로 말했다. "그러지 말게. 내가 휴고를 불러오겠네."

그는 시선을 돌려 어깨 너머를 돌아보았다. 넬슨이 온 얼굴 근육을 사용해 불안한 표정을 짓고 있었지만 월리스는 어찌할 방법이 없었다. 지금으로서는 거의 움직이는 것조차 불가능했다. "느껴지세요?"

뭘 말하는지 설명할 필요가 없었다. 넬슨도 무슨 뜻인지 알았다. "항상은 아니고 예전처럼 강하게 느껴지지도 않네. 시간이 지나면 아득해지거든. 늘 내 머릿속 한구석에 도사리고 있지만 나는 무시하는 법을 터득했지."

월리스는 문을 만져보고 싶었다. 문고리를 손에 잡고 손바닥에 닿는 찻잎을 느껴보고 싶었다. 선명하게 그려졌다. 찻잎을 돌리면 딸각 소리와 함께 문이 열리고 그러면….

그러면 어떻게 될까? 아무리 생각해도 물음표였다. 세상에서 제일 무서운 게 알 수 없는 것이다.

그는 뒷걸음질 치다가 넬슨과 부딪혔다. 넬슨이 그의 팔을 잡았다. "괜찮은가?"

"잘 모르겠습니다." 월리스는 울컥하고 치밀어 오르는 뭔가를 애써 삼켰다. "이제 그만 내려가는 게 좋겠어요."

넬슨이 앞장섰다. 계단을 내려가는데 창문들이 어둑어둑했다. 마치 아까부터 그랬다는 듯이 창밖으로 숲이 보였다. 그는 3층 층계참에 다다르기 전에 마지막 창밖을 내다보았다. 찻집과 연결된 기다란 흙길이 보이는데, 그의 것이 아닌 것처럼 느껴지는 기억 하나가 머릿속을 스치고 지나갔다. 야외에서 포근하고 포근한 태양을 향해 얼굴을 돌린 기억이었다.

기억은 멀어졌다. 밤이 다시 돌아왔고 흙길에 서 있는 어떤 사람이 보였다. 캐머런이 월리스를 똑바로 쳐다보고 있었다. 그가 한 팔을 뻗어 하늘을 향해 손바닥을 들고 손가락을 오므렸다 폈다, 오므렸다 폈다 했다.

"저게 뭔가?" 넬슨이 그에게 물었다.

"아무것도 아닙니다." 월리스는 창문에서 시선을 돌리며 말했다. "아무것도 아니에요."

13장

월리스가 카론의 나루터에서 보낸 스물두 번째 날은 금전 등록기 옆 카운터에 등장한 파일과 함께 시작됐다. 찻집은 아직 문을 열지 않았고 메이와 휴고는 주방에서 하루를 시작할 준비를 하고 있었다. 넬슨은 아폴로를 발치에 거느리고 벽난로 앞 자기 의자에 앉아 있었다.

월리스는 가게 안을 돌아다니며 테이블 위에 뒤집어 올려놓은 의자를 내려 정리했다. 이곳에서 지내기가 점점 수월해졌고 최소한의 것들은 그가 도울 수 있었다. 이런 하찮은 일에서 즐거움을 느낄 줄은 상상도 하지 못했는데 요즘 정말 신기한 날들이 이어졌다.

그가 생각에 잠긴 채 의자를 내리고 있었을 때 문이 살짝 움직인 것 같아 보였다. 공기가 탁하고 답답해졌다. 벽에서 째깍거리던 시계가 덜덜거렸다. 그가 올려다보니 초침이 한 번, 두 번, 세 번 앞으로 갔다가 뒤로 움직였다. 시곗바늘이 앞뒤로 움찔거리자 월리스의 팔에 소름이 돋았다.

"도대체 무슨 일이지?" 그는 당황했다. "어르신, 저 시계 봤어—"

우스꽝스러운 펑! 하는 소리와 함께 금전 등록기 옆으로 서류 파일이 등장하자 그는 말을 하다 말고 멈추었다. 파일이 카운터 위로 자리를 잡는 동안 가느다란 연기가 그 주변에서 피어올랐다. 안에 든 서류가 몇 장 안 되는지, 파일이 얇았다.

"아, 이런. 다시 시작이로군."

그게 무슨 말인지 윌리스가 머리를 굴릴 겨를도 없이 휴고와 메이가 아폴로를 거느리고 문밖으로 나왔다. 휴고는 초침이 얼어붙은 시계를 흘끗 올려다보며 표정이 자못 진지해졌다.

"망할. 꼭 내가 머핀을 만들 때 등장해야 직성이 풀리지." 메이는 투덜대더니 앞치마를 풀어 머리 위로 벗으며 계단 쪽으로 걸어갔다. "머핀 태우지 말아요." 그가 위에서 외쳤다. "태우면 나 진짜 화 낼 거예요."

"당연하죠." 휴고가 파일을 내려다보며 말했다. 한 손가락으로 가장자리를 따라 훑었다.

"그게 뭐야?" 윌리스는 카운터로 다가가며 물었다.

"새로운 손님이 오게 될 걸세." 넬슨이 의자에서 일어나며 말했다. 그는 지팡이로 바닥을 두드려가며 휴고와 윌리스가 있는 곳으로 절뚝절뚝 다가왔다. "한꺼번에 두 탕이라. 오랜만이로군."

"다른 손님이요?" 윌리스가 물었다.

"우리 같은 사람 말이네." 넬슨은 자기 손자 옆에서 걸음을 멈추고 호기심을 있는 대로 드러내며 파일을 빤히 내려다보았다.

"맞아요." 휴고가 경건에 가까운 손길로 파일을 건드리며 말했다.

"메이가 찾아서 여기로 데려올 거예요."

월리스는 그 사실을 어떻게 받아들여야 할지 난감했다. 그는 휴고의 관심을 독차지하는 데 익숙해져 있었기에 다른 유령이 등장한다는 생각만으로도 가슴에 박혀 있는 갈고리가 이상하게 뒤틀렸다. 그는 바보처럼 굴지 말라고 자신을 나무랐다. 휴고에게는 해야 하는 일이 있었다. 그가 담당한 사람들은 월리스 이전에도 많았고 그가 떠난 이후에도 많을 것이다. 지금 상황은 한시적이었다. 모든 게 한시적이었지만 짐작했던 것 이상으로 속이 쓰렸다.

"그건 뭐에 쓰는 거지?" 그는 일그러진 표정으로 가슴을 문지르며 물었다. "파일 말이야."

휴고는 그를 다시 쳐다보았다. "괜찮아요?"

"멀쩡해." 월리스는 손을 내리며 대답했다.

휴고는 그를 조금 오래 쳐다본 뒤에 고개를 끄덕였다. "누가 오는지 여기에 적혀 있어요. 물론 완벽한 정보는 아니죠. 한 사람의 인생은 몇 가지 포인트로 쪼개서 이해할 수 있는 게 아니니까. 일종의 요약본이라고 보면 돼요."

"요약본이라. 그러니까 사람이 죽으면 그의 인생을 소개하는 요약본이 당신 손에 전달된다는 건가?"

"이런." 넬슨이 두 사람을 번갈아 쳐다보며 말했다. 아폴로는 귀를 머리에 납작하게 대고 낑낑거렸다.

"맞아요. 내 말이 그 말이에요."

월리스는 못 미더워하는 표정이었다. "지금까지 왜 그 파일에 대해서 아무 말도 하지 않았지?"

"왜요? 내가 여기에 뭐라고 적혔는지 보여줄 수 있는 것도 아니에요. 이건—"

"그건 관심 없어." 윌리스는 날카롭게 반응했지만 사실 백 퍼센트 진심은 아니었다. "내 파일도 있나?"

휴고는 어깨를 으쓱했다. 사람 화를 돋우는 동작이었다. "네."

"거기 뭐라고 적혀 있어? 어디 있지? 보고 싶은데." 이 역시 백 퍼센트 진심은 아니었다.

나쁜 말이 적혀 있으면 어쩐다? 맨 윗줄에 볼드체로(거기다 코믹 산스체로!) 윌리스 프라이스의 인생을 한 줄로 요약해 놓았는데, 그다지 호의적이지 않으면 어쩐다? 예를 들면 *별로 한 일은 없지만 고급 양복은 많았음!* 아니면 솔직히 뭐 그리 대단하지는 *않았음!*

"없어요." 휴고는 카운터에 놓인 폴더 쪽으로 다시 시선을 돌리며 말했다. "내가 읽으면 다시 사라지거든요."

윌리스는 불같이 화를 냈다. "아, 그렇다고? 그냥 원래 있던 데로 돌아간다고?"

"맞아요."

"그런데 그게 문제인지 모르겠다?"

"네?" 휴고가 대답했다. 그게 아니라 되묻는 식으로 말꼬리를 올렸나?

윌리스는 짜증을 내며 두 손을 들었다. "그걸 보내는 사람이 누구지? 출처가 어디야? 그걸 작성하는 사람은? 평가가 객관적이야 아니면 오로지 음해가 목적인 독단적인 헛소리가 전부야? 그럼 명예 훼손이 되는데. 위법 행위라고. 나에 대해 뭐라고 적혀 있었는지 알아야겠어."

"윽. 나는 이럴 기운도 없고 정신도 없어서 이만." 넬슨은 카운터에서 자기 의자 쪽으로 비척비척 걸어갔다. "새로운 손님이 도착하면 알려주게나. 제일 번듯한 옷으로 갈아입을 테니까."

윌리스는 그의 뒤통수를 노려보았다. "내가 여기 도착했을 때는 잠옷을 입고 계셨잖아요."

"자네의 눈썰미는 어디 견줄 데가 없구먼. 훌륭해."

윌리스는 그를 향해 의자를 집어던질까 고민하다가 관두기로 했다. 그게 파일에 적힐 수도 있었다.

"너무 심각하게 생각할 것 없어요." 휴고가 살짝 나무라는 투로 말했다. "장점과 단점을 나열하거나 선행이 됐건 악행이 됐건 그 사람이 저지른 모든 행동을 기록하지도 않거든요. 그냥 짤막한 메모예요."

윌리스는 이를 갈았다. "내 메모에 뭐라고 적혀 있었는데?"

휴고는 빤히 그를 쳐다보았다. "그게 중요해요?"

"당연하지."

"왜요?"

"누가 나에 대해 쓴 게 있다면 당연히 뭐라고 썼는지 알고 싶으니까."

휴고는 흥미로워했다. "살아 있었을 때도 당신 회사에 대한 평가를 찾아보고 그랬나요?"

매주 화요일 오전 9시마다 찾아봤지.

"아니." 윌리스는 이렇게 대답했다가 잠시 후에 덧붙였다. "내 파일에 그랬다고 적혀 있다면 그럴 만한 이유가 있었어. 나 때문에 열받은 사람들이 많았는데, 요즘은 불평거리가 생기면 다들 인터넷에 올리거든. 자기가 무슨 소리를 하는지 모르는 거짓말쟁이라 하더라도."

"어째 무슨 사연이 있는 것처럼 들리네요."

윌리스는 그를 험상궂게 노려보았다.

"아닐 수도 있고요." 휴고는 생각에 잠긴 표정으로 턱을 문질렀다. "정말 알고 싶어요?"

윌리스는 멈칫거렸다. "평이 안 좋은가? 진짜 안 좋아? 거짓말이야! 몽땅 다! 나는 대체로 제법 괜찮은 사람이었어." 그는 속으로 민망해했다. 예전 같으면 자신의 몸값을 높이려고 치열하게 싸웠을지 모르겠지만 지금은 그렇게 되질 않았다.

그러자니 뭐랄까. 어처구니없게 느껴진다고 해야 할까? 어처구니없고 무의미하게 느껴진다고?

넬슨이 자기 의자에서 쯧쯧거렸다. "꿈도 크시지."

윌리스는 그의 말을 못 들은 체했다. "됐어. 알고 싶지 않아. 자, 봐. 내가 얼마나 신경 안 쓰는지." 윌리스는 이 말과 함께 빙글 몸을 돌려서 다시 하던 일을 하기 시작했다. 그는 의자를 2개 더 내리고 포기했다. 그가 성큼성큼 카운터 쪽으로 돌아가자 휴고는 재

있어하는 표정을 지었다. "아무 말도 하지 말고 그냥 말해줘." 윌리스는 기어들어가는 목소리로 말했다.

"꼬박 1분이나 참았네요. 그렇게 오래 참을 줄 몰랐는데. 감동받았어요."

"너무 재밌어하는 거 아닌가?"

"즐길 수 있을 때 즐겨야죠. 안 그래요, 할아버지?"

"빙고." 넬슨이 대답하자 윌리스는 눈을 부라렸다.

휴고는 윌리스를 쳐다봤다. "당신이 생각하는 그런 식의 파일이 아니에요. 아까 얘기했던 것처럼 당신을 깎아내릴 목적으로 작성되는 게 아니거든요. 그냥 아우트라인에 가깝다고 보면 돼요."

그런 설명이 그에게는 아무 도움이 되지 않았다. "작성자가 누군데? 우주에 의해 작성됐다는 식의 난해한 헛소리는 사양할게."

"관리자요."

그 말에 윌리스는 그대로 얼어붙었다. "관리자라니. 우주적인 차원에서 결정을 내리고 당신들이 모두 무서워하는 그 존재?"

"나는 관리자를 무서워하지 않—"

"그자가 나에 대해서 어떻게 알아냈지? 나를 염탐하고 있었나?" 윌리스는 언성을 낮추며 사방을 휘릭휘릭 돌아보았다. "내가 지금 하는 얘기도 전부 듣고 있어?"

"그럴 수도 있네. 관음증이 살짝 있거든."

휴고는 한숨을 쉬었다. "할아버지."

"왜? 길거리에다 똥을 싸거나 음식을 떨어뜨리는지 위에서 지켜보고 있다고 생각해야 사람들이 그걸 줍거나 먹거나 하지." 넬슨은 의자 너머로 빤히 쳐다보았다. "자네 코도 팠겠지? 관리자가 그것도 봤을 거네. 그게 뭐 잘못됐다는 건 아니야. 인간들이 원래 그렇게 지저분하거든. 그게 인간의 천성이지."

"아니에요." 휴고가 큰 소리로 외쳤다. "이건 그런 식으로 되는 일이 아니에요."

"좋아. 그럼 내가 직접 알아보지." 월리스는 파일을 집으려고 했고 놀랍게도 휴고는 그를 말리지 않았다. 그럴 만한 이유가 있었다. 파일을 집을 수가 없었던 것이다. 그의 손은 파일 그대로 통과해 아래 카운터 속으로 들어갔다. 그는 손을 홱 하니 들어서 다시 한번 시도했다. 두 번, 세 번 더 시도했다.

"포기하기로 마음먹으면 알려줘요. 그걸 집어서 안에 뭐라고 적혀 있는지 볼 수 있는 사람은 사공인 나밖에 없거든요."

"어련하시겠어요." 월리스는 허리를 푹 숙이며 두 손을 반듯하게 카운터 위에 올려놓았다.

휴고가 그를 향해 다시 손을 내밀었다. 그와 휴고는 서로 스킨십이 불가능한 사이라는 걸 계속 잊어버리는지 접촉하려는 빈도가 점점 높아지고 있었다. 휴고는 한 손을 월리스의 손 바로 위에까지 들고 갔다가 멈추었다. 그는 휴고의 감촉이 어떨지 상상했다. 따뜻하고 부드럽지 않을까 싶었다. 결코 확인할 방법이 없겠지만. 휴고는 그의 양손 사이에 자기 손을 내려놓고 집게손가락으로 카운터를 톡톡 두드렸다. 월리스의 손가락이 움찔거렸다. 둘 사이의 거리가 몇 센티미터밖에 되지 않았다. "걱정할 것 없어요. 내가 보장할게요. 나쁜 얘기는 없었어요. 파일에 당신은 단호하다고 적혀 있었어요. 성실하고 자기주장이 강하다고."

한 달 전만 됐어도 윌리스는 그 말을 듣고 좋아했을 테지만 지금은 알쏭달쏭했다.

"나를 설명할 단어는 그것 말고도 많아." 그는 심드렁하게 말했다.

"듣던 중 반가운 소리네요. 나도 그렇게 생각하거든요." 휴고는 파일을 집어서 펼쳤다. 윌리스는 천연덕스럽게 몸을 숙이려다가 카운터를 그대로 관통하며 넘어지고 말았다. 휴고가 파일 위로 그를 빤히 쳐다봤다. 휴고는 눈까지 웃고 있었다.

"지금 얼마나 얄미운지 알아?" 윌리스는 똑바로 몸을 일으키는데 괜히 심통이 났다.

"그 말 안 믿어요."

"믿으세요."

"기억하고 있을게요."

"맙소사. 하필이면 저렇게 눈치 없는 인간을…." 그 뒤로 넬슨은 무슨 말을 하려고 했는지 몰라도 말끝을 흐리며 우물우물 삼켜버렸다.

윌리스의 장례식 때 입었던 그 깔끔한 정장으로 갈아입은 메이가 계단을 내려오며 얼굴에 들러붙은 머리칼을 쓸어 넘겼다. "머핀을 두고 한 말 진심이에요. 다녀왔는데 머핀 태워놨으면 각오해야 할 거예요. 어떤 사람을 데려오면 되는 거죠?" 그는 휴고가 들고 있던 파일을 낚아채 눈을 이리저리 굴려 가며 읽기 시작했다.

"흠. 오. 오. 아하. 우와. 재밌네." 그는 한껏 집중한 모습이었다. "이거 쉽지 않겠는데요?"

월리스는 휴고를 노려봤다. "이걸 읽을 수 있는 사람은 당신밖에 없다며?"

"내가 그랬나요? 나의 실수. 메이도 읽을 수 있어요."

메이는 장난기 가득한 얼굴이었다. "네 파일도 봤어. 좋은 얘기가 엄청 많이 쓰여 있었지. 질문. 2003년에 낙하산 바지를 멋지다고 생각했던 이유가 뭐야?"

"당신들은 전부 끔찍한 인간들이야." 월리스는 선포했다. "나는 더 이상 당신들과 상대하지 않겠어." 그는 그 말을 끝으로 다시 의자를 내리기 시작했고 그들 쪽은 쳐다보지도 않았다.

"안 돼. 그러지 마. 그것만은 자제해줘." 메이는 파일을 다시 휴고의 손에 쥐어주었다. "좋았어. 넘버 투, 내가 간다."

"3일 늦게 가고 그러지 마." 월리스가 말했다. "일을 하려거든 제대로 하라고."

"아우, 신경 써주네? 감동받았어." 메이는 까치발을 하고 서서 휴고의 뺨에 입을 맞췄다. "까먹지 말고—"

"머핀. 알았어요. 잘 챙길게요." 휴고는 한 팔로 그의 어깨를 감싸고 꼭 끌어안았다. 월리스는 질투하지 않았다. 전혀. "조심해요. 이번 경우는 다른 때와 다르니까."

월리스는 걱정하는 휴고의 표정이 영 못마땅했다.

"알았어요." 메이도 휴고를 같이 끌어안았다. "최대한 빨리 돌아올게요."

월리스는 장례식에 참석한 조문객 숫자가 그 사람의 가치를 알리는 지표는 아니라는 얘기를 하려고 고개를 돌렸지만 메이는 이미 나가고 없었다. 벽시계가 초침을 째깍째깍 움직이며 다시 평소처럼 돌아가기 시작했다.

"이 일이 돌아가는 방식을 나는 절대 이해하지 못할 거야." 월리스가 말했다.

휴고는 대답 대신 코를 쩡긋하더니 주방 안으로 들어갔다.

찻집은 하루 종일 정신없었다. 메이가 없으니 휴고는 계속 왔다 갔다 하느라 그의 파일에 뭐라고 적혀 있었는지 묻는 말에 대답은커녕 월리스를 알은체할 시간도 없었다. 월리스는 그래서 짜증났지만 누가 캐묻는다면 이유를 설명하지는 못했다.

정곡을 찌른 사람은 당황스럽게도 넬슨이었다. 월리스는 넬슨의 의자 옆 바닥에 앉아서 생각에 잠겨 있었다. "새로운 손님이 등장한들 저 아이가 자네를 잊을 리는 없을 거네."

월리스는 작정하고 그가 있는 쪽을 쳐다보지 않았다. 장작불이 탁탁, 펑펑하는 소리를 내고 있는 벽난로만 물끄러미 바라보았다. "그 걱정은 전혀 하지 않는데요."

"그래. 그렇겠지. 말도 안 되는 걱정일 테니까."

"그러니까요."

그들 사이에서 최소 10분 넘게 침묵이 이어졌다. "만에 하나 그게 걱정된다면 그럴 필요 없다는 거네. 휴고는 똑똑한 아이야. 집중력도 좋고. 그 아이는 이게 얼마나 중요한 일인지 알아. 적어도 내가 생각하기에는 그렇다네."

월리스는 그를 올려다보았다. 넬슨이 까닭 없이 웃고 있었다. "새로운 사람이 여기로 오나요?"

"그렇지. 그것도 걱정할 필요 없어."

"지금 무슨 말씀하시는 거예요?"

넬슨은 신경 쓰지 말라는 듯이 손사래를 쳤다. "그냥 횡설수설하는 거지, 뭐." 그는 말을 잠깐 멈추고 머뭇거렸다. "아내를 사랑했나?"

월리스는 눈을 깜빡거렸다. "네?"

"아내 말이네."

월리스는 다시 벽난로 쪽으로 시선을 돌렸다. "네. 하지만 그걸로는 부족했어요."

"최선을 다하기는 했고?"

그는 그렇다고 대답하고 싶었다. 온 세상을 통틀어 가장 중요한 사람이 네이오미라는 걸 알 수 있게 능력이 되는 한에서는 모든 노력을 기울였다고. "아뇨. 그러지 못했습니다."

"왜 그러지 못했다고 생각하나?" 따지거나 평가하는 말투가 아니었다. 어처구니없게도 그래서 고마웠다.

"글쎄요." 월리스는 청바지에 묻은 실밥을 떼어내며 말했다. 그는 옷을 바꿔 입을 수 있게 된 이후에도 양복 같은 정장은 입지 않았다. 걸치고 있는 줄 몰랐던 껍데기를 벗어 던지기라도 한 듯 속이 후련했다. "이런저런 일들 때문이었겠죠."

"나는 아내를 사랑했네." 넬슨의 이야기에 윌리스가 하려고 했던 모든 말이 혀끝에서 사라져버렸다. "아내는 활기가 넘쳤지. 성격은 불같았고, 온 세상을 통틀어 그런 여자가 없었는데, 그런 사람이 웬일로 나를 선택했어. 나를 사랑했고." 그의 입가에 미소가 퍼졌다. 윌리스가 보기에는 혼자 흐뭇해하는 웃음이었다. "아내에게는 나를 짜증 나게 하는 습관이 하나 있었지. 퇴근하고 오면 맨 먼저 신발을 벗어서 문 옆에 그냥 두는 거. 그다음에는 양말, 이런 식으로 줄줄이 뭘 벗어놓는 거네. 나더러 주우라고. 왜 다른 사람들처럼 빨래 바구니에 넣지 않느냐고 물었더니 아내가 뭐랬는지 아나?"

"뭐랬는데요?"

"빨아야 하는 양말이 인생의 전부는 아니지 않으냐고."

윌리스는 그를 빤히 쳐다봤다. "그 무슨 말도 안 되는 소리를."

넬슨의 미소가 함박웃음으로 번졌다. "그렇지? 하지만 아내에게는 완벽하게 말이 되는 소리였다네." 그의 미소가 떨렸다. "내가 늦게 퇴근한 어느 날이었어. 문을 열었는데 신발이 없는 거네. 바닥에 양말도 없고, 줄줄이 벗어놓은 옷도 없고. 드디어 아내가 이번에는 옷을 치웠나 보다 했지. 그래서 다행이었다고 해야 하나? 피곤해서 그 뒤치다꺼리를 하고 싶지 않았거든. 아내를 불렀는데 대답이 없었네. 방마다 찾아다녔지만 아무 데도 없었어. 늦나 보다. 나는 그렇게 속으로 중얼거렸다네. 그런 날도 있으니까. 잠시 후에 전화벨이 울렸고 나는 그날 아내가 갑작스럽게 세상을 떠났다는 소식을 들었지. 우습게도 아내가 죽었다는 소식과 함께 워낙 순식간에 벌어진 일이라 고통을 느끼지 못했을 거라는 얘기를 듣는 동안 내 머릿속에 든 생각은 아내가 문 앞에 벗어 던진 신발을 볼 수만 있다면 뭐든 포기할 수 있겠다는 거였네. 바닥에 떨어진 양말, 방까지 줄줄이 벗어놓은 옷가지를 볼 수만 있다면."

"가슴이 아프네요."

"그럴 것 없네. 우리는 행복하게 살았으니까. 아내는 나를 사랑했고, 나는 아내를 사랑한다는 걸 날마다 느낄 수 있게 했으니까. 뒤치다꺼리하는 와중에도 말이지. 부부는 그런 거라네."

"보고 싶으세요?" 윌리스는 아무 생각 없이 물었다가 움찔했다. "젠장. 이상하게 들릴 수도 있겠어요. 당연히 보고 싶으시겠죠."

"응. 내 안의 모든 세포가 아내를 그리워하지."

"그런데 계속 여기 머물러 계시네요?"

"그렇다네. 내가 여기서 떠날 준비를 끝내면 아내가 기다리고 있을 거라는 걸 알지. 하지만 내 여력이 닿을 때까지 휴고를 지켜주기로 약속을 했거든. 아내도 이해할 거네. 영원히 같이 있을 텐데 몇 년 기다리는 것쯤이야 아무것도 아니지 않나."

"어떤 계기가 필요할까요? 어르신이 그곳으로 건너가려면요." 그는 둘이서 문 아래에서 서 있었을 때 넬슨이 뭐라고 했는지 기억해냈다. "거기로 올라가려면요."

"아. 그게 관건이지. 어떤 계기가 필요할까?" 그는 몸을 앞으로 숙여 윌리스의 다리에 대고 지팡이를 가볍게 두드렸다. "안심해도 되겠다는 생각이 들면, 죽음에 직면해도 휴고의 인생이 즐거움으로 가득하다는 생각이 들면, 이건 그 아이에게 필요한 게 무엇인지의 문제가 아니라네. 그러면 뭔가가 부족하다는 뜻이 되니까. 그보다는 그 아이가 원하는 게 무엇인지의 문제지. 그 둘은 서로 다른데, 우린 가끔 잊어버릴 때가 있어."

"휴고가 원하는 게 뭡니까?"

넬슨은 이 말로 대답을 대신했다. "그 아이는 요즘 전보다 자주 웃네. 그거 느꼈나?"

"그렇습니까?" 그는 휴고가 항상 웃는 얼굴인 줄 알았다.

"이유를 모르겠네." 넬슨은 자기 의자에 몸을 묻으며 말했다. "궁금해 죽겠어."

윌리스는 카운터를 지키고 있는 휴고를 흘끗 쳐다보았다. 그는 윌리스의 시선을 느꼈는지 고개를 돌려서 환하게 웃어 보였다.

윌리스는 넬슨에게 소곤소곤 말했다. "까딱 잘못하다가는 나락으로 떨어지기 십상이에요."

"맞아. 하지만 어떻게 하면 거기서 빠져나올 수 있느냐, 그게 제일 중요한 법이지."

카론의 나루터의 영업이 종료되고 30분이 지났을 때 초침이 덜덜거리기 시작했다. 휴고가 익숙한 팻말을 창문에 걸었다. **개인 사정으로 오늘은 영업을 하지 않습니다.** 그는 윌리스에게 그냥 예방

차원에서 거는 거라고 했다.

"우리는 지금 여기 없는 셈이에요. 시계가 느려지기 시작하면 세상은 우리를 중심으로 돌아가요. 지금 같은 때 누가 가게로 찾아오면 창문에는 팻말이 걸려 있고 어두컴컴한 가게만 보일 거예요."

월리스는 휴고를 따라 주방으로 들어갔다. 몸이 간질거렸고 가슴에 박힌 갈고리가 불편하게 느껴졌다. "그런 때 누가 들어오려고 한 적 있어?"

"내가 알기로는 없어요. 그게 무슨 마법은 아닐 거예요. 오히려 착시에 가깝지."

"사공 치고 모르는 게 많네?"

휴고는 빙그레 웃었다. "그래서 좋지 않아요? 나는 모르는 게 없는 거 싫어요. 그럼 이 세상에 신비로운 구석이 하나도 없잖아요. 그게 뭐예요?"

"알면 예측이 가능하잖아." 그는 말하는 순간 어떻게 들릴지 깨달았다. "우리가 머릿속을 비우는 이유가 그 때문이고."

"바로 그거예요." 휴고는 아주 지당한 논리라도 되는 듯 말했다. 월리스는 그냥 장단을 맞추는 쪽이 낫다는 것을 터득해나가는 중이었다. 그래야 미치지 않고 버틸 수 있었다. 휴고는 식료품 보관실로 건너가 그 앞에 서서 안에 저장된 것들을 신중히 바라보았다. 월리스도 어깨 너머로 쳐다보았다. 선반에 유리병들이 추가로 줄줄이 놓였고 저마다 각기 다른 찻잎이 들어 있었다. 가게 전면의 카운터 뒤편에 진열된 찻잎들과 다르게 병에 라벨이 붙어 있지 않았다. 대부분 가루였다.

"말차? 아니야. 그건 안 어울려. 감탕나무? 아냐. 그것도 아니야. 비슷하긴 하지만."

"지금 뭐해?"

"우리 손님에게 어떤 차가 가장 잘 어울릴지 고민하는 중이에요."

"나 때도 그랬어?"

그는 선반 상단의 시커먼 가루를 가리키며 고개를 끄덕였다. "당신은 쉬웠어요. 이전의 어느 누구보다."

"와우. 쉬웠다는 얘기는 처음 듣는데. 좋아해야 하나?"

휴고는 화들짝 놀라며 웃음을 터뜨렸다. "그게 아니라— 무슨 뜻인지 알잖아요."

"그런 얘기를 한 사람은 내가 아니라 당신이야."

"이건 예술이에요. 적어도 나는 그렇게 생각해요. 그 사람에게 완벽하게 어울리는 차를 고르는 것. 항상 맞히는 건 아니지만 실력이 점점 늘고 있어요." 휴고는 손을 내밀어 어느 유리병을 건드렸다가 손을 거두었다. "이것도 아니네. 뭐가 좋을— 아. 진짜? 그건 후천적으로 좋아하게 된 건데." 그는 시커멓게 뒤틀린 찻잎이 가득 담긴 유리병을 꺼냈다. "이건 내가 재배한 게 아니에요. 여기서는 아마 키울 수가 없을 거라. 수입산이에요."

"그게 뭔데?" 월리스는 병을 유심히 쳐다보며 물었다. 찻잎이 말라비틀어진 것처럼 보였다.

"쿠딩차요." 휴고는 차를 준비하러 맞은편 카운터 쪽으로 움직이며 말했다. "중국차예요. 쿠딩을 문자 그대로 해석하면 쓴 못이라는 뜻이에요. 대개 옻나무와 호랑가시나무로 만들고요. 누구나 좋아할 만한 맛은 아니에요. 약효가 있다지만 엄청 쓰거든요. 눈과 머리를 맑게 해준다고 해요. 해독 효과가 있어서."

"그걸 그 사람한테 줄 생각이야?" 윌리스는 휴고가 병에서 배배 꼬인 찻잎을 꺼내는 것을 보며 물었다. 흙냄새가 어쩌나 자극적인지 재채기가 났다.

"그러게요. 특이한 경우에요. 이 차를 마시겠다는 사람은 만난 적이 없는데." 그는 찻잎을 물끄러미 쳐다보다가 고개를 한쪽으로 기울였다. "그냥 아무것도 아닐 수도 있어요. 어디 한번 보자고요."

윌리스는 옆에 서서, 메이가 자신을 맨 처음 여기로 데려온 날 저녁에 썼던 찻잔에 휴고가 뜨거운 물을 붓는 것을 지켜보았다. 그가 찻주전자를 내려놓자 김이 모락모락 솟았다. 그는 두 손가락으로 찻잎을 집어서 조심스럽게 물에 담갔다. 물속으로 들어가자 찻잎이 꽃이 피듯 펼쳐졌다. 찻잎은 칙칙한 초록색으로 옅어지고 물은 이상한 갈색으로 진해지기 시작했다.

"무슨 냄새가 느껴져요?" 휴고가 물었다.

윌리스는 몸을 앞으로 숙여서 김을 들이마셨다. 콧구멍이 막히자 그는 코를 씰룩거리며 허리를 폈다. "풀 냄새?"

휴고는 신난듯 말했다. "맞아요. 씁쓸한 맛 아래에 오래 가는 달짝지근한 끝맛이 묻혀 있어요. 쓴맛을 견뎌야 그걸 느낄 수가 있죠."

윌리스는 포기한 듯 고개를 절레절레 흔들었다. "또 이 얘기인가

하고 들어보면 다른 뜻이 담긴 얘기를 하고 있네."

휴고의 얼굴에 생기가 돌았다. "그냥 차 얘기일 수도 있어요. 안 그래도 이미 복잡한데 배배 꽈서 들을 필요가 뭐가 있겠어요. 마셔 봐요. 놀랄 수도 있겠다는 생각이 드는데. 좀 더 우려야 할지 모르지만 그래도 어떤 맛인지는 알 수 있을 거예요."

그는 이 찻집에 걸려 있던 명언을 떠올렸다. 휴고도 같은 생각을 했는지 월리스에게 찻잔을 건네며 말했다. "두 번째 잔이에요."

귀한 손님이 됐다는 뜻이었다.

월리스는 찻잔을 건네받으며 침을 꿀꺽 삼켰다. 두 사람이 이로써 스킨십에 가장 가까운 접촉을 했다는 데 생각이 미쳤다. 두 사람 모두 필요 이상으로 찻잔을 오래 쥐고 있었고 그동안 그는 휴고의 시선을 느꼈다. 이윽고 휴고가 손을 놓았다.

찻물은 여전히 맑았다. 갈색이었던 차가 찻잎에 가까운 초록색으로 바뀌어 있었다. 그는 찻잔을 입에 대고 한 모금 마셨다.

차가 목구멍을 타고 내려가 배 속에서 뜨겁게 꽃을 피우자 구역질이 올라왔다. 쓴맛에 이어 잔디밭을 반쯤 삼킨 것 같은 풀 맛이 치고 올라왔다. 달짝지근한 끝맛이 느껴지긴 했지만 이 차의 뭐 하나 마음에 드는 구석이 없었기 때문에 꿀맛도 그 사이에서 길을 잃어버렸다. "아우 씨." 그는 휴고가 찻잔을 다시 가져가는 동안 입을 닦았다. "맛도 더럽게 없네. 그런 차를 자진해서 마시는 사람은 도대체 정체가 뭐야?"

휴고도 찻잔을 입에 대고 한 모금 마셨다. 목을 꿈틀거리며 얼굴을 찡그렸다. "그러게요." 그는 잔을 치우며 말했다. "내가 차를 좋아한다고 해서 모든 차를 좋아하는 건 아니에요." 그는 입을 다셨다. "아. 꿀맛이 난다. 견딘 보람이 있을락 말락 하네요."

"차를 고를 때 틀린 적도 있어?"

"살아 있는 손님들의 경우에요? 그럼요."

"죽은 사람의 경우는 아니다?"

"죽은 사람의 경우는 아니죠."

"그것 참 대단하군. 신기하지만 대단해."

"그것도 칭찬인가요, 월리스?"

"음, 그렇지?" 월리스는 갑자기 불편해졌다. 이제 보니 휴고와 너무 바짝 붙어서 서 있었다. 그는 뒤로 한 발 물러나며 헛기침을 했다. "으악, 입 안에서 그 맛이 없어지질 않아."

휴고는 생긋 웃었다. "오래 가죠. 당신에게 끓여준 차가 훨씬 좋았어요."

그 말을 듣고 월리스는 괜히 기분이 좋아졌다. "그거 칭찬인가, 휴고?"

"맞아요." 휴고의 말은 그게 끝이었다.

월리스는 이 한마디를 가슴에 담고 꼭 끌어안았다. 그가 느꼈던 씁쓸한 맛은 달콤한 끝맛에 비하면 아무것도 아니었다.

휴고가 병에서 찻잎을 몇 개 더 꺼내 찻주전자와 찻잔 옆에 놓인 조그만 접시에 담았다. "자, 어때 보여요?"

"밖에 나가서 맨 처음 눈에 띈 아무거나 땅에서 뽑아온 것 같아."

"완벽해요." 휴고가 명랑한 목소리로 말했다. "그렇다면 우리가―"

가게 전면에 걸린 시계가 요란하게 덜덜거리더니 초침을 움찔거리며 멈춰 섰다.

"도착했네요." 휴고가 말했다.

월리스는 뭘 어째야 하는지 감이 안 잡혔다. "나는 그냥…." 그는 설명하는 뜻에서 손을 흔들었다.

"궁금하면 나랑 같이 나가도 돼요." 휴고는 쟁반을 들며 말했다. "손님 응대나 질문에 대답하는 건 나한테 맡겨줬으면 좋겠어요. 새로 온 손님이 당신에게 말을 걸면 대답해도 되지만 평온하고 침착하게 대해줘요. 이미 불안한 상태일 텐데 더 자극하면 안 되니까요."

"긴장하고 있군." 월리스는 말했다. 긴장한 휴고의 눈가와 쟁반을 움켜쥔 그의 손을 모르고 지나칠 수 없었다. "왜 그래?"

휴고는 망설이다가 잠시 후에 말문을 열었다. "죽음이 항상 갑작스러운 건 아니에요. 당신 생각은 다르겠지만 당신은 운이 좋았던 편이에요. 모두가 그렇지는 않거든요. 가끔은 끔찍하고 충격적인 죽음일 때도 있어서 그 여파가 따라와요. 넋이 나간 사람도 있고 화를 내는 사람도 있고 또 그냥 체념한 사람도 있어요. 믿어질지 모르지만 그런 경우가 의외로 많아요."

믿어졌다. 그는 휴고가 하는 말이 무슨 뜻인지 알 것 같았지만 맞는지 차마 확인하지는 못했다. 세상은 아름다울 수 있지만―찻집 벽에 걸린 피라미드와 성, 그리고 엄청난 높이에서 쏟아지는 듯한 폭포 사진이 그 증거였다—잔인하고 우울할 수도 있었다.

휴고는 주방 문 쪽을 바라보았다. "지금 메이와 그 사람이 걸어오고 있네요. 나를 믿어요?"

"그럼." 윌리스는 주방에서 나가지 못하게 휴고 앞을 가로막고 싶었지만 참았다. 어떤 일이 벌어질지 알 수 없었고 예감이 좋지 않았다.

"좋아요. 그럼 그냥 보거나 듣기만 해요. 그래줄 거라고 믿을게요, 윌리스."

휴고는 문밖으로 나갔고 윌리스 혼자 남아서 그가 떠난 자리를 바라보았다.

14장

월리스는 문 앞에서 걸음을 멈추고 눈썹을 꿈틀거렸다. 평소처럼 불이 켜져 있었지만 전구가 바뀌기라도 한 것처럼 아까보다 어두침침하게 느껴졌다. 아폴로는 귀를 늘어뜨리고 코를 킁킁거렸고 넬슨이 그런 녀석을 달래듯 머리를 긁어주었다. "괜찮아. 아무 일 없을 거야."

휴고는 높은 테이블에 쟁반을 내려놓았다. 월리스가 왔을 때 썼던 것과는 다른 테이블이었다. 월리스는 뒷짐진 휴고 혼자 테이블 옆에 내버려두고, 넬슨과 아폴로가 있는 쪽으로 자리를 옮겼다.

휴고는 거기 그냥 서 있기만 했는데도 분위기가 달라졌다. 워낙 미묘한 변화라 모르고 지나칠 수도 있었겠지만, 월리스는 휴고를 죽 관찰해왔기 때문에 아무리 사소한 부분이라도 모두 알아차릴 수 있었다. 어깨의 각이 달라졌고, 얼굴 표정이 조심스러운 무표정으로 바뀌었다. 월리스는 자신이 맨 처음 도착했을 때도 휴고가 이런 모습이었는지 기억을 되짚어보았다.

그는 휴고에게서 시선을 옮겨 좌우를 두리번거리며 관심을 돌릴 만한 다른 것을 찾았다. "불이 왜 저래요?" 그는 넬슨에게 물으며 문 쪽을 흘끗거렸다. "어르신께서 어둡게 조절하셨어요?"

넬슨은 고개를 저었다. "이번에는 힘든 케이스가 될 걸세."

월리스는 어째 그의 말투가 마음에 들지 않았다. "힘든 케이스요?"

"대부분의 사람들은 죽는 걸 싫어하지." 넬슨은 차분히 아폴로의 주둥이를 한 손가락으로 훑었다. "그러다 결국에는 받아들인다네. 자네처럼 가끔 시간이 걸리는 경우도 있지만. 하지만 죽음이란 단어조차 거부하는 사람들도 더러 있거든. '이런 격한 쾌락 뒤에는 격한 종말이 따르는 법이지. 그리고 승리의 기쁨 속에서 다 소진하는 법이지, 불이나 화약처럼.'"

"셰익스피어죠." 월리스는 문에서 시선을 뗄 줄 모르는 휴고를 곁눈질해가며 말했다.

"맞아." 넬슨은 손을 내밀어 월리스의 손을 잡고 살짝 힘을 주었다. 월리스는 손을 빼려고 하지 않았다. 이 노인에게는 작은 위안이 필요하고, 그 정도는 그가 해줄 수 있다고 생각했다.

누군가가 계단을 올라오자 현관이 삐걱거렸다. 월리스는 열심히 귀를 기울였지만 말소리는 들리지 않았다. 이상한 일이었다. 월리스가 무수히 많은 질문을 퍼부었기도 했지만 메이는 그를 데려왔을 때 진입로를 걸어오는 내내 조잘거렸다. 아무도 말을 하지 않는다니 어째 불안했다.

똑똑똑. 노커로 문을 두드리는 소리가 세 번 들렸다. 한 박자 정적이 흐른 뒤에 문이 열렸다.

메이가 어색한 미소와 함께 먼저 들어왔다. 눈은 정색한 채 평소보다 안색이 창백했고 입술은 하얀 치열이 살짝 드러나 보이는 얇은 선에 가까웠다. 그는 휴고부터 넬슨, 윌리스, 아폴로까지 차례로 가게 안을 한 바퀴 둘러보았다. 아폴로가 일어나 다가가려고 했다가 그가 저지하자 풀이 죽어 다시 주저앉았다. 넬슨은 윌리스의 손을 다시 꼭 잡았다.

윌리스는 누가 물었다면 어떤 사람이 메이를 따라 들어올지 모르겠다고 대답했을 것이다. 차가 단서이긴 했지만 너무 사소한 힌트라 좀 더 큰 그림에 어떤 식으로 끼워 맞춰야 할지 판단이 서지 않았다. 사납게 달려드는 지독한 쓴맛에 이어 밭을 통째 삼키는 듯한 풀 맛, 피날레는 목이 멜 정도로 진한 꿀맛.

어쩌면 그보다 더 화가 난 사람일지 몰랐다. 이 무슨 부당한 일이냐고 노발대발하며 소리를 지를지 몰랐다. 윌리스는 그 심정을 십분 이해할 수 있었다. 그도 그러지 않았던가. 그가 보기에는 부정과 분노에 단단히 뿌리를 내리는 것이 과정의 일부였다.

윌리스가 무엇을 짐작했건 그날 저녁 카론의 나루터로 들어선 남자는 그의 예상에서 빗나갔다. 남자는 일단 20대 초반쯤으로 젊어 보였고 무릎이 찢어진 청바지 위에 검은색의 헐렁한 셔츠를 입었다. 긴 금발은 손으로 계속 쓸어 넘겼는지 헝클어진 채 이마에서 뒤로 넘겨져 있었다. 까만 눈은 반짝거렸고 얼굴은 팽팽하게 당겨진 가면을 쓴 것 같았다. 남자는 불안한 표정으로 침침한 불빛이 비추는 찻집을 눈에 담았다. 넬슨과 아폴로에게는 시선이 잠깐 머물고 끝이었지만, 월리스의 경우에는 한참 동안 쳐다보았다. 기분 나쁜 미소가 지어지려는 것을 참는 사람처럼 입술을 실룩이며 자기 가슴을 문질렀다. 월리스는 남자의 가슴에 달린 갈고리와 휴고에게 연결돼 있을 게 분명한 케이블이 자신의 눈에는 보이지 않는다는 사실을 깨닫고 깜짝 놀랐다. 그걸 왜 지금에서야 알아차렸는지 모를 일이었다.

넬슨에게도 갈고리가 달려 있을까? 아폴로에게도? 메이에게도?

메이가 문을 닫았다. 딸깍하며 문이 잠겼고 최후의 통첩 같은 그 소리가 월리스는 싫었다. "이쪽이 휴고야. 내가 얘기한 그 사공. 당신을 도울 사람." 메이는 남자를 멀찌감치 피해 휴고에게로 걸어갔다. 표정에 흔들림이 없었고 월리스와 넬슨을 쳐다보지 않았다. 휴고 옆에서 걸음을 멈출 뿐 그와 스킨십을 시도하지 않았다.

남자는 문 근처에서 움직이지 않았다.

휴고가 말했다. "안녕하세요."

남자는 씰룩거렸다. "안녕하세요. 얘기 많이 들었어요." 월리스가 예상했던 것보다 목소리가 더 활기찼지만 어딘지 모르게 음울하고 음산한 구석이 또렷하게 느껴졌다.

"그러셨어요?" 휴고는 가볍게 물었다. "나쁜 얘기는 아니었어야 할 텐데요."

"아, 아니에요. 좋은 얘기였어요. 전부 좋은 얘기. 솔직히 너무 좋았죠."

"메이가 저를 실제보다 좋게 포장하는 습관이 있어요. 그 습관을 고쳐주고 싶은데 말을 듣질 않네요."

"아, 그러게요." 남자가 미소 짓자 얼굴 가면이 더 팽팽하게 당겨져 광대뼈가 도드라졌다. 윌리스는 오싹해졌다. "전혀 듣질 않나봐요. 당신은 남의 충고를 듣나요?"

"들으려고 노력하긴 합니다." 휴고는 계속 뒷짐을 진 채로 말했다. "어렵다는 거 충분히 이해해요. 지금까지 알게 된 것들을 받아들이려면, 절대 예전으로 돌아갈 수 없다는 걸 깨달으려면, 모르는 사람과 한 번도 와본 적 없는 여기까지 찾아오려면. 하지만 약속할게요, 최선을 다해 돕겠다고."

"내가 당신 도움은 필요 없다고 하면요?"

"필요하게 될 거예요. 건방 떠느라 하는 얘기는 아니고요. 당신은 지금 여행을 하는 셈이에요. 한 번도 떠나본 적 없는 그런 여행을. 여기는 그 여행길에 잠깐 머물렀다 가는 곳에 불과해요."

남자는 다시 좌우를 두리번거렸다. "여기가 찻집이라면서요?"

"네."

"당신이 여기 사장인가요?"

"맞아요."

남자는 넬슨과 윌리스 쪽으로 고개를 까딱였다. "저 사람들은요?"

"저희 할아버지 넬슨, 친구 윌리스예요."

"저 사람들은…." 그는 눈을 잠깐 감았다가 다시 떴다. "당신 과예요? 아니면 내 과예요?"

윌리스는 뭐라고 한마디하고 싶은 걸 참았다. 그들은 그 남자와 같은 과가 아니었다. 남자는 온몸으로 냉기를 뿜어냈다. 그 냉기가 사방으로 번져 윌리스의 몸이 부들부들 떨렸다.

"당신 과라고 볼 수 있죠. 저분들도 나름대로 여행을 떠나야 하니까요."

"내 이름 알아요?"

"앨런 플린이요."

앨런의 오른쪽 눈 아래가 실룩거렸다. "저 여자 말로는 내가 죽었다던데."

"맞아요." 휴고는 처음으로 몸을 움직였다. 뒷짐을 지고 있던 손을 풀어 앞쪽 테이블 위에 올려놓았다. 테이블이 살짝 움직이자 쟁반에 놓인 찻잔이 달그락거렸다. "안타깝게 생각해요."

앨런은 천장을 올려다보았다. "안타깝다." 그가 재밌다는 듯이 따라 말했다. "안타깝다고요? 왜요? 당신이 날 죽인 것도 아닌데."

"맞아요." 휴고는 말했다. "내가 죽인 건 아니죠. 그래도 안타까워요. 어떤 심정일지 아니까요. 당신이 얼마나 힘든 시간을 보내고 있는지 전부 이해하는 척하지는—"

"잘 생각했어요." 남자가 날카롭게 맞받았다. "왜냐하면 하나도 모를 테니까."

휴고는 고개를 주억거렸다. "차 한잔 할래요?"

앨런은 내키지 않아 했다. "차는 좋아해본 적이 없는데. 밍밍해서." 그는 자기 가슴을 다시 문질렀다. "재미도 없고."

"이건 다를 거예요. 나를 한번 믿어봐요."

앨런은 못 미더워하는 표정이었지만 테이블 쪽으로 조심스럽게 한 발 다가갔다. 벽에 걸린 전등이 웅웅대며 깜빡거렸다. "나를 도울 사람이라고요." 그는 한 발 더 다가갔다. "아까 그랬죠?" 다시 한 발 더 다가갔다.

"맞아요. 오늘 해치울 필요는 없어요. 내일 해치울 필요도 없고요. 당신이 마음의 준비가 됐다고 하면 궁금해하는 부분에 대해 내가 최선을 다해 알려줄게요. 나도 모르는 게 있고 전부 아는 척할 생각은 없어요. 나는 가이드예요, 앨런."

"가이드?" 앨런은 까칠하게 물었다. "나를 어디로 안내할 건데요?"

"다음 세상으로요."

앨런은 테이블 앞에 다다랐다. 그 위에 손을 올려놓으려고 했지만 그대로 통과해버렸다. 그는 입을 일그러뜨리며 손을 끄집어냈다. "지옥으로요? 연옥으로요? 이 여자는 자세히 설명하고 싶지 않은 눈치던데." 그의 업신여기는 말투는 분명하고 신랄했다.

"지옥은 아니에요." 휴고의 말에 메이는 가는눈을 떴다. "연옥도 아니고요. 중간 어딘가가 아니에요."

"그럼 뭔데?"

"당신이 직접 알아내야 해요. 그건 나도 몰라요, 앨런. 알면 좋겠지만요. 진짜예요. 다른 부분에 대해서도 거짓말하지 않을게요. 약속할 수 있어요. 당신을 도울 수 있다면 무슨 일이든 마다하지 않겠다는 것도. 우선, 차 한잔 마시지 않을래요?"

앨런은 테이블에 놓인 쟁반을 내려다보았다. 찻잎이 담긴 유리

병을 만지려고 손을 내밀었다가 손가락이 썰룩거리자 팔을 다시 내렸다. "저 찻잎. 저런 차는 한 번도 본 적이 없는데. 실이 달린 조그만 봉지에 담겨서 나오지 않나요? 우리 아버지가…." 그는 고개를 저었다. "아니에요."

"차는 모양과 형태가 여러 가지예요. 종류가 상상할 수 없을 만큼 다양하죠."

"그리고 내가 당신이 끓인 차를 마실 거라고 생각한다?"

"안 마셔도 돼요. 이 찻집에 온 것을 환영하는 뜻에서 주는 거니까요. 차를 같이 마시면 좀 더 가까워지는 효과가 있더라고요."

앨런은 비웃듯 콧방귀를 뀌었다. "글쎄." 그는 숨을 크게 마시고 고개를 좌우로 기울였다. "내가 피를 흘렸어요. 그거 알아요? 내가 골목길에서 피를 쏟았어요. 바로 옆을 지나가는 발소리가 들리길래 그 사람들을 불렀어요. 못 들은 척 그냥 지나가더군요." 그의 시선이 점점 초점을 잃었다. 전등이 다시 깜빡거렸다. "도와달라고 했는데. 도와달라고 사정했는데. 당신은 칼에 찔려본 적 있나요?"

"아뇨."

"나는 있어요." 앨런은 손을 들어 자기 옆구리에 갖다 댔다. "여기." 이번에는 손가락을 구부리며 손을 자기 가슴으로 옮겼다. "여기." 다시 목 옆면을 가리켰다. "여기. 내가 돈을 빌렸는데 갚질 못했거든요. 설명하려고 했는데 그자가 칼을 번뜩였고 나는 돈을 구해오겠다고 했어요. 믿어달라고. 내가 그런 데 재주가 있다고. 하지만 전에도 하고 또 했던 얘기라…." 그의 눈이 가늘어졌다. "지갑을 꺼내서 수중에 있는 몇 푼이라도 주려고 했어요. 그걸로는 턱도 없다는 걸 알았지만 노력은 해야 하니까요. 그놈은 내가 무기를 꺼내려고 하는 줄 알았는지 칼로 그냥 찔러버리더라고요. 나는 무슨 일인지 몰랐어요. 처음에는 아프지도 않았거든요. 이상하지 않아요? 칼이 내 몸속으로 들어오는 게 보이는데 아프지 않더라고요. 심지어 피가 철철 쏟아지는데도 진짜 같지 않고. 그러다 다리에 힘이 풀리면서 쓰레기 더미 위로 쓰러졌어요. 패스트푸드 포장지가 얼굴에 들러붙었는데 냄새가 얼마나 지독했는지 몰라요."

"그런 대접을 받을 이유가 없었는데 말이죠." 휴고가 말했다.

"누구든 안 그렇겠어요?" 그는 대답을 기다리지도 않고 말을 이었다. "그놈은 7달러와 비밀번호도 모르는 직불 카드를 들고튀었어요. 나는 기어 나오려고 했지만 다리가 말을 듣질 않았어요. 팔도 그렇고. 길거리를 걸어가던 사람들은 그냥 지나갔어요. 너무들하더라고요."

"그러게요. 너무하네요."

"도와주세요. 도와주세요."

"그럴게요. 내가 능력이 닿는 데까지 도울게요."

앨런은 안심한 표정이었다. "다행이네요. 일단 그놈을 찾아야 해요. 돌아가기만 하면 내가—"

"내가 얘기했잖아. 돌아가지는 못한다고." 메이는 심란한 표정으로 말했다. 월리스는 무슨 일이 있었기에 메이가 그렇게 안절부절못하는지 궁금해졌다. "전진밖에는 없다고."

앨런은 그 소리를 듣고 기분 나쁜 표정을 짓더니 사납게 메이를 노려보았다. "그래, 그쪽은 그렇게 얘기했지. 하지만 여기 이 보스한테 맡기자고, 응? 그쪽은 이미 얘기를 할 만큼 했잖아. 그쪽 얘기는 듣고 싶지 않아. 듣고 싶지 않은 말만 골라서 하잖아."

휴고는 찻주전자를 들어 쟁반에 놓인 찻잔에 뜨거운 물을 붓기 시작했다. 김이 자욱하게 올라왔다. 그는 월리스와 넬슨을 보며 한쪽 눈썹을 추켜세웠다. 넬슨은 고개를 비틀었다. 휴고는 세 개의 잔에 물을 채우고 찻주전자를 내려놓았다. "어쩔 건데요?" 그는 유리병에서 찻잎을 꺼내 각 잔마다 한 개씩 넣으며 말했다. "그자를 찾으면, 그자가 어디 사는지 알아내면 말이에요."

앨런은 그때의 고통이 되살아나는 듯 움찔하며 두 손으로 주먹을 쥐었다. "나한테 했던 것처럼 똑같이 해줄 거예요."

"왜요?"

"그렇게 당해도 싼 인간이니까."

"그러면 기분이 풀릴 것 같아요?"

"네."

"눈에는 눈이다."

"그렇죠."

"이건 쿠딩차예요. 여기 이 찻집에 있는 그 어떤 것과도 다른 종류의 차예요. 가장 최근에 이 차를 끓인 게 언제였는지 기억도 나지 않아요. 아무나 좋아할 만한 차는 아니고 약효가 있다고도 해요. 약효를 신뢰하는 사람들도 더러 있고요."

"차는 마시고 싶지 않다고 했는데."

"알아요. 당신이 차를 달라고 했다 한들 당장 줄 수도 없어요. 우리려면 좀 기다려야 하거든요. 맛있는 차는 인내의 결과예요. 끈이 달린 티백처럼 당장 마실 수 있는 게 아니에요. 그런 차는 찰나로 끝날 수 있어요. 온 줄도 모르게 사라져버리는 식으로. 기다림이 필요한 차는 과정에 들인 공을 음미하게 하죠. 우리면 우릴수록 맛이 진해지고요."

"시계. 시계가 움직이지 않네요?"

"맞아요. 당신이 필요한 시간을 충분히 누릴 수 있게 멈춰 섰죠." 휴고는 찻잔 하나를 집어서 앨런 근처에 놓았다. "1분만 더 기다린 다음 마셔보고 어떤지 얘기해줘요."

눈물 한 방울이 앨런의 뺨을 타고 흘러내렸다. "내 말은 들은 척도 하지 않는군요?"

"아니에요. 당신이 아는 것 이상으로 열심히 듣고 있어요. 그 골목길에서 당신 심정이 어땠을지 나는 절대 알 수가 없겠죠. 세상 어느 누구도 그런 식으로 외로움을 느끼면 안 되는 건데."

"내 말은 들은 척도 하지 않는다고." 그는 문 쪽으로 몸을 돌렸다.

"여기서 나가면 안 돼." 메이가 그를 향해 한 발 다가갔지만, 휴고가 기다려요, 라고 입 모양으로 말하며 메이를 말렸다. 메이는 기운 없이 어깨를 늘어뜨렸다.

"왜 못 나가? 문이 바로 저기 있는데."

"찻집을 나간 그 순간부터 분해되기 시작할 거예요. 여기서 멀어질수록 점점 심해지고요. 이 가게 밖은 살아 있는 사람들의 세상, 당신이 더는 있으면 안 되는 세상이거든요. 앨런, 그 점에 대해서는 정말 안타깝게 생각해요. 당신은 안 믿을지 모르지만 진심이에요. 나는 당신에게 거짓말을 하지 않아요. 특히 이렇게 중요한 문제에 있어서는. 여기에서 나가면 상황이 나빠질 뿐이에요. 당신의 모든 걸 잃게 돼요."

"이미 다 잃었어."

"아니에요. 아직 여기 이렇게 있잖아요. 아직 온전하잖아요. 내가 도와줄 수 있어요. 내가 길을 가르쳐주고 건너갈 수 있게 도울 수 있어요."

앨런은 다시 몸을 돌렸다. "내가 건너가기 싫다면?"

"건너가게 될 거예요. 결국에는. 서두를 필요는 없어요. 시간 있으니까 천천히 하면 돼요."

"시간이라." 앨런은 그의 말을 따라하며 찻잔을 내려다보았다. "이제 마셔도 되나요?"

"네." 휴고는 안심한 목소리였지만 월리스는 경계를 늦추지 않았다.

"내가 찻잔을 만질 수 있어요?"

"네. 하지만 조심해요. 뜨거우니까."

앨런은 고개를 끄덕이고 손을 부들부들 떨며 찻잔을 향해 뻗었다. 메이와 휴고도 똑같이 했다. 월리스는 자기 때의 기억을 더듬었다. 허공에 맴돌았던 페퍼민트 냄새, 여기서 도망칠 방법을 찾느라 복잡했던 머릿속. 앨런 역시 마찬가지일 것이다.

휴고와 메이는 앨런이 차를 먼저 마실 때까지 기다렸다. 그는 얼굴을 구기며 첫 모금을 꿀꺽 삼켰다.

휴고도 자기 몫으로 따른 차를 마셨다. 메이도 따라했다. 메이는 차 맛이 싫었더라도 표정으로 드러내지 않았다.

"나는 죽었어요." 앨런이 자기 잔을 내려다보며 말했다. 그가 잔을 빙글 돌렸다. 차가 테이블 위로 쏟아졌다.

"맞아요."

"나는 살해당했어요."

"맞아요."

앨런은 찻잔을 쟁반에 내려놓았다. 손을 폈다. 숨을 크게 들이마셨다가 천천히 내뱉었다.

잠시 후에 그가 팔로 테이블을 쓸어 찻주전자를 밀쳤다. 찻주전자는 바닥으로 떨어져 박살이 났고 차는 다 쏟아졌다. 그는 가슴을 들썩이며 뒤로 한 발 물러났다. 손으로 머리 양옆을 움켜쥐고 허리를 숙여 비명을 질렀다. 윌리스는 그런 비명 소리를 한 번도 들어본 적이 없었다. 뜨거운 찻물에 살갗을 데이기라도 한 것처럼 화끈거렸다. 비명을 지르고 또 질러도 앨런의 목소리는 갈라지지 않았다. 벽에 달린 전등이 눈부시게 밝아졌다가 꺼지며 찻집이 어둠 속에 잠겼다. 넬슨과 윌리스 앞에 서 있던 아폴로가 목덜미 털과 꼬리를 꼬챙이처럼 빳빳하게 세우고 으르렁거렸다.

앨런은 테이블, 의자 등 뭐든 손에 닿기만 하면 닥치는 대로 뒤집어엎으려고 했다. 의자는 움직일락 말락 하고 테이블은 꿈쩍도 하지 않자 점점 더 길길이 날뛰었다. 발길질을 해도 소용 없었다. 그는 성큼성큼 가게 안을 이리저리 헤집고 다녔다. 그가 그들 근처로 다가오자 아폴로가 다시 으르렁거렸다. 월리스가 잽싸게 일어나 넬슨과 앨런 사이를 막아섰지만, 앨런은 그들을 본체만체했다. 두 눈을 이글거리며 닥치는 대로 깨부수려고 했지만 헛수고였다.

그는 결국 기운이 다하자 머리칼을 늘어뜨리고 두 손을 무릎 위에 얹고 눈을 뒤룩거리며 허리를 숙였다. "이건 꿈이야." 그는 망연자실했다. "이건 꿈이야. 이건 꿈이야."

휴고가 앞으로 나섰다. 월리스가 휴고를 말리려고 했지만 넬슨이 그의 팔을 잡고 뒤로 당겼다. "그러지 말게." 넬슨이 월리스의 귀에 대고 속삭였다. "저 아이는 어떻게 하면 되는지 아네. 믿어보게."

휴고는 앨런과 어느 정도 거리를 두고 멈춰서 슬픈 표정으로 그를 내려다보았다. 휴고는 무릎을 꿇고 앉아서 두 손을 바닥에 대고 몸을 앞뒤로 흔들고 있는 그의 앞에 쭈그리고 앉았다. "이건 꿈이 아니에요." 휴고가 타일렀다. "진짜로, 당신 말이 맞아요. 이건 너무하죠. 세상은 항상 너무해요. 그렇게 생각하는 당신을 나무라진 않을게요. 허락한다면 내가 이 세상에는 당신이 상상했던 것 이상으로 많은 게 있다는 걸 보여줄게요."

앨런은 웅크렸던 몸을 일으켜 천장을 향해 고개를 들었다. 그가 다시 비명을 지르자 목의 힘줄이 선명하게 도드라졌다.

비명 소리는 그칠 줄 몰랐다.

휴고가 앨런에게는 시간이 필요하다며 다들 나가달라고 했을 때 월리스는 따지고 들려 했다. 휴고가 앨런과 단둘이 남는 게 싫었다. 휴고의 능력이면 감당하고도 남는다는 걸 알았지만 앨런의 눈빛이 야생 짐승에 가까웠다. 그가 나가지 않겠다고 휴고에게 딱 잘라 말하려 하자 메이가 말리며 집 뒤편을 고갯짓으로 홱 가리켰다.

"괜찮아." 넬슨이 불안해하는 목소리로 말했다. "휴고가 잘 상대할 걸세."

아폴로는 메이가 어떤 말과 행동을 해도 그 자리에서 꿈쩍하지 않았다. "됐어요, 아폴로는 남아도 돼요. 필요하면 부를게요." 휴고와 메이는 그가 해석할 수 없는 눈짓을 주고받았다. 앨런은 침을 튀겨가며 바닥을 향해 성을 냈다.

월리스는 무릎에 손을 얹은 채 앨런 앞에 책상 다리를 하고 앉은 휴고의 모습을 마지막으로 눈에 담고 넬슨을 따라나섰다. 넬슨은 비척비척 메이의 꽁무니를 쫓아갔다. 그들은 복도를 지나 뒷문으로 갔다. 봄이 잠깐 기운을 잃기라도 한 듯 저녁 공기가 지난 며칠에 비해 쌀쌀했다. 월리스는 그날이 며칠인지 모른다는 사실을 깨닫고 경악했다. 아마도 수요일이고 이제 4월이 된 것 같았다. 이 찻집에서는 시간이 잘 갔다. 맞닥뜨린 삶 속에 빠져 지내느라 시간이 그렇게 흐른 줄도 모르고 있었다. 그가 카론의 나루터에서 지낸 지 거의 4주가 지났다. 메이의 말로는 가장 오래 있었던 사람이 2주였다고 했다. 아직까지 어느 누구도 그를 문 쪽으로 떠밀지 않았다. 요즘은 그 얘기조차 꺼내는 사람이 없었다.

"괜찮나?" 덱을 왔다 갔다 걷는 메이를 보고 넬슨이 물었다. 손을 내밀어 그의 손목을 잡았다. "힘들었겠네."

메이는 심란해했다. "그럴 줄 알고 있었어요. 관리자한테 배운 게 있으니까요. 살해당한 사람을 처음 상대하는 것도 아니고요."

"혼자 상대한 건 처음이잖나."

"감당할 수 있어요."

"나도 알아. 그걸 의심한 적은 단 한 순간도 없어. 단지 괜찮지 않아도 괜찮다는 거야." 메이는 넬슨에게로 폭 고꾸라져 그의 어깨에 머리를 묻었다. "잘했어. 기특하구먼."

"고맙습니다. 저 사람이 내 말을 들을 줄 알았어요. 적어도 처음에는."

"저 친구를 어디서 찾았어?" 월리스는 발아래 있는 차밭에 시선을 고정한 채 물었다. 아무도 불을 켤 생각을 하지 않았고 달은 구름 뒤로 숨었다. 어둠 속에서는 차나무들이 죽은 것처럼 보였다.

"살해당한 현장 근처에서. 소리를 지르고 있었어. 자길 좀 봐달라고. 내가 자기 소리를 듣는다는 걸 알아차렸을 때 어찌나 안도하는 표정을 짓던지."

앨런이 월리스와 비슷했다면 금세 실상을 알아차렸을 것이다. "알고 있었어?"

"뭘?"

월리스는 그들을 돌아보지 않았다. 그는 속으로 어떤 실 하나를 당기고 있었고, 건드리지 말아야 한다는 걸 알지만 실이 집요하게 그를 물고 늘어졌다. 그는 그 실을 잡아당기며 조심스럽게 말을 골랐다. "파일이 등장했을 때 저 친구는 이미 죽어 있었냐고."

한 박자 동안 정적이 흘렀다. "응. 당연하지. 그러니까 우리한테 파일이 날아왔지."

그는 덱 난간을 부여잡고 뻣뻣하게 고개를 끄덕였다. "그러면 당신들은 거기 적힌 대로 그냥 받아들이나?"

"지금 무슨 말을 하고 싶은 건가?" 넬슨이 물었다.

그도 알 수가 없었다. 그는 실을 잡아당겼다. "파일을 받는다 이거지. 우리 파일을. 우리가 죽은 다음에서야."

"맞아." 메이가 말했다.

"왜 그보다 일찍 받지 못하지?" 그는 밤하늘에 대고 물었다. "위에서 사망 전에 파일을 보내지 않는 이유가 뭘까?"

그는 그들이 자기를 쳐다보고 있다는 걸 알았다. 뒤통수를 파고 드는 그들의 시선을 느낄 수 있었지만 고개를 돌릴 수 없었다. 이를 악물고서 괴로워하고 있는 표정을 들키고 싶지 않았다.

"이 일은 그런 식으로 이루어지지 않아." 메이가 차분히 말했다. "우리는, 당신— 아니, 저 사람을 살릴 수 있는 방법은 없었어."

"그렇지. 골목길에서 피를 흘리면서 죽는 게 저 친구의 운명이었으니까."

"세상 이치가 그런 거라네." 넬슨이 말했다.

"개인적으로 엿 같다는 생각이 드네요."

"죽는 것 자체가 엿 같은 일이지." 메이가 월리스 쪽으로 한 걸음,

한 걸음 다가가며 말했다. 그가 발을 옮길 때마다 덱이 삐걱거렸다. "내가 그렇지 않다고 주장할 일은 없을 거야. 세상에는 질서가 있어. 누구나 거쳐야 하는 과정이. 죽음은 개입할 수 있는 일이—"

월리스는 심사가 뒤틀렸다. "질서라. 그럼 저 친구도 질서의 일부분인가? 고통스러워하는데 아무에게도 도움을 받지 못한 저 친구도? 그건 네 생각이지. 너의 신조, 너의 질서지."

"나더러 어쩌라는 거야?" 메이는 따져 물으며 그의 옆 난간에 몸을 기댔다. "죽음을 막을 방법은 없어. 어느 누구도. 죽음은 정복할 수 있는 게 아니야. 인간은 누구나 죽어, 월리스. 너도. 할아버지도. 앨런도. 나도. 휴고도. 우리 모두. 영원한 건 아무것도 없어."

"거짓말." 월리스는 갑자기 화가 났다. "관리자는 막으려면 막을 수 있었어. 앨런에게 어떤 일이 벌어질 예정인지 너에게 알려서 사전에 경고할 수 있었어. 너는—"

"아니야." 메이는 충격받은 말투였다. "우리는 죽음에 개입하지 않아. 개입할 수 없어."

"어째서?"

"죽음은 항상 그 자리에 있으니까. 무슨 짓을 하든, 어떤 삶을 살든, 잘살든 못살든 그럭저럭 살든 죽음이 항상 우리를 기다리고 있을 테니까. 우리는 태어난 순간부터 죽음을 향해 가는 거야."

월리스는 피곤한 듯 숨을 길게 내쉬었다. "그게 얼마나 암울하게 들리는지 알아?"

"나도 알아. 그래도 그게 진실이야. 내가 거짓말을 했으면 좋겠어?"

"아니. 나는 그냥, 그럼 무슨 소용이야? 이 모든 게. 뭐 하나라도, 우리가 하는 모든 일이 중요하지 않다면 아무것도 노력할 필요가 없잖아?" 그는 횡설수설하며 좌충우돌하고 있었다. 그의 몸이 얼음장처럼 차갑게 식은 건 밤공기 때문이 아니었다. 그는 아래윗니가 딱딱 부딪치는 것을 막으려고 턱에 힘을 주었다.

"그야 자네 인생이니까." 넬슨이 다른 반대편인 그의 옆으로 다가오며 말했다. "자네 인생은 자네가 만드는 거니까. 맞아, 인생이 늘 공평하지만은 않지. 늘 번듯하지만도 않고. 불이 나고 찢기고 자네를 알아볼 수 없을 정도로 으스러뜨릴 때도 있네. 거기에 대항해서 싸우는 사람들도 더러 있지. 그 나머지는 그러지 못하지만, 그렇다고 해서 그들을 나무랄 수는 없다고 봐. 포기는 쉽지. 넘어져도 벌떡 일어나는 건 쉽지 않고. 하지만 일어나면 다시 한 발 내디딜 수 있다는 믿음이 있어야 해. 그래야—"

"그래야 앞으로 나아갈 수 있다고요?" 윌리스는 받아쳤다. "어르신은 못 그러고 여기 눌러앉으셨잖아요. 그러니까 똑같은 헛소리 반복하지 마세요. 뭐라고 얘기하든 어르신 마음이지만 어르신은 말만 번드르르한 위선자예요."

"그게 자네와 나의 차이점이야. 나는 절대 아닌 척하지 않거든."

윌리스는 기가 꺾였다. "젠장. 제가 괜한 말을 했네요. 죄송합니다. 그런 소리를 들을 이유가 없는데. 어르신과 메이, 모두. 나는…." 그는 메이를 바라보았다. "나는 네가 자랑스러워. 내가 이따위 인간이라 지금까지 한 번도 말로 표현한 적 없지만 진짜야. 나는 그런 일을 한다는 거 상상도 못 하겠어. 얼마나 부담스럽겠어. 저 친구 같은 사람들." 그는 침을 꿀꺽 삼켰다. "나 같은 사람들을 상대하려면…." 그는 고개를 흔들었다. "나 잠깐 혼자 있을게, 괜찮지?"

그는 그들을 두고 자리를 옮겼다. 이런저런 생각들이 거대한 폭풍처럼 머릿속에서 소용돌이쳤다. 월리스는 차밭의 고랑을 왔다 갔다 걸었다. 여린 잎을 건드리지 않게 조심해가며 손끝으로 차나무 꼭대기를 가볍게 쓸고 지나갔다. 차밭을 넘어 숲속을 들여다보았다. 어디까지 가면 피부가 바스러지기 시작할지 궁금했다. 항복하면 어떤 기분이 들지, 살갗이 바스러지게 내버려두면 어떻게 될지. 겁이 나야 했지만 그가 목격한 바로는 아무것도 없이 어두컴컴한 빈껍데기만 남겨졌다.

그는 계속 생각했다. 가슴에 박힌 갈고리를 뜯어내고, 구름을 뚫고 별들이 반짝이는 곳까지 위로, 위로, 위로 올라갈 방법에 대해. 아니면 더 이상 달릴 수 없을 때까지 달리고 또 달릴 방법에 대해. 모두 스쳐지나가는 상상에 불과했다. 만약 이 생각을 실천에 옮기면 그는 이성을 잃고 휴고가 가장 끔찍하게 여기는 존재로 바뀔 것이다. 허스크로.

죽은 눈빛의 무표정한 월리스와 맞닥뜨리면 휴고는 어떻게 될까?

죄책감이 그를 집어삼킬 것이다. 그는 휴고에게 그런 짓을 저지를 수는 없었다. 지금은 물론이고 영원히.

휴고는 중요한 사람이었다. 사공이라서가 아니라 휴고이기 때문에 그랬다.

월리스는 다시 사과하고 싶은 마음에 간질거리는 혀끝을 달래며 덱 쪽으로 몸을 돌렸다가 낙엽 사이로 부는 바람처럼 숨소리가 섞인 긴 한숨 소리가 들리자 그대로 얼어붙었다. 그를 둘러싼 그림자가 마치 지각이 있는 것처럼 점점 짙어지고 별빛은 옅어져 어둠만 남았다.

그의 오른편에서 움직임이 느껴졌다. 월리스는 등골이 얼음처럼 굳어버리는 것을 느끼며 오른쪽을 훑어보았다. 캐머런이 차밭에 서 있었다. 그와의 거리가 몇 미터밖에 되지 않았다. 예전에 보았던 차림새 그대로 지저분한 바지에 너덜너덜한 운동화를 신고 있었다. 벗은 웃통은 환자처럼 창백했다. 벌린 입술 사이로 두툼한 혀와 시커먼 이가 보였다.

월리스는 반항하거나 소리를 지를 겨를도 없었다. 캐머런이 손을 발톱처럼 세우고 달려왔다. 그가 월리스의 팔을 잡고 그 차갑고 길긴 손가락으로 살을 파고들자 월리스를 월리스이게 했던 모든 것이 하얗게 지워졌다.

"안 돼. 제발 이러지 마." 월리스는 애원했고, 메이는 비명을 지르며 휴고를 불렀다.

캐머런은 허리를 숙여서 월리스 바로 앞으로 얼굴을 들이댔다. 눈이 새까만 웅덩이 같았다. 캐머런이 이를 드러내며 목구멍 깊은 데서부터 나지막이 울부짖었다. 월리스를 감싸고 있던 밤의 검은 빛이 피를 흘리며 밀랍처럼 녹아내렸다. 그는 팔을 잡아 빼려고 발버둥 쳤지만 아무 소용 없는 하찮은 자극에 불과했다. 그는 땅속 깊숙이 뿌리를 내리고 잎이 뽑힐 차례를 기다리는 차나무였다.

엄청난 섬광이 그의 눈앞을 번쩍 지나갔고 눈부시게 환한 별빛이 어둠을 전속력으로 갈랐다. 그 별빛과 함께 어떤 광경과 메아리가 언뜻언뜻 비쳤다. 그의 눈에 캐머런이 보였고 잠시 후에는 그가 캐머런이 되었다. 역겹고 불쾌한 부조화였다. 선명하고 멍하고 끔찍했다. 그런가 하면—

캐머런이 웃음을 터뜨렸다. 어떤 남자가 그와 마주보고 앉아 있었다. 마치 태양 같았다. 흐릿한 가장자리에서 바이올리니스트가 지나가자 달콤하고 따뜻한 연주가 흘러나왔다. 캐머런은 오직 이곳에만 있고 싶었다. 그는 이 남자를 사랑했다. 그의 모든 것을 다 해 사랑했다.

남자가 물었다. "왜 그렇게 웃고 있어?"

"그냥 당신을 사랑해서."

별 하나가 다시 지나갔다. 바이올린 연주가 아득해졌다. 그는 젊었다. 젊어졌다. 그는 아팠다. 남녀 한 쌍이 그의 앞에 서 있는데, 둘 다 잔인했다. "너는 왜 이 모양이야? 왜 그렇게 고마워할 줄을 몰라? 우리가 너를 얼마만큼 배려했는지 몰라? 그런데 이런 식으로 보답하겠다고?"

아, 그 말이 얼마나 참담하고 통렬했던가. 그는 가슴이 쓰리고 구역질이 났고 그들에게 얘기하고 싶었다. 반성하겠다고, 그들이 원하는 사람이 되겠다고, 방법은 모르겠지만—

세 번째 별이 지나갔다. 남자와 여자는 사라졌지만 그들의 멸시는 세균처럼 남아 혈관과 뼛속을 흘렀다.

태양 같은 남자가 다시 일어섰지만 빛이 점점 희미해지고 있었다. 그들이 서로 싸우고 있었다. 이유는 모르겠지만 언성을 높여가며 긁고 할퀴었고 한 마디, 한 마디가 명치를 가격하는 주먹과도 같았다. 그는 이러고 싶지 않았다. 미안한데, 너무 미안한데, 자신이 왜 이러는지 알 수가 없어서 괴로웠다. "나 진짜 괴로워, 재크. 그런데—"

"알아." 재크가 답답한 듯 탄식했다. "나 강해지려고 노력하고 있어. 진짜야. 나한테 얘기를 해, 응? 나한테 곁을 주라. 나 혼자 넘겨짚게 하지 말고. 우리 둘이 계속 이럴 수는 없잖아. 죽을 맛이잖아."

"죽을 맛이지." 별들이 온 사방에서 비처럼 쏟아지는 가운데 캐머런이 속삭였다.

타인이 살아온 인생의 단편적인 장면들이 월리스의 눈앞에 펼쳐졌다. 친구들과 함께한 즐거웠던 순간, 캐머런이 침대에서 일어나기조차 힘들 만큼 힘겨웠던 날, 어머니 옆에 서서 병상에 누운 아버지의 임종을 지키는 동안 엄습했던 원망. 그는 아버지를 증오했고 사랑했고 아버지의 심장이 더 이상 뛰지 않길 기다리고 또 기다렸다. 마침내 그 순간이 찾아오자 슬픔은 잔인한 안도감으로 희석됐다.

여러 해였다. 여러 해가 월리스의 눈앞을 지나갔다. 그 안에서 캐머런은 혼자이기도, 혼자가 아니기도 했다. 거울에 비친 자기 모습을 바라보며 사는 게 쉬워지는 날이 있을까 괴로워하는 동안 눈 아래 다크서클은 멍처럼 번졌다. 캐머런은 한여름의 뙤약볕을 맞으며 자전거를 타는 어린아이였다. 그는 14살이었고 자동차 뒷자리에서 이름도 기억 안 나는 여자아이의 몸을 더듬고 있었다. 그는 17살이었고 남자아이와 난생처음으로 입을 맞추자 그 아이의 까칠한 수염이 번갯불처럼 그의 살갗을 쓸고 지나갔다. 그는 4살, 6살, 19살, 24살이었고 번번이 그 햇살 같은 재크, 재크, 재크가 자리했다. 방 저편에 있는 재크를 볼 때마다 심장이 얼마나 두근거렸던가. 재크의 매력이 뭐였는지, 그가 왜 그렇게 한눈에 반했는지 모르겠지만 멀어지는 파티의 소음 속에서 캐머런은 콩닥거리는 심장을 달래며 재크에게로 걸어갔다. 그는 어색해서 입이 떨어지지 않았지만 햇살 같은 남자가 이름을 물었을 때 간신히 대답할 수 있었다. 남자는 환하게 웃으며 말했다. "안녕, 캐머런. 나는 재크야. 너랑은 초면이네. 어떻게 그럴 수가 있지?"

그래서 좋았다. 그래서 어마어마하게 좋았다.

그들은 3년을 함께 보냈다. 나란히 잠에서 깨 아침 햇살에 천천히 눈을 깜빡이고 따뜻한 잠기운이 남은 서로의 몸을 향해 손을 뻗었다. 좋을 때도, 나쁠 때도 있었다. 기쁘고 행복하고 끔찍했던 시간이었다. 많이 다투고 뜨겁게 사랑하며, 눈 덮인 산과 짙은 청색의 따뜻한 바다를 찾아다니며 3년을 보냈다.

그 3년이 지나가고 있었을 때 재크가 말했다. "나 속이 울렁거려." 그는 미소 지으려고 했지만 얼굴이 일그러졌고, 눈알을 뒤집으며 그 자리에서 쓰러졌다.

방금 전까지만 해도 모든 게 아무 문제 없었는데.

일순간 재크가 사라져버렸다.

대참사와 같은 파멸이었다. 그들이 일구었던 모든 게 밑바닥까지 와르르 무너졌고 캐머런 혼자 그 폐허 속에서 비명을 질렀다. 그는 그 모든 부당함에 분노하며 울부짖었고 어떤 것도, 세상 어떤 것도 그를 절망에서 구해내지 못했다. 그는 점점 빛을 잃어가다 결국에는 오로지 관성에 따라 세상을 유영하는 그림자로 전락했다.

"아, 안 돼. 제발 이러지 마." 월리스가 애원했지만 엎질러진 물이었다. 과거에 있었던 일, 이미 벌어진 일, 이미 끝난 일이었다.

저 멀리서 다른 별이 반짝였지만 그건 캐머런의 별이 아니었다.

월리스의 별이었다.

제일 오래 있었던 사람이 얼마나 있었는데?

왜? 여기 눌러앉게?

아니. 그냥 궁금해서.

아. 그렇군. 내가 알기로는 예전에 휴고 옆에 2주 동안 있다간 사람이 있었어. 힘든 케이스였지. 자살은 대개 그래.

월리스는 말했다. "캐머런, 정말 안타깝게 생각해."

"나는 아직 여기 있어. *나는 아직 여기 있어.*"

별들이 폭발했고 그는 멀리, 멀리, 멀리 끌려갔다.

월리스는 고개를 홱 돌렸다. 메이가 찻밭에서 그의 팔을 붙잡고 있었다. "월리스? 월리스. 나를 봐. 이제 괜찮아. 내가 잡았어."

그는 꿈틀대며 팔을 빼려고 했다. "아니, 이러지 마. 당신은 몰라서 그래—" 어깨 너머를 돌아보니 휴고가 캐머런 앞에 서 있었다. 휴고가 수령이 10년 됐다고 자랑한 그 차나무 근처였다. 그가 별 속에서 보았던 캐머런은 사라지고 끔찍한 껍데기만 남았다. 시커먼 이를 드러내며 으르렁거렸고 무표정한 두 눈은 짐승 같았다.

"캐머런." 휴고가 나직이 속삭였다.

캐머런의 손가락이 옆구리 근처에서 움찔거렸다. 벌린 그의 입에서는 아무 소리도 새어 나오지 않았다.

아폴로는 미친 듯이 짖었고 넬슨은 눈을 동그랗게 뜨고 있었다. 메이가 월리스를 덱 위로 끌고 가는 동안 캐머런은 천천히 숲 쪽으로 걸음을 옮겼고 이내 숲속으로 사라졌다. 월리스가 본 그의 마지막 모습이었다.

휴고가 집 쪽으로 몸을 돌렸다. 참담한 표정이었다.

월리스는 그의 그런 표정을 두 번 다시 보고 싶지 않았다.

달을 가렸던 구름이 스르르 걷히는 동안 그들은 이 조그만 세상의 모퉁이에서 서로를 바라보았다.

15장

앨런은 카론의 나루터를 뛰쳐나갔고 얼마 가지도 못했을 때 피부가 바스러지기 시작했다. 그는 씩씩대며 돌아왔다.

"내가 왜 이래요?" 그는 따져 물었다. "나한테 무슨 짓을 저지른 거예요?" 그는 자기 가슴을 할퀴었다. "이것도 싫어요, 뭔지도 모르겠지만. 족쇄예요, 족쇄라는 걸 모르겠어요?"

휴고는 한숨을 쉬었다. "내가 최대한 간단하게 설명해줄게요."

월리스가 보기에 그걸로는 부족할 것 같았다.

카론의 나루터는 다음 날에도 늘 그렇듯 아침 일찍 문을 열었다. 평소처럼 손님들이 찾아왔다. 그들은 웃으며 차를 마시고 스콘과 머핀을 먹었다. 의자에 앉아서 천천히 잠을 깨며 이 산 속 마을에서 또다시 하루를 시작할 준비를 했다.

손님들의 눈에는 찻집을 왔다 갔다 하며 모든 이의 면전에 대고 소리를 지르는 화가 난 남자가 보이지 않았다. 어떤 여자는 앨런이 자기 귀에 대고 고함을 지르고 있다는 걸 모른 채 새침하게 입을 닦았다. 어떤 아이는 앨런이 분노로 얼굴을 일그러뜨리고 자기 뒤에 서 있다는 걸 모른 채 코에 휘핑크림을 묻혔다.

"가게 문을 닫아야 하지 않아?" 월리스는 주방 문에 달린 창밖을 내다보며 걱정했다.

메이는 눈 아래에 다크서클이 생겼다. 앨런이 밤새 난장을 부리는 바람에 그와 휴고, 둘 다 잠을 설쳤다. "아무도 해치지 못하잖아. 문 닫을 필요가 뭐 있어?"

"나는 의자를 움직이고 전등을 깨뜨렸어. 저 친구의 절반만큼도 화가 나지 않았을 때 그랬다고. 그 위험부담을 감수하고 싶어?"

"휴고가 알아서 할 거야. 그런 일이 없게."

휴고는 억지 미소를 지으며 카운터를 지키고 있었다. 손님이 들어올 때마다 오랜만에 만난 친구처럼 인사했지만 어딘지 모르게 어색했다. 다행히 대부분 알아차리지 못했다. 시끌벅적한 할머니들이 몸 좀 챙기라고 한 게 전부였다. "좀 쉬어가면서 해." 그들은 이렇게 나무랐다. "피곤해 보여."

"그럴게요." 휴고는 테이블을 엎으려다 실패한 앨런에게 시선을 고정한 채 대답했다.

월리스는 앨런이 넬슨에게 접근하는 걸 보고서야 그날 아침 처음 매장으로 나갔다.

"이봐. 이봐, 앨런."

앨런은 눈을 번뜩이며 홱 돌아보았다. "왜? 왜 부르는데?"

그도 알 수 없었다. 다만 앨런이 넬슨에게 가까이 다가가지 못하게 막고 싶을 뿐이었다. 그를 해칠 수도 있다고 생각하지는 않았지만 운에 맡기고 싶지 않았다. 휴고가 그들 쪽으로 다가오려고 했지만 윌리스는 고개를 저으며 가만히 있어 달라고 속으로 빌었다. 휴고가 또다시 위험을 자처하는 건 생각조차 하기 싫었다.

윌리스는 다시 앨런에게로 고개를 돌렸다. "그만해."

앨런은 그의 말에 놀라 기세가 살짝 죽었다. "뭐라고?"

"그만하라고." 윌리스는 딱 잘라 다시 한번 말했다. "뭘 어쩌려는 건지 모르겠지만 이러는 게 지금 상황을 해결하는 데 도움이 될까?"

"그쪽이 뭘 안다고 그래?" 앨런은 몸을 돌리려고 했다.

"나도 너랑 같은 과거든." 그는 자신의 말이 거짓말처럼 느껴졌다. "나도 죽은 사람이라고. 그러니까 아무것도 모르면서 하는 얘기가 아니야." 그는 이 말을 1초도 믿지 않았지만 앨런을 설득할 수 있다면 그걸로 충분했다.

앨런은 몸을 돌리다 말고 실눈을 뜨며 흘끗 뒤를 돌아보았다. "그럼 지금 이 상황을 해결할 수 있게 좀 도와주지 그래? 어젯밤에 그 일은 어떻게 된 건지 모르겠지만 여기 이렇게 갇혀 있을 수는 없잖아. 난 집으로 돌아가고 싶어. 나도 사생활이라는 게 있고. 여기서 이럴 게 아니라—"

"네가 선택할 수 있는 길은 둘 중 하나야. 여기 이 찻집에 계속 있든지 아니면 휴고를 따라 계단을 올라가서 문을 건너가든지."

"내가 보기에는 하나 더 있는데? 여기서 탈출하는 방법을 알아낸다. 이 모든 것에서 벗어날 때까지 계속 움직인다."

윌리스는 망설이다가 말했다. "여기서 널 해코지하려는 사람은 아무도 없어. 절대. 여긴 그저 간이역이야. 우리 모두가 가던 길을 멈추고 쉬었다 가는 곳."

"그쪽은 여기서 계속 살고 싶어? 그럼 그러든지. 나는 그쪽이 뭘 하든 전혀 관심이 없거든. 저기 앉아 있는 노친네도 그러고 싶대? 마음대로 하라 그래. 난 이렇게 살기 싫어. 이건 내가 원한 것도—"

"우리 모두 마찬가지야. 우리는 뭐 이렇게 지내기 쉬운 줄 알아? 넌 죽었어. 그게 너에게 어떤 느낌이었을지 나는 상상조차 못 해. 그렇다고 해서 개차반같이 굴어도 되는 건 아니야."

이런 위선자 같으니라고.

윌리스는 자기를 도울 생각밖에 없었던 휴고, 메이, 넬슨, 이 세 사람에게 자기가 했던 말과 행동을 떠올리며 속으로 움찔했다. 두렵다는 이유 하나만으로 그들이 베푼 호의를 면전에 대고 내동댕이쳤다. 그도 똑같이 해놓고 무슨 자격으로 앨런을 나무라는 것인지 부끄러웠다.

그런 식으로 서로 비교하기는 싫지만 사실이 그랬다.

"여기서 나가고 싶다고? 그럼 나가. 어디까지 갈 수 있는지 봐봐. 나보다 훨씬 멀리까지 갈 수 있을지 모르지만 상관없어. 세상에 없는 거나 다름없는 존재로 바뀌어버릴 테니까. 그렇게 되어버릴 테니까. 그게 네가 원하는 건가?" 앨런이 뭐라고 대꾸하려 했지만 윌리스에게 선수를 빼앗겼다. "그건 아닐 거라고 생각해. 너도 속으로는 그걸 알고 있을 거라고 보고, 평생 이번 한 번만이라도 머리라는 걸 써봐."

그는 그 말을 끝으로 얼른 자리를 피해버렸다.

"잘했네." 월리스가 넬슨의 의자 등받이에 손을 얹자 그가 말했다.

월리스는 한숨을 쉬었다. "제가 저 친구에게 그런 얘기를 할 자격이 있을까요?"

"그게 무슨 소린가?"

"저 친구는 저니까요." 이 말이 생각보다 쉽게 튀어나왔다. "사실 저 친구를 피하고 싶은 마음도 있어요. 제가 어떤 인간이었는지 보여주는 것 같아서. 아니, 제가 어떤 인간인지 보여주는 것 같아서요. 모르겠습니다. 머릿속이 너무 복잡해요. 저도 똑같이 그래놓고 무슨 수로 저 친구한테 개차반처럼 굴지 말라고 할 수 있겠습니까?"

"개차반처럼 굴긴 했지."

"그러지 말았어야 했는데 말이죠." 월리스는 민망해하며 소곤댔다. "태어나서 그렇게 무서웠던 적이 처음이라 그랬지만 그게 변명이 될 수는 없겠죠." 그는 고개를 떨궜다. "메이가 저를 카론의 나루터로 데려온 날 밤에 한 말이 있어요. 아무 생각 없이 함부로 얘기하지 않겠다고. 그런데 그러질 못했습니다." 그는 부끄러워하며 넬슨을 바라보았다. "어르신을 그런 식으로 대해서 죄송했습니다. 저를 용서할 수 없으시겠지만 그래도 죄송하다는 말씀은 드리고 싶네요."

넬슨은 한참 동안 그를 쳐다보았다. 월리스는 시선을 피하고 싶었지만 그러지 않았다. 한참 만에 넬슨이 말했다. "알겠네. 고마워. 메이 말이 맞았군그래. 원래 맞는 말만 하지만 이번에는 제대로 맞혔어. 자네에게서 싹수가 보인다면 앨런도 마찬가지겠지."

"그걸로 충분할지 잘 모르겠네요."

"그러게. 하지만 그걸로 충분할 걸세. 휴고가 최선을 다할 테니까. 그 이상 뭘 바라겠나. 나는 자네가 여기 있어 줘서 기뻐. 그렇게 생각하는 사람이 나 혼자만은 아닐 걸세."

윌리스는 휴고를 곁눈질했다. 그는 계속 어색하게 미소 지으며 차가 가득 담긴 머그잔을 손님에게 건네고 있었다.

하지만 그의 눈에는 계속 윌리스만 보이는 눈치였다.

그날의 남은 시간은 비교적 조용히 지나갔다. 앨런은 다른 사람들을 본체만체하며 창가에 계속 머물렀다. 어깨에 뻣뻣하게 힘이 들어갔고 어쩌다 한 번씩 손을 올려 자기 배나 가슴이나 목을 만졌다. 윌리스는 그 모습에 환상통이 느껴지는 건가 궁금해하며 아니길 바랐다. 환상통이라니, 어떤 기분일지 조금도 짐작이 안 갔다.

마지막 손님이 나가자 휴고는 문을 닫고 창에 거는 팻말을 **영업 중**에서 **영업 종료**로 바꿨다. 메이는 끔찍한 음악을 요란하게 틀어 놓고 주방에서 청소를 하고 있었다.

"윌리스." 휴고가 말했다. "잠깐 얘기 좀 할 수 있을까요?"

윌리스는 계속 창가에 서 있는 앨런을 경계하는 눈빛으로 쳐다보았다.

"걱정 마." 넬슨이 말했다. "여차하면 내가 상대할게. 내가 이래뵈도 웬만한 녀석들은 충분히 혼쭐낼 수 있거든."

월리스는 그 말을 믿었다.

그는 휴고를 따라 뒷문 통로를 걸어갔다. 거의 매일 저녁에 그랬 듯이 덱으로 나가려나 보다 했지만 휴고는 통로가 끝나가는 곳에 서 걸음을 멈췄다. 벽에 기대고 서서 양손으로 얼굴을 문질렀다. 반다나—오늘은 밝은 주황색이었다—가 머리 위에 삐딱하게 얹혀 있었다. 월리스는 그걸 반듯하게 만져주고 싶다는 생각이 들었다. 갑자기 이룰 수 없는 소원들이 많아졌다.

휴고가 먼저 말을 꺼냈다. "앞으로 며칠 동안 전과 조금 다를 거 예요." 그가 미안해하는 투로 말했다.

"그게 무슨 소리야?"

"앨런 때문에요. 내가 도와줘야 하잖아요. 어떻게든 대화라도 나 눠봐야죠." 그는 한숨을 쉬었다. "평소처럼 저녁 때 당신이랑 이런 저런 얘기를 나눌 수 없겠어서요. 나중이라면 모를까—"

"아, 아이고 됐네요." 월리스는 대답과는 다르게 언뜻 질투심을 느꼈다. "알겠어. 그 친구는…. 당신은 해야 할 일을 해야지. 내 걱 정은 하지 마. 중요한 게 뭔지 나도 아니까."

휴고는 답답해하는 표정을 지었다. "당신도 중요해요. 앨런 못지 않게."

월리스는 왠지 모르게 기분이 좋았다. "그래?"

휴고는 열심히 고개를 끄덕이며 그들 사이 바닥을 쳐다보았다. "당신은 중요한 사람이 아니라고 생각하지는 말아줬으면 해요. 나는 당신이랑 이런저런 얘기를 나누는 게 좋아요. 하루를 통틀어 가장 좋아하는 시간 중 하나예요."

"아." 월리스의 얼굴이 화끈거렸다. 그는 헛기침을 했다. "저기, 음. 나도 이런저런 얘기 나누는 거 좋아."

"그래요?"

"응."

"다행이네요."

"다행이지." 월리스는 달리 뭐라 해야 할지 몰랐다.

휴고는 아랫입술을 깨물었다. "나는 알아서 잘하는 것처럼 굴고 있어요. 힘에 부칠 때도 안 그런 척하고요. 이건 달라요. 모든 사람이 다르죠. 그래서 힘들지만 모든 죽음이 그렇겠죠. 당신 같은 사람이 올 때도 있고 또…."

"앨런 같은 사람이 올 때도 있고."

"맞아요." 그는 마음의 부담을 던 목소리였다. "좀 더 열심히 매달려야 해요. 그들의 마음을 얻는 것보다 더 큰 보람이 어디 있겠어요. 이곳에 왔다가 뛰쳐나가서 캐머런처럼 되는 사람은 없었으면 좋겠어요. 희망이 없다고 생각하는 사람은, 남은 게 아무것도 없다고 생각하는 사람은요."

"캐머런은…." 캐머런은 뭘까? 월리스는 하려던 말을 해도 될지 자신이 없었다. 너무 엄청나게 느껴졌다. 그는 있는 그대로 진실을 밝히기로 했다. "스스로 목숨을 끊었어."

휴고는 깜짝 놀랐다. "네? 그걸 어떻게 알았어요?"

두 사람은 차밭에서 있었던 일에 대해 이야기를 나눌 겨를이 없었다. 그가 어떤 것을 보았고, 어떤 것을 느꼈으며, 캐머런이 어떤 것을 보여주었는지에 대해. "캐머런이 날 붙잡았을 때 봤어. 그 별들, 그의 조각들을. 단편적인 장면. 기억. 그의 행복과 슬픔과 그 사이 모든 감정이 느껴졌어. 캐머런도 내가 그걸 볼 수 있다는 걸 내심 알았고."

휴고는 다리의 힘이 풀린 사람처럼 벽에 기대고 축 늘어졌다. "맙소사. 그건 관리자가 얘기했던 것과 다른데…." 그는 고개를 떨어뜨렸다. "관리자가 거짓말을 했을까요?"

"글쎄. 관리자가 어떤 이유에서 어떤 말을 했는지 모르겠지만…." 그는 머리를 굴리며 알맞은 단어를 찾았다. "그들의 생각과는 다르게 완전히 정신을 놓은 게 아니라면? 일부분이나마 아직 의식이 존재한다면?"

"그럼 어떻게 되는 걸까요?" 휴고는 고개를 들었다. 눈빛이 슬퍼 보였고 입꼬리는 처졌다. "캐머런을 납득시키고, 인생의 결말로 그의 삶을 비롯한 모든 게 규정되지는 않는다는 걸 깨닫게 하려고 정말 죽어라 노력했거든요. 그의 눈에는 다른 길이 보이지 않았을지 몰라도 새로운 길이 있다는 걸, 걸어온 삶의 길은 상처로 끝났지만 앞으로 펼쳐질 길에서는 다시 아파할 일이 없다는 걸 깨닫게 하려고요."

"소중한 사람을 잃었더라." 월리스는 침울한 목소리였다. 햇살 같았던 남자.

"알아요. 내가 무슨 말을 해도 캐머런은 그 사람을 다시 만날 수 있다는 걸 믿지 못하더라고요." 그는 차밭으로 나가는 문 쪽을 응시했다.

"허스크가 됐다가 다시 돌아온 사람도 있어?"

"내가 아는 한 없어요. 아주 드물어요." 그의 입술이 씁쓸하게 뒤틀렸다. "관리자 말로는 그렇다고 했어요."

"그렇군. 만약 그게 사실이라면 허스크가 수백 명, 수천 명 있어야 하는 거 아닌가? 캐머런이 1번 타자일 리는 없잖아. 내가 죽은 뒤에 허스크를 한 명도 보지 못한 이유가 뭐지?"

"글쎄요. 관리자 말로는 이제는 그가 뭐라고 했건 상관하지 않겠어요. 만에 하나 월리스, 이걸 어떤 식으로 해석해야 하는지 알아요?"

"음. 글쎄?"

"생각 좀 해봐야겠어요. 지금은 머릿속이 너무 복잡해서… 고마워요."

"뭐가?"

"당신이라서요."

"그게 뭐라고." 월리스는 갑자기 불편해졌다. "당신도 알다시피 애초에 별로 대단한 위인도 아니었는데, 뭘."

휴고는 뭐라고 반박하려는 듯한 표정을 짓다가 메이를 불렀다.

그가 문을 열고 허둥지둥 복도를 달려오자 음악 소리가 잠깐 커졌다. "왜요? 무슨 일이에요? 누가 쳐들어왔어요? 내가 누구 혼내주면 돼요?"

휴고는 월리스에게 시선을 고정한 채 말했다. "내가 부탁 하나만 해도 돼요?"

메이는 호기심 어린 눈빛으로 두 사람을 번갈아 흘끗거렸다. "그럼요, 뭔데요?"

"나 대신 월리스 한번 안아줘요."

월리스는 사레가 들어서 캑캑거렸다.

"우와. 이렇게 열심히 달려왔는데 고마워서 어쩌나." 그는 손끝으로 다른 쪽 손바닥을 톡톡 두드렸다. 조그만 불똥이 튀었다가 금세 사라졌다. "특별한 이유라도?"

"안아주고 싶은데 나는 그럴 수가 없어서요."

메이는 망설였지만 잠시뿐이었다. 그가 두 팔로 허리를 감싸고 고개를 가슴에 묻으며 꼭 끌어안자 월리스는 비틀비틀 벽에 기댔다.

"같이 안아줘야지." 그가 요구했다. "나 혼자 안으면 이상하잖아. 대장이 원한다는데 해줘야지."

"안 그래도 이미 이상한데." 월리스는 투덜댔지만 그가 시키는 대로 했다. 기분이 좋았다. 생각했던 것보다 더. 데스데모나 사건 이후하고는 달랐다. 그때보다 훨씬 좋았다.

"휴고가 안아주는 거야." 그가 쓸데없는 말을 했다.

"알아." 그는 가만히 속삭였다.

앨런은 당장 반박하려는 듯이 굴었다. 누가 봐도 화난 얼굴로 팔짱을 끼고서 노려보았지만 귀담아듣는 눈치였다.

"저 아이가 납득시킬 거야." 넬슨이 휴고와 새로 온 손님을 지켜보며 말했다.

월리스는 자신이 없었다. 휴고를 믿었지만 앨런이 어떤 반응을 보일지 예상이 안 갔다. 뒷마당일 뿐이지만 단둘이 나가 있다는 사실도 못마땅했다. "납득시키지 못하면요?"

"그럼 못 하는 거고. 저 아이 잘못이 아니더라도 캐머런과 리의 경우처럼 죄책감에서 벗어나지 못하겠지. 내가 뭐라고 했는지 기억하나? 실수에 예민한 아이. 그게 우리 휴고라고 했던 거."

"오늘은 안 왔네요."

넬슨은 누구 얘긴지 알았다. "낸시? 올 거야. 하루 이틀 건너뛸 때도 있지만 항상 다시 오거든."

"낸시의 생각이 바뀌는 날이 올까요?"

"글쎄. 올 거라고 믿고 싶지만…" 그는 자기 손등에 대고 기침을 했다. "아이를 앞세우면 사람이 무너지는 게 있거든."

월리스는 바보로 전락한 심정이었다. 넬슨은 당연히 이해할 수밖에 없었다. 휴고가 부모를 잃었으니 그 역시 아이를 앞세운 것이었다. 지금까지 물어볼 생각조차 하지 않았다는 데 죄책감이 느껴졌다. "둘 중 어느 쪽이었나요?"

"아들. 착한 아이였네. 고집이 셌지만 착했지. 어렸을 때부터 진지하기 짝이 없었지만 커가면서 자기만의 타이밍에 웃는 법을 터득했지. 휴고의 엄마는 그걸 좋아했고. 그 둘은 천생연분이었어.

우리 아들이 며느리 얘기를 맨 처음 꺼냈던 때가 생각나. 눈에 생기가 돌더라고. 만나보기도 전에 알았지. 우리 아들이 그 아이에게 푹 빠졌다는 걸. 걱정할 필요가 없었네. 꿈과 웃음이 넘쳐나는 훌륭한 아이였거든. 무엇보다도 끈기 있고 정이 많았던. 아들과 며느리는 각자의 장점을 휴고에게 물려줬지. 휴고를 보면 항상 두 아이가 생각난다네."

"두 분을 생전에 만났더라면 좋았을 텐데 아쉽네요." 윌리스는 앨런이 휴고를 따라서 뒤쪽 덱을 향해 긴 복도를 걸어가는 것을 지켜보았다. 벌써부터 아폴로가 밖에서 짖고 있었다.

"두 아이는 자넬 좋아했을 거네. 물론 조금 괴롭혔겠지만 서로 사이좋게 지낼 수 있었을 거야." 그는 혼자 웃음 지었다. "내 새끼들을 얼른 만나고 싶네. 우리 아들 얼굴을 손으로 감싸고 애비로서 얼마나 뿌듯한지 모른다고 얘기해주고 싶어. 사람들은 함께하는 동안 이런 얘기를 할 시간이 충분한 줄 알지만 그런 경우는 없지." 그는 음흉한 눈빛을 보냈다. "내 말을 기억해두는 게 좋을 거네."

"도대체 무슨 말씀을 하시는지 모르겠네요."

넬슨은 새초롬하게 웃었다. "모르겠지." 그는 표정이 다시 진지해졌다. "만약 할 수만 있다면 남겨진 사람에게 전하고 싶은 말이 있나?"

"아무도 듣고 싶어 하지 않을걸요?"

넬슨은 천천히 고개를 저었다. "그럴 리 없다고 생각하네만."

앨런이 먼저 들어왔다. 당황하고 겁에 질린 표정이었다. 그가 나타나자 찻집의 분위기가 한층 무거워지고 벽이 조여들어오기 시작이라도 한 것처럼 더 작아진 느낌이었다. 월리스는 자기 심정이 투영돼 그렇게 느껴지는 건지 아니면 앨런이 실제로 그런 효과를 유발하는 건지 알 수 없었다. 그는 의자를 다시 하나 뒤집어 테이블 위에 올려놓으며 앨런에게 연민을 느꼈다. 그에게 공감되는 마음이 그렇게 좋지만은 않았다.

메이는 빗자루를 들고 하던 일을 멈췄다. "괜찮아?" 그가 앨런을 보며 물었다.

앨런은 그의 말을 못 들은 체했다. 입을 떡 벌리고서 월리스를 쳐다보기만 했다. 월리스는 영 불편했다. "왜?"

"그 의자. 어떻게 그게 가능하지?"

"아, 이거? 아마도 연습? 요령만 터득하면 뭐 그리 어렵지 않아. 집중하는 법을 배우려면 시간이 걸리지만—"

"어떻게 하면 되는지 가르쳐줘."

그건 절대 좋은 생각 같지 않았다. 난장판이 된 찻집이 월리스의 머릿속에서 그려졌다. 보이지 않는 손이 던진 의자를 보고 비명을 지르는 손님들…. "시간이 오래 걸릴 수도 있어. 네가 생각하는 것 이상으로—"

"배울게." 앨런은 물러서지 않았다. "어려우면 얼마나 어렵겠어?"

메이가 카운터에 빗자루를 기대놓고 그들 쪽을 흘끗거리다 가게 뒤편 덱 쪽으로 걸어갔다.

"흠. 어디에서부터 시작하면 좋을지 잘 모르겠네."

"나는 알지." 넬슨이 자기 의자에서 말했다. "저 친구가 아는 모든 걸 내가 가르쳤으니까."

앨런은 감탄하지 않았다. "영감님이요? 설마."

"진짜야." 넬슨이 아무 감정 없이 말했다. "믿기 싫으면 안 믿어도 돼. 사실 그런 태도로는 누구 말도 못 믿겠지."

"영감님은 필요 없어요. 여기 이 월리스한테 배우면 되니까. 맞지, 월리스?"

"아니. 저 어르신이 전문가야. 뭐든 배우고 싶으면 어르신을 거치도록 해."

"하지만 저 나이에―"

넬슨이 의자에서 사라졌다.

앨런이 하려던 말이 목에서 걸렸다.

잠시 후 넬슨이 그의 뒤에서 등장해 지팡이를 다리에 걸어서 잡아당기자 앨런은 벌러덩 넘어졌다. 그가 쿵 하고 뒤로 넘어지자 벽에 달린 전등이 잠깐 환해졌다.

"아무리 늙었어도 묘기 한두 개쯤이야 가뿐하다, 이 버르장머리 없는 녀석아." 넬슨이 냉랭하게 말했다. "충고 한마디 하지. 내 진짜 묘기를 보고 싶지 않으면 입 다물고 있는 편이 좋을 거야." 그는 놀라서 어안이 벙벙해진 월리스에게 윙크를 하고 자기 의자로 향했다.

"아니, 잠깐만요." 앨런이 바닥에서 몸을 일으키며 말했다. "앞으로는…." 그는 이를 갈았다. "앞으로는 말 잘 들을게요."

넬슨은 냉정한 눈빛으로 그를 뜯어보았다. "약속을 지키는지 두고 보지. 네 첫 번째 숙제는 아무 말도 하지 않고 거기 앉아 있는 거야. 내가 다시 말을 해도 좋다고 하기 전까지 눈알 굴리는 소리라도 들리면 국물도 없을 줄 알아."

"하지만—"

"아무 말도. 하지 않는다."

앨런은 입을 꾹 다물었지만 화가 머리끝까지 난 표정이었다.

"가서 그쪽 체크하고 오게." 넬슨이 다시 의자에 앉으며 윌리스에게 말했다. "이쪽은 내가 알아서 할 테니까."

윌리스는 그 말을 믿었다. 그는 지팡이가 얼마나 아픈지 알았다. 복도를 얼른 달려가며 딱 한 번 뒤를 돌아보았다. 앨런이 꼼짝 않고 있었다. 어쩌면 이번에는 정말 말을 잘 들으려는 것일 수도 있었다.

"—그런 식의 모욕을 참을 필요는 없어요." 윌리스가 문을 지나서 시원한 밤공기 속으로 나서자 메이가 씩씩대며 얘기하고 있었다. "저 인간이 자기를 뭐라고 생각하건 간에 그런 식으로 얘기해도 되는 사람은 세상에 아무도 없으니까. 저 인간 작살내버려요. 그 잘난 면상을 아주 그냥 작살내버리라고요."

휴고는 쓴웃음을 지었다. "고마워요, 메이. 항상 정곡을 찌르네."

"화가 났고 겁에 질렸다고 해서 왕재수처럼 굴 권리가 생기는 건 아니라고요. 그렇다고 얘기해, 월리스."

"맞아. 내가 예전에는 왕재수였던 걸 떠올리면 그런 얘기를 할 입장은 못 되지만."

메이는 코웃음을 쳤다. "예전에는? 참으로 꿈도 크시지. 그나저나 할아버지를 그 인간이랑 단둘이 두고 나왔어?"

그는 손을 들었다. "그건 걱정할 필요 없어. 어르신이 이미 본때를 보여줬거든. 내가 지금 제일 걱정되는 사람은 앨런이야."

휴고는 앓는 소리를 냈다. "할아버지가 뭘 어쩌셨길래요?"

"음, 유령 가라테라고 해야 하나?"

메이는 폭소를 터뜨렸다. "아, 이런. 그 재미난 광경을 놓치다니. 할아버지가 또 솜씨를 발휘하실지 가서 봐야겠다. 여긴 너한테 맡길게, 월리스. 알았지?" 그는 대답을 기다리지 않았다. 까치발을 하고서 휴고의 뺨에 입을 맞추고는 바로 안으로 들어갔다. 월리스는 그가 문을 닫기 전에 우렁차게 넬슨을 부르는 소리를 들었다.

"요주의 인물이라니까." 휴고는 중얼거렸다.

월리스는 그에게로 다가갔다. "누구? 어르신 아니면 메이?"

"네." 휴고가 하품을 하자 턱에서 소리가 났다.

"이제 그만 들어가서 자. 좀 쉬어. 저 친구 오늘 밤에는 잠잠할 테니까." 운이 좋으면 넬슨이 몇 시간 동안 그의 입을 다물게 만들 수 있을지 몰랐다.

"그럴게요. 그냥 잠깐 머리를 식히고 싶었어요."

"얘기는 어떻게 됐어?"

휴고는 어깨를 으쓱하려다 중간에 멈췄다. "그냥 잘 끝났어요."

"잘 끝난 거 맞지?"

"앨런은 화가 났어요. 이해해요. 진심으로. 내가 아무리 간절히 원해도 지금 당장 화나는 걸 어쩔 수는 없어요. 그 마음은 앨런의 것이니까. 내가 할 수 있는 건 영원히 그 안에 갇혀 있을 필요는 없다고 최선을 다해 그를 설득하는 일뿐이죠."

월리스는 반신반의했다. "저 친구를 설득할 수 있을 것 같아?"

"그러길 바라야죠." 휴고는 피곤한 미소를 지었다. "아직 속단하기는 일러요. 상황이 걷잡을 수 없는 방향으로 흘러가기 시작하면…." 복잡한 표정이 그의 얼굴을 스치고 지나갔다. "뭐, 최대한 그런 상황은 피하는 게 상책이라고 할 수밖에요."

"관리자."

"맞아요."

"당신은 그 사람을 좋아하지 않지?"

휴고는 어둠 속을 내다보았다. "좋아하고 말고 할 대상이 아니에요. 일을 제대로 끝내기만 하면 다른 건 전혀 중요하지 않아요. 정확히 말해서 그에게 애증을 느껴지는 않지만…."

"그 자를 무서워하는군." 월리스는 문득 확신이 들었다.

"죽음을 관장하는 우주적인 존재니까요." 휴고가 아무 감정 없는 목소리로 말했다. "그러니까 당연히 무섭죠. 관리자는 누구에게나 무서운 존재예요. 그게 핵심이고요."

"그런데도 이 일을 할 건지 물었을 때 하겠다고 했네?"

"둘은 별개의 문제예요. 내가 이 일을 하겠다고 한 이유는 하고 싶었기 때문이에요. 어떻게 거부할 수가 있겠어요? 사람들에게 가장 도움이 필요할 때, 모든 걸 잃어버렸다는 생각이 들 때 돕는 일인데. 당연히 하겠다고 해야죠."

"예수님처럼." 윌리스는 엄숙한 표정으로 말했다. "구세주 콤플렉스에 제대로 걸리셨구먼."

휴고는 폭소를 터뜨렸다. "네, 네. 맞아요." 그는 살짝 정색했다. "허스크에 대해 한 말도 그렇고 관리자가 거짓말을 했을지 모른다는 생각이 드니까 더 겁이 나네요. 또 뭘 숨겼을까 싶고요."

"그래서 결론이 내려졌어?"

"아뇨. 계속 고민 중이에요. 답이 나오겠죠. 아직은 아니지만."

그들은 난간에 몸을 기대고서 잠깐 아무 말도 하지 않았다.

"저 친구는 설득할 수 있을 것 같아요." 잠시 후에 휴고가 말했다. "앨런 말이에요. 조심스럽게 접근해야겠어요. 지금은 워낙 불안한 상태라 그렇지만 납득시킬 수 있을 거예요. 시간이 필요할 따름이죠. 저 친구 상태가 괜찮아지면 내가 문을 건너는 법을 가르쳐줄 수 있을 테고 그럼 여기는 다시 평소대로 돌아갈 거예요." 그는 윌리스를 향해 손을 내밀었다가 중간에 멈추고 손가락을 오므렸다.

"그러게. 평소대로."

"그게 아니라, 내가 자꾸 깜빡깜빡하네요." 그는 코로 심호흡을 하며 괴로워하는 표정을 지었다. "당신이…."

"알아."

휴고의 얼굴이 굳었다. "내가 집중하지 못하고 자꾸 착각을 해요, 당신을…." 그는 말을 끝내지 못하고 차밭에서 짖는 아폴로를 휘파람으로 불며 문을 향해 걸음을 옮겼다. 그가 열린 문 안으로 들어가기 전에 월리스가 말했다. "휴고."

그는 걸음을 멈추었지만 뒤돌아보지는 않았다.

월리스는 별을 올려다보았다.

만약 할 수만 있다면 남겨진 사람에게 전하고 싶은 말이 있나?

"만약 상황이 지금과 달랐다면, 나는 나고 당신은 당신이었다면, 가능성이 있으려나? 당신이 나를…."

그는 휴고가 대답할 거라고 기대하지 않았다. 휴고는 아무 말 없이 안으로 들어가고, 그 혼자 남아서 바보가 된 심정을 달랠 것이라고 생각했다.

하지만 휴고는 그러지 않았다.

"네." 그는 힘주어 대답하고는 안으로 들어갔다.

월리스는 그의 뒷모습을 빤히 쳐다보았다. 온몸이 화끈거렸다.

16장

"진짜 이래도 될까요?" 월리스는 경계하는 눈빛으로 앨런을 주시했다. 새 손님이 등장한 지 3일째 되는 날이었고, 월리스는 아직까지 그를 어떻게 받아들여야 할지 마음의 결정을 내리지 못했다. 넬슨의 공격을 받고 뒤로 벌러덩 넘어진 이후로 그는 뭐, 정확히 말하면 달라진 건 아니었다. 그는 그들의 일거수일투족을 관찰했고 뭘 많이 물어보지는 않았지만 월리스가 보기에는 모든 걸 흡수하고 있는 것 같았다. 궁지에 몰려서 호시탐탐 반격의 기회를 노리는 짐승 비슷했다. 월리스가 찻집에서의 또 하루를 준비하느라 매일 아침 의자를 내릴 때마다 그의 시선이 떠날 줄 모르니 환장할 노릇이었다. 월리스는 다른 의자를 집을 때마다 앨런의 시선을 느낄 수 있었고 소름이 돋았다.

"저 친구 심정이 어떨지 나는 상상도 못 하겠네." 앨런이 귀를 쫑긋 세우고 있을 경우에 대비해 넬슨이 속닥거렸다. "저 친구가 조금 거친 면이 있다는 건 나도 알지만—"

"그렇게 말조심하실 필요 없어요. 진짜예요. 제가 장담해요. 참지 마세요."

"—살해당한 사람들은 자기가 알던 세상이 끝났다는 사실을 받아들이기가 더 힘들거든." 넬슨은 한 템포 쉬고 말을 이었다. "스스로 선택했거나 신체가 기능을 중단한 게 아니라 제삼자에게 목숨을 빼앗긴 거잖나. 살 권리를 침해당한 거지. 그러니까 조심스럽게 접근해야 하네. 휴고는 특히 더."

월리스는 불안한 마음을 달래며 마지막 의자를 내려놓았다. 주방에서 메이가 목청 터져라 노래를 부르는 소리가 들렸다. 창문을 들여다보니 왔다 갔다 하는 휴고가 언뜻 보였다. 어젯밤 이후로 다시 대화를 나눌 기회가 없었지만 그가 보기에는 남은 할 얘기도 없었다. 휴고는 앨런에 집중해야 했고 그는 죽은 몸이었다. 월리스가 죽었다는 건 절대 변하지 않았다. 그 사실을 바꿀 수 있다고 생각하는 건 어처구니없는 발상이라고 월리스는 되뇌었다. 생사 앞에서는 맹세가 무의미해졌다. 그는 살아생전에도 '만약'이라는 단어를 좋아하지 않았다.

월리스는 거짓말을 잘했다. 그게 문제라면 문제였다. 이제는 '만약'이 아닌 다른 단어를 생각하기가 점점 어려워졌고 그래서 위험했다. 간밤에 넬슨이 자신과 월리스에 필적하는 능력을 갖추려면 먼저 머릿속을 비운 뒤 집중해야 한다고 앨런을 가르치는 동안 월리스는 벽난로 앞에 앉아서 듣는 둥 마는 둥했다. 멀리, 아주 멀리 상상의 나래를 펼쳤다.

화창한 날이었다. 그는 어느 조그만 마을에서 길을 잃어 물어보려고 걸음을 멈추었다. 흙길 옆에 **카론의 나루터 차와 디저트**라고 적힌 조그맣고 특이한 팻말이 있었다. 그는 그 길로 접어들었다. 어떨 때는 차를 몰고, 또 어떨 때는 걸어갔다. 방법은 달라도 목적지는 항상 같았다. 흙길 끝에 다다르면 그는 그 길 끝에 있는 집을 보고 어떻게 멀쩡히 서 있는지 놀라워했다. 문을 열고 안으로 들어갔다. 그곳에는 밝은 색 반다나를 머리에 두르고 고요한 미소를 머금은 남자가 카운터를 지키고 서 있었다.

이후에 벌어지는 일은 매번 달라졌지만 심장의 두근거림은 같았다. 한번은 카운터를 지키는 남자가 그를 보고 미소 지으며 "안녕하세요. 기다리고 있었어요. 제 이름은 휴고예요. 그쪽은 이름이 어떻게 되시나요?"라고 했다. 어떤 경우에는 휴고가 그의 이름을 이미 알고 있기에(이름을 알게 된 경로는 중요하지 않았다. 이런 몽상은 논리적일 필요가 없었다) 이렇게 말했다. "월리스, 이렇게 찾아와줘서 정말 기뻐요. 페퍼민트 차 한잔 드릴까요?"

그럼 월리스는 "네."라고 대답했다. "그거 좋겠네요. 고맙습니다."

휴고는 그에게 차를 따라주고 자기 몫으로도 한 잔 따랐다. 그들은 찻잔을 들고 뒤편 덱으로 나가 난간에 기대고 섰다. 서로 아무 말 하지 않을 때도 있었다. 차를 마시며 그저 서로의 곁을 지켰다.

전혀 다른 경우도 있었다. 휴고가 "여기서 얼마나 있을 생각이에요?"라고 물었다. 월리스는 이렇게 대답했다. "잘 모르겠어요. 생각해본 적이 없어서. 내가 어쩌다 여기까지 오게 됐는지도 잘 모르겠어요. 길을 잃었거든요. 황당하지 않아요?"

"그러게요." 휴고는 그를 보며 말없이 미소 지었다. "어쩌면 운명일 수도요. 당신이 있어야 할 곳은 여기일 수도 있겠죠."

월리스는 이 장면 속 휴고에게는, 죽음의 무게를 짊어지지 않은 이 휴고에게는 뭐라고 말을 하면 좋을지 알 수 없을 것이다. 몸속 혈관에 피가 흐르는 이 장면 속 월리스는 얼굴이 점점 뜨거워지고, 찻잔을 내려다보며 그는 운명을 믿지 않는다고 말하고 휴고는 웃음을 터뜨릴 것이다. "그래도 괜찮아요. 내가 당신 몫까지 믿으면 되니까. 식기 전에 차 마셔요."

넬슨이 그의 얼굴 바로 앞에 대고 손가락을 퉁기자 그는 화들짝 놀랐다. "왜요?"

넬슨은 흥미로워하는 표정을 짓고 있었다. "무슨 생각하나?"

"아무것도 아닙니다." 월리스는 화끈거리는 얼굴을 달래며 말했다.

"오호라. 듣기고 싶지 않은 생각을 하고 있었던 모양이로구먼."

"지금 무슨 말씀을 하시는 건지 도통 모르겠네요."

넬슨은 헛갈리는 얼굴이었다. "어느 쪽이 더 싫은지 모르겠네. 자네가 진심으로 그렇게 생각하는 것과 그렇게 생각하지 않지만 말은 그렇게 하는 것, 둘 중에서 말이지."

"상관없지 않나요?"

넬슨은 서글픈 미소를 지었다. "그러게, 내 생각도 그러네."

그날 하루는 평소와도 다름없이 흘러갔지만 찻집의 분위기가 조금 달라진 것처럼 느껴졌다. 앨런이 위협적인 분위기를 풍긴 건 아니었다. 그는 사실 말도 거의 하지 않았다. 전날처럼 찻집 안을 어슬렁어슬렁 돌아다니며 대화에 귀를 기울이고 손님들을 관찰했다. 허리를 숙여서 코끝이 서로 맞닿을 만큼 가깝게 손님 앞으로 얼굴을 들이밀 때도 있었다. 다들 이상한 기미를 느끼지는 못했다. 앨런은 자신을 알아채지 못하는 손님들의 반응에 화를 내기보다는 오히려 재밌어했다. 어린아이처럼 즐거워하며 찻집에 도착한 이래 처음으로 진심에서 우러난 것처럼 보이는 미소를 지었다. 윌리스는 그가 일련의 잘못된 선택을 거쳐 그 골목길로 들어가기 전에 어떤 사람이었을지 알 것 같았다.

"어렸을 때로 돌아간 심정이에요. 슈퍼히어로가 되고 싶어 했던 때 말이에요. 눈에서 레이저가 나오고 날아다닐 수 있고 그런. 나는 투명 인간이 되고 싶었거든요."

"왜?" 넬슨이 물었다.

"남들 눈에 보이지 않으면 무슨 짓을 하든 들키지 않고 도망칠 수 있으니까요."

앨런이 등장하고 3일째 되던 날 낸시가 카론의 나루터를 다시 찾았다. 그는 평소처럼 입을 꾹 다물고 눈 아래에 멍 같은 다크서클을 매달고서 문지방을 넘어왔다. 손님들 몇 명이 묵례를 했지만 그는 어느 누구에게도 인사를 건네지 않고 지정석으로 갔다.

휴고가 주방으로 들어갔고 주방 문의 흔들림이 멈추기도 전에 다시 열리면서 메이가 나와 금전 등록기 앞에 섰다.

"딱하기도 하지." 자기 의자에 앉아 있던 넬슨이 안타까운 듯 말했다. "아직도 잠을 잘 못 자는 모양이네. 얼마나 더 버틸 수 있을지. 우리가 해줄 수 있는 일이 좀 더 많았으면 좋겠구먼."

"데스데모나하고는 상관없어요." 월리스가 말했다. "그 여자가—"

"저 여자 누구예요?"

그들은 앨런을 돌아보았다. 그는 자기 또래의 손님들로 꽉 찬, 찻집 중앙의 테이블 옆에 서 있었다. 그들이 들어온 순간부터 그 주변을 맴돌았는데 이제는 모든 동작을 멈추고 창가 테이블석 여자에게 시선을 고정하고 있었다.

그가 여자를 향해 한 발 다가갔다. 월리스의 몸이 자기도 모르는 새 움직였다. 월리스가 앞으로 다가가 한 손을 그의 가슴에 얹자 앨런은 눈을 깜빡였다. 그가 아래를 내려다보며 인상을 쓰자 월리스는 손을 거두었다. "지금 뭐하는 거예요?"

"저 여자는 건드리지 마." 월리스는 뻣뻣하게 말했다. "찻집의 다른 손님들한테는 어떻게 하든 상관없어. 하지만 저 여자 근처에는 가지 마."

앨런이 눈을 가늘게 떴다. "왜요?" 그는 월리스의 어깨 너머를 잠시 쳐다보다가 다시 그에게로 시선을 돌렸다. "저 여자가 날 볼 수 있는 것도 아니잖아요. 신경 꺼요." 그는 다시 여자에게로 향하다 월리스가 손목을 잡자 걸음을 멈추었다.

"저 여자는 접근 금지야."

앨런은 팔을 홱 잡아 뺐다. "당신도 느껴지지 않아요? 저 여자는 꼭 횃불 같아요. 몸에서 불을 뿜어내고 있는 게 전해져요. 왜 저러는 거예요?"

월리스는 하마터면 네가 상관할 바 아니라고 억박지를 뻗혔다. 앨런의 인정에 호소하는 것이 어처구니없을 만큼 황당한 작전처럼 느껴졌지만 막판에 시도해보기로 생각을 바꿨다.

"저 여자는 지금 상심을 달래는 중이야. 병으로 딸아이를 먼저 보냈거든. 아주 안 좋게. 자세한 정황은 알 것 없어. 여길 찾아오는 이유는 달리 갈 데가 없기 때문이야. 휴고가 같이 앉아주고, 우리는 그동안 가만히 있어."

놀랍게도 앨런은 이해한 것 같았다. "길을 잃은 여자로군요."

"맞아. 저 여자가 길을 찾을 수 있을지 없을지는 우리에게 달린 문제가 아니야. 다른 손님 곁에 가는 건 네 마음이지만 낸시는 건드리지 마. 우리가 내는 소리를 아무도 듣지 못할지라도 낸시가 더 힘들어질 수 있는 상황은 만들면 안 되니까."

"더 힘들어진다." 앨런은 그의 말을 반복했다. "내가 더 힘든 상황을 만들 수도 있다고 생각해요? 휴고가 다 설명했어요? 그래서 저 여자가 여길 찾아오는 거예요? 휴고가 저세상으로 건너갈 수 있게 자기 딸을 도왔다는 걸 알기 때문에?"

"아니. 휴고는 설명하지 않았어. 그러면 안 되니까. 사공은 그렇거든."

"저 여자의 딸이 저세상으로 건너갈 수 있게 도운 건 맞죠? 저 여자는 그걸 감으로 알고요. 그러니까 여길 찾아오는 거겠지. 휴고가 저 여자한테 거짓말을 하고 있다면 어떻게 되는 거예요? 저 여자가 감으로 그걸 알 정도면 남들과 다르다는 뜻이잖아요. 어쩌면 저 여자 눈에는 우리가 보일지 몰라요. 내가 보일지도요."

앨런이 옆으로 지나가려 하자 월리스는 다시 그의 앞을 가로막았다. "못 봐. 볼 수 있다 한들 그걸 가지고 저 여자를 괴롭히면 안 되지. 나는 네 속사정을 전혀 몰라. 네가 겪은 일과 그 심정을 절대 이해하지 못하겠지. 그렇다고 해서 저 여자에게 분풀이해도 되는 건 아니야."

앨런은 뭐라고 맞받아치려다 휴고가 주방에서 나오는 걸 보고 멈췄다. 찻집의 소음이 그들을 감싸고 계속 이어졌지만 휴고는 쟁반을 들고 월리스와 앨런을 쳐다보고 있었다. 메이가 까치발을 하고 서서 그의 귀에 대고 뭐라고 속삭였다. 그는 아무 반응도 보이지 않았다. 메이가 그들 쪽을 흘끗 쳐다보았다. 월리스가 메이를 잘 몰랐다면 무표정한 얼굴에서 아무것도 읽지 못했을 것이다. 하지만 그는 지금 메이가 못마땅해하고 있다는 걸 알 수 있었다.

휴고가 미소를 머금고 카운터를 돌아 나와 인사를 건네는 모든 사람을 향해 고개를 숙였다. 월리스와 앨런 곁을 지날 때는 한쪽 입꼬리만 움직이며 말했다. "저분은 건드리지 말아줘요."

그러고는 계속 걸음을 옮겼다.

휴고가 테이블에 쟁반을 내려놓는 동안 낸시는 창밖을 내다보았다. 그가 찻잔에 차를 따라도 전혀 반응하지 않았다. 그는 찻잔을 낸시 앞에 놓고 맞은편에 앉아서 늘 그렇듯 테이블 위로 두 손을 포갰다.

앨런은 그들을 지켜보며 기다렸다.

아무 일도 벌어지지 않자 그가 물었다. "휴고가 지금 뭐하는 거예요?"

"옆을 지켜주는 거야." 월리스는 앨런이 더는 캐묻지 않길 바랐다. "낸시가 얘기를 꺼낼 마음의 준비가 될 때까지 기다리면서. 아무 말도 하지 않는 게 가장 도움이 될 때도 있거든."

"말도 안 돼." 앨런은 팔짱을 끼고 휴고를 노려보았다. "휴고가 실수를 저지르거나 그런 거예요? 온 얼굴에 죄책감이 가득한데. 무슨 짓을 저질렀길래 그래요?"

"너한테 얘기하고 싶으면 휴고가 알려줄 거야. 그때까지는 가만히 있어."

놀랍게도 앨런은 나름대로 그의 말을 들었다. 두 손을 위로 던지고는 여자들 몇 명이 앉아 있는 반대편 테이블 쪽으로 어슬렁어슬렁 걸어갔다.

월리스는 안도의 한숨을 쉬며 메이를 돌아보았다.

메이는 고개를 끄덕이고 눈을 부라렸다.

"요즘 애들이란." 월리스는 진이 빠졌다.

메이는 기침 때문에 손으로 입을 막았지만 웃느라 입꼬리가 올라간 게 보였다.

그걸로 끝이었어야, 그렇게 끝났어야 했다.

낸시는 아무 말 없이 자리에 앉아 있었다. 휴고는 절대 다그치지 않고 가만히 기다렸다. 찻잔은 그 앞에 고스란히 방치됐다. 한 시간쯤(어쩌면 두 시간일 수도 있었다) 지나면 그는 의자로 바닥을 긁으며 일어났을 테고 휴고는 언제든 마음의 준비가 될 때까지 이 자리에 있겠다고 말했을 것이다. 휴고의 말을 들은 그는 밖으로 나가고, 내일과 그다음 날과 그다음 날에 다시 찾아올 터였다. 하루나 이틀 정도 빼먹을 수도 있었을 것이다.

낸시는 자기 자리에, 휴고는 맞은편에 가만히 앉아 있었다. 한 시간쯤 지났을 때 그가 일어났다.

"나는 이 자리에 있을게요. 항상. 언제든 마음의 준비가 되면 얘기해요."

낸시는 문을 향해 걸음을 옮겼다. 이걸로 끝이었다.

그런데 앨런이 고함을 질렀다. "낸시!"

벽에 달린 전등이 갑자기 환해졌다. 낸시는 문고리에 손을 얹은 채 그대로 멈췄다.

"낸시!" 앨런은 다시 소리쳤고, 놀란 월리스는 그 자리에 얼어붙었다.

낸시는 미간을 찌푸리며 그의 목소리가 들린 쪽으로 고개를 돌렸다.

앨런은 가게 한복판에서 미친 듯이 팔을 휘젓고 껑충껑충 뛰며 그의 이름을 부르고 또 불렀다. 누가 와서 부딪히기라도 한 것처럼 앨런의 양옆 테이블이 흔들려 차가 쏟아지고 머핀이 쓰러졌다.

"왜 이러지?" 한 남자가 테이블을 빤히 내려다보며 물었다. "당신도 느꼈어?"

"응." 같이 온 젊은 여자—풍선껌 같은 분홍색 립글로스를 바른 여자였다—가 말했다. "흔들렸지? 꼭—"

앨런이 낸시 쪽으로 한 발 다가가자 여기저기서 테이블이 다시 움찔거렸다.

낸시는 손마디가 하얘질 정도로 문고리를 부여잡았다. "거기 누구 있어요?" 그가 또랑또랑한 목소리로 묻자 모든 손님들의 시선이 낸시에게 쏠렸다.

"네." 앨런은 숨을 헐떡였다. "네. 내가 여기 있어요. 이럴 수가. 내가 여기 있어요. 내 말 잘 들어요, 당신은—"

월리스는 앞뒤 따지지 않았다. 좀 전까지만 해도 차나무처럼 그 자리에서 꼼짝 않던 월리스가 다음 순간에는 다시 앨런의 앞에 서서 손바닥을 이에 긁혀가며 그의 입을 막고 있었다. "그만해." 그는 차갑게 말을 내뱉었다.

앨런은 몸부림치며 그를 떼어내려고 했다. 월리스는 그보다 키만 크고 젓가락처럼 비쩍 말랐지만 물러서지 않았다. 월리스의 손 위에서 앨런의 눈이 분노로 이글거렸다.

"괜찮아요?" 한 여자가 의자에 앉은 채로 몸을 돌려서 낸시를 올려다보며 물었다.

낸시는 여자 쪽으로 시선을 돌리지도 않고 월리스와 앨런이 있는 쪽을 계속 응시했다. 둘의 모습이 보였더라도 티를 내지 않았고, 무슨 말을 하려는 듯 입을 벌렸다가 이내 고개를 젓고는 뒤로 쾅 하고 문을 닫았다.

앨런은 윌리스의 손에 대고 고함을 지르다가 있는 힘껏 그를 밀쳤다. 윌리스는 뒤로 비틀거리다 의자에 부딪혔다. 의자가 다리로 바닥을 긁으며 움직이자 그 자리에 앉아 있던 남자가 미친 듯이 좌우를 두리번거렸다.

"저 여자는 내 목소리를 들었어요." 앨런은 화를 냈다. "내 목소리를 들었다고요. 그러니까—" 그는 말을 맺지 않고 문을 향해 돌진했다.

휴고가 말했다. "그 문밖으로 나가면 당신은 이성을 잃을 거예요. 나는 당신을 구제하지 못할 테고요."

앨런은 씩씩대며 걸음을 멈추었다.

정적이 카론의 나루터 곳곳을 채웠다. 모두 고개를 천천히 돌려 휴고를 쳐다보았다. 넬슨은 손에 얼굴을 묻었고 아폴로는 앨런을 향해 이빨을 드러냈다.

"맞아요!" 메이가 낭창하게 외쳤다. "차를 다 못 마시고 자리에서 일어나면 남긴 차가 생각나서 하루 종일 괴로울 거예요. 우리는 그 차를 구제할 방법이 없어요. 다시 데운 차는 최악이니까. 그렇죠, 휴고?"

휴고는 대꾸하지 않았다. 눈도 깜빡이지 않고 앨런만 응시했다.

"제발 저 녀석 말을 듣게." 넬슨이 짜증 섞인 투로 말했다. "자네한테 상식이라고는 코딱지만큼도 없는 건 나도 알지만 그래도 바보처럼 굴지는 말게. 여기서 나가면 어떻게 되는지 들었잖나. 그렇게 되고 싶나? 좋네. 그럼 나가게. 단, 우리가 달려 나가서 자네를 구해줄 거라는 기대는 하지 말고."

앨런의 어깨는 뻣뻣한 일직선이었다. 그가 촉촉하게 젖은 황망한 눈빛으로 침을 삼키자 울대뼈가 움직였다. "그 여자는 내 목소리를 들었어요." 그가 확신에 찬 목소리로 말했다.

"어머나!" 메이가 큰 소리로 외쳤다. "생각해보니까 오늘이 정부에서 공짜로 차와 스콘을 먹기로 정한 날이잖아요! 이날을 기념해야죠. 무료로 차나 스콘 드시고 싶은 분 계시면 이쪽으로 오세요, 제가 챙겨드릴게요."

거의 모든 손님이 자리에서 일어나 카운터 쪽으로 갔다. 카론의 나루터의 이상한 주인을 계속 쳐다보고 있든지 공짜로 뭘 얻어먹든지 둘 중 하나였다. 선택하기 어려운 문제는 아니었다.

결국 앨런은 물러났지만 윌리스는 그에게서 뿜어져 나오는 분노와 절망을 느낄 수 있었다. 앨런은 찻집 구석으로 걸어가 벽에 이마를 대고 고개를 흔들었다.

"그냥 내버려 두게나. 이 모든 게 어떤 의미인지 배워가고 있는 것 같으니. 기다려주면 정신 차릴 걸세. 내가 알아."

넬슨의 생각은 틀렸다.

남은 영업시간은 순식간에 지나갔다.

앨런은 구석 자리에서 나오지도, 말을 하지도 하지 않았다. 윌리스는 그냥 내버려두었다.

메이는 팔짱을 끼고 카운터 뒤편에 서서 계속 지켜보았다. 누가 주문하러 오면 억지웃음을 보였다.

넬슨은 지팡이를 무릎 위에 얹어놓고 눈을 감고 고개를 뒤로 젖힌 채 의자에 앉아 있었다.

휴고는 낑낑대는 아폴로를 거느리고 주방으로 사라졌다. 월리스도 따라가고 싶었지만 그 자리에서 꼼짝할 수 없었다. 머릿속이 여러 생각들로 복잡했다.

그 여자는 내 목소리를 들었어요. 내 목소리를 들었다고요. 앨런의 말은 맞았다. 월리스도 두 눈으로 확인했다. 그 정보를 가지고 뭘 어쩌면 좋을지 알 수 없었다. 중요한 정보인지도 확실하지 않았다.

그 말에 촉각을 곤두세우고 희망을 품는 자신이 싫었다. 메이는 낸시가 자기랑 조금 비슷하지만 자기만큼 능력이 뛰어나지는 않다고 했다.

딸을 앞세우고 상심한 마음이 특별한 능력으로 발현돼서 그렇게 되었을까? 아니면 원래부터 그랬을까? 월리스는 그 능력을 이용해 자기 모습을 보이고 자기 목소리를 들리게 할 수 있을까 궁금해하다가—

경악하며 생각을 멈췄다.

아니다.

그런 짓은 절대 할 수 없었다. 그는 앨런과 달랐다. 이제는 그랬다.

아닌가?

그는 주방 쪽으로 고개를 돌렸다.

메이가 얼굴이 상기된 젊은 커플의 찻값을 계산하며 앨런의 일거수일투족을 관찰하고 있었다. 남자가 여자친구를 사랑스럽게 바라봤다. "오늘이 우리가 두 번째로 만난 날이네?" 남자는 그 사실에 경외감을 느끼는 말투였다.

"세 번째야." 여자가 그의 어깨를 자기 어깨로 치며 말했다. "슈퍼에서 만난 것도 쳐야지."

"아." 남자는 웃었다. "그럼 세 번째."

월리스가 스윙 도어를 지나서 들어가 보니 주방에 아무도 없었다. 이상했다. 스쿠터에 시동 거는 소리를 듣지 못했으니 휴고가 외출했을 리는 없고 그가 외출했다 한들 아폴로가 따라갈 수 있는 것도 아니었다. 둘은 근처 어딘가에 있을 수밖에 없었다.

월리스는 문 앞으로 가서 뒤편 덱을 내다보았다. 봄 공기가 아직 살을 에었지만, 월리스가 여기 온 이래 가게 뒤편의 차나무와 숲이 이렇게 싱그러운 적은 없었다. 여름이 한창일 때 여기는 어떤 모습일지 상상했다. 푸르고 푸르를 것 같았다. 피부로 느껴질 만큼. 그는 찻집의 여름을 보고 싶은 마음이 간절하다는 사실을 지금에서야 알아차렸다. 카론의 나루터 바깥세상은 계속 움직이고 있었다.

휴고가 덱 난간에 기대고 앉아 있었다. 아폴로는 앞발을 모으고 그의 발치에 엎드려 있었다. 쫑긋 세운 귀를 실룩였고 고개를 들고서 눈을 천천히 깜빡이며 휴고를 보았다. 그는 땀으로 얼굴이 번들거렸고 숨이 거칠었다.

월리스는 놀라서 문밖으로 뛰쳐나갔다. 그가 거리를 두고 천천히 다가가도 휴고는 눈을 뜨지 않았다. 코로 숨을 마시고 입으로 뱉으며 진정하려고 애쓰고 있는 것 같았다. 반다나—오늘은 보라색 바탕에 조그만 노란색 별 무늬가 있었다—가 머리 위에 삐딱하게 얹혀 있었다.

아폴로가 윌리스를 보자 다시 낑낑거렸다.

"괜찮아." 윌리스는 녀석에게 말했다. "걱정 마."

그는 덱 중간에서 걸음을 멈추었다. 의자는 그냥 내버려두고 그 자리에 앉아서 기다렸다. 긴 시간이 지났지만 윌리스는 재촉하지 않았다. 끝까지 그럴 작정이었다. 휴고가 이런 상태일 때는 재촉해봐야 도움이 되지 않을 것이다. 그는 그 자리에 앉아서 고개를 숙여 바닥에 깔린 판자를 손끝으로 두드렸다. 그 작은 소리로 그가 거기 있음을 휴고에게 알렸다. 톡. 톡. 톡. 조용하고 가볍지만 두 사람을 잇는 끈이자 기억의 환기였다. *당신은 혼자가 아니에요. 내가 여기 있어요. 숨을 쉬어요. 숨을 쉬어요.* 그는 이 증상이 뭔지 알았다. 전에도 본 적 있었다.

휴고는 가슴을 들썩이며 거친 숨을 마셨다. 얼굴은 고통으로 일그러졌고 두 눈은 멍하니 초점이 없었다. 윌리스는 꼼짝하지 않았고 그에게 말을 걸려고 하지도 않았다. 메트로놈처럼 박자를 맞춰가며 계속 덱만 두드렸다.

윌리스가 한 백 번쯤 두드렸을 때 휴고가 말했다. "나 괜찮아요." 쉰 목소리였다.

"응. 괜찮지 않다고 해도 돼." 윌리스는 머뭇거렸다. "공황발작은 장난이 아니니까."

휴고는 게슴츠레하게 젖은 눈을 떴다. 한 손으로 얼굴을 문지르며 낮게 신음을 토했다. "장난 아닌 정도가 아니죠. 당신이 그걸 어떻게?" 그는 월리스를 향해 손을 흔들었다.

"네이오미가 젊었을 때 그런 증상이 있었거든."

"당신 부인이요?"

"헤어진 부인." 월리스는 반사적으로 고쳐 말했다. "네이오미는…. 나는 그 증상이 어떤지, 어떤 이유로 일어나는지 이해하지 못했어. 네이오미가 설명해줬지만 귀담아듣지 않았던 것 같아. 어쩌다 한 번씩이었지만 증상이 나타나면 끔찍했어. 나는 심호흡을 하라고 얘기하면서 도우려고 했지만 네이오미 말로는…." 그는 고개를 추욱 늘어뜨렸다. "열 몇 개의 손이 몸을 할퀴고 목을 조르고 허파를 쥐어짜는 느낌이라고 하더군. 논리적으로 설명이 안 된다고, 혼란스럽다고, 꼭 자기 몸이 반항하는 것 같다고. 나는 그래도 마음만 먹으면 싸워서 이길 수 있지 않으냐고 생각했어."

"그러면 얼마나 좋겠어요."

"그러게." 월리스는 담담히 덧붙였다. "아폴로가 도움이 되지?"

자기 이름이 불리자 아폴로가 꼬리를 흔들었다.

"맞아요." 휴고는 지쳐 보였다. "안내견 테스트는 통과하지 못했지만 그래도 알아요. 내 경우에는 일련의 일들을 겪은 뒤로 심해졌어요. 어떻게 하면 막을 수 있는지 모르겠더라고요. 어떻게 하면 싸울지 있는지. 심지어 어떤 느낌인지 설명할 방법조차 없었어요, 혼란스럽다는 표현이 제일 비슷한 것 같긴 해요. 불안은 배신이에요. 내 몸과 머리가 내 말을 듣지 않는." 그는 힘없이 미소 지었다. "아폴로는 훌륭한 녀석이에요. 어떻게 해야 하는지 본능적으로 알아요."

"혼자 있고 싶으면 그렇게 해. 나 다시 들어갈게. 혼자만의 시간이 필요한 사람이 있더라고. 네이오미는 내가 옆에 있어 주길 바랐어. 자길 건드리지는 말고, 혼자가 아니라는 걸 알 수 있을 만큼만 가까이. 나는 아무 말도 하지 않고 내가 옆에 있다는 걸 알릴 수 있게 벽이나 바닥을 두드렸지. 그러면 도움이 되는 것 같길래 당신한테도 해본 거야."

"고마워요." 휴고는 다시 눈을 감았다. "힘드네요."

"뭐가?"

"이거요. 이 모든 게."

"이 모든 거라니 너무…."

"애매한가요?"

"나는 너무 포괄적이라고 말하려고 했는데."

휴고는 코로 웃었다. "맞네요."

"이게 당신에게 그 정도로 영향을 미치는 줄은 몰랐어." 월리스는 실토했다.

"사람이 죽는 거잖아요, 월리스. 당연히 그럴 수밖에요."

"아니, 그런 뜻에서 한 얘기가 아니라." 그는 말을 하다 말고 잠깐 고민했다. "지금쯤은 익숙해져 있을 줄 알았거든."

휴고는 다시 눈을 떴다. 좀 전보다 눈빛이 또렷했다. "익숙해지는 날이 올지 모르겠어요." 그는 힘겹게 좀 더 편안한 자세로 바꿨다. "지금처럼 흔들리지 않았으면 좋겠는데 어쩔 도리가 없을 때도 있거든요. 내가 지금 뭘 해야 하는지, 내가 하는 일이 얼마나 중요한지 알아요. 하지만 내가 원하는 것과 내 몸이 원하는 게 서로 다를 때도 있어요."

"사람이니까." 월리스는 나직이 말했다.

"그렇죠." 휴고는 맞장구를 쳤다. "인간이어서 따라오는 모든 것들. 내가 사공이라고 해서 사마귀라든지 기타 등등, 이 모든 게 사라지는 건 아니거든요." 그는 잠시 후에 물었다. "당신은 원하는 게 뭐예요?"

"당신이 괜찮아지는 걸—"

"그거 말고요. 월리스, 당신이 원하는 게 뭐예요? 여기서 보내는 시간. 나. 이 공간을 모두 뛰어넘어서요."

"잘 모르겠는데?" 이렇게 반문하고 나니 월리스 자신마저 혼란스러워졌다. 그가 원하는 건 많고 많았지만 생각하면 할수록 점점 더 시시하게 느껴졌다. 그게 핵심이었다. 사소한 것들로 이루어진 삶이 의미심장해지는 이유는 오로지 그가 하나하나 의미를 부여하기 때문이었다.

휴고는 실망한 것 같지 않았다. 오히려 월리스의 대답을 듣고 평온해진 것처럼 보였다. "몰라도 괜찮아요. 어떻게 보면 모르기 때문에 더 수월해질 수도 있어요."

"어째서?"

휴고는 두 손을 무릎 위에 올려놓았다. 아폴로는 주둥이를 앞발 쪽으로 내렸지만 꼬리로 궁둥이를 감싸고 시선은 휴고에게 고정한 채 가만히 엎드려 있었다. "원하는 게 있는 사람에게 그에게 필요한 건 다른 거라고 설득하는 게 더 어려우니까요. 우리 인간은 종종 진실을 외면하거든요. 진실에 담긴 메시지가 마음에 들지 않기 때문에."

"앨런 말이지?"

"나는 정말로 노력 중이에요. 그의 마음에 닿을 수 있을지는 잘 모르겠어요. 며칠밖에 안 됐지만 앨런이 처음 도착했을 때보다 더 멀게 느껴지거든요." 그의 입술이 실룩이며 아래로 쳐졌다. "캐머런 사태가 반복되는 느낌인데, 이번에는 나를 방해하는 사람도 없으니 더 처참해요."

월리스는 화들짝 놀랐다. "당신 잘못이 아니잖아."

"그럴까요? 그들이 나를 찾아온 이유는 내게 도움을 받기 위해선데, 내가 무슨 말을 하고 어떤 행동을 해도 그들은 듣질 않아요. 나는 그런 그들을 나무랄 수 없고요. 꼭 공황발작 같아요. 공황발작이 어떤 건지 내가 설명을 시도할 수는 있지만 직접 경험해보지 않은 이상 당신은 그게 얼마나 가혹한지 정확히 모르잖아요. 나는 죽음에 둘러싸여 있지만 죽어본 적이 없으니 그게 어떤 느낌일지 알 수 없는 것처럼요."

"당신은 대부분의 사람들보다 훌륭해."

"그거 칭찬인가요?"

"응." 윌리스는 멋쩍은 듯 너덜너덜한 청바지 끝단을 잡아 뜯으며 말했다.

"그렇구나. 고마워요."

"나는 절대 당신처럼 되지 못했을 거야."

"당연하죠. 당신은 당신으로 태어났으니 그렇게 살아야죠."

"그런 뜻에서 한 얘기가 아니야. 당신이 사공 일을 위해 어떤 대가를 감수해야 할지 나는 상상조차 못 하겠어. 당신이 가지고 있는 재능은 내 능력 밖이야. 나는 사공이 될 수 있을 만큼 강단 있는 사람이 되지 못했을 게 분명해."

"자기 자신을 너무 과소평가하네요."

"내 한계를 아는 것일 수도 있지." 윌리스는 받아쳤다. "내 능력의 한계를. 내가 과거에 결정했던 몇 가지 일들을 사후에 평가하고 내린 결론이지만." 그는 말을 잠깐 멈췄다가 다시 이었다. "몇 가지가 아니라 수많은 일들을."

휴고는 조심스럽게 난간에 다시 머리를 기댔다. "그런 게 인생 아닌가요? 우리는 모든 걸 지나고 난 뒤에 평가해요. 인간의 천성이 그러니까요. 불안하고 우울한 사람들은 그런 성향이 더 강하고요."

"어쩌면 앨런이 그런 성격일지도. 그 친구의 모든 걸 이해하는 건 아니야. 단지 그가 알던 세상이 사라졌잖아. 모든 게 달라졌고. 결국 그도 당신의 진면모를 알게 될 거야. 시간이 걸릴 따름이지."

"그걸 어떻게 알아요?"

"나는 당신을 믿거든." 윌리스는 무방비 상태로 알몸을 드러내는 듯한 심정을 느끼며 말했다. "당신의 모든 걸. 세상에 당신 같은 사람은 없어. 당신이 없었다면 나는 지금까지 이렇게 버틸 수 없었을 거야. 다른 사공을 만났다면 어땠을지 생각조차 하고 싶지 않아. 아니 근데 여사공도 있어? 그럼 남사공, 여사공이라고 나눠서 불러야 하나?"

휴고는 웃음을 터뜨렸다가 자기가 웃었다는 데 놀란 표정을 지었다. "나를 믿는다고요?"

윌리스는 고개를 끄덕이며 어색하게 손을 흔들었다. "여기가 간이역일지라도, 여행길의 어느 정거장에 불과하더라도 당신이 있어서 좋아." 그는 잠깐 아무 말도 하지 않다가 다시 말문을 열었다. "휴고?"

"네?"

"나도 아쉬운 게 있어."

"예를 들면 어떤 거요?"

정직은 무기와 같았다. 상대를 찌르고 갈라서 땅 위로 피를 흘리게 할 수 있었다. 윌리스도 정직을 무기로 손에 제법 피를 묻혔다. 지금은 달랐다. 솔직한 마음이 자기를 공격하는 바람에 거죽이 벗겨져서 신경이 너덜너덜하게 드러났다.

어쩌면 윌리스가 이렇게 얘기한 것도 그 때문이었는지 몰랐다. "당신을 진작 만났더라면 얼마나 좋았을까. 당신 같은 사람이 아니라 당신을."

휴고는 훅하고 숨을 들이마셨다. 월리스는 자기가 선을 넘었나 보다고 생각했지만 잠시 후 휴고가 말했다. "나도 그랬다면 얼마나 좋았을까 생각해요."

"바보 같은 생각이지?"

"아뇨, 난 그렇게 생각하지 않아요."

"우리 이제 어쩌면 좋지?"

"글쎄요. 할 수 있는 걸 해야겠죠."

"남은 시간을 최대한 활용하는 것." 월리스가 코를 찡긋하며 은근하게 말했다.

그러자 휴고가 씩 웃으며 응했다. "우리가 할 수 있는 건 그것밖에 없지 않겠어요?"

하늘에서는 태양이 느릿느릿 저물었다.

마지막 손님이 유쾌하게 손을 흔들며 나갔다. 메이는 주방으로, 넬슨은 자기 의자로 복귀했다. 아폴로는 증상이 재발하지 않는지 지켜보기라도 하려는 듯 휴고 곁을 떠나지 않았다. 앨런은 여전히 어깨를 귀까지 올려서 오므리고 구석에 서 있었다. 그들은 그를 그냥 내버려 두었지만 월리스도 알다시피 계속 그럴 수는 없었다. 더군다나 낸시는 다시 올 사람이었다. 낸시는 건드리면 안 된다고 그를 이해시켜야 하는데, 그럴 순간이 기다려지지는 않았다.

휴고가 창문에 건 팻말을 뒤집고 문을 잠그려다 그대로 얼어붙었다. "아, 안 돼." 그가 숨을 토했다. "하필이면 지금이라니."

"뭔데? 손님이 또 하나 추가되는 건 아니겠지? 안 그래도 조금 복잡한 마당에." 넬슨은 앨런을 노려보았다.

"그건 아니에요." 휴고가 딱딱하게 말했다.

멀리서 길을 달려오는 자동차 엔진소리가 들렸다. 윌리스는 창문 앞으로 갔다. 전조등이 점점 다가오고 있었다. "누구야?"

"위생 검사관이요." 휴고가 말했다.

넬슨이 순식간에 그의 옆으로 뿅 하고 등장하자 윌리스는 놀라서 비명을 질렀다. 넬슨은 그 소리를 못 들은 체하고 창밖을 내다보았다. "또? 두어 달 전에 왔었잖아. 저 인간이 휴고, 너한테 앙심을 품고 있는 게 분명하다니까? 얼른 불 끄고 문 잠가. 그럼 그냥 갈지도 모르잖니."

휴고는 기운이 쪽 빠지는 느낌이었다. "안 된다는 거 아시잖아요. 내일 다시 와서 더 심술을 부리기만 할걸요?" 그는 넬슨을 향해 눈을 흘겼다. "이번에는 저 사람 건드리지 마세요."

"무슨 소릴 하는 건지 모르겠구나."

"할아버지."

"알았다." 넬슨이 짜증 섞인 목소리로 말했다. "최대한 얌전히 있으마." 그는 윌리스만 들을 수 있도록 언성을 낮췄다. "내 말 명심하게. 그자가 허튼 수작을 부리려고 하면 볼펜을 똥구멍에 쑤셔 넣을 거네."

윌리스는 얼굴을 찡그렸다. "그런 것도 할 수 있으세요?"

"그렇고말고. 그자는 당해도 싸. 저렇게 아무 짝에도 쓸모없는 인간은 자네 평생 본 적 없을 테니 기대하게나."

"제가 아는 변호사만 수백 명인데요."

넬슨은 눈을 부라렸다. "그보다 더 심각하거든."

윌리스가 소형차에 어떤 인물이 타고 있을 거라고 상상했는지 몰라도 그 차에서 내린 사람은 분명 그의 상상에 부합하지 않았다. 그 남자는 휴고 또래로 젊었다. 서늘하게 잘생긴 얼굴이었지만 양 끝이 위로 말린 콧수염이 주먹을 불렀다. 깔끔한 양복 차림이었고―윌리스가 살아생전에 입었음직한 비싼 맞춤 양복이었고 거기에 완벽하게 어울리는 격자무늬 넥타이를 맸다―끔찍한 비웃음을 입가에 머금고 있었다. 윌리스는 그가 차 안으로 다시 손을 뻗어 클립보드를 꺼내는 것을 지켜보았다. 그는 재킷 안주머니에서 만년필을 꺼내 촉 끝을 혀에 댔다가 뭔가 끼적이기 시작했다.

"뭘 쓰는 거예요?" 윌리스는 물었다.

"난들 알겠나. 안 좋은 소리를 쓰고 있겠지. 어떻게든 꼬투리를 잡아서 휴고를 괴롭히려고 안달하거든. 한번은 벽 속에 쥐가 산다고 억지를 부린 적도 있었다네. 믿어지나? 쥐라니. 역겨운 인간이야."

"누구 때문에 그렇게 됐는데요?" 휴고가 문을 잠그지 않고 뒤로 물러나며 물었다.

"나." 넬슨이 태평하게 말했다. "이게 다 저 인간을 겁줘서 내쫓으려다 그렇게 된 거야. 여기에 쥐가 산다고 오해할 줄 모르고." 그는 언성을 높였다. "메이! 메이. 손님이 왔어."

메이가 한 손에는 비누 거품으로 뒤덮인 냄비를, 다른 손에는 고기

써는 칼을 들고 문을 박차고 나왔다. "누가요? 누가 쳐들어왔어요?"

"응."

"아니에요." 휴고가 큰 소리로 외쳤다. "아니에요, 위생 검사관이 왔어요."

메이는 헉 소리를 냈다. "또요? 누가 쳐들어온 거 맞네. 문 잠가요! 그럼 안에 아무도 없는 줄 알지도 모르잖아요!" 그는 칼을 이리저리 휘두르다 자기를 예의 주시하는 앨런을 보고 얼른 칼을 등 뒤로 숨겼다. "나 칼 없어. 당신이 헛것을 본 거야."

"지금 바닥에 물 떨어뜨리고 있잖아요." 휴고가 그에게 말했다. "저 사람이 그걸로 꼬투리 잡게 생겼어요."

메이는 못마땅한 듯 서둘러 다시 주방으로 달려 들어갔다. "최대한 시간 끌어줘요. 그동안 여길 완벽하게 정리할 테니까."

"이미 완벽하게 정리되어 있어야 하는 거 아닌가?" 월리스가 물었다.

"당연히 정리되어 있지." 넬슨이 대답하는 동안 위생 검사관은 가게 밖 계단 난간에서 벗겨진 페인트 조각을 떼어냈다. "하지만 저 인간은 그렇게 보지 않을 거야. 맨 처음 여기 왔을 때 저자가 어떤 표정을 짓고 있었는지 자네도 봤어야 하는데. 아폴로를 보고 심장 마비를 일으키는 줄 알았다니까?" 그는 월리스를 힐끔거렸다. "아직은 자네 앞에서 심장 마비를 운운할 때가 아닌지도?"

월리스는 그를 노려보았다. "재미없거든요?"

"그럴 리가."

윌리스는 다시 창밖을 내다보았다. "뭐 그리 불쾌할 일이 있겠어요? 찻집이 깨끗하게 운영되고 있는지 확인하려는 거잖아요? 저 사람이 휴고를 싫어할 이유가 없고요." 끔찍한 생각이 그의 머릿속을 스치고 지나갔다. "맙소사, 휴고가 흑인이라 그런 겁니까? 세상에—"

"세상에, 아니야. 그렇게 혐오스러운 이유는 아니라네." 넬슨은 몸을 앞으로 숙이고 언성을 낮췄다. "데이트 신청을 했는데 휴고가 거절했거든. 그때부터 수틀려서 우리를 괴롭히고 있어."

윌리스의 오른쪽 눈 아래가 실룩거렸다. "뭐라고요?"

넬슨은 그의 어깨를 토닥였다. "자네는 나랑 생각이 같을 줄 알았지."

"메이!" 윌리스가 매섭게 외쳤다. "그 칼 다시 들고나와!"

메이가 이번에는 양손에 칼을 들고 다시 문을 박차고 나왔다.

"칼은 안 돼요!" 휴고가 빽 소리를 질렀다.

그는 으스대며 그대로 주방으로 돌아갔다.

카론의 나루터 문이 열렸다.

"흠." 위생 검사관은 인상을 쓰며 좌우를 두리번거렸다. "출발이 아주 좋지는 않네요, 휴고?" 그는 인류 역사상 그보다 더 형편없을 수 없는 영국 억양을 흉내 내는 듯한 말투를 썼다. 윌리스는 단박에 그를 증오하며 이 남자가 휴고와 자고 싶어 한다는 사실과는 아무 상관없는 감정이라고 속으로 되뇌었다. 이 남자가 설령 그를 보지 못한다 할지라도 윌리스는 프로 정신을 완벽하게 유지할 것이다.

"하비 씨." 휴고가 아무 감정 없는 목소리로 말했다.

"하비?" 월리스는 실소했다. "저 인간 이름이 하비에요? 뭐 그런 웃긴 이름이 다 있지?"

휴고가 거칠게 기침을 하자 하비가 그를 빤히 쳐다보았다.

휴고는 한 손을 들어 보였다. "미안해요. 목에 뭐가 걸려서요."

"그럴 만도 하겠어요. 이 가게를 뒤덮고 있는 먼지를 감안하면. 이번에는 청결에 좀 더 신경 썼길 바라요." 하비는 새침하게 코를 쿵쿵거렸다. "적어도 이제 그 개 걱정은 하지 않아도 되겠네요. 음식을 파는 가게에서 반려견 비듬이라? 절대 안 될 일이죠."

아폴로가 성내며 짖자 입에서 튄 침이 바닥에 떨어졌다.

"저 인간은 시애틀 출신이야." 넬슨이 속삭였다. "몇 년 전에 런던에 한 번 다녀온 뒤로 저런 말투를 쓰고 있지. 이유는 아무도 모르고."

"그야 어처구니없는 인간이기 때문이죠." 월리스가 말했다. "뻔하잖아요."

휴고는 자기 반려견에 대한 공격에도 흥분하지 않았다. "보시면 알겠지만 2월에도 그랬던 것처럼 모든 게 아무 문제 없을 겁니다. 얘기가 나왔으니 말인데, 어쩐 일로 몇 달 만에 다시 오셨나요?"

하비는 클립보드에 대고 미친 듯이 끼적였다. "나는 위생 검사관이에요. 그러니까 위생 검사를 하러 왔죠. 모든 게 아무 문제 없는지 아닌지 판단하는 사람은 나고요. 그게 불시 점검의 목적입니다. 위법 사항의 은폐를 용납하지 않는 것." 그는 세 명의 유령과

한 마리의 유령 개가 각자 정도가 다른 적대감을 드러내며 자길 쳐다보고 있다는 사실을 전혀 알지 못한 채 쇼케이스 쪽으로 다가갔다. 월리스는 앨런이 왜 그렇게 씩씩대는지 알 길이 없었다. 분노가 그의 기본값인가 싶었다.

하비는 쇼케이스 앞에서 걸음을 멈추고 허리를 숙여 안을 들여다보았다. 쇼케이스는 늘 그렇듯 먼지 한 톨 없었고, 몇 개 안 되기는 해도 팔고 남은 패스트리를 따뜻하고 은은한 조명이 비추고 있었다. "메이 씨는 주방에 있나 보죠? 지금 당장 모든 동작을 멈추라고 해요. 평소 습관처럼 비인도적인 범행을 은폐하려고 무슨 짓을 저지르고 있을지 생각하기도 싫으니까."

분노로 가득 찬 메이의 얼굴이 한쪽 유리창 위로 튀어 올라왔다. "범행? 범행? 여기 들어와서 내 면전에 대고 그렇게 얘기해보시지, 이—"

"메이는 영업이 끝나면 늘 하는 일을 하고 있어요." 휴고가 부드럽게 말했다. "잘 아시겠지만."

"어련하실까." 하비는 중얼거리며 허리를 똑바로 펴고 서서 또다시 만년필을 클립보드에 갖다 댔다. "난 적군이 아니에요, 휴고. 이 가게가 문을 닫는 건 나도 원치 않아요. 찻집이 영업 중지당해서 길거리로 나앉게 되면 메이 씨가 어떻게 되겠어요? 성격이 저렇게 예민한데."

휴고는 마침 알맞게 주방 문 앞으로 자리를 옮겨 메이가 뛰쳐나오지 못하게 막았다. 문이 등을 치자 툴툴거리기만 할 뿐 다른 반웅은 보이지 않았다.

하비가 한쪽 눈썹을 추켜세웠다.

휴고는 어깨를 으쓱했다. "오늘따라 메이가 기운이 넘치네요."

"기운이 넘친다고? 기운이 넘치는 게 뭔지 보여줄 테다, 이—"

하비는 요란하게 한숨을 쉬었다. "저 성질, 성질. 내가 위생 검사 관이기는 하지만 정신 건강에 대해서도 조언할 수 있는 입장이라고 생각하는데요. 메이 씨의 정신 건강이 심각해 보이거든요. 되도록 빨리 진찰을 받아보는 편이 좋겠습니다."

"어떻게 저 인간이 지금까지 얼굴 한 대 얻어맞은 적이 없나요?" 월리스는 따져 물었다.

"휴고가 건드리지 못하게 하거든." 넬슨이 말했다.

"맞아요." 휴고가 차분하게 말했다.

"그래요?" 하비가 놀란 투로 반문했다. "이런, 고마워요, 휴고. 당신이 내 말에 동의한 게 이번이 처음인 것 같은데요." 그가 미소 짓자 월리스는 소름이 돋았다. "그러니까 잘 어울려요." 그는 어슬렁어슬렁 카운터 쪽으로 다가갔다. "나도 잘 어울릴 텐데."

"못 봐주겠네, 정말." 월리스는 큰 소리로 투덜댔다. "저 수법이 통할 거라고 생각한다고? 휴고, 저 인간 불알을 냅다 갈겨."

"그건 아니지 싶은데요." 휴고가 하비에게 시선을 고정한 채 말했다.

"어째서?" 하비와 월리스가 동시에 물었다.

"알잖아요."

하비는 한숨을 쉬었고 월리스는 분통을 터뜨리며 양손을 위로 들었다. "내가 그 고집을 꺾고 말겠어요." 하비는 말했다. "어디 두고 보죠. 그리고 내가 여기저기 온도계를 좀 꽂아야겠는데 말이죠." 그는 눈썹을 꿈틀거렸다.

"맙소사. 저거 성희롱이잖아. 저 인간 고소합시다. 지금까지 저지른 짓을 싹 다 모아서 고소할 테니 어디 두고 보시지. 내가 소장을 작성할— 아, 맞다. 나는 죽은 몸이지. 젠장. 빵에다 온도계 꽂지 못하게 해!"

휴고의 눈썹이 반나마 근처까지 올라갔다.

하비는 한 손가락을 카운터에 대고 죽 훑다가 떼서 손끝을 살폈다. "먼지 한 톨 없네. 좋아요, 내가 늘 얘기하지만 신앙심 다음으로 중요한 게 청결이거든요."

아폴로가 하비 옆에 서서 한쪽 다리를 들자 월리스는 숨을 참았다. 하비의 신발 위로 오줌 세례가 쏟아졌다. 아폴로는 뿌듯해하며 의기양양하게 사라졌지만 하비는 전혀 눈치채지 못했다.

"아이고, 잘했다." 넬슨이 녀석을 얼렀다. "옳지, 그래야지. 암, 그래야지. 저 나쁜 놈 신발에 오줌을 싸질렀구나, 잘했네."

"주방은 어떤지 가서 볼까요? 메이 씨에게 자리를 비워달라고 하는 편이 좋을지 모르겠네요. 증거 부족으로 접근 금지 신청이 기각되긴 했지만 그렇다고 해서 내 반경 3미터 안으로 들어와도 되는 건 아니에요. 가뜩이나 작년에 그런 일도 있었고 하니."

"슈가 파우더 한 그릇을 통째로 저 인간 머리 위에 부었거든." 넬슨이 월리스에게 알려주었다. "실수라고 했지만 아니었지."

월리스는 터무니없이 메이가 좋아졌다. 현재 상황과는 전혀 상관없는 이유에서였다. 그는 주방 쪽으로 두 사람을 따라갔지만 휴고가 문을 여는 순간 뒤에서 헉헉대는 숨소리가 들리자 걸음을 멈추었다. 고개를 돌려보니 앨런이 구석 자리에서 나와 주먹을 쥐고 묘하게 멍한 표정을 짓고 있었다.

"저 사람, 그놈을 닮았어." 앨런이 하비를 뚫어져라 쳐다보며 누구에게랄 것 없이 말했다. "그놈을 빼다 박았어."

"누굴?" 앨런은 월리스의 말을 무시했다.

벽에 달린 전등이 웅웅거리며 화르륵 밝아졌다.

하비가 어깨 너머를 흘끗 돌아보았다. "뭐지? 쥐들이 전선을 갉아 먹고 있는 건 아니겠죠, 휴고? 그건 안 될…." 그는 얼굴을 찡그리며 가슴을 문질렀다. "아. 이 안이 더운 거 맞나요? 꼭—"

그는 무슨 말을 하려고 했는지 몰라도 말을 끝내지 못하고, 들고 있던 클립보드와 만년필을 바닥으로 쾅 하고 떨어뜨렸다. 핏기가 가신 얼굴로 비틀거리며 뒷걸음질 쳤다.

휴고의 눈이 휘둥그레졌다. "앨런, 안 돼요."

이미 늦었다. 그들이 반응할 겨를도 없이 벽과 천장에 달린 전구가 일제히 박살 나 유리 조각이 온 사방에서 비처럼 쏟아졌다. 하비는 꼭두각시 인형처럼 고개를 뒤로 젖히며 움찔했다. 양팔을 옆으로 들어서 손을 뻗고 손가락을 부들부들 떨었다.

앨런은 이를 갈며 앞으로 한 걸음 다시 내디뎠다.

하비는 신발코로 바닥을 가리키며 허공으로 몇 센티미터 떠올랐다. 앨런이 손바닥을 위로 하고 그를 향해 손을 올렸다. 손가락을 모두 접고 집게손가락만 내밀어 그를 부르는 듯 앞뒤로 까딱였다. 하비가 그를 향해 둥실둥실 움직였고 휴고는 다급하게 메이를 불렀다.

어두침침한 불빛 아래에서 하비의 흰자위가 반짝거렸다. 그는 공중에 매달린 채 앨런 앞에서 멈추었다. "너는 그놈을 닮았어." 앨런이 다시 차갑게 속삭였다. "골목길의 그 자식. 너였을 수도 있겠다 싶어."

휴고가 카운터를 돌아 나오는 동안 주방 문이 활짝 열렸고 메이가 손끝으로 손바닥을 두드리며 뛰쳐나왔다.

"가까이 오지 마." 앨런이 경고했다.

휴고와 메이가 반대편 벽으로 내동댕이쳐져 나무 액자가 부서지자 월리스는 비명을 질렀다. 아폴로가 으르렁거리며 앨런에게 달려들었다가 그가 다른 쪽 손을 흔들자 깨갱거렸다. 아폴로는 벽난로 근처 바닥에 쿵 하고 착지해 풀죽은 표정으로 고개를 들었다.

월리스의 옆에 있던 넬슨이 사라졌다가 앨런의 뒤로 다시 등장했다. 그가 끙 하는 소리와 함께 지팡이를 머리 위로 들었다. 앨런이 한쪽 팔을 뒤로 뻗어 팔꿈치로 넬슨의 복부를 강타하자 월리스는 분노의 고함을 질렀다. 넬슨은 지팡이를 바닥에 떨어뜨리며 뒤로 휘청거리며 물러났다.

앨런은 아직까지 허공에 매달려 있는 하비에게로 다시 고개를 돌렸다. "이게 바로 내가 기대한 유령 생활이야." 그가 대화를 나누듯 중얼거렸다. "생각했던 것보다 쉽네. 능력을 발휘하는 게. 분노. 그것만 있으면 되고, 나는 지금 열받았거든."

하비는 캑캑거렸고 입에서 나온 침이 턱으로 흘러내렸다.

"이러지 말아요." 휴고가 하비를 벽에 붙잡아 놓고 있는 뭔지 모를 것과 싸우며 간절한 목소리로 말했다. "앨런, 그 사람을 해치면 안 돼요."

"왜 안 돼? 얼마든지 혼내줄 수 있는데."

"저 사람은 널 죽인 범인이 아니야." 메이가 윽박질렀다. "널 해친 사람이 아니라고. 저 사람은 절대—"

"상관없어. 혼내주고 나면 기분이 좋아질 테니까. 중요한 건 그거 아냐? 평화를 찾는 거. 분풀이를 하면 평화가 찾아올 거야."

월리스는 용감하다는 평가를 받을 만한 사람이 아니었다. 예전에 한번 지하철 승강장에서 누가 강도에게 당하는 걸 봤을 때도 끼어들고 싶지 않다고, 다 잘 해결될 거라고 속으로 합리화하며 자리를 피했다. 양심의 가책도 거의 느끼지 않았다. 강도는 핸드백을 들고뛰었고 그가 생각하기에는 그 안에 뭐가 들어 있었건 쉽게 다시 구할 수 있었다.

용감하다는 건 죽을 가능성도 있다는 뜻이었다. 아이러니했다. 월리스는 죽은 다음에서야 드디어 용감해질 수 있었으니 말이다.

월리스가 앞으로 달려 나가자 휴고가 그의 이름을 외쳤지만 그는 애써 외면했다. 월리스는 앨런에게 돌진하며 충격에 대비해 한쪽 어깨를 아래로 낮췄다. 그래도 앨런을 옆에서 들이받았을 때 충격이 어마어마했다. 이가 흔들려서 하마터면 혀를 두 동강 낼 뻔했다. 앨런은 쓰러지며 거의 아무 소리도 내지 않았다. 그도 중심을 잃고 앨런 위로 넘어졌다가 잽싸게 몸을 돌려 앨런의 허리 위로 걸터앉았다. 하비는 바닥으로 쿵 하고 추락해 꼼짝하지 않았다. 붙잡고 있던 앨런의 힘이 풀리자 휴고와 메이도 바닥으로 떨어졌다.

앨런은 어둠 속에서 눈을 번뜩이며 월리스를 올려다보았다. "당신 지금 실수한 거야."

월리스가 대응할 겨를도 없이(사실 그는 이후 계획에 대해 생각해놓은 게 없었다. 이미 죽은 사람의 목을 조를 수도 없고 뭘 어쩔 수 있겠는가?) 주변의 공기가 달라지더니 그의 몸이 뒤로 튕겨 나갔다. 허리가 쇼케이스에 부딪히자 그는 헉하고 숨을 토했다. 그의 아래에서 유리가 쩍 하고 갈라졌다.

앨런은 천천히 일어나 월리스를 손가락질했다. "당신 정말 실수한—"

그러더니 말을 하다 말고 멈췄다.

월리스는 영문을 모른 채 앨런이 협박을 마저 끝내길 기다렸지만 그는 그러지 않았다.

마치 그 자리에서 얼어붙은 것 같았다.

"음. 뭐지?"

아무도 대답이 없자 그는 고개를 왼쪽으로 돌렸다. 메이가 머리칼로 얼굴을 덮어가며 바닥에서 일어나던 도중에 그대로 동작을 멈췄다.

월리스는 앞을 보았다. 넬슨이 지팡이를 짚고 반쯤 몸을 일으키다가 말고 그 역시 그대로 얼어붙었다.

월리스는 고개를 오른쪽으로 돌렸다. 아폴로가 휴고 앞에 서서 이빨을 보이며 소리 없이 으르렁거리고 있었다. 휴고는 분노와 절망이 섞인 표정으로 벽에 기대고 있었다.

월리스는 쇼케이스에서 몸을 일으켰다가 아무 저항 없이 일어나지는 것을 보고 놀랐다.

"여러분?" 어두컴컴한 찻집 안에서 그의 목소리가 밋밋하게 울렸다. "이게 무슨 일인가요?"

아무도 대답이 없었다. 그제야 그는 시계 초침이 움직이지 않는다는 사실을 알아차렸다. 심지어 움찔거리지도 않았다.

시계가 멈춰버렸다.

모든 게 멈춰버렸다.

"이럴수가, 안 돼." 월리스는 절망했다.

이게 무슨 일인지 알 길이 없었다. 새로운 유령이 카론의 나루터에 도착할 때에만 시계가 멈췄다. 그때에도 찻집 안의 시간은 멈추지 않았다.

"휴고?" 그는 휴고를 향해 한 발 내디뎠다. "혹시—"

눈부신 파란 불빛이 찻집 바깥에서 펑 하고 터지자 그는 손을 들어 눈을 가렸다. 그 불빛은 창문을 환하게 채우고 긴 그림자를 드리우며 몇 번이고 번쩍이고 또 번쩍거렸다. 그는 찻집 앞문 쪽으로 한 발 내디뎠다가 손을 가슴께로 들었다.

갈고리. 케이블.

이 두 개가 작동하지 않는 것처럼 느껴졌다.

아니, 작동하지 않았다.

"이게 뭐지?" 그는 갈피를 잡지 못했다.

그는 가장 가까운 창문 앞으로 다가가 숲을 환하게 밝힌 불빛 때문에 반쯤 눈을 감고서 찻집 앞쪽을 내다보았다. 그림자들이 춤을 추고 있었다.

흙길 위에 어렴풋한 형체 하나가 있었다. 불빛이 잦아들자 그 형체가 또렷해졌고 윌리스는 그것의 정체를 알 수 있었다. 그가 도망치려고 했던 날 저녁에 숲속에서 얼핏 본 기억이 있었다. 잘못 보았다고 생각했던 이상한 짐승의 실루엣.

착각이 아니라 진짜였다.

그 짐승이 여기 있었다.

흙길에 수사슴이 서 있었다.

17장

그 녀석은 윌리스가 지금까지 사진으로 본 그 어떤 수사슴보다 덩치가 컸다. 멀리서 봐도 그 모든 수사슴을 압도하게 생겼다. 고개를 꼿꼿하게 들고 있어서 뾰족뾰족한 뿔이 앙상한 왕관 같았다. 수사슴이 찻집 쪽으로 다가오자 뿔에 꽃이 매달려 있는 것이 보였다. 뿌리는 뿔 껍질에 박혀 있고 꽃잎은 황토색과 자홍색, 진청색과 진홍색, 밝은 노란색과 자홍색이 섞여 있었다. 뿔 속이 별로 가득 채워져 있기라도 한 것처럼 끝에서 하얀색의 조그만 빛이 환하게 반짝거렸다.

윌리스는 그 자리에서 옴짝달싹할 수가 없었다. 배를 한 대 얻어맞기라도 한 것처럼 입에서 헉하는 소리가 터져 나왔다.

수사슴은 콧구멍을 벌름거리고 까만 눈을 빛내며 발굽으로 흙을 디뎠다. 갈색 털이었고 등을 따라 내려오는 흰색 반점은 가슴까지 이어졌다. 꼬리는 좌우로 흔들렸다. 수사슴이 고개를 숙이자 꽃잎이 땅바닥 위로 한들한들 떨어졌다.

"으아. 으아. 으아."

윌리스의 소리를 듣기라도 한 듯 수사슴이 고개를 번쩍 들었다.

녀석이 길고 나지막하게 구슬픈 울음소리를 내자 그는 목이 멨다.

"휴고. 휴고, 저거 보여?"

휴고는 대답이 없었다.

수사슴은 찻집으로 올라가는 계단을 앞두고 걸음을 멈췄다. 밤을 맞이할 대비라도 하는 듯 뿔에서 돋아난 꽃잎이 오므라들었다. 수사슴이 뒷다리를 들었다. 배가 온통 하얀색이었다.

잠시 후 한 장면에 버퍼링이 걸리고 현실이 삐끗하기라도 한 것처럼 수사슴이 사라졌다. 좀 전까지만 해도 있었는데 순식간에 없어졌다.

대신 그 자리에 남자아이가 서 있었다.

나이는 9살이나 10살쯤 되어 보였고 피부는 황갈색, 눈은 묘한 보라색이었다. 길고 덥수룩한 머리칼은 새치가 섞인 갈색이었고, 곱슬곱슬하게 귀를 덮어 펼쳐진 꽃잎과 함께 땋았다. 청바지 위에 티셔츠를 입고 있었는데 월리스는 어느 정도 시간이 지난 다음에서야 티셔츠에 뭐라고 적혀 있는지 읽을 수 있었다.

토피카에서 £ 평범한 아이

맨발인 아이는 손가락과 발가락을 풀고 고개를 좌우로 갸웃거린 다음 다시 한번 창문을 올려다보며 월리스를 똑바로 응시했다. 아이가 고개를 끄덕이자 월리스는 목구멍이 조여왔다.

아이가 계단을 폴짝폴짝 올라오기 시작했고 월리스는 비틀거리며 창문에서 뒤로 물러났다. 간신히 넘어지지 않고 버텼지만 아슬아슬했다. 그는 미친 듯이 좌우를 두리번거리며 그와 같이 이 광경을 보고 있는 사람이 없는지 찾았다. 휴고와 메이는 좀 전의 그 자리를 지키고 있었다. 아폴로와 넬슨도 마찬가지였다. 앨런도 그랬다.

월리스 혼자였다.

아이가 문을 두드렸다.

한 번.

두 번.

세 번.

"가." 월리스는 쉰 목소리로 꺽꺽댔다. "제발 그냥 가줘."

"그럴 수는 없어, 월리스." 아이의 목소리는 낭창했고 꼭 음표를 읽는 것 같았다. 노래를 부르는 건 아니었지만 평범한 말투도 아니었다. 무게감이 있었다. 묵직하고 이 세상의 것이 아닌 듯한 존재감이 문을 뚫고 월리스에게까지 전해졌다. "이제 우리 둘이 얘기를 좀 해야 할 때가 됐거든."

"너 누구야?"

"내가 누군지 알잖아." 아이는 옹알거렸다. "해치지 않을게. 내가 너를 해칠 일은 없어."

"못 믿겠는데."

"이해해. 나를 잘 모르니까. 앞으로 알아나가 보자고, 어때?"

문고리가 돌아갔고 문이 열렸다. 아이가 카론의 나루터 안으로 들어왔다. 바닥 널이 아이의 발아래에서 삐걱거렸다. 아이가 등 뒤로 천천히 문을 닫자 호수 수면 위로 산들바람이 불기라도 한 듯 찻집 벽에 잔물결이 일었다. 윌리스는 그 물결을 건드리면 어떻게 될지 궁금해졌다.

벽 속으로 빠져 죽으려나?

아이는 윌리스를 향해 고개를 끄덕이고 찻집 안을 둘러보았다. 앨런을 보며 고개를 갸우뚱하고는 이맛살을 찌푸렸다. "화가 났나 봐, 그치? 진짜 이상하네. 우주는 인간이 상상할 수 없을 만큼 넓고 진실은 이해의 한계를 넘어서는데, 아는 게 분노와 상처뿐이라니. 고통과 괴로움뿐이라니." 아이는 끌끌 혀를 찼다. "아무리 애써도 나는 절대 이해하지 못하겠어. 도대체 이치에 맞질 않잖아."

"원하는 게 뭐야?" 윌리스는 카운터에 등을 대고 물었다. 도망칠까 생각도 해봤지만 멀리 못 갈 것 같았다. 휴고와 메이와 넬슨과 아폴로를 두고 갈 수도 없었다. 가뜩이나 무방비한 상태였다.

"저들을 해치지는 않을 거야." 순간 윌리스는 아이가 그의 생각을 모두 읽고 있는 것 같아 끔찍했다. "나는 지금까지 아무도 해친 적 없어."

"못 믿겠어."

"그래?" 아이의 얼굴이 일그러졌다. "왜?"

"네가 누군지 아니까."

"내가 누군데, 윌리스?"

윌리스는 남은 기운을 모두 동원해 힘겹게 속삭였다. "관리자."

아이는 그의 대답을 듣고 기뻐하는 눈치였다. "맞아. 우스꽝스러운 직책이긴 하지만 하는 일과 잘 어울리긴 하지. 내 진짜 이름은 훨씬 복잡해서 인간의 혀로는 발음하지도 못할 거야. 발음하려고 했다가는 입이 곤죽이 될걸?" 아이는 손을 위로 뻗어 머리에 달린 꽃을 하나 뽑아서 입 안에 넣었다. "아, 이제 좀 살 것 같네. 이런 형체로 오래 있으면 힘들거든. 그럴 때 꽃을 먹으면 도움이 돼." 아이는 천장에 걸린 화분을 올려다보았다. "네가 여기 물을 주고 있었지?"

"그게 내 일이니까."

"그래?" 아이는 화분 하나를 손가락으로 쩔렀다. 잎이 커지고 덩굴이 길어졌다. 흙이 줄줄 바닥으로 쏟아지고 조그만 티끌과 먼지가 죽어가는 벽난로 불빛을 받고 빛났다. "내 일이 뭔지 알아?"

월리스는 말이 나오지 않았다. 혀가 입 안을 막고 있었다.

"모든 것. 내 일은 모든 것이야."

"네가 신인가?"

아이는 꺄르르 웃음을 터뜨렸다. 꼭 노래 부르는 소리 같았다. "아니. 당연히 아니지. 세상에 신은 없어. 적어도 네가 생각하는 그런 종류의 신은. 엄청나게 자비로우면서 격하게 노여워할 수 있는 신은 인간의 창조물이야. 인간의 머릿속에서만 찾을 수 있는 이분법이거든. 그러니까 당연히 그는 너희들의 상상이 만들어낸 작품이지. 미안하게도 신은 동화 속 이야기와 같아. 진실은 그보다 훨씬 더 무한하게 복잡하지. 말해봐, 월리스. 너는 지금 여기서 뭘 하고 있지?"

아이는 그와 거리를 유지했고 월리스는 그래서 고마웠다. "난 여기서 살아."

"그래? 그걸 어떻게 알아?"

"메이가 날 여기로 데려왔으니까."

"맞아. 메이는 선한 인간이야. 조금 고집불통이긴 해도 사신은 상대하는 모든 이를 위해 고집불통이라야 하지. 이 세상에 메이 같은 존재는 없어. 휴고도 마찬가지지. 넬슨도, 아폴로도, 심지어 너와 앨런도. 성격은 다르지만." 그는 한 테이블 앞으로 가서 의자를 잡고 버겁게 내렸다. 아이보다 의자가 커서 월리스는 그러다 머리 위로 떨어지겠다는 생각이 들었다. 다행히 그런 일은 없었다. 아이는 의자를 바닥에 내려놓고 위로 올라가서 앉더니 다리를 대롱거리며 앞뒤로 흔들었다. 그런 다음 깍지 낀 손을 무릎 위에 얹어서 엄지손가락을 마주 대고 빙빙 돌렸다. "드디어 너를 만나니까 좋네. 너에 대해 아주 많은 걸 알고 있지만 그래도 직접 만나니까 반가워."

새로운 공포가 파도처럼 그를 덮쳤다. "여길 찾아온 이유가 뭐야?"

"다들 여기 있는 이유가 뭘까?"

월리스는 눈을 가늘게 떴다. "누가 뭘 물어보면 항상 질문으로 대답하는 모양이지?"

아이는 다시 웃음을 터뜨렸다. "마음에 든단 말이지. 원래부터 그랬어. 네가 왕재수였던 시절부터."

월리스는 어처구니없었다. "뭐라고?"

"왕재수." 아이는 했던 말을 반복했다. "너는 죽은 다음에서야 인간다워졌지. 생각해보면 웃기지 않아?"

월리스의 가슴에서 분노의 불길이 화르륵 일었다. "아, 그게 그렇게 배꼽 빠질 일이라니 듣던 중 반가운 소식이로군."

"그럴 것 없어. 장난삼아 한 얘기 아니니까. 너는 지금 예전의 네가 아니잖아. 그 이유가 뭐라고 생각해?"

"모르겠는데."

"몰라도 괜찮아." 아이는 의자 등받이에 뒤통수를 대고 천장을 바라보았다. 천장도 벽처럼 고체가 아니라 액체인 양 일렁였다. "사실 모르는 편이 낫다는 주장이 제기될 수도 있지. 그래도 너는 신기하단 말이지. 그래서 내가 너한테 주목하고 있는 거야."

"네가 이 사람들을 이렇게 만들었나?" 월리스는 따져 물었다. "이 사람들을 다치게 하면 내가—"

"네가 어쩔 건데?"

월리스는 아무 말도 하지 않았다.

"너도, 저들도 해치지 않겠다고 얘기했잖아. 저들은 잠을 자고 있는 것과 비슷하다고 보면 돼. 우리 얘기가 끝나면 저들은 깨어날 테고 세상은 예전처럼 돌아갈 거야. 여기 생활이 마음에 들어?"

"음."

아이는 주위를 둘러보았다. 목뼈가 하나로 붙어버리기라도 한 듯 동작이 이상하게 뻣뻣했다. "겉에서 보면 별거 아닌 것 같은데, 그치? 수많은 아이디어로 이루어진 특이한 집. 폭삭 주저앉아야 마땅한. 완전히 무너져야 마땅한. 지금처럼 똑바로 서 있는 게 이상한. 그런데도 천장이 내려앉지는 않을까 걱정이 되지는 않아."

아이는 잠깐 멈추었다가 다시 말을 이었다. "왜 저들을 보호하려고 끼어들었어? 사는 동안 월리스 프라이스는 자기한테 이득이 되는 일이 아니면 손가락 하나 까딱하지 않았는데."

"저들은 내 친구니까." 비현실감이 월리스에게 밀려들었다. 가게 안이 온통 몽롱하고 흐릿한데, 관리자만 구심점이자 모든 것의 중심이라도 되는 듯 아주 선명했다.

"그래? 원래 너는 친구가 별로 없었지." 그는 생각이 바뀐 듯 정정했다. "아예 없었지."

월리스는 시선을 돌렸다. "나도 알아."

"그러다 죽어서 여기로 왔어. 이 찻집으로. 이 간이역으로. 훨씬 큰 여행길의 이 정거장으로. 그리고 너는 멈춰버렸지. 정거장에 차가 서듯."

"나는 문을 건너가고 싶지 않아." 월리스의 언성이 높아졌고 말을 하던 도중에 목소리가 갈라졌다. "너는 강요할 수 없어."

"왜 못 하는데? 간단해. 식은 죽 먹기야. 얼마나 쉬운지 보여줄까?"

환한 유리 같은 공포가 월리스의 늑골을 감싸고 안을 후벼 팠다.

"하지만 하지 않을 거야. 너한테 그럴 필요는 없으니까." 휴고를 쳐다보자 아이의 표정이 부드러워졌다. "휴고는 훌륭한 사공이야. 그의 여린 마음이 일에 방해가 될 때가 많지만. 내 눈에 띄었을 때 휴고는 화나고 혼란스러운 상태였지. 방황 중이었다고 할까. 산다는 게 왜 그런 식인지 이해하지 못했지만 내면에 불빛이 있었어. 강렬하지만 꺼질 위험에 놓인 불빛이. 내가 그걸 다스리는 법을 가르쳐주었지. 사람들은 휴고를 좋아해. 그런 친구는 많지 않으니까. 혼돈에도 좋은 면은 있어. 다들 어디서 찾으면 되는지 몰라서 그렇지. 너는 어디서 찾으면 되는지 알지? 네 눈에도 보일 테니까."

월리스는 침을 꿀꺽 삼켰다. "휴고는 남들과 달라."

"그렇게 표현할 수도 있겠네." 아이는 다시 발길질하며 의자에 깊숙이 앉아서 두 손을 배 위에 올려놓았다. "맞아, 휴고는 남들과 다르지."

분노가 다시 돌아와 공포를 불태워 없앴다. "그런데 휴고에게 그런 짓을 저질렀단 말이지?"

아이는 한쪽 눈썹을 추켜세웠다. "뭐라고?"

월리스는 주먹을 불끈 쥐었다. "너에 대해서 들었어."

"아, 이런. 좋은 얘기였어야 할 텐데. 뭐라고 들었는데?"

"네가 사공을 선택한다고."

"맞아. 내가 아무나 무작정 뽑는다고 생각하지는 마. 보면 눈부시게 빛나는 사람들이 있거든. 어쩌다 보니 휴고가 그런 사람이었을 뿐이지."

월리스는 턱에 힘을 주었다. "네가 그 작자지?"

"작자라니 표현이 좀 그러네."

"삶과 죽음을 관장한다면서 남들에게 책임을 위임하고—"

"어, 맞아. 나는 관리자야. 그러니까 관리를 하지."

"—휴고 같은 사람에게 죽음의 무게를 짊어지게 하는. 그에게 보게 하고 하게 하는 일들이—"

"워, 워." 아이는 얼른 일어나 앉았다. "잠깐만. 나는 어느 누구에게 도 뭐든 강요하지 않아, 월리스. 도대체 무슨 소리를 들은 거야?"

"너는 매정해." 월리스는 침을 뱉듯이 말했다. "잔인하고. 가족을 잃은 지 얼마 안 된 사람에게 그런 부담을 지우는 걸 어떻게 옳은 일이라고 생각할 수 있지?"

"흠. 중간에 어디서 혼선이 생긴 모양인데. 절대 그런 게 아니야. 선택하기 나름이야, 월리스. 모든 게 선택으로 압축돼. 나는 휴고 에게 아무것도 강요하지 않았어. 선택지를 나열하고 스스로 선택 하게 했을 뿐이지."

월리스는 카운터를 두 손으로 세게 내리쳤다. "휴고는 부모님이 얼마 전에 돌아가셔서 괴로워하고 있었어. 슬퍼하고 있었다고. 그 런데 네가 문을 열고 그가 아는 세상 너머에 다른 뭔가가 있다는 걸 보여주었어. 그럼 당연히 네 제안을 받아들일 수밖에 없지. 너 는 휴고가 가장 나약했을 때 그를 등쳐먹은 거야. 그가 제정신이 아니라는 걸 알면서." 월리스는 숨을 헐떡이며 말을 마쳤다. 손바 닥이 따끔거렸다.

"우와." 아이는 가자미눈으로 월리스를 쳐다보았다. "휴고를 싸 고도네?"

월리스의 얼굴이 하얘졌다. "나는…."

아이는 그것으로 충분한 대답이 된다는 듯 고개를 끄덕였다. "예 상하지 못했던 일인데? 이유는 모르겠지만. 너 같은 인간에게 놀 랄 일이 남아 있다는 게 세상에서 가장 경이로운 일이지. 너는 그 친구를 아주 많이 생각하네?"

"그들 모두를 챙기지. 그들 모두를."

"네 친구이기 때문에?"

"음."

"그럼 자기 스스로 결정을 내리지 못했다고 생각할 만큼 휴고를 믿지 못하는 이유가 뭐야?"

"믿어."

"믿는다고? 내가 보기에는 네가 그 친구의 선택을 네 마음대로 판단하는 것 같은데. 싸고도는 것과 친구로 여기는 사람을 의심하는 것이 어떻게 다른지 알긴 해?"

월리스는 아무 말도 하지 않았다. 인정하기는 싫지만 관리자의 말에 일리가 있었다. 휴고가 어련히 알아서 옳은 길을 선택했겠거니 믿는 게 맞을지도 몰랐다.

월리스의 침묵이 암묵적인 동의라도 되는 듯 아이는 고개를 끄덕였고 의자에서 내려오더니 몸을 돌려 의자를 들었다. 의자를 거꾸로 뒤집어 다시 테이블에 올려놓고 청바지에 손을 닦았다. 위생 검사관을 향해서는 한심하다는 듯 혀를 끌끌 찼다. "인간들은 정말 이상해. 이제 전부 파악했다고 생각한 순간 가서 일을 망쳐놓는단 말이지." 황당하게도 꽤 애정 어린 말투였다.

아이는 월리스 쪽으로 다시 몸을 돌리고 손뼉을 쳤다. "좋아. 이제 다음 문제로 넘어가자고. 시간이 없으니까. 내가 아니라 너희들이. 나를 좀 따라올래?"

"어딜 가려고?"

"너에게 진실을 보여주려고." 아이는 앨런 앞으로 다가가 슬픈 미소를 보이더니 그의 골반을 건드리며 탄식했다. "아. 맞다. 이 남자. 그런 일을 겪어서 안타깝게 생각해. 내가 어떻게든 만회해줄게."

월리스가 말릴 겨를도 없이, 아이는 입술을 오므려 내밀고 뺨을 불룩하게 부풀리더니 앨런에게로 숨결을 불어서 날렸다. 앨런의 가슴에서 갈고리가 등장했고 그와 휴고를 연결하던 케이블이 점점 길어졌다. 관리자가 갈고리를 잡아당기자 몸에서 빠졌고 앨런과 휴고를 연결하던 케이블이 옅어졌다. 관리자가 갈고리를 떨어뜨려 바닥에 부딪힌 순간 케이블이 먼지로 변했다. "자. 이제 됐다." 그는 몸을 돌려 찻집 안쪽으로 향했다.

이 광경을 눈을 깜빡이며 지켜보던 월리스는 아직 휴고와 연결돼 있는 자기 케이블을 내려다보았다. 케이블이 희미하게 반짝거렸고 갈고리가 가슴에 박힌 채로 부르르 떨렸다. 그가 갈고리를 만져보며 아직 거기 있는지, 진짜인지 확인하려던 순간, 앨런이 얼어붙은 채 바닥 위로 둥실 떠올랐다. 아이가 복도로 나가는 입구 앞에서 월리스를 돌아보았다. "따라오는 거지, 월리스?"

"내가 싫다고 하면?"

아이는 어깨를 으쓱했다. "그럼 어쩔 수 없지만 그러지 말아줬으면 해."

앨런이 천장을 향해 움직이기 시작하자 월리스는 뒤로 휘청거렸다. "앨런을 어디로 데려가는 거야?"

"집." 아이는 딱 잘라 말하고 복도로 나갔다. 월리스가 다시 앨런 쪽으로 고개를 돌려보니 그의 발이 천장 너머로 사라졌고 어느새 생긴 동심원의 파문이 밖으로 점점 퍼져나가고 있었다.

그의 선택지는 관리자를 따라가는 것 하나뿐이었다.

월리스는 행선지를 알았다. 평생 이보다 더 무서웠던 적이 없었다. 하지만 멈추지 않고 점점 더 무겁게 느껴지는 걸음을 한 발, 한 발 내디뎠다.

2층을 지났다. 3층을 지났다. 온 세상에서 빛이 사라지기라도 한 것처럼 모든 창문이 어두컴컴했다.

그는 4층 층계참 근처에서 걸음을 멈추고 난간 사이를 내다보았다. 관리자가 문 아래에 서 있었다. 앨런이 바닥을 뚫고 올라와 그의 옆 허공에 멈춰 섰다.

"너에게는 억지로 문을 통과하게 하지 않을 거야." 아이가 부드러운 목소리로 말했다. "네가 혹시라도 그럴지 모른다고 의심하고 있다면 말이지."

"앨런은?" 월리스는 남은 계단을 올라가며 물었다.

"앨런은 다르지. 앨런에게는 필요한 조치를 취할 거야."

"왜?"

아이는 깔깔거렸다. "질문이 많구나. 왜, 왜, 왜. 너 재밌다, 월리스. 왜냐하면 앨런은 점점 더 위험해지고 있으니까. 누가 봐도 그렇잖아."

"앨런을 문밖으로 내보낼 거야?"

아이는 어깨 너머로 그를 돌아보았다. "응."

"그게 과연 정당한 일일까?"

아이는 어리둥절한 표정을 지었다. "죽음이? 어째서 정당하지 않아? 처음에는 모두 세상에 태어나지. 맞아. 그러고는 살아가고 숨쉬고 춤추고 아프지만 결국에는 죽어. 인간은 누구나 죽어. 모든 게 죽지. 죽음은 정화 과정이야. 죽을 운명을 가지고 태어난 모든 생명의 고통을 사라지게 하는."

"앨런한테 그렇게 얘기해보시지." 월리스는 맞받아쳤다. "저 친구는 괴로워하고 있어. 분노로 가득 차서—"

아이는 무시하며 몸을 돌렸다. "그야 아직 여기 갇혀 있기 때문이지. 산다는 게 어떤 식이라야 하는지 몰라서. 누구나 너처럼 적응을 잘하는 건 아니야." 아이는 아랫입술을 깨물었다. "아니면 넬슨이나 아폴로처럼. 나는 그 둘도 마음에 들어. 내가 마음에 들어 하지 않았으면 아직까지 여기 남아 있지도 않았겠지."

"리는?" 월리스는 쏘아붙였다. "그 아이는? 그 아이 옆에 있어야 했을 때 너는 어디 있었어? 휴고 옆에 있어야 했을 때는?" 끔찍하고 냉혹한 생각 하나가 그의 머리를 강타했다. "아니면 캐머런이 그렇게 되어서 이 근처에 얼씬거리지 않았나?"

아이의 어깨가 처졌다. "나는 내가 완벽하다고 한 적 없어, 월리스. 완벽은 자체적으로 결함이 있지. 리는 그렇게 되면 안 될 일이었는데. 사신이 선을 넘은 대가를 혹독하게 치렀지." 아이는 고개를 저었다. "나는 관리자야, 월리스. 아무리 그래도 모두를 24시간 관리할 수는 없어. 자유 의지가 무엇보다 중요해. 가끔 살짝 골치 아파질 때가 있지만 나는 다른 방법이 있는 한 개입하지 않아."

"그러니까 그들은 네가 할 수 없는 일 때문에 고통을 겪어야 하는 거라고?"

아이는 한숨을 쉬었다. "어쩌다 그런 생각을 하게 됐는지 알겠네. 피드백 고마워, 월리스. 앞으로는 그런 부분을 감안하지."

"피드백?" 월리스는 분노하며 소리쳤다. "이게 피드백이라고?"

"그게 아니면 네가 지금 나더러 뭘 해도 되고 뭘 하면 안 되는지 지시를 내리는 게 되잖아. 나는 지금 너한테 유리한 쪽으로 해석해주고 있는데? 네가 그 정도로 멍청할 리는 없다고 생각하고 싶으니까." 아이는 천장의 문을 향해 고개를 들었다. 문이 문틀에 달린 채 흔들렸고 나무에 새겨진 잎사귀와 꽃들이 피어났다. 문고리에 달린 크리스털 잎사귀는 반짝거렸다.

"난 네가 마음에 들어." 아이는 월리스를 쳐다보지 않고 천장 문 쪽으로 팔을 뻗었다. "앞으로 어떻게 될 건지 알려주려는 이유가 그 때문이지." 말을 마친 그가 손을 홱 비틀었다.

머리 위 천장에 달린 문고리가 돌아갔다. 짤깍하며 잠금장치가 풀렸고 크리스털 잎사귀가 환하게 빛났다.

문이 그들 쪽으로 천천히 열렸다.

휴고는 문이 열렸을 때 어떤 광경을 보았고 어떤 기분이 들었는지 그에게 얘기한 적이 있었지만 이후 벌어진 일은 월리스에게 충격이었다. 쏟아져 나온 빛이 너무 환해서 눈을 돌려야 했다. 저편에서 새들의 노랫소리가 들린 것 같았지만 문을 타고 넘어오는 속삭임이 너무 커서 확실하지 않았다. 고개를 들어보니 관리자가 앨런의 발바닥을 살그머니 밀고 있었다. 월리스가 말문을 열 겨를도 없이 앨런이 휘리릭 떠올라 문을 통과했다. 빛이 두근거리다 희미해졌고 문이 쾅 하고 닫혔다. 단 몇 초 만에 벌어진 일이었다.

"저 친구는 평화를 찾을 거야. 시간이 지나면 자기 자신도 되찾을 테고." 관리자는 바닥에 털썩 주저앉더니 책상다리를 했다. 그러고는 계속 계단 근처에 서 있는 월리스를 빤히 올려다보았다.

"무슨 짓을 한 거야?" 월리스는 경악했다.

"여행을 잘 할 수 있게 도와줬지. 가끔은 사람들을 올바른 방향으로 살짝 떠밀어줄 필요가 있더라고."

"자유 의지 어쩌고 하더니?"

관리자는 씩 웃었다. 그 모습에 월리스는 뼛속까지 한기가 돌았다. "생각했던 것보다 똑똑하네. 재밌어지는걸? 아까 그건 올바른 방향으로 은근슬쩍 밀어준 거라고 생각해. 허스크가 되도록 내버려둘 수는 없잖아. 휴고가 얼마나 충격을 받겠어. 다시는 그럼 안 되지. 첫 번째 그랬을 때도 얼마나 힘들어했다고. 내가 넬슨과 아폴로를 계속 내버려두는 것도 그 때문이야. 휴고가 자기 천직을 저버리지 않게."

"우리에게 자유 의지는 네 질서에 저해되기 전까지만 존재하는 건가?"

관리자는 신나서 웃었다. "정확해! 너에게는 잘된 일이야, 월리스.

질서가 절대적으로 가장 중요하거든. 무질서하면 우리는 어둠 속으로 추락할 거야. 내가 널 찾아온 이유의 시작점이지. 너는 한참 동안 여기서 지내고 있어. 넬슨과 아폴로를 빼면 어느 누구보다도 오래. 뭘 위해서야? 알긴 알아? 네 의도가 뭔지?"

월리스는 온몸이 화끈거렸다. "나는⋯."

"그래. 그럴 줄 알았어. 내가 대답할 수 있게 도와줄게. 네가 여기 있으면 넬슨이나 아폴로와 다르게 휴고가 집중하는 데 방해가 돼. 집중력이 흐트러진 사공은 실수를 저지르기 마련이지. 휴고에게는 해야 하는 일이 있어. 그의 감정보다 훨씬 더 중요한 일이." 관리자는 고개를 절레절레 흔들었다. "그 감정이라는 건 끔찍한 거야. 나는 지금까지 이 행복한 가족극을 지켜보면서 기다렸지만 이제는 휴고가 맡은 일을 할 수 있게 작업을 진행시킬 때가 됐어." 그의 표정이 환해졌다. "내가 너에게 앞으로 어떤 일이 벌어질지 알려주려고."

월리스는 그의 말투가 마음에 들지 않았다. "뭐라고?"

관리자는 고개를 삐딱하게 돌려 월리스를 뜯어보았다. "어떻게 하면 이해하기 쉽게 설명할 수 있을까. 어떤 식으로 설명하면— 맞다!" 그는 손뼉을 쳤다. "너는 변호사지?" 그의 입술이 뒤틀렸다. "아니, 변호사였지? 나는 어떻게 보면 너랑 비슷해. 죽음이 법이고 나는 판사거든. 여기에는 원칙과 규정이 있어. 물론 요식 행위는 조금 피곤할 때도 있고 지긋지긋하도록 단조롭지만 우리는 법규가 있어야 어떤 식으로 존재하고, 행동해야 하는지 알 수 있지."

그의 얼굴에서 미소가 가셨다. "그런데 사람들은 늘 왜냐고 묻지. 왜, 왜, 왜. 나는 그 단어가 제일 싫어." 그의 목소리가 겁에 질린 여자의 목소리로 바뀌었다. "왜 떠나야 하죠?" 이번에는 힘없는 노인의 목소리로 바뀌었다. "좀 더 있다가 가면 왜 안 되나?" 이제는 다시 아이가 되었다. "왜 여기 계속 있으면 안 돼요?"

"그만." 월리스는 쉰 목소리로 말했다. "제발 그만해."

다시 말문을 열었을 때 관리자의 목소리는 원래대로 돌아가 있었다. "이미 숱하게 들었던 얘기야." 그는 무미건조하게 말했다. "이제는 지긋지긋해. 그 어느 때보다 지금 최고로 지긋지긋하지. 내가 왜냐고 계속 묻고 있거든. 왜 월리스 프라이스는 아직 여기 있을까? 왜 문을 건너지 않을까?" 그는 실망스러운 듯 고개를 저었다. "결국 내가 왜 그걸 궁금해하는지 자문하게 됐지. 내가 뭘 깨달았는지 알려줄까?"

"아니." 월리스의 목소리가 떨렸다.

"네가 돌연변이라는 걸 알게 됐지. 아주 잘 돌아가던 시스템의 오류. 오류가 발견되면 책임자는 어떻게 해야 할까, 월리스? 시스템을 문제없이 돌아가게 하려면?"

잘라내야 했다. 등식에서 제거해야 했다. 기계가 잘 돌아가도록 고장 난 부품을 교체해야 했다. 월리스는 그의 사무실 책상 맞은편에 앉아 있었던 퍼트리셔 라이언을 어렴풋이 떠올렸다.

"바로 그거야." 월리스의 생각을 읽기라도 한 것처럼 관리자는 말했다. 그는 손끝으로 무릎을 두드렸다. 발바닥이 지저분했다.

"내가 최고 책임자로서 결정을 내렸지." 그가 활짝 웃자 보라색 눈동자가 액체처럼 움직였다. "일주일. 딱 일주일 더 시간을 줄 테니까 네 관계를 정리해. 영원히 이렇게 지낼 수는 없어, 윌리스. 간이역은 진열을 재정비하고 필연을 받아들이기 위해 존재하는 곳이니까. 너는 여기서 몇 주 지내는 동안 달라졌어. 죽던 날에 내가 언뜻 지나가면서 봤던 남자와는 180도 달라졌지."

"하지만—"

관리자는 한쪽 손을 들었다. "내 얘기 아직 안 끝났어. 다시는 말 끊지 마. 나는 말 끊기는 거 싫어하거든." 그는 윌리스가 입을 꾹 다무는 것을 보고 하던 얘기를 계속했다. "너는 이곳에서 지난 삶을 정리하고도 남을 만한 시간을 보냈어. 너는 다정한 사람이 아니었지, 윌리스. 공정한 사람도 아니었고. 너는 이기적이고 못됐었어. 네가 주장하는 나만큼 잔인하지는 않았지만 거의 근접한 수준이었고. 이제는 예전의 그런 모습이 보이질 않네? 죽음으로 인해 눈을 뜬 거지. 네 안에서 선한 모습이, 네가 아끼는 사람들을 위해 무얼 할 수 있는지가 보여. 진심으로 그 사람들을 아끼기 때문에, 그렇지?"

"맞아." 윌리스는 무뚝뚝하게 대답했다.

"그럴 줄 알았지. 솔직히 아끼는 이유도 알겠어. 그들은 확실히 특별하거든."

"특별하지. 세상에 그런 사람들은 없어."

관리자는 다시 해맑게 웃었다. "그 부분만큼은 생각이 같아서 다행이네." 그러곤 이내 정색했다. "일주일이야, 윌리스. 일주일 줄게. 7일 뒤에는 내가 다시 와서 너를 이 문까지 데려올 거야. 내가 너를 배웅하겠지. 그래야 하는 일이니까."

"만약 내가 거부하면?"

"그럼 어쩔 수 없지만 안 그러면 좋겠네. 앞으로 한참 동안 계속 이렇게 지낼 수는 없을 것 같거든. 너는 여기 있으면 안 돼. 이런 식으로는. 다른 생이었다면 여길 찾아와서 그 시간을 최대한 활용할 수 있었을지 모르지만."

"떠나고 싶지 않아. 아직 마음의 준비가 덜 됐어."

"알아." 관리자는 짜증 난다는 듯이 대답했다. "그래서 당장 떠나게 하지 않고 일주일 동안 말미를 주겠다잖아." 그의 표정이 험상궂어졌다. "내 호의를 다르게 해석하지는 마. 빠져나갈 구멍도 없고, 네 능력을 과시할 수 있게 마지막 순간 법정에 투척할 증거도 없으니까. 나는 네가 이런저런 일들을 하게 만들 수 있어, 윌리스. 그러고 싶지는 않지만 그렇게 할 수 있지."

월리스는 처량하게 말했다. "나는 상황이 달라질 수 있지 않을까? 나는 변했어. 너도 그렇게 얘기했잖아. 나는—"

"아니. 이건 경우가 달라. 너는 휴고가 부모를 잃었을 때 보듬은 할아버지가 아니야. 휴고의 억장이 무너졌을 때 숨 쉴 수 있도록 옆에서 힘이 되어준 아폴로도 아니고. 너는 이방인이고 돌연변이지. 너는 내가 제시한 선택지 중에 하나를 선택해야만 해. 저 문을 통과하든지 아니면 지금까지 쌓은 모든 걸 날릴 수도 있는 위험을 감수하든지. 너는 분열 요소야, 윌리스. 내가 넓은 아량으로 일종의 특권을 허락했지만 내가 너를 모른 체 해줄지 모른다고 착각하는 실수는 저지르지 마. 이건 언제나 임시 조치일 뿐이니까."

"그럼 캐머런은?" 윌리스는 따져 물었다. "캐머런과 비슷한 다른 사람들은?"

관리자는 놀란 표정을 지었다. "허스크? 네가 왜 그들을 신경 쓰는데?"

나는 아직 여기 있어. 나는 아직 여기 있어.

"캐머런은 아직 사라지지 않았어. 아직 그 안에 남아 있어. 그의 일부가 여전히 존재한다고. 캐머런을 도와줘. 그럼 뭐든 네가 하라는 대로 할게."

관리자는 천천히 고개를 저었다. "나는 너랑 거래를 하러 온 게 아니야, 윌리스. 그런 단계는 이미 지난 줄 알았는데. 너는 이 상황을 수용하는 단계로 들어섰잖아. 이제 와서 되돌아가지는 말아."

"날 위해서 그러는 게 아니야." 윌리스는 강한 어투로 밀어붙였다. "그 친구를 위해서 그러는 거지."

"아, 그래? 내가 뭘 어떻게 해주길 바라는데? 그 친구를 고쳐줘? 그는 여기에서 떠나기로 했을 때 어떤 위험이 따르는지 알고 있었어." 그는 청바지 앞쪽에 손을 대고 문지르며 의자에서 일어섰다. "이런 대화를 나눌 수 있어서 다행이야. 만나서 반가웠어, 윌리스. 내 말 믿어도 좋아. 내가 자주 하는 말이 아니니까." 그는 인상을 썼다. "인간들은 지저분해서 가능한 한 거리를 두고 싶거든. 너처럼 내 말에 동의하면 훨씬 수월한데."

"나는 아무것도 동의하지 않았어!" 윌리스는 반박했다.

"흠. 동의하게 될 거야. 장담하지. 일주일이야, 윌리스. 남은 그 시간을 너는 어떻게 보낼까? 궁금해 죽겠네. 다른 사람들한테는 얘기해도 되고 안 해도 돼. 나는 어느 쪽이든 상관없어. 위생 검사관은 걱정 마. 아무것도 기억하지 못할 테니까." 관리자는 윌리스를 향해 멋들어지게 거수경례를 했다. "또 만나."

그러고는 사라졌다.

윌리스가 무릎 힘이 풀려서 쓰러지지 않으려고 난간을 붙잡았을 때 아래에서 고함 소리가 들렸다. 휴고가 미친 듯이 그의 이름을 부르기 시작하자 그는 눈을 감았다. "여기 있어." 그는 들릴 듯 말 듯 속삭였다. "나는 아직 여기 있어."

18장

"앨런. 윌리스, 앨런은 어디 있어요?"

윌리스는 천장에 달린 문을 가리켰다. "건너갔어."

휴고는 영문을 몰라 했다. "뭐라고요? 자기 혼자? 무슨 수로요?"

윌리스는 고개를 떨궜다. "나도 모르겠어. 그냥… 갔어. 자기 갈 길을 찾아서 떠났어."

휴고는 그를 빤히 응시했다. "그게 무슨…. 어디 아픈 건 아니죠?"

윌리스는 미소 지었지만 그 미소가 무겁게 느껴졌다. "그럼."

1층에서 하비의 목소리가 들렸다. "아무래도 내가 잠깐 정신을 잃었던 것 같아요. 실례 좀 해도 될까요? 집에 가야겠어요. 머리가 깨질 듯이 아파서." 그는 창백한 얼굴로 문을 향해 걸어갔다. "이 가게는 규정에 맞게 운영해줘요, 휴고. 안 그러면 무슨 일이 벌어질지 알고 싶지 않을 거예요."

그는 밖으로 나가서 등 뒤로 조용히 문을 닫았다.

"뭐지?" 메이가 어리둥절해했다. "어떻게 된 거지?"

"그러게." 넬슨이 손으로 이마를 문지르며 말했다. "자다가 방금 전에 일어난 기분이네. 이상하지 않나?"

휴고는 아무 말도 하지 않고 계속 월리스만 응시했다.

월리스는 그의 시선을 피했다.

7일.

남은 그 시간을 너는 어떻게 보낼까?

월리스는 첫날 해가 뜨는 동안 고민해보았다.

답을 알 수 없었다.

평생 이렇게 어찌할 바를 모르기는 처음이었다.

월리스도 알다시피 상심에는 파괴하는 힘, 속이 텅 빈 뼈 말고는 아무것도 남지 않을 때까지 모조리 갉아먹는 힘이 있었다. 아, 뺨 이 푹 들어가고 눈 아래에 다크서클이 생기기는 하지만 그래도 외형은 남았다. 속이 텅 비고 껍질이 다 벗겨질지언정 인간의 형체 는 유지됐다. 상심은 여러 단계로 찾아왔다. 어떤 단계는 다른 단계보다 작을지 몰라도 분명했다.

월리스 프라이스가 거친 단계는 다음과 같았다.

7일 중 첫째 날, 그는 부인의 단계에 머물렀다.

가게는 평소처럼 아침 일찍 문을 열었다. 스콘과 머핀이 따뜻하고 진한 향기를 풍기며 쇼케이스에 진열됐다. 끓이고 우려서 잔에 따른 차를 다들 천천히 마셨다. 사람들이 웃었다. 미소 지었다. 몇 년 만에 만난 것처럼 서로 끌어안고서는 등을 토닥이고 어깨를 잡았다.

월리스는 주방 창문 너머로 그 광경을 지켜보며 그들은 아무 때나 이 찻집에서 나갈 수 있다는 데 괴로워했다. 놀랍게도 가슴 속 한구석이 쓰라렸다. 그 쓰라림이 겉으로 폭발하지 않도록 잘 단속해야 했다. 아무리 폭발하고 싶어도 그러면 안 됐다.

"이건 꿈이야. 전부 꿈이야."

"뭐가?"

월리스는 어깨 너머를 흘끗 돌아보았다. 메이가 걱정하는 표정으로 개수대 옆에 서 있었다. 그는 고개를 저었다. "아무것도 아니야."

메이는 그의 말을 믿지 않았다. "어디 아파?"

그는 껄껄대고 웃었다. "그럴 리가. 나는 죽은 몸이잖아. 어디 아플 리가 있겠어?"

메이는 머뭇거렸다. "무슨 일 있었어? 앨런이나 아니면…?"

그는 주방에 메이를 두고 뒷문으로 향했다.

손끝으로 이파리를 훑으며 차나무 사이를 걸었다.

첫날 밤에는 분노의 단계로 넘어갔다.

아, 정말이지 화가 머리끝까지 났다.

그는 넬슨에게 땍땍거렸다. 아폴로에게도 땍땍거렸다. 그들이 주변에서 계속 얼쩡거렸다. 넬슨은 두 손을 들었고 아폴로는 다리 사이로 꼬리를 내렸다. "갑자기 왜 그러나?" 넬슨이 물었다.

"아실 것 없습니다." 월리스는 쌀쌀맞게 말했다. "단 1초 만이라도 저 좀 가만히 내버려두세요."

넬슨은 상처받았는지 어깨에 뻣뻣하게 힘을 주고서 아폴로를 반대편으로 잡아당겼다. "병원에 가봐야겠네."

"뭐라고요? 왜요?"

"뭐 잘못 먹은 건 아닌지 알아보게나."

그가 뭐라고 대꾸할 겨를도 없이 휴고가 심각한 얼굴로 그의 앞에 등장했다. "밖에서 나 좀 봐요."

월리스는 그를 노려보았다. "나가고 싶지 않은데."

"지금 당장이요." 그는 월리스가 따라오는지 확인하지도 않은 채 몸을 돌려 복도를 걸어갔다. 월리스는 그 자리에 그대로 있을까 고민했지만 결국 발걸음을 옮겼다.

휴고는 하늘을 올려다보며 덱에 서 있었다.

"왜 불렀어?" 월리스는 문 근처에 서서 툴툴거렸다.

"소리 지르라고요. 소리 질러요."

월리스는 깜짝 놀랐다. "뭐라고?"

휴고는 그를 쳐다보지 않았다. "고함치고, 소리 지르고, 길길이 날뛰어요. 목이 찢어져라. 그러면 좀 괜찮아질 거예요. 내 말 믿어요. 오래 담아놓을수록 더 심하게 오염돼요. 할 수 있을 때 끄집어내는 게 상책이에요."

"나는 소리 같은 거 지르지—"

휴고가 심호흡을 하더니 고함을 질렀다. 저음의 목소리가 주변

숲속으로 울려 퍼졌다. 마치 온 나무가 소리를 지르는 듯했다. 막판에는 그의 목소리가 갈라졌고 이내 끊겼다. 그는 가슴을 들썩이며 손등으로 입가에 묻은 침을 닦았다. "이제 당신 차례예요."

"바보 같은 짓이었어."

"나를 믿어요?"

윌리스의 어깨가 축 쳐졌다. "믿는다는 거 알잖아."

"그럼 해봐요. 왜 이렇게 퇴행했는지 모르겠지만 보기 싫네요."

"허공에 대고 소리를 지르면 기분이 나아질 거라고?"

"밑져야 본전이잖아요."

윌리스는 한숨을 쉬고 휴고 옆으로 다가갔다. 휴고의 시선을 느끼며 하늘의 별을 올려다보았다. 그 순간만큼 자기 자신이 작게 느껴진 적은 없었다. 인정하기는 싫지만 그래서 속이 쓰렸다.

"해봐요. 고함 소리 들려줘요."

그는 자신이 언제부터 휴고의 말을 거부할 수 없게 되었는지 궁금해하며 있는 힘껏 소리를 질렀다. 그 안에 모든 걸 실었다. 그를 창피하게 여겼던 부모님. 아버지와 함께 어머니의 임종을 지키는 순간 이방인처럼 느껴졌던 자신. 2년 뒤 아버지가 돌아가셨을 때 윌리스는 눈물을 흘리지 않았다. 그들을 위한 눈물은 이미 오래전에 다 흘려보냈다.

그리고 네이오미. 그는 네이오미를 사랑했다. 진심으로 사랑했지만 부족했고 아내는 변해버린 그를 감당할 이유가 없었다. 그는 좋았던 마지막 며칠, 그들이 어찌어찌 극복했다고 자기 자신을 거의 속였던 그 기간을 떠올렸다. 바보 같았다. 조종은 이미 울렸다. 여기가 끝이 아니길 바라며 그들이 최대한 늦게까지 외면하고 있었을 뿐이다. 그들은 모든 걸 떨쳐버리고 며칠 동안 단둘이 바닷가로 여행을 떠났다. 여행길 내내 손을 꼭 잡았고 거의 예전으로 돌아간 듯했다. 큰 소리로 웃었고 라디오에서 나오는 노래를 따라 불렀다. 바람에 머리칼이 휘날렸고 태양이 내리쬐었다. 일이나 아이나 돈이나 예전에 벌인 말다툼 얘기는 꺼내지 않았다. 지금이 마지막 기회라는 것을 그도 마음속 깊은 곳에서는 알고 있었다.

그들은 바로 다음 날부터 다시 싸우기 시작했다. 그가 오래전에 아물었다고 생각했던 상처들이 다시 벌어져 피가 났다. 집으로 돌아오는 차 안은 조용했고 아내는 방어하듯 팔짱을 꼈다. 그는 아내의 선글라스 아래로 흘러내린 눈물을 못 본 체했다.

일주일 뒤 아내가 이혼 서류를 내밀었다. 그는 왈가왈부하지 않았다. 이편이 나았다. 네이오미는 헤어지면 더 잘 살 것이다. 이혼은 두 사람 모두 원하는 바였다. 그는 물속에 빠진 줄도 모르고 그대로 그 안에서 숨을 거뒀다.

그래 놓고 지금 여기서 이렇게 고래고래 소리를 지르고 있었다. 슬픔에 눈물이 나서 눈이 따끔거렸지만 그는 소리를 지르느라 눈물이 나는 거라고 자신을 속였다. 입에서 침이 튀었다. 목이 아팠다. 더는 소리를 낼 수 없는 지경에 이르자 그는 두 손에 얼굴을 묻고 어깨를 들썩였다.

"산다는 게 그런 거예요, 월리스. 당신은 죽었어도 아직 살아야 할 날이 남아 있어요. 당신은 존재하니까요. 진짜니까요. 당신은 강인하고 용감해요. 그런 당신을 알게 돼서 정말 기뻐요. 이제 앨런이 어떻게 됐는지 얘기해줘요. 처음부터 끝까지. 하나도 남김없이."

월리스는 휴고에게 모두 털어놓았다.

상심의 세 번째 단계는 타협이었고 그 단계 역시 첫날 밤에 찾아왔다. 타협을 시도한 사람은 월리스가 아니었다. 휴고였다.

그는 고함을 지르며 관리자에게 도대체 무슨 생각으로 그랬는지 와서 설명해달라고 했다. 메이는 조그만 미동도 없이 서 있었다. 메이는 휴고가 자신과 넬슨에게 진실을 폭로한 이후로 단 한마디도 하지 않았다. 넬슨은 입을 떡 벌린 채 지팡이를 부여잡고 있었다. "내가 부르잖아요." 휴고는 천장을 노려보고 찻집 안을 왔다 갔다 하며 흥분했다. "얘기 좀 해요. 거기 있다는 거 알아요. 항상 거기 있으니까. 나한테 그 정도는 해줘야 하는 거 아닌가요? 지금까지 아무것도 요구한 적 없잖아요. 그러니까 당장 내려와줘요. 듣기만 할게요. 맹세해요. 듣기만 할게요."

아폴로가 점점 더 화를 내는 주인의 음성에 안절부절 못 하고 그를 계속 쫓아다녔다.

월리스는 휴고를 말리려고 했다. 괜찮다고, 상관없다고, 이런 날이 올 줄 알고 있었다고 달래려고 했다. "영원히 이렇게 지낼 수는 없다는 거 당신도 알잖아. 당신도 그렇게 얘기했고. 여긴 정거장이야, 휴고. 여행길의 어느 정거장."

휴고는 듣지 않았다. "관리자님! 내려오세요!"

관리자는 반응이 없었다. 자정이 가까워지자 메이가 이제 그만 자러 들어가자고 휴고를 설득했다. 그는 격하게 반발했지만 결국에는 수긍했다. "내일 방법을 찾아보기로 해요. 내가 방법을 알아 낼게요. 뭐가 될지는 모르겠지만 반드시 찾아낼 거예요. 당신은 가고 싶지 않으면 아무 데도 가지 않아도 돼요."

월리스는 고개를 끄덕였다. "얼른 들어가. 내일도 일찍 일어나야 하는데."

휴고는 마지못해 무거운 발걸음으로 계단을 올라갔다. 아폴로가 뒤따라갔다.

메이는 위에서 문이 쾅 하고 닫히는 소리가 들릴 때까지 기다렸다가 월리스를 돌아보고 조용히 말했다. "휴고가 어떻게든 방법을 찾아낼 거야."

"알아. 과연 그럴 수 있을까 싶은데."

"뭐?"

그는 풀죽은 표정으로 시선을 돌렸다. "휴고도 해야 하는 일이 있잖아. 그보다 더 중요한 건 없어. 나 때문에 그걸 내팽개칠 수는 없지."

"휴고가 뭘 내팽개친다고 그래." 메이는 답답해했다. "네가 마음의 준비가 됐을 때 스스로 선택할 수 있게 시간을 확보해주려고 싸우는 거잖아. 모르겠어?"

"그게 의미가 있을까?"

"도대체 무슨 소리야?"

"나는 죽었어. 돌이킬 방법은 없지. 강물은 한 방향으로만 흐르니까."

"하지만—"

"원래 그런 거잖아. 전부 네가 한 얘기 아닌가? 나도 처음에는 흘려들었지만 알게 됐어. 그 덕분에 발전했고. 중요한 건 그거 아니야?"

메이는 훌쩍거렸다. "아, 월리스. 이제는 그게 다가 아니야."

"그럴지도 모르지. 지금 이런 상황이 아니었다면 우리가⋯." 그는 말을 맺지 못했다. "아직 시간이 남았어. 나로서는 그걸 최대한 잘 활용하는 수밖에."

잠시 후에 메이도 자러 들어갔다. 째깍, 째깍, 째깍 소리와 함께 몇 초, 몇 분, 몇 시간이 흘렀다.

"나는 자네가 여기 있어서 좋네."

월리스는 홱 하니 고개를 들었다. "네?"

넬슨은 서글픈 미소를 띠었다. "자네가 맨 처음 왔을 때는 남들과 똑같은 손님일 거라고 생각했지. 잠깐 머물다가 결국에는 눈을 뜨게 될 거라고." 그는 씁쓸하게 웃었다. "미안하네. 진부한 표현이라는 거 나도 알아. 아무튼 자네는 그럴 일 없다고 장담했지만 휴고가 제 역할을 하면 자네도 군소리 없이 건너갈 줄 알았네. 이전에 보았던 다른 사람들과 똑같을 거라고."

"똑같은 거 맞아요."

"그럴지도 모르지." 넬슨은 반박하지 않았다. "그렇다고 해서 자네가 여기서 지내는 동안 한 일이 빛을 잃지는 않아. 자네가 좀 더 나은 사람이 되기 위해 했던 일들 말일세." 넬슨은 느릿느릿 윌리스에게로 걸어와 그가 기대고 있던 테이블에 지팡이를 걸쳤다. 그러고는 손을 뻗어 그의 얼굴을 감쌌다. 손이 따뜻했다. "자네가 일군 성과를 자랑스럽게 여겨도 좋네, 윌리스. 자넨 그럴 자격이 있어."

"무서워요." 윌리스는 불안감에 휩싸였다. "겁내고 싶지 않은데 두려워요."

"알아. 나도 무섭거든. 하지만 함께 있으면 마지막까지 서로 도울 수 있지. 우리의 능력이 자네의 능력이 될 테고. 자네를 떠밀진 않을 거야. 그럴 필요 없으니까. 언제까지고 자네 곁을 지킬 걸세." 그는 다시 덧붙였다. "내가 뭐 하나 물어봐도 되겠나?"

윌리스가 고개를 끄덕이자 넬슨은 손을 내렸다.

"만약 상황이 달라져서 자네가 계속 여기 있을 수 있다면 말일세. 어떻게 그럴 수 있을지는 나도 몰라. 자네 스스로 여행을 떠났는데 여기 이 작은 마을로 오게 됐다고 치세. 이 찻집을 찾아와 보니 휴고는 지금 그대로고 자네도 지금 그대로라고. 그럼 어떻게 할텐가?"

윌리스는 울음 섞인 목소리로 웃음을 터뜨렸다. "그럼 좌충우돌, 이리저리 들이받고 다니겠죠."

"당연히 그렇겠지. 그게 묘미지 않나? 산다는 건 엉망이고 끔찍한 동시에 근사하지. 휴고가 자네 앞에 있고 자네를 가로막는 게 아무것도 없다면 어떻게 하겠나? 생사도, 그 무엇도 말일세."

월리스는 눈을 감았다. "뭐든지요, 다."

둘째 날 아침이 되자 월리스는 잠깐 우울해졌다. 그는 안에서 스멀스멀 고개를 드는 슬픔을 받아들이며, 꼭 살아 있는 사람들만 상심할 수 있는 건 아니라던 휴고의 말을 떠올렸다. 그는 뒤편 덱에서 일출을 바라보았다. 휴고와 메이가 주방에서 왔다 갔다 하는 소리가 들렸다. 휴고는 그날 찻집 문을 닫고 싶어 했지만 월리스가 말렸다. 메이도 그의 편을 들어 휴고는 결국 고집을 꺾었지만 못마땅해했다.

나무 사이로 스며든 햇살이 땅 위로 얇게 내린 서리를 녹였다. 햇빛이 그를 향해 다가오자 월리스는 난간을 부여잡았다. 햇빛은 먼저 그의 손을 건드렸고 손목과 팔을 거쳐 마침내 얼굴에 닿았다. 그의 몸이 따뜻해지며 안도감이 들었다. 그는 어디로 가게 되든 태양과 달과 별이 있으면 좋겠다고 생각했다. 월리스는 고개를 숙인 채 인생 대부분을 보냈다. 영원의 세계에서는 하늘을 향해 고개를 들고 지낼 수 있다면 좋을 것도 같았다.

슬픔이 잦아들었지만 완전히 가시지는 않았다. 여전히 수면 아래에서 어지러운 감정이 부글거렸다. 다만 이제는 마음이 그 위를 부유했다. 다른 결의 상심이었고 그의 감정이라는 것만이 똑같았다. 그는 그 사실을 받아들였다.

남은 그 시간을 너는 어떻게 보낼까?

그때 그는 알아차렸다.

"지금 미쳤어?" 메이는 주방에 서서, 이렇게 멍청한 인간은 처음 본다는 눈빛으로 월리스를 노려봤다. 휴고는 밖에서 카운터를 맡고 있었다. 가게가 바빴다.

"아마도? 하지만 그게 옳은 일이야."

메이는 두 손을 위로 던졌다. "데스데모나 트리플손과 연관 있는 일은 뭐든 옳은 일이 될 수 없어. 데스데모나는 끔찍한 인간이야. 그 여자가 뒈지면 내가 아주 그냥—"

"그래도 너한테 배정되면 남들한테 그랬던 것처럼 도와줄 거지?"

메이의 기가 꺾였다. "당연하지. 어휴, 생각만 해도 싫다. 나더러 생각 바꾸라고 하지 마."

"물론이야. 네가 그 여자를 좋아하지 않는 건 나도 알아, 메이. 그럴 만한 이유도 충분하고. 어쨌거나 낸시가 그 여자를 신뢰한다며. 너나 휴고가 하는 말은 낸시가 전혀 듣지 않겠지만 데스데모나라면 승산이 있겠지. 내가 생각하는 방법이 효과가 있으면 낸시는 조만간 여길 떠날 테고." 그는 잠시 말을 멈췄다. "하지만 네가 허락하지 않으면 이 일을 벌이지 않을게."

"왜?"

"그야 네 의견이 중요하니까."

메이는 화들짝 놀란 표정을 지었지만 이내 미소가 서서히 얼굴 위로 번졌다. "내 의견이 중요해?"

그는 앓는 소리를 냈다. "그만해."

메이는 아닌 척 했지만 기뻐하고 있다는 걸 알 수 있었다. "휴고는 좋아하지 않을 거야."

"알아. 중요한 건 최대한 많은 사람을 돕는 거잖아, 아니야? 낸시는 도움이 필요하고. 이러지도 저러지도 못하고 괴로워하고 있잖아. 효과가 없을 수도, 아무것도 달라지지 않을 수도 있어. 하지만 만약 효과가 있다면? 낸시에게 시도할 기회를 줘야 하는 거 아니야? 우리가 적어도 그 정도는 해줘야 한다고 생각해."

메이는 눈을 닦았다. "네가 왕재수였을 때가 더 좋았던 것 같아."

그는 피식 웃음을 터뜨렸다. "나도 네가 좋아, 메이."

메이가 달려들자 그는 두 팔로 메이를 감싸고 꼭 끌어안았다.

"안 돼요." 휴고가 말했다.

"하지만—"

"안 돼요."

"내가 뭐랬어?" 메이는 주방 문을 열고 나가며 말했다. "내가 카운터 볼게요."

"낸시에게는 이게 필요해, 휴고." 월리스는 스윙 도어가 닫히는 동안 말했다. "모든 걸 잃어버린 것처럼 보일지 모르지만 그게 아니라는 걸 입증할 증거가."

"낸시는 지금 불안해요. 무너지기 일보 직전이고요. 만약 일이 잘못되면 어떤 역효과를 낳을지 생각조차 하고 싶지 않아요."

"낸시에게 시도할 기회를 줘야 해. 우리가 적어도 그 정도는 해줘야 하지 않아?" 휴고가 뭐라고 반박하려 하자 그는 한쪽 손을 들었다.

"휴고, 당신뿐만 아니라 우리 모두가. 낸시와 리에게 벌어진 일은 당신 잘못이 아니야. 당신은 당신 잘못이라고, 좀 더 적극적으로 나섰어야 했다고 생각하지만 그 사신이 저지른 일이고, 벌을 받은 사람 역시 당신이 아니라 그자잖아. 그래. 무겁지, 상심이. 당신이 어느 누구보다 잘 알잖아. 그냥 놔두면 그 무게에 눌려서 무너지고 만다는 걸. 지금 낸시는 무너지고 있어. 내가 낸시 입장이라면 누군가가 내게 그래 주길 바랄 거야. 당신도 그렇지 않아?"

"낸시가 거부할 수도 있어요." 휴고는 윌리스를 외면한 채 말했다. 진지한 얼굴로 어깨를 옹송그리고 있었다. "맨 처음 시도했을 때 아무 일도 벌어지지 않았으니."

"알아. 이번에는 다를 거야. 당신은 잠깐 동안이나마 리와 함께 지냈잖아. 대화도 나눴고, 그 아이를 아꼈잖아."

윌리스는 휴고가 계속 반대할 거라고 짐작했지만 그는 생각을 바꾸었다. "어떻게 하면 되는데요?"

셋째 날 저녁에 휴고는 '개인 사정으로 오늘은 영업을 하지 않습니다'라고 적힌 팻말을 창문에 걸었다.

"정말 괜찮으려나?" 손자가 찻집 안을 이리저리 돌아다니며 손님 맞이할 준비를 하는 것을 지켜보며 넬슨이 조그맣게 물었다.

"제가 아는 한에서는요." 윌리스도 조그맣게 대답했다.

"예민한 문제는 예민한 손길로 다루어야 하지."

"저희가 실패할 거라고 생각하세요?"

"그 말이 아니야. 자네는 직설적이고 날카롭지만 품위를 살짝 터득했어, 윌리스. 품위와 친절을."

"어르신 덕분이죠. 어르신과 메이와 휴고요."

넬슨은 뿌듯해했다. "그렇게 생각하나?"

그는 그렇게 생각했다. "마음 같아서는—"

그때 불빛이 창문을 환하게 밝혔고, 윌리스가 하고 싶었던 이야기는 그대로 그의 안에 머물렀다.

"왔다." 휴고가 주방으로 들어가자 메이가 말했다. "진짜 진심이야?"

"심장 마비 일으킬 일 있어, 이런 걸로 농담하게?" 윌리스가 말하자 넬슨이 옆에서 흐뭇하게 웃었다.

차 문이 열리고 닫히는 소리가 들렸다. 데스데모나가 큰 소리로 뭐라고 말했지만 그는 알아들을 수가 없었다. 누구에게 말을 하는 건지는 알았다. 휴고가 부탁한 대로 했다면 그들은 따로 차를 타고 왔을 것이다. 지금이 아니면 두 번 다시 기회가 없었다.

땅딸이가 문을 열었다. 데스데모나가 머리를 꼿꼿하게 들고 첫 번째로 들어왔다. 전처럼 우스꽝스러운 차림새였다. 우뚝 솟은 검은색 모자는 레이스로 덮였고, 부스스한 빨간 머리는 뒤로 묶어 굵게 땋아서 한쪽 어깨 위로 늘어뜨렸다. 원피스는 검은색과 흰색 줄무늬였고 무릎 바로 아래 길이였다. 빨간색 스타킹을 신었고 부츠는 얼마 전에 닦은 것 같아 보였다.

"그래." 데스데모나는 나직이 속삭이며 으쓱으쓱 찻집 안으로 들어와 장갑을 벗었다. "느껴져. 지난번처럼. 혼령들이 꿈틀대고 있어." 그는 천천히 고개를 돌리며 가게를 눈에 담았다. 그의 시선이 넬슨과 윌리스를 그대로 지나쳤다. "오늘은 진전이 있겠지. 메이, 반가워. 아직 살아 있어서."

메이는 그를 노려보았다. "도굴은 불법이야."

데스데모나는 눈을 깜빡였다. "뭐라고?"

"그 원피스 말이야. 어느 무덤에서 파냈는지 모르겠지만—"

낸시가 문 앞에 등장했다. 그 뒤를 바짝 따라온 땅딸이와 홀쭉이는 다른 데로 도망치고 싶어 하는 분위기를 풍겼다. 낸시는 일그러진 얼굴로 얕은 숨을 가쁘게 몰아쉬며 핸드백 끈을 부여잡고 있었다. 피곤해 보였지만 윌리스가 전에 본 적 없는 결연한 표정을 짓고 있었다. 낸시는 불안한지 입술을 깨물며 찻집 안으로 천천히 들어왔다.

휴고가 쟁반을 들고 주방에서 나왔다.

"휴고." 데스데모나가 말을 건네며 그를 위아래로 훑어보았다. "당신에게 초대를 받고 놀랐어. 가뜩이나 감사 인사 담긴 쪽지 한 장 없이 내 위저 보드를 돌려받은 뒤라. 당신이 내가 하는 일의 진가를 이해할 때가 된 모양이로군. 이 세상에는 우리 눈에 보이지 않는 것들도 많아. 당신이 그걸 깨닫기 시작했다니 고무적이지 뭐야."

"데스데모나." 휴고는 인사를 건네며 쟁반을 테이블에 내려놓았다. "그렇다고 하니 믿도록 할게요." 그는 낸시를 돌아보았다. "평소보다 좀 늦은 시간인데 와주셔서 감사해요. 도와드리고 싶었거든요."

낸시는 차 쟁반을 흘끗 쳐다보고는 다시 휴고에게 시선을 돌렸다. "그렇군요." 그는 말하는 게 익숙하지 않은 사람처럼 목소리가 거칠고 걸걸했다. 윌리스는 그 목소리를 듣고 마음이 아팠다. "우릴 여기로 초대했다고 데스데모나에게 들었어요."

"맞아요. 어떤 소득이 있을 거라고 장담할 수는 없어요. 아무 소득이 없더라도 당신은 언제든 환영이에요, 무엇을 원하든."

낸시는 뻣뻣하게 고개만 끄덕일 뿐 아무 대꾸도 하지 않았다.

땅딸이와 홀쭉이가 준비를 시작했다. 홀쭉이가 지난번에 깨진 것보다 최신 모델인 카메라를 꺼내 삼각대에 얹고 데스데모나가 앉게 될 쪽으로 렌즈 방향을 돌렸다. 땅딸이는 전에도 들고 왔던 기계를 꺼내 스위치를 켰다. 삐 하는 날카로운 소리와 함께 전등이 환해졌다. 그는 눈살을 찌푸리고 그 장치를 내려다보며 자기 손바닥에 대고 마구 두드렸다. "내가 이 망할 기계를 쓰는 이유를 모르겠네." 그는 짜증을 내며 매장에 대고 그 기계를 이리저리 흔들었다.

홀쭉이가 가방에서 위저 보드를 꺼내 새로 산 플랑셰트와 함께 테이블 위에 놓았다. 지난번에 이들이 들고 왔던 플랑셰트는 윌리스 덕분에 벽난로 안에서 재와 연기만 남기고 사라졌다. 위저 보드 옆에 깃털 펜과 종이 몇 장이 놓였다.

데스데모나가 낸시를 위해 의자를 빼주었다. "자기는 여기 앉아요. 그래야 내 얼굴을 가리지 않고 한 화면에 담길 수 있으니까."

"어이구." 넬슨은 구시렁거렸고 메이는 콧방귀를 뀌었다.

낸시는 그가 시키는 대로 자리에 앉아서 핸드백을 무릎 위에 올려놓고 움켜쥐었다. 그들을 쳐다보지 않았고, 데스데모나가 앉는 동안 휴고가 권하는 차를 말없이 거절했다.

데스데모나가 낸시를 보며 미소 지었다. "지난번에 우리 둘이 여길 찾았을 때는 별다른 접촉이 이루어지지 않았죠. 이번에는 성과가 있을지 몰라요. 내가 몇 주 전에 찾아왔을 때 혼령들이 꿈틀거렸거든요. 그중에 리의 혼령이 있는 것 같지 않았지만 그때는 당신이 없었으니까요. 당신이 옆에 있으면 집중하는 데 도움이 될 거예요. 오늘은 당신이 원하는 대답을 들을 수 있을 듯한 예감이 들어요."

낸시는 고개를 끄덕이고 위저 보드를 내려다보았다. "이번에는 뭔가 얻을 수 있을까요?"

"그랬으면 좋겠네요. 위저 보드나 자동 기술을 통해서. 오늘 안 되더라도 다시 시도하면 돼요. 어떻게 하면 되는지 기억하죠? 나한테 질문을 해요. 되도록 예, 아니오로 대답할 수 있게. 그럼 내가 질문에 대답할 텐데 잘되면 영력이 내 안에 흐르게 될 거예요. 다른 혼령이 먼저 말하려고 할 수도 있으니까 진득하니 기다리기로 해요."

"알겠어요." 낸시는 훌쩍이며 대답했다.

데스데모나가 홀쭉이를 흘끗 쳐다보았다. "준비 얼마나 됐어?"

"이보다 더 완벽할 수는 없을 만큼요." 홀쭉이는 자신 있게 카메라 버튼을 눌렀다. 삑 하는 소리와 함께 빨간 불이 깜빡거리기 시작했다. 그가 가방에서 메모지와 볼펜을 꺼냈다. 지난번에 여기 왔을 때 어떤 난리가 벌어졌는지 생각난 듯 불안해하는 눈빛으로 좌우를 두리번거렸다.

"사전에 논의했던 것처럼 당신의 요청에 따라 라이브로 방송하지 않을 거예요. 나중에 동영상을 업로드할 때도 당신에게 편집본을 보여주고 동의를 받을 거고요. 당신이 원치 않는 부분은 편집할 거예요." 데스데모나가 낸시에게 말했다.

낸시는 핸드백을 더욱 세게 움켜쥐었다.

"시작하기 전에 물어보고 싶은 거 있어요? 괜찮으니까 궁금한 거 있으면 뭐든 물어봐요. 당신이 준비됐다고 하면 그때 시작할게요."

낸시는 고개를 저었다.

데스데모나는 어깨를 풀고 코로 숨을 마신 다음 입으로 뱉었다. 손마디를 우두둑 꺾고는 위저 보드 한복판에 놓인 플랑셰트에 손을 얹었다. "혼령들이여! 대화를 나누어 주소서! 여기 있다는 것을 알고 왔으니. 이 보드를 쓰면 우리 서로 대화할 수 있어요. 아시겠죠? 걱정할 건 아무것도 없어요. 나는 당신과 대화를 나누고 싶을 뿐, 해칠 생각은 전혀 없어요. 펜과 종이가 더 좋겠다면 그렇다고 알려주세요."

플랑셰트는 움직이지 않았다. 펜도 마찬가지였다.

"좋아요. 시간이 좀 걸리겠네요." 그는 다시 언성을 높였다. "지금 여기 낸시 도노번도 함께 있어요. 낸시는 자기 딸 리 도노번의 혼령이 여기서 살고 있다고 생각해요. 리 도노번이 여기 있다면 소식을 듣고 싶은데, 다른 혼령이 있다면 리가 하고 싶은 말을 할 수 있게 잠깐 자리를 양보해 주시겠어요?"

"정말 효과가 있을 거라고 생각하나?" 넬슨이 조용히 물었다.

"네. 기다려보세요." 월리스는 나직이 대답했다.

이후 1시간 동안 데스데모나는 어떨 때는 달콤하게 구슬리는 투로, 또 어떨 때는 좀 더 강압적으로 강하게 온갖 방향에서 접근을 시도했다. 아무 일도 벌어지지 않았다. 플랑셰트는 꼼짝하지 않았다.

데스데모나는 점점 짜증을 냈고, 홀쭉이는 손등으로 입을 가리고 하품을 했고, 땅딸이는 잠잠한 기계를 들고 매장 안을 계속 이리저리 돌아다녔다.

마침내 데스데모나가 포기한 듯 의자에 몸을 묻었다. "미안해요." 그는 위저 보드를 내려다보며 의기소침해했다. "진심으로 뭔가 얻는 게 있을 줄 알았는데." 그는 억지 미소를 지었다. "늘 효과가 있는 건 아니에요. 혼령들은 변덕이 심하거든요. 자기들이 원하는 때에 자기들이 하고 싶은 일만 해요."

낸시는 고개를 끄덕였지만 그 말을 듣고 얼마나 상처를 받았는지 티가 났다. 월리스는 그에게서 뿜어져 나오는 고통에 괴로워하며 조금만 더 버텨주길 말없이 기원했다.

홀쭉이와 땅딸이가 위저 보드와 카메라를 치우는 동안 낸시는 꼼짝하지 않았다. 데스데모나는 낸시의 손을 잡고 포기하지 말자고, 최대한 빨리 다시 시도해보자고 조용히 달랬다. "우리, 서두르지 말아요. 방법을 찾을 수 있을 거예요."

낸시는 힘없이 늘어진 납빛 얼굴로 고개를 끄덕였다. 다들 문 쪽으로 걸어가는 동안 낸시는 방패라도 되는 것처럼 핸드백을 가슴에 끌어안고 자리에서 일어났다. 홀쭉이와 땅딸이는 뒤도 한 번 돌아보지 않고 찻집을 나갔다. 데스데모나는 문 앞에서 잠깐 걸음을 멈추고 휴고를 쳐다봤다. "이 가게에 뭔가가 있는 거 알지?"

휴고는 아무 대답도 하지 않았다.

"얼른 와요, 낸시. 시내까지 우리 차를 따라올래요? 그래야 당신이 무사히 여기서 빠져나왔는지 알 수 있을 테니까."

메이는 당황한 표정으로 데스데모나와 낸시를 번갈아 흘끗거렸다.

휴고가 헛기침을 했다. "괜찮으면 낸시와 잠깐 얘기를 좀 나누고 싶은데요."

데스데모나가 눈을 가늘게 떴다. "낸시에게 할 얘기가 있으면 내가 있는 데서 해."

"낸시가 그러고 싶다면 그럴게요. 나와 나눈 얘기를 나중에 당신과 공유하는 것도 상관없고요."

"낸시?" 데스데모나가 물었다.

낸시는 휴고를 빤히 쳐다보다가 고개를 끄덕였다. "아, 괜찮아요. 먼저 가세요. 금방 따라갈게요."

데스데모나는 머뭇거리다 말했다. "알았어요. 정 그렇다면." 데스데모나는 그의 어깨를 꼭 쥐어주고 떠났다.

다들 차에 시동이 걸리고 엔진이 깨어나는 소리가 들리길 기다리는 동안 정적이 흘렀다. 엔진 소리는 점점 멀어졌고 째깍, 째깍 시간이 흘렀다.

"자." 낸시가 떨리는 목소리로 물었다. "무슨 얘기를 하고 싶은데요?"

휴고는 숨을 크게 마시고 천천히 내뱉었다. "리는 여기 없어요."

낸시는 뺨을 한 대 맞은 사람처럼 움찔했다. 분노의 눈물이 그렁그렁 맺혔다. "뭐라고요?"

"리는 여기 없어요. 더 좋은 곳으로 갔어요. 그 무엇도 다시는 그 아이를 해칠 수 없는 곳으로."

"어떻게, 감히 이럴 수가." 낸시의 목소리가 떨렸다. "도대체 나한테 왜 그래요?" 그는 문 쪽으로 한 발 물러났다. "나는 당신이…." 그는 세차게 고개를 흔들었다. "여기 이렇게 가만히 서서 당신이 괴롭히는 대로 당하고 있지 않겠어요. 절대로." 그의 가슴이 들썩였다. "절대 당하고 있지 않겠어요." 그는 마지막으로 휴고를 노려보고 문을 향해 걸어갔다.

그가 문고리를 붙잡았고 윌리스는 지금 아니면 영영 기회가 없다는 것을 알았다. 앨런이, 겁에 질렸었고 운이 다한 청년이 방법을 알려주었다. 낸시는 불덩이처럼 이글거렸다. 상심이 마르지 않는 땔감이나 다름없었다. 이유는 알 수 없지만—메이와 비슷하거나 아니면 다른 어떤 부류일까—낸시는 앨런이 그의 이름을 외쳤을 때 그 소리를 들었다.

윌리스가 큰 소리로 "낸시!"라고 외친 이유가 그 때문이었다. 낸시는 등에 힘을 주고 어깨를 귀까지 올려서 웅크린 채 그대로 얼어붙었다.

"낸시!"

그는 눈물을 흘리며 천천히 고개를 돌렸다. "당신도, 당신도 저 소리 들었어요?"

"네." 휴고는 겁에 질린 동물을 진정시키듯 두 손을 들었다. "장담 하는데 무서워할 필요 전혀 없어요."

낸시는 웃음을 터트렸다. 거친 웃음소리에 울음기가 배어 있었 다. "저게 무슨 소린지 설명하려 들지—"

월리스가 의자를 집어서 올리자 낸시는 헉하고 숨을 토했다. 그 의 얼굴에서 핏기가 가셨고 한쪽 손이 목으로 올라갔다. 월리스는 의자를 낸시 쪽으로 옮기지 않았다. 겁에 질린 그를 더욱 자극할 필요 없었다. 대신 카운터 뒤편의 칠판 쪽으로 옮겼다. "조심하게, 월리스." 넬슨은 혹여나 일이 잘못될까 염려했다. "낸시가 준비도 안 됐는데 너무 들이대면 안 돼."

"알아요." 월리스는 이를 악물고서 말했다. 그가 의자를 나르는 이유가 궁금한지 옆에서 방방 뛰는 아폴로를 밀치느라 정신이 없 었다. 녀석은 돕고 싶은지 의자 다리를 덥석 물었다가 흔들거리는 자기 꼬리에 정신이 팔렸다.

월리스는 의자를 바닥에 내려놓고 뒤를 돌아보았다. 낸시는 의 자가 허공을 떠다니는 광경에 입을 떡 벌린 채 그 자리에 꼼짝하 지 않고 서 있었다. 그는 끙끙대며 의자 위로 올라갔다. "실례할게 요." 그는 칠판을 손으로 지웠다. 특별 메뉴, 가격, 차와 가족에 대 한 명언이 하얀 얼룩으로 문대졌다.

"맙소사." 낸시는 믿을 수 없다는 표정이었다. "이게 뭐예요? 이게 무슨 일이에요?"

월리스는 칠판 받침에서 분필을 집어 한 단어를 적었다.

참새.

낸시는 목이 졸린 사람처럼 흐느끼고는 앞으로 달려왔다. "리? 하느님 맙소사, 리니?"

월리스는 참새 아래에 적었다.

아뇨. 전 당신 딸이 아닙니다. 그 아이는 여기 없어요. 여기 있으면 좋았을 텐데 더 좋은 곳으로 건너갔습니다.

"이거 무슨 장난이에요?" 눈이 촉촉하게 젖은 낸시가 잠긴 목소리로 따져 물었다. "당신이 참새에 대해서 어떻게 알아요? 우리 아이 병실을 항상 찾아왔던 새인데. 당신 누구예요?"

월리스는 썼던 글을 지우고 분필로 칠판을 긁어가며 새로 썼다.

나는 죽은 사람입니다. 휴고가 나를 보살피고 있고요.

"왜 나한테 이런 얘기를 하는 거죠?" 낸시는 씩씩대며 눈물을 닦았다. "내가 만나고 싶은 사람은 그쪽이 아니에요."

알아요. 하지만 내 얘기를 들으면 당신이 모르는 다른 세상이 있다는 걸 당신도 이해할 수 있을까 싶어서요.

"그 말을 어떻게 믿어요?" 낸시가 소리쳤다. "그만, 장난 그만해요. 괴로우니까. 안 보여요? 너무 괴롭다고요." 그의 목소리가 갈라졌다.

아낌없이 주는 나무.

낸시는 움찔했다. "뭐라고요?"

"휴고, 더는 못 하겠어. 너무 힘들어. 이제 당신한테 맡길게." 그는 분필을 바닥으로 떨어뜨렸다. 분필이 산산조각 났다. 월리스는 하마터면 의자에서 떨어질 뻔했지만 넬슨이 쓰러지지 않게 옆에서 다리를 잡아주었다. 그는 의자에 털썩 주저앉았다. 기운이 하나도 없었다.

"안 돼." 낸시는 비틀비틀 앞으로 한 발 걸어 나오며 속삭였다. "안 돼, 안 돼, 돌아와요, 돌아와!"

"낸시." 휴고가 말을 건넸다.

낸시는 새하얗게 질린 얼굴로 돌아봤다.

"리가 제일 좋아했던 책이죠." 휴고가 조용히 말했다. 월리스는 허리를 폈고 넬슨은 그의 손을 부여잡았다. 아폴로는 그들 옆에 앉아서 꼬리를 좌우로 흔들었다. 메이는 얼굴이 창백해져 손으로 목을 잡았다. "리는 당신이 그 책을 읽어주면 좋아했어요. 글을 읽을 줄 알게 된 뒤에도 항상 당신에게 읽어달라고 했죠. 엄마 목소리가 왠지 모르게 따뜻하고 예뻐서 계속 듣고 싶었거든요."

"당신이 그걸 어떻게 알아. 나와 그 아이만 아는 비밀인데. 우리 둘 사이의 비밀." 그는 목이 졸린 사람 같은 쉰 목소리로 속삭였다.

"리에게 들었어요. 그 얘기를 하면서 얼마나 행복해했는지 몰라요. 가을에는 사과를 땄다면서, 자기더러 따는 것보다 먹는 게 더 많다며 엄마가 웃었다고 하더군요."

낸시는 손으로 입을 막았다.

휴고가 천천히, 조심스럽게 낸시를 향해 한 발 다가갔다. "리도 슬퍼했어요. 엄마가 보고 싶다면서." 그는 목소리가 갈라졌지만 꿋꿋하게 참았다. "리는 체력적으로 지쳐 있었어요. 열심히 싸웠지만 너무 버거웠거든요. 씩씩하게 버틴 건 엄마 때문이었어요. 엄마를 위해서. 당신은 그 아이에게 사랑과 기쁨과 열정을 가르쳤죠. 아이가 북극곰이 보고 싶다고 하면 동물원에 데려다 주었어요. 공룡 뼈를 만져보고 싶다고 하면 박물관에 데려다 주었고요. 당신은 거실에서 춤을 추었어요. 음악을 크게 틀어놓고. 한번은 그 아이가 꽃병을 쳐서 떨어뜨린 적이 있었어요. 당신은 하찮은 물건이라고, 다시 사면 되니까 속상해할 필요 없다고 했죠."

낸시는 흐느껴 울기 시작했다. 상심이라는 괴물이 가슴에서 꿈틀꿈틀 기어올라와 그를 심연으로 끌고 들어가려고 했다.

"싸워요." 윌리스는 간절하게 속삭였다. "제발 싸워줘요."

"그 아이는 당신을 사랑했어요." 휴고가 얘기를 이어 나갔다. "지금도 여전히 당신을 사랑하고요. 앞으로 어떤 일이 벌어지든 그 사실은 변함없어요. 언젠가는 리를 만나 그 아이의 얼굴을 볼 수 있을 거예요. 고통도, 슬픔도 없는 날이 찾아오겠죠. 둘이 다시 만날 테니 평화가 찾아올 거예요. 그날이 오늘은 아니지만요."

"왜요?" 낸시가 절박하게 물었다. "왜 그 아이를 내 곁에 둘 수 없나요? 왜 이렇게 아파야 하나요? 왜 숨을 쉴 수가 없죠?"

휴고는 그의 앞에서 걸음을 멈췄고, 머뭇거리다 그의 손등을 살짝 건드렸다. 낸시는 손을 치우지 않았다. "리는 사라지지 않았어요. 그저 다른 곳으로 건너갔을 뿐이에요."

"당신은 정체가 뭐예요?" 낸시가 조그맣게 물었다.

"마음을 쓰는 사람이요." 휴고는 이렇게 대답했다. "내가 거짓말을 했어요. 당신이 맨 처음 찾아왔을 때요. 당신은 상상도 못 할 만큼 미안해하고 있어요. 당신에게 상처를 주려고 그런 건 아니었어요. 마음을 더 아프게 하려고 그런 것도 아니었고요. 나는 사람들을 돕는 일을 해요. 리 같은 사람들을요. 그들이 다음 세상으로 건너갈 수 있게 도와요. 우리는…." 그는 침을 꿀꺽 삼켰다. "나는— 아니, 우리는 그 아이에게 길을 가르쳐 주었어요. 산다는 건 끝이 없죠. 계속 이어져요." 그는 잠깐 말을 멈추었다가 다시 이었다. "당신이 리에게 마지막으로 했던 말이 뭐였는지 기억해요?"

낸시는 기운이 다 빠져서 안으로 오므라들었다. "네."

"떠나라고 했죠. 떠나야 할 때가 되면 언제든 떠나라고요. 지구 속으로, 별나라로, 그리고—"

"달나라로 가서 그곳이 치즈로 만들어졌는지 알아보라고 했죠." 그는 울음 섞인 목소리로 말했다.

휴고는 미소 지었다. "병은 사라졌어요."

낸시는 글씨가 가득한 칠판 쪽을 쳐다봤다가 다시 휴고에게 고개를 돌렸다. "저거, 당신이 쓴 거예요?"

"아뇨. 나에게 아주 소중한 사람이 썼어요. 전부 믿어도 돼요."

낸시는 그를 한참 동안 바라보았다. "여기 있겠다고. 내가 마음의 준비가 될 때까지 이 자리에 있겠다고. 나한테 계속 그랬죠?"

그는 고개를 끄덕였다.

"왜요? 왜 그렇게 마음을 써요?"

"그러지 않는 법을 모르거든요."

순간 월리스는 낸시에게 너무 엄청난 충격이 될 거라는 생각이 들었다. 그들이 너무 심하게 밀어붙인 것 같았다. 하지만 놀랍게도 그는 어깨를 펴고 메이를 보았다. 메이는 살짝 웃으며 손을 흔들어 보였다. 낸시가 휴고에게 말했다. "괜찮으면 차 한잔 마실 수 있을까요?"

"그럼요. 무슨 일이든 차를 마시면서 시작하면 좋죠. 마음의 준비가 되면 어디로 나를 찾아오면 되는지 알죠?" 그는 쟁반이 놓여 있는 테이블을 턱으로 가리켰다. "우유나 설탕 드릴까요?"

"아뇨. 그냥 주세요."

휴고는 한 잔은 그의 몫으로, 다른 한 잔은 자기 몫으로, 이렇게 두 잔에 차를 따랐다. 잔 하나를 낸시에게 건네고 자기 잔을 집었다.

낸시가 찻잔을 얼굴 앞으로 들어서 깊게 숨을 들이마시는 것을 지켜보았다. 그는 손을 떨기 시작했지만 차를 쏟지는 않았다. "이건……."

"생강 쿠키예요. 리가 제일 좋아했던."

눈물이 다시 낸시의 뺨을 타고 흘렀다. 그는 목울대를 움직여가며 깊이 차를 한 모금 마셨고, 다시 한 모금 마신 뒤에 잔을 쟁반에 내려놓았다. "이제 그만 갈게요. 오늘 하루는 이 정도면 충분해요."

메이가 앞으로 달려 나가 낸시의 팔꿈치를 잡고 문 쪽으로 안내했다. 그는 메이가 문을 열어주기 전에 걸음을 멈추고 휴고를 돌아보았다. 혈색이 천천히 돌아오고 있었다. "당신은 정체가 뭐예요?"

"휴고요. 찻집을 운영하는."

"그게 다예요?"

"아뇨."

낸시는 다시 뭐라고 말할 것 같은 표정을 지었다가 고개를 저었다. 메이가 문을 열어주었고, 그는 황급히 계단을 내려가며 딱 한 번 뒤를 돌아보았다. 잠시 후 차가 천천히 후진했고 전조등 불빛이 찻집 안을 환하게 비쳤다. 불빛은 방향을 틀었다가 점점 멀어졌다.

메이가 문을 닫은 뒤 문짝에 기댔고 훌쩍이며 눈물을 훔쳤다. 휴고는 월리스에게 달려갔다. "괜찮아요?" 휴고는 월리스를 향해 손을 내밀었다가 손이 그의 몸을 그대로 통과하자 괴로워하는 표정을 지었다. 그도 괴롭긴 마찬가지였다. "혹시—"

월리스는 힘없이 웃어 보였다. "괜찮아. 그냥…. 아무 문제 없어. 진짜로. 생각보다 힘이 많이 들더라고. 그래도 당신이 해냈어. 그럴 줄 알았다니까. 도움이 됐을까?"

휴고는 입을 떡 벌리고 그를 쳐다봤다. "도움이 됐겠냐고요?"

"응…. 내가 보기에는 그런 것 같았는데."

"월리스, 우리는 낸시에게 희망을 선물했어요. 어쩌면 이제 그에게 기회가 생겼을 수도 있어요." 월리스는 휴고의 눈에 눈물이 고인 것을 보고 먹먹해졌다. "메이. 내가—"

"아니야." 월리스는 메이가 움직이기 전에 말했다. "지금은 나를 신경 쓸 때가 아니야. 이 순간을 만끽해야 하는 사람은 당신이니까. 당신이 해낸 거야." 그는 메이를 보았다. "부탁 하나만 해도 될까?"

"뭐든. 말만 해."

"나 대신 휴고를 좀 안아줘. 나는 안을 수가 없는데, 지금 제일 하고 싶은 게 휴고를 안아주는 거거든."

메이가 그에게 달려들어 두 다리로는 허리를, 두 팔로는 목을 감싸자 휴고의 눈이 접시만 해졌다. 휴고는 잠시 망설이다 두 팔을 들어 메이를 꼭 끌어안았다. 메이의 얼굴이 그의 목에, 그의 얼굴은 메이의 머리칼 속에 파묻혔다. 아폴로는 혀를 늘어뜨리고 신나게 깽깽거려가며 그들 주변을 뱅글뱅글 돌았다. "우리가 해냈어요, 대장." 메이가 속삭였다. "맙소사, 우리가 해냈어요."

월리스는 이글거리는 자부심을 느끼며 그 광경을 지켜보았다.

그들 쪽으로 다가간 넬슨은 두 사람을 만지지는 못하지만 차선으로 할 수 있는 행동을 했다. 자기 손자와 메이와 함께 나란히 섰다.

월리스는 미소 지으며 눈을 감았다.

19장

수용.

그건 생각했던 것보다 쉬웠다. 윌리스가 관리자를 만나기 전에는 어떤 심정이었는지, 어떤 식으로 체념하고 있었는지 몰라도 이렇지 않았다.

이제는 머리가 맑았다. 그가 느끼는 이 기분이 평화는 아니었다. 아직은 그랬다. 그는 여전히 두려웠다. 당연히 그럴 수밖에 없었다. 미지의 대상은 항상 공포를 야기했다. 그가 살아온 삶은 철저하게 체계적이었다. 아침이 되면 일어났다. 샤워를 했다. 옷을 갈아입었다. 맛이 고약한 커피를 두 잔 마셨다. 출근했다. 파트너들과 만났다. 의뢰인들과 만났다. 법원에 출두했다. 그는 연극을 좋아하지 않았다. 증인, 사실만 얘기해주세요. 판사가 앞에 있어도 불편하지 않았다. 상대측이 앞에 있어도 마찬가지였다. 그는 대부분의 재판에서 이겼지만 가끔은 그렇지 않았다. 좋을 때도, 나쁠 때도, 실패할 때도, 승리할 때도 있었다. 퇴근하면 이미 늦은 저녁이었다. 텔레비전을 보며 피자를 먹었다. 유난히 여유를 누리고 싶은 날에는 와인을 한 잔 마셨다. 그런 다음 서재에서 밤늦게까지 일을 했다. 일이 끝나면 다시 샤워하고 잠을 청했다.

날이면 날마다.

이 일상이 그가 아는 인생이었다. 그가 자신을 위해 건설한 인생이었고, 그는 그 안에 안주했다. 네이오미가 떠나고 모든 게 무너지는 것처럼 느껴졌을 때도 그는 오로지 의지 하나로 버텼다. 아쉬운 쪽은 네이오미라고 속으로 되뇌었다. 잘못한 쪽은 아내라고.

그는 그렇게 받아들였다.

"사장님은 백인 남자잖아요." 회사 크리스마스 파티에서, 얼굴이 벌게질 정도로 칵테일을 많이 마신 한 직원이 말했다. "사장님은 결국 실패할 거예요. 백인 남자들은 항상 그렇거든요."

그는 껄껄대며 폭소를 터뜨려 그 직원을 놀라게 했다. 그도 살짝 취한 상태였다. 직원은 그가 웃는 걸 그때까지 아마 본 적이 없을 것이다.

그 직원이 지금 그의 모습을 보았다면 얼마나 놀랐을까?

여기 이 카론의 나루터에서, 윌리스는 관리자가 다시 찾아오기로 한 날까지 3일을 남겨놓고 밤이 떠오르는 태양에 자리를 내주며 물러나는 동안 뒷마당을 달렸다. 무슨 술래잡기라도 되는 듯 아폴로가 명랑하게 짖으며 그의 뒤를 쫓았다. 차밭을 헤집어놓는 건 아닌가 싶어 잠깐 걱정이 됐지만 그와 아폴로는 죽은 몸이었다. 그가 작정하고 어지럽히지 않는 한 차밭은 무사했다.

"잡았다." 그는 아폴로의 귀 사이를 손가락으로 눌렀다가 다시 뗴며 말했다. 아폴로가 그를 덮쳐 앞발로 그의 엉덩이를 쳐서 쓰러뜨리자 월리스는 웃음이 터졌다. 그는 대차게 바닥으로 넘어졌고 타이밍 좋게 몸을 굴렸다가 아폴로의 얼굴 뽀뽀 공격에 볼 만하게 당했다. "으웩! 너 입 냄새 너무 지독해."

아폴로는 아랑곳하지 않는 눈치였다.

월리스는 잠깐 녀석을 내버려 두었다가 밀쳐서 떼어냈다. 아폴로는 앞발을 딛고 쭈그리고 앉아서 귀를 실룩이며 다시 놀 준비를 했다.

"개를 키운 적 있나?" 뒤편 덱에 앉아 있던 넬슨이 물었다.

월리스는 고개를 저으며 바닥에서 일어났다. "너무 바빴어요. 거의 하루 종일 집에 없는데 개를 키우는 건 조금 이기적인 것 같더라고요. 특히 도시에서는요."

"어렸을 때는?"

"아버지에게 알레르기가 있었어요. 고양이를 키웠는데, 성격이 까칠했고요."

"고양이들이 대개 그렇지. 아폴로는 착한 녀석이야. 이 녀석이 죽을 때가 됐다는 걸 알았을 때 걱정이 됐지. 개들은 죽으면 어떻게 되는지 알 수 없었거든. 녀석들이 죽으면 우리 영혼의 한 조각이 떨어져 나가잖나. 그게 휴고에게 어떤 영향을 미칠지 조금도 가늠하지 못했다네." 그는 차밭을 턱으로 가리켰다. "마지막이 가까워졌을 때 아폴로는 거의 걷지도 못했어. 휴고는 힘든 결정을 내려야 했지. 아폴로를 괴로워하도록 그냥 내버려둘 건지 아니면 궁극의 선물을 할 건지 말일세. 그 아이는 의외로 쉽게 결정을 내리더군. 수의사가 집으로 왔고 우리는 마당에 담요를 깔았네. 금세 끝났지. 휴고는 작별 인사를 했어. 아폴로는 앞으로 어떻게 될지 알기라도 하듯 강아지 특유의 미소를 지었고, 그런 채로 숨을 한 번, 두 번, 세 번 쉬더니… 더는 쉬지 않더군. 눈을 감고서. 수의사가 이제 끝났다고 했지만 우리 눈에 보이는 걸 수의사는 보지 못했지."

"떠나지 않은 걸 말이죠." 아폴로는 머리를 월리스의 무릎에 대고 누르며 다시 달리라고 재촉했다.

"맞아. 살아생전 모든 질병과 구속이 사라지기라도 한 것처럼 어찌나 생기발랄하던지. 휴고가 녀석을 문 앞으로 데려가려고 했지만 말을 들어야지 말일세. 고집이 세거든."

"제가 아는 누굴 닮았네요."

넬슨은 웃음을 터뜨렸다. "자네도 마찬가지일 것 같은데?" 그의 미소가 희미해졌다. "마찬가지였을 것 같다고 해야 하나? 월리스, 싫으면—"

"알아요. 하지만 선택의 여지가 없잖아요?"

넬슨은 한참 동안 아무 말도 하지 않았고 월리스는 이대로 대화가 끝난 줄 알았다. 아니었다. 넬슨이 쓸쓸히 다시 말문을 열었다. "항상 부족하지 않나? 시간 말일세. 언제나 시간이 남아도는 것 같다가도 정작 중요한 때는 부족하단 말이지."

월리스는 어깨를 으쓱했다. 아폴로는 차밭을 와다다다 뛰어다녔다. "그럼 최대한 활용을 잘해야죠."

넬슨은 아무 대답도 하지 않았다.

그는 남은 시간을 주방에서 메이와 함께 보냈다. 낸시와 교령회를 한 뒤 충분히 기력을 회복했기 때문에 오븐에서 패스트리 쟁반을 꺼내고 스토브에서 주전자를 들 수 있었다. 누가 창문을 들여다봤다면 주방용품들이 아주 편안하게 허공을 둥실둥실 떠다니는 걸 볼 수 있었을 것이다.

"물은 그냥 전자레인지에 데우면 되지 않아?" 월리스는 세라믹 찻주전자에 물을 담으며 말했다.

"으이구. 휴고 앞에서 그런 소리는 입 밖에 내지도 마. 아니다, 생각이 바뀌었어. 내가 옆에 있을 때 휴고한테 그렇게 물어봐. 휴고가 어떤 표정을 짓는지 보고 싶으니까."

"안 좋아하겠지?"

"좋아하지 않는 정도가 아니겠지. 차를 파는 건 마음을 다해야 하는 사업이야, 월리스. 찻물을 빌어먹을 전자레인지에 데우고 그러면 안 돼. 좀 배우세요." 그는 월리스가 차린 쟁반을 집어서 총총 뒷걸음으로 주방을 빠져나갔다. "휴고한테는 꼭 물어봐. 그의 반응을 저장해놓고 싶으니까." 메이의 뒤에서 문이 닫혔다.

그는 주방 창문 앞으로 가서 가게를 내다보았다. 평소처럼 바빴다. 점심 손님들이 이제 막 들이닥쳐서 빈 테이블이 거의 없었다. 메이는 사람들을 요리조리 솜씨 좋게 피해 테이블에 쟁반을 내려놓았다. 월리스는 저쪽 구석을 흘끗 확인했다. 낸시의 테이블에 아무도 없었다. 그는 놀라지 않았다. 낸시는 다시 오겠지만 그가 떠난 다음일지도 몰랐다. 그들이 꾸민 일로 충분한지 확신할 수 없었다. 그는 자신이 낸시의 고통을 덜어주었다고 착각할 만큼 어리석지는 않았지만 적어도 낸시가 다시 시작하고 싶을 때 그럴 수 있을 만한 기반이 다져졌기는 바랐다.

휴고는 카운터 뒤에서 손님들을 향해 미소 짓고 있었지만 딴 데 정신이 팔린 것 같았다. 이런저런 생각을 하는지 그날 오전 내내 말이 없었다. 윌리스는 이유를 캐묻지 않았다. 그냥 내버려두고 싶었다.

앞문이 열리면서 바람에 머리가 다 헝클어진 젊은 커플이 눈을 반짝이며 들어왔다. 이전에 방문해 남자가 두 번째로 만난 날이라고 했지만 사실 그날이 세 번째 데이트였던 그 커플이었다. 남자가 문을 잡아주었고, 에스코트하듯 살짝 고개를 숙이자 여자는 웃음을 터뜨렸다. 요란한 가게 소음을 뚫고 남자가 하는 말이 윌리스의 귀에까지 들렸다. "먼저 가시지요, 여왕님."

"너 진짜 특이해." 여자가 애정을 담아서 말했다.

"너한테는 최고로 잘해주고 싶어."

여자가 남자의 손을 잡고 카운터로 끌고 갔다. 여자가 두 사람이 마실 차를 주문하는 동안 남자는 여자의 뺨에 입을 맞췄다.

그때 윌리스는 앞으로 남은 시간 동안 해야 할 다음 일이 뭔지 깨달았다.

"이럴 필요까지는 없는데." 그날 저녁 찻집 문을 닫은 뒤 휴고가 말했다. 월리스는 메이와 넬슨에게 자리를 좀 비켜달라고 했다. 둘 다 알겠다고 했지만, 넬슨은 메이에게 주방으로 끌려가며 눈썹을 의미심장하게 꿈틀거렸다.

"그럴지도 몰라. 하지만 해야 할 것 같아서. 당신이 못 하겠다면 메이한테 부탁해도—"

휴고는 고개를 저었다. "아니, 내가 할게요. 뭐라고 얘기해달라고요?"

월리스가 원한 말은 짧고 간단했다. 부족해 보였지만 뭘 더 이야기해야 좋을지 막막했다.

만약 월리스의 심장이 뛰고 있었다면 휴고가 월리스에게 받은 번호로 전화를 걸고 스피커폰으로 바꾸었을 때 심장 소리가 귓전을 때렸을 것이다. 그가 전화를 받을지 불확실했다. 화면에 모르는 번호가 뜰 테니 대부분의 사람들처럼 받지 않을 수도 있었다.

그런데 그는 그러지 않았다.

"여보세요?"

"네이오미 번 씨와 통화 가능할까요?"

"전데요. 누구세요?" 두 번째 문장이 더 희미하게 들렸다. 월리스도 알다시피 전화기를 귀에서 떼고 미간을 찌푸리며 번호를 확인하느라 그런 거였다. 그의 머릿속 구석구석에서 선명하게 네이오미의 이미지가 떠올랐다.

"네이오미 번 씨, 저는 휴고라고 합니다. 저를 모르시겠지만 남편분과 아는 사이에요."

한참 정적이 흘렀다. "전남편이에요." 한참 만에 그가 말했다. "월리스를 말하는 거라면."

"맞습니다."

"뭐, 이런 소식을 전하게 돼서 유감이지만 월리스는 두어 달 전에 죽었어요."

"압니다."

"안다고요? 지금 현재형으로 그이 얘기를 하고 있는데— 아니, 됐어요. 어쩐 일로 전화를 하셨나요, 휴고 씨? 내가 시간이 별로 없어서요. 저녁 약속이 있거든요."

"시간을 많이 뺏지는 않겠습니다." 휴고가 월리스를 쳐다보자 그는 고개를 끄덕였다.

"그이 고객이었나요? 법률적인 문제라면 회사로 전화하세요. 그쪽에서 기꺼이—"

"아뇨. 저는 월리스의 고객이 아니었습니다. 오히려 월리스가 저의 고객이라고—"

"고객이었다고." 월리스가 나무랐다. "과거형을 써야지."

휴고는 눈을 부라렸다. "월리스가 저의 고객이었죠."

아까보다 더 한참 동안 정적이 흘렀다. "그이 상담치료사인가요? 모르는 지역번호인데. 전화를 거신 데가 어디죠? 무슨 일로 전화를?"

"아뇨. 저는 상담치료사가 아니라 찻집을 하고 있습니다."

네이오미는 웃음을 터뜨렸다. "찻집이라. 그런데 월리스가 당신 고객이었다고요. 월리스 프라이스가."

"네."

"그이 평생 차를 마시는 건 한 번도 본 적이 없는데. 의심하는 투라 미안하지만 월리스는 차를 안 마셨어요."

"압니다. 놀라실 수 있지만 월리스도 차를 좋아하게 됐어요."

"그래요? 그것 참 희한하네요. 그이가 왜— 됐어요. 어쩐 일로 전화를 하셨나요, 휴고 씨?"

"월리스는 제 고객이었지만 제 친구이기도 했습니다. 뭐라고 위로의 말씀을 드려야 할지. 많이 힘드셨겠어요."

"고마워요." 네이오미는 딱딱하게 말했다. 월리스도 알다시피 그는 지금 휴고의 의도가 뭔지 파악하느라 머리를 쥐어짜고 있었다. "그이를 알았던 분이라면 우리가 이혼했다는 것도 아실 텐데요."

"압니다."

그는 점점 더 짜증을 냈다. "우리가 이런 대화를 나눠야 하는 이유가 있나요? 하실 말씀 다 하셨어요? 저기, 전화 감사하지만 이제—"

"월리스는 당신을 사랑했어요. 아주 많이. 두 분 사이가 껄끄러워졌고 서로를 위해 헤어졌지만 그는 당신과 보낸 모든 시간을 단 일 초도 후회한 적 없었어요. 당신에게 이 사실을 알려주고 싶어 했어요. 당신이 다시 행복해지길, 충만한 삶을 살길 바랐습니다. 당신과 어긋난 걸 정말 안타까워했고요."

네이오미는 아무 말이 없었다. 전화 연결이 끊긴 건가 싶었지만 숨소리가 들렸다.

"월리스에게 결혼식 얘기를 들었어요. 그때 세상 그 누구도 당신처럼 아름답지 않았고, 자기는 그 누구보다 행복했다고. 이후 상황이 변했지만 월리스는 조그만 교회에서 당신이 자기를 보며 지었던 미소를 죽을 때까지 잊지 않았어요." 휴고는 조용히 웃음을 터뜨렸다. "결혼식 직전에 자기가 겁에 질려서 어쩔 줄 몰라 했다고 하더군요. 당신이 문을 사이에 두고 말을 걸어가며 자기를 진정시켜야 했다고요."

잠시 정적이 흘렀다. "그이는, 넥타이를 매지 못하겠다고 했어요. 식을 전부 취소하는 게 좋을 것 같다고도 했고요."

"하지만 취소하지 않았죠."

네이오미는 훌쩍거렸다. "맞아요. 취소하지 않았어요. 워낙 월리스다운 반응이라 내가…. 어쩜 좋아. 당신이 전화하는 바람에 화장이 다 뭉개졌잖아요. 어쩔 거예요?"

휴고는 미소를 머금었다. "그럴 생각은 없었는데요."

"맞아요, 그렇겠죠. 이제 와 전화해서 이런 얘기를 들려주는 이유가 뭐예요?"

"월리스는 당신이 그 얘기를 들을 자격이 있다고 생각했거든요. 월리스가 죽기 전에 한참 동안 서로 대화가 끊겼던 거 알아요. 하지만 내가 아는— 아니, 알았던 월리스는 당신이 기억하는 그 남자와 다른 사람이었어요. 다정함을 배웠거든요."

"전혀 월리스답지 않은 얘긴데요."

"그렇죠. 영원을 마주하면 사람들이 달라지기도 하니까요."

"그게 무슨 뜻이에요?"

"들리는 그대롭니다."

"그이와 잘 아는 사이였군요."

"네."

"정말로 잘 아는 사이였군요."

"그렇습니다."

"그이는 당신에게 우리 둘 사이에 있었던 일을 들려줬고요."

"맞습니다."

"그래서 뜬금없이 전화하기로 한 거예요? 좋은 뜻에서?"

"네."

"저기요, 휴고 씨. 휴고 씨 맞죠? 전화한 목적이 뭔지 모르겠지만 나는—"

"없습니다. 원하는 건 아무것도 없어요. 그저 당신이 그에게 소중한 사람이었다는 사실을 알리고 싶었을 뿐이에요. 언제나 변함없이 당신은 소중한 사람이었다고요."

네이오미는 아무 대꾸도 하지 않았다.

"그게 다예요. 내가 하고 싶은 얘기는. 시간 뺏어서 죄송합니다. 들어주셔서 감사했—"

"당신은 그이를 좋아했군요."

휴고는 화들짝 놀라며 윌리스를 잠시 쳐다보았다가 다시 시선을 돌렸다. "맞습니다."

"친구라…. 그냥 친구 사이였어요?"

"끊어!" 윌리스가 미친 듯이 외쳤다. "젠장, 전화 당장 끊어!" 그는 전화기를 낚아채려고 했지만 휴고가 잽싸게 카운터에 있던 전화기를 집어서 멀찌감치 들었다.

"그냥 친구 사이였어요." 휴고는 윌리스에게 전화기를 뺏기지 않으려고 얼른 카운터를 돌아 나오며 말했다. 윌리스는 신경을 곤두세우며 이 새로운 사태에 대처할 태세를 갖췄다.

"확실해요? 내가 이런 걸 다 알다니 믿기지 않지만 당신 목소리를 들어보니 그이가 좋아할 만한 사람인 것 같아서요. 그이는 내가 알아차린 줄 몰랐겠지만 번번이 까무러쳤거든요."

"나는 까무러친 적 없어!" 윌리스는 고함을 질렀다.

"그래요?" 휴고는 전화기에 대고 물었다. "까무러쳤다고요?"

"그렇다니까요. 얼마나 창피했는지 몰라요. 내 친구 중에 당신이랑 말투와 억양이 비슷한 사람이 있었는데, 윌리스가 그 앞에서 어찌나 알랑거리던지. 물론 그이는 딱 잡아떼겠지만 내 짐작이 맞는다 하더라도 그러려니 하겠어요."

"이거야말로 최악의 선택이었어." 윌리스는 체념한 목소리였다. "모든 게 이렇게 끔찍할 수가."

"알려주셔서 감사합니다. 하지만 저희는 그냥 친구 사이였어요."

"이제는 더 이상 상관없지 않나요? 그이가 이 세상에 없으니까요."

윌리스는 두 손을 카운터에 납작하게 대고 그대로 멈추었다. 고개를 숙이고 눈을 질끈 감았다.

"글쎄요, 과연 그럴까요?" 한참 만에 휴고가 말했다. "저는 그의 일부가 남아 있다고 생각하는데요."

"깜찍한 상상이네요. 혹시…." 네이오미는 흑하고 숨을 내뱉었다. "그이를 사랑했나요? 맙소사, 내가 지금 이런 대화를 나누고 있다니 믿을 수 없네요. 알지도 못하는 사람을 상대로 말이죠. 당신과 그이가 그런 사이였다 한들 관심조차 없는데—"

"그런 사이 아니었어요."

"그게 내 질문에 대한 대답이 되지는 않는데요."

"알아요." 휴고의 말에 월리스는 몸이 뜨거워지는 동시에 차가워졌다. "그 질문에는 뭐라고 대답하면 좋을지 모르겠어서요."

"네 아니면 아니오로 대답하면 되죠. 아니라고 하지 않는 걸 보니 대답을 듣지 않아도 되겠어요." 네이오미는 다시 훌쩍거렸다. "장례식 때 안 오셨죠?"

"몰랐어요."

"워낙 갑작스러웠어요. 그이의 죽음이. 고통은 없었을 거라고 들었어요. 얼마 전까지 살아 있었던 사람이 맞나 싶게 훌쩍 떠나버렸네요."

"살아 있었죠." 휴고는 월리스에게서 시선을 절대 떼지 않았다. "살아 있었고말고요."

네이오미는 웃음을 터뜨렸지만 흐느끼는 소리처럼 들렸다. "맞아요, 좋든 싫든 살아 있었죠. 휴고 씨, 나는 당신이 누군지 몰라요. 당신이 어떻게 월리스와 아는 사이였는지도 모르고 차를 통해서 알게 됐다고는 단 일 초도 믿지 않아요. 그래도 위로해주고 싶네요. 상심이 컸을 것 같아서. 전화 고맙지만 다시는 연락하지 마세요. 나는 이제 새 출발할 마음의 준비가 됐으니까. 아니, 이미 새 출발했어요. 이제 내가 할 얘기는 다 한 것 같네요."

"알겠습니다. 시간 내주셔서 감사했어요."

네이오미가 전화를 끊자 뻑 하는 소리가 났고 정적이 찻집을 채웠다.

월리스가 정적을 깨뜨렸다. "그러면 안 돼, 휴고."

"알아요." 휴고의 목소리가 이상할 만큼 여리게 느껴졌다. 월리스가 고개를 들어보니 그가 초록색 바탕에 흰색 개가 그려진 반다나를 만지작거리고 있었다. "하지만 이건 내 것, 내 몫이에요. 당신이 빼앗아 갈 수는 없어요."

"빼앗으려는 게 아니야." 월리스는 심란해했다. "그게 아니라— 당신 때문에…" 그의 가슴이 들썩였다. 갈고리가 녹을 정도로 뜨겁게 느껴졌다. "당신 때문에 더 힘들어지고 있잖아. 제발 이러지 마. 감당 못 해. 감당하지 못하겠다고."

"왜요? 뭐가 그렇게 괴로운데요?"

"나는 죽은 사람이잖아!" 월리스는 고함을 질렀다.

그는 그림자들이 아까보다 길게 드리워진 찻집에 휴고를 두고 나와버렸다.

20장

다음 날은 힘들었다.

월리스는 우리에 갇힌 짐승처럼 왔다 갔다 하며 곰곰이 생각했다. 다른 사람들은 그와 멀찌감치 거리를 두었고 그는 계속 중얼거렸다. "이틀. 이틀 남았어."

몸서리가 쳐졌다. 몸이 부르르 떨렸다. 전율이 일었다. 막을 방법이 전혀 없었다.

그는 앞 유리창을 내다보았다. 찻집 앞에 평소처럼 휴고의 스쿠터가 세워져 있었다. 전체 연두색에 타이어 옆면은 흰색이었다. 사이드미러에는 만화풍의 유령 그림과 함께 말풍선에 ㅇㅇㅇㅇ! 라고 적힌 조그만 장식이 달랑거렸고, 작은 안장 뒤에는 철제 손잡이가 달려 있었다.

그는 뒤편 덱에 서서 볕바라기를 했을 때 어떤 기분이었는지 기억이 났다. 그 기분을 다시 느낄 필요가 있었다. 정말 사소한 것이었지만 생각하면 할수록 머릿속에서 떨쳐버릴 수가 없었다. 태양. 태양을 느끼고 싶었다. 가슴에 박힌 갈고리는 진동하고 케이블은 전보다 더 환하게 빛나는 지금, 태양이 그를 부르고 있었다. 속삭임이 그의 귓가를 간질였지만 문에서 들리는 소리와는 달랐다. 문에서 들리는 소리는 듣기 좋고 차분했다면 이 소리는 다급하게 느껴졌다.

그는 주방으로 메이를 찾아갔다. 메이는 그가 자기를 잡아먹으려는 사람이라도 되는 양 경계하며 그의 표정을 살폈다. 월리스는 미안해졌다. "오늘 오후에 가게 좀 봐줄 수 있어?"

메이는 천천히 고개를 끄덕였다. "아마도. 왜?"

"여기서 탈출하고 싶어서."

그는 놀란 표정을 지었다. "뭐라고? 월리스, 그러면 어떻게 되는지 너도 알―"

"알아. 멀리 안 갈게. 얼마나 버틸 수 있을지 지난번에 해봐서 알아. 잘 조절할 수 있어."

메이는 못 미더워했다. "그런 무리수를 둘 필요가 없잖아. 며칠 남지도 않았는데." 뭐가 며칠 안 남았는지는 굳이 설명할 필요 없었다. 둘 다 알고 있었으니까.

그는 요란하게 웃었다. "지금 아니면 언제 해보겠어? 아, 그리고 휴고를 데려갈게."

"어디로?"

그는 씩 웃었다. 미치광이가 된 것 같은 느낌이 안에서 이글거렸다. "몰라. 끝내주지?"

휴고는 윌리스의 설명을 가만히 듣고 아무 대답도 하지 않았다. 윌리스가 퇴짜 맞았나 보다고 생각한 찰나에 그가 물었다. "진짜 괜찮겠어요?"

"그럼, 당신이 알잖아. 얼마나 오랫동안 버틸 수 있는지. 얼마나 멀리까지 갈 수 있는지."

"위험해요."

"나한테는 꼭 필요한 시간이야." 윌리스는 딱 잘라 말했다. "그 시간을 당신이랑 같이 보내고 싶고."

하면 안 되는 말이었다. 휴고의 표정 위로 셔터가 내렸다. "생각이 바뀌었어요? 간밤에는 내 감정에 대해 듣고 싶지 않아 하더니."

"무서워." 윌리스는 실토했다. "어떻게 하면 안 무서워질 수 있는지도 모르겠고. 이것뿐이라면, 내게 남은 게 이것뿐이라면 해보고 싶어. 당신과 함께."

"정말 그게 소원이에요?"

"응."

"메이한테 물어볼게요, 혹시—"

"이미 얘기 끝냈어요." 메이가 주방 문 밖으로 고개를 내밀고 말했다. 그의 팔 아래로 넬슨이 보이자 윌리스는 코웃음을 터뜨렸다. 귀를 쫑긋 세우고 듣고 있던 게 분명했다. "알겠으니까 저 인간이 하자는 대로 해줘요, 대장. 두 사람 모두에게 좋을 거예요. 상쾌한 공기도 좀 마시고 어쩌고저쩌고하면 진지는 우리가 지킬게요."

"저 인간이 스쿠터를 탈 줄 아는지 그것도 확실치가 않은데요?"

휴고가 말했다.

월리스는 가슴을 내밀었다. "나는 뭐든 할 수 있어."

그는 아무것도 할 수가 없었다.

"뭐지?" 월리스는 다섯 번째로 스쿠터를 그대로 통과해 땅바닥으로 넘어지자 성을 냈다.

"사람들이 빤히 쳐다보고 있어요." 휴고가 입을 거의 움직이지 않으며 속사포로 말을 쏟아냈다.

"아, 미안해서 어쩌나." 월리스는 땅바닥에서 몸을 일으켰다. "사람들 눈에 내가 보이는 건 아닐 테고, 당신이 맛이 간 사람처럼 스쿠터를 향해 혼자 중얼거리는 걸로 보이겠지?"

휴고는 팔짱을 끼고 자기 발치를 노려보았다.

월리스는 미간을 찌푸리며 스쿠터를 보았다. 이렇게 어려울 이유가 없었다. "마음을 비우자." 그는 혼잣말을 중얼거렸다. "비우자. 비우자."

그는 다시 한번 왼 다리를 들어서 스쿠터 뒷좌석으로 넘겼다. 마치 스쾃 자세로 천천히 몸을 낮추는 자기 모습이 얼마나 우스꽝스러울지 알았지만 그런 데 신경 쓸 겨를이 없었다. 지금이 마지막 추억이 될 거라면 해내고야 말 작정이었다.

엉덩이와 허벅지에 와 닿는 스쿠터 안장이 느껴지자 그는 승리의 함성을 질렀다. "예! 나는 세계 최고의 유령이다!"

그가 휴고를 건너다보니 웃음이 나오려는 걸 참고 있었다. "그러다 떨어져서—"

"죽을지 모른다고? 그건 걱정할 필요가 없을 것 같은데? 얼른 타. 얼른, 얼른, 얼른." 그는 앞자리 안장을 두드렸다.

생각보다 어색했다. 스쿠터는 작았고 휴고와 월리스는 그렇지 않았다. 월리스는 침을 꿀꺽 삼키며, 휴고가 한쪽 다리를 넘겨 안장에 자리 잡고 앉는 동안 그의 엉덩이를 보지 않으려고 애써 눈을 돌렸다. 휴고가 뒤꿈치로 킥 스탠드를 차서 올리며 똑바로 세우자 스쿠터가 삐걱거렸다. 두 사람은 바짝 붙어 있었다. 월리스의 다리가 휴고의 몸속으로 사라졌을 정도였다. 둘을 연결한 케이블이 팽팽하게 늘어났다. 묘하게 친밀한 분위기였다. 월리스는 휴고의 허리를 두 팔로 으스러져라 감싸 안으면 어떤 기분일지 궁금해졌다. 그는 휴고의 허리 대신 뒤로 손을 뻗어 양옆에 달린 철제 손잡이를 잡고 발판에 발을 얹었다.

휴고가 뒤를 돌아보았다. "멀리 가지는 않을 거예요."

"알겠어."

"몸이 이상해지기 시작하면 얘기해줘요."

"그럴게."

"농담 아니에요, 월리스."

"약속해." 그는 평생 지금보다 더 진지한 적이 없었다. 집 안에서 들렸던 속삭임이 예전보다 더 커져서 이제 더는 못 들은 척할 수 없었다. 그 속삭임이 어디에서 시작되는지 불분명했지만 문 쪽은 아니었다. 찻집 밖이었다.

휴고가 시동을 걸었다. 스쿠터 엔진이 깨어났고 안장이 윌리스의 아래에서 기분 좋게 떨렸다. 천천히 출발한 스쿠터가 뒤로 흙먼지를 날리며 속도를 높이자 그의 웃음소리가 비명 소리로 바뀌었다.

윌리스는 도로로 나서자마자 자신을 끌어당기는 강한 힘을 느꼈다. 그는 이를 악물고 그 힘에 저항했다. 전에는 그 힘의 정체를 몰랐지만 이제는 알 것 같았다. 그는 살갗이 바스러지기 시작했을 거라고 생각하며 자기 팔을 내려다보았다. 아직은 아니었지만 곧이었다.

윌리스는 휴고가 시내로 가서 큰길을 따라 달린 뒤 다시 가게로 돌아갈 줄 알았는데 아니었다. 그는 모든 걸 등지고 반대편으로 갔다. 도로 양옆으로 숲이 점점 더 빽빽해졌고, 나무가 서늘한 바람에 한들거리자 가지들이 뼈처럼 서로 덜거덕거렸다. 앞에서 태양이 점점 저물자 하늘이 분홍색과 주황색, 그리고 윌리스가 지금까지 있는 줄도 몰랐던 여러 빛깔의 파란색으로 물들었다. 깊고 깊은 바다처럼 짙은 색이었다.

뒤따라오는 사람은 아무도 없었다. 그들 옆을 지나가는 차량도 없었다. 온 세상에 그들 둘만 남아, 어디로 가는지 알 수 없는 동시에 또 한편으로는 어디로든 갈 수 있는 외진 도로를 달리는 느낌이었다.

"더 빨리." 그는 휴고의 귀에 대고 말했다. "더 빨리 달려."

휴고가 속도를 높이자 스쿠터 엔진이 애처롭게 낑낑거렸다. 고속 질주용으로 만들어진 엔진이 아니었지만 상관없었다. 그걸로 충분했다. 코너를 돌 때마다 바람이 머리칼을 세차게 두드렸고, 발아래 도로는 흐릿해져 하얀색과 노란색 선만 월리스의 눈앞을 휙휙 지나갔다.

겨우 몇 분이 지났을까. 월리스의 피부가 바스러지며 뒤로 흩날리기 시작했다. 곁눈으로 상황을 알아차린 휴고에게 월리스가 말했다. "괜찮아. 진짜야. 그냥 가. 고, 고, 고."

휴고는 달렸고, 월리스는 이대로 끝까지 가면 어떻게 될지 궁금해졌다. 아주 멀리까지 달리면 월리스는 조각조각 흩어져 아무것도 남지 않을 것 같았다. 허스크나 유령이 되는 게 아니라. 의미 있는 사람이라도 되는 것처럼 유골이 흩뿌려져 산간 도로를 덮는 흙먼지가 될지 몰랐다.

어쩌면 그는 의미 있는 사람일지 몰랐다. 거창하게 세상 전반이나 많은 사람에게는 아닐지 몰라도 여기 카론의 나루터에서 휴고와 메이와 아폴로와 넬슨에게라면, 어쩌면 그는 의미 있는 사람일지 몰랐다. 월리스가 뜻밖의 상황에서 깨달은 교훈이었다. 무엇이 좋든, 나쁘든, 아름답든, 추하든 사는 동안 최대한 누리는 것. 그게 인생이라는 수수께끼의 정답이었고, 가장 중요했다.

월리스는 죽어서야 그 어느 때보다 살아 있는 기분을 느낄 수 있었다.

그는 허벅지로 스쿠터 양옆을 세게 눌러 몸을 고정했다. 두 팔을 날개처럼 벌리자 벗겨져 으스러진 피부 조각들이 뒤로 날렸다. 그가 태양을 향해 고개를 뒤로 젖히고 눈을 감자 온기가 느껴졌다. 환한 빛이 그를 완벽하게 감쌌다. 그는 그 느낌이 영원하길 바라며 격한 희열을 담아 하늘을 향해 고함을 질렀다.

휴고는 생각해둔 목적지가 있는지, 월리스 혼자 나섰다면 보지 못하고 지나쳤을 길로 방향을 틀었다. 숲을 가로지르며 구불구불 이어지는 비탈길이었다. 바스러지며 벗겨지는 그의 피부를 끌어당기던 힘이 미미해졌다. 월리스의 머릿속 한쪽 구석에서 검은 연기가 꼬불꼬불 피어올랐지만 그는 커지지 않게 잘 눌렀다. 속삭임이 점점 아득해졌다.

앞쪽 길가 자갈이 깔린 공간에 조그만 쉼터가 있었다. 휴고가 스쿠터를 그쪽으로 몰았고 월리스는 가드레일 저편 광경을 목격한 순간 탄성을 내뱉었다.

쉼터 아래는 낭떠러지였다. 경사가 가파르긴 했지만 아래쪽에 심긴 나무 꼭대기가 솟구쳐 그들을 맞았다. 서쪽으로 뉘엿뉘엿 해가 저물었고, 월리스는 스쿠터가 멈추자마자 뛰어내려 가드레일 앞으로 달려갔다. 급히 가다가 하마터면 가드레일을 그대로 통과해버릴 뻔했지만 그 직전에 가까스로 멈추어 섰다.

"통과했으면 큰일 날 뻔했잖아." 그는 아래를 내려다보며 중얼거렸다. 아찔한 현기증이 그를 덮쳤다.

휴고가 스쿠터 시동을 끄고 킥 스탠드를 받친 다음 내려오는 소리가 들렸다. "오래 있지는 못해요. 점점 심해지고 있어서."

휴고의 말이 맞았다. 떨어져 나오는 조각들이 아까보다 커졌다.

머릿속에서 피어오르는 연기가 더 강해졌다. 턱이 욱신거리고 손이 떨렸다. "몇 분만." 그는 조그맣게 속삭였다. 휴고가 그의 옆으로 다가왔다. "왜 여기로 왔어? 여기가 당신에게는 어떤 곳이야?"

"예전에 아버지랑 자주 왔었어요." 휴고가 저물어가는 햇빛을 온 얼굴로 마주하며 말했다. "어렸을 때. 여기서 온갖 중요한 대화를 나눴죠." 그는 씁쓸한 미소를 지었다. "여기서 나는 성교육을 받았어요. 수학에서 F를 받았다고 외출 금지도 이곳에서 당했죠. 아버지에게 내가 동성애자라고 밝힌 곳이기도 해요. 아버지는 그 사실을 미리 알았다면 성교육의 내용이 전혀 달라졌을 거라고 하셨죠."

"좋은 분이셨네?"

"좋은 분이셨죠." 휴고는 동의했다. "사실 그보다 더 훌륭할 수가 없었어요. 실수도 저질렀지만 항상 인정하셨어요. 당신을 만났다면 마음에 들어 하셨을 거예요." 그는 얘기를 하다 말고 잠깐 멈췄다. "음, 지금의 당신을요. 변호사는 그닥 좋아하지 않으셨거든요."

"변호사를 좋아하는 사람이 있나. 그런 점에서 우리는 마조히스트네."

그들은 나란히 서서 저물어가는 태양을 바라보았다. 휴고의 그림자가 뒤로 길게 늘어졌다.

"내가 떠나더라도 잊지 말아줘. 나를 좋게 기억해줄 사람이 별로 없거든. 그중 한 명이 당신이 되어주면 좋겠어." 월리스의 손톱이 쪼개지기 시작했다.

휴고가 침을 삼키자 울대뼈가 움직였다. "내가 어떻게 당신을 잊을 수 있겠어요?"

월리스가 생각하기에 그보다 쉬운 일은 없었다. "약속하는 거지?"

"약속해요."

저녁놀은 눈부셨다. 그는 좀 더 오랫동안 하늘을 향해 고개를 들고 있고 싶었다. "우리 둘이 다시 만날 날이 있을까?"

"그런 날이 있길 바라요."

그로서는 그걸로 충분했다. "한참을 기다려야겠지. 당신에게는 해야 할 일이 아직 많으니까." 그는 화끈거리는 눈시울을 달래느라 애를 먹고 있었다. "그리고—"

그는 말을 잇지 못했다. 머릿속의 안개가 짙어져 그를 잡아당기더니 홱 하니 낚아챘다. 케이블이 번쩍거렸다. "아." 월리스는 신음하며 비틀거렸다.

"이제 그만 돌아가야겠어요." 휴고가 걱정하는 목소리로 말했다. "지금 당장."

"그러자." 월리스가 힘없이 속삭였다. 태양은 지평선 아래로 잠겼다.

가게로 돌아가는 동안 월리스는 허공을 떠가는 듯한 기분을 느꼈다. 휴고가 스쿠터를 전속력으로 몰았지만 그는 불안하지도, 전처럼 무섭지도 않았다. 안도감 비슷한 평온함이 그를 감쌌다.

"꽉 잡아요!" 휴고가 외치는 소리가 아주, 아주 멀게 느껴졌다. 다시 돌아온 속삭임이 아까보다 더 크게, 더 집요하게 들렸다.

찻집과 연결된 길로 접어들자 그의 머릿속이 맑아졌다. 그즈음에는 손도, 팔도 사라졌고 코도 없어진 것 같았다. 떨어져 나갔던 몸의 조각들이 복잡한 퍼즐처럼 제자리를 찾아가는 동안 그는 끙끙 앓았다. 휴고가 스쿠터를 홱 하니 오른쪽으로 틀자 그는 외마디 비명을 질렀다. 이러다 어디 부딪히겠다는 생각이 들었고 휴고에게 헬멧을 쓰라고 하지 않은 게 후회됐다. 하지만 그 생각은 한순간에 사라졌다. 그의 눈에 휴고를 휘청거리게 한 정체가 들어왔다.

캐머런이었다. 그가 도로 한복판에 서 있었다.

나는 아직 여기 있어.

스쿠터가 미끄러지자 타이어 주변으로 돌멩이가 튀고 흙먼지가 날렸다. 갈라진 껍질 사이로 눈물처럼 수액을 흘리고 있는 거대한 고목이 그들 앞으로 다가왔다. 월리스는 휴고를 관통하며 손을 내밀어 핸들을 잡고 브레이크를 있는 힘껏 당겼다. 끼이익 하고 브레이크가 걸리면서 스쿠터가 요동쳤다. 뒤 타이어가 잠깐 지면에서 붕 떴다가 쿵 하고 다시 착지했고 스쿠터는 나무 바로 앞에서 가까스로 멈춰 섰다.

"맙소사." 휴고는 경악했다. 월리스가 손을 거두는 동안 그는 아래를 내려다보았다. "당신이 아니었다면—"

월리스는 휴고의 말이 끝나기도 전에 스쿠터에서 내려 도로 쪽으로 몸을 돌렸다.

캐머런은 입을 벌려 시커먼 이를 드러내고는 고개를 들어 별을 바라보고 있었다. 양옆으로 팔을 늘어뜨려 손가락이 대롱거렸다.

그는 노골적이고 냉랭한 월리스의 시선을 느끼기라도 한 듯 고개를 떨구었다.

월리스의 가슴에 박힌 갈고리가 그 어느 때보다 심하게 진동했다. 거의 살아 있는 것처럼 느껴질 정도였다. 속삭임이 이제는 폭풍처럼 머릿속에서 빙글빙글 돌았다. 무슨 말인지 정확하게 알아들을 수 없었지만 월리스는 그 속삭임이 의미하는 게 무엇인지, 그가 애초에 왜 찻집에서 나오고 싶었는지 알아차렸다.

캐머런이 그를 부른 것이었다.

뒤에서 휴고가 킥 스탠드를 내리고 스쿠터 시동을 껐지만 월리스는 그를 신경 쓸 겨를이 없었다. "캐머런. 아직 거기 있지, 그렇지? 맙소사, 네 소리가 들려."

캐머런은 천천히 눈을 감았다 떴다.

월리스는 차밭에서 캐머런의 손이 그를 감쌌을 때 어떤 감정을 느꼈는지 기억했다. 행복. 분노. 그 햇살 같은 남자와 보낸 눈부신 순간들. 재크, 재크, 재크. 모든 걸 잃었을 때 천둥처럼 캐머런을 강타했던 상실감. 나중에 얘기 듣기로는 그와 캐머런의 기묘한 합체가 불과 몇 초 만에 끝났다고 했지만 한평생 우여곡절을 함께한 느낌이었다. 월리스는 캐머런이 되어 캐머런이 보았던 것을 보았고, 너무나 부당한 삶의 질곡을 겪는 동안 함께 괴로워했다. 그때는 미묘한 차이를 이해하지 못했다. 기억의 파편들이 너무 많았고, 빠르게 지나갔다. 지금도 완벽하게 이해할 수는 없었지만 그 파편들이 전보다 더 선명했다.

휴고가 그러지 말라고 소리를 질렀지만 월리스는 손을 내밀어 캐머런의 손을 잡고 다독이듯 속삭였다. "보여줘."

캐머런의 추억들이 유령처럼 고개를 내밀었다.

"나 속이 울렁거려." 재크가 미소 지으려다 실패한 얼굴로 말했다. 그의 눈알이 뒤집혔다. 방금 전까지 멀쩡했던 그가 죽었다.

정말 그 정도로 순식간에 끝났을까? 사실 더 많은 일들이 있었다. 처음에는 월리스도 파악할 수 없을 만큼 많은 일들이 있었다. 이 장면에서 다음 장면으로 휙휙 건너뛰는 스타카토 영화처럼 많은 일들이 언뜻언뜻 그의 눈앞을 스쳐 지나갔다. 그는 캐머런인 동시에 캐머런이 아니었다.

그의 이름은 월리스 프라이스였다. 그는 살아 있는 삶을 끝냈다. 그런데도 계속, 계속, 계속 끈질기게 버텼다. 하지만 살아 있다는 건 어쩌면 사소하고, 중요하지 않았다. 이미 지나가버린 과거였다. 캐머런이 육체라는 껍데기 안에 간직해온 모든 것을 보여주었다.

캐머런이 "재크? 재크?"라고 외치며 앞으로 움직이자 월리스도 "재크."라고 속삭였지만 그는(아니면 그들은) 쓰러지는 재크를 붙잡지 못했다. 재크는 쿵 하는 끔찍한 소리와 함께 머리를 바닥에 부딪쳤다.

월리스는 끝없는 우주처럼 그를 감싸고서 피를 흘리는 추억 속에 붙들려 더는 아무것도 할 수 없었다. 캐머런이 전화기를 붙잡고 911 교환원에게 뭐가 잘못됐는지 모르겠다고, 뭘 어떻게 해야 하는지 모르겠다고, 도와달라고, 제발 도와달라고 절규했다.

"도와주세요." 월리스는 간절히 말했다. "제발 도와주세요."

다시 지직거리며 장면이 홀쩍 바뀌었다. 캐머런이 현관문을 활짝 열자 응급 구조원들이 그를 밀치며 지나갔고, 구급차와 소방차가 집 앞에서 경광등을 번쩍거렸다.

응급 구조원들이 재크를 바퀴 달린 들것에 싣는 동안 캐머런이 어떻게 된 거냐고 따져 묻자 그들은 동공이 확장됐고 혈압이 계속 떨어지고 있다는 말을 속사포처럼 쏟아냈다. 재크는 눈이 감겼고 몸이 축 늘어졌다. 월리스는 캐머런의 공포를 고스란히 느꼈다. 그의 머릿속에서 *무슨 일이야 무슨 일이야* 하는 요란한 외침이 몇 번이고 반복됐다.

그들은 재크의 셔츠를 벗기며 구급차 뒤 칸에 함께 탄 캐머런에게 그의 병력에 대해 아는 게 있느냐고, 그가 약을 했느냐고, 약물을 과다 복용했느냐고 물었다. 전부 솔직하게 말해줘야 재크를 도울 수 있다며.

그는 머릿속이 하얬다. "아뇨." 캐머런은 믿기지 않아 하는 투로 대답했다. "이 친구는 평생 약을 한 적이 없어요. 심지어 아스피린도 잘 먹지 않았어요. 어디 아픈 게 아니에요. 이 친구는 한 번도 아파본 적이 없어요."

그는 친구들과 재크의 가족에게 둘러싸인 채 병원에 서 있었다. 얼음 속으로 들어가기라도 한 듯 온몸에 아무 감각도 없었다. 잠시 후 의사가 나와서 온 세상을 산산이 무너뜨렸다. 의사 말로는 뇌출혈이라고 했다. 혈관이 터졌다고. 뇌지주막하출혈이라고.

뇌 손상이라고.

뇌 손상이라고.

뇌 손상이라고.

"치료할 수 있는 거죠? 고칠 수 있는 거죠? 나을 수 있는 거죠?" 캐머런은 의사의 어깨를 붙잡고, 팔을 붙잡고, 그를 붙잡고, 조금씩 뒷걸음질 치는 그에게 달려들지 않으려고 애쓰며 소리를 지르고 또 질렀다.

재크는 바로 수술실로 옮겨졌지만 수술대 위에서 눈을 감았다. 캐머런은 장례식 때 제일 비싼 양복을 입었다. 재크에게도 제일 비싼 양복을 입혔다.

성가대가 빛과 기적을, 하느님과 그의 섭리를 노래했다. 윌리스는 속으로 소리질렀지만 그가 지르는 게 아니었다. 캐머런이 이 모든 게 꿈일 거라고, 진짜일 리 없다고 소리 없이 울부짖고 있었다. 일어나! 캐머런이 그의 머릿속에서 고함쳤다. 제발 일어나!

목사가 고통과 상심을 운운하며, 씩씩했던 사람을 이렇게 빨리 데려가시는 이유를 우리는 알 수 없지만 하느님은 우리에게 감당할 수 있는 아픔과 슬픔만을 주신다고 했다.

다들 울었다. 캐머런은 울지 않았다. 아, 노력은 했다. 눈물을 쥐어짜보려고, 온몸을 마비시키며 엄습하는 추위 말고 아무거나 다른 걸 생각해보려고 애쓰기는 했다.

관 뚜껑이 열려 있었고, 그 안에 누워 있는 시신을 차마 쳐다볼 수 없었다.

"정말 괜찮겠어?" 친구가 물었다. "마지막 작별 인사도 하지 않고 보낼 거야? 이제 곧…." 그는 목이 메어 말을 맺지 못했다.

캐머런은 구덩이 옆에 섰고, 재크가 그 구덩이 안으로 눕혀지는 걸 지켜보는데도 여전히 추위 말고는 아무것도 느낄 수 없었다. 그의 머릿속은 춥다는 생각뿐이었고 윌리스는 모든 방법을 동원해가며 아무리 애써도 그 추위를 쫓아낼 수 없었다.

사람들이 밤마다 그의 곁을 지켰다. 몇 주 동안 그는 누군가와 함께 있었다.

"캐머런, 뭐 좀 먹어야지."

"캐머런, 좀 씻어야지."

"캐머런, 밖에 나가자, 응? 시원한 바람 좀 쐬게."

"혼자 있어도 정말 괜찮겠어?"

"괜찮아. 괜찮아."

그는 괜찮지 않았다. 4개월을 버텼다. 그들의 집에서 이 방, 저 방으로 옮겨 다니며, 재크를 찾아 절규하며. "함께하기로 한 일들이 많았잖아. 약속했잖아!"

여전히 눈물은 나오지 않았고 계속 춥기만 했다.

침대 밖으로 나오지 않은 날도 있었다. 기운이 없어서 몸을 돌려 이불을 머리 위로 뒤집어쓰고 재크의 체취를 찾기만 한 날도 있었다. 재크는 장작 연기와 흙과 나무, 그중에서도 빽빽한 나무 냄새를 풍겼다.

친구들이 다시 찾아왔다. "걱정돼서 왔어. 네가 괜찮은지 확인해야 겠어서."

"괜찮아. 괜찮아."

마지막 날, 그는 자리에서 일어났다. 시리얼을 먹고 그릇과 숟가락을 씻어서 치웠다. 말없이 집 안을 이리저리 돌아다녔다.

그는 모든 걸 포기했다. 아프지는 않았다. 생의 마지막 순간이. 그저 아무 감각이 없었다. 잠시 후 그는 세상을 떠났다. 정말로 떠난 건 아니었다. 그건 아니었다.

그는 허공에 뜬 채 그의 몸에서 쏟아져나오는 생혈을 내려다보며 자포자기했다. "아. 여기가 지옥이구나."

그는 여전히 혼자였다.

조금 뒤 어떤 남자가 찾아왔다. 남자는 사신이라고 자기소개를 하며 미소 지었지만 눈은 웃고 있지 않았다. 입꼬리는 불쾌하게 일그러져 있었다.

"내가 거두어줄게." 사신이 말했다. "언젠가는 전부 이해하게 될 거야. 너는 헌신짝 버리듯 네 목숨을 버렸지만 내가 보살펴주겠어."

그는 땅거미가 질 무렵 찻집 앞에 서서 창문에 걸린 팻말을 바라보았다.

개인 사정으로 오늘은 영업을 하지 않습니다.

휴고가 안에서 그를 기다리고 있다가 차를 권했지만 캐머런은 사양했다.

"위로의 말씀 전할게요. 잃어버린 모든 것에 대해서."

사신은 아니꼬운 듯 말했다. "제 손으로 그런걸."

캐머런의 귀에 대고 독약을 붓는 것이나 다름없는 발언이었다.

그는 찻집 꼭대기에 있는 문을 믿지 않았다. 사신은 문을 건너면 어디로든 갈 수 있다고 했지만 정확하게는 몰랐다. 휴고도 마찬가지였다. 정확하게 아는 사람은 아무도 없었다. "어둠이 끝없이 이어질 수도 있지." 어느 날 밤 휴고가 자는 동안 사신이 지나가는 말로 중얼거렸다. "전혀 아무것도 없을 수도 있고."

캐머런은 찻집에서 도망쳤다. 피부가 바스러져 날아갔고, 케이블이 끊겨서 사라졌다. 가슴에 박혀 있던 갈고리가 해체됐다.

그는 시내까지 갔다가 도로 한복판에 무릎을 꿇고 쓰러졌다. 마지막으로 또렷하게 그의 머릿속에 떠오른 건 태양처럼 웃고 있는 재크의 모습이었다. 월리스가 같은 잔상을 본 이유는 캐머런의 기억 때문이었다. 그와 마음을 공유한 남자는 마지막으로 힘차게 숨을 내뱉었고, 인간성이 사라지기 직전까지 태양을 놓지 않았다.

"이건 불공평해. 모든 면에서." 월리스가 분노했다.

"도와줘." 캐머런이 속삭였다.

불이라도 난 것처럼 가슴이 화끈거리자 월리스는 아래를 내려다보았다. 둥그스름한 쇠꼬챙이가 그의 가슴뼈에 꽂혀 있었다. 그 끝에 휴고와 연결돼 밝게 빛나는 두툼한 케이블이 달려 있었다. 둥실둥실 떠내려가 아무것도 남지 않도록 막기 위해 산 자와 죽은 자를 잇는 연결 고리이자 밧줄이자 생명줄이었다.

월리스는 갈고리를 향해 손을 내밀다 말고 잠깐 머뭇거렸다. "이제 알겠어. 지금까지 어떤 일을 했고 어떤 실수를 저질렀는지는 중요하지 않아. 중요한 건 사람 그 자체야. 우리가 서로를 위해 무엇까지 기꺼이 할 마음이 있는지. 무엇을 희생할 수 있는지. 내가 그들에게 그걸 배웠어. 여기, 이곳에서."

"부탁해." 캐머런이 간청했다. "더 이상 길을 잃고 헤매고 싶지 않아."

"마음을 비우자."

윌리스는 갈고리를 움켜쥐었다. 손바닥과 손가락에 닿는 쇠꼬챙이가 뜨겁게 느껴졌지만 화상을 입지는 않았다. 그는 갈고리를 있는 힘껏 잡아당겼다. 너무 아파서 이를 악물어야 했다. 눈물이 고였고 갈고리가 빠져나온 순간 그는 비명을 질렀다. 그 묵직하던 것이 풀려나오자 해와 같고 별과 같은 안도감이 파도처럼 그를 덮쳤다.

그는 머리 위로 갈고리를 들어서 캐머런의 가슴에 그대로 꽂았다.

누군가에게 사납게 뺨을 얻어맞고 고개가 한쪽으로 돌아가자 그의 눈이 번쩍 뜨였다. "아야! 누구야?"

눈을 깜빡여보니 메이가 위에서 그를 노려보고 있었다. 찻집이었고 윌리스는 바닥에 누워 있었다. "이런 나쁜 자식." 메이가 다그쳤다. "무슨 생각으로 그런 짓을 저지른 거야?"

그는 아직까지도 화끈거리는 한쪽 뺨을 문지르며 일어나 앉았다. "그게 무슨…." 그의 눈이 튀어나왔다. "이런 망할."

"그래, 맞아. 이런 망할 노릇이지. 네가 무슨 짓을 저질렀는지 알기나—"

"성공했어?" 그는 다급한 목소리로 물었다. "성공했어?"

메이는 어깨를 늘어뜨리며 한숨을 쉬었다. "직접 확인해봐." 메이는 손을 뻗어서 그의 팔을 잡고 일으켰다. 무중력의 공간에 온 것처럼 몸이 홱 들려 발이 바닥에서 떨어지자 그는 놀라서 꽥 하고 비명을 질렀다. 눈을 휘둥그레 뜨고 아래를 내려다보았다가 자기 몸이 바닥에서 몇 센티미터 떠 있는 걸 보고 기겁했다. 그는 팔을 위로 들어 흔들며 아래로 내려가려고 했지만 소용없었다. 그가 다시 시도하는 동안 메이가 노려보았다. "그래, 네가 자초한 일이라고. 아폴로 목줄이 있었기 망정이지 안 그랬으면 지금쯤 너는 여기 남아 있지도 못했을 거야." 메이는 그의 발목을 가리켰다. 그의 몸에 개 목줄이 감겨 있었다. 목줄을 따라 시선을 옮겨보니 넬슨이 반대쪽 끝을 잡고 있었다.

"내가 왜 이렇게 된 거예요?" 그는 어리둥절했다.

넬슨은 허리를 숙여서 까칠하게 갈라진 입술로 그의 손등에 입을 맞췄다. "이런 바보 같으니라고. 이런 멋쟁이 바보 같으니라고. 자네를 붙잡아줄 게 아무것도 없으니 허공을 떠다닐 수밖에. 걱정 말게. 내가 잡고 있으니까. 자네를 둥실둥실 떠내려가도록 내버려둘 수는 없지. 아무 생각도 마, 월리스. 자네 곁에는 우리가 있다는 걸 믿게나."

아폴로가 월리스의 발목에 코를 대더니 그가 아직 거기 있는지 확인이라도 하려는 듯 미친 듯이 목줄을 핥았다. "나 아직 여기 있어." 월리스는 부드럽고 차분한 목소리로 낮게 속삭였다. "걱정 마."

그가 고개를 든 순간 모든 것이 멀어졌다. 메이, 아폴로, 넬슨, 목줄, 찻집, 그가 바닥을 느낄 수 없다는 사실. 이 모든 게 사라졌다.

어떤 남자가 고개를 숙이고 벽난로 앞에 휴고와 나란히 서 있었다. 뺨이 움푹 꺼지고 방금 전까지 울기라도 했던 것처럼 눈가가 빨갰지만 잘생긴 남자였다. 밝은색 머리칼이 얼굴 주변으로 늘어뜨려졌다. 소매가 손등을 덮는 두툼한 스웨터와 청바지를 입고 있었다.

"캐머런?" 월리스의 목소리가 갈라졌다.

캐머런이 고개를 들고 떨리는 미소를 지었다. "깨어났군요, 월리스." 그는 머뭇거리며 휴고에게서 떨어져나왔다. 한 줄기 눈물이 그의 뺨을 타고 흘렀다. "당신이 날 찾아주었어요."

월리스는 아무 말도 못 하고 고개만 끄덕였다.

잠시 후 월리스는 포옹을 나누다 하마터면 숨이 막혀서 죽을 뻔했다. 그가 목줄 길이만큼 허공에 떠 있어서 끌어안은 캐머런의 얼굴이 그의 배를 눌렀기 때문이다. 과거의 편린은 더 이상 남지 않았다. 캐머런은 전처럼 추위에 떨지 않았다. 몸은 열병 환자처럼 뜨거웠고 있는 힘껏 부둥켜안느라 어깨가 떨렸다. 월리스는 캐머런의 머리칼 사이로 손을 넣고 가볍게 잡는 것 말고는 아무것도 할 수가 없었다.

"고마워요." 캐머런이 그의 배에 대고 속삭였다. "맙소사, 고마워요. 고마워요. 고마워요."

"그래요." 월리스는 갈라진 목소리로 말했다. "그래요, 알겠어요."

21장

다음 날 카론의 나루터는 평소와 다르게 문을 열지 않았다. 가게 안은 불이 꺼져 있었고, 닫힌 창문 위를 블라인드가 덮고 있었다. 평소처럼 차를 마시고 패스트리를 먹으러 온 단골손님들은 잠겨 있는 문과 창문에 걸린 팻말을 보고 실망했다.

사랑하는 손님 여러분께

내부 보수 공사로 인해 앞으로 이틀 동안 카론의 나루터 문을 닫습니다. 영업을 재개하는 날 다시 만나요!

휴고 & 메이

월리스는 찻집 뒤편 덱 위에 살짝 떠서 아폴로가 차밭을 이리저리 뛰어다니며 녀석의 존재를 전혀 모르는 다람쥐 떼를 쫓아다니는 것을 지켜보았다. 녀석이 자기 발에 걸려 넘어져 바닥을 떼굴떼굴 구르다 일어나 다시 차밭을 헤집고 다니자 조용히 웃었다. 날아가 버리지 않도록 발목이 덱 난간에 목줄로 묶여 있었지만 별

다른 느낌이 없었다.

월리스는 옆에 서 있는 남자를 내려다보았다. 그 남자의 어깨가 그의 무릎 높이였다.

"사실 기억이 나지 않아요." 캐머런의 말을 듣고 월리스는 놀라지 않았다. "허스크로 지냈을 때 어땠는지 말이에요. 단편적인 장면들은 언뜻 떠오르지만 기억나기는커녕 어떤 순간이었는지도 잘 모르겠어요."

"어쩌면 그게 최선일지도 모르죠." 허스크로 지냈던 시절의 기억이 한 인간에게 어떤 영향을 미칠지 월리스로서는 알 수 없었지만, 좋은 영향을 미칠 리는 없었다.

"2년이라니. 휴고 말로는 2년 넘게 그랬다고 하더라고요."

"휴고를 원망하지는 말아요. 휴고도 몰라서 그랬으니까. 그 친구도 사람이 그렇게 되면 방법이 없다고 들었기 때문에—"

"원망하지 않아요." 월리스는 그의 말을 믿었다. "내가 선택한 길이었는걸요. 여기서 떠나면 어떻게 되는지 휴고는 경고했지만 내가 귀담아듣질 않았어요."

"사신이 옆에서 다그친 것도 문제였죠." 월리스는 씁쓸하게 말했다.

"맞아요. 그래도 휴고 잘못이 아니에요. 휴고는 도와주려고 했지만 내가 받아들이질 않았으니까요. 모든 것에 너무 화가 나 있었거든요. 차단할 방법을 찾은 줄 알았는데. 느껴지는 온갖 감정을 말이에요. 아직 끝나지 않았다는 걸 알았을 때 뺨을 한 대 얻어맞은 것 같더라고요. 끊길 줄 모르고 계속 이어지는데…. 그게 어떤 느낌인지 알아요?"

"물론입니다. 당신이 얘기한 그 정도는 아닐지 몰라도 어떤 느낌인지 이해해요."

캐머런은 그를 올려다보았다. "정말로 아는군요?"

"알 것 같아요. 심장이 멈춰도 삶은 계속 이어진다는 걸, 삶의 고통이 죽은 이후까지 우리를 따라올 수 있다는 걸 깨닫는 건 엄청난 일이죠. 그런 일이 벌어졌다고 당신을 비난할 수는 없어요. 누구라도 말입니다. 자책하면 안 돼요. 지난 일에서 교훈을 얻고 성장하면 됩니다. 다시는 휩쓸리지 않고요. 말보다 실천이 어렵다는 건 알지만."

"하지만 당신은 어떡해요. 이렇게…."

월리스는 울컥 치밀어오르는 감정을 애써 삼키며 웃었다. "압니다. 걱정하지는 말아요. 나는 당신 덕분에 깨달아야 할 것을 깨달을 수 있었으니까."

"그게 뭐였는데요?"

월리스는 땅바닥과 거의 수평이 될 정도로 몸을 뒤로 젖히고 하늘을 쳐다보았다. 하얗고 폭신폭신한 구름이 정처 없이 지나갔다. 그는 역광으로 비추는 따뜻한 태양 빛을 받으며 두 손을 들었다. "아무리 무서워도 놓을 줄 알아야 한다, 이거요."

"내가 시간을 너무 많이 허비했어요. 재크가 분명 화가 났을 거예요."

"조만간 만날 수 있을 테니 물어봐요. 재크를 사랑하죠?"

"네." 누가 들어도 열띤 목소리였다. 윌리스는 꺼졌다가 다시 살아난 불씨를 목구멍 깊숙한 곳에서 느낄 수 있었다.

"재크도 당신을 사랑하고요?"

캐머런은 눈물 섞인 웃음을 터뜨렸다. "미치도록요. 내가 같이 지내기에 아주 괜찮은 사람은 아니었는데, 재크가 내 안의 부족한 부분들을 끄집어내서 썩 괜찮게 만들어줬죠." 그는 고개를 숙였다. "겁이 나요, 윌리스. 너무 늦었으면 어쩌죠? 내가 시간을 너무 지체했으면 어쩌죠?"

윌리스는 허공에서 몸을 돌려 캐머런을 내려다보았다. 그는 그림자가 생기지 않았다. 캐머런도 마찬가지였지만 상관없었다. 그래도 그들은 여기, 이곳에 있었다. 그들은 존재했다. "영원히 함께할 텐데 그깟 2, 3년이 뭐 대수겠습니까?"

캐머런은 코를 훌쩍거렸다. "그렇게 생각해요?"

"네. 그렇게 생각해요."

이후에는 시간이 가다 말다 하는 것처럼 느껴졌다. 휴고는 거의 하루 종일 캐머런 옆에 붙어 있었다. 윌리스는 왈칵 질투를 느낀 순간도 있었지만 마음을 다독였다. 캐머런에게 휴고가 더 필요할 것 같았다. 전적으로 윌리스가 선택한 길이었다.

"기분이 어때?" 메이가 물었다. 그들은 주방에 있었고 메이는 오븐과 스토브 사이를 왔다 갔다 하는 중이었다. 가게가 문을 닫았다고 해서 일이 없는 건 아니라고 했다.

"뭐가?" 목줄이 냉장고 밑바닥에 바짝 묶여 있어서 윌리스의 발이 땅에 쏠렸다.

메이는 머뭇거렸다. "휴고가 그러는데…." 메이는 자기 가슴을 가리켰다.

그는 어깨를 으쓱했다. "그냥 그렇지, 뭐."

"윌리스."

"묶였다 풀린 기분이야." 그는 한참 만에 말했다.

메이는 그의 손을 잡고 가만히 당겨 발이 바닥에 닿도록 했다. "내가 잘 잡고 있어."

그는 메이를 보며 활짝 웃었다. "알아."

"날아가게 두지 않을 거야. 네가 무슨 풍선도 아니고 말이지."

윌리스는 숨이 잘 쉬어지지 않을 때까지 배를 잡고 웃었다.

윌리스는 그들이 무슨 계획을 세우고 있는지 몰랐다. 뭔가가 있다는 걸 알아차렸어야 했다. 그들은 뭘 그냥 내버려둘 성격이 아니었다.

그는 찻집 1층을 배회했다. 아폴로가 목줄을 신나게 잡아당겼고 윌리스는 머릿속 깊숙한 데서 들리는 조그만 속삭임을 애써 무시했다. 캐머런의 속삭임과는 달랐다. 좀 더 강압적으로 문에서 나는 소리였고, 내용은 알아듣지 못했지만 연설 같은 느낌이라 무서운 동시에 솔깃했다. 그는 광활한 대양 위의 조그만 보트처럼 찻집을 계속 맴돌고 있었다. 그의 발은 절대 바닥을 건드리지 않았다.

넬슨이 벽난로 앞 자기 의자에서 그를 지켜보고 있었다. 아폴로가 목줄을 잡아당겨 월리스를 옆으로 데려가자 넬슨이 물었다. "자네도 느껴지지?"

"뭐가요?" 월리스는 기운 없는 목소리로 물었다.

"문. 문이 자네를 부르는 소리."

"네." 월리스는 허공을 느릿느릿 돌았다.

"이 갈고리. 케이블. 자네한테도 달려 있었지?"

월리스는 천천히 눈을 깜빡이며 조금이나마 정신을 차렸다. "맞다. 어르신에게도 그게 달려 있겠군요. 여쭤볼 생각을 못 했습니다. 그 갈고리와 케이블의 정체가 뭔가요?"

"나도 모르겠네. 잘은. 처음부터 그냥 달려 있었거든. 휴고와의 연결 고리, 우리가 혼자가 아니라는 걸 일깨우는 증거가 아닐까 싶네."

"제 것은 이제 없어졌어요." 월리스는 조그맣게 속삭이며 탁탁거리는 장작불을 물끄러미 내려다보다가 눈을 감았다. 휴고가 어둠 속에서 미소 짓고 있었다.

"그럴지 모르지. 하지만 그게 상징하는 바는 사라지지 않았네. 절대 없어지지 않지. 내가 필요한 것과 원하는 것을 비교했던 거 기억하나? 우리는 자네가 필요한 게 아니야. 자네가 필요한 존재가 되려면 우리 안의 뭔가를 고쳐줘야 하는데, 우리는 어디 고장난 적이 없거든. 우리는 자네를 원하네, 월리스. 자네의 모든 파편을. 자네의 모든 부분을. 우리는 가족이니까. 차이를 알겠나?"

월리스는 조용히 웃어 보였다. "저는 아직 세 번 같이 차를 마시지 않았는걸요."

넬슨은 지팡이로 바닥을 두드렸다. "그렇지. 아직 마시지 않았지. 이제 마셔보자고, 어떤가?"

윌리스는 눈을 번쩍 떴다. "네?"

넬슨이 주방 쪽을 고갯짓으로 가리켰다.

휴고와 메이가 주방 문을 열고 등장했다. 휴고는 눈에 익은 찻잔과 사기 주전자가 가득 담긴 쟁반을 들고 있었다. 캐머런이 눈을 반짝이며 뒤따라 나왔다.

휴고가 쟁반을 테이블 위에 내려놓고 다들 테이블 앞으로 모이라는 신호를 보냈다. "캐머런, 내가 당신을 위해 준비한 선물이 있어요."

캐머런은 당황했다. "나요? 나는…." 그의 시선이 윌리스에게 향했다.

윌리스는 고개를 저었다. "당신을 위한 선물이니까 먼저 마셔요."

넬슨이 아폴로가 물고 있던 목줄을 잡아당기며 의자에서 일어났다. 녀석은 놀자는 건 줄 알고 목줄을 다시 당기려 했다. 윌리스는 좌우로 홱홱 흔들리며 이러다 얼굴이 반으로 갈라지는 게 아닐까 싶을 정도로 크게 미소 지었다. 아폴로가 결국 목줄을 놓았고, 넬슨은 윌리스를 끌고 테이블 쪽으로 걸어갔다.

"충분히 우려졌어?" 윌리스는 물었다. 상큼하고 달콤한 향이 퍼지기 시작했고 이내 오렌지 향이 가게 안을 가득 채웠다.

"네." 찻주전자를 드는 휴고의 손이 떨렸다. 메이가 진정하라는 뜻에서 자기 손을 그의 손등에 얹었다. 그가 모든 잔에 차를 따랐다. 그다음에는 찻잔과 무늬가 같은 조그만 사발에 차를 따랐다. 찻주전자를 내려놓고 사발을 들어 아폴로 앞발 근처에 내려놓았다. 녀석은 주변에 자리를 잡고 앉아 고개를 갸우뚱했다. "준비 다 됐어요."

캐머런은 머뭇거리다가 찻주전자에 코를 대고 숨을 깊게 들이마셨다. "아. 이건…." 그는 눈을 휘둥그레 뜨고 휴고를 올려다보았다. "나 이 향 알아요. 우리 집 뒷마당에 오렌지 나무가 있었어요. 재크가 그 아래에 누워서 나뭇가지 사이로 내리쬐는 햇살을 올려다보는 걸 좋아했어요." 그는 눈을 감았다. 그의 울대뼈가 움직였다. "집 냄새 같아요."

"휴고가 아주 빠삭하다니까. 솜씨가 이 정도야." 월리스는 그들 모두를 쳐다보며 물었다. "그 문구가 뭐였더라?"

그들은 그가 뭘 묻는지 알았다. "처음으로 차를 같이 마신 사람은 모르는 사람." 메이가 말했다.

"두 번 차를 같이 마신 사람은 귀한 손님." 넬슨이 말을 이었다.

휴고는 고개를 끄덕였다. "세 번 차를 같이 마신 사람은 가족이 된다. 발티어로 전해 내려오는 격언이에요. 나는 이 말에 깊이 공감해요. 차를 같이 마시는 행위에는 뭔가 특별한 게 있거든요. 저도 할아버지한테 배웠어요. 누군가와 차를 같이 마시는 건 친밀하고, 고요하고, 심오한 일이라고 하셨죠. 서로 다른 풍미가 한데 어우러지고 그 향은 강렬하게 남고. 별거 아닐 수 있지만 차를 마실 때는 같이 마시게 돼요." 그는 각자에게 찻잔을 건넸다. 먼저 캐머런. 그다음은 메이. 그다음은 넬슨. 윌리스가 맨 마지막이었다. 그가 휴고에게 찻잔을 건네받자 차가 찰랑거렸고 서로의 손가락이 가까워졌지만 닿지는 않았다. 절대로. 그는 발을 바닥으로 향하게 한 뒤 허공을 조심스럽게 빙글빙글 돌았다. 넬슨이 잡고 있던 목줄을 테이블 다리에 묶었다. "같이 마셔요."

그는 캐머런이 먼저 마실 때까지 기다렸다. 캐머런은 잔을 들어 입술에 갖다 대고 눈을 부르르 감으며 다시 한번 숨을 들이마셨다. 입꼬리를 올려 말없이 미소 짓고는 차를 한 모금 마셨다. 그다음은 메이가 마셨고 넬슨과 휴고가 뒤를 이었다. 아폴로도 사발을 할짝거렸다.

윌리스도 찻잔을 들어 입에 대고 향신료와 섞인 오렌지 향을 맡았다. 열매가 주렁주렁 매달린 채 잎사귀는 서늘한 바람에 부드럽게 흔들리며 나뭇가지 사이로 햇빛이 간간히 비추는 나무를 풀밭에 누워서 한없이 바라보는 광경이 그려지는 듯했다. 그는 차를 한 모금 크게 마셨다. 목구멍을 타고 들어간 차가 안에서부터 몸을 따뜻하게 데웠다.

차를 다 마시자 여기서 보낸 시간이 찰나처럼 느껴졌다.

하지만 그건 사실이 아니었다.

그는 차를 세 번 같이 마셨다. 그의 시선이 카운터 위에 걸린 발티어 격언으로 향했다.

모르는 사람. 손님. 가족.

이제는 그들이 그의 가족이듯 월리스도 그들의 가족이 되었다.

월리스는 떨어뜨리지 않게 찻잔을 테이블 위에 다시 내려놓았다. 테이블에 부딪히며 덜거덕거리는 소리가 났지만 남은 차가 쏟아지지는 않았다. 캐머런도 찻잔을 내려놓았다. 그는 경외감에 찬 표정으로 찻잔을 바라보았다. "소리가…." 그는 시선을 들어 천장을 올려다보았다. "저 소리 들려요? 꼭 무슨 노래 같아요. 이렇게 아름다운 소리는 처음 들어요."

"그러게." 넬슨이 조용히 말했고 아폴로는 짖었다.

"나도 들려요." 월리스도 맞장구쳤다.

메이는 고개를 저었다.

휴고는 괴로워하는 표정을 짓고 있었지만 월리스도 짐작했다시피 그의 귀에는 속삭임이 들리지 않았다. 아직은 때가 아니었다.

"나를 부르고 있어요." 캐머런의 목소리가 미묘하게 떨렸다.

월리스는 미소 지었다.

그들은 테이블을 가운데 두고 마주본 채 서 있었다. 월리스는 그들 사이에 둥둥 떠서 찌꺼기밖에 남지 않을 때까지 차를 마셨다.

휴고는 월리스를 찻집 뒤편에서 찾았다. 그는 덱에서 땅바닥과 수평으로 허공에 누워 깍지 낀 손으로 머리를 받치고 밤하늘을 만끽하고 있었다. 메이가 덱 난간에 밧줄을 묶어주며 무슨 일이 있어도 풀면 안 된다고 그에게 단단히 일렀다. 별빛이 여느 때처럼 환했고 끝없이 이어졌다. 그는 나중에 그가 가게 될 곳에도 별이 있을지 궁금해졌다. 있으면 좋겠다고 생각했다. 어쩌면 그와 휴고가 같은 시간에, 같은 하늘을 올려다볼 수 있을지 모르니까.

휴고가 그의 옆에 앉아 무릎을 가슴에 대고 두 팔로 다리를 감싸안았다.

"또 상담 시작하시게요, 선생님?" 윌리스는 목줄을 잡고 휴고 쪽으로 몸을 움직였다. 엉덩이가 덱에 부딪혔다. 그는 뒤로 손을 뻗어 덱 가장자리를 잡아서 몸을 고정시켰다.

휴고는 코웃음을 치고는 고개를 저었다. "당신에게 할 얘기가 남은 것 같지도 않은데요."

"캐머런은 어디 있어?"

"할아버지하고 메이하고 같이 있어요." 그는 헛기침을 했다. "캐머런은, 음, 내일이에요."

"내일이라니 뭐가?" 그 어느 때보다도 의미심장한 질문이었다.

"건너가는 거요."

윌리스는 휴고에게 고개를 돌렸다. "벌써?"

"자기가 원하는 게 뭔지 아니까요."

"원하는 게 이거고."

"맞아요. 서두를 필요 없다고 얘기했는데 들은 척도 하지 않아요. 이미 시간을 너무 많이 낭비했다고, 집에 가고 싶대요."

"집이라." 윌리스는 생각에 잠겼다.

"집이요." 휴고는 울대뼈를 까딱거리며 맞장구쳤다. "최초의 사례가 될 거예요." 그는 윌리스를 한참 동안 물끄러미 바라보다가 다시 얘기했다. "우리가 그 사람들을 도울 수 있어요. 만약 캐머런이 성공하면 다른 사람들도 성공할지 모르니까요." 그는 차밭을 내다보았다. "관리자는 좋아하지 않겠지만요."

월리스는 기분 좋게 웃었다. "그러게, 좋아할 것 같지는 않네. 이러니저러니 해도 그는 관료니까. 그것도 매너리즘에 빠진 관료. 그에게는 내가 저지른 그런 짓이 필요해."

"어떤 짓이요?"

"시스템을 뒤흔드는 거."

"시스템을 뒤흔드는 거라." 휴고는 그의 말을 되풀이하며 한 마디, 한 마디 곱씹었다. "나랑 같이 갈래요? 보여줄 게 있어요."

"뭔데?"

"보면 알아요. 가요."

월리스는 덱을 밀어서 몸을 위로 띄웠다. 목줄이 팽팽하게 당겨질 때까지 통통 발을 튀었다. 좌우로 몸을 흔들며 천천히 눈을 깜빡였다. 목줄을 풀면 어떻게 될지, 별들 사이에 자리를 잡을 수 있을 때까지 계속 위로, 위로 올라가면 어떻게 될지 궁금해졌다. 어마어마하게 근사한 생각이었다.

월리스는 밤하늘 대신 휴고에게 이끌려 집 안으로 들어갔다. 휴고는 그의 머리가 문틀에 부딪히지 않게 조심했다.

초침이 째깍째깍 움직였다.

메이와 캐머런이 벽난로 앞 바닥에 앉아 있었고, 아폴로는 배를 까고 누워 있었다. 넬슨은 자기 의자에 앉아 있었다. 휴고가 발이 바닥에 절대 닿지 않는 윌리스를 뒤에 거느리고 계단을 올라가는 동안 그들은 입을 다물고 있었다.

윌리스는 휴고가 그를 문 앞으로 데려가 건너간다는 게 어떤 의미인지, 그 너머에는 뭐가 있는지 좀 더 설명을 해주려나보다고 생각했다. 그런데 뜻밖에도 휴고는 2층의 어느 닫힌 문 앞으로 다가갔다.

윌리스가 유일하게 들어가본 적 없는, 그의 방문이었다.

휴고는 문고리에 손을 얹고 잠시 멈춰 윌리스를 돌아보았다. "준비됐어요?"

"무슨 준비?"

"나에 대한 준비요."

윌리스는 웃음이 터졌다. "그럼."

휴고가 문을 열고 옆으로 비켜서 윌리스에게 들어가라고 손짓했다. 윌리스는 문틀을 잡고 고개를 숙이며 방 안으로 몸을 밀었다.

방은 생각보다 작았다. 죽기 전 넬슨이 아내와 함께 쓴 안방은 3층에 있었다. 이 방은 깨끗하고 깔끔했다. 위생 검사관 하비가 보았다면 분명 기뻐했을 것이다. 먼지 한 톨 없고 잡동사니나 제자리를 잃은 물건 하나도 없었다.

1층처럼 이 방 벽도 머나먼 곳의 포스터와 사진으로 뒤덮여 있었다. 고목이 끝없이 이어지는 숲. 초록색 강둑을 지키는 오래된 조각상. 펄럭이는 옷을 입은 사람들로 북적대는 다채로운 장터 위에 걸린 밝은색 리본. 밀밭 위로 떠오르는 태양. 바다 한복판의 섬. 낭떠러지에 지어진 특이한 집. 전부 닿을 수 없는 꿈은 아니었다.

휴고를 닮은 여자와 남자가 벽 한가운데 걸린 액자 속에서 미소 짓고 있었다. 그 아래 다른 액자에는 휴고가 심통 난 개를 목욕시키는 모습이 들어 있었다. 그 옆 사진에서는 휴고와 넬슨이 팔짱을 끼고 찻집 앞에 서서 환하게 웃고 있었다. 그 아래에는 얼굴 여기저기 밀가루를 묻히고 눈을 반짝이며 주걱으로 카메라를 겨눈 메이 사진이 있었다. 사랑과 용기로 가득찬 한 사람의 인생을 담은 사진들이 벽을 따라 계속 이어졌다.

"멋지네." 아버지로 보이는 남자의 목말을 탄 어린 휴고 사진을 유심히 들여다보며 월리스가 말했다. 이 남자는 빽빽하니 숱이 많은 콧수염을 길렀고 눈이 장난꾸러기처럼 생기 넘쳤다.

"사진을 보면 기억하는 데 도움이 돼요." 휴고는 조용히 말하며 등 뒤로 문을 닫았다. "내가 가진 모든 게 도움이 되죠. 지금까지 가진 나의 모든 게."

"나중에 다시 만날 수 있을 거야."

"그럴까요?"

"당연하지. 내가 먼저 두 분을 찾을 수도 있겠네. 그럼, 흠. 당신 이야기를 들려줄게. 당신이 어떤 일을 하고 있는지. 두 분은 당신을 엄청 자랑스러워 하실 거야."

"쉽지 않네요."

월리스는 허공에서 몸을 돌렸다. 휴고가 이마를 찡그려가며 미간을 찌푸리고 있다가 손을 들어 반다나를 벗었다. "쉽지 않다니,

뭐가?"

"이거요." 휴고는 그들 둘 사이를 손짓했다. "당신과 나요. 얘기를 하고 또 하는 것이 내 일이에요. 당신 같은 사람들이 나를 찾아오면 그들이 떠나는 세상과 앞에 기다리고 있는 세상을 설명하죠. 무서워할 필요 전혀 없다고, 바닥을 찍을 때조차 평화를 다시 찾을 수 있을 거라고요."

"그런데?"

"당신은 어떻게 하면 좋을지 모르겠어요. 하고 싶은 말을 어떤 식으로 해야 하는지 모르겠어요."

"뭘 또 그렇게까지—"

"그러지 말아요." 휴고가 쉰 목소리로 말했다. "그런 식으로 말하지 말아요. 그건 아니라는 걸 알잖아요." 그는 반다나를 바닥으로 떨어뜨렸다. "나는 모든 걸 당신과 함께하고 싶어요." 휴고는 언성을 높이면 그들의 사이가 완전히 깨어지기라도 하는 듯 조심스럽게 속삭였다. "당신이 떠나지 않으면 좋겠어요."

특별할 게 없는 네 단어였다. 지금까지 윌리스 프라이스가 한 번도 들어본 적 없는 네 단어였다. 그 덧없는 단어들을 휴고가 보듬어 한데 연결했다.

휴고는 머리 위로 앞치마를 벗어 반다나 옆으로 떨어뜨렸다. 신발도 벗었다. 양말은 흰색이었고 한 발가락 근처에 구멍이 뚫려 있었다.

"나는…."

"알아요." 휴고가 말했다. "내 옆에 있어줘요. 오늘 하룻밤만."

엄청난 좌절감이 월리스를 강타했다. 다른 사람들 같았으면 지금 상황이 뭔가의 시발점이 될 수 있었다. 끝이 아닌 시작일지도 몰랐다. 하지만 그들은 다른 사람들이 아니었다. 그들은 월리스와 휴고, 죽은 자와 살아 있는 자였다. 그들 사이에는 엄청난 간극이 있었다.

휴고가 불을 끄자 방 안이 어둑어둑해졌다. 그는 침대로 갔다. 소박한 침대였다. 나무 프레임, 널찍한 매트리스, 파란색 시트와 이불. 베개는 말랑해 보였다. 휴고가 그 위에 앉아서 다리 사이로 손을 늘어뜨리자 침대가 삐걱거렸다. "부탁할게요." 휴고가 조용히 말했다.

"오늘 하룻밤만이야." 월리스가 말했다.

그는 나무 바닥 위에 떠 있는 자기 발을 내려다보았다. 얼굴을 찡그리자 신발이 사라졌다. 다른 부분은 신경 쓸 필요가 없었다. 그는 잠을 자지 않을 테니까.

휴고는 월리스가 자기를 향해 둥실둥실 다가오는 것을 지켜보았다. 월리스는 묘한 표정을 짓고 있었다. 그는 휴고가 왜 자신을 선택했는지, 그가 전생에 무슨 덕을 쌓았길래 이런 순간을 누리고 있는지 궁금해졌다.

휴고는 고개를 끄덕이며 침대 위로 스르르 몸을 눕혔고, 대롱거리는 월리스의 목줄을 잡아 헤드보드에 묶었다.

월리스는 손을 아래로 뻗어 침대에 대고 누르며 자기도 휴고 옆에 누울 수 있으면 좋겠다고 생각했다. 그는 손가락을 구부려 부드러운 이불을 움켜잡았다. 몸을 아래로 끌어당겨 이불에 얼굴을 대고 숨을 크게 들이마셨다. 휴고처럼 카르다몸과 계피와 꿀 냄새가 났다. 그는 휴고의 위쪽으로 둥실둥실 움직였다. 휴고는 베개에 머리를 대고 어둠 속에서 눈을 반짝이며 윌리스를 지켜보았다.

처음에 그들은 아무 말도 하지 않았다. 윌리스는 하고 싶은 말이 너무 많았지만 어떤 식으로 시작하면 좋을지 몰랐다.

휴고가 먼저 말문을 열었다. 그는 항상 그랬다. "안녕하세요."

"안녕하세요, 휴고 씨."

휴고는 손가락을 뻗어 윌리스를 향해 손을 내밀었다. 윌리스도 따라했다. 그들의 손이 몇 센티미터의 거리를 두고 만났다. 서로 만질 수는 없었다. 윌리스는 죽은 몸이었다. 하지만 좋았다. 그래도 좋았다. 윌리스는 휴고의 따뜻한 체온을 느껴지는 것 같았다.

"당신이 왜 내게로 보내졌는지 알 것 같아요."

"정말?"

그들은 나지막하고 부드러운 목소리로, 비밀스럽게 속삭였다.

"당신과 있으면 질문이 많아져요. 왜 이렇게 해야 하는지. 이 세계에서 내 위치는 어디인지. 당신은 내가 가질 수 없는 걸 욕심나게 해요."

"휴고." 그의 목소리가 가늘어졌다.

"이런 상황이 아니면 얼마나 좋을까요. 당신이 살아서 여길 찾아온 거라면. 여느 때와 다름없는 날일 수 있겠죠. 태양이 빛날 수도 있고, 비가 내릴 수도 있고. 나는 카운터를 지키고 있어요. 문이 열리고, 나는 고개를 들어요. 당신이 걸어 들어오죠. 당신은 인상을 쓰고 있어요. 이 시골 한복판의 찻집에 왜 찾아왔는지 도무지 알 수 없어서요."

월리스는 코로 웃었다. "엄청 그럴 듯한데?"

"당신은 지나가던 길일지 몰라요. 길을 잃어서 물어보려고 들어온 것일지도요. 아니면 며칠 머물다 가려는 것일 수도 있어요. 당신이 카운터로 다가오고, 나는 인사를 건네며 카론의 나루터에 온 걸 환영한다고 해요."

"나는 지금까지 차라고는 한 번도 마셔본 적 없다고 하겠네. 당신은 그 말을 듣고 열받은 표정을 짓고."

휴고는 서글프게 씩 웃는다. "열까지 받지는 않겠죠."

"알았어, 알았어. 그렇다고 치자. 당신은 엄청 짜증 난 표정으로 꾹 참겠지."

"일그러진 표정으로 당신에게 어떤 차를 좋아하느냐고 묻겠죠."

"페퍼민트. 나는 페퍼민트를 좋아한다고 답하고."

"그럼 내가 찻잎을 내와요. 맛이 아주 좋다고 장담하면서 여긴 어쩐 일로 왔는지 물어요."

"글쎄." 월리스는 모든 게 아름답고 아픈 구석이라고는 전혀 없는 이 상상 속에 젖었다. 휴고의 얼굴을 구석구석 기억에 담으려고 애썼다. 둥그스름한 입술, 아침에 면도할 때 못 보고 지나친 까칠한 수염. "당신은 차를 끓여서 조그만 주전자에 부어 쟁반에 담겠지. 나는 창가 테이블에 앉을 테고."

"내가 쟁반을 들고 당신 테이블로 가요. 아마 찻잔이 하나 더 있을 거예요. 당신이 나에게 같이 앉아달라고 물어봐주길 바라니까."

"나는 묻겠지."

"맞아요! 당신은 잠깐 앉으라고 하죠. 같이 차 한잔 하자고."

"당신은 같이 마실 건가?"

"네. 나는 당신 맞은편에 앉아요. 모든 게 흐릿해지죠. 당신과 나만 빼고."

"나는 월리스예요."

"저는 휴고요. 만나서 반가워요, 월리스."

"당신은 차를 따르고."

"그 잔을 당신에게 건네죠."

"나는 당신이 다른 잔에 차를 따르는 동안 기다리지."

"우리는 동시에 차를 마셔요. 나는 혀에 풍미가 느껴지는 순간 당신의 눈이 휘둥그레지는 걸 봐요. 그런 맛일 줄 몰랐던 거죠."

"그 맛이 내 어렸을 때의 기억을 자극하지. 많은 걸 이해할 수 있었던 시절을."

"기분이 좋죠?"

월리스는 고개를 끄덕였다. 눈시울이 뜨거워졌다. "엄청 좋아. 휴고, 나는—"

"우리는 가만히 그 자리에 앉아 오후 시간을 흘려보내요. 대화를 나누면서요. 당신은 사람들이 어딜 가든 허둥대는 도시 생활에 대해 들려주고, 나는 겨울이 되면 눈이 쌓여 나뭇가지가 거의 바닥에 닿을 때까지 휘는 나무에 대해 들려주고요. 당신이 지금까지 어떤 광경을 보았고 어떤 곳에 다녀왔는지 들려줄 때는 가만히 들어요. 나도 그런 데를 구경하고 싶어서."

"당신도 구경할 수 있어."

"정말요?"

"그럼, 내가 보여주면 되니까."

"그래줄 수 있어요?"

"어쩌면 나는 눌러앉을지도 몰라." 지금 이 마음은 어느 때보다 간절했다. "이 마을에. 이곳에."

"당신은 날마다 찾아와 여러 가지 차를 마셔봐요."

"대부분 좋아하지 않겠지."

휴고는 웃음을 터뜨렸다. "맞아요, 취향이 아주 까다로우니까. 하지만 나는 당신 입맛에 맞는 차를 찾아내고 항상 그걸 떨어지지 않게 쟁여놔요."

"처음으로 차를 같이 마신 사람은 모르는 사람이지."

"두 번 차를 같이 마신 사람은 귀한 손님이 되고요."

"나는 한 잔을 더 마시지. 또 한 잔, 또 한 잔. 그럼 내가 뭐가 되는 거지?"

"가족. 가족이 되죠."

"휴고?"

"네?"

"나를 잊지 마. 제발 잊지 말아줘."

"어떻게 잊을 수 있겠어요?"

"떠난 뒤에도?"

"떠난 뒤에도요. 아직 떠난 뒤를 생각하지 말아요. 시간이 남았으니까."

그렇기도 하고, 아니기도 했다.

휴고의 눈이 점점 감겼다. 그는 천천히 눈을 깜빡이며 이겨보려고 했지만 이미 진 싸움이었다. "그럼 좋을 것 같아요." 그가 살짝 혀가 풀린 목소리로 말했다. "당신이 여기로 찾아오면. 여기 머물면. 같이 차를 마시고 대화를 나누다 어느 날 내가 당신에게 사랑한다고 말하겠죠. 당신 없는 삶은 상상조차 할 수 없다고. 당신이 나타나면서 나는 생각지도 못하게 많은 걸 바라게 됐다고. 참 깜찍한 상상이죠?"

월리스는 그대로 눈을 감았다. 입을 벌려 숨을 마시고 뱉었다. "나는 당신 덕분에 그 어느 때보다 행복했다고 말할 거야. 당신과 메이와 넬슨과 아폴로 덕분에. 할 수만 있다면 당신 곁에 영원히 머물고 싶다고. 나도 당신을 사랑한다고. 두말할 필요가 없다고. 어떻게 당신을 사랑하지 않을 수가 있냐고. 참 깜찍한 상상이지?"

월리스는 밤새 휴고 위를 두둥실 떠다니며 그의 곁을 지켰다.

22장

7일째이자 마지막 날인 다음 날 아침에 캐머런이 말했다. "나랑 같이 문 앞까지 가줄래요?"

월리스는 놀라서 눈이 휘둥그레져 캐머런을 내려다보았다. "나랑 같이 가고 싶어요?"

그는 고개를 끄덕였다.

"나는…나는 못 가요. 아직은 그 문을 통과할 수 없어요."

"알아요. 그래도 당신이 옆에 있어주면 좋을 것 같아서요."

"왜요?"

"당신이 날 구해줬잖아요. 조금 무섭기도 하고요. 계단을 무슨 수로 올라갈 수 있을지 모르겠어요. 다리가 안 움직이면 어떻게 해요? 못 걸어가겠으면요?"

월리스는 카론의 나루터에 맨 처음 발을 들인 뒤로 그동안 터득한 모든 것을 떠올려보았다. 휴고와 메이, 넬슨과 아폴로에게 배운 것들을. "한 걸음 내디딜 때마다 집과 가까워지는 셈이에요."

"그런데 왜 그렇게 어려울까요?"

"그런 게 인생이니까요."

캐머런은 아랫입술을 씹었다. "그 친구가 기다리고 있겠죠?"

재크 말이었다. "맞아요."

"나를 보면 소리를 지를 거예요."

"그래요?"

"네. 그러면 재크가 나를 여전히 사랑한다는 걸 알 수 있을 거예요." 그의 눈가가 촉촉해졌다. "나를 보고 고래고래 소리를 질러주면 좋겠어요. 이러다 고막이 터지겠다 싶을 때까지."

월리스는 그의 정수리를 토닥이며 말했다. "그러고는 두 번 다시 당신을 놓지 않겠죠."

"그러면 좋겠어요." 그는 시선을 돌렸다. "내가 당신을 찾을게요. 문을 건너오면. 재크에게 당신을 소개하고 싶어요. 재크도 당신이 나를 위해 어떻게 했는지 알아야 하니까요."

월리스는 그럴 수 없었다. 모든 게 몽롱했다. 온 사방에서 빛깔들이 뭉개지고 있었다. 끈이 끊겨서 그는 둥실, 둥실, 둥실 날아가고 있었다.

"그래요, 그럼. 같이 갈게요."

캐머런은 메이와 넬슨을 차례로 끌어안았고, 아폴로의 머리를 토닥인 뒤 물었다.

"아플까요?"

"아뇨. 아프지 않을 거예요."

그는 윌리스를 쳐다보며 손을 내밀었다. "갈까요?"

윌리스는 주저 없이 캐머런의 손을 잡았다. 캐머런은 윌리스가 날아가지 않게 막으려는 사람처럼 그를 꼭 붙잡았다.

메이, 넬슨 그리고 아폴로는 1층에 남았다.

"곧바로 돌아오게, 윌리스." 넬슨이 외쳤다. "아직 자네하고 못다 한 얘기가 있으니까."

"알아요." 윌리스는 잠깐 멈추라는 뜻에서 캐머런의 손을 꼭 쥐었고 그들을 돌아보았다. "금방 올 거예요."

넬슨은 그 말을 못 믿는 눈치였지만 그렇다 한들 윌리스로서는 어쩔 도리가 없었다.

휴고가 앞장서 2층으로 올라갔다.

"저 소리 들려요?" 캐머런이 물었다. "노래를 부르고 있어요."

이제 3층.

"아." 캐머런이 눈물을 흘리며 말했다. "소리가 엄청 커요." 그는 지나가는 창문 밖을 내다보더니 배를 잡고 웃었다. 뭘 보았는지 알 수 없었지만 윌리스를 위해 준비된 광경은 아니었다.

이제 4층. 그들은 층계참에서 걸음을 멈추었다. 머리 위 천장의 나무 문에 새겨진 꽃들이 활짝 피었고 이파리가 자랐다.

"준비되면 잠금장치를 풀고 손을 놓으면 돼요. 그럼 내가 문을 열어줄게요. 아무 때고 말만 해요." 휴고가 말했다.

캐머런은 고개를 끄덕이고 그들 위로 둥실둥실 떠 있는 윌리스를 올려다보았다. 윌리스의 손을 꼭 잡고 그를 끌어내려 눈높이를 맞췄다. "나도 알아요." 그가 애정 어린 투로 속삭였다. "당신이 나를 되살렸을 때, 그 갈고리를 내 가슴에 꽂았을 때 나도 느꼈어요. 그들은 당신 가족이에요, 윌리스. 당신은 그들의 가족이고요. 그 사람들에게 그 사실을 알려줘요. 언제 다시 그런 기회가 생길지 모르잖아요."

"알았어요." 윌리스는 그의 마음에 화답했다.

캐머런은 윌리스의 뺨에 입을 맞추고 손을 놓았다. 휴고가 아련하고 슬픈 눈빛으로 윌리스의 목줄을 잡았다.

캐머런은 한 번, 두 번, 세 번 숨을 들이마셨다가 내뱉었다. "휴고?"

"듣고 있어요."

"나는 돌아오는 길을 찾았어요. 시간이 좀 걸리긴 했지만 찾아냈어요. 나를 믿어줘서 고마워요. 이제 준비가 된 것 같아요." 그 말을 끝으로 그는 윌리스의 눈에는 보이지 않는 갈고리를 움켜쥐고 한 치의 망설임도 없이 가슴에서 뽑아냈고 안도하며 자기 손을 펼쳐보았다.

"없어졌어요." 휴고가 조용히 말했다. "이제 떠날 때가 됐네요."

"느껴져요." 캐머런이 문을 올려다봤다. "내 몸이 위로 올라가고 있어요. 휴고, 문을 열어주세요."

휴고가 천장으로 손을 뻗자 손끝이 문에 닿았다. 그는 문고리를 잡고 한 번 돌렸다.

앨런 때와 같았다. 빛이 쏟아져 내렸고 너무 눈이 부셔서 윌리스는 고개를 돌려야 했다. 속삭임이 지저귀는 새소리로 바뀌었다.

발이 바닥에서 떨어지자 캐머런이 헉하고 숨을 토하는 소리가 들렸다. 그는 손을 들어 눈 차양을 하고 눈 부신 빛 속에서 캐머런을 찾아보려고 했다.

"이럴 수가." 캐머런이 열린 문을 향해 올라가며 탄성을 내뱉었다. "아, 월리스. 이건 태양이에요, 태양." 그는 문을 통과하기 직전에 엄청나게 기뻐하는 목소리로 외쳤다. "안녕, 내 사랑. 안녕, 안녕, 안녕."

월리스의 눈에 그의 신발 바닥이 마지막으로 들어왔고, 이내 문이 쾅 하고 닫혔다.

빛이 사라졌다. 문이 닫히자 꽃은 저절로 오므라들고, 이파리들은 쪼그라들었다.

캐머런은 이렇게 사라졌다.

휴고는 목줄을 잡고 월리스는 허공에 떠 있는 채로 문 아래에 한참 동안 서 있었다. 이제 때가 거의 다 됐다. 아직은 아니지만 가까워지고 있었다.

그들은 여느 때와 다름없이 차를 마셨다. 오후로 접어드는 동안 그들은 아무것도 달라진 게 없는 척했다. 웃고 이런저런 얘기를 나누었다. 넬슨과 메이는 월리스가 비키니를 입었을 때 어땠는지 기억을 되살렸다. 넬슨은 자기가 스무 살만 젊었다면 월리스에게 데이트를 신청했을 거라는 말로 휴고를 경악시켰다. 월리스는 넬슨을 꼬드겨 토끼 코스튬을 구경했다. 상당히 충격적이었다. 그가 귀를 이리저리 펄럭이며 코를 씰룩거리는 바람에 알록달록한 달걀이 든 바구니가 더 흉측하게 느껴졌다. 넬슨이 달걀을 열어서 보여주지 않아도 월리스는 그 안에 콜리플라워가 가득 담겨 있다는 걸 알았다.

월리스는 더 멀리 날아가지 않게 테이블 아래쪽을 붙잡고 있어야 했다. 그 순간이 다가왔을 때 딴 데 정신이 팔리지 않도록 목줄을 내동댕이쳤기 때문이다. 그들 모르게 움직였지만 모두 알고 있었다.

태양이 하늘을 가로지르며 움직이는 동안 월리스는 이곳에 오기 전의 삶을 돌아보았다. 별 건 없었다. 실수를 저질렀고 팍팍하게 굴었다. 대놓고 잔인하게 군 적도 있었다. 너그럽게 살 수도 있었고, 좀 더 너그럽게 살았어야 했다. 결국 주변의 도움 아래 달라졌다. 그는 낸시가 마지막으로 찻집 문을 나섰을 때 지은 표정을 기억했다. 전화선 너머로 들리던 네이오미의 목소리도. 허스크의 껍데기가 사라지고 죽은 자의 삶으로 돌아왔을 때 캐머런이 지은 안도하는 표정도.

월리스는 살았을 때보다 죽어서 더 많은 일을 했다. 혼자서 한 건 아니었다. 중요한 건 그것일지도 몰랐다. 그에게는 여전히 후회가 남아 있었고, 계속될 것이다. 이제 와서 어쩔 도리는 없었다. 그는 삶의 무게가 자신을 덮치기 전에 되고 싶었던 사람을 자기 안에서 발견했다. 그는 자유로웠다. 이승에서의 삶이라는 족쇄가 사라졌다. 그를 이 삶에 붙잡아놓는 건 아무것도 없었다. 더는 아무것도 없었다. 그는 마음이 아팠지만 기분 좋은 아픔이었다.

휴고는 아무렇지 않은 척하려 했지만 해질녘이 다가올수록 점점 더 안절부절못했다. 말이 없어졌고 표정이 굳었다. 방어하듯 팔짱을 꼈다.

월리스가 휴고를 부르자 메이와 넬슨이 잠잠해졌다. 그는 테이블을 붙잡았다. 휴고는 고개를 저었다.

"지금 떠나겠다는 건 아니야. 나를 생각해서 마음을 단단히 먹어줘."

휴고는 턱을 고집스럽게 다물었다. "내 생각은 상관없이요?"

넬슨이 한숨을 쉬었다. "힘든 일이라는 거 나도 안다. 아무려면—"

휴고는 쉰 목소리로 웃으며 주먹을 불끈 쥐었다. "알아요. 그냥 뭘 어쩌면 좋을지 몰라서 그래요."

메이가 그의 어깨에 머리를 얹었다. "그냥 할 일을 하면 돼요." 메이가 조그맣게 속삭였다. "우리가 옆에 있어줄게요. 두 사람 모두의 옆에. 한 걸음, 한 걸음 내디딜 때마다." 메이는 월리스를 빤히 올려다보았다. "아주 괜찮은 사람이 됐어, 월리스 프라이스."

"너만큼은 아니지, 메이잉…. 그나저나 성이 뭐야?"

메이는 빙그레 웃었다. "프리먼. 작년에 바꿨어. 세상에 이보다 더 좋은 이름은 없다고 봐."

"그렇고말고." 넬슨이 말했다.

월리스는 그들 모두에게 하고 싶은 말이 산더미였다. 아폴로가 으르렁거리며 찻집 전면이 내다보이는 창문 앞으로 걸어갔다. 시간의 흐름이 느려지며 시곗바늘이 덜덜거리기 시작했다.

"안 돼." 파란빛이 카론의 나루터를 채우기 시작하자 그는 나지막이 속삭였다. "아직은 안 돼. 제발, 아직은—"

아폴로가 길고 처량하게 울부짖는 동안 빛이 점점 희미해졌고 시곗바늘이 완전히 멈췄다.

문을 가볍게 두드리는 소리가 들렸다. 쿵, 쿵, 쿵.

휴고가 천천히 일어나 터벅터벅 무거운 걸음을 옮겼다. 그는 고개를 떨구고 문고리를 잡아 돌렸다.

문을 여니 관리자가 앞 베란다에 서 있었다. 날 보고 귀엽다고 생각한다면 우리 이모를 보면 깜놀하겠네, 라고 적힌 티셔츠를 입고 있었다. 머리카락에 매달린 꽃이 꽃잎을 벌렸다 오므렸다 했다.

"휴고." 관리자가 인사를 건넸다. "다시 만나서 반가워. 보아하니 잘하고 있군그래. 예상한 만큼 잘하고 있다고 해야 하나?"

휴고는 뒤로 한 걸음 물러날 뿐 아무 대꾸도 하지 않았다.

관리자가 찻집 안으로 들어오자 맨발로 바닥을 디딜 때마다 삐걱거리고, 이전처럼 벽과 천장이 물결치기 시작했다. 그는 그들을 한 명씩 차례대로 쳐다보았다. 그의 시선이 메이에게 머물렀다가 넬슨과 아폴로에게로 옮겨가자 아폴로가 그를 향해 송곳니를 드러냈지만 가까이 다가가지는 않았다.

"착하지."

아폴로는 대답 대신 무섭게 짖었다.

"흠, 착하지 않을 때도 있네. 메이, 물 만난 물고기처럼 이 사신

일이 너에게는 아주 딱이네. 너를 휴고에게 배정하면 잘 될 줄 알았다니까. 감동받았어."

"솔직히 나는 당신이 감동받거나 말거나—"

"아, 그럴 것 없어. 어쨌든 나는 네 상사야. 영구 기록에 오점을 남길 필요는 없지 않을까?" 그는 코를 쿵쿵거렸다. "넬슨, 아직 여기 있네? 정말 예상했던 그대로야."

"아직 여기 있고말고." 넬슨은 적대감을 드러내는 듯 지팡이를 들어 관리자를 겨누었다. "그 누구에게라도 원치 않는 일을 시키는 건 꿈도 꾸지 마. 내가 가만히 안 있을 테니까."

관리자는 한참 동안 그를 빤히 쳐다봤다. "재밌네. 그럴 듯했어. 어이없는 협박이긴 해도, 나한테 무슨 짓을 하든 필연은 막을 수 없다는 걸 기억해야 할 거야. 나는 우주지. 너는 한 톨의 먼지고. 나는 네가 좋아, 넬슨. 그 마음을 후회하지 않게 해줄 거라 믿어."

넬슨은 경계하는 눈빛으로 그를 주시할 뿐 아무 대꾸도 하지 않았다.

관리자가 테이블로 다가왔다. 휴고가 문을 닫는 동안 월리스는 꼼짝 않고 앉아 있었다. 탁하고 문이 잠겼다.

그는 테이블 사이 월리스 맞은편에서 걸음을 멈추고 주전자와 찻잔을 살폈다. 주전자 주둥이를 한 손가락으로 훑었다. 주둥이 끝에서 액체가 한 방울 떨어지자 혀를 가져다 댔다. "페퍼민트네." 그는 흥미로워했다. "지팡이 사탕. 맞지, 월리스? 너희 어머니가 겨울이면 주방에서 그걸 만들었잖아. 점점 경멸하게 된 사람과 얽힌 추억이 엄청난 위로가 된다니 신기하기도 하지."

"나는 어머니를 경멸하지 않아."

관리자는 한쪽 눈썹을 추켜세웠다. "그래? 어째서? 너희 어머니는 아무리 좋게 포장해도 네게 무관심했잖아. 양쪽 부모님 모두. 말해봐, 월리스. 두 분을 만나면 어떻게 할 거야? 무슨 말을 할 거지?"

그는 부모님을 만나면 어떻게 할지 생각해본 적이 없었다. 그 사실이 월리스가 어떤 인간인지를 보여주는 걸까?

관리자는 고개를 끄덕였다. "그렇군. 뭐, 네가 알아서 하겠지. 앉아, 휴고. 그래야 시작을 하든 말든 하지."

휴고는 테이블로 다시 걸어와 무표정한 얼굴로 냉랭하게 의자를 꺼내 앉았다. 월리스는 그런 그의 표정이 싫었다.

관리자가 손뼉을 쳤다. "이제 좀 낫네. 잠깐만 기다려." 그는 옆 테이블에서 의자를 하나 집어서 그들 테이블로 끌고 와 메이와 넬슨 사이에 놓고 위로 올라가 무릎을 꿇고 앉았다. 팔꿈치를 테이블에 얹고 손으로 턱을 괴었다. "자. 이제 다 똑같아졌지? 차 한잔 마시고 싶은데. 휴고, 네가 끓여주는 차는 항상 맛있더라고. 한 잔 끓여주겠어?"

"아뇨, 싫습니다."

관리자는 숯검정 같은 눈썹을 황금빛 살결 위로 움직여가며 천천히 눈을 깜빡였다. "뭐라고?" 그가 설탕이 발린 면도날처럼 날카롭고 달콤한 목소리로 물었다.

"차는 대접하지 않겠다고요."

"아하. 왜?"

"드릴 말씀이 있는데 거기에 집중해 주셨으면 해서요."

"오오. 그래? 이거 신선한데? 나를 주목시키는 데 성공했어. 뭔데? 얘기해봐." 그는 다 알고 있다는 듯이 월리스를 흘끗 쳐다보고는 다시 휴고 쪽으로 시선을 돌렸다. "나라면 좀 서두르겠어. 여기 이 월리스가 가만히 앉아 있을 수 없어서 힘들어하는 것 같거든. 네가…. 너희는 그걸 뭐라고 하더라? 그래, 본때, 그거. 네가 나한테 본때를 보이는 동안 월리스가 날아가버리면 어떡해?"

휴고는 깍지 낀 손을 자기 앞 테이블 위에 올려놓고 양쪽 엄지손가락의 두툼한 부분을 맞대고 눌렀다. "나한테 거짓말을 했죠?"

"내가? 정확히 어떤 부분에 대해서?"

"캐머런이요."

"아. 허스크에 대해서?"

"네."

"그 친구는 문을 건너갔지."

"우리가 도와준 덕분에요."

"그래?" 그는 자기 뺨에 대고 손끝을 두드렸다. "끝내주네."

월리스는 냅다 비명을 지르고 싶었지만 입을 꾹 다물고 있었다. 그 어느 때보다 중요한 순간에 감정을 통제하지 못한다면 안 될 일이었다. 그는 온몸의 세포를 다해 휴고를 믿기도 했다. 휴고가 알아서 할 수 있었다.

휴고는 침착한 목소리로 말했다. "당신은 캐머런을 그 상태 그대로 방치하고는 나더러 손쓸 방법이 없다고 했죠."

"내가 그랬나?" 관리자는 심드렁한 표정을 지었다. "그랬던 것 같네. 네가 내 말을 귀담아듣고 있었다니 기뻐."

"당신은 아무 때나 개입해서 캐머런을 도울 수 있었어요."

"내가 왜 그래야 해?" 관리자는 이해가 안 된다는 듯이 물었다. "그 친구 스스로 선택한 길이잖아. 내가 월리스에게도 얘기했다시피 자유 의지가 무엇보다 중요하거든. 그게 있어야—"

"그것도 당신의 생각이 바뀌면 달라지고요." 휴고는 무미건조하게 말했다. "이건 게임이 아니에요. 당신이 개입할 때를 선별하고 선택하면 안 되죠."

"그러면 안 된다고?" 관리자는 *내가 잘못 들은 거 아니지?* 하고 묻는 듯한 표정으로 다른 사람들을 둘러보았다. 그의 시선이 잠깐 월리스에게 머물렀다가 다시 휴고에게 향했다. "논의를 발전시키는 차원에서 물을게. 그럼 먼지와 별로 이루어진 끝없는 존재인 내가 어떻게 했어야 하지?"

휴고는 돌처럼 딱딱한 표정을 지으며 몸을 앞으로 숙였다. "캐머런은 어찌할 바를 모르고 괴로워하고 있었어요. 전임 사신은 그걸 알고 부추겼어요. 그런데도 당신은 그냥 내버려뒀죠. 캐머런이 허스크로 변해버린 뒤에도 손가락 하나 까딱하지 않았고. 당신은 리가 등장한 다음에야 조치를 취했어요. 그렇게 한참 동안 방치하면 안 되는 거 아니었나요?"

관리자는 콧방귀를 뀌었다. "결국에는 다 잘됐잖아. 낸시는 조금

씩 치유되고 있어. 캐머런은 자기 자신을 되찾고 저 너머의 위대하고 광활한 세상을 향해 여행을 다시 시작했고. 뭐가 문젠지 모르겠네. 다들 행복해하는데." 그는 방긋 웃었다. "휴고, 너는 스스로 뿌듯하게 여겨야 해. 여기저기서 칭찬 일색이거든. 만세!" 그는 손뼉을 쳤다.

"당신이 캐머런을 도와줄 수는 없었나요?" 메이가 물었다.

관리자는 메이를 향해 천천히 고개를 돌렸다.

메이는 눈을 피하지 않았다.

"으으으으으으음." 관리자는 7음절쯤 되게 단어의 끝을 길게 늘였다. "가능하지. 나는 원하면 거의 뭐든 할 수 있거든." 그는 게슴츠레하게 눈을 떴다. "나는 네 부모님이 돌아가시는 걸 막을 수 있었어, 휴고. 월리스의 심장이 계속 재즈 연주곡처럼 뛰게 만들 수도 있었고. 캐머런이 도망치기로 작정한 날 그의 목덜미를 움켜잡고 강제로 문을 지나가게 할 수도 있었지."

"하지만 그러지 않았죠."

"그러지 않았지. 세상에는 너희 수준에서는 절대 이해할 수 없는 질서와 계획이 있으니까. 그 사실을 기억하는 게 좋을 거야. 네 말투가 별로 마음에 안 들거든." 그는 부루퉁하게 아랫입술을 내밀었다. "못되게 들려서."

"그 계획이라는 게 뭔데?" 월리스가 물었다.

관리자는 다시 그를 쳐다보았다. "뭐라고?"

"계획이 있다며. 그게 뭐냐고."

"네가 이해할 수 있는 범위를 훨씬 넘어서는 거야. 그건—"

"그렇군. 그럼 문 저편에는 뭐가 있지?"

눈 깜빡할 새 사라졌지만, 윌리스는 관리자의 당황한 표정을 읽었다. "뭐, 당연히 모든 게 있지."

"구체적으로. 우리가 이미 아는 것 말고 다른 걸 하나만 예로 들어봐."

그는 아랫입술을 앞으로 더 내밀었다. "아, 윌리스. 무서워할 거전혀 없어. 얘기했잖아. 거길 지나면—"

"흠, 글쎄, 내가 보기에는 너도 모르는 것 같은데." 윌리스는 몸을 앞으로 숙이며 말했다. 그 말에 메이는 숨을 헉 들이마셨고 넬슨은 지팡이로 바닥을 때렸다. "내가 보기에는 너도 궁금해하는 것같단 말이야. 너는 우리를 흉내 내려고 해. 이해하는 척 우리를 속이려고 하지만 어떻게 이해할 수 있겠어? 인간이 아닌데. 너는 심장이 뛴다는 게, 가슴이 찢어질 것 같다는 게 어떤 느낌인지 모르잖아. 행복이라는 게, 슬픔이라는 게 뭔지도 모르고. 어쩌면 너는, 너에게 없는 우리의 인간다움을 질투할 수도 있겠다는 생각이 들어. 믿기지 않을지 모르겠지만 너도 그런 걸 느낄 수 있으면 얼마나 좋을까 생각해. 나는 저 문 너머에 뭔가가 있다는 걸 알거든. 느낀 적이 있으니까. 속삭임도, 노랫소리도 들었어. 저편에서 쏟아져나오는 빛도 보았고. 그게 어떤 기분인지 너는 상상이나 할 수 있을까?"

"말조심해, 윌리스." 삐죽 내밀었던 관리자의 입술이 점점 딱딱하게 굳었다. "네가 지금 누굴 상대하고 있는지 잊지 말라고."

"윌리스는 알아요." 휴고는 단호하게 말했다. "우리 모두 알죠."

관리자는 눈살을 찌푸리며 휴고를 흘끗 쳐다보았다. "안다고? 부디 그러길 바랄게."

"허스크는 정체가 뭐지?" 윌리스는 열심히 머리를 굴렸다. "공포에 기반을 둔 삶의 발현인가?" 그 비슷한 것 같았지만 선명하게 그림이 그려지지 않았다. "그들은, 뭘까? 남들보다 쉽게 흔들리고…."

"공포에 기반을 둔 삶이라." 관리자는 그의 말을 천천히 따라 했다. "흠." 그는 의미심장하게 윌리스를 쳐다봤다. "그걸 너 혼자 알아냈단 말이지? 칭찬할 만하네. 맞아, 윌리스. 공포와 절망으로 이루어진 인생을 사는 사람들은, 아까 네가 뭐랬더라? 그래, 남들보다 쉽게 흔들리지. 그들의 머릿속에는 온통 근심뿐이라 어디든 그들을 따라다니니까. 모두에게 똑같은 영향을 미치는 건 아니야. 캐머런 같은 사람들이 가끔 새로운 현실을 받아들이지 못하지. 그래서 현실에서 도망치는데…. 결국 어떻게 되는지는 너도 알 테고."

"그런 사례가 얼마나 됩니까?" 휴고가 물었다.

관리자는 홱 하니 고개를 돌렸다. "뭐라고?"

휴고는 눈을 거의 깜빡거리지 않고 관리자를 빤히 쳐다보았다. "캐머런 같은 사람들이요. 전 세계 사공들에게 인도되었다가 길을 잃은 사람들이 얼마나 되냐고요."

"그건 네가 알 바가 아니라고—"

"그게 핵심이야!" 윌리스는 외쳤다. "어느 한 사람이 아니라 우리 모두, 서로를 위해 무엇을 하느냐가 중요한 거라고. 문은 차별하지 않아. 문으로 향할 수 있을 만큼 용감한 사람은 누구든 저 너머로 건널 수 있어. 길을 잃는 사람도 더러 있지만 그건 그들의 잘못이 아니야. 무섭고 두렵기 때문이니까. 어휴, 당연히 무섭지. 어떻게 멀쩡할 수 있겠어? 다들 살다보면 한 번쯤 길을 잃어. 그건 그들이 실수를 저질렀거나 선택을 잘못해서가 아니야. 끔찍하도록, 놀랍도록 인간적이라 그런 거지. 내가 인간으로서 터득하게 된 사실이 있다면 혼자서 헤쳐나오는 건 거의 불가능하다는 거야. 길을 잃으면 주변의 도움을 받아야 길을 다시 찾을 수 있어. 그러면서 뭔가 중요한 일, 전에는 해본 적 없는 일을 할 수 있는 기회가 주어지지."

"우리라니." 관리자가 말했다. "그들이 아니고? 잊어버렸나 본데, 너는 죽은 몸이야."

"알아. 나도 알아."

관리자의 표정이 어두워졌다. "내가 전에도 얘기했지, 윌리스. 나는 거래를 하지 않는다고. 협상은 사양이라고. 그 얘기는 이미 끝난 줄 알았는데." 그는 무겁게 숨을 내뱉었다. "정말 실망이네. 그 부분에 대해서는 내가 분명하게 못을 박았잖아. 그런데 뭘 대단히 아는 척 허스크를 운운하다니."

"나는 허스크를 봤어. 가까이서. 캐머런 말이야. 그가 어떻게 변했든 나는 그의 본모습을 봤어."

"한 명. 너는 수많은 허스크들 중 딱 한 명을 본 거야."

"한 명이면 충분해요." 휴고가 말했다. "아니, 충분한 정도가 아니죠. 다른 허스크들도 캐머런과 비슷하다면 그들에게도 기회가 주어져야 마땅하니까요." 그는 관리자에게 시선을 고정한 채 몸을 앞으로 숙였다. "내가 그 일을 할 수 있어요. 그렇다는 거 아시잖아요." 그는 테이블에 앉아 있는 다른 사람들을 둘러보았다. "우리가 할 수 있어요."

관리자는 한참 동안 아무 말도 하지 않았다. 월리스는 입이 근질거렸지만 꾹 참았다.

"관심이 가는군. 어디 한번 들어보지." 관리자가 입을 열었고, 월리스는 하마터면 안도의 비명을 지를 뻔했다.

최후 변론의 주인공은 월리스가 아니었다. 그가 되어서도 안 됐다. 그는 이 찻집에서 어느 누구보다 생사에 대해 잘 아는 사람에게 기대를 걸었다. 휴고는 어깨를 펴고 숨을 크게 들이마셨다가 천천히 내뱉었다. "허스크를 여기로 보내주세요. 우리가 돕게 해주세요. 그들은 빈껍데기인 채로 지낼 이유가 없어요. 남들처럼 집으로 찾아갈 수 있어야 해요." 그는 월리스를 쳐다봤다. 월리스는 계속해서 최선을 다해 테이블을 붙잡고 있었지만 점점 힘에 부쳤다. 엉덩이가 의자 위로 몇 센티미터 떴고 무릎은 테이블 아랫면에 꼭 닿았고 발도 바닥에서 떨어졌다. 귀를 기울이면, 정말 열심히 귀를 기울이면 또다시 문에서 속삭이는 소리가 들렸다. 이제 시간이 거의 끝나가고 있었다.

관리자가 휴고를 빤히 쳐다봤다. "내가 여기에 동의해야 하는 이유가 뭐지?"

"우리가 할 수 있다는 걸 아니까요." 메이가 말했다. "아니, 적어도 우리가 시도해볼 수 있다는 걸요."

"그게 옳은 일이고." 월리스는 덧붙였다. 지금까지 이보다 더 강한 확신을 느낀 적은 없었다. "그들이 허스크가 된 건 오로지 모르는 것에 대한 공포 때문이니까."

관리자가 관심을 보이기 시작했다. "만약 내가 긍정적으로 검토한다면, 너희 제안에 대해 잠깐 고민해본다면, 그 대가로 뭘 받을 수 있지?"

월리스가 진지하게 대답했다. "내가 이 손을 놓을게."

휴고는 화들짝 놀랐다. "월리스, 안 돼요, 그러지 말아요."

"참 신기하네." 관리자가 말했다. "사람이 이렇게 달라지다니, 이유가 뭘까? 이유를 알긴 해?"

월리스는 껄껄대며 유쾌하게 웃었다. "너 때문인 것 같은데. 아니, 네가 여러 이유 중 하나라고 해야 하나? 네가 하는 일은 전혀 이해가 안 되긴 하는데 그게 존재의 기본 설정이니까. 산다는 게 원래 비논리적이라 어쩌다 한 번 이해가 되는 걸 찾으면 죽어라 그걸 붙들게 되지. 난 네 덕분에 내가 어떤 사람인지 알게 됐어. 너는 메이에 비하면 아무것도 아니지만, 넬슨, 아폴로에 비하면." 그는 침을 꿀꺽 삼켰다. "그리고 휴고에 비하면."

휴고가 벌떡 일어나자 의자가 뒤로 기우뚱하다가 바닥으로 쓰러졌다. "안 돼요." 그가 쉰 목소리로 말했다. "그러지 말아요, 그러면 안—"

"나 좋자고 이러는 거 아니야. 우리 좋자고 이러는 것도 아니고. 나는 당신이 가르쳐준 덕분에 지금의 이런 내가 될 수 있었어. 당신이 날 포기하지 않은 덕분에. 나 다음에 찾아오는 사람들도 당신에게 도움을 받을 수 있을 거라고, 그들에게도 나만큼 당신이 필요할 거라고 믿는 이유도 그 때문이고."

"좋아." 관리자가 불쑥 내뱉자 가게 안의 공기가 전부 빨려 나갔다. "그렇게 하기로 하지. 내가 허스크를 여기로 데려올게. 한 명씩. 저 친구가 그들을 고칠 수 있으면 좋아, 고치라고 해. 못 고치면 그냥 그대로 사는 거고. 어느 쪽이든 할 일이 많을 테고 얼마나 잘될지는 나도 몰라."

월리스의 입이 떡 벌어지면서 테이블을 잡고 있던 손에 힘이 빠졌다. "진짜야?"

"응. 내 말은 믿어도 좋아."

"왜지?" 관리자가 이렇게 금세 동의하다니 다른 이유가 있을 수밖에 없었다.

관리자는 어깨를 으쓱했다. "호기심 때문에. 어떻게 되는지 궁금하거든. 질서에는 루틴이 수반되지. 이 루틴이 특히 끝없이 반복되면 지겨워질 수 있어. 근데 이건, 색다르잖아." 그는 매섭게 휴고와 메이를 바라보았다. "내가 묵인했다고 해서 안주의 징조로 오해하지는 마."

"맹세해?" 월리스는 따지고 들었다.

"그렇다니까." 관리자는 눈을 부라렸다. "맹세해. 최후 변론을 들었고, 배심원단이 너에게 유리한 판결을 내렸어. 양측이 합의했지. 이제 준비해, 월리스. 네가 떠날 때가 됐으니까."

월리스는 말했다. "나는…."

그는 메이를 보았다. 눈물 한 줄기가 메이의 뺨을 타고 흘러내리고 있었다. 그는 넬슨을 보았다. 넬슨은 미간을 잔뜩 찡그리고서 눈을 감고 있었다. 그는 아폴로를 보았다. 녀석은 풀죽은 표정으로 고개를 숙였다.

그는 휴고를 보았다. 그는 찻집에 도착한 첫날, 휴고가 얼마나 무서웠는지 기억이 났다.

지금 아는 걸 그때도 알고 있었다면 얼마나 좋았을까.

남은 그 시간을 너는 어떻게 보낼까?

그는 알았다. 이제 와 끝에 다달아서 깨달았다. "사랑해요, 모두. 덕분에 내 죽음이 의미 있어졌어요. 제대로 살 수 있게 도와줘서 고마워요."

이 말을 끝으로 월리스 프라이스는 잡고 있던 테이블을 놓았고 그의 몸이 위로 떠올랐다. 그의 무릎 끝이 테이블과 부딪히자 테이블이 움찔거렸다. 위에 놓여 있던 주전자와 찻잔이 덜커덩거렸다. 잡았던 손을 놓으니 엄청난 해방감이 밀려들었다. 마침내, 드디어 그는 두려움에서 벗어났다. 이제 더는 두렵지 않았다.

그는 눈을 감고 천장으로 두둥실 올라갔다. 문에서 끌어당기는 힘이 그 어느 때보다 강하게 느껴졌다. 그를 향해 노래를 불렀다. 그의 이름을 속삭였다.

그는 몸이 올라가기를 멈췄을 때 눈을 떴다.

그러고는 아래를 내려다보았다.

넬슨이 결연한 표정으로 그의 발목을 움켜쥐고 있다가 자신의 몸이 점점 바닥에서 멀어지자 놀란 표정을 지었다.

바로 그때 아폴로가 달려들어 넬슨의 지팡이 끝을 세게 물었다. 월리스의 머리가 천장과 점점 가까워지면서 앞발이 바닥에서 떨어졌고 녀석은 깽깽거렸다.

메이가 아폴로의 뒷다리를 붙잡았다가 꼬리에 얼굴을 맞았다. "안 돼." 메이가 소리쳤다. "아직은 아니야. 이러면 안 되지. 이러면 안 돼."

잠시 후 메이도 발을 버둥거리며 허공으로 떠올랐다. 휴고가 메이를 몇 번이고 잡으려 했지만 손이 그대로 그의 몸을 통과해버렸다.

월리스는 웃으며 그들을 내려다보았다. "괜찮아. 진짜. 다들 손 놓으세요."

"그건 절대 안 될 말씀." 넬슨은 온 힘을 다해 월리스의 발목을 더욱 세게 부여잡았지만 이내 손이 월리스의 신발로까지 미끄러졌다. 넬슨의 눈이 휘둥그레졌다. "안 돼."

"모두 안녕." 월리스는 담담하게 말했다.

넬슨이 잡고 있던 월리스의 신발이 벗겨지며 넬슨과 아폴로와 메이가 한꺼번에 바닥으로 떨어졌다.

월리스는 얼굴을 위로 들었다. 속삭임이 점점 커지고 있었다. 그는 1층 천장을 지나 2층으로 갔다. 아래에서 고함을 지르며 계단 쪽으로 달려가는 소리가 들렸다. 어디에선가 불쑥 등장한 넬슨이 손을 내밀었지만 그에게 닿기에는 역부족이었다. 월리스가 너무 높이 떠 있었다. 메이와 휴고가 2층에 도착했을 때 그는 2층 천장을 통과했다.

"월리스!" 휴고가 외쳤다.

이제 3층. 월리스는 휴고의 방에서 좀 더 많은 시간을 보내지 못한 게 아쉬웠다. 그가 심장이 멈추기 전에 이 조그만 찻집을 알게 됐더라면 둘이서 아주 멋지게 잘 살았을 것 같았다. 지금까지라도 함께할 수 있어서 그나마 다행이었다. 돌이켜보면 엄청난 죽음이기도 했다. 죽은 뒤에 그가 알게 된 사실을 보면.

문 쪽에서 속닥속닥 그를 불렀다. 그의 이름을 노래하고 또 노래했다. 그의 가슴속에 태양이 뜬 것처럼 빛이 비춰 이글거렸다. 그는 가로로 누워서 휴고의 스쿠터 뒷자리에 탔을 때처럼 두 팔을 벌렸다. 그렇게 3층 천장을 지나 4층으로 올라갔다.

관리자는 벌써 문 아래에서 고개를 삐딱하게 꼬고 그를 기다리고 있었다. 순간 그의 몸이 계속 위로, 위로, 위로 올라가는 건 아닌가 하는 생각이 들었다. 문이 열리는 게 아니라 이 찻집 지붕을 통과해 밤하늘과 끝없이 펼쳐지는 별빛 속으로 흘러가는 건 아닐까라는. 그것도 꽤 괜찮은 이별이었다.

그렇지는 않았다. 그의 몸이 허공에서 멈췄다. 넬슨이 층계참 근처에 나타났지만 아무 말도 하지 않았다. 관리자는 처음으로 망설이고 있었다. 머리에 꽃을 꽂은 평범한 남자아이처럼 보였다.

윌리스는 미소 지었다. "난 무섭지 않아. 너도, 이 문도. 이전에 있었거나 앞으로 들이닥칠 그 어떤 것도."

넬슨은 두 손으로 얼굴을 가렸다.

"무섭지 않다." 관리자는 그가 한 말을 따라했다. "그래 보여. 아무렇지 않게 테이블을 놓더라." 그는 한참 동안 윌리스를 빤히 쳐다보다가 문을 올려다보았다. 속삭임이 점점 커졌고 더 알아들을 수 없게 변했다. "궁금해. 과연…."

속삭임은 이제 커다란 소용돌이로 바뀌었다. 관리자는 안 된다는 소리를 들은 어린아이처럼 고집스럽게 고개를 저었다. "아냐, 그건 아닌 것 같아. 만약 그거 알아? 나 지켜워지려고 하는데—"

소용돌이가 사납고 시끄러운 허리케인으로 발전했다.

"지금까지 네가 해달라는 대로 해줬잖아. 항상." 그는 고개를 들어 문을 노려보았다. "그러다 어떻게 됐는지 봐. 이게 모두를 위한 일이면 정말 모두에게 좋아야 하잖아? 어떻게 될지 궁금하지 않아? 내 생각에는 놀라운 결과가 나올 것 같은데. 저 친구들이 증명해 보였잖아. 저들에게 최대한 지원을 해주는 게 좋겠어. 밑져야 본전이잖아?"

문이 문틀에 달린 채로 덜거덕거렸고 문고리에 새겨진 이파리가 펼쳐졌다.

"맞아. 나도 알아. 하지만 이건 이건 선택이야. 나의 선택. 어떻게 되든 내가 책임질게. 약속해. 앞으로 어떤 일이 벌어지든 내가 책임지겠다고."

허리케인이 저절로 잦아들고 정적이 찻집 4층에 내려앉았다.

"와우. 이게 먹힐 줄이야. 내 능력이 어디까지인지 궁금해지네?" 관리자는 월리스를 올려다보았다가 고개를 홱 하니 틀었다. 월리스는 발부터 바닥으로 쿵 하고 떨어졌지만 넘어지지 않고 버텼다. 캐머런에게 갈고리를 넘긴 이후 처음으로 땅을 딛고 설 수 있게 됐다.

충계참에 다다른 메이가 허리를 숙여 손을 무릎 위에 얹은 채 숨을 헐떡였다. 아폴로는 마지막 계단 몇 개를 뛰어넘어 발톱으로 바닥을 긁고 데굴데굴 굴러서 등으로 착지했다. 녀석은 그대로 드러누워서 꼬리를 흔들었고, 혀가 나온 입으로 헤벌레 웃으며 월리스를 올려다보았다. 휴고가 맨 마지막으로 등장해 입을 떡 벌리고서 걸음을 멈췄다.

"계획이 변경됐어." 관리자가 신나서 말했다. "내가 계획을 변경했지." 그는 깔깔대고 웃으며 고개를 흔들었다. "엄청 재밌겠는걸?" 주변의 공기가 점점 자욱해지다가 만화영화처럼 펑! 하는 소리와 함께 폭발했다. 관리자가 한순간 진지해지며 들고 있던 서류 폴더를 펼치더니 소리 없이 눈으로 읽어가며 서류를 넘겼다. "신기하네. 네 이력서가 이렇게 철저할 수 없어. 누가 나한테 물어본다면 너무 철저하다고 대답하겠지만 아무도 물어보지 않았으니 상관없겠지."

월리스는 눈이 튀어나오는 것 같았다. "내 뭐라고?"

관리자가 서류를 위로 던졌다. 서류는 허공에 잠깐 머물다가 뿅 하고 사라졌다. "입사 면접. 이 빌어먹을 서류 작업. 죽음도 비즈니

스니 어쩔 수 없겠지. 이게 사무직이 될 줄 어느 누가 상상이나 했을까." 그는 치를 떨었다. "그건 됐다 치고. 축하해, 월리스. 네가 취직됐어." 그는 신랄하게 씩 웃었다. "물론 임시직이라 정규직이 되려면 조건을 조율해야겠지만."

"무슨 자리로?"

관리자는 손을 들어 머리에 꽂았던 꽃을 한 송이 꺾었다. 꽃잎은 노란색과 분홍색 그리고 주황색이 섞여 있었다. 그가 손바닥에 꽃을 얹어 월리스에게 내밀었다. 머리 위에서 크리스털 문고리에 새겨진 잎사귀가 바람을 맞은 듯 펄럭였다. 꽃이 그의 손 위로 떠오르며 환하게 꽃망울을 터뜨렸다. "허스크를 여기로 데려오는 건 생각 이상으로 엄청난 일이라 도움이 필요할 거야. 이력서에 따르면 너는 자격이 충분해 보여. 내 개인적인 의견을 밝히자면 너보다는 조금 덜 너 같은 사람이면 더 좋았겠지만 이력서는 거짓말을 하지 않으니까. 이제 입 벌려, 월리스."

"뭐?" 월리스는 뒤로 몸을 빼며 물었다. "왜?"

관리자는 들릴락 말락 하게 투덜거렸다. "내 생각이 바뀌기 전에 입 벌려. 내가 지금 어떤 위험부담을 감수하고 있는지 안다면 그 빌어먹을 입을 얼른 벌리는 게 좋을 거야."

월리스는 입을 벌렸다.

관리자가 볼 풍선을 만들더니 손바닥 위의 꽃에 대고 입김을 불었다. 꽃이 점점 커지며 월리스를 향해 날아왔다. 꽃잎이 그의 입술을 쓸고 지나가 코를 간질였고 입 속으로 접혀 들어가 혀에 닿았다.

차에 탄 꿀처럼 맛이 달콤했다. 꽃이 입 안을 가득 채우자 그는 숨을 토하며 캑캑거렸다. 그는 꽃잎을 잘근잘근 씹어 뱉어내려 했지만 소용없었다. 꽃이 목구멍 아래로 스르르 들어가버렸다.

그는 바닥에 엎드려 고개를 숙이고 구역질을 했다. 꽃이 그의 가슴속으로 들어가 꽃망울 터뜨린 순간 느낄 수 있었다.

꽃이 펄떡거렸다. 한 번.

두 번.

세 번.

다시, 또다시 펄떡거렸다.

누군가가 그의 옆에 쭈그리고 앉았다. "월리스?" 휴고가 걱정하는 목소리로 그의 이름을 불렀다. "월리스한테 무슨 짓을 한 거예요?"

"저기, 휴고?" 메이가 떨리는 목소리로 말했다.

"내가 전부터 해보고 싶었던 거." 관리자가 말했다. "이제 바뀔 때도 됐어. 그들은 못마땅하게 여기겠지만 늙어서 자기들만의 틀에 갇혀서 그래. 그들은 내가 상대하면 돼."

"휴고."

"메이, 왜요?"

메이가 놀란 듯 속삭였다. "당신 지금 월리스 몸에 손을 대고 있어요."

월리스는 고개를 들었다. 휴고가 월리스의 옆에 무릎을 꿇고 앉아 등에 손을 얹고 위아래로 쓸어주고 있었다. 메이의 말을 듣고 휴고가 동작을 멈추자 그의 손이 낙인처럼 묵직하게 느껴졌다.

휴고가 더듬더듬 물었다. "지금?"

"살아 있느냐고?" 관리자가 말했다. "응. 살아 있어. 너에게 주는 선물이야, 휴고. 가볍게 여기면 안 되는 선물이지." 그는 코를 킁킁거렸다. "언제든 쉽게 빼앗길 수 있는 선물이기도 하고. 빼앗아야겠다 싶으면 내가 득달같이 달려올 거야. 날 실망시키지 마, 윌리스. 내가 지금 너를 상대로 모험을 감행하고 있으니까. 내 선택을 후회하는 일은 생기지 않으면 좋겠어. 그 여파가 무한대일 테니."

"내 심장." 윌리스는 가슴 속에서 심장 고동이 갈비뼈를 두드리자 꺽꺽대며 말했다. "내 심장이 느껴져."

휴고가 그에게 입을 맞췄다. 두 손으로 윌리스의 얼굴을 감싸고 세상 마지막이 될 것처럼 입을 맞췄다. 윌리스는 그의 입에 대고 숨을 토했다. 입술이 따뜻하고 부드러웠다. 휴고의 손끝이 그의 뺨을 파고들었다. 처음 경험해보는 느낌이었다.

눈 속에서 별이 폭발하자 단 하나의 생각만이 윌리스의 머릿속에 떠올랐다. 그는 휴고에게 마주 입을 맞췄다. 휴고를 들이마시며 그의 혀에 남아 있는 페퍼민트의 흔적을 찾았다. 최대한 모든 것을 담아 입을 맞췄다. 그가 울고 있는지 휴고가 울고 있는지 아니면 둘 다 울고 있는지 알 수 없었지만 상관없었다. 그는 온 힘을 다해 휴고 프리먼에게 입을 맞췄다.

휴고가 입술을 살짝 떼고 그와 이마를 맞댔다. "반가워요."

"반가워요, 휴고."

휴고는 미소 지으려 했지만 얼굴이 어색하게 일그러졌다. "이거 꿈 아니죠?"

"아닌 것 같아."

휴고가 다시 달콤하고 눈부시게 입을 맞추자 월리스는 발끝까지 느낄 수 있었다. 휴고는 월리스의 입술과 뺨에 입을 맞췄고, 월리스가 그를 이렇게 가까이서 쳐다보는 것을 더는 감당할 수 없어 하자 이번에는 눈꺼풀에 입을 맞췄다. 그가 입술로 눈물을 닦아주며 말했다. "이건 꿈이 아니에요. 꿈이 아니에요. 꿈이 아니에요."

마침내 그들은 서로 떨어졌다. 휴고가 무릎에서 뚝 소리를 내며 일어나 월리스를 향해 손을 내밀었고 그는 망설이지 않았다.

휴고는 월리스를 단단히 잡고 일으켜 세웠다. 믿기지 않아 하는 눈빛으로 맞잡은 손을 내려다보다가 월리스를 가까이 끌어당겼다. 월리스의 가슴 위로 고개를 숙이더니 그의 왼쪽 갈비뼈 뒤에 귀를 갖다 댔다. "들려요. 당신 심장소리가."

잠시 후 그는 똑바로 일어나 월리스를 부둥켜안았다. 휴고가 있는 힘껏 끌어안자 월리스는 숨이 턱 막혔다. 휴고는 웃으며 그를 위로 안아 올려서 빙글빙글 돌았다.

"휴고!" 월리스는 소리 질렀다. 방 안이 뱅글뱅글 돌아서 어지러웠다. "내려줘. 이러다 토하겠어."

휴고는 그를 내려주고 뒤로 물러나려 했지만 월리스가 놓아주지 않았다. 휴고와 손각지를 끼고 손바닥을 맞댔다. 그가 반응할 겨를도 없이 메이가 폴짝 달려들어 다리로 월리스의 허리를 감싸고 머리칼로 코를 간질였다. 메이가 주먹으로 그의 가슴을 때리며 다시는 그러지 말라고, 어쩌면 그렇게 멍청할 수 있느냐고, 어떻게 안녕이라고 할 수 있느냐고 따져 묻자 그는 웃음을 터뜨렸다.

그는 메이의 머리칼과 이마에 입을 맞췄다. 그가 옆구리를 간질이자 메이는 꺅 비명을 지르며 폴짝 뛰어내렸다.

그 다음 차례로 넬슨과 아폴로가 달려왔다. 둘은 그의 몸을 그대로 통과했고 넬슨은 하마터면 넘어질 뻔했다. 아폴로는 넘어져 뒤편 벽을 들이받았다. 작은 탑에 달린 유리창이 덜커덩거렸다. 아폴로는 일어나 어리둥절한 표정으로 고개를 흔들었다.

"월리스가 산 사람이 됐거든." 관리자가 감정 없는 목소리로 말했다. "그래서 건드리지 못해. 아직은. 메이가 방법을 가르쳐줄 거야."

메이와 월리스는 관리자를 쳐다봤다. "그게 무슨 소리야?" 월리스가 어안이 벙벙한 표정으로 물었다. "내가 어떻게—"

메이가 말했다. "사신."

관리자가 긍정했다. "너 혼자 감당할 수 없을 만큼 엄청난 일이 될 거거든. 허스크들을 상대하려면 보조 사신이 한 명 필요할 거야. 월리스가 이미 노하우도 알고 하니. 다들 알다시피 새 직원을 뽑는 것보다 있는 직원을 쓰는 게 비용이 덜 들잖아? 월리스, 손 내밀어봐."

월리스가 휴고를 쳐다보자 그는 고개를 끄덕였다. 월리스는 손을 내밀었다.

"메이." 관리자가 말했다. "어떻게 하면 되는지 알지?"

"알다마다요. 월리스, 나를 잘 봐, 알았지?" 메이는 손가락을 쭉

뻗으며 한쪽 손을 들었다. 그 손으로 다른 쪽 손바닥을 익숙한 패턴으로 톡톡 두드렸다. 불빛이 잠깐 메이의 손 안에서 펄떡거렸다.

월리스는 내키지 않아 하며 휴고의 손을 놓고 똑같은 패턴으로 자신의 손을 두드렸다.

처음에는 아무 일도 벌어지지 않았다.

그는 인상을 썼다. "내가 잘못했나?"

집이 부르르 흔들렸다. 그의 살이 덜덜거렸다. 뒷덜미를 타고 소름이 돋았고 손이 떨렸다. 비누 거품처럼 주변 공기가 점점 부풀어 올랐다. 거품이 뻑 하고 터졌다.

월리스는 고개를 들었다.

4층의 색상이 전보다 선명해졌다. 벽에 새겨진 나뭇결과 바닥에 간 미세한 금까지 다 보였다. 휴고를 향해 손을 내밀자 그의 손이 그대로 휴고를 통과했다. 당황한 월리스를 보고 관리자가 말했다. "메이처럼 원래대로 돌아갈 수 있어. 그 패턴대로 다시 손바닥을 두드리면 산 자들의 세상으로 돌아갈 거야. 사신의 능력이지. 그래야 죽은 사람들과 소통할 수 있으니까." 그는 얼굴을 구겼다. "허스크라는 애처로운 존재들과 말이지."

아폴로가 콧구멍을 벌름거리며 그에게로 천천히 다가왔다. 목을 길게 빼 월리스의 손에 주둥이를 갖다 댔다. 월리스의 손가락을 핥으며 미친 듯이 꼬리를 흔들었다.

"그래." 월리스가 얼굴을 활짝 펴며 말했다. "나도 널 느낄 수 있어서 좋아."

그 다음으로는 넬슨이 거의 손자만큼 세게 그를 부둥켜안았다. "그럴 줄 알았네." 넬슨이 감격한 듯 속삭였다. "우리가 방법을 찾아낼 줄 알았어."

월리스도 그를 꼭 안았다. "정말요?"

넬슨은 우쭐거리며 손을 풀었다. "당연하지. 단 한 순간도 의심한 적 없다네."

"다시 돌아가 봐." 관리자가 말했다.

월리스는 아까처럼 동일한 패턴으로 손바닥을 두드렸다. 주변이 다시 덜덜거렸고 선명했던 빛깔이 좀 전의 그 속도로 금세 흐릿해졌다. 제대로 바뀐 건지 확인이 필요해지자 그는 다시 한번 휴고의 손을 잡았다. 휴고의 손을 들어 손등에 입을 맞췄다. 휴고가 놀란 눈빛으로 그를 빤히 쳐다봤다. "꿈이 아니야." 월리스는 어안이 벙벙했다.

"이해가 안 돼요." 휴고가 실토했다. "어떻게 이럴 수가 있는지."

그들은 다시 관리자를 돌아보았다. 그는 한숨을 쉬며 팔짱을 꼈다. "맞아, 맞다고. 너는 다시 살아났어. 얼마나 놀라운 일이야?" 그는 험상궂은 표정을 지었다. "이걸 가볍게 여기면 안 돼, 월리스. 인류 역사를 통틀어 이런 식으로 되살아난 사람은 딱 한 명밖에 없거든."

월리스는 입을 떡 벌리고 그를 쳐다봤다. "맙소사. 그럼 내가 예수랑 동급이야?"

관리자는 어이없어했다. "뭐? 당연히 그건 아니지. 그자의 이름은 파블로였어. 15세기 스페인 사람이었고, 그는, 음. 그자가 어떤 인간이었는지는 중요하지 않아. 이건 언제든 빼앗길 수 있는 선물이라는 것만 알고 있으면 돼." 그는 차분하게 말했다. "예전의 삶으로 돌아갈 수는 없어, 월리스. 그 삶은 모든 면에서 여전히 너에게 죽은 세상이야. 너와 알고 지냈던 사람들, 너를 참고 견뎠던 사람들에게 너는 죽은 사람, 이 세상에 존재했다는 증거로 비석 하나 남겨놓고 땅속에 묻힌 사람이야. 거기로 돌아가지는 못 해. 그러면 혼란이 야기될 테고 나는 그걸 용납할 수 없으니까. 너에게 두 번째 기회가 주어졌어. 세 번째 기회는 주어지지 않을 거야. 일단 그 심장을 얼른 검사받도록 해. 나중에 후회하느니 미리 조심하는 편이 낫잖아. 무슨 말인지 알아들었지?"

아니다, 그는 알아들을 수가 없었다. "예전에 알고 지냈던 사람이랑 만나면 어떡하지?" 가능성이 희박하긴 했지만 지난 몇 주를 되짚어보면 이 세상은 굉장히 희한한 곳이었다.

"그건 그때 가서 우리가 처리할 거야." 관리자가 말했다. "농담 아니야, 월리스. 네 집은—"

"여기." 월리스는 휴고의 손을 꼭 잡았다. 그럴 수 있어서 좋았다. "내 집은 여기야."

"맞아. 앞으로 할 일이 산더미야. 너를 믿은 게 실수가 아니었다는 걸 보여줘. 쪼는 건 아니고." 관리자는 쩍 소리가 날 만큼 입을 크게 벌려서 하품을 했다. "이 정도면 오늘 하루치 사건 사고로 충분하겠지. 곧 다시 와서 앞으로 어떻게 할지 대략적으로 설명해줄게. 메이가 네 트레이너야. 메이 말 잘 들어. 실력이 좋거든. 내가 지금까지 본 사신 중에서 최고니까."

메이는 관리자를 계속 노려보다 그 말을 듣고 얼굴을 붉혔다.

"이제 나는 갈게. 너희들을 계속 지켜보고 있을 거야. 직원 평가라고 생각해. 살아 있는 사람들의 세상에 다시 적응 잘하고." 관리자는 휴고를 거쳐 다시 월리스에게 시선을 돌렸다. "서로 홀딱 반했을 때 인간들이 하는 대로 해. 아주 뽕을 빼버려. 다시 왔을 때너희 둘의 범죄 현장을 맞닥뜨리고 싶지는 않으니까." 그는 손으로 음란하게 동작을 흉내 냈다. 아무리 우주만큼 나이가 많을지라도 아이의 모습을 한 자가 그러는 건 꼴불견이었다.

휴고는 씩씩댔다.

"맙소사." 월리스는 볼이 빨개지는 것을 느꼈다.

"그래. 나도 알아. 엄청 속 타는 거. 그동안 어떻게 참은 거야? 사랑은 확실히 끔찍해." 그가 계단 쪽으로 몸을 돌리자 머리에서 뿔이 자라기 시작하고 그 뿔에서 꽃이 피었다. 그는 잠시 걸음을 멈춰 어깨 너머로 돌아보았고, 찡긋 웃으며 윙크를 하더니 계단을 내려갔다. 그가 1층으로 내려갔을 무렵에는 찻집 바닥을 닫는 발굽소리가 들렸다. 푸른빛이 가게 전면에 난 창문을 가로질렀다.

그 빛을 끝으로 그것이—그가—사라졌다.

그들은 말없이 서서, 찻집에 걸린 시계들이 다시 째깍거리며 움직이기 시작하는 소리를 들었다.

넬슨이 먼저 말문을 열었다. "이렇게 희한한 하루가 있나. 메이, 차 한잔 마셨으면 하는데 같이 마실 텐가?"

"네." 메이는 벌써부터 계단 쪽으로 몸을 돌리고 있었다. "근사하게 자축할 방법이 뭐가 있을까 생각 중이에요."

"생각이 통했군그래." 넬슨은 아폴로와 메이를 뒤에 거느리고 휘청휘청 계단을 향해 걸음을 옮겼다. 관리자처럼 그도 계단을 내려가기 전에 걸음을 멈췄다. 월리스와 휴고를 돌아보는 그의 눈은 촉촉했고 얼굴은 미소를 머금고 있었다. "내 사랑하는 손자. 우리 귀여운 휴고. 이제부터는 네 시간이야. 맘껏 누리렴."

그 말을 끝으로 그는 계단을 내려가며 메이와 아폴로에게 다홍파오 차를 마시자고 제안했다. 그 말을 듣고 메이는 좋아서 탄성을 질렀다. 그들은 좌우로 휙휙 움직이는 아폴로의 꼬리를 끝으로 시야에서 사라졌다.

"맙소사." 월리스가 한 손으로 얼굴을 문지르며 말했다. "이렇게 피곤할 수가. 지금 누우면 최소—"

"나도 사랑해요."

월리스는 일순간 호흡이 멎었고 눈을 감았다. "뭐라고?"

휴고가 그의 앞으로 와 서는 것이 느껴졌다. 휴고의 손이 그의 옆얼굴을 어루만졌다. 그는 그 손에 기댔다. 휴고의 손길 없이 몇 주 동안 무슨 수로 견뎠는지 모를 일이었다. "나도 사랑한다고요." 휴고는 기도하듯 잠잠한 경건을 담아서 다시 한번 이렇게 말했다.

월리스는 눈을 떴다. 휴고로 세상이 가득 차 그의 눈에는 휴고밖에 안 보였다. "그래?"

휴고는 고개를 끄덕였다.

월리스는 코를 훌쩍였다. "아, 당연히 그래야지. 당신, 운이 아주 좋은 줄 알아—"

휴고가 다시 한번 그에게 입을 맞췄다.

"아무래도 우리, 차는 생략해야겠어." 월리스가 휴고의 입술에 대고 말했다. "최소한 지금 당장은."

"뭐 하고 싶은 거 있어요?" 휴고가 월리스의 코에 대고 자기 코를 문지르며 말했다.

월리스는 어깨를 으쓱했다. "당신 방을 구경시켜주는 건 어때?"

"전에 봤잖아요."

"그때는 옷을 입고 있었잖아. 이번에는 옷을 벗으면 달라지지 않을까—" 휴고가 그를 번쩍 들어 어깨에 짊어지자 그는 꽥 하고 비명을 질렀다. 휴고는 보기보다 힘이 셌다. "으악, 휴고, 내려줘!" 그는 깔깔대고 웃으며 휴고의 등을 쳤다.

"안 돼요. 절대, 절대, 절대."

휴고가 계단으로 향하는 동안 월리스는 고개를 들어 문을 올려다봤다. 꽃과 이파리가 나무를 따라 자라는 것이 언뜻 보였다. "고마워요." 그는 들릴 듯 말 듯 속삭였다.

하지만 문은 그냥 문이었다. 아무 대답이 없었다. 언젠가는 반응하는 날이 올 것이다. 그 문은 그들 모두를 기다리고 있으니까.

휴고의 방 구경은 아찔했다. 확실히, 옷을 벗고 하는 게 나았다.

에필로그

한여름의 어느 날 저녁, 넬슨이 말했다. "아무래도 때가 된 것 같네."

월리스는 고개를 들었다. 그는 또 하루 동안 찻집의 카운터를 지키고 청소를 하는 중이었다. 휴고와 메이는 주방에서 다음 날 아침 영업 준비를 하고 있었다. 일은 재밌고 힘들었다. 그는 피곤한 날이 더 많았지만 날마다 잠자리에 들 때마다 성취감을 느꼈다.

그와 휴고의 손발이 잘 맞는 것도 도움이 됐다. 관리자가 떠나고 삶의 이글거리는 광채가 살짝 희미해지자 월리스는 짧은 시간 동안 너무 달린 건 아닌지 불안해졌다. 그냥 유령과 한집에 사는 것과 피와 살이 덧입혀진 유령과 한 침대를 쓰는 건 차원이 다른 문제였다. 그는 휴고와 좀 떨어져 지낼 수 있게 시내 어디에 집을 얻든지 아니면 최소한 방이라도 따로 쓸까 고민했다.

낸시가 고향 집으로 돌아가기로 해 그가 살던 아파트가 비었다. 그는 떠나기 전에 작별 인사를 하러 들러서 휴고를 안아주었다. 그는 어쩐지 전보다 밝아 보였다. 상처가 치유되지는 않았고 치유가 된다 한들 한참이 걸리겠지만 그래도 일상이 서서히 회복되고 있었다. 그는 휴고에게 말했다. "나는 다시 시작하려고요. 다시 여기 찾을 날이 있을지 모르겠어요. 여기서 있었던 일은 절대 잊지 않을게요."

낸시는 그 말을 남기고 떠났다.

월리스가 낸시의 아파트에서 살면 어떻겠느냐는 얘기를 꺼내자 휴고는 팔짱을 끼고 험상궂은 표정으로 거부했다. "여기서 살면 되잖아요."

"너무 일찍 결정 내리는 거 아니야?"

"그럴 리가요. 어려운 문제는 해결했잖아요, 월리스. 나는 당신이 여기서 살았으면 좋겠어요." 그는 머뭇거렸다. "당신이 떠나고 싶은 거라면 모를까."

"아니야, 그건 절대." 월리스는 얼른 대답했다. "지금 여기가 더 좋아."

휴고는 빙긋 웃었다. "그래요? 정확히 뭐가 그렇게 좋은데요?"

월리스는 얼굴을 붉히며 휴고가 이렇게 색을 밝히는 줄 몰랐다고 들릴락 말락 하게 중얼거렸다.

그날을 끝으로 그 말은 쏙 들어갔다.

그는 부활(이 단어에 너무 의미를 두지는 않으려고 했다)하고 얼마 안 있어 휴고에게 예전에 다녔던 법률회사에 전화를 걸어달라고 했다. 처음에는 아무도 상대해주지 않았지만 휴고가 끈질기게 버텼고 월리스도 옆에서 뭐라고 하면 되는지 알려주었다. 월리스가 끔찍한 실수를 저질렀으니 퍼트리셔 라이언을 당장 복직시키고 딸에게 주던 장학금을 계속 지급해야 한다고 말이다. 거의 일주일이 지났을 때 한 파트너—워싱턴이었다—가 전화를 받았다. 휴고가 그에게 전화한 이유를 밝히자 워싱턴은 이렇게 반문했다. "월리스가 그렇게 얘기를 전해달라고 했다고요? 월리스 프라이스가? 확실해요? 그 친구가 퍼트리셔를 잘랐는데. 월리스를 아는 사람이면 그 친구가 자기 잘못을 절대 인정할 리 없다는 걸 알 텐데요."

"이번에는 인정했어요. 죽기 전에 저한테 손으로 쓴 편지를 보냈습니다. 제가 그걸 며칠 전에서야 받았고요."

"우체국이 그렇다니까요. 항상 뒷북이죠." 잠시 정적이 흐른 뒤 그가 말했다. "이거 무슨 사기극 아니죠? 월리스가 무덤에서 당신에게 이런 장난을 치라고 사주한 것도 아니고요?" 그는 콧방귀를 뀌었다. "아니, 그럴 리가 없겠죠. 월리스는 장난이라고는 모르는 친구였으니."

월리스는 변호사들이 이렇게 어이가 없다며 혼자 구시렁댔다.

"보고 싶으시면 편지를 보내드릴게요. 그의 필체가 맞는지 확인할 수 있게. 아주 분명하게 퍼트리셔 라이언 씨를 다시 복직시켜달라고 했어요."

카운터에 놓인 전화기를 내려다보며 기다리는 동안 월리스의 목덜미를 타고 땀이 흘러내렸다.

워싱턴은 한숨을 쉬었다. "나도 퍼트리셔가 잘려야 한다고 생각한 적 없어요. 일을 잘했거든요. 어쩌면 잘하는 것 이상이었어요. 사실 나도 퍼트리셔에게 연락해서⋯." 그는 말을 하다 말고 잠깐 멈췄다. "저기, 받은 편지 보내주면 내가 일을 추진해볼게요. 퍼트리셔가 복직하고 싶다고 하면 우리도 환영이에요."

"감사합니다." 휴고는 말했고 월리스는 속으로 환호성을 질렀다. "월리스도 분명—"

"월리스하고 어떻게 아는 사이였어요?"

월리스는 그대로 얼어붙었다.

휴고는 그렇지 않았다. 월리스를 보며 이렇게 말했다. "사랑하는 사이였어요. 지금도 여전히 사랑하고요."

"아. 그럼 상심이 컸겠네요. 그 친구에게 애인이 있는 줄 몰랐어요."

"있어요."

워싱턴이 전화를 끊자 월리스는 있는 힘껏 휴고를 끌어안았다. "고마워." 그는 휴고의 어깨에 대고 속삭였다. "고마워, 정말."

쉽지 않았다. 당연히 쉽지 않았다. 월리스는 사는 법을 다시 배우는 중이었고 이 일에 적응하기가 생각보다 어려웠다. 실수를 저지르는 것도 여전했다. 하지만 심장이 멈추기 전과는 달랐다.

그들은 가끔 다퉜지만 크게 싸우지 않았고 서로 꽁해 있지도 않았다. 조금씩 맞춰나가는 중이었다. 월리스는 앞으로도 계속 그럴 거라고 자신할 수 있었다.

그들이 항상 꽁냥꽁냥하고만 있는 건 아니었다. 그들 모두에게는 해야 할 일이 있었다. 메이는 월리스의 트레이너로 맹활약했다. 그가 실수하면 단박에 짚고 넘어갔지만 절대 뒤끝이 없었다. 그를 다그치는 것도 그의 능력이 어디까지인지 알기 때문이었다. 메이가 말했다. "언젠가는 너 혼자 이 일을 하게 되는 날이 올 거야. 그러니까 너를 믿어야 해. 나는 나를 믿거든."

짐작했던 것 이상이었다. 그는 죽기 전까지 죽음에 대해 한 번도 생각해보지 않았다. 지금 이렇게 돌아온 이후에는 더 큰 그림, 이 모든 것의 의미에 대해 고심했다. 혼란스러울 때면 의지할 메이와 넬슨과 아폴로, 그리고 휴고가 있었다. 휴고가 항상 곁에 있었다.

관리자는 월리스를 살리고 일주일 뒤에 두 번째 허스크를 데리고 다시 찾아왔다. 두 번째 허스크는 이가 시커멓게 변했고 눈에 초점이 없는 여자였다. 그 모습에 월리스의 눈살이 찌푸려졌지만 무섭진 않았다.

"어디 한번 마음대로 해봐." 관리자는 더 이상 아무 조언도 없이 의자에 앉아서 접시에 담긴 남은 스콘을 우적우적 먹었다.

"안 도와줄 거야?"

"왜 도와줘야 하는데? 전적으로 위임할 줄 알아야 훌륭한 관리자지. 네가 알아서 해봐."

그들은 결국 해냈다. 메이 덕분이었다. 관리자가 지켜보는 가운데 메이가 허스크 앞으로 다가가 손을 잡았다. 메이의 표정에 고통이 스쳤다. 캐머런 때처럼 그 여자의 단편적인 기억들, 여자가 어떤 과정을 거쳐 지금의 상태가 되었는지가 주마등처럼 그의 머릿속을 스치고 지나갔을 것이다. 여자의 손을 놓았을 때 메이는 울고 있었다. 휴고가 손을 내밀었지만 메이는 고개를 저었다. "괜찮아요." 그는 힘없이 말했다. "그냥 너무 많아서 그래요. 과거의 편린이 한꺼번에 밀려오니까." 그는 눈물을 훔쳤다. "어떻게 하면 도울 수 있는지 알겠어요. 윌리스, 캐머런 때하고 같아요. 휴고, 당신이 능력을 발휘해줘요."

휴고가 앞으로 나섰다. 윌리스의 눈에는 보이지 않았지만 휴고가 자신의 가슴에 박힌 갈고리를 잡아서 힘겹게 뽑고 있다는 걸 알 수 있었다. 그가 갈고리를 허스크에게 꽂자 찻집 안의 공기가 뜨거워졌다. 몸이 생의 빛깔들로 뒤덮이자 여자는 구역질을 했다. 여자가 허리를 숙여 옆구리를 부여잡고 있는 동안 까맸던 이가 하애졌다.

"이-이-이, 이-이-이…게 뭐예요? 이게. 무슨 일이에요?"

"이제 안심해도 돼요." 휴고가 윌리스 쪽으로 몸을 틀자 그는 한쪽 눈썹을 들고 휴고의 가슴을 똑바로 쳐다봤다. 휴고가 고개를 끄덕였고 윌리스는 안도의 숨을 토했다. 휴고와 그 여자를 연결하는 다른 갈고리가 생겼다. 작전 성공이었다. "내가 당신을 찾았으니까. 이름이 뭔가요?"

"애드리아나." 여자가 영문을 모른 채 말했다.

관리자가 스콘을 입에 문 채 뭐라고 중얼거렸다.

그날 이후로 그들은 허스크를 열댓 명 구조했다. 어떨 때는 메이가, 또 어떨 때는 윌리스가 나섰다. 그들이 직접 허스크를 찾아나서야 했던 때도 있었고, 허스크가 말발굽이 어지럽게 찍힌 찻집 앞 흙길에 서 있을 때도 있었다. 힘든 케이스도 있었다. 허스크로 지낸 지 거의 200년이 됐고 영어를 못하는 남자였다. 가까스로 그를 도울 수 있었고 월리스도 알다시피 이제는 점점 수월해질 일만 남았다. 앞으로 만나는 모든 허스크에게 최선을 다하기만 하면 됐다.

동네 사람들은 카론의 나루터에 등장한 새 얼굴에 대해 궁금해했다. 월리스가 어떤 사람이고 휴고와 어떤 사이인지 금세 소문이 났다. 찾아온 손님들이 그를 빤히 쳐다봤다. 아주머니들은 호호거렸고 젊은 여자들은 휴고에게 임자가 생겼다는 데 실망한 눈치를 보였다(남자들 몇 명도 똑같은 반응을 보이자 월리스는 복잡한 희열을 느꼈다). 그 참신함은 얼마 안 있어 사라지고 월리스는 그 마을의 또 다른 붙박이가 되었다. 길거리나 슈퍼에서 그가 보이면 다들 손을 흔들었다. 그도 항상 마주 손을 흔들었다.

월리스 프라이스는 월리스 리드가 되었다. 새로 만든 그의 신분증과 사회 보장 카드에 그렇게 적혀 있었다. 메이는 3일 동안 자기 엄마를 만나러 다녀온 뒤에 새 신분증을 건네며 지나친 질문은 자제해달라고 했다. 엄마와 보낸 시간이 예상보다 좋았다고 한 뒤 입술을 뜯으며 말했다. "우리 엄마가 아는 사람들이 좀 있거든. 성은 엄마가 고른 거야. 네 사진을 몇 장 보여줬더니 갈대처럼 말랐다면서*. 너더러 잘 좀 먹어야겠대."

"감사하다고 카드 보낼게." 월리스는 손끝으로 한참 새 이름을 더듬으며 말했다.

---

*영어로 갈대를 뜻하는 reed의 발음이 '리드'다

"그래. 엄마도 그래주길 바랄 거야."

데스데모나 트리플손이 찻집을 다시 찾아와 카론의 나루터의 새 직원을 직접 만나보고 싶다고 했다. 땅딸이와 홀쭉이도 그의 뒤에 바짝 붙어 서서 윌리스를 빤히 쳐다봤다. 데스데모나는 몸을 가만히 두지 하는 윌리스를 뜯어보더니 꺼림칙한 표정으로 말했다. "우리 구면인가요? 어디선가 분명 본 적 있는데."

"아뇨. 그럴 리가요. 저는 이 마을에 온 적이 없어요."

"그럼 내가 착각한 모양이네." 데스데모나는 느릿느릿 말한 뒤 고개를 저었다. "나는 데스데모나 트리플손이에요. 내 이름 들어봤죠? 예지력이 있고—"

메이가 기침을 했고, 이상하게 "뻥 치시네."라고 하는 것처럼 들렸다.

데스데모나는 그 소리를 못 들은 척했다. "—여기 사는 유령들과 대화를 나누려고 가끔 와요. 내 말이 어떻게 들릴지 알지만 이 세상은 당신이 아는 게 전부가 아니거든요."

"그런가요? 그걸 어떻게 아세요?"

데스데모나는 자기 옆통수를 손끝으로 두드렸다. "내가 능력을 타고 났거든요."

데스데모나는 한 시간 뒤 위저 보드의 플랑셰트와 깃털 펜이 손톱만큼도 움직이지 않자 실망하며 찻집을 나갔다. 또 오겠노라고 당당하게 선포하고는 거만하게 옷자락을 휘날렸다. 홀쭉이와 땅딸이가 그를 얼른 뒤따라갔다.

일상은 그렇게 하루, 하루 계속 이어졌다. 좋은 날도 있는가 하면 별로 좋지 않은 날도 있었고 죽음에 둘러싸인 삶을 더는 못 견디겠다 싶은 날도 있었다. 휴고도 마찬가지였다. 그는 어쩌다 한 번씩 이기는 해도 여전히 공황발작 때문에 가슴이 조여서 숨을 뱉지 못하곤 했다. 그럴 때면 월리스는 절대 아무것도 강요하지 않고 그와 함께 뒤편 덱에 앉아서 바닥을 톡, 톡, 톡 두드렸다. 아폴로는 휴고의 발치를 지켰다. 호흡이 돌아와 휴고의 숨소리가 느리고 깊어지면 월리스는 물었다. "괜찮아?"

"괜찮아질 거예요." 휴고는 월리스의 손을 잡았다.

늘 허스크만 상대하는 건 아니었다. 휴고 같은 사공이 필요한 혼령들도 계속 찾아왔다. 그들은 종종 분통을 터뜨렸고 폭력적이었고 신랄하고 무정했다. 개중에는 몇 주 동안 머물며 죽고 싶지 않다고, 여기 갇혀 있고 싶지 않다고, 뛰쳐나가겠다고, 아무도 자길 막을 수 없다고 투덜대는 한편 그들과 휴고를 연결하는 케이블을 잡아당기며 갈고리를 빼버리겠다고 협박하는 경우도 있었다.

다행히 아무도 협박을 실행에 옮기지 않았다.

그 누구도 뛰쳐나가지 않았다. 다들 귀담아들었고, 배웠다. 일부는 남들보다 시간이 좀 더 걸렸지만 대부분 어느 정도 시간이 지나면 이해했다. 모두 문 앞까지, 그 너머까지 길을 찾아갔다. 이러니저러니 해도 카론의 나루터는 간이역에 불과했다.

죽은 사람들에게는 그랬다.

살아 있는 사람들은 땅속 깊이 뿌리를 내렸다. 예전에 휴고가 말하길 차나무를 키우려면 인내심을 발휘해야 한다고 했다. 시간을 투자하고 기다릴 줄 알아야 한다고.

어느 여름날 저녁에 넬슨이 "이제 때가 된 것 같네."라고 했을 때 월리스는 그 말뜻을 알아차렸다.

하지만 그의 앞에 서 있는 사람을 보았을 때 할 말을 잃고 말았다. 지팡이에 의지했던 노인은 사라지고 그 자리에 꼿꼿한 허리로 뒷짐을 지고 서서 창밖을 내다보는 젊은 남자가 등장했다. 지팡이도 온데간데없었다. 월리스는 그 남자를 한눈에 알아봤다. 찻집과 휴고의 방에 걸린 수많은 사진—대부분 흑백이거나 화질이 안 좋았다—속 주인공이었다.

"넬슨?" 그는 조심스럽게 물었다.

넬슨은 고개를 돌리고 미소 지었다. 쭈글쭈글했던 얼굴이 훨씬 반질반질하고 팽팽했다. 두 눈은 반짝거렸다. 덩치가 크고 기운이 세졌다. 머리칼은 손자와 비슷한 검은색의 아프로 스타일이었다. 수십 년의 세월이 증발돼 휴고만큼 젊은 남자가 월리스 앞에 서 있었다.

어르신이 뭐라고 했더라?

이유는 단순해. 나는 나이가 많은 게 좋거든.

"살아 계셨을 때 휴고가 아는 할아버지의 모습으로 머물러 계셨던 거로군요." 월리스는 울컥한 목소리로 말했다.

"그렇지. 그래야만 하는 상황이 되면 다시 그러겠지만 이제는 내가 원하는 걸 추구할 때도 된 것 같구만. 이게 내가 원하는 거거든,

월리스."

월리스는 눈물을 닦았다. "확신하세요?"

그는 다시 창밖을 내다보았다. "응."

달빛이 주변 숲을 물들이는 가운데 점점 어두워지는 찻집 안에 다들 모였다. 메이가 차를 끓였고 휴고는 반다나(오늘은 검은색 바탕에 노란색의 조그만 오리 무늬였다)를 무릎에 올려놓고 의자에 앉아서 평온한 표정으로 찻집을 이리저리 둘러보았다.

메이가 쟁반을 들고나와 테이블에 내려놓았다. 진하고 자극적인 차이 향이 찻집을 가득 채웠다. 휴고가 모두를 위해 찻잔 가득 차를 따랐다. 그가 각자에게 잔을 건네고 아폴로 몫으로 바닥에 사발을 놓아주자 녀석은 바로 미친 듯이 차를 핥기 시작했다. 월리스는 손이 너무 심하게 떨릴까봐 잔을 차마 들 수 없었다.

"맛있네요." 휴고가 옆자리에 앉는 메이에게 말했다. 그는 넬슨의 외모가 달라진 것에 대해 아직 아무 말도 하지 않았다. 처음 봤을 때 잠깐 놀란 표정을 지었지만 얼른 숨겼다. 넬슨이 먼저 얘기를 꺼내길 기다리고 있었다. "좀 더 자주 이런 자리를 마련해야겠어요. 우리끼리 하루를 마감하는 자리로." 차례대로 한 명씩 바라보던 그의 시선이 월리스에게로 옮겨진 순간 눈빛이 흔들렸다. 월리스가 표정 관리를 처참하게 실패했기 때문이다. "왜 그래요? 무슨 일 있어요?"

월리스는 헛기침을 했다. "아니. 아무것도 아니야. 그냥—"

"휴고야." 넬슨이 윗입술에 얇게 한 줄로 차이를 묻히고서 말했다. "사랑하는 내 손자야."

휴고는 넬슨을 보았고, 그 순간 그냥 알아차렸다.

단점에 가까울 정도로 공감 능력이 뛰어나지.

휴고가 찻잔을 테이블에 내려놓고 눈을 감았다.

그가 조그맣게 불렀다. "할아버지?"

"이제 때가 됐어. 내가 참 오래 살았지. 행복하게. 사랑하고 사랑을 받아가며. 나는 무에서 유를 창조했어. 이 집, 이 조그만 찻집. 내 심장과도 같았던 아내. 아이들. 그리고 너, 휴고. 우리 둘만 남았을 때도 나는 악착같이 버텼어. 나로는 부족할까봐, 내가 줄 수 있는 걸로는 너를 만족시키지 못할까봐."

"그렇지 않았어요." 휴고는 목멘 소리로 말했다. "다른 건 아무것도 필요 없었어요."

"그랬을지 모르지." 넬슨은 다정하게 맞장구쳤다. "그래도 넌 찾았어. 메이와 윌리스 안에서. 심지어 두 사람이 등장하기 전부터 넌 이미 네 삶을 찾아나섰지. 너는 이 멋진 삶을 네 손으로 일궜어. 내게 받은 도구를 네 것으로 만들었어. 할아버지로서 무슨 여한이 있겠니."

"아파요." 휴고는 고개를 들고 심장 쪽 가슴에 손을 올렸다.

메이는 살짝 딸꾹질하며 손에 얼굴을 묻고 흐느꼈다.

"알아. 그래도 너 혼자 잘 서 있는 걸 확인했으니 이제 안심하고 떠날 수 있겠다. 혼자 못 서 있겠다 싶은 날에는 옆에서 도와줄 거야. 그게 바로 핵심이다, 휴고. 이 모든 일의 핵심이 바로 그거야."

"슬퍼요." 휴고는 간신히 내뱉었다. "너무 슬퍼요." 아폴로가 살아생전에 안내견이었던 녀석답게 그의 손에 코를 대고 킁킁거리려 했다. 휴고의 발 바로 옆에 코를 두고 그의 발치 바닥에 넙죽 앉았다.

"슬프지." 넬슨이 맞장구쳤다. "우리는 나중에 다시 만날 거야. 한참 뒤가 되겠지만. 숨 막힐 정도로 다채롭고 즐거운 미래가 널 기다리고 있을 거야. 나는 다만…."

"다만 뭐요?" 휴고가 물었다.

"너를 안아볼 수 있으면 좋겠다. 마지막으로 한 번만."

"메이."

"네, 알겠어요, 대장." 메이가 잽싸게 자기 손바닥에 대고 손가락을 두드렸다. 공기가 덜덜거렸고, 다음 순간 메이가 넬슨을 있는 힘껏 부둥켜안았다. 넬슨은 고개를 천장으로 젖히고 눈물을 흘리며 환하게 웃었다.

"그래. 좋구나. 정말 좋아."

메이가 포옹을 풀자 넬슨은 미소 지었다.

"언제로 생각하세요?" 휴고가 말했다.

"동틀 무렵이 어떨까 한다만."

다음 날 오전 카론의 나루터를 찾은 사람들은 또다시 문이 닫혀 있고, 개인 사정으로 오전 영업을 하지 않는다는 사과의 팻말이 창문에 걸려 있는 걸 보고 놀랐다. 상관없긴 했다. 다시 오면 그만이었다.

안에서는 휴고가 휘청휘청 자리에서 일어났다. 그들은 장작불이 탁탁거리는 벽난로 앞에서 다 같이 밤을 샜다. 넬슨은 자기 의자에 앉았고, 윌리스와 메이와 아폴로는 할아버지와 손자가 나누는 젊었을 때 얘기와 먼저 떠난 가족 얘기를 들었다.

언제나 우리의 바람과는 상관없이 강물은 한 방향으로만 흐른다.

밤하늘이 밝아오기 시작했다. 넬슨이 눈을 감고 속삭였다. "들리는구나. 문에서 나는 소리. 속삭임. 노랫소리. 내가 마음의 준비가 됐다는 걸 문도 아는 게야."

휴고가 넬슨의 손을 부여잡았다. "할아버지?"

"응?"

"감사해요."

"뭐가?"

"모두 다요."

넬슨은 인자하게 웃었다. "감사할 게 한두가지가 아니겠는데?"

"농담 아니에요."

"알아." 그는 감았던 눈을 떴다. "조금 겁이 난다, 휴고. 그러면 안된다는 거 알지만 그래도 겁이 나. 웃기지 않니?"

휴고는 천천히 고개를 저었다. 어깨를 똑바로 펴고 사공으로 변신했다. "무서울 거 하나 없어요. 고통이 뭔지 더는 모를 거예요. 괴로움이 뭔지도요. 평화만 남을 거예요. 그 문을 건너기만 하면 돼요."

"네가 도와줄 거지?"

"그럼요. 도와드릴게요. 언제든지."

넬슨이 의자에서 천천히 일어났다. 제대로 서지 못하고 좌우로 휘청거렸다. "아. 이제는 아까보다 더 크게 들리는구나."

휴고도 자리에서 일어나 메이와 월리스와 아폴로를 내려다보았다. "같이 갈래요?"

메이는 고개를 떨궜다. "진짜 갈 거예요?"

"네. 진짜예요. 할아버지?"

"어서 가자."

그들은 모두 자리에서 일어나 넬슨과 휴고를 따라 계단을 올라갔다.

2층.

3층.

4층.

그들은 문 아래에 모였다. 월리스는 더 이상 속삭임을 들을 수 없었지만 넬슨의 귀에 어떤 소리가 들리는지 알았다.

넬슨이 고개를 돌려 그들을 마주보았다. "메이. 나를 봐."

메이는 그를 보았다.

"너에게는 재능이 있어. 부인할 수 없는 재능이. 너의 가장 큰 장점은 어마어마하게 넓은 마음씨지. 너의 출발점을 잊지 말되 그틀에 갇히지는 마. 너는 여기에 둥지를 틀었고 이 세상에 너보다 훌륭한 사신이 과연 있을까 싶으니까."

"감사해요." 메이는 목 멘 소리로 속삭였다.

"월리스." 넬슨이 말했다. "자네는 왕재수야."

월리스는 사레가 들었다.

"하지만 그걸 뛰어넘어 지금 이 자리에 서 있는 인간으로 발전했지. 명예 프리먼으로. 언젠가는 자네도 메이처럼 정식 프리먼이 될지 몰라. 그 성을 공유하기에 자네보다 더 알맞은 후보는 없다고 보네."

월리스는 아무 말도 못 하고 고개만 위아래로 움직였다.

"아폴로, 너는—"

"같이 데려가셔야죠." 휴고가 조용히 말했다.

아폴로는 고개를 갸우뚱한 채 휴고를 올려다보았다.

휴고는 녀석 앞에 쭈그리고 앉았다. 아폴로가 그의 얼굴을 핥으려 했지만 혀가 휴고의 뺨을 그대로 통과해버렸다. "이 녀석아. 내 말 잘 들어, 알았지? 너에게 부탁할 임무가 있거든. 앉아."

아폴로는 바로 앉아 고개를 곧게 들고 휴고를 빤히 보았다.

"너는 내 가장 소중한 친구야. 나를 위해서 너만큼 해준 친구가 어디 있을까? 내가 어찌할 바를 모르고 숨도 쉴 수 없었을 때 네가 나를 붙잡아줬다. 슬픔에 매몰되지만 않으면 얼마든지 아파해도 된다는 걸 일깨워줬고. 너는 네 역할을 다했고 이제 나도 내 역할을 다하려고 해. 내 부탁 하나만 들어줄래? 나 대신 할아버지를 잘 지켜줘. 할아버지가 너무 말썽을 일으키지 않게. 응? 내가 거기로 건너갈 때까지만이라도."

아폴로가 고개를 푹 숙이자 귀가 머리에 납작하게 들러붙었다. 녀석은 낑낑대며 애써 머리로 휴고의 무릎을 밀려고 했지만 헛수고였다.

"알아. 약속할게, 나중에 꼭 같이 달리자. 그 약속도 너도 잊지 않을게. 가, 아폴로, 할아버지랑 같이 가."

아폴로가 자리에서 일어났다. 잘 모르겠다는 듯 휴고와 넬슨을 번갈아 쳐다봤다. 그 모습에 윌리스는 아폴로가 휴고의 명령을 무시하고 그냥 남으려나 보다고 생각했다.

아니었다. 녀석은 휴고를 향해 나지막이 왈 하고 짖고는 넬슨 쪽으로 몸을 돌렸다. 넬슨 주변을 빙글빙글 돌며 다리를 쿵쿵거리다 넬슨의 손에 주둥이를 대고 눌렀다. 넬슨은 녀석을 내려다보며 미소 지었다. "준비됐니, 아폴로? 우리, 모험을 떠날까? 뭐가 기다리고 있을지 궁금하네?"

아폴로가 넬슨의 손가락을 핥았다.

쭈그리고 앉았던 휴고가 일어나 할아버지 앞으로 가서 섰다. 윌리스의 짐작과 다르게 그는 한순간도 망설이지 않고 넬슨의 가슴을 향해 손을 들었다. 그의 손이 그와 넬슨 눈에만 보이는 갈고리를 감싸쥔 순간 넬슨이 말했다. "휴고?"

휴고가 그를 쳐다보았다.

"나중에 만나자, 알았지?"

휴고는 그 어느 때보다 환하게 웃어 보였다. "두말하면 잔소리죠." 그 말을 끝으로 그는 갈고리를 뽑았다. 아폴로 쪽으로 몸을 돌려서 똑같이 하자 녀석은 한 번 깽깽거렸다.

휴고는 똑바로 서서 심호흡을 하고 문고리를 향해 손을 들었다. 그가 손으로 이파리를 감싸쥐고 손목을 한 번 돌리자 문이 열렸다.

하얀빛이 쏟아져나왔고 생사의 노래가 교향곡처럼 울려퍼졌다.

"아." 넬슨이 경외감에 숨죽인 목소리로 말했다. "이럴 줄은 몰랐는데… 빛이 이렇게나 환할 줄이야. 이렇게나 알록달록할 줄이야. 이건, 그래. 그래, 당신 소리가 들려. 당신이 보여, 이럴 수가. 당신이 보여." 그는 발바닥이 바닥에서 떨어지는 동안 껄껄대며 웃었고 아폴로는 옆에서 우스꽝스럽게 놀란 표정을 지었다. "휴고!" 넬슨이 외쳤다. "휴고, 진짜야. 이거 다 진짜야. 나는 살아 있다. 나는 *살아 있어.*"

윌리스는 눈을 깜빡이며 눈부신 빛 속으로 둥실둥실 떠오르는 넬슨과 아폴로의 실루엣을 바라보았다. 아폴로가 혀를 한쪽으로 내밀고 좌우를 두리번거렸다. 마치 웃고 있는 듯한 표정이었다.

잠시 후에 넬슨과 아폴로가 문지방을 넘었다.

문이 닫히기 전에 넬슨의 목소리가 마지막으로 들렸다. *"집이다."* 아폴로는 옆에서 행복하게 짖었다.

문이 쾅 하고 닫혔고, 빛이 희미해졌다.

넬슨과 아폴로가 사라졌다.

정적이 담요처럼 찻집 4층을 덮었다.

"할아버지가 뭘 봤을까요?" 한참 만에 메이가 눈을 훔치며 물었다.

휴고는 문을 올려다봤다. 얼굴이 눈물범벅이었지만 웃고 있었다. "모르겠어요. 그게 핵심 아닐까요? 우리 차례가 찾아오는 순간까지 알 수 없다는 거. 자리 좀 잠깐 비켜줄래요? 지금 좀⋯. 금방 내려갈게요."

윌리스는 그의 손등을 만져주고 메이를 따라 계단을 내려갔다. 기도하는 것처럼 조용히 웅얼거리는 휴고의 목소리가 들린 것 같았다.

그날 밤, 윌리스는 뒤편 덱에서 휴고를 찾았다. 메이가 주방에서 그 끔찍한 음악을 요란하게 틀어놓는 바람에 온 집의 뼈대가 휘청거렸다. 윌리스는 고개를 저으며 등 뒤로 문을 닫았다.

휴고는 그를 흘끗 돌아보았다. "왔어요?"

"웅. 괜찮아?" 그는 움찔하며 휴고 옆 난간으로 다가갔다. "바보 같은 질문이네."

"아니에요." 휴고는 윌리스의 어깨에 머리를 얹으며 말했다. "바보 같은 질문 아니에요. 솔직히 내가 괜찮은지 아닌지 모르겠어요. 이상해요. 막지막 할아버지 목소리 들었어요?"

"웅."

"아주⋯."

"편안하게 들렸어."

윌리스의 어깨에 대고 휴고가 고개를 끄덕이는 것이 느껴졌다. 그는 한 팔로 휴고의 허리를 감싸 안았다. "어르신이 얼마나 해방감을 느꼈을지 나로서는 상상조차 하지 못하겠어. 나는…." 그는 머뭇거리다 물었다. "할아버지한테 화가 나?"

"아뇨. 어떻게 화를 낼 수 있겠어요? 오랫동안 나를 보살펴주시면서 어떻게 하면 좋은 사람이 될 수 있는지 가르쳐 주셨는데. 게다가 할아버지는 나를 믿을 만한 사람의 손에 맡겼다는 걸 알았으니까요."

"그래?"

휴고는 웃음을 터뜨렸다. "그럴걸요? 특히 당신 손으로 말할 것 같으면—"

윌리스는 앓는 소리를 냈다. "분위기 좀 잡으려고 나온 건데."

휴고는 고개를 돌려서 요란하게 쪽 소리를 내며 윌리스의 턱 아래쪽에 입을 맞췄다. 윌리스는 그의 머리칼에 대고 씩 웃었다. "맞아요." 휴고가 조그맣게 속삭였다. "믿을 만한 사람의 손에 맡겨진 거. 이보다 더 훌륭할 수는 없을 거예요. 할아버지 말이 맞아요. 이건 영원한 작별이 아니에요. 다시 만날 테니까, 우리 모두. 그전까지는 해야 하는 일이 있죠. 우리가 다 같이 해야 하는 일이."

"맞아. 내 생각에는—"

뒷문이 열렸고, 불빛이 쏟아져나왔다.

그들은 고개를 돌렸다.

메이가 문 앞에 서 있었다. "토 나오는 꽁냥꽁냥은 이제 그만들 하시죠. 새로운 파일이 등장했으니까."

휴고가 난간에서 몸을 뗐다. "어떤 파일인데요?"

메이는 파일의 내용을 기억하는 대로 읊기 시작했다. 휴고는 끼어들지 않고, 메이가 나열하는 새로운 손님과 관련된 사항을 차분히 듣기만 했다.

월리스는 차밭을 가만히 돌아보았다. 따뜻한 바람을 맞고 찻잎이 흔들렸다. 차나무들은 든든하게 땅속에 뿌리를 박고 있었다. 휴고가 정성을 기울인 덕분이었다.

"월리스." 휴고가 문 앞에서 외쳤다. "안 들어와요?"

"갈게." 월리스는 고개를 돌리며 말했다. "같이 덤벼보자고! 새로운 손님이 어떤 사람인지 모르겠지만."

문 앞에 다다랐을 때 월리스는 휴고가 내민 손을 주저 없이 붙잡았다. 문이 그들의 등 뒤에서 닫혔다. 잠시 후 뒤편 덱 전등이 꺼지고 차밭은 달빛에 잠겼다.

그들이 마지막으로 뒤를 한번 돌아보았다면 숲속에서 움직이는 무언가를 볼 수 있었을 것이다. 나무가 시작되는 그 어두컴컴한 곳에서 커다란 수사슴이 뿔에 달린 꽃을 대롱거리며 땅에 경의를 표하듯 고개를 숙이고 있었다. 잠시 후 사슴은 그 자리에 꽃잎을 남기고 다시 숲속으로 사라졌다.

감사의 글

『시간이 멈추는 찻집』은 내게 아주 개인적인 작품으로 쓰기가 몹시 힘들었다. 심리 상담사 다음으로 사랑했던 사람을 잃은 상심을 토로해야 했기 때문에 진이 빠졌다. 상심에는 카타르시스 효과가 있지만 상심을 겪는 와중에는 그걸 대개 느낄 수가 없다. 이 책의 작업이 치유에 도움이 됐다고 하면 거짓말일 것이다. 대신 시원섭섭한 일이지만, 전보다 조금 더 희망을 품게 됐다고는 말할 수 있을 것 같다. 누군가를 사랑할 수 있을 만큼 성숙한 사람이라면 언젠가는 상심을 경험할 수밖에 없다는 사실을 알게 될 것이다. 세상의 이치가 그렇다.

이 책이 탄생되기까지 놀라운 능력자들의 도움이 있었기에 이제 그들에게 감사 인사를 전하려고 한다.

먼저 내 작품을 맹렬하게 옹호하며 어느 누구보다 그 진가를 신뢰하는 에이전트 데드러 나이트. 작가 입장에서 이보다 더 훌륭한 에이전트는 있을 수 없다. 그를 비롯해 내 작품의 해외 판권 업무를 맡고 있는 나이트 에이전시의 일레인 스펜서에게도 고맙다는 말을 전하고 싶다. 그가 있었기에 『벼랑 위의 집』과 『시간이 멈추는 찻집』이 여러 나라의 언어로 번역 소개될 수 있었다.

담당 편집자 앨리 피셔는 내게 더할 나위 없이 훌륭한 충고를 선물했다. 이 책의 편집을 진행하던 도중에 그가 건넨 '분산'이라는 한 단어에 월리스의 이야기를 바라보는 내 시각이 바뀌었다. 다른 사람들에게는 그 단어가 별 의미 없을지 몰라도 내게는 몇 주 동안 계속 구름만 끼어 있던 하늘을 뚫고 태양이 고개를 내민 것과 같았고, 힘을 주어야 하는 곳에 제대로 줄 수 있었다. 이 작품이 지금과 같은 꼴을 갖춘 것은 그 덕분이다. 고마워요, 앨리.

편집팀의 보조 편집자 크리스틴 템플이 관리자의 캐릭터를 잡는 데 결정적인 역할을 했고(나는 원래 내가 만든 세상의 원칙을 깨는 것을 좋아한다) 아이라고 볼 수 없는 그 특이한 아이가 탄생된 것은 그 덕분이다. 고마워요, 크리스틴.

그다음은 이야기 검수팀. 이 작품에 관여한 어느 누구의 노고도 폄하할 생각은 없지만, 어쩌면 이야기 검수팀의 역할이 가장 중요했을지 모른다. 월리스, 휴고, 넬슨, 메이 그리고 아폴로라는 다섯 명의 주인공 중에 셋이 유색인종이니 말이다. 이야기 검수팀에서 반복되는 표현을 가는 빗으로 촘촘히 걸러냈고 아주 유익한 지적을 아끼지 않았다. 테세라 편집 사무실의 검수팀과 휴고의 캐릭터를 훨씬 그럴 듯하게 다듬어준 분들에게도 감사 인사를 전하고 싶다.

홍보 담당자 새러시아 페널과 애널리스 머스는 치어리더 역할도 병행하고 있다. 어떻게 그런 능력을 발휘할 수 있는지 모르겠지만 우리가 지칠 줄 모르는 두 사람 덕분에 더욱 완벽한 팀이 될 수 있었던 것만큼은 분명하다.

좀 더 위로 올라가면 토르 출판사의 사장 데비 필라이, TDA 부장 프리츠 포이, 마케팅 총괄 차장 아일린 로런스, 홍보팀 팀장 새라 라이디, 마케팅과 홍보팀 차장 루실 레티노, TDA 회장 겸 설립자 톰 도허티. 퀴어 소설의 매력을 믿고 동성애적인 요소가 다분한 판타지를 허용한 이들에게 감사 인사를 전하고 싶다.

베키 예거는 마케팅을 총괄한다. 그러니까 내 책의 소문을 내는 일을 한다. 내 작품들이 이렇게 널리 읽힌 가장 큰 이유가 그 덕분이다. 고마워요, 베키.

온라인 마케팅을 담당하는 레이첼 테일러는 토르의 SNS 계정을 관리하고, 셀프 홍보에 쓰이는 내 한심한 SNS를 모두가 읽을 수 있도록 챙긴다. 고마워요, 레이첼.

제작팀으로 배턴을 넘기면 제작 편집자 멜라니 샌더스, 제작팀장 스티븐 벅속, 내지 디자이너 헤더 손더스, 표지 디자이너 케이티 클리모비츠. 그들이 이 책의 모든 부분을 이렇게 훌륭하게 만들어냈다. 제작팀과 공조 아래 특별히 제작한 부록을 알맞은 판본에 잘 끼워넣은 전략 출판팀의 미셸 포이텍 팀장에게도 고맙다는 인사를 전하고 싶다.

그리고 이 책의 표지. 여러분도 잠깐 표지를 들여다봐주기 바란다. 얼마나 기가 막힌지. 그게 다 레드 노즈 스튜디오스 덕분이다. 크리스는 내 머릿속을 뒤져서 그 안에 담긴 아이디어를 환상적인 표지로 구현하는 데 탁월한 재주가 있다. 그의 작품을 볼 때마다 나는 감탄을 금할 수가 없다. 고마워요, 크리스.

그리고 이 책과 나의 다른 모든 작품을 방방곡곡의 서점에 소개하는 맥밀런의 영업팀에도 감사 인사를 전하고 싶다. 저자 입장에서 그들보다 더 훌륭한 치어리더는 없다.

베타 리더 린과 미아에게도 감사를. 남들보다 먼저 원고를 읽는 그들이 아직까지 비명을 지르며 도망치지 않았으니 나는 그걸로 됐다고 본다.

『시간이 멈추는 찻집』을 특별판 제작 도서로 선정한 반스 앤드 노블에게도 감사를(반스 앤드 노블 판본을 샀는데 뭔가 특별한 게 없으면 안 돼요!). 그리고 내 작품을 독자들에게 전파하는 전 세계 인디 서점과 도서관 사서들에게도 감사를. 내가 여러분에게 진 빚이 많네요. 뭐든 부탁할 게 있으면 말만 하세요. 심지어 시신 은닉이라도 도울게요.

그리고 마지막으로 독자 여러분. 내가 글쓰기를 직업으로 삼을 수 있는 것도 여러분 덕분입니다. 내가 가장 사랑하는 일을 할 수 있게 해줘서 감사해요. 얼른 다음 작품을 선보이고 싶어서 좀이 쑤시네요.

TJ 클룬

2021년 4월 11일